绿 宝 石

Fall into your light

我们

丹青手

著

幸福躲不过

上册

北京联合出版公司
Beijing United Publishing Co.,Ltd.

她的眼里有一种亮光，他毫不怀疑，哪
怕身处对所有人来说都满是绝望的黑暗里，
她也不会失去希望。他心想，她和他是完全
不同的两种人。

目录

MILK

Sweet

chapter 1

是祸!

可惜这时的她年少无知,
还是太天真了, 天使哪有这么容易遇见?

sweet

朦胧的雾缓缓散开，梅雨季节的雨水淅淅沥沥地落下，天空像洗过般干净剔透。

林莜撑着一把伞在雨幕中慢慢走着，到了斑马线前，一辆黑色的车从她面前快速驶过，溅起的水花直接飞到了她的身上、脸上。

林莜有些蒙了，看着前面的水坑，再看了一眼自己的裙子，上面已经满是污水。

黑车的司机发现自己溅了人家一身水，立即停下车道："水溅到人了。"

车后座上的男生闻言没有太大的反应，表情淡得像是没有发生过这件事一样。

司机将车倒退回去一些，摇下驾驶位的车窗，拿出钱包道："对不起，小姑娘，我们有事，所以开得比较快。你看你这衣服，我赔你。"

林莜的位置正对着车后座的车窗，她隐约看到里面男生的侧脸，轮廓模糊，却能看出他很好看。

男生不在意地朝窗外看了一眼，只是这么一眼，无形的阶级感就显露出来了。

林莜往后退了一步，不在意地笑了笑："没关系，我自己洗一下就好了。"

霍坂看向车窗外的女生，她白色的裙子上满是污水。他看了一眼就收回了视线，没有在意，见她不要钱，也不打算再耽误时间。"走吧。"

"好。"司机连忙应声，冲林莜点点头，一边开车，一边开口夸道，"现在的小姑娘真懂事，给钱也不要。"

霍坂笑了一下，有些嘲讽："不拿钱的是傻子，除了脏衣服就没别的了。"

司机没接话，毕竟这话也是事实。

林莜擦了脸上的水，撑着伞回家，穿过四通八达的胡同，进了院子里。

她想起刚才坐在车里的男生，她的年纪和他差不多大，司机叔叔却对他特别恭敬。他天生就给人一种距离感，好像不是特别好相处。不知道霍家的人会不会也是这样？

她刚换好衣服，霍家的人就过来接她了。

　　林苡跟着王奶奶上了车。车里很安静，只有老人家絮絮叨叨的嘱咐声："到了那里要听大人的话，大户人家规矩多，不会无条件纵容你。"

　　林苡梳着马尾辫，皮肤苍白得近乎透明，看上去很乖巧。"我知道的，王奶奶。"

　　王奶奶摸了摸她的头，看着她白净的小脸，有些担心道："别和人家里吃喝玩乐的富家少爷靠得太近。你也大了，要自己多注意。他们和你不一样，他们错了没关系，多的是机会从头来过，而你错了就是一辈子的事……"

　　黑色的车在双排铁艺大门前停下，门卫确认了她们的身份后才让车进去。

　　林苡以为已经到了，没想到车进了里面，又开了很久，绕过一眼望不到边的高尔夫球场和观赏湖才停下来。

　　林苡知道霍家很大，但没想到这么大，连高尔夫球场都建在家里。她感到震撼的同时，更多的是对未知的一切感到不安。

　　"送过来的时候只知道叫林苡，别的什么证明都没有，一直没人来领，就在我们院里住着了。我们几个老人轮流带着，一直带到这么大。"

　　一个中年男人坐在沙发上，听了来龙去脉，非常惋惜道："以前我们不知道，现在既然知道小林已经去了，那他的孩子我们不能不管。她以后就留在这里吧，霍家会培养她的。"

　　上位人做惯了，从来都是一锤定音，王奶奶不好多留，嘱咐了林苡几句就离开了。

　　林苡抱着书包，看着唯一熟悉的人离开，心里的不安更重了，可她知道什么是分寸。

　　坐在男人旁边的女人很美，中式改良旗袍衬得她温婉淡雅。她伸出保养得宜的手，把林苡拉到沙发上坐下，问道："今年几岁了？"

　　林苡闻到一阵淡淡的香风，她看向眼前的漂亮女人："还差一个月就满十六岁了。"

　　赵碧郡闻言一笑，看向霍兴国："这看着小，实际上倒比阿坂大上半年。"说着，她又看了过来："阿坂比你小六个月，晚上你就能看见他了。他成绩很好，还是班长。以后你们一起上学，你有不懂的地方都可以问他。"

　　霍兴国坐了没多久，电话响个不停，他接了电话起身就走："这孩子你看着安排。"

赵碧郡开口挽留："晚饭不一起吃吗？"

"有你在就行了，我还有事情。"霍兴国的声音才落下，人已经出了客厅。

赵碧郡一听这话就心气不顺，也没心情理会刚来的孩子了，喊了声"孙嫂"，就起身上楼去了。

林苡看着离开的赵碧郡，摸不着头脑。她心想，大户人家的人脾气好像有点难以捉摸……

孙嫂从外面进来："林小姐，我带你去你的房间看一看。"

"好。"林苡起身跟着孙嫂离开客厅。

霍家很大，却没有王奶奶、李大爷的小院来得自在。孙嫂带着她去了准备好的客房，一开门，林苡差点被满房间粉嫩的颜色晃瞎了。她从小跟着老人家长大，和"主流审美"其实有一点距离。

孙嫂道："这就是你的房间。我住在后面那栋楼，你有什么事可以找我。"

林苡提着大包小包进了房间，那些粉嫩的颜色让她几乎不敢落脚。

房间里的桌子上摆着一个黑色礼盒，上面有一张卡片，写着"林苡收"，字迹很漂亮，有一种温柔平和的感觉。林苡还是第一次看到自己的名字被写得这么好看。

孙嫂上前替她打开礼盒："这是阿圾给你准备的礼物。他是先生的第二个儿子，人很好的，你以后见到就知道了。"

"阿圾"？林苡看向礼盒，里面是一件裙子，很适合她这个年纪的女孩子穿，就算以她不怎么"主流"的审美也能分辨出来它很好看。

林苡想起霍太太刚才说的话。看来，这个"阿圾"成绩好，性格好，还会给来家里的陌生人准备礼物，和王奶奶家里那两个爱抓她辫子的淘气鬼相比，真是天差地别。

晚饭林苡是一个人吃的。赵碧郡心情不好，事情也多，根本没工夫管她。霍家多个人还是少个人其实无所谓，到了第二天，赵碧郡就完全遗忘了她。霍兴国更忙，自然也没时间过问。林苡就像一个透明人，甚至不知道自己该做什么。她在房间里待了两天，终于忍不住了，决定下楼走走。

霍家生态环境很好，还有可供观赏的动物，没事可以喂喂鹿，摸摸羊驼，看看天鹅——这些都有专人管理，只有她没人管。

林苡百无聊赖地看着天鹅游来游去，隐约间听见一栋独立的小洋楼里传来奶猫的叫声。她循着声音进楼，就见什么东西蹿了出去，快得只能看见一道白光，应该是一只小猫。林苡追上前，却连小猫的影子都没看到。身后的房间里传来了声响，她转头看去，只见一个男生正从琴盒里拿大提琴，他穿着白衣黑裤，清瘦修长。

白色的纱帘被风轻轻吹起，阳光透过明净的窗户照进来。

那人微微侧身，侧脸的轮廓很好看，有一种熟悉感，可她想不起来在哪里见过。她还是第一次看见这么好看的人，一时有些愣神。

男生察觉到有人，抬眼看过来。看见她这个陌生人，他并没有太大的反应。

林苡反应过来，伸手打招呼，友好一笑道："你好。"

林苡长得很白净，眼神干净得像一只小鹿，满眼都是好奇，这样的人在霍家很少见。

男生没说话，视线落在她身上，眼神有些直白。

林苡很少被这样直白地打量，就好像她被他的目光一寸一寸地分解了。不过，她并不讨厌这种感觉，他的视线不像那些小混混一样让人浑身不舒服。

许久，他开口打了个招呼，眼里浮起笑意："你好，有什么事需要我帮忙吗？"他天生眉眼带笑，看起来温和无害，声音和清风过耳一样，轻易就能让人放松下来。

林苡却突然有些紧张："我听见猫的声音才走到这里的，打扰你了。不过，你的猫跑了，我没能帮你抓回来。"

男生唇角一弯，声音如风拂耳，林苡竟然听出了宠溺的味道："没关系，它很快就会回来。"

林苡心想，这就不好说了吧？那么点大的猫最顽皮了，跑得都没影儿了，找都不知道去哪儿找，怎么可能自己回来？

男生放下手里的大提琴，迈着长腿走过来，俯身按下一台机器的按钮。林苡只听到一阵沙沙声，猫粮哗啦啦地往下倒。

男生抬眼看向门边。林苡有些恍惚，觉得这个男生过于好看了，他看过来的时候竟然有种勾人的感觉。她下意识眨了眨眼。

下一刻，拐角处有一只小奶猫飞奔而来。它险些刹不住车，脸往地上一贴，才硬生生刹住！它没有浪费一点时间，冲到猫粮容器前，把头埋进去开始吃。

林苡看直了眼。她第一次看见用脸刹车的小猫咪，而且它才一点点大，竟然吃得圆滚滚的，像一颗汤圆。她心想，养它的人是不是该给它列一下减肥计划？不过……眼前这个男生好像不太可能克扣猫粮，一看就是猫想吃多少就给多少的人。

男生伸手揉了揉小猫的脑袋，垂着眼道："吃饱了就想跑？"

林莜忍不住走近几步，不错眼地看着小奶猫。

男生感觉到她的靠近，忽然抬眼看过来。如果不是他眼里带笑，林莜都要以为他不喜欢别人突然靠近了。

"你要抱吗？"

"啊？"林莜愣神的工夫，男生已经抓起小胖猫递了过来。小家伙吃得正欢，被一下抓起，有些吓坏了，小短腿拼命地蹬啊蹬，"喵呜喵呜"地叫，林莜连忙伸手去接。小胖猫吃得肚皮很撑，到了她手里瞬间放松了，软绵绵地瘫在她手上，很有分量。

霍坂看着她道："它叫汤圆。"

林莜心想，真的叫汤圆啊……很形象……

她抬眸看了一眼男生，觉得他好看得像一幅画，她从来没有见过这么温和无害的男生。

她问道："你叫什么名字？"

男生看了她很久，忽而一笑，像阳光落下，浮浮沉沉的细碎尘埃跳跃其中——那是一种连一粒尘埃也不会忽略的温柔。

"霍坂。"

林莜恍然大悟，原来他就是那个"阿坂"啊！他给她准备了礼物，还让她抱了猫，简直就像天使一样。

可惜此时的她年少无知，还是太天真了，天使哪有这么容易遇见？

如果见第一面的时候林莜就知道这个人的真面目，她一定当场以头抢地，先走一步！

❀　🐾　🐾　🐾

这天吃晚饭的时候，赵碧郡总算想起了林莜，特地叫她过去，让大家认识一下。

林莜跟着孙嫂过去的时候，客厅里已经坐了几个人，见她过来，纷纷看向她。

"这就是大哥之前说的那个孩子？"霍葵打量了一眼小姑娘，不明白霍兴国为什么要把一个警察的孩子带回家。要是她没钱，霍家完全可以资助她，根本没必要这样大费周章。

"兴国特地找人接过来的。小林走了,我们看着她可怜就接回来了。"说着,赵碧郡看向坐在沙发上的男孩:"诚诚,这是林莜姐姐。她刚来我们家没多久,以后你可以找她一起玩。"

孟诚靠在沙发上玩游戏机,游戏声音很大,他根本就没听见人说话。

霍葵皮笑肉不笑,没接赵碧郡的话。她可不想自己的儿子和这种小门小户的丫头玩,毕竟那丫头看着就一股小家子气。她伸手去拉孟诚:"诚诚,和你说话听见没有?游戏机的声音不要开这么大,会吵到别人。"

孟诚正玩到关键时候,手一抖就被反杀了,马上来了脾气,手肘一抬甩开霍葵的手,怒道:"别管我,烦死了!"

"这孩子一点不能说。不理他了,我们管自己。"霍葵不在意地说道,没再管他。

大家早就习惯了孟诚的坏脾气,很快聊起了别的事,完全无视了林莜。

林莜安静地坐在角落里,感觉脚下的地毯软得像棉花一样。这种东西在王奶奶的院子里绝不可能出现,因为太容易脏了,收拾起来很麻烦。

"霍圾来啦?"不一会儿,霍葵笑着道。

林莜前面有人走过,她顺着来人的裤脚往上看去,是霍圾。

霍圾走到沙发旁坐下,修长的腿微屈。他眉眼温和,眼尾微微上扬,不笑的时候显得又淡又浅又勾人,让人心头一痒。

赵碧郡温柔地开口道:"今天练得这么晚?"

霍圾轻声回道:"有一个地方不太顺。"

"这个不着急,慢慢来。"

赵碧郡很好看,说话也很温柔,能让人轻易放松下来,全身心地信赖。霍圾完全继承了这一点,甚至一进来就有一种众星捧月的感觉。他的气场天生与众不同,话题自然而然地围绕着他展开了。

霍葵羡慕道:"霍圾什么都会,成绩又好,我家这个没法儿比,天天招人烦。"她又看向孟诚:"你好好和哥哥学,不要整天玩游戏,什么都不懂。"

林莜本来以为孟诚会发火,没想到他竟然没有吭声,玩游戏的时候还把声音调小了,似乎有些怕霍圾。她心里有些纳闷儿,他为什么会怕霍圾?明明霍圾是很好相处的人……

忽然,林莜的脚边有什么东西碰了她一下,一声微弱的奶猫叫声响起。她低头一看，是小汤圆。它的小奶爪搭着她，想要往上爬，可惜爬不上来，就在她脚边缩成一小团，靠着她的脚休息。

林莜心想，这小家伙真好，知道她无聊还来陪她，一看就随主人。她看向霍圾，他正在听长辈说话，一看就是很招大人喜欢的好孩子。

霍圾察觉到她的视线，转眼看过来。林莜对上他的视线，不好意思地笑了一下。她笑得很乖，和脚边的小奶猫一样，软软的。

霍圾看了她片刻，收回视线，嘴角微微弯了一下，显出几分散漫。

霍家效率很高，没几天就给林莜安排好了学校，让她和霍圾一起去学校上课。

林莜整理好书包，拿了糖果盒装进书包，等上了车却没看见霍圾。

她看向开门坐进驾驶室的司机："大哥哥，只有我一个人吗？"

霍家有几个司机，之前带她和王奶奶过来的是坤叔，这次是个年轻人，叫关志。他转头冲她回道："是啊，就你一个。"

林莜看了一眼别墅，有些奇怪霍圾为什么不和她一起去学校。

关志看见后面坐着的小姑娘白白净净的，怀里的书包比她人还大，看上去很乖。他收回视线，准备开车，同时也有些疑惑："霍圾今天怎么这么早就去学校了？平时也差不多是这个时间出门啊！"

虽然关志是在小声嘀咕，但林莜还是听见了。她从小听力就好，听见这话视线微微一顿，然后马上装作没有听见。

一中是S城排名第一的私立学校，学校环境很好，能上这所学校的学生，家里条件都不会差，和林莜之前的学校完全不一样。

林莜还没有校服，所以在学生里面很突出，一路过来受了不少注目礼。

到了老师的办公室门口，林莜听见办公室里传来一个愤怒的女声："你们几个的成绩都是班里倒数，还好意思嬉皮笑脸！"

林莜站了一会儿，抬手敲门，里面的女声语气一转道："进来。"

林莜推门，看见里面站着几个学生，有男有女。他们听见声音，全都往她这边看过来。他们人不多，校服倒穿出了好几种款式，各有各的味道。

林莜站得板正，看向办公桌前的女老师："刘老师，我是今天新报到的学生，我叫林莜。"

刘友容的表情变化非常快，看着这么乖巧的女孩子，她马上笑起来，指了指一旁的座位："你先来这边坐一下，等我一会儿。"

等林苡坐下，刘友容看向面前的几个学生，又变了脸："你们先回去，下次考试要是再这样，就叫你们的家长过来！李涉，尤其是你，别一天天吊儿郎当的！"

其中一个较高的男生瞬间垮了脸："老师，能不能不要动不动叫家长？我们又不是小学生了，还来这一套。"

"你的成绩比小学生都不如，还'不要来这一套'！我安排你和霍坂坐在一起这么久了，让你有问题多问人家，不要每次的成绩都垫底，你看看你怎么搞的，一点效果都没有！"

林苡心道：霍坂？霍叔叔安排她和霍坂在一个班里读书，看来这些人就是她的同班同学了。她忍不住瞄了一眼那几个人，想着一定要好好和新同学相处。

李涉见白生生的小姑娘看他们的好戏，忍不住嘀咕道："那也要那个狗东西肯教啊。"

刘友容没听清："你说什么？"

"没什么。"李涉站没站姿，懒懒散散的，让人看着就想打瞌睡。

刘友容巴不得眼不见心不烦，摆手让他们出去："走走走，回教室早读。"

李涉拿着试卷一步三摇地回教室，后面跟着的"倒数第二"王泽豪凑近他道："涉哥，你罩罩我吧。班长教了你以后，你能不能给我抄抄？我爸都下最后通牒了，要我再考倒数，他就要把我当弱智一样送去测智力了。"

李涉拿起手里的试卷，拍向他的脑门儿："你怎么不自己去抄他的？拐这么大的弯，想拿我当枪使？"

王泽豪挠了挠头："这不人家是班长嘛，我哪敢啊？"

李涉想都不想就拒绝了："指望他教？他还不知道会反过来怎么整你呢！别做梦了。"

王泽豪马上扬起一个"哥，你逗我吧"的笑："涉哥，你藏着掖着的，这就不够意思了啊！班长人这么好，怎么可能整你？再说了，你俩是发小，你说几句软话不就好了？"

"你懂个屁，不要跟我说话，会拉低我的智商。"李涉烦得很，懒得跟他废话。

王泽豪对于李涉的这句话很不服气，他随便乱蒙都能考倒数第二，明明比他厉害很多好吗？

李涉一看到试卷上的成绩就很糟心，他心想，要是让家里的几个叔叔知道了，他的腿都有可能被打骨折。他进了教室，坐到座位上，想了想王泽豪的话，转头看了一眼后面的霍圾。霍圾安安静静地坐着，斯文温和，看上去绝对不是冷血无情的王八蛋。李涉心想，王泽豪说得也有点道理，他和霍圾毕竟是发小，霍圾总不可能见死不救吧？

李涉看得有点久了，霍圾眼皮微抬，弧度好看的唇角勾起无情的嘲笑："又是鸭蛋？"

李涉一阵无语，觉得自己真是疯了，竟然被这个败类的外表给迷惑了！这个心眼儿比莲藕都多的王八蛋要是肯教他，天上都会下红雨！

刘友容了解完林莜的情况，带着她一起到了教室。

"同学们，我们班里今天来了一位新同学，她叫林莜，大家欢迎。"

班里的同学们抬头看向讲台，看见一个白生生的小姑娘站在讲台上。她长得特别乖，裙子下的腿又白又直，很瘦，却不是那种骨感的瘦，看上去白白嫩嫩的。

后排有几个男同学互相比了个大拇指，眼里的意思很明显。

李涉翘着椅子往后一靠："乖乖女，还挺软，感觉有点像你买的那只猫。欸，你家猫还活着吗，没给你玩死了吧？"

霍圾收回视线一笑，斯文里带了点不怀好意的味道："你猜啊！"

猜？那就是玩死了呗！李涉想起霍圾刚才的嘲讽，新仇旧恨加在一起，他把椅子往回一翘，发自内心唾弃道："狗东西，连那么点大的猫都不放过，败类！"

林莜一眼就看见了坐在最后一排的霍圾，他垂着眼，修长的手指玩着放在书上的笔，笔被推上去又自己滑了下来。他垂眼不看人的时候有一种凉薄感，看起来好像并没有那么温柔、好靠近。

林莜收回视线，觉得这个弟弟应该不会喜欢吃糖。

刘友容看向霍圾道："班长帮忙搬一下课桌椅。林莜，你就先坐在后排，到时再排座位。"

李涉马上毛遂自荐："老师，我来吧，我搬课桌很厉害。"

刘友容看见李涉就来气，声音瞬间拔高："你这么勤劳，怎么不把操场扫了？"

全班哄堂大笑。霍圾在一片笑声中起身。他的校服很干净，只是最平常的穿法，却好看得格外突出。

林莜走到老师指的位置，同学们开始各干各的。

霍圾已经帮她把后面的桌子搬过来了，还剩椅子。林莜不好意思麻烦他，连忙冲过去。霍圾已经提了椅子，一转身，椅脚磕到了她的脚踝上。

尖锐的东西磕到骨头上还是很疼的，但林莜忍着没叫出来。她对上霍圾看过来的视线，看见他的眸色有点淡，不是那种浓浓的乌黑色。此时，他的视线落在她身上，竟然有一种凉凉的味道。

林莜这才发现他们离得太近了，连忙退后几步，小声道："我自己可以搬。"

霍圾有些抱歉道："不好意思，疼吗？"

旁边传来一声口哨，原来是后排一个男生吹的。他的校服穿得松松垮垮的，校裤硬生生被改成了喇叭裤。他吊儿郎当地看着他们："霍圾，你别装了，故意的吧你，疼不疼你给新同学揉揉不就知道了？"

霍圾一笑，什么也没说。

李涉揉了个纸团扔过去，调侃道："陈宣冲，你发什么骚，别吓到新同学。"

林莜感觉这几个同学有点奇怪，但她只是接过霍圾手里的椅子，道了声"谢谢你"。空着的桌椅没人用，有好些灰，她打开书包拿出纸巾擦了一遍，这才安静地坐下。

霍圾坐回座位上，扫了一眼小姑娘的脚踝，发现她白皙的皮肤上已经有了一抹红痕，很明显。

☙ ☙ ☙

物理老师是一个地中海发型的老头儿，讲课风趣幽默，很容易让人听进去。可是，一节课下来，林莜没跟上。她落了很多节课，老师现在讲的她根本听不懂。

李琪琪一整节课都低着头在抽屉里看漫画，下课才抬头看见旁边的新同学还在盯着书瞅，看起来好认真。

"下课了还看书啊，你成绩一定很好吧？"

林莜摇头："不是很好。"

李琪琪拿出抽屉里的卡牌算运势："你们这些好学生就是谦虚，我才不信。"

她摆着牌，又看了一眼林莜，看她一副很乖的样子，开口提醒道："刚才和你说话的几个人，你要小心哟！少和他们接触，免得被欺负了。"

林莜一顿，有些疑惑："欺负？"

李琪琪指了一下左后排正在打游戏的陈宣冲："这个是我们学校出了名的

'校霸'，人很浑的，老师都拿他没办法。他在校外认识很多小混混。"她又看向隔着一个过道的李涉，"这个是'二世祖'，整天游手好闲，换女朋友跟换衣服似的。他人倒是还好，不过物以类聚，你这样的乖女孩还是不要靠近他。"

林苡看了一眼从上课开始就一直趴在桌上睡觉的李涉。收回视线前，她的余光扫到了他的后排，那个座位是空着的。霍圾下课去了哪里？她记得，李涉和霍圾早上说过话，好像很要好……

林苡有些迟疑地问道："那……霍圾呢？"

"班长？"李琪琪看了一眼霍圾的座位，看人不在，才凑近她小声问，"你觉得有完美的人存在吗？"

林苡想了一下，摇了摇头："不太可能。"

"对啊，是人就会有缺点的，哪有完美的人，是不是？可班长就是完美的，没有任何缺点。"

林苡沉默了一会儿。从她知道霍圾开始，就没人说过他不好，他是长辈夸奖的好孩子、老师眼里的好班长，好像就是完美的代名词。

"好学生和好学生玩，不良少年和不良少年玩，这些都很正常。班长是好学生，却和谁都关系很好，连和不良少年的关系也很好，你不觉得很奇怪吗？"

温柔友善的班长和打架混日子的不良少年，这两类人怎么看都玩不到一块儿去。

李琪琪一边玩运势牌，一边说："反正吧，我觉得班长挺让人看不透的。虽然他人真的很好，也让人说不出缺点，可是我还是觉得没有缺点的人不可能存在。除非，他掩饰了一些东西。"

"林苡。"

林苡回过神，才发现第四节课都结束了。她转过头，看见霍圾对她一笑，问她道："要一起去食堂吃饭吗？"

李涉瞬间来劲了，一下子蹦起来，嘿嘿一笑："走吧，新同学，和我们一起吃饭去。"

林苡看向他们，有些为难："刚才同桌要我等她一起吃饭。"

"那好吧，只能下次一起吃咯，小甜甜。"李涉没说几句话就暴露了本性。

这时，从隔壁班走来一个很好看的男生，穿着校服的他有一股生人勿近的味道。他用手指敲了一下窗台："吃饭。"

"走，饿死了。"李涉转身开了后门出去了。

霍圾起身走过来，递给林苡一张饭卡："你还没有饭卡，我的给你。"

林苡连忙摆手："你用吧，我拿了你的，你就没有饭卡了。"

"没关系，里面的钱不多，不用在意，我用他们的也一样。"霍圾一笑，似乎一眼就看穿了她的心思，将饭卡放在她的桌上。

林苡看着课桌上的饭卡，有些愣神。她心想，霍圾连饭卡都好干净，一点划痕也没有，像新的一样。

霍圾出了教室，带上后门，看见宋复行和李涉在楼梯口等着。

李涉见他出来，一脸八卦道："你是不是喜欢这个新同学？一来就给人塞饭卡，想包养人家？"

宋复行眼皮微抬，扫了一眼他们，不以为意地往楼下走去。

霍圾一笑："是得养着，得养到成年。"

宋复行回过头来，微微挑眉，看了一眼霍圾。

李涉往后跳了一大步："天哪，你说真的？"

霍圾笑得开心："这你都信，脑子呢？"

"老子和你绝交一天！"李涉又一次单方面和霍圾绝交，追上宋复行道："行行，和你说个事呗。"

宋复行抬眼看向他，冷冷地说了一个字："说。"

"我这次考了倒数第一，你知不知道，刘友容那个女魔头竟然要叫家长！这要是让家里那几个人知道了，我的腿都可能被打瘸！"

宋复行道："然后呢？"

李涉几乎是声泪俱下："你给我辅导辅导呗！刘友容说了，只要我考得像样点，什么都好说。"

宋复行陷入沉默。

李涉见有戏，连忙往台阶下跨了一大步，转身看向他："行行，我们从小一起长大，情同手足。霍圾那个混账不教我，你总不可能见死不救吧？"

宋复行回忆了一下李涉以往的成绩，考虑了他成绩上升的可能性，慢慢道："李涉……"

"嗯？"李涉期待地应道。

宋复行微微停顿，然后平静地回答："你还是被打断腿容易点。"

李涉顿时大叫道："你这说的是人话吗？！是兄弟吗？！有良心吗？！"

霍圾轻笑出声，走了下来："其实有更快的方法。"

李涉虽然不信这人会帮忙，但还是忍不住问："什么方法？"

"你可以去教倒数第二，以你倒数第一的资质，下次考试的时候，你一定可以把人家变成倒数第一。"

宋复行看向霍圾，深表赞同："反正怎么样都比他认真学习更有效果。"

李涉怒火冲天，在心里咆哮道，他今天要和这两个王八蛋绝交！！！

等李琪琪上完厕所回来，林菝和她一起去食堂排队打饭。等轮到她们，她担心饭卡里钱不够，小心翼翼地点了几份素菜，毕竟霍圾也没说里面有十几块钱还是几块钱……

等食堂阿姨打了菜过来，林菝刷卡，看见饭卡里的余额是 14151.9 元。

林菝大吃一惊，心道：这就是霍圾所说的"钱不多"？

李琪琪也吃了一惊："林菝，你家里人是不是对你的饭量有误解？"

食堂阿姨看小姑娘傻了，笑着调侃道："你家里人这么担心你饿着啊，充这么多，不怕吃不完呀？"

林菝心想：是啊，霍圾吃得完吗？这么多钱要用到什么时候？他是把高中三年的饭钱都充进去了吗？还是说，这些钱是要和她一起用的？就算如此也用不了这么多啊！毕竟她又不是汤圆，一天需要喂七八顿……霍家包她吃包她住包她读书，她身上的裙子也是霍圾送的，这就是传说中的"包养"吧……

林菝吃完饭就和李琪琪分开，转头去找霍圾了。这张饭卡跟烫手山芋一样，对从来没有见过这么多钱的她来说就是一笔巨资。

霍圾中午要参加学生会的会议，所以没有回教室，而是去了阶梯教室。林菝刚来学校，对学校的环境还不是很熟悉，一路边走边问才找到阶梯教室。

会议还没有开始，大家四散着聊天，在等人齐。林菝在门口张望了一下，一眼就看见了坐在里面的霍圾，他身旁坐着一个女生，两个人正在说话。从林菝的角度正好可以看到女生面上腼腆的笑，看得出来，她喜欢眼前这个温柔的男生。

"同学，今天学生会的各部门开会，要用这间阶梯教室，你不能在这里。"后面来的女生见林菝站在门口不走，开口提醒道。

林菝握着兜里的饭卡："我找霍圾有事。"

问话的女生听见霍圾的名字，完全见怪不怪："不好意思，我们马上就要开会了。中午的时间很宝贵，你先回去吧，有什么事情等我们开完会再说，好吗？"

女生的态度很强硬，林莜也不好耽误这么多人的时间，于是道："好吧，那我在外面等他。"她的声音很软很乖，语气却很坚定。

这时，一个男生路过她们，打量了一眼林莜。与此同时，女生毫不留情地关上了阶梯教室的门，隔开了小姑娘的视线。

男生见了，忍不住揶揄道："许念，厉害啊，你都不问一下霍圾吗？"

"有什么好问的？找霍圾的女生那么多，十根手指头都数不过来，要是一个个的都进来，我们还开不开会了？"许念没好气地说，拿着会议记录本往台阶下走去，"开会了，大家找位置坐好。"

男生没再说什么，找了个座位坐下。他想到等在外面的女生白白净净的很好看，不像是会惹事的，有些不忍心。于是，他凑近坐在前面的男生："霍圾。"

霍圾坐在位子上，看着手里的会议表："怎么了？"

"有个女生在外面等你，应该不是我们学校的，没穿校服。她看样子好像有什么要紧事，你要不要出去看看？"

霍圾往后看了一眼，只看见教室的门关着。他不在意地道："我知道了，先开会。"

等到会议结束时，午休时间已经差不多过去了大半。林莜还等在外面，中午的阳光照下来，落在她身上，扎起的马尾辫很乖顺地披在她的肩上。白色的裙子，错落的阳光，是夏天的味道。她什么事也没有做，只是很认真地等着。

之前那个男生出了阶梯教室，看见她，有些惊讶道："还等着呀？"他转头朝阶梯教室里喊道："霍圾，你要不要先出来一下？人还在外面等着。"

许念闻言，脸色不太好看，她看着门口的女生，有点不耐烦。

霍圾听到这话，有些意外，没想到她还等着。他对许念说了一句"稍等"，起身往外面走去。

看见门口的人，他温柔一笑："姐姐，有什么要紧事吗？"

林莜看着他走近，被他突如其来地叫了这么一声，有些不好意思。从小到大她都是一个人，突然多了这么一个温柔的弟弟，她有些不习惯。

她从兜里掏出饭卡："你的饭卡里有很多钱，我不能要。"

霍圾闻言一笑，没有收的意思："没关系，你只管用，不要客气。"

林莜见他不收，伸手抓过他的手，把饭卡塞到他手里。"不行，太多了，我真的不能要。"她看着他，认真解释道，"我身上有钱，以前我一有空就会去打工。你放心，我不会饿着的。"

林苡又把手伸进兜里，掏出早就准备好的钱——其中还有几毛的——全部放到霍圾手上："我刚才点了几份素菜，花了十八块钱，先给你。"她还了钱，心里松了一口气，挥手和他拜拜，转身往楼下走去，"你进去忙吧，不打扰你了。"

霍圾看着手里的饭卡和零钱，片刻后又看向林苡离开的方向，她已经没影儿了。他没说什么，转身回了阶梯教室，随手将饭卡和钱放在桌上，问道："学姐继续吧，还有什么需要我安排的？"

许念看了一眼桌上的饭卡和钱。虽然她没听见他们说了什么，可饭卡是很私人的东西，那个女孩把饭卡给了霍圾，让她有些弄不清楚他们是什么关系。她注意霍圾很久了，从他进学生会的那一天起就注意到他了。他成绩很好，长得好看，还那么温柔，对每个人都很好，她从来没有见过这么完美的人。学校里喜欢他的女生不知道有多少，她的危机感很重。她知道，现在应该以学业为重，可她就是控制不住。一想到班级里、年级里有这么多人讨论他、暗恋他，她就有些急。她或多或少暗示过霍圾，可不知道为什么，她总觉得和他隔着一层什么东西，就是无法实实在在地靠近他。现在突然有个女生来找他，他们的关系看起来还很亲密，她怎么能不急？

许念合上笔盖："没有了，刚才都说好了。学生会的事都比较麻烦，辛苦你了。"

霍圾合上本子："不会，都是我应该做的。"

许念看着他整理东西，想起刚才的小姑娘看上去年纪很小，起码比她小很多。她咬了一下唇，忽然开口道："你以后叫我的名字就好了，不用总叫学姐，我也没比你大多少。"

霍圾闻言抬眼看向她，似乎有些意外。

许念难得脸热了一下，却没有回避他的视线。

霍圾温和一笑："好。"

"霍圾，你是在开会还是在泡妞？等你大半天了，我等女朋友都没等过这么久。"李涉穿着短袖、钩着校服外套走进来。

许念听到这话，脸瞬间通红一片，抱着文件就出去了。

李涉翻过座位，坐在椅背上，看着许念离开的背影，揶揄道："你的桃花真不是一般多，十个和你说话的女生，有九个是想追你的吧？"

霍圾没说话，显然没把这种事放在心上。

李涉扭了扭脖子，催道："走啦，去打篮球啦！宋复行等你等到把周围的空气都冻僵了，一天天的没几句话，快把我憋死了。"他声音一顿，一把抓过桌上的零钱，"你的？"

霍圾看了他一眼："这里除了我，还有别人？"

"你中邪了吧？几毛钱都有，哪儿来的？我家阿婆都不用零钱了！霍叔叔把你的卡冻结了？你用得着这么省吃俭用吗？"李涉拿起一毛钱的硬币，看了看，又闻了闻，"全新的，还有糖果香，一定是女孩子给你的。新流行的追求方式？"

霍圾不置可否，拿过饭卡夹在书里，起身往外走："招桃花的，送你了。"

"真的假的？"李涉看了一眼手里的零钱，犹豫片刻，还是一把塞进了裤兜里。

桃花嘛，谁会嫌少呢？

❀ ❀ ❀

紧锣密鼓上了大半天课，林莜的脑子有些昏沉，等到上体育课时才放松了一点。

三班的体育老师临时有事，所以三班要和林莜所在的二班一起上课。一中和她以前的学校不同，体育课是男女分开上的。

林莜卖力地做着伸展运动，才做到一半，突然听到篮球场那边传来了起哄声。原来是霍圾面前站着一个女生，她伸手想要拦他手里的球。

那个女生长得很漂亮，头发披散下来，校服拉链拉下，敞开大半，露出里面的小吊带，锁骨以下的皮肤白得晃眼。女生旁边有几个小姐妹跟着周围的男生起哄。

体育老师看男生女生混在一起，吹了一声挂在胸前的口哨："怎么回事？你们几个女生来这里，不要在那里逗留！"女老师一边说，一边往那边走去。

这边的一群女生瞬间都没了做伸展运动的心思。

"三班那个女的还要不要脸了？上着课呢，就去调戏我们班长！"

"陈诗楠一直这样，玩得很开，家里又有条件，背处分都不怕。"

"她不是在和高三的学长谈吗，现在又来追我们班长？"

"甩了吧？高三那个怎么可能比得过班长？长得没班长帅，成绩差得'吊车尾',和我们班长一比就是渣渣。而且班长家里很有钱,每次来接的车都不一般,陈诗楠又不是瞎子,估计早就惦记上了。"

"陈诗楠肯定追不到。班长成绩这么好,怎么可能看得上天天逃课的女生?"

"难说哦。女追男隔层纱,陈诗楠长得又漂亮,追得紧了,哪个男生能不动心?而且男生还就吃她这一套。"

林莜看着那边发愣,体育老师已经过去叫那几个女生回来了。

陈诗楠根本没把体育老师放在眼里,走的时候还冲霍圾抛了个媚眼,引得周围的男生又是一阵起哄,体育老师压都压不住。

霍圾没有在意,只是一笑了之。

林莜旁边的女生忍不住嘀咕:"班长不会真的喜欢这样的女生吧?"

前排的一个女生连忙开口替他解释:"不会的,班长对谁都是笑模样,一直很温柔。陈诗楠估计就是看准了这一点才这么大胆。"

"别说了,老师过来了。"

体育老师过来的时候脸色不是很好看,她根本管不住三班的那几个女生,把她们带过来以后就让她们自己去活动了,也懒得再管,只要不出事就好。

林莜的校服还没有发下来,穿着白裙子站在队伍里,很醒目。

体育老师看见她,以为又是一个问题学生,语气瞬间严厉起来:"这个同学,你怎么没穿校服,上体育课还穿裙子过来?"

林莜正要开口解释,前排的体育委员已经替她回答了:"老师,她是今天刚转到班里来的,还没有校服。"

"哦。"体育老师看她穿着裙子也不是很方便,就指了一下远处的台阶,"那你这节课就先在一边坐着休息吧,下节课有了校服再上。"

这话一出,大家都很羡慕林莜。毕竟,坐着上体育课,多爽啊!

林莜出了队列,走到台阶旁坐下。这个位置离男生的篮球场比较近,还能看人打篮球,不过林莜对篮球没兴趣,看了一会儿就开始走神了。

三班那几个女生趁体育老师不注意去了趟小卖部,又重新回到这边,看男生打篮球。

体育老师看见了也不想搭理,对她来说,男生女生没混在一起就行。

林莜见有人过来,往旁边让了点位置给她们。

陈诗楠嚼着口香糖,看了一眼林莜身上的白裙子,又从她的腿看向她的脸,打量了一个来回："喂，你是二班的？"

林苡听到"二班"才发现她在和自己说话："嗯，怎么了？"

陈诗楠一脚踩在台阶上："你们班里哪个女生和你们班长关系好？"

"我不清楚，我今天第一天来学校。"林苡一板一眼地回答，还挺认真。

"呵。"陈诗楠嚼着口香糖吹了个大泡泡，半警告半威胁地看着她，防贼似的，"那你以后帮我看着。我现在在追你们班长，以后就是他的女朋友。谁要是靠近你们班长，你就过来告诉我一声。"

林苡看着陈诗楠的口香糖泡泡，很想劝她一句别吹这么大，万一破了会全粘在脸上——她之前就这样过，清理了好久。可她想了想还是算了，说不定人家技术好，从来不会吹破呢！

"诗楠，走啦，九中那边的场子都约好了，去玩啦。"旁边一个女生道。

陈诗楠看了一眼篮球场上的霍圾，把手里的饮料甩到林苡怀里："一会儿帮我跑个腿，把饮料送给霍圾。"

林苡看了她一眼："你为什么不自己送？"

"我有事啊，要不然叫你干吗？送给他的时候，记得跟他说是我准备的，懂不懂？"陈诗楠完全没耐心和她废话，扔下饮料抬脚就走，也不担心这个乖乖女会不会不照做。

三班的一个男生被霍圾进了球也不恼，看了一眼林苡那边道："那是你们班新来的转校生吗？好像被我们班的陈诗楠欺负了？"

霍圾看向那边，看见林苡坐在台阶上，一脸乖巧，旁边的女生把手里的饮料扔到她怀里就走了。然后，小姑娘一个人待在那里，把饮料放在脚边，垂着头抱着膝盖发愣。她整个人缩成了小小的一团，看上去很乖，确实像被欺负了。

李涉一看是班里新转来的"小甜甜"，挑了一下眉，看向三班的那个男生："对啊，我们班的。你这么关注干吗？"

"'初恋脸'嘛，好清纯。"

李涉接过落下来的篮球，砸向三班那个男生，笑骂道："你们班不是有陈诗楠了吗？少来盯我们班，人家是搞学习的好学生，别给带坏了。"

"我就喜欢这样清纯的，被看一眼就会脸红，多乖啊！你不让我追，我还偏要追。"

"不要脸！"李涉看向霍圾："要不你把陈诗楠收了吧，免得我们班亏了。"

"行啊，反正陈诗楠早晚会被你们班霍圾收了，不如就直接换了，我们班就缺这样的乖乖女。"

霍圾轻慢一笑，没说话，也看不出来他在想什么。

体育课很快过去，下课铃声响起，篮球场上的男生陆陆续续下场，一个个大汗淋漓的，拉起衣角擦汗。

李涉喘得跟狗似的："阿圾，去买水不？"

霍圾把篮球放回筐里，看了一眼不远处的小姑娘。

林苃也准备回教室了。她站起来，看见脚边的饮料，也没打算不理会，拿起饮料，特地走了几步，走到垃圾桶前，随手一丢。"咣当"一声，没开瓶的蜂蜜柚子茶进了垃圾桶。

林苃没什么表情，自然得就像扔了个垃圾，转身上楼。

李涉见霍圾看着台阶那边，以为他在找陈诗楠，他四处看了看，找不到人："欸，那个陈诗楠搞什么，追你都没点诚意，连瓶水都不准备一下。"

霍圾闻言一笑，也没在意，随手拿起校服往小卖部走去："走吧。"

第一天的课结束以后，林苃去了老师安排的宿舍。宿舍里一共有四个人，其中只有顾语真和她一个班。顾语真话不多，她们两个人不是很熟悉。

林苃把关志帮她搬来的行李整理好以后，和宿舍里的几个女生也差不多熟悉了。

林苃在新学校的第一天，除了跟不上上课的进度，别的都很好。

夏天的风轻轻吹着，午后的阳光晒下来，有一些热，让人昏昏欲睡。林苃一个人趴在桌上看书。

午休的时间快到了，中午没老师管，教室里没有几个人。今天又是周五，过了下午就能回家，大家没心思待在教室里做作业。

李涉抱起篮球，看向后面的霍圾："阿圾，去不去打篮球？"

"太热，不打。"霍圾没兴趣，垂眼看着手里的书。

"扫兴玩意儿。"李涉埋汰了一句，抱着篮球，打开后门，带着王泽豪溜出去浪了。

林苃头顶的风扇慢悠悠地转着，吹来的一缕缕风像被阳光晒烫了。她有些热，于是脱了校服外套，收进抽屉里。她正准备继续看书，后门传来了动静。

霍圾同桌的椅子被"刺啦"一下拉开。

陈诗楠扶着课桌，在霍圾身边坐下："昨天打你电话，你为什么不接？"

班里几个午休的同学全都转头看过去，然后纷纷相视一笑，满眼都是嗅到了八卦的意味。

霍圾连头都没抬，面上的笑意淡淡的，语气一如既往地温和："你怎么知道我的号码？"

"你管我怎么知道的，我当然有我的方法。"陈诗楠一笑，眼线勾勒的眼尾微微上挑，"你还没回答我呢，为什么不接我的电话？"

霍圾看着书："睡着了。"

"才九点半就睡着啦，作息这么规律？"陈诗楠趴在桌上，校服拉链敞开着，几条细链子挂在脖子上轻轻摇晃，锁骨看起来很诱人，"我昨天让人给你的蜂蜜柚子茶你喜欢吗？那可是我最喜欢的饮料。"

霍圾闻言，翻书的手微顿，抬眼看向左前方的女生。林苈穿着薄薄的短袖，露出细白的胳膊，正趴在桌子上，热得有些懒洋洋，看上去又乖又软。

"蜂蜜柚子茶？"霍圾重复道，声音微微压低，声线温柔干净。

陈诗楠看着他，不错眼："对啊，我就怕你打完篮球渴了，特地叫一个女的给你的。你喝了吗？好喝吗？"

霍圾似乎想起了什么，眉眼轻笑着收回了视线。

"还行。"

🐾 🐾 🐾

陈诗楠见霍圾看书不看自己，有些不甘心："你在看什么，是乐谱吗？好像还蛮好玩的，教教我嘛。"

霍圾还是一副好学生的样子，淡淡道："你可以请音乐老师教你。"

班里的同学们听得一阵扼腕，觉得自家班长脾气太好了，这是要被人吃定了。

果不其然，陈诗楠下一句话就是撒娇。她伸手拉了拉霍圾的校服袖子："我不要别人教，我只想你教。你教我嘛，好不好，阿圾？"

"陈同学，我们班里要开始午休了，你该回教室了。"霍圾提醒了一句，就没再开口说话了，完全没把陈诗楠放在心上。

班里的女同学多少有些烦陈诗楠，觉得她当着这么多人的面撒娇卖哕，真的是不要脸。最主要的是，陈诗楠卖哕的对象是霍圾！像他这样温柔的少年，不知道是多少人心里的白月光，陈诗楠怎么可能不惹众怒？

陈诗楠觉得一个人唱独角戏也没什么意思，只好消停下来。教室里安静了一会儿，只有书页翻动的声响。

突然，"吧唧"一声，好像是亲嘴的声音。班级里的空气仿佛都停滞了一下。

林芨心头讶异，转头看向声音的来处，只能看见陈诗楠看着霍坂，笑得得意。

"干吗这样看着我，不就亲了你一下吗？"陈诗楠看着霍坂脸上的一点口红印，忍不住抿嘴一笑，越说越来劲，靠近霍坂看着他，"你不会是没被人亲过吧？初吻还在？"

霍坂神情淡淡地看了她很久，忽然笑了一下，笑容却没什么温度。他伸手擦了一下脸，没有说话。

明明霍坂没有冷脸，甚至还笑了，可陈诗楠就是感觉气氛有些古怪。她将其怪罪于教室里偷偷看着他们的其他人："看什么看，没看过人打啵？"她冷冷地扫了一眼整个班级。

陈诗楠恶名在外，大家不敢和她对视，纷纷转回了头，当作没看见。

陈诗楠冷哼一声，收回视线时对上了左前方的人。那人顶着一张白净的小脸，还看着他们。

陈诗楠一看到她就记起来了，她就是体育课上的转校生，三班的男生都在讨论她，说她是什么"初恋脸"。

初恋个屁！她翻了个白眼，拿起桌上的书直接砸了过去："还看啊！八辈子没看过，情侣调情你忌妒啊？！"

书"啪嗒"一声砸在林芨的桌上，掉了下去。

一时间，班里的同学又都看了过来。回来喝水的王泽豪看见这一幕，惊讶道："哇哦，什么情况？"

林芨看了一眼落在脚边的书，又抬眼看向陈诗楠，说了一句公道话："他还没有答应做你的男朋友，你这是性骚扰未成年人。"

"性骚扰你妹！他答不答应和你有什么关系？我在体育课上就感觉你一直盯着他看了！你喜欢他，想和我抢，是吧？那你问问他，是喜欢你这个丑八怪，还是喜欢我？"陈诗楠站起来，一脸挑衅，语气很凶，好像要打人了。

林芨看了一眼霍坂，对上了他的视线。他依旧平平静静的，不像是生气的样子。说不定，他并不讨厌陈诗楠的骚扰。想到这里，她转过头去，没再理会。

看到林芨居然无视自己，陈诗楠更生气了，踹开椅子走出来："你聋啦？我和你说话呢，没听见？"

王泽豪上前拦了一下："哎，楠姐，算了算了，人刚来学校，不懂事呢。你别气了。"

陈诗楠正在气头上，一把推开王泽豪的手："关你什么事啊？你在这里装什么好人，不会也喜欢她吧？恶不恶心啊，喜欢这种装纯的女人！"

"陈同学平时在班里都是这样的吗？"霍圾忽然开了口。他的声音还是很温柔，看起来好像完全没因为眼前这个人的无理取闹而生气。他甚至没有情绪波动，就好像不管是多么理智的人，在他面前都会显得无理取闹。哪怕是陈诗楠这样漂亮的女孩子，别人看着也就是刁蛮任性了一些，现在也因为他的礼貌温和而显得粗鲁、没教养。

陈诗楠看向座位上的霍圾，没了声音。

霍圾合上手里的书，看向陈诗楠："我不喜欢说话声音太大的女孩子，很吵。"

周五下午放学后，霍家会来接林苡回去过周末。

林苡回宿舍收拾行李，中午的事情早已经传遍了整个学校，宿舍里的同学都在讨论。

"听说三班的陈诗楠今天中午到二班去了，明目张胆地调戏二班班长。"

"二班的班长是霍圾吧？我知道他。他初中的时候成绩就超级好，和一班的宋复行不相上下，不是他考第一，就是宋复行考第一，反正第一就没让给过别人。"

"他家境好，成绩好，性格好，长得还好看，也难怪陈诗楠会扑上去了。"

"陈诗楠是真的骚，听说今天中午还强吻了霍圾，这样死命倒贴也太恶心了。"陆依依叠着手里的衣服，看了一眼顾语真，"语真，你今天有看见吗？是不是真的亲了？"

顾语真坐在座位上看书，被问到的时候正在出神，愣了一下才道："我……中午没在教室里。"她在篮球场看某个男生打篮球，不知不觉就看了一个中午。

"林苡呢？"

林苡的手一顿，摇了摇头，没说话。

陆依依以为她当时也不在教室里，有些可惜："应该是真亲了，不然怎么会这样传？我觉得霍圾很危险啊！他脾气好又温柔，这样的优等生一看就是家里保护得很好的温室花朵。陈诗楠追得这么紧，又会撩，而且长得贼漂亮，校花级别的，在男生里面还挺受欢迎的，我们班男生还说她是女神呢！这么一想，这两人在一起很'带感'啊！"

另一个女生放下手里的书，有些不爽霍圾这样的温柔"男神"会被陈诗楠追到手："你们知道陈诗楠以前那件事吗？就是刚上初三的时候，她和年级里一个女生抢高二的一个学长，还花钱叫了一群小混混去教训那个女生。那个女生认怂了，后来直接转校了。"

"这个我记得，闹得挺大的。那次她被记过了吧？出了这么大的事，学校都没有劝她退学？"

"她怎么可能退学？她爸和校长认识，关系很好，而且她家里有钱有势。对于朋友家的千金，校长当然睁一只眼闭一只眼。"

陆依依叹了一口气，走到阳台上收袜子，声音听起来小了一点，但还能听得很清楚："霍圾这么温柔，以后肯定会被陈诗楠吃定。陈诗楠翘课、逃学有一套的，天天和九中的那群不良少年出去玩，抽烟、喝酒、打架，搞得乌烟瘴气的，不像个学生样。霍圾要是真的和陈诗楠谈恋爱，百分之百会被带坏。"

林莜听着，陷入了沉思。她这个便宜弟弟的追求者好像还挺厉害的，他性格这么温柔，以后该怎么办？

chapter 2

好孩子

她躲得过初一，可能也躲不过十五。

sweet

校门口，霍圾的车已经在远处等着了。

林莜上前拉开车门，想跟司机说她下次可以自己回去，不用特地来接，白白给他添麻烦。可她话还没说出口，就看见了在里面坐着的霍圾。

车窗半开，外面的阳光照进来，落在他身上，让他整个人看起来闪闪发光，像在晶莹剔透的玻璃球里一样。

霍圾抬眼看过来："姐姐，要走了吗？"

他在等她吗？林莜坐进车里，有些抱歉。她不知道他在等，所以多听了一会儿八卦，而等她的人还是八卦里的中心人物。

"对不起，让你久等了。我以为你先回去了，下楼的速度就慢了。"

霍圾一笑："没有等很久。我本来想和你说一声，可你没在班里和我说过话，应该是不想同学们知道我们的关系，我就先过来等你了。"

林莜沉默了一会儿。她确实不想别人知道他们的关系，也不想别人去议论她。

"谢谢。"林莜看着正前方，低声说道。

霍圾道："不用客气。"

车里安静了一阵，只有车外拂来的夏风。

霍圾安静地坐在车里，没有玩手机。他即便不说话，眼里也带着笑，看起来的确是很温柔的男生，天生就代表着美好。

林莜想起陆依依的话，看了一眼前面的坤叔，打开书包拿出本子和笔，在本子上写了一句话，递到霍圾眼前。

霍圾看着细白的小手递来的本子，上面的字很小巧。看得出来，她很努力想写得大一点，可是习惯使然，效果并不理想。

"你喜欢那个女孩吗？"

霍圾没有伸手接，视线从本子上移到她的脸上，问道："哪一个？"

哪一个？有很多个吗？林莜想了想，觉得也是，确实有很多喜欢他的女生。

她对着他做了个口型。

霍圾看着她微张的唇瓣，替她说了出来："陈诗楠？"

林莜下意识看了一眼坤叔，他正在认真开车，似乎完全没听见。她心想，霍圾不怕家里的长辈知道吗？早恋可是很严重的事情，至少对他这样的好学生来说很严重。

霍圾眼里的笑意慢悠悠而起，让人琢磨不透："不喜欢。"

林莜点点头，安了心，把本子合上，放回书包里。

"可是……"霍圾的声音有些低。

林莜抬头看向他。他的脸上难得没了笑，窗外的光透进来，照得他的面容白皙干净。他垂着眼，神情很无辜："她一直缠着我不放。"

林莜有些难受，一个无助的男生向她求助，她却无计可施。虽然她以前的学校里也有不听话的学生，但她从来没听过这种事。她本来还觉得霍圾不会被陈诗楠吃定，毕竟昨天他一句话就能让嚣张跋扈的女孩没了声音，想来谁吃定谁还不一定呢！可现在她好像不确定了……霍圾被家里保护得这么好，性格又温和，要是真的被带坏了，会变成什么样子呢？叔叔阿姨又接受得了吗？

话说回来，虽然这是个隐患，可还没有发生的事谁也不好说，更不是她一个寄人篱下的小孩能管的。

林莜趴在书桌上磨了一个多小时洋工，作业本上还是一片空白。

她看着作业，有些头疼。一中的大部分学生基础很好，简单的题老师基本上都是一句带过，只讲重点，这对她来说太难了。

林莜一挪脚，碰到了一个东西。她低头一看，吓了一跳，原来是一只死老鼠！她猛地站起来，几步远离了桌子。

这只老鼠看样子是被捕鼠器夹死的，按理来说不应该出现在她的桌子下面。

林莜扫了一眼整个房间，心想，难道有人来过了，还弄了这样一个恶作剧来捉弄她？她得罪霍家的人了吗？可她这几天都在学校，根本没有接触过霍家的人，又怎么会得罪人？

林莜想不明白，只能先拿垃圾袋将死老鼠兜进去，提着袋子出了房间。

下楼时，林莜看见霍圾在楼下喝水。他戴着细框眼镜，正垂眼看着在太阳下跑来跑去的小汤圆。

林莜还是第一次看到霍圾戴眼镜。他的气质本来就很好，只是不笑的时候看上去会有些冷漠，戴上眼镜后少了些许疏离感，看起来格外斯文。

霍圾端着玻璃杯，抬眼看过来，视线落在她的垃圾袋上："扔垃圾？"

"嗯。"林莜提着黑色袋子往楼下走，"房间里有一只死老鼠。"

霍圾似乎有些意外："你的房间里怎么会有老鼠？"

"我也不知道。"林莜低下头。她有一些婴儿肥，这样低着头，白皙的皮肤莹莹如玉，在阳光下有些透明，看起来吹弹可破。

霍圾看了她一眼，放下水杯，蹲下身摸了摸跑到脚边的小汤圆："家里从来没有过老鼠，这还是第一次出现。一会儿我让孙姨替你收拾一下房间，免得还有。"

"好。"林莜点点头，看着在阳光下和小汤圆玩的霍圾。小胖猫还没有他的手大，他一下下揉搓着它的小身板，弄得小家伙毛发乱乱的。不过，小家伙脾气特别好，还时不时伸出小奶爪去抱他修长的手指。霍圾用手指逗它，眉眼干净好看。

这幅画面太过美好，林莜有了一丝羡慕。有些人真的很幸运，从来不需要经历她经历过的事情。她甚至觉得，永远不应该让他知道那些负面的东西，免得破坏了这份干净和纯粹。

林莜轻叹了一口气，提着垃圾袋走出去。

身后的霍圾抬眸看向她的背影，没有再逗猫，眉眼却还带着笑。

林莜扔了垃圾袋往回走，身后突然有人扯了一下她的辫子。

林莜的头皮骤然一疼，龇了一下牙，身后几个男生大笑。

她转身看去，是孟诚，还有几个她不认识的男生。

几个男生看见林莜的脸，一副很惊艳的表情："还真挺纯的。"

"我骗你们干吗，比我们班的刘恫好看吧？"孟诚一脸得意。

林莜摸了一下头，很疼，感觉头发都被拔下了好几根，有些生气："你们干什么？"

"找你玩啊，姐姐。我同学来家里玩，你要不要跟我们一起去房间里看电影？"孟诚长得很憨厚，眼神却让人感觉很不舒服。

也不知道这句话哪里好笑，几个男生听见了全都笑起来，流里流气的，一点都不像初中生。

林莜眉头一皱，没有理会他们，转身往前走。

孟诚上前拦住她，瞪了她一眼："你哑巴了？叫你陪我们看片，听不懂？吃我们家的，住我们家的，你还真把自己当大小姐了？"

"孟诚，别这么凶嘛，吓坏人家怎么办？"几个男生围了过来，笑得很奇怪，"姐姐长得好甜，有没有谈过男朋友，亲过嘴吗？"其中一个男生说着说着还想动手动脚。

林苡脚下一顿，看着围过来的几个男生，心里一急，猛地推开孟诚往前跑。

孟诚被推了一把，差点摔倒，反应过来后马上往前追："居然敢跑！"

几个男生虽然跟着，可都有些慌了："孟诚，会不会被告状？"

"怕什么，就是个孤儿，能怎么样？"

林苡听在耳里，暗自咬了咬牙，跑得更快了，进了楼就直冲客厅。

霍圾看见跑进来的林苡，微微一怔，心道：小姑娘跑起来还挺快，一下就冲到了自己面前，像开饭的汤圆。他忍不住一笑，轻声道："跑得这么急呀？"

"这女的还挺能跑啊！"孟诚和几个男生凶神恶煞地追进来，一看见霍圾，声音瞬间就消失了。

林苡连忙往霍圾身后一躲，拉了一下霍圾的衣袖，喘得上气不接下气："帮帮我。"

霍圾似乎有些不明白，他看向孟诚，笑问："怎么了？"

孟诚连呼吸都下意识压着，站在原地没敢动。

霍圾也没问林苡怎么回事，从始至终都看着孟诚："你为什么追着女孩子跑？"

孟诚脸都白了，一句话也说不出来。

后面几个男生从来没见过孟诚这样，好像很怕他似的，可他哥看上去明明很和善啊，还对他们笑。

"哥哥，不好意思，我们闹着玩呢。"一个男生揽上孟诚的肩膀，看向林苡："是吧，姐姐？"

林苡没有说话，一看就不想和他们玩。

气氛有些死寂，男生推了推孟诚，示意他说几句。没想到孟诚的嘴巴跟缝起来了一样，一个字都说不出来。

霍圾面上没了笑，可声音还是很温柔："追着女孩子跑是没礼貌的行为。"

孟诚紧张地咽了一下口水，磕磕巴巴地道歉："哥，对……对不起，我知道错了，不应该……吵到你。"

霍圾扫了一眼孟诚和他身后的几个男生，笑着开口道："以后不要到处乱跑了。"

"好……我现在就送同学回去……"孟诚一边说，一边看霍圾的脸色。

小汤圆叫唤了一声，伸爪钩霍圾的裤子，想往他腿上爬。霍圾低头看去，轻轻"嗯"了一声，显得人畜无害。

孟诚出来的时候，冷汗都冒出来了："你们回去吧，以后我们在外面聚，别来我家了。"

几个男生听了都无语了，还没开始就结束了，这叫什么事？"孟诚，你也太怂了吧！你哥看上去斯斯文文的，估计连骂人都不会，你至于怕成这样吗？"

孟诚眼睛一瞪，猛地推了一把说话的男生，像被触到了哪根弦一样："你们懂个屁啊！他发起疯来很恐怖的！快点滚，别害老子！！"

林芟看到他们出去了才放松下来。

霍圾对她一笑，好像完全把孟诚当成了不懂事的小孩："你别在意，诚诚一直都这么顽皮。"

林芟神情凝重，心道，可不是"顽皮"这么简单……那只死老鼠应该也是孟诚放的，这让她更加没了安全感。孟诚连她的房间都能进，还不可怕吗？

孟诚怕霍圾，但不代表会怕她。她这次没事是因为霍圾，可霍圾要是不在呢？

林芟对于自己的处境有些担心，瞬间没了说话的心思："谢谢你，我先上楼了。"

看着小姑娘煞白的小脸，霍圾没什么反应，似乎没察觉她的情绪不对，平平静静地看着她上楼了。

放在茶几上的手机收到了好几条消息，全都是一个没有备注的陌生号码发来的。

"好班长，出来玩吗？

"接我电话嘛!

"信息都不回？"

随后就是电话一刻不停地打，手机屏幕黑掉后，过了一两分钟又收到了一条信息。

"霍圾，我是真的喜欢你。反正你也不像是那种会认真谈恋爱的人，和我谈谈有什么关系？我又不要求你一辈子和我在一起，你想随便玩玩也可以啊。"

霍圾扫了一眼信息，唇角一弯，淡淡一笑，表情从不屑到乖张，完全不像在学校里温柔和善的样子。

❊ ❊ ❊

清晨的阳光透过窗帘丝丝缕缕地照进来，满房间明亮异常，不是小院里的那种敞亮，也没有木头发潮的味道。

林苂躺在床上发呆，她有些想念小院里的爷爷奶奶们和看门的大黄狗。

床头柜上的电话响起，打断了她的思绪，是孙姨叫她下楼吃饭。

林苂掀开被子起床，一出房门，就感觉有什么东西被丢了过来，"砰"的一声响，碎末四溅，打得她隔着衣服都觉得疼。

林苂捂着耳朵低头一看，是鞭炮，如果不是她今天穿了长袖，早就炸伤皮肤了。

孟诚站在她身后，拿着打火机有一下没一下地打着火，看她的眼神很凶狠："今天霍玻不在家，看看你还能找谁帮忙。"

林苂看了他很久："你想干什么？"

"也没别的事情，就是我和几个哥们儿约好了，今天你跟着我们一起出去玩，听话一点，嘴甜一点，以后我就不找你了。"

"我要学习，去不了。"林苂语气平和，没多给孟诚一个眼神，转身就要往楼下走。

"装什么？别以为我不知道你家里什么情况。你有个贱货一样的妈，对吧？贱货生的女儿一样下贱，我叫你出去玩都是给你面子，你还敢拿乔！"

林苂猛地一顿，转身看向他："你再说一遍。"

孟诚眼睛一瞪，嚣张得不行："贱货！你和你妈是一个品种的贱货……"

林苂脑子一热，再也忍不住了，朝孟诚冲了过去。

霍家客厅里，霍葵拉着自己的宝贝儿子左看右看："大哥怎么把这样的野孩子往家里接，一点家教都没有，还动手打人！"

林苂站在客厅中间，一声不吭，没有反应。

赵碧郡看向站在面前的林苂，她的眼睛红得像只兔子，偏偏没人家会叫会喊。她心想，这孩子十有八九没法儿继续待在霍家了。

惋惜之余，赵碧郡只能走走过场，叹息着问道："小苂，究竟是怎么一回事，你为什么打人？"

林苂听到这么温柔的声音，眼眶一热，但眼泪没有往下掉："他说我妈妈。"

霍葵连话都不让她说完，开口就是一顿训："说你怎么了，说的不是事实吗？你本来就是没人要的孩子，我们给你吃给你穿，结果养了只白眼狼？你打人的时候不会想想自己是什么身份吗？我们霍家养条狗都比你听话，还知道摇摇尾巴！"

林苡垂着眼，没说话。

霍葵越说越气，声音渐大，伸手指向外面："你现在马上收拾东西给我滚出去，我们霍家可供不起你这样的祖宗！"

赵碧郡开口安抚："葵葵，你先别生气，这孩子现在走也没地方去。"

"没地方去关我什么事？饿死在外面也和我没关系！"

赵碧郡劝道："要不先等兴国回来，我和他商量商量——"

"商量什么？就让她滚！她凭什么在我们家白吃白喝？没教养的野孩子，她妈都不要她了，还不能说明她是只白眼狼吗？"

林苡咬着牙，一张小脸绷得死紧。

"你在家里闹什么，大老远就听见声音了！"霍兴国从外面进来，听到霍葵尖厉的大喊大叫就烦。

霍葵一看见霍兴国，气势瞬间消了一半："大哥，你看看这个野丫头把诚诚打成什么样了！诚诚可是我们捧在手心里的宝贝，我和他爸都没舍得打一下！"

霍兴国处理了一天的事，已经很累了，听到霍葵喋喋不休这种鸡毛蒜皮的小事更头疼了。他斥责道："小孩子打打闹闹有什么关系，你一个大人搅和在里面，像话吗？"

霍兴国一吼，客厅里顿时安静下来。

"你也管管她。这么大个人还和小孩子较劲，像话吗！传出去别人怎么看霍家？"霍兴国怒气冲冲地说完赵碧郡，头也不回地上楼了。

霍葵不敢再说什么，孟诚却还死瞪着林苡，那凶神恶煞的神情看着就吓人。

赵碧郡当然是顺着霍兴国的意思办："葵葵，你看，兴国发了这么大的脾气，弄不好几个孩子都要受牵连，要不你就算了吧。再说，我想小苡应该也知道错了。"

霍葵哑然无声。她对赵碧郡根本就看不上眼，觉得她是小门小户出来的，没有之前那个短命大嫂出身高贵。要不是她命好，生了霍垃这么个好苗子，凭她也想在霍家说上一句话？

霍葵最看好的就是霍垃，无论是谈吐行事还是教养能力，他都是顶尖的，可不是一般人能比得上的。最重要的一点是，霍家没有看重头一个孩子的说法，从来都是能者居之。霍盛虽然是老大，可是远没有霍垃优秀，更不要提霍兴国在外面生的那几个乱七八糟的私生子，一看就不是霍坂的对手。霍家早晚会交到霍坂手里。她虽然不承认，但看得很清楚，孟诚不可能有什么出息，当个二世祖倒没问题，前提是要和霍坂搞好关系。所以，她自然要给赵碧郡一点面子。

霍葵冷眼看向林莜，勉强缓和了语气："你说得也是。诚诚也太顽皮了，两个孩子都有错。"

孟诚一听就不甘心，眼神跟要杀人一样："妈，我不管，这个婊子打我，我一定要打回来！"

听到孟诚才这么点年纪就骂出这么脏的字眼，赵碧郡难得皱了眉，觉得一个孩子说这样的话太难听了。

霍葵的脸像被耳刮子打了一样发烫，扬手就给了孟诚一巴掌："谁教你说这样没有教养的话的，你从哪里学来的？！"

孟诚被打了一巴掌，瞪着眼睛，一脸不可置信。他不敢和盛怒之下的霍葵对着干，只好看向林莜，眼里的恨意都要冲出来了，明显是把这一巴掌算在她头上了。

林莜有一种说不出的害怕，先说霍葵会不会背地里对付她，就是孟诚大概也不会轻易放过她。而她这个寄人篱下的小孩只能站着挨打。没有根的人就像一盘沙，风一吹就散了，她躲得过初一，可能也躲不过十五。

趁着这个机会，林莜和赵碧郡提了周末住校的想法。

赵碧郡被霍葵闹得头疼，看见她也没什么耐心，随口就应了。霍兴国自然也不会管这种小事。

第二天去学校，霍坂没有先走，而是和林莜一起去。林莜过去的时候，霍坂已经在车上等她了。

他似乎每每次都会提前到，从来没让人等过，表现得很有涵养，和孟诚是完全不一样的两种人。

"早安，姐姐。"

"早。"林莜抱着书包坐进车里。

关志开车会放轻音乐，不像坤叔那么严肃，多少缓解了车里的一点不自在。

林莜昨天没有下楼吃晚饭，不过，霍葵在饭桌上说了些什么可想而知，总之一定是添油加醋，把她说成了一个忘恩负义的人。

霍坂肯定知道那件事了，不过他没有表现出一点好奇，甚至没有过问。

车子平缓地驶着，早上的阳光没有多少热度，照下来显得空气透亮。

　　他们出发早，这个时间点，路上的人不多，偶尔会看见行色匆匆的人。

　　林莜看了车窗外许久后，开口道："我和阿姨说了，以后我周末也住校，就不回来了。"

　　对于昨天的事，霍坂显然没有兴趣多问："好，有什么事可以打我的电话。"

　　"嗯。"林莜应了一声，却没有问他要手机号码。她连手机都没有，又去哪里给他打电话？

　　霍坂也没有主动说手机号码，就好像他只是随口说了一句客套话。

　　车停在校门口，车外全是喧闹声，路过学生的视线都停留在这辆车上。

　　林莜没想到车会停得这么近，这样不好和霍坂一起下车。"你先进去吧，我等一会儿再下车。"

　　霍坂当然知道她的意思，微微一笑就下了车。

　　林莜看着他推开车门往学校里走去，无比庆幸自己刚才的决定。霍坂这样的人走到哪里都能轻易引起别人的注意力，她要是跟着他一起下车，估计就成靶子了。

　　"小姑娘，你以后不回霍家了？"关志看向乖乖坐在车上的林莜。昨天的事情他也知道，他实在佩服这个小丫头，孟诚那么浑的人，这小姑娘居然敢对他拳打脚踢……

　　"嗯。"林莜点了一下头，"以后我都住在学校里，就不回去了。"

　　林莜低头打开书包，拿出一块酒心巧克力递过去："关志哥哥，谢谢你之前帮我搬行李。这是我从家里带过来的巧克力，很好吃的，送给你。"

　　关志看见小姑娘递过来的酒瓶形状的巧克力，忍不住一笑，心道，小孩子就是小孩子，还给大人送糖吃。他接过巧克力，看了一眼小丫头，忍不住提醒道："你在学校里要和阿坂打好关系。虽然你以后要住在学校里，但你的事毕竟还是霍家说了算，你躲也不是办法。孟诚……给家里宠坏了，做事没有分寸，有时候我都怵他。"

　　和霍坂打好关系……林莜收起飘散的思绪，背着书包进了学校。先下车的霍坂早已不见踪影，这个时间进校的学生少了很多，快要开始上早自习了。她加快脚步往教学楼里走，上了楼梯，一个拐弯又看见了霍坂。他站在楼梯口，面前站着一个漂亮女生，是陈诗楠。楼梯上没有其他人，只有他们两个人面对面站着。

　　🐾　🐾　🐾

　　陈诗楠早就在这里等着霍坂了，她难得来学校这么早，可以说是对霍坂很有耐心了。她本来等得有些不耐烦，可看着他从远处走近，一步步走上楼梯，她就有些心花怒放，上前拦住了他的去路。

"好班长，周末过得好吗？怎么不接我的电话，难不成你整个周末都在睡觉？"

"陌生的电话家里不让接。"霍坂垂着眼，听上去很温和。

陈诗楠听到这话就不乐意了："那信息你也不看？"她说完又觉得霍坂这样的性格不能逼得太紧，语气又放娇了一些，"我不是和你说了嘛，那是我的电话，哪里陌生了？"

霍坂看着她，唇角微弯，忽然笑了一下。他的瞳孔是琥珀色的，有点浅，看起来有点薄情的感觉。他的笑里有一种淡淡的嘲讽和不屑，有点坏，却也很勾人。

陈诗楠的心跳漏了一拍，她就是因为他的笑才喜欢上他的。上次她们几个人在校外吃饭看见他，一个小姐妹上去调戏了几句，他就是这样笑的，骨子里的不屑和轻慢都露出来了，看起来坏得要命。那种只知道死读书的书呆子她可没兴趣，她就喜欢这种坏坏的男生。而且他不仅坏，还很厉害，一中的年级第一可不是谁想排就能排上的。

林苃站在台阶下，看着霍坂的背影，不知道该上还是该下。她正想着，霍坂似乎察觉到有人，转头看了过来。

林苃被发现了，只能硬着头皮往上走，绕过他们上楼。

陈诗楠看见她，没好气地白了她一眼，撇过头去当作没看见。她重新看向霍坂道："霍坂，你想好了没有，要不要做我的男朋友？"

林苃闻言，想起霍坂在车里跟她说的话，转头看了他们一眼。

霍坂垂着眼，似乎在走神。察觉到她的视线，他抬眼看了过来。浅色的瞳孔很剔透，看人的时候显得格外干净和温柔。只是有时候……一个男生太过温柔无害，总会给人伤害他的机会……

林苃握紧自己的书包带，终究没有管闲事，转身上楼拐进教室。

陈诗楠见霍坂看着别人，还忽视了她的告白，脾气瞬间上来了："要是你不答应我，今天我就不让你去上课了！"

林苃进教室的时候听见了这句威胁人的话，随后，教室里的喧闹声轻易盖过了楼梯里的女声。她走到自己的座位上，把书包放进抽屉里。教室里补作业的补作业，催作业的催作业，还有人打打闹闹开玩笑，而有人却连教室都进不来。她有些心不在焉。

左后方的陈宣冲突然一拍桌子，踢了一脚撞到他身上的男同学，眼睛一瞪：

"眼睛呢？！你欠啊？"

两个打闹的男生瞬间消了声："对不起，对不起！"他们连忙坐回各自的座位上，根本不敢惹他。

大早上的，陈宣冲起床气不小，见两个人不搭话，暴躁得不行，用力踢了一脚桌子发泄情绪，然后就从后门出去了，吓得前桌被波及的同学脸都白了。

班级里安静了一阵，又开始交头接耳，窃窃私语，瞬间恢复了热闹。

林莜看着摇晃的后门，有些出神。

一旁的李琪琪凑近，压低声音说道："看见了吧，千万不要招惹这种人，他以前连女生都打，很恐怖的。"

林莜收回视线看向作业本，却没有看进去："那陈诗楠呢，她真的打过群架吗？"

"这你也知道了吗？谁和你说的？这事以前在学校里闹得还挺大。陈诗楠虽然是个女生，但是和九中那群不良少年很熟，高年级的也认识几个，他们都是一起玩的。说起来，陈诗楠算是一中的'女版陈宣冲'吧。"李琪琪用手摸了摸下巴，想了一个比较贴切的说法。一旁的人都在讨论关于陈宣冲的八卦，她转眼就被吸引过去了。

林莜看向教室门口，还是没看见霍坂进来。不会出什么事吧？她有点担心，起身走到教室门口，往楼梯口看去，那里已经空了，也不知道他们去了哪里。

林莜走到楼梯扶手旁，顺着楼梯中间的缝隙往下看，也没有看见人。

"在看什么？"

林莜被身后的声音吓了一跳，一转身，手肘打落了霍坂抱着的一沓作业本。

气氛瞬间有些安静。

"对不起。"

霍坂一笑："吓到了？"

"是我没注意到你。"林莜老实地回答，蹲下身去捡地上的作业本。

霍坂放下手里剩余的作业本，和她一起捡。

林莜看了看他，他的校服没有任何花里胡哨的装饰，穿在他身上显得很干净。她轻声问道："陈诗楠让你上课了？"

霍坂捡作业的手一顿，笑了一下："这次让，下次就不一定了。"

下次就不一定了……林莜心想，这是不是说明他和陈诗楠闹翻了？那他下次会不会挨打？

"林莜？"

林莜想得入神，突然被打断了思绪。

李琪琪伸手在她眼前晃了一下："你想什么呢，这么入神？外面有人找你。"

林莜揉了揉脸，清醒了点，抬头看去，看见外面站着一个不认识的短发女生，正在冲她招手。

林莜有些疑惑，起身出了教室："你找我吗？"

短发女生点头，伸手指向教室对面的走廊："你同学让我叫你过去，说有事需要你帮忙。"

林莜看向对面，没有看见人："是谁找我？"

"我也不知道叫什么名字，你过去看到人就知道了。"短发女生说着就往走廊那边走去。

林莜绕过课间追逐打闹的同学，跟着她往前走。她在班里比较熟悉的只有三个人——李琪琪、霍坂、顾语真。刚才只有霍坂不在教室里，难道是他？

林莜跟着短发女生走到走廊尽头，绕进拐角才发现，找她的根本就不是霍坂，而是陈诗楠。

上体育课的时候，她就和三班的这几个女生打过照面了，现在她们正一脸不善地看着她。把她带过来的短发女生突然推了她一把，她没有防备，往前踉跄了一下，直接冲到了陈诗楠面前。

陈诗楠嚼着口香糖，上下打量林莜，表情很不爽。她早上被霍坂拒绝了，心里本来就不高兴，后来又听班里的同学说，上次上体育课时，二班这个女的把她送给霍坂的饮料扔进垃圾桶了。可是霍坂居然说喝过了，这里面要是没有一点猫腻，打死她都不信！

"你把我给霍坂的饮料扔垃圾桶了？"

"嗯。"林莜应了，她既然扔了，就不怕她知道。

陈诗楠伸手推了一下她的肩膀："你听不懂人话吗？我要你把饮料送给霍坂，不懂？"

此时还是下课时间，走廊里有几个女生走过，看见这边的情形，没敢管，跑着离开了。

林莜被几个人围着，突然想到之前霍坂看着她离开时的心情，他那时候会不会很害怕？

林莜想着，叹了一口气，看向陈诗楠："你有手有脚，为什么不自己送？"

陈诗楠冷哼了一声，伸手用力戳林苃的肩膀："我他妈的和你说不清楚，你是真的能装，是'绿茶婊'吧？你喜欢霍坂，对不对？想和我抢？"

林苃感觉自己和陈诗楠无法沟通，她看向陈诗楠衣服上的图案，这才注意到她没有穿校服，而且戴了耳环、化了妆，不像是一会儿要去上课的样子。

"不关霍坂的事，我没兴趣也没义务替你做无聊的事情。"

陈诗楠冷笑了一声，双手抱臂："你跟我耍狠？我以前玩这套的时候，你还不知道在哪里玩泥巴呢！"

几个女生闻言笑了出来，看着林苃，跃跃欲试。

陈诗楠拿出手机，打开摄像头对准林苃的脸："先来个'开门红'玩玩。"

旁边几个女生马上伸手按住林苃，短发女生抬手就是一巴掌，根本没给林苃反应的机会。

林苃速度很快地偏过了头，可还是被打到了，脸上一片火辣辣的疼。

林苃有些蒙了。

短发女生见她这样，觉得她吓到了，心里超爽："这脸打起巴掌来，声音好脆啊！"

"哈哈哈，让我也玩玩。"几个女生瞬间笑成一团，仿佛只是在玩游戏。

林苃看着她们，满眼不可置信。群体的恶果然会减轻个体的罪恶感，甚至让人沾沾自喜。

"往旁边一点，我都拍不到好的角度了。"陈诗楠推开挡在前面的女生，镜头对准林苃的脸，笑得嚣张，"把她的衣服脱了，拍点'美照'发到网上让人欣赏欣赏。"

短发女生嘿嘿一笑，对着自己的双手呵了一口气，抬手就要开始脱林苃的衣服。林苃抬脚就踹了过去，短发女生直接被踹趴下了，从楼梯上跌了下去，摔得哭了起来。

几个女生都吓到了，抓着林苃的两个女生还没反应过来，手腕就被人一扭，然后被一股大力甩到了墙上。

陈诗楠猛地睁大眼睛，下意识往后退。

林苃甩脱束缚后，伸手抓住陈诗楠拿着手机的手，反手一拧。

"啊！"陈诗楠的手机"啪"的一声掉落在地，手好像脱臼了，她吓得大叫"放手"。

林苃面上很平和，手上却又用了点力："不要再对着我说脏话了，好吗？"

上课铃声响起，这一节是化学课，化学老师讲课一秒钟都不会浪费，每句话都是知识点。

窗外的风轻轻吹进来，头顶的电风扇慢悠悠地转动，老头儿讲课的声音盖过了下面学生交头接耳的声音。

霍圾坐在座位上玩笔。他左前方的座位空着，人不知道去了哪里，桌上摆着翻开的作业本，这节课的书都没拿出来。

霍圾眼眸微转，看向窗外。这才第二周，林苡就旷课了？

❤　❤　❤

霍圾看了一眼窗外，正要收回视线，教室对面的走廊上正好有个小姑娘匆匆忙忙地往这边跑来。她速度很快，一会儿就从不远处跑到了这边，似乎知道自己没赶上上课，有点着急。一中的校服穿在她身上有些显大，她小步跑来，头发有些乱，鬓角的发丝落下来，在她的脸庞上轻轻拂着，看上去很柔软。

霍圾看了那缕发丝很久，等人到了教室门口才收回视线。

他刚垂下眼，教室门口就响起了脆生生的声音："老师。"

化学老师正沉醉在知识里，一抬头看见门口的小姑娘，才发现班里少了一个人："你去哪里了？"

林苡沉默了一会儿，道："去老师办公室了。"

老头儿当然相信这样乖巧的女生，招手让她进来："我们继续上课。"

林苡在全班同学的注视下回了座位，拿出课本开始听讲，脸不红心不跳，很乖也很镇定。

霍圾看了一眼对面走廊，漫不经心地笑了一下。

对面走廊里可没有老师办公室呢……

中午，学生会开干部会议时，萧洋坐到霍圾身边，一脸好奇地问道："霍圾，谈上了？"

霍圾闻言微顿，疑惑一笑："我吗？"

"对呀！学校论坛上的帖子你看了吗？你的正牌女友教训了三班的陈诗楠，还有视频呢！就是偷拍的技术不好，抖来抖去的看不清。"萧洋递过来手机，手机屏幕上显示的是学校论坛的网页，标题是"两女争一男"，帖子后面飘着一个"热"的标志。

萧洋点进帖子，只见帖子大致描述了三班的陈诗楠在追二班的班长霍圾，结果惹到了霍圾的正牌女友，两个女生今天早上在楼梯口争风吃醋，还打了起来。

霍圾随意扫了一眼，没有放在心上，就好像帖子的中心人物不是他。

萧洋见他不感兴趣，又点开了视频："你不看看？都打起来了呢。"

视频里传来嘈杂的声音，伴随着女孩子的叫声和哭声，其中还传来了一个很认真的声音："霍圾……是好孩子……"

霍圾手里的笔微微一顿，眉头微扬。他重新看向萧洋的手机，视频只有短短几秒，已经停止播放。他放下笔，伸手重新点了"播放"，也没有接过手机，就这么让人拿着。

视频画面抖来抖去，拍得不是很清楚，画面里的小姑娘抓住陈诗楠的手，陈诗楠疼得眼泪都出来了，大叫道："你先放开我……"

几个女生想要帮忙，但还没靠近，林莜就抬起脸，看了一眼在楼梯下哭得上气不接下气的短发女生："你们也想试试？"她说话的时候，按着陈诗楠的手还在用力，"想试吗？"

陈诗楠忍不住叫出来，声音里带着哭腔："别……别用力了，真的很疼！"

林莜手上的劲一点都没松，她一想起陈诗楠刚才的嚣张就忍不住皱眉："我不管你早不早恋、学不学习，你不要去带坏霍圾，他是好孩子，和你不一样。"

视频很短，偷拍的人大概觉得没什么事了，就关了拍摄，画面重新回到第一帧。

霍圾的视线定在停止播放的视频上。好孩子……是说他吗？他忍不住扑哧一声笑出来，似乎觉得很好笑。

萧洋看他笑了，一阵揶揄："这个女生就是前几天在阶梯教室外面等你的那个吧！我说呢，她怎么愿意等你那么久。是不是那个时候你们就有点什么了？"

许念看见这一幕，瞪了一眼拿着手机的萧洋："你能不能认真一点？现在在布置部门工作！"

"好好好，马上收起来了。"萧洋怕了许念，赶紧收起手机。

前面在布置工作，而霍圾手里玩着笔，显然没怎么听，不过他就算走神也知道别人在说什么。

会议结束后，霍圾刚上楼就听见前面"砰"的一声响，似乎有人扑倒在地了。

前面的同学一阵惊呼，很快围成一团。

萧洋踮起脚看前面的状况："什么情况，前面干吗呢？"

前面看完热闹的人回答道："二班的转校生把陈宣冲打了。"

旁边的男生一脸震惊："打了陈宣冲啊！"

"对啊。"一个男生抬起手，演示了一下动作，"就一、二两下，一个过肩摔就把人摔地上了。"

"天哪，谁啊，太强了吧！"

霍圾往前走了几步，看见林莜正按着摔倒在地的陈宣冲，小姑娘白净的脸在刚才的视频里出现过。他心想，这是一个觉得他是好孩子的小姑娘。

萧洋嘴巴张了一下，指向那个小女生："什么情况啊，你这是找了个专挑年级老大斗殴的女朋友吗？"

霍圾看着不知如何是好的小姑娘，眉梢浅挑，轻轻慢慢地露出一抹笑来。

正不知如何是好的林莜也不知道事情怎么会发展到这个地步……她刚刚站在走廊边上晒太阳，谁也没有招惹。陈宣冲突然过来搭上她的肩膀，就像压着小弟一样："听说你很拽啊，把陈诗楠欺负了？跟我走一趟，去聊聊呗？"

边上几个一起晒太阳的女生一见陈宣冲就吓得不轻，忙往一旁退。

"别这样搭着我。"林莜不喜欢这么亲密，伸手去拉他的手。

"你很嚣张啊，跟我还敢这么拽！"陈宣冲语气很冲，伸手掐住她的下巴，肩膀也没放，把她整个人禁锢着往前拖着走。

林莜眉头一皱，伸手抓住他的手腕，身子一转，一个巧劲，直接给人来了个过肩摔。

"砰"的一声，周围的人被她吓了一跳，以她为中心，往后退成了一大圈。这个小女生看起来柔柔弱弱的，打起架来还挺恐怖，那么大个子的男生说摔倒就摔倒了。

被这么一摔，陈宣冲都蒙了，等反应过来，手已经被人往背上一拧。他勃然大怒："你今天完蛋了！"

林莜手上越发用力，使劲拧陈宣冲的胳膊，显然很生气。

李涉在教室里看见这一幕，直接冲出教室，不可置信地看着林莜："牛啊，小甜甜！"

陈宣冲被按着，起不来，觉得丢脸极了，感觉手都要被掰断了，一时间破口大骂，什么话脏来什么话。

"别掰了，你想死啊！"

林苑听到这话，想起这几天的遭遇，心里有些烦，吼得比他还大声："你们这些人真是很烦人，我要告诉老师！"她的声音中气十足，暗含着无尽的委屈，不知道的还以为她遭受了可怕的校园霸凌……

周围的同学看着按倒陈宣冲的林苑，陷入了沉默。

地上的陈宣冲被吼蒙了，心想：她这是委屈上了？她还委屈了？！他连她的一根手指头都还没碰到，就又是被过肩摔，又是被拧胳膊的，到底该谁委屈啊！

🐾　🐾　🐾　🐾

闹出这么大的动静，当然惊动了刘友容，林苑和陈宣冲两个人一起被带到了老师办公室里接受批评。

当然了，其实只有陈宣冲一个人接受批评。

林苑垂着头不想说话，一看就是受了委屈的样子。

他们两个人站在一起，谁都能看出来是谁欺负了谁。

陈宣冲长这么大，头一次尝到憋屈的滋味。以前他敢作敢当，被骂了也无所谓，可现在他是冤枉的！他连别人的头发丝都没碰到就被打了一顿，现在还要挨骂，他简直委屈得要爆炸了！

"我没有打她，是她打我！"

"你还敢这样说话！"刘友容气得不轻，直接拽着他就往外走，"你和我去政教处走一趟，你这样的学生我管不了，让政教处的老师和你说说，你是不是欺凌弱小！"

刘友容拉着陈宣冲，两个人一路吵吵嚷嚷地往政教处去，完全忽略了林苑的存在。

等他们离开后，办公室里空荡荡的，一片安静。

林苑坐在办公室里，没心思回教室上课，刚才她这么一闹，回去估计少不了被人打量、议论。

林苑轻叹了一声，一个人坐着发呆。

门外传来说话声，是隔壁办公室的老师："你们班的作业我批好了，一会儿叫课代表过来拿回去。"

"好的，孙老师。"门外响起一个男生清越好听的声音，他似乎正往这边办公室走来。

林苑看着虚掩的门被人推开，门口的霍圾抱着班里的练习册走进来。他穿着校服，身姿修长。背着光，林苡看不清他的脸，却还是能从他身上看出惊艳的感觉。

林苡收回视线，垂着眼，没说话。

霍圾把怀里的练习册放到刘友容的桌上，却没有马上离开。

林苡垂着眼沉默了一会儿，见他站在那里不动，抬眼看去，对上了他的视线。

林苡摸了一下脸："我脸上有什么东西吗？"

霍圾的视线落在她脸上片刻，微微一笑："没有。"他看着坐在老师办公椅上的小姑娘，她垂着头的模样好像做错了事一样，"老师呢？"

林苡看向自己手背上的擦伤，那是刚才陈宣冲突然跳起来，她的手不小心甩到墙角上划伤的，现在已经慢慢冒出血来。

"陈宣冲不服气，一直和刘老师叫骂，被刘老师拉到政教处去了。"

陈宣冲为什么那么不服气？当然是因为他被人冤枉了，而冤枉他的人是一个看上去特别乖的小姑娘，她甚至有点委屈。

刘友容把陈宣冲带到政教处交代完情况就回来了，回来的时候和同行的老师抱怨了一路，进办公室时显然还在气头上。看到林苡还在，她勉强收敛了情绪："林苡，你没有关系吧？需不需要老师给你放半天假？"

林苡摇了摇头，看起来十分宽宏大量："没关系的，老师，我可以继续上课。"

刘友容见状，更气愤了："你放心，陈宣冲现在已经在政教处了，老师一定让他端正态度。"

"谢谢老师。"

刘友容点头："嗯。"

"老师，课堂上做的练习放在您桌上了。"霍圾开口说道，准备出去。

"好。哎，霍圾，你等等。"刘友容开口叫住他，又上前拉着林苡受伤的手看了看，"你带林苡去趟医务室，处理一下伤口。"

林苡的伤口挺明显的，血都渗出来了，刘友容一进来就看见了。小姑娘的手白白嫩嫩的，伤了怪叫人心疼。

霍圾回头看向林苡的手，似乎早就看见了她的伤口，并不意外："好。"

一中很大，医务室在西角楼那边，离操场很近。要不是霍圾在前面带路，林苡可能需要花一点时间才能找到。

到了医务室门口，林苡上前对霍圾说："谢谢你带我过来，你先回去上课吧，我自己可以处理。"

"没关系，不差这点时间。"霍圾抬手敲了一下医务室的门，听见里面有人应了一声，他才握着门把手推开门。

医务室里满是消毒水的味道，窗户大开着，一张白色小床半拉着帘子，靠墙的几排柜子里全都是药。

医务室的女老师看向他们，温和地问道："同学，你们谁不舒服？"

霍圾让林菽先进去："她的手受伤了。"

林菽走进去，伸出自己的手。她的皮肤很白，这么一条血痕看上去还挺吓人的。

女老师拉过她的手看了一眼："怎么弄伤的？"

"不小心撞到墙角，划伤了。"林菽乖乖回答，眼睛盯着自己的伤口。

"这么深可能会留疤，以后你要小心。"女老师看她这么乖，多说了一句，转身去拿药水。

霍圾站在林菽身后，看了一眼她手上的伤，没有太过惊讶，好像早就知道结果会是这样。

女老师刚拿了药水过来，医务室的门就突然被人撞开了。

"老师，有人摔伤了！"两个男生架着一个男生急急忙忙地闯进来。受伤男生的校裤被挽到了大腿上，他的膝盖摔得很严重，血肉模糊，走过来都是一瘸一拐的。

女老师一看，连忙起身，指了一下床："赶紧扶到床上坐着！怎么摔成这样，这么不小心！"她把手里的药水和纱布递给霍圾："你替她把伤口清理一下，再裹上纱布就行了，没什么大问题。"

"这几天记得不要碰水。"她又看向林菽，嘱咐了一句，然后就转身去处理男生的伤了。

霍圾接过药水，没说什么，拉过椅子在林菽面前坐下，伸手打开药水瓶盖。

林菽看着他的动作，有些担心道："你会弄吗？"

霍圾闻言一笑，把棉签伸进药水瓶里浸湿："会，小汤圆很顽皮，每次受伤都是我替它处理的。"

林菽心想，她不是小汤圆啊……人和动物还是有区别的吧？而且他摸小汤圆的时候看着温柔，实际上都是逆着毛摸的，有一种故意捉弄的感觉，那他替她处理伤口会不会也习惯性地反着来？

林菽有些犹豫，受伤的手搁在腿上，像和腿长在一起了一样。

霍圾看了一眼她严阵以待的样子，微微一笑。他并没有给她做心理安慰的意思，把药水瓶放在桌上，伸手抓过她的手，拉到自己面前。

林苪的手很小，比霍圾的小太多，指尖还微微泛粉，娇娇嫩嫩的。

虽然霍圾是轻握着她的手，可林苪还是有点不习惯，因为她从来没有被男生握过手。不过，一想到眼前这个人算是她的弟弟，她就没什么感觉了，一门心思盯着他手里的棉签。

霍圾正拿着棉签往她的伤口上轻点，林苪被药水刺激得一痛，下意识往回缩手。霍圾早有准备，抓着她的手没放。他抓紧的一瞬间似乎怔了一下，心想，女孩子的手和小胖猫的奶爪果然不一样，肉肉的，很软。他低头看向她的手，轻捏了一下她的手指。

林苪有些奇怪，看了他一眼。

霍圾似乎觉得很有意思，修长的手指伸展开来，和她的手对比了一下。然后，他用带着点调侃的语气温柔地说道："你的手好小。"

林苪感觉两人手心相贴的动作过于亲密了，他掌心干燥的温热都传到她手上了。她微微往上抬了一下手："以后会长大的。"

霍圾闻言看向她，眉眼间的笑意浅浅的，很好看。他看过来的时候，林苪感觉心头被羽毛轻轻扫了一下，有些痒。

他没再说话，将手里用过的棉签扔到垃圾桶里，重新换了一根替她涂药水，看上去温文尔雅又正直，刚才的举动好像也单纯是因为好奇。

林苪不知道姐弟之间是怎么相处的，她心想，说不定霍圾只是把她当姐姐一样亲近，才会做出和她手心相贴这样亲密的举动。

林苪处理好伤口，和霍圾一起回了教室。下课铃声正好响起，虽然大家会时不时看她一眼，背地里讨论一下，但没有人围过来问什么，毕竟林苪是连陈宣冲都敢打的女生。

陈宣冲去了政教处就没能再回来，直接被教导主任送回了家，顺便做了个家访。

一个下午就这样平静地过去了。可惜的是，这样的平静并不会持续很久。无论是陈诗楠还是陈宣冲，都是年级里带头闯祸的问题分子，老师都放弃了，他们可以旷课、迟到、早退，甚至拥有很多小弟。林苪完全是一拳砸进了马蜂窝里。

第二天，李琪琪打量了趴在数学课本上发呆的林苪好久，才开口问道："林苪，你有没有看学校的帖子？"

林苡还在烦恼作业，听见这话有些疑惑，抬头看向她："什么帖子？"

李琪琪看她还是一副乖乖的样子，勉强放松了一些，拿出手机递给她："就是关于你的。"

关于她的？林苡坐直身，拿过李琪琪递来的手机，看向屏幕。

"高一年级新来的转校生一天之内单挑了学校的男、女校霸，上午打了女校霸陈诗楠，中午打了年级老大陈宣冲！"

林苡看到这行大字，整个脑子都是蒙的，手指有些生疏地点进帖子里。

"我的天，好拽啊，陈宣冲都敢打！"

"是三班的陈诗楠吗？！是那个初三就聚众斗殴被处分的陈诗楠？"

"那个……不是故意单挑啦……是陈宣冲自己招惹的。人小女生好端端地在晒太阳，他非要上去讨嫌，然后被人家一个过肩摔摔在地上，爬都爬不起来。我亲眼看见的，那叫一个帅。"

"牛啊，我说她是新的年级老大，没人有异议吧？"

"女孩子打了陈宣冲？不会是长得特别凶残的母老虎吧？"

"恰恰相反，新的年级老大可是'初恋脸'，清纯好看。啊！我仿佛看到了爱情。"

"无图无真相，那女的能有陈诗楠好看？！"

"楼上不相信自己去二班看，转校生就这么一个，骗你干吗？"

这个帖子是昨天发的，里面讨论什么的都有，好几百页下来，帖子直接被顶成了"爆"，系统都卡崩溃了。

李琪琪兴奋道："你知道吗，我们学校的论坛冷清了很久，上一次爆还是因为高一年级同时出现两个'学神'，就是我们班班长和隔壁班宋复行。论坛就谁比较好看这个小论点掐了上千楼。关于你的这个帖子还是开学这么久以来第二次爆，你太强了，竟然以一己之力搞崩了校园论坛！"

这是值得高兴的事情吗？林苡感觉太阳穴一阵一阵地疼。一中真是人才辈出，在这么繁重的课业下，思维还如此活跃，她只是正当防卫而已，都能被他们说出花来……

chapter 3

温柔的人

他的声音微低，那一声"姐姐"似乎在唇齿间含了一下。

陈宣冲是第二天才回到教室的，浑身上下都散发着"不要惹我"这四个大字。可见昨天他的家里人也没有相信他，《狼来了》这个故事的寓意在他身上充分体现出来了。

陈宣冲一路走来，校服外套绑在腰上，喇叭裤的长度又短了几厘米，看起来就是一个标标准准的不良少年。他几步走过来，停在林莜的课桌旁，拿眼睛瞪着她。

教室里没了声音，静得有些奇怪。

林莜坐在位子上，没看他。

陈宣冲看了她很久，突然伸手拍在她的课桌上："你了不起啊？"

林莜没有理会，甚至没有看他一眼。陈宣冲的影子一直罩着她，挡住了她的视线。

教室里的气氛一度很静，静得让人胆战心惊。大家都提着一口气，害怕陈宣冲会突然动手打人。

"宣冲，你的作业写了吗？"突然，一道男声响起，干净的声音一如既往地好听。是站在教室前面的霍坂。

"写个屁的作业，老子以后每天都要在课上捣乱，刘友容能拿我怎么样？！"陈宣冲一脸凶相，跟吃了枪药一样。

班里的同学都替霍坂捏了一把汗，毕竟，陈宣冲这人连老师都管不住，更何况霍坂那么温柔的人。

"这科作业会算进成绩里，要是你不写的话，老师以后会找家长。"霍坂回道，把有些同学没写的作业一本本发回去。

陈宣冲没了气势，昨天教导主任刚去过他家里，要是他再被叫家长，就不是这么简单的事了。他就是再浑，也不敢跟他老子对着干，一时间没了声音。

霍坂发完本子，走到已经想明白的陈宣冲面前，递出自己的作业本："快点写吧，下节课就要交了。"

"谢了。"陈宣冲的气焰消了下去,拿过霍圾的作业本,又瞪了一眼林苁,磨着牙回到座位上开始抄作业。

这梁子算是彻底结下了,不过林苁没什么反应,显然没把陈宣冲放在眼里,依旧面色平静地记着上节课的笔记。

班里的同学这下算是彻底服了,觉得这位新来的转校生是真大佬,一点都不带怕的,真是"硬咖"碰上"硬咖"了!

周末,林苁提着开水瓶回到寝室里。放下开水瓶,她突然觉得有些奇怪。她发现,一路上总有人看她,她们三三两两地压低声音讨论着什么,甚至有点怕她,难道她们还真把她当年级老大来看待了?

她以前的学校从来没有过这样的事,学生都很听老师的话,而一中完全不一样,无论是人还是课业,都让她心生疲惫。最主要的是,她的生活费也是一个问题。

一中食堂里的饭菜比她以前学校的好太多了,伙食好了,价格自然就高了,一个荤菜就要八九块,几个菜点下来,一共要二十出头。

林苁在书桌前坐下,拿起笔在本子上算。她每天要吃三顿饭,还要交班费、学杂费,买学习资料,怎么算她存的钱都不够她在一中生活下去。

林苁有些发愁,现在她也不能像在王奶奶那里时一样替隔壁爷爷看看杂货铺,赚点生活费。

"林苁,以后你周末都要住校吗?"在一旁安静看书的顾语真突然开口问道。

顾语真一向文静,居然会主动和她说话,还是在她刚刚跟人打了一架、所有人都躲着她的情况下,林苁有些意外。她露出一个友好的笑容:"嗯,以后我就不回去了,我家离得太远,我住在宿舍里会比较方便。"

顾语真腼腆一笑:"我也一样,老家不在这里,坐火车都要好几个小时。以后周末我们就有伴了,我平时都在宿舍里。"

林苁也很高兴,不过,想到自己要去找兼职,她有些遗憾:"我周末可能不常在宿舍里。"

"你要出去做兼职吗?"看到她在本子上算来算去,嘴里嘟囔着什么,顾语真猜到了一点。不过,她不太相信自己的猜测,因为林苁第一天来学校穿的白色裙子是一个名牌的,一条就要五万块,不像是缺生活费的人。

然而林苁却点了点头,看上去有些发愁:"我的生活费不够了,想出去找些兼职。"

顾语真有些意外，不过想了想又觉得合理，说不定只是富人家的孩子想出去锻炼锻炼呢！"我周末也有兼职，如果你愿意的话，我可以问一下我的老板，他那边应该还缺人。"

林苍有种被惊喜砸到的感觉，像要开饭的小动物一样兴奋，就差蹿起来了："真的？！"

顾语真点头，想了一下道："你得先去校务处弄一个通行证，这样进出也方便一点。"

一中是半封闭式管理的学校，周末住校的学生是不允许随便出校的，若有学生想要办理通行证，必须事出有因。

林苍拿着自己的申请资料找到校务处。一中很有钱，学生家里捐楼、捐设备的不少，教育资源是S城一流的，办公区也不是一般学校能比的，林苍还没进去就能感觉到气派。

周六这个时间点，学校里没什么人，校务处也一样。两个女生正好从里面走出来。

"今天老师怎么不在？我刚才当着那个人的面，都不好意思说自己要去做兼职。"

"那个人是高一的，我在学生会见过，很多人讨论他。他又帅又聪明，这届高一帅哥质量太高了。"

"都怪我运气不好，偏偏今天来办，感觉好没面子。"

林苍看了一眼她们离去的背影，转头继续往校务处走。

到了校务处门口，大门虚掩着，周围很安静，只有夏日的蝉鸣声。

林苍敲了三下门，里面没有声音。她有些奇怪，刚才那两个女生明明说里面有人，怎么没人理她？

"你好，有人吗？"林苍推开门进去。里面很干净，几张办公桌上堆着一摞摞资料，她一进去就对上了一个男生的视线。他没有穿校服，只穿着很简单的黑色T恤，皮肤白皙，再加上干净利落的黑发，显得格外精神。他安静地坐着，既没有睡着，也没有玩手机。这么近的距离，刚才的敲门声他应该是听得见的。如果他听到了，以他天生温柔的性格，怎么会没反应？

林苍虽然疑惑，可没有想得太深。她抱着资料，走到他的桌前："你这个周末没有回家吗？"

从她进门开始，霍圾的视线一直落在她身上。林莜没有穿校服，而是穿了一件连衣裙，颜色清新，显得整个人白白净净的。

霍圾的视线在她身上扫了一眼："老师去市里开会了，要我们留下来帮忙。"他身子前倾，靠向桌子，微微一笑，"姐姐，有什么需要我帮你做的吗？"

林莜看着他的笑，突然想起刚才那两个女生说的话。人们面对美好的事物总是会有些自惭形秽，这是无法避免的事，林莜也一样。她对着这张脸，实在说不出自己的生活费不够了，再不去做兼职，可能都吃不起饭了之类的话。毕竟她之前还饭卡的时候，还信誓旦旦地说过不缺钱……

林莜放下手里的资料："我……想办一下通行证。"

霍圾看了她片刻，伸手用修长的手指翻了一下她的资料："需要的资料都带齐了吗？"

"嗯。"林莜小声应了一下，乖乖软软的。门外的阳光照在她身上，衬得她头发松软，白净的脸上有细小的绒毛，看上去特别柔软。

霍圾看着她，声音微低，有种让人招架不住的感觉："通行证用来干什么？"

林莜沉默了一会儿，还是诚实开口道："我周末想要出去做兼职。"

出乎她的意料，霍圾并没有多问什么。他靠回椅背，伸手拉开抽屉，从里面拿出表格和笔，放在她面前："先填一下资料。带一寸照片了吗？"

"带了。"林莜靠在桌上，拿着笔认真写字，可惜手受伤了，越认真，字扭得越离谱。最主要的是，她的这个便宜弟弟坐在对面看着她写字，更让她有一种无地自容的感觉。

霍圾看了一会儿，忍不住一笑，伸手拿过她手里的笔："我帮你写吧。"他绕过桌子，走到她身旁坐下。他腿长，坐下的时候不可避免地碰到了她的腿。

林莜穿着裙子，小腿碰到他的裤子，有些不自在，不自觉地收了一下腿。

霍圾没有察觉，伸手拿过她面前的表格，接着她的往下写。

他的字和卡片上的一样漂亮，她看着这样的字被他写出来，有一种不敢相信的感觉，不敢相信一个人竟然可以把字写得这么好看。只是两种笔迹出现在一张纸上，显得她的字更丑了……

窗外的阳光洒进来，洒在他的身上，给他罩了一层朦胧的薄光，他认真的样子好看得像一幅画。

可能是她看得太入神了，霍圾察觉到了她的注视。他忽然抬头看过来，唇角微弯，露出了一抹笑："姐姐为什么一直看我？"

夏日的午后有点热，他的声音微低，那一声"姐姐"似乎在唇齿间含了一下，才轻轻吐出来，在偌大的办公室里显得莫名暧昧。

🐾 🐾 🐾

林莜的心跳漏了一拍，不知道该怎么解释自己的行为。她就是看到一个好看的东西，停住了视线，纯粹是出于习惯和本能。

门口传来人声，几个人一边说话，一边进来："热死了，周六还要查寝室，男寝还有一栋楼。"

"下午继续吧，不急。"

几个人一进来，喝水的喝水，做事的做事，讨论的讨论，安静的办公室里一下热闹起来。

许念一进来就看见霍圾和一个女生并排坐着，看起来很亲密。

萧洋看见林莜，冲霍圾做了个了然的表情："霍圾，还帮别人填资料啊？"

霍圾一笑，温和回道："她的手受伤了，不方便。"

"哦，那确实是要帮人家呢！"萧洋看了一眼林莜手上的伤，笑得意味深长，心想，这么点皮肉伤真的影响写字吗？

萧洋声音不小，引得旁边几个人好奇地打量他们。

人家没说什么，林莜也不好解释，只能干坐着看霍圾填资料。

霍圾显然没把萧洋的打趣当回事，填完一个格子，抬头看向她："你的家庭地址……"他微微压低声音，"填我家里吗？"

这话说得有些暧昧，再加上微微压的声音，有点蛊惑人心的味道。

林莜心想，要是写他家的话，就太明显了。她看着表格，小声回道："填我以前住的地方吧。"说着，她报了王奶奶家的地址。

周围的人可以看到，霍圾微微侧头看着女生，嘴巴在动，明显是在和女生说悄悄话。他们虽然在做事，可面上都带着八卦的笑。

许念心里有些不舒服，她走到桌旁的打印机前，一边操作打印机，一边看向霍圾："霍圾，你中午吃了吗？"

"还没有吃。"霍圾填完表格，拿过林莜的一寸照片，替她贴上去。

打印机还在打印，许念靠在打印机旁，看着霍圾："那你有想吃的吗？"

"我都可以，随你们。"

"那我们去吃大餐吧。"许念说道。

一说到吃，几个男生瞬间有了力气，纷纷讨论起一会儿要去吃什么大餐。

林苡听着他们商量着中午吃什么，热热闹闹的，一看关系就特别好。她突然想起关志说的话，如果她也能和霍圾相处得这么好，是不是以后在霍家就不会那么被动了？

林苡正想着，眼前递来一张通行证，拿着通行证的手指白皙修长。手的主人看向她道："办好了。"

林苡伸手接过通行证："谢谢你。"

霍圾送她到门口，如往常一般客气道："你有需要帮忙的事情，可以来找我。"

林苡走到门外，转身冲他招了招手："你能出来一下吗？"

这么快就有要求了？霍圾看着对自己招手的小姑娘，觉得她好像围在自己脚边求开饭的小汤圆。他提步走出去，问道："怎么了？"

林苡伸手摸进自己的裙子小兜里，掏啊掏，掏出来一颗巧克力糖，伸手递给他："给你。"

白嫩的掌心躺着一颗酒心巧克力糖，是酒瓶形状的，外面裹着彩色的半透明纸，颜色绚烂。

霍圾伸手拿过糖："给我的？"

"嗯，这是我从家里带来的。谢谢你帮我填资料，你先吃了垫垫肚子。我走啦。"林苡冲他友好一笑，挥了挥手，转身离开。

霍圾看着她慢慢走远，又低头看向手里的糖，心道：她神神秘秘地叫他出来，就是为了给他一颗巧克力糖？

他笑了笑，转身进了校务处，走到档案柜旁，随手把糖搁在桌上，又把林苡的资料放进档案袋里。

许念看到桌上的巧克力糖，视线一顿。

萧洋见霍圾回来了，挑眉调侃道："这就让女朋友走了？不叫她和我们一起去吃饭？"

许念有些紧张，伸手关了打印机，留心听霍圾的回答。

霍圾笑着摇了摇头，没说话。

萧洋看他摇头，有些惋惜："不是女朋友啊，可惜了……"

许念松了一口气，见霍圾不准备吃那颗糖，瞬间有心情开玩笑了："你可惜什么？"

萧洋拿着本子扇风："那小姑娘这么乖，肯定有很多人盯上了。要是遇到个不好的，唉，不好说，她铁定会被欺负……对了，她不是和陈宣冲对上了吗？啧啧，危险了。"

许念重新开了打印机："那可不一定。陈宣冲那种坏坏的男生最招女孩子喜欢了，我们班就有好多女生喜欢这一款。不打不相识，说不定他们以后能成为一对。"

萧洋伸手理了理自己的头发："唉，搞得我们这些好学生都没市场了，憋屈。"

霍圾笑了笑，放好资料关上柜门，就去做别的事了，桌上的巧克力糖对他来说好像不存在一样。

林莜离开校务处，回寝室的路上没注意到教学楼的角落里站着几个女生。

陈诗楠看着林莜一个人往寝室走，嚼着口香糖继续讲电话："怎么样，哥哥，你到底帮不帮我这个忙？"

电话里传来一个男生的声音，听着吊儿郎当的："不是啊，妹妹，你叫我们几个大男人去打一个女人，不好看的，传出去给人笑死。你们几个小姐妹教训一下就好了嘛。"

陈诗楠吐了口香糖："我们打不过她，林莜那个贱人学过防身术的，要不然我叫你们几个干吗？"

"诗楠，你别生气嘛，这个忙我们是真的没办法帮……妹妹，要是哪个男的欺负你，我们都不用你说，肯定第一时间就冲过去帮你教训他一顿！"电话那边的男生说着，他旁边的几个男的也开口附和，嘴里含含糊糊的听不清，一听就知道是在喝酒。

陈诗楠烦得不行，直接挂断电话。

旁边穿着短皮裙的女生开口问："怎么样，叫到人了没？"

陈诗楠一脸不爽："没有，他们不肯过来，给钱都不愿意！"

"这么没义气！"

最近，陈诗楠一直在到处叫人。自从那个视频被传到校园论坛上，所有人都在笑她！她越想心里越窝火，决定要给林莜一个教训。可现在人都叫不过来，就她们几个又打不过，她都快气死了！

正想着，手机铃声响了起来。陈诗楠一看，是九中那个男的打回来了，她接起来，没好气地问道："干什么？"

"妹妹，你刚才说那女的叫林莜吗？我这里有一个朋友好像跟她有点过节，要真是同一个人，他就带人过去帮你。"

陈诗楠心中一喜，看着远处的宿舍楼，露出了得逞的笑。

林莜进了宿舍，顾语真看见她拿回来的通行证，有些惊讶："这么快就办好啦？我之前跑了好几次校务处才办下来。"

"今天老师不在，是学生会的人在帮忙，所以比较快。"

顾语真听了更吃惊："学生会？那就更难办了。通行证的事，老师还能自己决定，学生会的人估计都不敢做决定吧，万一出事是要承担责任的，肯定更严格。谁胆子这么大，直接给你办了？"

林莜看着手里的通行证，有些蒙："霍圾帮我办的，也没怎么问我。"

顾语真听到霍圾的名字，恍然大悟："要是班长就不稀奇了，他做事一直很有主意，好像根本不怕后果一样。他平时那么温柔，真看不出来。"

林莜想起霍圾刚才替她填资料、低声问她家庭住址的体贴举动，连忙点头，非常赞同："他真的是个很温柔的人。"

顾语真看了看时间："我们出去吃午饭吧！我刚才问过老板了，他那边正好缺人，吃完我带你去看看。"

"好！"林莜开心地拿出放在抽屉里的小钱包。

学校门口的店开得零零散散的，这个时间段人不多。林莜和顾语真一路走过来，正在纠结中午吃什么，迎面急匆匆跑来一个戴着眼镜的女生。女生对着林莜道："你是林莜吧？你小心一点，我们班陈诗楠好像要找人打你。"她说完就越过她们跑走了，似乎怕被人看见。

顾语真蒙了，反应过来后有点害怕："要不我们先回去吧，宿舍里安全点。"

她话音刚落，前面已经浩浩荡荡地来了一批人，走起路来有一种扛着刀的架势。

陈诗楠带着人往林莜这边快步走来："林莜，你今天死定了！"

林莜看着陈诗楠旁边神情凶狠的孟诚，忍不住皱了一下眉。

顾语真挽着林莜的胳膊，吓坏了："林莜，怎么办？！"

林莜把手里的小钱包和钥匙递给顾语真，压低声音说道："帮我去叫老师或报警。"

听到"报警"两个字，顾语真脸都白了，毕竟报警就意味着事情很严重。

她抖着手接过她手里的东西，转身就跑。

"诚哥，那个女的要跑！"一个男生指了指顾语真，几个人立马就要去追。

"不用追！"孟诚死盯着林苡，"等人找过来，她也差不多废了，怕个屁！"

林苡没有理会孟诚，看向陈诗楠，随意指着不远处的一条僻静巷子："不是找我吗？去那边巷子里吧，人少。"

陈诗楠不屑地一笑，看向孟诚："你怎么说？"

孟诚看着林苡，嚣张跋扈道："就她一个人还能上天？去哪里都一样！"

林苡没有再理会他们，转身往不远处的巷子口走去。

几个男的追上来，围在她身边走，后面一群人浩浩荡荡地跟着她，她根本没有逃脱的机会。

周围的学生看见这么一群不良少年，吓得纷纷避开，根本不敢多管闲事。

林苡走到巷子口，观察了一下，发现这条巷子很深很宽，里面四通八达，可以通往好多店的后门。阳光照不进这条幽深的巷子，夏风拂过，大白天的有一种凉意。

巷子里站着一个人，他靠在门上，膝盖微弯，上半身被突出的墙面挡住了，只能看到修长的腿。他站姿随意，指间有一点鲜红，应该是夹着一根烟。

林苡没有时间看清，匆匆一眼就收回视线看向了别处。她心里正盘算着脱身的法子，就看见不远处有个路过的中年人。

她心中一喜，扬声喊道："教导主任！"

周围几个男的一听"教导主任"四个字，难免有点慌，他们还没反应过来，林苡已经越过他们，往教导主任那边走去了。

陈诗楠想要追，可是也不敢在教导主任面前做什么。

教导主任往这边看来，看到一群不三不四的学生，眉头一皱："怎么回事？"

林苡走过去，转头看了一眼那些不良少年，一脸认真道："我也不知道，我不认识他们。"

看到林苡从自己的眼皮子底下溜走了，陈诗楠的脸都气青了。

"又让这个婊子跑了！"孟诚面露凶相，那眼神看上去让人不寒而栗。

陈诗楠和周围几个女生都害怕起来。这个男的好像过于暴躁凶狠了，陈诗楠甚至感觉，刚才林苡要是没跑掉的话，说不定真的会被打残。

孟诚越想越生气，伸手对着空气狠捶一拳："妈的！老子以后天天来堵，看她还能往哪儿跑！"

"孟诚。"安静地待在巷子里的人忽然开了口,声音轻轻的,带着淡淡的温柔。

孟诚动作顿住,看向在巷子里站着的男生。男生指间的烟燃了大半,烟灰被夏风一卷,从他的指间飘落。样式简单的黑色T恤穿在他身上,好看得让人移不开视线。

☙ 🐾 🐾 🐾

陈诗楠看见霍圾,有些吃惊。她从来没想过他会抽烟,而且一看就很熟练。抽烟这种事和他温柔的样子完全不搭,她却又觉得他做起来毫不违和。

孟诚反应了很久,才慢慢走进巷子,哑声叫道:"哥……"

霍圾看着孟诚,没说话。他长得高,即便靠着墙,也比孟诚高很多。

孟诚身后的几个男生不明白孟诚为什么这么害怕,不过他们也有些不敢说话。孟诚的哥哥看上去一副温和的样子,但不笑的时候还真有点冷漠,让人不由得背脊发凉。

霍圾看着孟诚,轻轻问道:"听不懂我的话?"

孟诚的腿开始发抖:"哥? 哥……"

霍圾抬起夹着烟的手,抓住孟诚的头往后一拽,垂下的睫毛遮住了淡淡的瞳孔,显得更凉薄:"我让你不要到处乱跑,你当耳旁风?"

"哥,我没没……没有这个意思,我只是和同学们来这里玩。"孟诚的头被迫往后仰,头皮一阵疼,因为霍圾的手用力了,接下去的话他也不敢说了。

霍圾看着他,声音不大,语气依旧淡淡的,可还是能听出其中的戾气:"以后不要再让我看见你和你的同学在这里出现,我不喜欢太吵的人。"

孟诚听得都呼吸不畅了,想起霍圾来家里的那一年。他一直以为这个温温柔柔的人是个好欺负的,讽刺了他几句,结果霍圾话没说几句,直接掐着他的脖子,把他从三楼阳台推了下去。

那年他九岁,霍圾十一岁。如果不是阳台外面有个游泳池,他说不定已经死了。

最可怕的是,当他说出这件事的时候,所有人都不相信他,所有人都觉得是他自己顽皮摔进了游泳池,还要嫁祸给刚来家里的哥哥! 没有人相信他,所有人都一边倒地相信恶魔,这个会笑的恶魔!

对于那次高空坠落的恐惧,他这一辈子都不会忘。他一辈子都会记得这个人不能惹，这个人就他妈的是个疯子，一定不能招惹他！！！

可是现在……

孟诚的脸唰的一下煞白了，腿一软，直接往地上坐去。

霍坂松开手，看着坐在地上的孟诚，突然笑了出来，似乎觉得很好笑。他本就生得好看，这样笑太勾人了，让人明明知道危险还愿意上钩。

霍坂眼含嘲笑，抬手吹了一下落在指间的烟灰，把烟头往孟诚身上一扔，转身往外走去。路过在巷子口站着的陈诗楠，他扫了她一眼，轻轻慢慢地一笑，讽刺的意味很浓，显得特别坏。

陈诗楠被他看了一眼，心跳得更剧烈了，根本控制不住自己。

等霍坂走远了，孟诚才敢把身上的烟头弹走。他的衣服已经被烟头烫出一个洞，明显烫到了衣服里的皮肉，都这样了，他还一点声音都不敢出……几个人都看傻眼了。他们几个都知道，孟诚这小子做事贼狠，家里还有钱，天王老子来了都未必会怕，可是现在，他连往自己身上扔的烟头都不敢躲！妈的，他哥到底是何方神圣，他居然会怕成这样？

霍坂出了巷子，一路往便利店走。中午的日头很暖，也有些热，偶尔吹过的风才能带来一丝凉意。他走了一会儿，被晒得有些不耐烦，抬眼就看见了站在便利店门口的小姑娘。她穿着裙子，两条细白的腿露在外面，也没进便利店里，就乖乖站在门口等着，不知道在等谁。

霍坂暗自笑了一声，心想：她是真的不知道怕呀，那么一群不良少年找她的麻烦，她还敢站在这里？

林莜时不时往路上看，一抬眼就瞥见了不远处正看着她的霍坂。阳光落在他身上，他轻轻浅浅地笑着，带着点夏日里的凉爽之意。

她叫了一声："霍坂？"

霍坂提步走来："在等人？"

"嗯。"林莜点头，有些担心，"我的室友不知道去哪里了，我找不到她。"

"回宿舍看过了吗？"

"她不会回宿舍，肯定会来找我。"林莜认真地看着路上，怕错过顾语真的身影。

霍坂拿出手机递过来："需要打电话给她吗？"

林莜正想伸手接，想起自己根本不知道顾语真的手机号，叹了一口气："我没有记她的号码。"

　　街上很安静，便利店的门偶尔会自动开启，食物的香气一阵阵地飘了出来。

　　林苈思绪有点乱，也饿了，不过她还是决定认真等着。可她的肚子不争气，"咕噜"叫了一声。

　　霍圾一笑，把手机放回兜里："先去吃饭吧，你想吃什么？"

　　林苈摇头："这个位置比较明显，要是我走了，顾语真就找不到我了。"

　　霍圾又笑了笑，没有勉强她，转身进了便利店。

　　林苈有些尴尬，转头看了一眼进去的霍圾，不知道他是不是在笑自己……

　　霍圾进便利店拿了一瓶水，付钱的时候看见柜台一旁的玻璃保温柜里摆着热腾腾的包子、饭团、花卷，他看了一眼在外面不时偷瞄他的林苈，只见她满眼好奇，白生生的小脸很乖，像等着开饭的汤圆。

　　他眼帘微垂，看向保温柜："再来一个饭团。"

　　售货员早就看见在门口站着的帅哥了，等他进来后忍不住多打量了几眼。当他拿了一瓶水过来付钱时，她又不敢大着胆子看了。付钱的时候，帅哥看了一眼外面的女生，眉眼忽然弯了一下，笑得很好看。他要了一个饭团，又转身去货架上拿了很多女孩子喜欢吃的零食。

　　林苈看见霍圾在买东西，就收回了视线。

　　不一会儿，霍圾提着一袋零食出来了，手里还拿着一个饭团。他将零食放在便利店外的椅子上，伸手去剥包饭团的纸。林苈估计他也没吃饭，瞥了一眼就没再看了。片刻后，她的眼前递过来一个饭团，拿着饭团的手白皙修长，让饭团看起来更可口了。

　　霍圾对着她一笑："边吃边等吧，姐姐。"

　　林苈被这声"姐姐"叫得恍了神。不知道为什么，当他叫她"姐姐"的时候，她总是有一种脸热的感觉，好像被若有似无地撩拨了。

　　林苈伸手接过饭团，咬了一口："谢谢，下次我带糖给你吃。"礼尚往来，这是她一直以来的处事原则。

　　林苈食欲很好，吃东西的时候都是大口大口的，一口咬下来，嘴巴鼓鼓的，看起来吃得很香。

　　霍圾打开水喝了一口，饶有兴致地看着她吃。

　　许念看到的就是这一幕。

本来他们一起出来吃饭，大家边吃边聊，很开心，可一转眼，霍圾就不知道去哪里了。许念在店里等了一会儿，见他迟迟没有回来，忍不住出来找了一圈，没想到在便利店前找到了他。

许念看见林莜，总感觉霍圾和这个女孩子一起出现的次数太多了，多得有些不寻常。

"霍圾，你怎么一个人出来了？"

"看到熟人，出来打个招呼。"霍圾神情温和，随口道。

林莜闻言有些惊讶，她没想到霍圾是专门出来跟她打招呼的，还给她买饭团，陪她吃午饭。她的心里突然暖暖的，觉得有个弟弟也挺好的，因为这个弟弟就像天使一样温柔暖心。

许念打量了一眼林莜，又看向霍圾："大家都吃好了，在等着你呢！我们都急着回去，想早点处理完里的事情。"言外之意不言而喻。

林莜看向霍圾："你先去忙吧，我一个人在这里等就好了。"

霍圾应了一声，又看了一眼放在椅子上的零食："走的时候记得把零食带走。"

林莜看向那一大袋零食："你买给我的呀？"

"嗯，随便买了点。"霍圾温柔一笑，拿着水，转身往来时的方向走去。

许念看了一眼椅子上的那一大袋零食，咬了咬唇，转身追上霍圾。

林莜转身提起零食袋，发现有点沉，心里感叹道，霍圾买了不少啊……唉，得想办法还给他，姐姐怎么能花弟弟的钱呢？

"林莜！"

顾语真从远处跑来，上上下下、左左右右地打量了她一遍，眼睛通红："你没事吧？我刚才怎么找都找不到你，吓死我了，再晚点我就要报警了！"

李涉拿着不知道从哪里扒来的废弃铁管，一步三晃地跑过来。他本来急急忙忙的，看见林莜正好好地站着吃饭团，看向顾语真的眼神就不太友好了："你耍我啊？"

顾语真连忙摆手："没有！我说的都是真的，刚才真的很危险，一群人要来打林莜！"

李涉神情震惊地看向林莜，眼神里有一种看"金刚芭比"的浮夸感："你全打跑了？！"

林莜摇摇头，想起这件事还是觉得很烦。她咬了一口饭团："我看到教导主任，就跟着他走了。他们不敢追过来，现在应该已经回去了。"

李涉一看她在吃饭团，就想起自己饿着肚子被家里几个叔叔赶了出来，好不容易到了学校，又被顾语真的一通哭闹尖叫折腾得快神经衰弱了。

"给我吃点，压压惊。"李涉随手扔了铁管，一把夺过林苡提着的零食袋，在一旁的椅子上坐下。

李涉撕开一包饼干，还没吃两片就开始吃薯片，还剥了香肠，一口一个，又开了一盒旺仔牛奶喝。他左右开弓，胡吃海喝，看着像饿了三年。

林苡看到他吃得差不多了，咬了一口还没吃完的饭团："你吃完记得给班长钱，这些都是他买的。"

李涉吃东西的动作一顿，看向她："霍圾给你买的？"

林苡点了点头，感觉他现在的状态就像火山喷发的前一秒。

果然，下一秒，李涉就"火山爆发"了，满嘴的饼干渣喷得到处都是，林苡和顾语真都被波及了。

"那个混账、王八蛋，从小到大就没给我买过一粒米，送过一颗盐，现在又是给你饭卡，又是给你买零食，我要跟那个无情无义的东西绝交！！！"

🐾 🐾 🐾

林苡和顾语真听李涉骂了霍圾近半个小时，还赔了袋零食，才安慰住他受伤的心灵。这么一折腾，也去不了兼职老板那里了，回到宿舍，他们都决定投奔被窝，睡个舒服的午觉。

林苡洗完澡换了睡衣出来后，看到顾语真已经躺在床上看着天花板了。

顾语真心有余悸道："今天真的吓死我了，要是你没碰到教导主任，怎么办？"

林苡拍了拍自己的枕头，掀开被子钻进去："你别怕，这次是因为我穿着裙子，不太方便，下次我穿裤子就没事了。"

顾语真被噎了一下，感觉自己好像白担心了，她还怕林苡会产生心理阴影，吓得哭鼻子呢！

"你不害怕吗？"

林苡想了一下，认真分析道："他们身上没有携带管制刀具，下盘虚浮，路都走不稳，打不过我。"

"你学过武术吗？"

林苡摇头，知道自己远没到那么厉害的程度。她一沾枕头就打了个哈欠，声音模糊起来："只会一点防身术。"

"真厉害。"顾语真赞叹道。她的思绪有些乱，心想，今天是她来这所学校后最不平静的一天，也是和李涉最近的一天。

刚才，顾语真哭着往学校里跑，李涉老远就看见了她，追上来拉着她的衣领道："声音还挺尖，整条街都能听到你的哭声。你哭什么呢？"

顾语真看见他，就像见到了救命稻草，拉着要他救人。没想到他听了也没有害怕，还去路边顺了一根铁管，和她到处找人。

虽然这人平时吊儿郎当的，但关键时刻还是挺靠谱的。顾语真想着，嘴角忍不住上扬，轻声问道："林莜，你有喜欢的男生吗？"

林莜眼皮半垂不垂的，听到这个问题，脑子有些蒙。她从小到大要做很多事，少女情怀这种事不在她的考虑范围内。"我没有，以后应该也不会有。"

顾语真闻言看向她，只见小姑娘穿着洗得发白的睡裙，乖乖地趴着睡觉，看起来软绵绵的，让人心头一软。她虽然有些不解，不过并没有发问，毕竟，每个人都有自己的选择，不是吗？不过，她觉得，像林莜这么好的女孩，一定会遇到一个很温柔很善良的人。

周六过得不太平，到了周日，林莜和顾语真决定暂时不出校门。然后，周日很平静地过去了。孟诚那帮人也不可能一直在学校外面守着，一切都恢复了常态。林莜没把这事放在心上，依旧很专心地上课。

课间休息的时候，她起身去厕所，没想到女厕所人满为患了。

她看了一眼排到厕所门口的队伍，估计轮到她的时候就要上课了。

林莜看向对面楼的厕所，急急忙忙地从天台过去，跑到厕所门口一看，里面果然空无一人。

林莜踏上厕所的台阶，关上厕所的小门，正准备脱裤子，外面的过道上就传来了陈诗楠的声音。

"霍圾，你等等。"

林莜拽着裤子，不上不下的。这里好是好，就是太安静了，要是她现在上厕所，发出的声音一定会被人听见。唉，她只是想上个厕所而已，怎么就这么难……

陈诗楠追着霍圾，追到了这里。她这两天思来想去，觉得还是喜欢他，甚至比以前更喜欢了，晚上翻来覆去地睡不着。她真的很想和他谈一次恋爱，哪怕就一个学期，不，一个月也行！

"你……你真的不喜欢我吗？"

霍圾看着她，似笑非笑："我早就说过，我不喜欢说话声音太大的人。"

陈诗楠觉得这不是问题："我可以改，只要是你不喜欢的地方,我都可以改！"

"可是，陈同学，我对你没有感觉呢？"他的语气很温柔，面上带着温和的笑，说出来的话却直白得伤人。

"你……你怎么这样……"陈诗楠的声音慢慢地变轻，直到无声。

外面安静了很久，林莜心想，他们应该走了吧？她抓紧时间，飞快地上完厕所，一气呵成地冲水、洗手、跑出去。可是，她刚踏出厕所就愣住了，那两个人都还在过道里，刚才之所以没有声音，只是因为陈诗楠在静默地掉眼泪而已。

林莜和他们六目相对，场面一度变得诡异。所以，刚才她上厕所的动静，他们都听见了？！

林莜睁着杏眼，直愣愣地看向霍圾，看见他眼里若有似无的笑意，彻底确定他刚才听见了。

"霍圾，老师找你！"远处过道的办公室门口，一个男生冲这边招了招手。

"好，马上过来。"霍圾手里还拿着试卷，转身离开了现场，只留下陈诗楠和尴尬的林莜。

陈诗楠一看见林莜就心头火起，还有一种无法言说的恼羞成怒："怎么哪儿都有你！你在这里干吗，偷听我们讲话吗？你怎么这么贱！"

林莜看她脸都气红了，忍不住叹了一口气："你能讲道理吗？是我先来的厕所，谁知道你会在厕所门口表白？"

"讲你妹！"陈诗楠想要上前打她，可想到她拧胳膊的手法，只得忍住。她的心里更憋屈了，看着她恶狠狠地说："你给我等着，早晚要你好看！"

陈诗楠凶的时候是真的凶，完全没有刚才静静掉眼泪的可怜劲。林莜不知道该说什么，勉强给了点回应："哦。"

这下子，陈诗楠气得都快要升天了，转身气冲冲地下了楼梯。然后，从楼梯间传来她短暂的尖叫声，似乎在发泄什么。

林莜也想为刚才的尴尬发泄一下，可是她做不到，只能飞快地跑回教室，当作什么都没有发生过。

课间还没有结束，教室里热闹得像菜市场，几个男生在追逐打闹。林莜匆匆忙忙地进来，撞上了打闹的男同学，一脚踢倒了画黑板报的同学放在地上的粉笔盒。两三个男同学打闹着跑出了教室，根本没有留意到散了一地的粉笔。

林莜蹲下，一根根地往粉笔盒里捡粉笔。才捡到一半，后门有人走进来，把手里的东西放到课桌上，蹲下身和她一起捡粉笔，白皙修长的手骨节分明，校服的袖子没有一丝脏的痕迹。

一切都那么熟悉，林苡抬眼看向面前的人，他的眉眼天生带笑，斯斯文文，无可挑剔。

林苡想起刚才的乌龙，没有开口说话，伸手去捡眼前断掉的粉笔，粉嫩的指尖沾了点粉笔末，手小小软软的，白净得招人。

林苡去捡断掉的粉笔，没想到霍圾也伸手来捡，不小心握住了她的手指。她的手指一直很凉，触及他指间的温热，对比明显。

林苡抽回了手，拿到的粉笔重新掉回了地上。

霍圾好像没察觉到什么，他捡起那根掉回地上的粉笔，放进粉笔盒里，看向她一笑："跑这么快干什么？"

林苡刚才确实跑得急，头发都有些乱了，碎发在白净的脸颊旁飘着，有些痒。

"快要上课了，我怕赶不上。"林苡眼睛瞄向别的地方，难得找了个借口。

霍圾看着她，抿唇一笑，话里也带着若有似无的笑意："难怪呢，都追不上。"

林苡正不知道该说什么转移话题，霍圾突然靠过来说道："姐姐刚才动作太快了，我都来不及追上。"他的声音压得很低，几乎成了气音，温热的气息喷在她白嫩的耳朵上，她忍不住缩了一下。

"丁零零！"上课铃声突兀地响起，外面的同学陆陆续续地进教室。

林苡看向霍圾，发现他好像是在认真解释。

霍圾拿过她脚边的粉笔盒放回原位，对她浅浅一笑，起身回了座位。

这节课是刘友容的课，讲的是很重要的知识点，林苡却听不进去，想起刚才的情景，耳朵瞬间又红了。她知道他只是照顾她的情绪，为了不让别人听见才说得那么小声，可她就是臊得慌，以至于耳朵一整节课像在炉子上烤一样，冷了又热，热了更热。

一中最近在抓"德、智、体、美"四大项，卫生这一块也不会放过。学校上周布置了很多任务，下午还安排了大扫除，除了高三，高一、高二全都要进行教室和所在楼道的清扫。不过，只要不上课，对学生来说就是放假。

下午最后一节课结束后，班里开始搬桌子、收椅子、扫地、拖地、擦玻璃，里里外外的所有区域都有人负责。

林苡踩在桌子上，拿着报纸擦玻璃。擦玻璃这种活儿比较轻松，而且需要心细，一般都是女生负责。

教室里很乱，桌子、椅子乱七八糟地摆着，大家都在忙碌。

林莜认真地擦着玻璃时，不小心透过干净到反光的玻璃看到一个模糊的影子正在靠近她。

是陈宣冲！

林莜还没来得及转头，陈宣冲已经一脚踹向她踩着的桌子。

"啊！小心！"旁边的一个女生看见这一幕，尖叫出声。

桌子猛地摇晃了一下，林莜失去重心，直接往一边倒去，摔到了一个人身上。

霍圾顺手接过摔下来的小姑娘，往后一退，撞到了后面的桌子，桌子连撞桌子，直接倒了一排，"砰"的一声发出巨大的声响。所有人都吓了一跳，纷纷看过来。

霍圾感觉被软绵绵的小姑娘扑了个满怀，糖果香气扑面而来。他心想，她这是多爱吃糖呀，身上全都是糖的味道……

一旁的陈宣冲吹了一声口哨，笑得意味深长："不错啊，班长，底盘很稳啊，从那么高的地方摔下来都能接住？"

李涉在走廊里拿着拖把，百无聊赖地鬼画符，听见动静，打开窗户探进半个身子："我错过了什么？"

林莜吓了一大跳，心也好像从高空落下来了一样，好一会儿才稳定下来。发现自己整个人都挂在霍圾身上，她慌忙抓着他的胳膊站好。

霍圾伸手扶她的胳膊，触感滑腻。他问道："没事吧？"

"没事。"林莜摇头，看了一眼旁边的陈宣冲，对方吊儿郎当的，好像完全没有踢过她的桌子一样。

在一旁擦玻璃的李琪琪连忙过来，关心道："林莜，你有没有摔到哪里？"

外面的刘友容听到声音，进来看了一眼："怎么回事？"

前排站在桌子上的女同学回道："老师，林莜摔倒了。"

刘友容听了，又见陈宣冲站在林莜旁边，立即如龙卷风一般席卷过来："陈宣冲，你又干了什么？！"

"老师，我在扫地啊，什么都没干！她自己摔倒的，关我什么事啊！"陈宣冲抖了抖脚，拿着扫把，看了一眼旁边的一个小个子女生："你看见了吧？你要替我做证，我刚才可是在认真扫地，碰都没碰过她。"

小个子女生就是刚才提醒林莜"小心"的女生，她亲眼看见陈宣冲踢了林茇的桌子，可她不敢说。面对陈宣冲的威胁，她快要被吓哭了。

林茇收回视线，揉了揉撞到桌子的手："老师，是我不小心摔的，幸好被班长接住了，才没有摔到地上。"

刘友容看在眼里，心里有数，可也拿陈宣冲没办法。她看向林茇，语气温和道："那你跟老师去前面做别的事情吧，擦玻璃交给别的同学。"

刘友容带着林茇离开后，陈宣冲看向霍圾，表情意味深长道："怎么样，抱得爽吗？"

霍圾两根手指的指腹微微一碰，似乎还残留着细腻温软的触感。他看向陈宣冲，摇头一笑，转身去扶倒了的桌子。

❀ ❀ ❀

林茇被刘友容带到外面的走廊上擦瓷砖，和陈宣冲扫地的区域远远分开。

大家看完热闹，又开始各干各的活儿。

林茇回头看向教室，只见陈宣冲还拿着扫把，吊儿郎当的，在和霍圾说话。她越看越疑惑，为什么霍圾这样温柔的男生会和陈宣冲关系不错？

和林茇一起擦瓷砖的女生忽然压低声音说："你们听说了没？隔壁班有人说我们班长抽烟。"

在前面扫地的女生根本不信："胡说吧，怎么可能？是不是三班的陈诗楠她们说的？"

"是啊，就是和陈诗楠玩得比较好的那几个女生。她们说亲眼看见的，他不只是会抽烟，而且挺不好惹的，那些不良少年都怕他。"

扫地的女生听笑了："陈诗楠是追不到班长，疯掉了吧！背地里说他的坏话，想搞'得不到就毁掉'那一套，造谣也要用点脑子吧？"

"我也觉得好离谱，她们还说得有模有样的。"

"随便她们说啊，反正没人会相信她们的。"

林茇听了也不信，刚才她靠得近，没有在霍圾的身上闻到一点烟草味，只有干净清新的皂香，甚至有一点阳光的味道。

林茇想到这里，心里有些疑惑：为什么他的衣服永远那么干净呢，不会是每天都洗吧？

她单纯是出于好奇，在心里多想了一下，然后就拿着抹布起身往厕所走去。离教室越远，吵闹声就越小，当她到了厕所外面时，周围已经一片安静。

林莜站在洗手台前，打开水龙头，单手洗抹布。她受伤的手还没好，伤口不能碰水。

远处有人走过来，打开水龙头，把拿来的拖把放在洗手台下面的水槽里。

林莜抬头看向站在旁边的人，神情愣怔。她现在看见霍圾还觉得有些尴尬，尤其是地点在厕所门口……

霍圾任由水冲着拖把，察觉到旁边的小姑娘正一边偷瞄他，一边洗抹布，他心想，她在和他躲猫猫吗？

霍圾唇角微弯，抬眼看向她："需要我帮你吗？"

林莜飞快地收回视线："没关系，我自己可以。"

霍圾没有再坚持，林收洗好抹布后却遇到了难题，单手洗抹布可以，单手拧抹布好像不太行。她用一只手捏了捏，抹布还是滴滴答答地滴着水。她正准备加上另一只，霍圾伸手拿过她手里的抹布，替她拧干了。他的动作挺利落的，没有她想象的那么娇生惯养。

霍圾拧完抹布递过来，林莜接过拧得很干的抹布，小声道："谢谢。"

"不客气。"霍圾一笑，"刚才有没有摔到哪里？"

"没有。"林莜摇头，想起刚才他撞到了身后的桌子，"你刚才撞到桌子了，没事吧？"

霍圾微微一顿，关了水龙头看向她："刚好撞在桌角上了，后背还有些疼。"

"啊，严重吗？"林莜惊了，下意识踮脚往他背后看，然后才反应过来他穿着校服呢，看不见。

霍圾微微侧身，拉起校服下摆："红了吗？"

校服被微微拉起，露出他精瘦而有力的腰，有一种和女孩子完全不同的力量感。

林莜看向他的腰部，果然看到了一道红痕，红痕位置的皮被擦破了，还有些乌青。她心想，他刚才撞上的时候肯定很疼吧，却没有出声。想着想着，她伸出手指，碰了一下他乌青的地方。

感觉到微凉的指尖轻轻碰了他一下，霍圾眉梢微扬，露出一抹轻笑。

林莜等指尖碰到他的腰时才反应过来这个举动太亲密了，她收回手，没有再看："都乌青了，要不要去医务室看一下？"

"只是皮外伤，没有那么严重。"

林莜也不好勉强，像哄小孩一样开口道："那你要是痛的话，要和姐姐说。"

霍坂拉下衣摆，闻言转头看了她一眼，良久才散漫一笑，意味不明地调侃道："好啊，姐姐。"

林苡突然就不觉得尴尬了，心道，这是她的弟弟呀！虽然之前的乌龙是挺让人尴尬的，但他又不是外人。

林苡拿着抹布和霍坂一起回教室后，安静的女厕所里传来了声响，厕所门被人推开了。里面的人走出来，看着他们离开的方向，若有所思，良久后才走到洗手台前洗手。

大扫除还没结束，大部分同学埋头苦干，小部分同学插科打诨地偷懒，其中就包括李涉。

顾语真看了一眼坐着玩手机的李涉，心想，他安静的时候很认真，活跃起来又有耗不完的精力。她时常会忍不住看他，从那次他替自己说话以后。

新生军训的时候，太阳很毒，教官叫他们原地踏步。顾语真走得不好，教官要她当着所有同学的面练习，可她一紧张就同手同脚，引得大家哄堂大笑。她从小到大就不习惯被人过多关注，也没有在这么多人面前丢过脸，窘迫得快要哭出来了。

就在这时，队伍后排一个高高帅帅的男生突然说道："有什么好笑的，有本事你们自己到前面去展示一下？"

被这么一说，笑得最开心的几个女同学瞬间收敛了很多，毕竟谁也不想被这么帅的男生讨厌。

从那天起，顾语真就记住了他，后来知道他叫李涉，是那种家里条件很好，就算不上进也不会改变人生轨迹的人。再后来，她知道他有了女朋友，然后又发现他换了女朋友。一个接一个的女生都比她漂亮，比她有个性，她和她们相比就是丑小鸭和白天鹅的区别。

她知道他玩心很重，是个花花公子，也知道高中三年一结束，他们以后不会再有交集。

安静的李涉突然骂起来："上路去个人啊！人家都要推水晶了，你们四个搁下路干吗？等着搓麻将？"原来他在玩手机游戏。

他这句话刚说完，水晶已经被攻破了。手机正好进了电话，李涉心情不好，接起电话道："宝贝，干吗？"

电话里不知道说了什么，李涉回道："叫名字哪有叫宝贝好听？"

电话里的女生显然坚持要他叫名字，李涉想了一下，试探着道："小雨？"

电话里的女生瞬间生气地大吼起来。

李涉兴致缺缺地打断道："青青，你要真想分手，我也没办法。"

电话里的女生显然忍无可忍了，声音大得顾语真都能听见："青你妈，我不叫青青！李涉，我们交往一个月了你都记不住我的名字！你去死吧！"

顾语真看了一会儿，深深叹了一口气，收回视线，继续摆桌子。

眼前有一道阴影罩下来，她抬头看去，就见李涉微微挑眉道："你偷偷看着我干吗，暗恋我啊？"

顾语真抬着桌子的手猛地一松："你你你胡说什么！"桌子"砰"的一声，直接砸到了李涉的脚。

"嗷！"李涉一声哀号，捂着脚蹦蹦跳跳地道，"谋杀啊你，开个玩笑都不行？"

顾语真重新将桌子摆好，故作镇定道："不行。"

"这么认真？"李涉揉着脚，吊儿郎当地开口。

"嗯，做人就是要认真。"顾语真随便应了一声，没有再说话了。

随着时间一点点过去，认真干活儿的大部分人都饿了，纷纷加快动作，想要快点完成大扫除。

放学以后，操场上还有很多男生在打篮球，学校里很热闹，尤其是操场和小卖部。

李涉进小卖部拿了一瓶饮料，打算接下来去充一下饭卡。他突然想起，那天，霍圾也是课间买完水，走到一半又想到了什么，特地转头去充了饭卡。他那时候还以为这家伙是给自己充的，没想到饭卡是要给那个"小甜甜"的。可"小甜甜"那天才刚来学校，他连话都还没跟她说过，就给她饭卡，后来又给她买零食，这不对劲啊！

李涉越想越奇怪，看向拿着水走过来的霍圾，心想，他还是那个没心没肺的"败类"啊，从头到脚都没变过。难道……难道他对人家一见钟情了？！

李涉的眼睛猛地瞪大，完全不相信一见钟情这种事会发生在这个"狗东西"身上！

他看向霍圾，试探性地问道："你最近是不是对哪个女生一见钟情了？"

霍圾眼帘微掀，轻笑一声："你觉得呢？"

李涉心道，"觉得"个鬼，要是他能感觉到，还用得着问他吗？！

这混账嘴巴很严，看样子轻易撬不开，李涉想了想，又开口道："下个月我过生日，要大办特办。"

"好。"霍圾不甚在意，扭开瓶盖喝水。

一旁的宋复行没说话，显然对李涉过程千篇一律且浮夸的生日派对没兴趣。

"你们好好想想要给我准备什么礼物，我要惊喜。"

宋复行看向他，无言以对。

霍圾一笑："给你钱，你自己去买，不是更好？"

"拜托，又是钱！每次我过生日你都只送钱，能不能有点心意？宋复行都知道送点东西，虽然每次都是表，但好歹是不同的表。"李涉一说起来就有点停不下来，"你们能不能有一点点惊喜，不要让我以后对你们两个的印象就只有转账记录和腕表！"

"表没什么不好的，送别的你也未必能有印象。"宋复行懒得搭理李涉，绕过挡路的他继续往前走。

霍圾倒是停下了脚步："你想要什么礼物？天上的星星这一类的就不用想了。"

"还没想到，不过我饭卡里的钱正好用完了，你先跑一趟给我充点钱；或者给我买几袋零食也行，各种口味的都要，不要随便拿，用点心挑。"李涉拿出自己的饭卡，冲他挑了挑眉。

霍圾看了一眼他递过来的饭卡，突然呵笑一声，慢条斯理地回道："你是不是有病？"他懒得再跟他废话，转身往前走。

李涉可算套出来了，手指冲着霍圾的背猛点，几步追上他道："哦哦哦！我就知道你这个混账东西暗恋人家，又是充饭卡，又是买零食！你收敛点吧，殷勤得没眼看，你这样搞，人家姑娘很快就会对你失去新鲜感的。"

chapter 4

御头御尾的恶魔

这世上有千百种活法，注定有人行淤泥，有人步清水。

这天早上，学校要开晨会，一个个班级在操场上集合排成队。风拂过树，又缓缓吹进操场上的队列里。

林苡跟着李琪琪站在女生队伍里。二班的同学来得早，大家都已经站好了，隔壁三班在他们后面。

三班前排的学生走得整整齐齐的，到了陈诗楠这里队伍就断开了，中间硬生生地空了一大截。陈诗楠和她的几个姐妹慢吞吞地走在后面，一边走还一边往二班看。

表白失败的陈诗楠好像已经完全恢复过来，打扮得还是班里最出挑、最明媚的。她准确地看向霍圾的位置，勾勒出眼线的眼睛微微上挑，冲他眨了一下眼，既俏皮又挑逗。

李涉看见她的举动，转头看了一眼霍圾："陈诗楠还在追你？"

霍圾看了一眼，收回视线，轻轻慢慢地回道："很快就不会追了。"

李涉不太相信："我看她没那么容易放弃。听说她之前追高二的那个学长，特别会撩。一开始学长不是说不喜欢她吗？最后还不是被追到手了。男人哪，都是口是心非。"

霍圾抬眸扫了他一眼："你不是男人？"

"我是男人，所以我才了解男人。陈诗楠漂亮又会玩，你真的不心痒？"李涉双手抱臂，余光瞥了一眼二班的女生队伍，一脸意味深长，"你面对这样的都不心痒，那就是另外有心痒的对象……"

霍圾笑着说："是心痒，可我比较喜欢你，怎么能喜新厌旧？"

"厌你妈！狗东西，嘴里没一句真话！"论起不要脸的程度来，李涉显然比不过霍圾，他搓了搓胳膊，十分唾弃地转过头去。

林苡离他们不是很远，听到这句话，有些惊讶，转头看向霍圾。

霍圾一转头就看见了一张白净的小脸，小脸上写满了震惊。他垂眼一笑，没有说什么。

说这么几句话的工夫，学校放的音乐已经停了，各个班都排好了长队，整整齐齐地站在操场上。

主席台上开始通报批评，一连串的名字念下来，就属三班包括陈诗楠在内的几个女生违规最严重。

"高一三班陈诗楠、朱思思、潘芙等企图在校门口聚众斗殴，严重危害到了学校的秩序和安全，影响极其恶劣，学校决定给予留校察看的处分。如若再发生此类事件，一律按劝退处理……"

主席台上的人还在说话，操场上的同学们纷纷看向三班方向，完全没有想到陈诗楠又聚众斗殴了。

一中有直属初中，初中和陈诗楠一起上过学的学生都知道她的"光荣事迹"，没想到才刚上高一，她就又召集小混混打群架了。

陈诗楠立刻看向林莜，眼里都快冒火了，她强忍着没发作。校服兜里的手机还不停地振动着，她烦得不能再烦了。晨会才刚开始退场，她就不管不顾地拿出手机看了一眼，有好几通未接电话，全都是九中那个混混打来的。刚看完，电话就又打来了，陈诗楠接起来，耳边立刻响起了一个男生愤怒的声音："妹妹，你这就不地道了，我好心好意帮你叫人，你男朋友居然把我们举报了！现在我们全都被学校记大过了，还要叫家长，烦死了！"

陈诗楠听得一头雾水："什么男朋友，哪个？"

"不就是你上次说的那个三好学生吗？叫什么来着？霍什么……我看他是存心来祸害人的吧！"

陈诗楠本来正跟着班级队伍往前走，听到这话，她顿在了原地，不可置信地看向二班那个高挑修长的身影。

"你是说霍圾？怎么可能！你是不是弄错了？"

"你还帮你男朋友说话啊？要是没弄清楚，我会打电话给你？一起过去帮你的几个兄弟全都知道，那个孟诚平时看着贼他妈拽，结果连个屁都不敢放！现在这事全记我头上了！你的那个男朋友举报还不匿名，真嚣张啊，胆子不小，我早晚找他算账！这事要和你没关系，你就跟说一句，刘哥不牵连你！"

"我也被举报了，怎么可能知道！"陈诗楠气得要死，勉强按捺住脾气，"我先去问个清楚，说不定是哪里弄错了！"

陈诗楠也不管刘哥又说了什么，直接挂掉电话，骂道："妈的！"

周围的同班同学被她吓了一跳，纷纷加快脚步往前走，后面几个小姐妹也不敢说话。

陈诗楠骂了一句脏话，直接往前跑去，追上楼梯，冲前面的人叫道："霍坂，你等一下！"

晨会才刚刚宣布退场，楼梯上全都是学生，闻言都放慢了脚步，有的甚至停下来看热闹。

林苡已经快走上二楼了，听见陈诗楠叫霍坂，她停下脚步，从楼梯的扶手上探出头看过去。周围几个女生也很好奇，大着胆子学着她一起看。

霍坂转头看了陈诗楠一眼："怎么了？"

见他还是那样温柔，陈诗楠稍微收敛了一点脾气："我有事和你说，我们先到人少一点的地方。"

霍坂转过身，手扶着楼梯扶手："陈同学有什么事就在这里说吧，我还要回去收班级作业。"

陈诗楠见他不愿意，也就不在乎别人都在看着了："是你举报的我吗？"

霍坂依旧慢条斯理的，根本没有回避的打算："是我举报的，连带九中那群不良少年。"

陈诗楠简直不敢相信真的是他做的，她质问道："你为什么这样对我？我之前还跟你表白，你怎么能这样，我那么喜欢你！"

霍坂完全没有感到愧疚："你喜欢我是你的事，我举报你是我的事。聚众斗殴本来就是错的，我想任何一个同学看见都会跟政教处提出来，毕竟聚众斗殴不是一个学生该做的事情。"

没能给林苡一个教训，陈诗楠本来就已经很窝火了，现在还被自己追的男生举报，她更加火冒三丈："你说学生不该做这些事，那你还抽烟了呢，你还要打人，我都看见了！"

陈诗楠满腔的喜欢全都变成了羞恼，气得失去理智，看向周围的同学："我告诉你们，那天我看见他抽烟了，一看他就是很小就学会了，根本不是什么三好学生！我叫来的那个男的被他吓得腿都软了，我们都看见了！！"

她的几个小姐妹连忙站出来做证："是真的，霍坂就是抽烟了，我们都可以做证！"

霍坂笑了笑，没说话。他旁边的女同学开口质问道："陈同学，开玩笑也要有个限度，你看大家会相信你和你的小姐妹说的话吗？"

陈诗楠吼了一通，情绪平稳了一些，有些难过地问道："你们真的不相信我？"

　　一个高个儿男生开口道："陈诗楠，你说二班的班长抽烟，是要拿出证据的，你随口说说，大家当然不会信。"

　　陈诗楠气得大喊："还要什么证据？！我们都是人证，都是亲眼看见的，骗你们干吗？"

　　林苡微微一顿，看看陈诗楠，又看向霍圾，怎么看他都是不可能抽烟的那种人。她突然觉得有些奇怪。陈诗楠为什么会撒这么离谱的谎？她明明清楚，这种谎话说出来，根本不会有人相信……

　　霍圾几步走下楼梯，站在陈诗楠面前："陈同学，你不用和其他同学生气，我就是实名举报了你，你和你的那些朋友如果有什么问题，随时可以来找我。反正在学校，犯了错误就要受到惩罚，不能你想怎么样就怎么样，带坏学校的风气。"

　　这番话让大家都愤怒起来，的确，都是这些不良少年弄得他们学校风评不好，在外人眼里乌烟瘴气的，说出去都没面子。

　　"陈诗楠，你自己抽烟、喝酒、旷课、打架，竟然还好意思说霍圾！人家是班干部，还是学生会的，你也编得太离谱了！"

　　"霍圾是好同学，不能因为他举报你，你就随便诬陷他吧！"

　　陈诗楠眼眶都红了，突然歇斯底里地尖叫了一声："我没有诬陷他，他就是坏学生，你们这些白痴，什么都不懂！"

　　大家虽然没有接话，但看她的眼神就像在看一个疯婆子。她这个不良少女说的真话没有人信，而表面功夫做得足的霍圾得到了所有人的信任。

　　"你们聚集在这里干什么，还不回教室？"一个老师看到一群人堵在楼梯口，眉头一皱，"马上回教室里去，不要在这里停留！"

　　大家闻言全都迅速离开，霍圾也转身上楼。林苡看着走上来的霍圾，他温和有礼，没有一点恼羞成怒。一时间，她觉得自己想多了，见没什么事，就转身往楼上走了。

　　老师见大家都散开了，只剩陈诗楠几个人，也懒得多说什么，只道："都回去上课。"

　　陈诗楠气得浑身发抖，费了老大的劲才迈开腿，往楼梯上走。

　　霍圾缓步上楼，见她也上来了，转头看向她。

　　几个女生有点吓到了，站在楼梯上，止步不前。

　　陈诗楠咬着下唇，浑身止不住地发抖。霍圾看着她，抬手做了一个抽烟的动作，熟练得根本不像一个好学生。

陈诗楠马上激动地看向周围，可是，除了她那几个小姐妹，哪儿还有人呢？

霍圾欣赏了一下她有些滑稽的样子，扑哧一声笑出来，伸手点了点自己的右边脸颊，似乎意有所指。他面上虽然带笑，眼里却满是戾气："不要再缠着我了，很烦，傻×。"

他声音温柔，那两个字眼却说得乖张，如张牙舞爪的猛兽一般扑面而来，压得人几乎要透不过气了。

看到他面孔如天使一样，行为却那样恶劣，陈诗楠终于忍不住了，蹲在地上大哭起来。

霍圾一点怜惜之情都没有，神情嘲讽，转身上楼，显然觉得她蠢透了。

此时此刻，陈诗楠终于开始后悔了。她这才知道，她不应该喜欢霍圾的，他就是一个彻头彻尾的恶魔，没有心的那种。

🐾 🐾 🐾

陈诗楠说霍圾抽烟，这件事并没有引起大家的注意，毕竟谁也不相信一个三好学生会抽烟，尤其还是霍圾那样温柔、性格好的男生，所有人都觉得是陈诗楠有问题。

自从被全校通报批评以后，陈诗楠就安分了很多。尤其是，以前她天天都会路过二班门口，现在却宁愿绕道走另一边的楼梯回班级，完全消失在霍圾的面前。

林苃觉得霍圾真的很勇敢，他竟然实名举报，一点都不怕别人打击报复。尤其是九中的那些不良少年，她在宿舍里听说过，他们打起架来挺恐怖的。曾经有个学生惹了九中的小混混，被打得满头是血，而且就在学校附近，很多学生都看见了，非常可怕。她替霍圾捏了一把汗。好在霍圾平时都在学校里，很少外出，回家也都是霍家的司机开车来接，那群不良少年应该抓不到机会对他怎么样。

周三模拟考，林苃课没跟上，完全属于摸瞎上阵，连考试题目都很难看懂。不过，本着能写多少写多少的原则，她把自己理解的东西都认认真真地全写上了。

和她隔着一条过道的李涉比她还摸瞎，一道题读了三四遍，愣是没看懂。坐在他旁边的又是"倒数第二"王泽豪，他抄了和考倒数第一没啥区别。坐在他后面的霍圾的答案倒是值得抄，可是他转头去看的话，十有八九会被老师发现。

李涉烦得要死，一侧头就看见旁边小姑娘的试卷上洋洋洒洒地写了一大串字，一看就是高手级别的。

林苡写得起劲，一抬眼就见李涉抄得起劲。她想了想，把试卷往桌外挪了一些，露出一大半答案。

李涉视力好，几乎每道题都抄了，还故意错了几题，免得老师看出来。

数学考试结束后，李涉特地看了霍圾一眼。"看来我还是很受欢迎的，新同学考试的时候可是一直给我提供答案呢！"他用手理了一下头发，故意挑衅道，"和成绩好的'年级老大'交往好像也不错，至少以后考试不用愁了。"

霍圾看向趴在桌上愁眉苦脸地看着书的小姑娘，摇头一笑，没有在意。

此时的李涉自信满满，可等到数学试卷发下来的时候，试卷上面几乎都是红色的大叉，没几道题是对的。他心想，不应该啊，他明明……这个"明明"还没想出来，他就看见了林苡试卷上同样的红色大叉。

李涉的脸都快要扭曲了："林同学，我觉得你应该给我一个合理的解释！"她这个成绩也有脸给别人抄？！倒数第一抄倒数第一，然后并列倒数第一，说出去很好听？！

林苡也有些不敢相信，她没有料到会错得那么离谱。她看了一眼李涉，抱歉道："对不起，我那时候有点同情你，早知道就不给你抄了。"

"你这是同情吗？你这分明是巴不得我去死！我要是自己写，还能赌对几题！"李涉觉得自己疯了，竟然会认为这个小姑娘天真无邪又可爱……什么天真无邪，她比霍圾还歹毒！

林苡没料到做题还能赌，而她那么认真，反而没对几道题……她的脸白生生的，看起来明显被打击到了。

霍圾看着她的小手拿着几乎满面红的试卷，又是想笑又是同情，她那么努力却还是倒数第一，他真是从来没有见过。

林苡还没从残酷的打击中走出来，刘友容已经叫她去办公室一趟了。至于李涉，刘友容已经彻底放弃了，他抄都能抄成倒数第一，这种事她教书育人大半辈子还是第一次见，还是让他的家长打他一顿，效果更好。

李涉一脸绝望，欲哭无泪。

霍圾拿过李涉的试卷看了一眼，轻笑出声："喜欢你的新同学被老师叫到办公室去了，你不去？"

李涉一把夺回试卷，气得快要吐血："什么喜欢？倒数第一和倒数第一没有结果的！"

霍圾道："小姑娘明明是同情你，好歹她也帮了你。"

李涉怒道："你说这话，良心不会痛吗？合着火不烧到你身上，你不知道什么叫一抽一抽地疼？"

一抽一抽地疼霍圾是不可能体会到了，但他也被叫到了办公室，和富有同情心的小姑娘并排站着。

看着霍圾整洁干净的试卷，林莜差点就要以头抢地。弟弟数学考试全班第一，姐姐倒数第一，这事儿怎么看怎么让人无语。

刘友容大概是在想要怎么样才能不伤到林莜的自尊心，可她想了很久，还是无话可说。于是她看向霍圾："你姐姐别的科目成绩都不错，就是数理化偏科太严重了。她刚来学校，可能还不太适应这里的教学进度，你的成绩好，以后要多辅导她。这些成绩要是没跟上，以后就不好选学校了，你看是不是？"

刘友容也挺不好意思的，毕竟林莜上课没跟上，就意味着要重新学一遍，那么霍圾就得从头教一遍。不过，看得出来，林莜学习很认真，要是霍圾能带一下，她应该不会有什么问题。

霍圾看了一眼林莜，只见小姑娘垂着头，白净的脸上有细小的绒毛，睫毛微微翘起，偶尔轻轻一颤。他收回视线道："我知道了，刘老师。"

刘友容马上点头："好，但也不要影响了你自己的学习。"

出了办公室，林莜无声地叹了一口气。她还是第一次感受到来自"别人家的孩子"的压力。而且，这个"别人家的孩子"是原装加强版，而她就是一台组装报废机。

林莜正沉浸在"组装"和"原装"的差距中，暗自神伤，霍圾突然停下脚步，转身朝她看来，在阳光下一笑："姐姐以后有什么不懂的，都可以来问我。"

那一刻，林莜感觉他真的像一个天使一样美好又干净，而且是那么有耐心。

午休的时候，林莜拿着草稿本和试卷，跟霍圾的同桌换了一下位置。

前排的李涉和王泽豪也转过来一起学习，相当于霍圾开了个小型的辅导班。不过，"倒数第一"和"倒数第二"没能坚持多久，"倒数第一"还没撑过第一题就睡着了，"倒数第二"熬过第三题后，直接拜倒在游戏的石榴裙下。

霍圾没有管他们，他们不问他问题，他就自己做作业，随便他们干什么。

小型的辅导班一转眼就只剩下林莜一个人撑着。她看着试卷上的大题，看了很久也没有解题思路。前面几道题全都是霍圾手把手教的，她有点不好意思再问他。她笔尖一顿，跳过了这道题，下一题，不会，跳过；下下题，还是不会，跳过……林莜轻轻松松地就扫完了试卷上所有的题，没有一道题能做出来……唉，不知不觉地，她又开始磨洋工了。

霍圾写作业跟玩儿似的，并没有什么难度，完全可以一心二用。他突然意识到，身边的林莜好像已经很久没问他问题了，看起来写得很认真。他微微抬眼看去，只见她的练习卷上一片空白，而草稿纸上跟鬼画符似的，一看就是在涂鸦。

"哪一道题不会？"霍圾把视线移到她的脸上。

林莜有些说不出口。

霍圾只好替她说："都不会？"

林莜垂下眼，连视线都没好意思跟他对上。午休时间已经过去了大半，她的下半张试卷还是一片空白，她完全没脸。

霍圾拿过她的试卷，看了一眼上面圆润小巧的字，唇角微弯，露出一抹轻笑："姐姐偏科真的好严重。"

林莜心口紧了一下，做贼似的看向正在打游戏的王泽豪和趴在桌子上睡觉的李涉，他们两个人显然都没有听到，她瞬间松了一口气。

霍圾拿过笔，开始低声给她讲题。他的声音很温柔，在别人身旁轻轻说话的时候有一种很宠溺的感觉，也难怪陈诗楠那么喜欢他。林莜心想：这个人真的很完美，也很招人喜欢，毕竟，谁会不喜欢温柔耐心的学霸呢？

经过他的讲解，林莜瞬间想通了，怎么都解不开的题突然变得特别简单，可她刚才明明在这道题上耗了很久。数学真的非常神奇，有些题对霍圾来说是送分题，对林莜来说……却是淘汰题。

夏风轻轻拂过，安静的学校里响起铃声，瞬间热闹起来。

李涉被吵醒了，昏昏沉沉地转回去继续睡。

霍圾拿过草稿纸，把剩下题目的解题思路全写了出来："你自己写一遍，再和我的步骤对一遍，有不会的再来问我。"

"好。"林莜接过他写的答案，有一种抱到大腿的感觉。

可惜霍圾并没有太多时间教她，他有班级里的事情、学生会的事情要忙。

林玟几次想要请教他，他却总是有事，她只能自己硬啃。

坐在她前面的男生叫于辉扬，成绩中等偏上，性格有些腼腆，下课时间从来不追逐打闹，只是坐在位子上学习。

于辉扬看林玟做题做得很艰难，支支吾吾地开口问道："需要我帮你讲一下题吗？"

林玟闻言愣了一下，连忙点头，把手里的练习卷推过去："这一步我不知道是怎么得出来的。"

于辉扬接过试卷，对着霍坂写的答案看了一眼。霍坂的解题思路很清晰，但是步骤太过精简，基础不好的人肯定看不懂。这一点他都明白，学霸怎么可能不明白？不过，霍坂那种级别的学霸应该没耐心教得那么细吧。

于辉扬看向林玟道："班长写的解题步骤都比较精简，不太适合我们这种基础没打好的。我给你重新解一遍，把详细的步骤都跟你说出来，你就明白了。"

虽然于辉扬没有霍坂那么清晰精简的解题思路，但是他讲得很细，每次她有不会的题，他都会主动转过来替她讲解。要是遇到他也不会的，他还会热心地替她去问别的同学。时间一长，林玟也就不需要去麻烦霍坂了，有不会的都会主动问于辉扬。

午休的时候，霍坂看见林玟向于辉扬请教题目，两个人关系很好，好像最近经常课间一起讨论。霍坂扫了一眼，收回视线，唇角微不可见地弯了一下，散漫而嘲讽。

☙ ☙ ☙

这几天，林玟在学校适应得越来越好，除了陈宣冲，别的同学对她都很友好。

吃完午饭，林玟趴在课桌上闭目养神，她昨天晚上写作业到很晚，今天有些精神不济。

头顶的电风扇慢吞吞地转着，发出些许声响，教室里很安静，隐约间能听到有人在压低声音讨论着什么。

"她爸爸是警察，好像是在出任务的时候意外牺牲的，她妈妈好像犯过罪。"

"真的吗，那她也太可怜了吧？"

林玟睫毛微微一颤，缓缓睁开眼，慢慢直起身，看向后排聚在一起讨论的女生。

几个女生没想到她醒着，连打量的视线都没来得及收回，就对上了林莜的眼睛。

林莜过了很久才找回自己的声音："你们从哪里听来的？"

其中一个女生见她好像没有生气，开口回答："我们学校有一个大群，有人在群里说的。"

"什么群，能让我看看吗？"林莜的声音轻轻柔柔的，像飘在半空中。

那是个闲聊的大群，每个年级段的人都有，还有已经毕业的，都是一中校友。

名叫"大欣赏家"的账号说道："你们知道学校新来的转校生吗？她家里好像还挺戏剧化的，爸爸是警察，妈妈是罪犯。"

"转校生？是不是那个打了陈宣冲的新年级老大？"

"天哪，她妈妈犯了什么罪？"

大欣赏家说："具体的不能多说，我只知道她从小是在那种类似福利院的地方长大的。"

"她妈妈不会是重刑犯吧？"

"楼上的，这样暴露别人的隐私有点过分啊！"

"问题是她妈妈是罪犯，你们不怕吗？我们问一句犯了什么罪，怎么就过分了？"

大欣赏家最后说道："听说是故意伤人，被判了刑。"

"我听说在福利院长大的孩子，心理都有点问题，她妈妈那么偏激，会不会遗传给她？"

"这话我就听不下去了，那人家爸爸还是警察呢，你们怎么不说？"

群里人多，说什么的都有，大欣赏家发了三条消息，引起轩然大波后就再没说过话。

林莜动作生疏地点进"大欣赏家"这个账号，只见显示的是"此用户不存在"。

林莜不知道这人是谁。学校里唯一可能知道内情的人只有霍坂，可他明显不可能这样做。

事情慢慢在学校里传开了，论坛上多了很多关于她的讨论帖，甚至有人开始恐惧她的存在，要求她转校的声音越来越多。最后还是学生会发了一个募捐帖，力挽狂澜。

学生会从老师那里了解到，林莜的父亲是执行任务时为了救一个未成年人而牺牲的。虽然她的母亲做错了事情，但这并不代表她本人有任何问题，希望大家对她不要有任何歧视和排斥。学生会了解到，她目前的学费是由社会爱心人士提供的，她的生活条件并不是很好，希望大家能够给予弱势群体一些帮助。学生会会发起募捐，大家如果有意愿的话，可以联系学生会。之后所有捐款明细都会公之于众，请大家放心。

发起人：学生会会长许念

林莜没有手机，等知道这个募捐帖的时候已经过了大半天了。

"林莜，外面有人找你。"

第一排的一个女同学转头叫林莜时，许念已经进了教室，看向林莜这边，友好又礼貌地问道："林同学，你可以出来一下吗？"

林莜想到刚才李琪琪给她看的那个募捐帖，沉默了一下，起身走出去。

等她出来的工夫，许念看了一眼霍坂的位置，见他不在，她有些失望，然后转身和林莜一起去了外面的走廊上。

她拿出本子和笔递给林莜："我们了解到你的情况比较特殊，所以打算给你组织一次募捐活动。你把卡号、名字和联系电话写一下，到时候我会把募捐所得转到你的卡上。"

林莜没有伸手接许念手上的本子和笔："谢谢你们，可我不能要，我自己可以养活自己。"

许念没想到林莜会拒绝，可募捐帖都已经发出去了，覆水难收，怎么能突然说结束呢？她虽然笑着，但态度有些许强硬："这是老师安排我们组织的，募捐也已经开始了，大家都是好意，而且你的学费也是别人资助的，你没有必要分得这么清楚，毕竟我们都是想要帮助你。"

林莜摇了摇头，没有改变主意："一家的恩好报，百家的情难还。学姐，请帮我停止募捐。我没有到需要募捐的地步，还是把机会留给真正需要帮助的同学吧！谢谢你们的好意。"

许念顿了一会儿，见她态度坚决，也没再强求就走了。林莜转身进了教室。

前排的同学看向离开女生的背影："那是许念吧，近看更漂亮了。"

"对啊，她就是那种能靠脸吃饭却偏偏要靠才华的女生，学习很厉害的，还是学生会会长，而且替林莜募捐了。"

"真是人美心善又优秀，听说她有好多男生追。"

　　林莜回到座位上，教室里时不时有同学看向她，她光是应付这些眼光就耗费了很多力气，就没有再留意募捐的事情。

　　可是，没过两天，募捐还是顺利结束了，学生会会长许念把装着钱的信封和所有捐款明细交到了老师那里。学校对这件事情非常支持，特地公开表扬了学生会和许念，而装满钱的信封则由林莜的班主任负责交给她。

　　"这是同学们的捐款，你好好收着，以后需要用到钱的地方还有很多。"刘友容对林莜的情况是了解过的，虽然霍家资助她上学，可她到底是寄人篱下。她对这个小姑娘多少有些同情。

　　林莜看着鼓鼓的信封，垂在身边的手迟迟没有伸出来："老师，我不能要。"

　　晚上吃了饭，林莜没有回教室，而是坐在操场上，看着天空渐渐变暗，蔚蓝色的天际隐隐露出几颗星星。

　　操场上从热闹渐渐变得空无一人。安静的操场外路过一个人，那人突然停下来，似乎在看着林莜。距离太远，林莜看不清，但能感觉到那个人的视线落在了她的身上。是她一个人坐在这里太奇怪了吗？林莜托着下巴，无声地看着那个人影发呆。

　　远处的人站了一会儿，提步往她这个方向走来。林莜看着那个人慢慢走近，男生的面容慢慢清晰，笑起来很好看。

　　林莜垂下头，看着自己的脚尖发呆。

　　霍坂看着眼前耷拉着脑袋的小姑娘，心想，她很像被他揉乱了毛发的小汤圆，虽然看起来还是乖乖的，但其实已经有情绪了。

　　霍坂一笑，问道："怎么没去上晚自习？"

　　林莜摇头，两个脚尖微微一并："不想去。"

　　"是因为大家都在说你家里的事，你不开心了？"霍坂没有和其他人一样只是用异样的目光看着她，而是直白地问了出来。

　　"没有不开心，只是不想大家都看着我。"林莜伸手揉了揉自己的脸，轻叹了一口气，"但我都习惯了，从小到大都是这样。其实在我眼里，我家和别人家并没有区别，他们也只是我的爸爸妈妈。我爸爸是个英雄，我不一定能成为一个英雄；我妈妈做错了事，我也不一定会重蹈覆辙。我不会因为自己家比不上别人家而自卑难堪。这世上有千百种活法，注定有人行淤泥，有人步清水，每个人都有自己要走的路，各安其乐，我没有他们想象的那么脆弱可怜。"

霍圾看了她很久，没有说话。小姑娘的眼里有一种亮光，他毫不怀疑，哪怕身处对所有人来说都满是绝望的黑暗里，她也不会失去希望。他心想，她和他是完全不同的两种人。

林莜见他没有说话，抬头看向他，有些疑惑："你也觉得我可怜吗？"

霍圾闻言一笑，微微俯身，摸了摸她的头："姐姐这么厉害，还想要弟弟的同情？"

林莜感觉他摸自己的手法很像摸小汤圆，不过还好他没有揉，否则她的头发就乱了。

林莜回到寝室，另外三个人本来在说话，见她进来就停了下来。寝室里莫名安静。

林莜去卫生间刷牙洗脸，又倒了热水，端着洗脚盆到自己的床前，准备泡脚。

宿舍里安静了一会儿后，顾语真穿着拖鞋走到她身旁坐下："你没事吧？"她问完后，另外两个女孩还是没说话。

林莜脱了袜子，把白白的脚丫伸进热水里："别担心，我没事。"

寝室里又安静了几分。

林莜看向几个室友，温柔地开口道："要是你们真的害怕，我可以申请换宿舍。"

顾语真面露愁容，看向另外两个女孩。她不想林莜搬走，可寝室是大家一起住的，她一个人说了不算。

陆依依看向林莜，翻了一个白眼："你想什么呢，谁让你搬宿舍了？我只是突然不知道该说什么，万一我说得不对，你不开心了，怎么办？"

一边的唐文璇擦完脚，愤愤不平地把抹布扔进水盆里："那个大欣赏家太恶心了，故意暴露别人隐私，阴险歹毒，太可恨了！依依，你有没有认识的朋友可以查一查？"

陆依依伸手摸了摸下巴："我问问。"

林莜觉得很难："那个账号已经注销了，可能注册的时候都不是用的他本人的信息。"

陆依依皱眉道："这是有备而来啊，你得罪什么人了吗？"

林莜想到孟诚、陈诗楠、陈宣冲，微微一顿："来学校后有两个，还有一个不是一中的，但不一定是他们。"

宿舍里三个小姑娘一脸蒙，为什么她们真的有一种面前坐着年级老大的错觉？林莜刚来学校没多久，就惹了好几个人吗？而且那个大欣赏家对付她的架势还不是一般的小打小闹……

陆依依咳了一声，淡定道："没关系，范围不大。"

❤ ❤ 🐾

第二天，课间休息时间，教室里一如既往地吵闹。

林莜一个人坐在位子上写试卷，同学们各玩各的，热闹并不属于她。

李琪琪憋了好久，终于忍不住开口问道："林莜，群里说的是真的吗？"

林莜手里的笔微微一顿，点了点头。

"啊？"李琪琪有些惊讶。

"那你妈妈伤人伤得严重吗？"李琪琪把这句话含在嘴里，犹豫了很久也没有问出来，因为这个问题挺伤人的。虽然大家都觉得那个大欣赏家用心很歹毒，可是那个人的目的还是达到了，大家现在根本不敢接触林莜。如果她不是林莜的同桌，不知道她乖巧懂事，她也不敢接触。

"没关系，这些事大家没几天就会忘了。"李琪琪摸了摸林莜的脸，又忍不住捏了一下，"林莜，你的小脸蛋还挺滑的。"

林莜被摸得痒痒的，忍不住躲了躲，笑了起来。

李琪琪收回手，伸了个懒腰："去不去上厕所？"

"嗯，去。"林莜放下笔，起身和李琪琪一起往后门走去。

一群男生在教室后面打打闹闹，不小心碰掉了霍坂放在课桌上的敞开的笔袋，里面的笔全撒了出来。

林莜蹲下身，帮霍坂把笔一支支捡回笔袋。他的笔全都是同款黑色水笔，外壳没有一丝划痕，笔盖没有一支丢了，除了墨水的余量不同，和新的几乎一样。

李琪琪推了一把挡在前面的男生，烦得不行："别在教室里跑来跑去，撞到人怎么办？"

"这么凶啊，小心以后没人喜欢你！"

"你们想死啊！"李琪琪暴躁道。几个男生嘻嘻哈哈的，场面非常混乱。

林莜把笔全捡回笔袋里，一起身就见霍坂正站在课桌旁看着她，看样子好像已经看了有一阵子了。

林莜把笔袋递给他："你的笔袋刚才掉到地上了。"

霍圾伸手接过笔袋放在课桌上，笑容浅浅的。他随口说了一句"谢谢"就看向旁边正和他说话的同学，没再理会她。

李琪琪已经拧完了几个男生的胳膊，走过来挽上林莜："走吧。"

"好。"林莜转身往外走，又转头看了一眼霍圾，只见他和别的同学有说有笑的，和刚才对她的样子不太一样。林莜回想起他刚才的笑，很淡很浅，好像有些疏离……

林莜这周过得很平静，虽然大家还是会用异样的目光看她，可随着时间的流逝，议论声渐渐少了，最多只有不自觉的疏离。

霍圾好像也和她有了距离，虽然并不明显，可他的言行里已经没有了亲昵感，就只是一个温柔的好班长，而不是亲近的弟弟。

林莜有些为难，她本来还想和他搞好关系，可现在他们就像隔着一层什么东西，她怎么都无法靠近他。不过，她也没有时间想这些了，因为周六她要跟顾语真一起去做兼职。

顾语真做兼职的地方是一家大型商场，她们需要穿着厚重的玩偶衣服在商场里发传单，吸引别人去消费。做这种兼职的学生不多，因为玩偶衣服很厚重，夏天穿着又热又闷还辛苦。

林莜和顾语真被分在不同的楼层。林莜穿着小熊玩偶衣服，拿着传单在楼层里走，一抬眼就看见了从远处走来的霍圾。他旁边还有一个很有气质的穿裙子的女生，是之前来找过她的学生会会长许念。两个人都很出众，走在一起显得格外般配。

他们是在约会吗？林莜想起之前在校务处的时候，他们两个人讨论中午吃什么，听起来很亲密。她心想，难怪霍圾对和陈诗楠早恋这件事没有一点反应，原来是已经在谈恋爱了。

林莜打量了一眼，没有打扰他们，转身去另一边发传单了。穿着玩偶衣服还是很累的，林莜发了一圈传单，准备就近找个位置坐下休息，才走了几步就看见了不远处的霍圾。他一个人站在栏杆旁，看着楼下的商铺，刚才和他一起的许念不知道去了哪里。

林莜看见他旁边有个饰品店，里面都是女孩子喜欢的饰品，她心想，他应该是在等许念选东西吧？

林莜还在想要不要打声招呼，霍圾已经察觉到了她，他转头看过来，对上了她的视线——当然，他只能看到小熊玩偶的眼睛。

林苡见他看过来，伸出小熊掌和他挥手，友好一笑。霍圾却只看了一眼就收回了视线，神情有些冷淡，没有理睬她。

林苡这才意识到自己戴着玩偶头套，他肯定认不出来，又想起他最近的疏远，叹了一口气。或许他也害怕她吧？

林苡拿着传单，乖乖坐在旁边的椅子上，拿出小熊兜兜里的饮料，正准备打开，一个小朋友跑过去，猛地往前一扑，摔倒在地。

"小心！"林苡连忙起身跑过去。

霍圾靠着栏杆，看着扑倒在眼前的小孩，无动于衷。听到一句"小心"，他眼帘微掀，看到了一只步履艰难的小胖熊。小胖熊动作慢了一点，等跑过去时，摔倒的小朋友已经被家长扶起来了。家长向小熊道谢，小熊乖乖点头，看着和某个人一模一样。

林苡和小朋友道别后，转身回到椅子上，重新拿起饮料打开，通过小熊的嘴巴靠近吸管。

霍圾站在栏杆旁，看着小熊小心翼翼地喝水，唇角微微一弯，露出一抹漫不经心的笑。

林苡刚咬到吸管，有人就在她身旁坐下了。她小心地转头看了一眼，是刚才还站在不远处的霍圾，他应该是站累了，想坐一会儿。

林苡突然想起刚才看到的那一幕，他看着面前摔倒的小朋友，没有任何行动……可他是个温柔善良的人，怎么会不管不顾？林苡咬了咬吸管，喝了一口饮料，味道酸酸甜甜的，很好喝。她又转念想了想，觉得他刚才应该是在出神。她有时候也这样，会看着一个东西想事情，周围的动静是注意不到的。

旁边的人看着她喝饮料，忽然低声叫道："小熊。"

林苡微微一顿，转头看向他。

霍圾一笑："你的饮料看起来很好喝，请问是在哪里买的？"

林苡转过身指向对面："粉色招牌的那家。"她的声音闷在头套里，不是很清晰，但还是能听见。

霍圾顺着她指的方向看过去："好喝吗？"

林苡点了点头。

"谢谢，我一会儿也去试试。"

林苡发现，他竟然没有认出自己。她刚刚还在想，她突然开口说话，他会不会吓到，结果他根本没听出来。这就有点伤她这个姐姐的心了……

"霍圾。"许念提着包装袋从饰品店里出来，径直往这边走来，"我买了很多好看的东西。"

霍圾往林苡这边挪了一下，似乎想要让出一些空间给许念。林苡的玩偶衣服特别厚重，占了大半位置，她已经尽量坐到一边了，霍圾往她这边一挪就没了多余的空间，她已经和他腿挨着腿了。

许念在霍圾身旁坐下，拿出袋子里的矿泉水递给他："我刚才看到矿泉水就给你买了一瓶。可惜你不喝饮料，不然我们可以先去买奶茶，这里有一家奶茶店的味道特别好。"

霍圾不喝饮料吗？林苡看向自己手里的饮料，有些奇怪，看了一眼霍圾。

"谢谢。"霍圾接过水，似乎完全没想起来刚才和林苡说的话。

许念又拿出一瓶饮料，自然而然地递给霍圾："我打不开，你能帮我拧一下吗？"

霍圾伸手接过饮料替许念拧开，许念正要说话，一个路过的小朋友看向林苡："哇，小熊！"

小朋友的家长一松手，小朋友就往这边跑了过来，跑到林苡面前又有些害羞："小熊姐姐，我可以抱抱你吗？"

林苡看着这么乖的小朋友，忍不住一笑，有些艰难地蹲下，给了他一个拥抱。

许念这才意识到旁边还坐着一只小熊，和他们离得这么近："我们要不要换个地方坐着？"

霍圾看着小熊，随手打开矿泉水瓶，喝了一口，水从喉头慢慢滑下，似乎滋润了他的声音："为什么要换？"

许念看了一眼嘻嘻哈哈的小朋友，轻声说："我怕你嫌吵。"

虽然她的声音不大，但林苡还是听见了。她抱了小朋友以后，不想再坐在这里打扰他们小情侣约会，就伸手去拿放在椅子上的传单，却被霍圾压着。林苡在旁边忙活着拿传单，可小熊掌太大了，有些笨拙，不好硬拽。霍圾似乎没有察觉，正在和许念说话。林苡汗都热出来了，于是伸出自己的小熊掌，搭上了他的肩。

霍圾转头看过来，似乎有些疑惑："怎么了？"

林苡指了一下椅子上的传单。

霍圾似乎才发现自己压着传单，他站起身，拿起传单递过来："不好意思，小熊姐姐。"他的尾音微微放轻，有一种缠绕在唇齿间的感觉。

林苡听着一顿，轻轻说了一句"没事"，就拿着传单转身走了。

她的声音闷在头套里，显得很轻，许念没有听见，只看着小熊走远的身影道："这种工作好辛苦，这么热的天，还要穿着这么厚重的衣服，真不容易。"

"是很不容易呢……"霍圾轻轻道，看着走远的小熊乖乖软软的样子，唇角微弯，轻轻慢慢地笑了一下，可不太像是同情。

🐾 🐾 🐾

商场里人很多，来来往往的大多是成双成对的情侣。

许念看向坐在旁边的霍圾，面上有一丝少女的羞涩。这还是她第一次跟他一起出来玩呢。她知道他一直有早到的习惯，所以也提前过来，现在就像他们单独出来玩一样。

许念难得有些紧张，看见对面的饮品店排了很多人，大部分都是情侣，她试探道："那家饮品店好像挺受欢迎的，你要不要试一试？饮料真的比矿泉水好喝很多。"

霍圾看了一眼对面有着粉色招牌的店，想起刚才的小熊掌轻轻搭上自己的肩，那力道轻轻的，又带着点小脾气。他唇角微弯，摇了摇头："我不喜欢太甜腻的东西。"

"霍圾，许念！"远处的萧洋冲他们招手，和几个人一起往这里走来。

许念有些遗憾，两个人的独处这么快就结束了。

萧洋走近，看了他们两个一眼，故意调侃道："你们两个来得挺早呀，远远一看，我还以为你们是情侣。"

他身后一个女生笑道："我们是不是应该分开行动，免得打扰了许念学姐和霍圾？"

许念站起身，笑得羞涩："你们别乱说。"

霍圾没有反应，他看向下面的楼层，好像根本没有把这句玩笑话听进去。

许念脸上的笑明显僵了一下。

萧洋一屁股坐在霍圾身边，伸手搭上他的肩膀："看什么呢？大家还等着听你的意见呢！"

霍圾收回视线，看向他们："你们都敢开许念学姐的玩笑了？"原来他还是听见了。

几个人立即摆手："我们可什么都没说，许念学姐饶命！"

许念闻言笑出了声，不过视线落在霍坂身上，发现他好像有些心不在焉，他在等谁吗？

林莜休息了一会儿，铆足劲把手里的传单全发了，下班的时间就差不多要到了。

身后突然有个女生喊道："哇，还有只小熊，这个商场也太可爱了，发传单的都是玩偶人。"

林莜转过身，看见一群人走了过来，还有之前看见的霍坂和许念。

说话的女生已经把手机递给旁边的人，跑到林莜身旁："帮我和小熊拍一张，拍得好看点哦！"

林莜一天下来已经非常习惯拍照和拥抱了，配合女生摆出了各种动作。

女生很开心，冲她一笑："谢谢你，小熊。"

林莜出于习惯，伸手准备抱她一下，以示回应，旁边的萧洋立刻不同意了，谁知道这小熊衣服里是男是女，上来就动手动脚的，万一是个"猥琐男"呢？

"哎哎哎，你这小熊上来就想抱女孩子啊？那可不行，要抱，你抱男生。"他拉回女生，用下巴指了一下身旁的霍坂，"大帅哥给你抱，便宜你了。"

林莜有些尴尬，正准备放下伸到半空中的手，站在她面前的霍坂忽然一笑："男生就不能拥有熊抱了吗？"

旁边的几个男生闻言大笑："就是，男生就不抱啦？厚此薄彼不行啊！"

霍坂笑得很纯真，就像真的只是想要小熊一个拥抱而已。

林莜顿了一下，伸手抱了抱他。抱男生和抱女生还是不一样的，女生的身体软软的，男生的身体却坚硬有力，即便隔着玩偶衣服也能感觉到。霍坂个子高，她抱过去的时候他没伸手，头却微微一偏，俯身透过小熊的眼睛看进来，面上带着若有似无的笑。

太近了，这个拥抱太过亲密。林莜看着他近在咫尺的脸，忽然有些紧张，马上收回了自己的手。

"林莜，下班啦，我们可以走啦。"顾语真抱着玩偶头套，往林莜这边走来。

林莜坐在更衣室里等顾语真，她也摘掉了头套，额头上都是汗，乌黑的头发贴在脸上，显得小脸格外白嫩。

"累吗？"顾语真看她满头大汗，问道。

林苡抱着小熊头套，乖乖坐在椅子上："不累。"

"你真厉害，好多人第一天都坚持不下来。"顾语真放下自己的头套，"哦，对了，我中午碰到班长他们了，好像是学生会组织活动，好多人呢。"

林苡放下自己的头套，伸手替顾语真拉衣服后面的拉链："班长有要玩偶的拥抱吗？"

"班长？怎么可能！拥抱和合影的都是女生啦，男生对我们这些玩偶不感兴趣的，班长就更不感兴趣啦。"

林苡听到这话，心里有些奇怪，那他为什么非要熊抱？

一天的兼职干下来还是挺累的，林苡躺在床上很快就睡着了。她觉得这个周末过得特别充实，就是兼职难免占用了写作业的时间，本来她写作业就慢，昨天又累得睡着了，周一早上起来还有数学作业没写完。

班级里也鸡飞狗跳的，好多同学都是周末玩得太尽兴，作业却没写完。有些同学彻底放弃挣扎，开始抄同桌的；有些还在垂死挣扎，自己算题或和前后桌讨论。

林苡就属于垂死挣扎的那一类，她坐在位子上，脑壳都想疼了，数学大题还是空白一片。

这次数学作业难，于辉扬也没把握，不过至少他比林苡懂，就拿着数学作业手把手地教她。

李琪琪老早就放弃挣扎了，她连别科的作业都没有写："林苡，抄一下语文。"

"好。"林苡从书包里拿出自己的语文作业。

李琪琪的前后桌加过道左边的同学都是严重偏科分子，听到这句话，立即扑到李琪琪的课桌上，挤来挤去地抢位子："一起抄一起抄！"

李琪琪被挤得眼前一黑："能不能冷静点，别跟饿虎扑食一样好吗？！"

他们的动静不小，连林苡的课桌都被他们挤得抖来抖去，她好脾气地停下笔，等他们先挤完。

这时，她的桌前走近一个人，他的校服整齐干净，带着淡淡的皂香。

林苡仰头看去，看到霍坂站在她的课桌旁，正看向李琪琪那边，几个人的动作瞬间小了。

霍坂拿着收来的作业，笑着提醒道："抓紧，老师要来了。"他垂眸扫了一眼林芨一片空白的作业，转身回到自己的座位上。

林芨听到这句话，有些慌了，笔尖都在抖，却算不出来。实在是太难了！

于辉扬也没时间教了，把自己的数学作业递给她："你先抄吧，下课了我再教你。"

林芨只能认命抄了，硬生生加速把空白填满了，终于在老师来之前把作业交了上去。交完作业的下一刻，刘友容就进了教室，原本吵闹的教室瞬间安静下来，大家都看似非常认真地看起书来。

"同学们停一停，我有个事情要交代一下。"刘友容站在讲台旁，一只手肘靠着讲台，"马上就是学校的文化周了，我们要开始排练大合唱，等一下我们花点时间选歌。"

刘友容看向霍圾："中午大家最好都牺牲一下休息时间，去阶梯教室排练。我中午不在，具体的就由班长来负责，把队形排好，歌唱熟了。"

霍圾点头示意明白了。

班里的同学都有些兴奋，毕竟大合唱又不是上课，那就相当于放假！

中午吃完饭，大家都得去阶梯教室集合，林芨在去的路上碰到了和班里同学一起去吃午饭的陆依依。

陆依依看到林芨，连忙跑过来："林芨，你是不是没收学生会给你的捐款？"

林芨如实回答："是啊，怎么啦？"

"难怪。"陆依依低声说道，"我们班里有几个人是学生会的，他们都在说你的坏话，说你不识好歹，给你钱还不要。"

林芨愣了一会儿："可是我之前就和学生会会长说过，不用大家捐款。"

"你说过了，许念还继续募捐？"

林芨点点头："嗯，当面说的。"

"依依，快点，再晚食堂就没好吃的菜了。"两个同学在不远处催了一句。

"好，我马上来。"陆依依冲她们说了一句，回头看向林芨："既然你都已经说过不用了，那就是他们内部的问题。那些人就知道欺负人，你不用理会。"

经陆依依这么一说，林芨觉得很奇怪。之前刘老师把装着捐款的信封交给她的时候，她也很疑惑，许念为什么没有停止募捐？

初夏的风暖乎乎的，偶尔吹过的风掺杂着树上鸟儿的啼鸣，清脆悦耳，悠悠回荡。

林芫去了阶梯教室，她去得早，教室里只有霍圾在做准备工作。作为班长，他真的很能干，难怪班主任连大合唱的事情都放心交给他。

林芫不知道该不该开口和他打招呼。他们最近很生疏，都没怎么说过话，除了那天她抱了他一下，然而霍圾并不知道小熊是她。

霍圾看见有人进来，抬头看了过来，视线对上了她。林芫正准备打招呼，霍圾已经收回视线，垂眼摆弄着手里的投影仪，看上去有些疏离。

林芫放下手，拇指按了按白嫩的掌心，无声地叹了一口气。这样的话，好像没有办法和他搞好关系了……

教室里只有他们两个人，外面偶尔传来几声鸟鸣，显得里面更加安静。

如果是很多人在一个教室里，气氛倒不至于那么尴尬，但只有两个人的话，她好像总觉得有些不自在。

林芫看着在不远处坐下的霍圾，想了想，还是起身离开自己的座位，走到他后面那排坐下，偷偷往前瞄。

霍圾感到身后有动静，还闻到了糖果香，他转头看去，一张白净的小脸凑了过来。

林芫见他转过来，伸出自己的手，掌心上是一颗酒瓶形状的糖果："你要吃糖吗？"

霍圾收回视线："我不吃，谢谢。"

"哦，好吧。"她的声音有点失落，凑过来的小脸微微往后一退，表情是肉眼可见的失望。

霍圾停顿了两秒，还是开口道："你吃那么多糖，不怕烂牙？"

林芫见他主动开口和自己说话，忍不住心里一喜："偶尔吃一颗不会的，我也没有吃很多。"

霍圾心道，谁信？真的只是偶尔吃一颗的话，身上会全都是糖的甜味吗？他笑了笑，没有再理她。小姑娘在他后面安安静静地坐着，也没有再打扰他。

过了一会儿，安静的教室里有糖果纸被拆开的声音，紧接着是很小的咀嚼声，细微得像小动物在吃东西。

霍圾转头看去，刚才说自己只是偶尔吃一颗糖的人已经把原本要给他的那颗糖吃掉了。

林芫见他看过来，冲他露出一排小白牙，非常友好地笑了，乖得没有一点危害性。

　　霍坂看着她，没有说话，片刻后忽然轻轻笑起来。这个笑和他平时的笑不太一样，林苡不知道该怎么形容，就是感觉好像有点坏……

chapter 5

小树林

"眼睛是最能骗人的东西，你要是只看眼睛，会被骗哭的。"

sweet

不过，林莜也只是感觉，还没来得及细想，教室里就来了人，是他们班的同学。来了几个以后，教室里慢慢热闹起来，同学们一批接着一批地走了进来。

除了时不时找林莜麻烦的陈宣冲没影子，大家都到了。不过，陈宣冲可以忽略，老师也没指望他会参加这种集体活动。

霍坂让大家按照晨会的位置顺序分成四排，前面两排是女生，后面两排是男生。

霍坂很温柔，大家私底下小声说话，没认真听，他也没有管。倒是李涉闲着没事干，时不时地拿卷起来的纸筒敲向几个说话的男生："少说几句能把你们憋死吗？哼哼叨叨的没完了？早点唱完早点走人，无聊死了！"

李涉这么一说，班里小声说话的同学少了很多，他们很快就开始练习了，进度还不错。

阶梯教室的门开着，几个来自别班的女生慢悠悠地走进来，都是生面孔，好像是特地来看他们班排练的。

霍坂抬头看了她们一眼，没有管。大家唱完一遍后，他看向张了嘴巴却没发出声音的林莜："你的声音呢？"

林莜拿着乐谱，有些为难："我唱歌有点走调。"

来自外班的那几个女生突然笑起来，似乎在嘲讽她。只有少数几个人注意到她们的举动了，他们看看林莜，又看看那几个女生。林莜也有些奇怪，看了她们一眼，见不认识就没有放在心上。

霍坂看着林莜，语气还是很温柔："哪一句走调？"

林莜低声说道："都有一点……"

"从第一句开始唱给我听听。"霍坂看向手里的乐谱，神情认真。他这样垂着眼，看上去有些淡漠，气势上有一种"你必须听话"的感觉。

林莜清了一下嗓子，开口唱了第一句。刹那间，教室里死一般地寂静。她说自己有点走调还真是"谦虚"了，根本都不着调了，完全就是另外一首歌。

有几个同学本来就唱得不太行，现在完全被带偏了，看着投影屏幕上的歌词一脸疑惑，哼了几声也找不回调。

不过走调也是很正常的事，毕竟术业有专攻嘛。看到她如此不擅长唱歌的样子，大家反而觉得和她亲近了一点。有人开始憋笑，后来忍不住笑出声来，引得全班哄堂大笑。

坐着的那几个外班女生看着林莜，表情很嫌弃。有人突然啧了一声："这女的好能装啊，这么简单的歌不会唱？"

"装得有点恶心。"

虽然她们离得远，但声音并不小，就是在明着讽刺林莜。

班里的气氛本来还挺融洽的，突然被这两句话带得停滞了一下。

李涉看向那几个女生："你们都是谁啊？"

同学们开始窃窃私语，纷纷看向林莜。

林莜莫名被讽刺了两句，感觉有些难堪。她是真的不太会唱，并不是装的……

"出去。"霍坂开口说道。他的语气第一次显得这么冷，班里的同学们瞬间安静下来，有些惊讶。

对面几个女生不笑了，看着霍坂，呆住了。

"阿坂……"李涉也愣住了，心想，霍坂不会生气了吧？

霍坂抬起头看向阶梯教室的后排："这间阶梯教室现在是高一二班在用，请你们出去。"他虽然听起来很礼貌，但生冷的语调让人有些惊讶。本来很温柔的男生突然冷脸，那比原本就凶的人还要可怕。

带头的女生扎着马尾，发尾有些小卷，留着空气刘海儿，长得很可爱。她闻言一顿，有些不知所措："霍坂，我也是学生会的，你不记得我了吗？"

"马上出去。"霍坂神情很淡地看着她，眼里没有一丝情绪。那个女生真的被吓到了，连忙起身往外跑。

她们走后，阶梯教室里的气压还是很低，大家都不敢说话，窃窃私语的声音彻底没有了。作为同班同学，他们还是第一次看见霍坂生气，没想到这么吓人，比老师还恐怖。

过了一会儿，霍坂明显调整好情绪了，温和地开口道："我们继续。"

大家全神贯注，没了之前的散漫，进度跟飞一样，几遍唱下来就已经有模有样了。

当然，除了林莜……

"今天就到这里吧，大家可以回去休息了。"

同学们都松了一口气，林莜也一样。她正准备回教室，前面的霍圾突然看向她道："你等一下。"

她这是被点名留下了？林莜探出去的脚慢慢收了回来，有一种被老师单独留下来教育的失落感。

同学们陆续往外走，也没有奇怪霍圾为什么要单独留下林莜，毕竟她唱得真的挺一言难尽的，要是不留下来补补课，正式演出的时候一开口，很有可能全班都会被带偏。

李琪琪对林莜做了个"保重"的表情就走了。李涉倒是一副幸灾乐祸的样子，虽然他学习成绩全班倒数第一，但唱歌显然有人垫底了。

林莜看向自己的鞋尖，感觉自己就是一个"学渣"。

霍圾正在关投影仪，显然没有工夫安抚这个"学渣"幼小的心灵。

等人都走完了，阶梯教室里只剩下他们两个人，霍圾拿过台上的曲谱走来："整首歌先唱一遍。"

这当然没问题，刚才当着那么多人的面她都唱了。林莜毫无压力地唱起来。她的歌声其实很好听，除了有跑调这个"小问题"之外……

霍圾的表情没有变化，认认真真地听着，只是听得太认真了，林莜有点唱不下去了，声音越来越轻。

霍圾抬头看着她，忽然伸手去碰她的喉咙，指间的温热让林莜的声音骤然停下。他用指腹轻轻点了一下她白皙的皮肤，微微压低的声音在她的耳旁响起："深呼吸，你的气息没控制好。"

霍圾抬头与她平视，似乎在等她继续唱。窗外的阳光洒进来，拂过她耳畔的风似乎有些烫。

林莜从这个角度正好可以看见他的喉结，他说话的时候，喉结会微微震动，她下意识把视线移开，看向别处，继续往下唱。

霍圾听她唱了一会儿，面上带着若有似无的笑意。等她把整首歌唱完了，他才拿着曲谱走到钢琴旁，打开钢琴盖，单手弹出一段音符。他低沉的声音顺着琴声而来："'祖国'这里降两拍。"他有一副天生的好嗓音，和她的显然有天壤之别。

　　林莜底气不足跟不上，霍圾耐心又温柔地指导她，她唱了很久都调不成调，他也没有生气。

　　午休时间过了大半，她总算唱得好了一些，至少不会在班级正式大合唱的时候把别人的调子带偏了。

　　跟着霍圾往外走的时候，林莜摸了一下自己的喉咙。出了阶梯教室，她开口叫住他："霍圾。"

　　霍圾已经走下几级台阶，闻言转身看过来，视线正好与她齐平："嗯？"

　　林莜对上他的视线，有些疑惑："唱歌都是这样教的吗？"

　　霍圾看着她，眼睛轻轻眨了一下，笑道："我也不知道，我只教过你一个。"

　　林莜心道，难怪呢，她从来没见过别人这样教唱歌。

　　霍圾问道："不喜欢我这样教你吗？"

　　这可是和他搞好关系的好机会，千载难逢，林莜马上摇头："没有不喜欢，你教得特别好，不然我不可能进步那么大。"

　　"那就好。"霍圾一笑，笑容勾得人心口发痒。

　　霍圾还有学生会的事，林莜就自己回教室了。她还没来得及在位了上坐下，顾语真就匆匆忙忙地拉着她走到教室外面："林莜，有人在说你不收捐款的事，说得很难听。"

　　原来，顾语真在七班尤宣彤的社交账号上看到了她发的动态，发现她明里暗里地嘲讽林莜是白眼狼。顾语真替林莜解释了一句，希望尤宣彤可以把不实言论删除，结果尤宣彤不但不删除，还冷嘲热讽的。这条动态的评论越来越多，顾语真的话根本没人相信。

　　之前林莜把学生会募捐的钱退了回去，引起了一些人的不满。许念在募捐这件事上花了不少力气，现在却要把钱一一退还给捐款的学生，别提有多麻烦，学生会的人难免会对林莜有怨言。这不，身为学生会一员的尤宣彤就忍不住了，在自己的社交账号上发了一条动态暗讽林莜："可怜之人必有可恨之处，某些人就是白眼狼，以后好心还是不要放在这种人身上了，免得浪费时间和精力！"

　　尤宣彤是学生会的人，社交账号上不知道加了多少同校学生呢，这条动态一发出来，很多人都在评论区问说的是谁。

　　尤宣彤洋洋洒洒地写了一大堆："还不就是那个新来的转校生，许念学姐辛辛苦苦地替她募捐，募捐的时候她一句话不说，等到把爱心善款送过去给她时，她又装清高说不要！现在我们学姐要按捐款明细一个个把钱退回去，想想都知道有多麻烦！"

"还有这种人？"

"把捐的钱退回去，这种事我还真是第一次听说。她要是不想别人给她捐款，早点说呀，干吗要浪费别人的时间？为了故意折腾人家吗？"

尤宣彤马上回复道："谁知道这个人在想什么，或许这只是她吸引大家注意力的一种手段吧！可她弄错了，我们学生会不是好欺负的，更何况是许念学姐！今天我就要全部说出来，让大家知道这个人的真面目！募捐这种事做起来本来就很辛苦，每天都有人打电话给许念学姐，这要耽误很多事情。现在退钱回去，她还要联系每一个捐赠者说明情况，真的很折腾。献爱心还献出了一身麻烦，我都替我们学姐委屈！学校论坛上说的话真的有道理，说不定她身上就是有她妈妈的疯狂基因！"

林莜看完评论，看向顾语真："你知道这个人是几班的吗？"

"是高一七班的，学生会干部，叫尤宣彤。"顾语真停顿了一下，"今天在阶梯教室里，她也找你的麻烦了，就是被班长赶出去的那个女生，留空气刘海儿的那个。"

林莜回想了一下，她记得那个女生，她对自己有很大的敌意，看来就是因为这件事。

"我去一趟七班，找她说清楚。"

顾语真点头："我和你一起去，可以给你做证。"

🐾 🐾 🐾

林莜和顾语真一起去了七班，七班的一个女生爱搭不理的，问话也不回，另一个男生倒挺有礼貌，说尤宣彤去主席台开会了，她们又匆匆去了主席台。

主席台面向操场，宽大的台阶上坐满了人，都是学生会的人。他们这个时间还没有散会，林莜管不了那么多，直接走上主席台，出现在一群人面前。

霍坂坐在最前排，看到突然跑上台的林莜，眉梢微扬，心道，她这是追着他过来了？

正在主持会议的男生看见她们，严肃地开口道："两位同学，我们正在开会，你们能不能先离开这里？"

"不好意思，耽误你们一点时间，我找你们学生会的尤宣彤有事。"林莜看向在后排坐着的尤宣彤。

尤宣彤听到，不屑地撇了撇嘴："我和你又不熟，你找我干什么？"

林莜看着尤宣彤，认真地说道："请你把发的东西删掉，也希望你以后能核对好事实再发表你的不满言论。我早就跟许念学姐表明不需要募捐了，至于她为什么继续募捐，我并不知情。"

"怎么可能？"尤宣彤看了一眼前排的许念，觉得她肯定不可能骗人，"你在说谎！你退回捐款之前，许念学姐根本不知情，现在还在帮你处理烂摊子！"

"林莜没有说谎，我可以做证。我是她的室友，她很早之前就说过不需要捐款。"一旁的顾语真开口解释。

许念在所有人的注视下站起身，向林莜走去："我不知道你为什么要说这样的话，如果你明确跟我说过不需要募捐，我当然会停止募捐，可是我并没有听到你的要求。"许念神情自若，仿佛林莜是一个无理取闹的女生，"募捐结束后，你说不要捐款，没有问题，我尊重你的意愿，已经帮你一笔笔退回爱心款，这件事情我不想再多说。至于你为什么突然不要捐款了，我也不清楚，但你不该撒谎。"

林莜没想到许念可以把她们在走廊上说过的话当作不存在。

顾语真也很吃惊："你之前来找林莜，她明明和你说过停止募捐，你怎么这样说？"

许念看向顾语真："你亲耳听见了吗？什么时间，什么地点？还是她只是在寝室里和你说过？"

顾语真一时语塞，她确实没有听见她们两个沟通，可她相信林莜绝对不会说谎。但许念学姐为什么要说谎？募捐停了就停了，对她来说都一样啊！

许念见顾语真回答不出来，开始生气了，掷地有声道："没有，对吧？因为她根本就没有和我说过。"

主持会议的男生见许念生气了，连忙上前撺人："既然这件事情已经结束了，那就到此为止吧！我们学生会也是按照老师的安排来做事的，你们有什么问题就去找老师。现在你们能离开这里吗？我们还要继续开会。"

学生会的人都开始不满了，七嘴八舌道："不要耽误我们的时间了，快走吧。"

"真有点莫名其妙，突然跑来说这些。"

"她的话根本就站不住脚，还说跟许念学姐说过，笑死了，撒谎精。"大概是因为在阶梯教室里被霍圾给赶出去了，尤宣彤心里还有些委屈和冤枉，说完还看了一眼霍圾，好像希望他能早点看清林莜的真面目，不要再被蒙蔽了。

"你们走吧，我不想和你们多说，这件事我们学生会不会追究。"许念没再理会她们，转身往回走。

顾语真还是第一次遇到这种事情："你们怎么这样啊？"

看着许念若无其事地往回走，林莜也有些生气："你当然不想再多说，因为这件事情从头到尾都是你自导自演的。你为什么要继续募捐，为什么在发起募捐之前没有问过我这个当事人的意见？你想做什么？真的只是想要帮助我这样的弱势群体吗，还是想通过弱势群体来树立更好的形象？"

许念猛地转过身："是我好心没好报，我就不应该帮你这样的人，以后我再也不会做这种吃力不讨好的事情！"

"演给你自己看吧，装得再好也早晚有暴露的一天。"林莜淡淡地说，拉过顾语真的手，"我们走。"

霍圾原本百无聊赖地看着戏，闻言眼睛微微一眨，看向林莜。她的眼睛里很干净，没有一丝杂质，连生气的时候都没有掺杂让人厌恶的东西，比如怨恨，比如恶毒。

霍圾看着林莜气冲冲离开的背影，若有所思。

学生会的人面面相觑，一时不知道该相信谁，毕竟林莜刚才那番话听上去真的不像是做过亏心事。

这时的许念垂着眼，眼泪很快就掉了下来，一看就是气哭了。学生会的人瞬间又觉得，许念这么负责任的人怎么可能会说谎呢？差点就被那个林莜迷惑了！大家纷纷上前，有的安慰许念，有的讽刺林莜，场面特别混乱。

闹了这么一出，会议自然进行不下去了，大家草草分配了任务就散会了。

会议结束以后，许念一个人整理文件，见霍圾也准备离开，开口叫他："霍圾。"

霍圾停下脚步，转身看向她："还有别的事情吗？"

许念看着霍圾，忍不住多想了一些。刚才所有人都在安慰她，都在替她说话，只有霍圾没有表态，只是静静地看着。她心中不安，刚才的事情，她需要霍圾给她一点肯定。

许念想了一下措辞，开口问道："你觉得我替弱势群体募捐这件事做得不对吗？"

霍圾看着她，慢条斯理地重复道："募捐的事情吗？"

许念见他好像不赞同，有些急了，赶紧解释道："我没有她说的那种想法，我只是想要帮她。她家里是那样的情况，真的很可怜，现在在学校看不出来，以后到了社会上就知道有多难了。所以，我只是想能帮一点就帮一点。"

霍圾一笑，随口说道："募捐是好事，但最起码要问过当事人的意愿。"

许念看着他离开主席台，说不出话来，一个人站了很久。

林苡跑到主席台和许念闹翻的事情很快就被学生会的人传得尽人皆知。尤宣彤的社交动态一直没有删除，林苡也没有办法，她现在做什么都很被动，只能一概不理会。有些事情就是这样，注定没有公平可言。

一个星期过去后，关于募捐的事也就差不多淡了，毕竟一中虽然课业繁重，但同学们还是很活跃的，每天多的是新鲜事。林苡不再成为大家讨论的中心，在学校里的日子过得很平静，除了陈宣冲时不时地挑衅她。

班里的同学又慢慢对林苡友好起来。毕竟这个小姑娘真的很乖，每天上课认真听讲，下课也没有到处玩，还是待在座位上写作业、记笔记，而且一写数学作业就愁眉苦脸，看起来特别萌！

放学后，林苡抱着书和顾语真一起回宿舍，准备休息一会儿再去吃晚饭。她们进了寝室，看见陆依依和唐文璇正拿着衣服往身上比。

看到她们的衣服都快在床上堆成山了，顾语真好奇道："你们在干吗呀？"

"挑明天的衣服，你们明天穿什么？"

林苡放下手里的书，有些疑惑："明天不是要求穿校服吗？"

"大合唱穿校服，出去玩肯定要换成我们自己的衣服！"陆依依满面红光道，"合唱结束后也快放学了，我们几个班一起组织了一个小活动，还有几个高二的。你们要不要一起去放松一下？"

顾语真有点感兴趣，难得想要放松一天："林苡，你要去吗？"

林苡摇了摇头："我就不去了，我这次考得不是很好，还得回来继续看书。"

陆依依扔了一件连衣裙，又拿起另一件："没事，这次去不了，还有下次呢，反正这种活动很多的。下次给你找个男朋友，咱们一中的男生可是很抢手的，你一定要抓紧了。"

唐文璇听了，真的开始替林苡盘算起来："林苡这么乖，平时都不出去玩，肯定要找一个老实本分的。不能是那种特别受欢迎的，不然她驾驭不住，每天都要提心吊胆。"

顾语真和陆依依非常赞同。

"对，就是要和林莜一样很乖的那种人，性格好，守规矩，不用太好看，但是绝对不能坏坏的！"

林莜忍不住笑出来。听着她们替自己物色对象，她还真有点听进去了，打算等长大了就找那样的人，合适就好，喜不喜欢不重要。

一中大合唱是在大礼堂里，高一各班级的大合唱被安排到了下午。

林莜、顾语真和另一个女同学坐出租车过去，到了大礼堂，时间也不早了。先到的同学已经在后台会合了，班长不在，只能由副班长来管理秩序。不过，副班长没能管住人。不用上课，大家的心都散了，只想着唱完了要去哪里玩，根本没有心思安静下来听副班长说话，都在自己说自己的。好在刘友容很快就过来了。他们等了一会儿，一班唱完就轮到他们班了。

隔壁班的一个女生转头和后面的几个女生窃窃私语："今天是一班的宋复行和二班的霍坂主持，可惜一个主持上午，一个主持下午，要不然他们站在一起绝对超帅！"

这话题一说起来就没完了。另一个女生道："我听说，上午和宋复行搭档主持的那个女生都没有办法发挥，气场全被宋复行压制了。"

"可惜啊，没看见。那上午是宋复行，下午就是霍坂咯？"

"对啊，你们刚才去前面看了没有？霍坂是和高二的许念一起主持，他们看起来还挺相配的。"

有个女生虽然不乐意听这话，但也不得不承认："还行吧，许念还挺有气质的。要是换一个女生站在霍坂身边，估计会被压得连头都抬不起来。"

前面那个女生当然知道她的心思："她从小就学芭蕾舞，当然有气质。霍坂那样的人，也确实要这样优秀的女生才相配。"

几个女生虽然有些不开心，但也不得不接受这个现实。其中一个女生道："你们说，霍坂会追许念吗？她今天这一身装扮可花了不少心思，站在灯光下美得都'冒泡'了。"

"很有可能，而且霍坂也是学生会的，两个人平时接触的时间多，说不定已经在谈恋爱了，只是碍于高中不能早恋的规定，所以没有公开吧。"

大礼堂前传来霍坂被话筒放大的声音，依旧很好听，温柔而有磁性。他说完以后，清脆悦耳的女声响起，是许念。

林莜听着微微一顿，还没有想明白，两个主持人已经说完下台了。

霍坂拿着话筒从黑色幕布后走出来，穿着一身笔挺的白色双排扣西装，乌发干净利落，没有一丝折痕的西裤衬得双腿笔直修长。他一走出来就是人群的焦点，眨眼间就吸引了很多注意力。他刚出来就有人上前交接，他微微侧头去听，完美的侧脸线条在灯光的照耀下，有一种动人心魄的惊艳感，以至于他周围的人仿佛都成了虚影。

他后面的许念穿着一身香槟色礼服，显得皮肤白皙、身材高挑，礼服上用碎钻拼成的纹路勾勒出少女柔和清丽的线条。

这两个人确实很般配。

林苁看着有些犯愁，霍坂不经意地抬眼，与她的视线交会。林苁没有收回视线，看着他，若有所思。霍坂眉梢微挑，没有多作停留，看了一眼就收回视线，去了后台。

全班上台也不过一首歌的时间，唱完了以后，就从台面的另一边下去了。

大合唱结束，顾语真他们都要去玩，只剩下林苁一个人要回学校。

林苁慢悠悠地走出大礼堂，绕过一个拐角，就看见几个穿着九中校服的男生站在前面不远处，一边抽烟，一边四处看，似乎在等什么人。他们的校服和陈宣冲的大同小异，裤脚都剪开了，发型也很狂野，站姿歪歪斜斜的，一看就是不良少年。

林苁没有理会他们，避过那个地方，准备去坐公交车。

"喂！"其中一个抽烟的九中男生突然拉住从他们面前走过的瘦弱男生，"你们高一二班的霍坂还在里面吗？"

瘦弱男生吓得不轻，连连点头："还……还在。"

刘哥叼着烟，居高临下地看向他："他什么时候出来啊？"

"他是主持人，要结束了才走。"

"妈的，还不出来！"

瘦弱男生不敢多说话，刘哥看向一旁的矮个儿男生："你进去看看，最好想办法把他骗出来。"

矮个儿男生有些担心："在这里教训他会不会被他们的老师看见？"

刘哥吐了嘴里的烟，一脚踩灭，不耐烦地皱眉："你小心点就好了，他一出来我们就把他弄走，老师还能看见不成？"

林苁脚下一顿，立即转身往回走，进了大礼堂，直奔后台。

✤ ✤ ✤

大礼堂里已经没几个人了，只有后台还有几个学生在做收尾工作。

林莜没看到霍坂，急得拉住一个戴鸭舌帽的男生问："请问霍坂在哪里？"

男生伸手指向前面："他在更衣间里休息。"

"谢谢。"林莜往过道里走去，看见男更衣间，急忙敲了两下门，叫了一声霍坂，见里面没应声就推开了门。

里面是有人的，霍坂就站在里面，他的西装外套已经脱下，衬衣也解了大半。

林莜呆住了。

霍坂抬头对上她的眼睛，眉梢微扬，似笑非笑："姐姐找我吗？"

林莜的心跳都被他叫停了一拍，他这样衣冠不整地叫她"姐姐"，实在有些奇怪。

矮个儿男生已经来了后台，正在问人。林莜听见了，连忙走进去关上门。

霍坂看着她进来，解衬衣的手没停。

林莜感觉耳朵有点烫，转头看向左边，发现左边是镜子，还是能看见他，眼神只能四处游离："九中有几个人要找你的麻烦，你快躲一下。"

"找我的麻烦？"霍坂慢条斯理地问道，好像没有要躲的打算。真是"皇上不急，太监急"……

林莜拉着他躲到挂着演出服的几排衣架后面："你先躲一下。他们那么多人，你跟他们正面对上，怎么样都是你吃亏。"

霍坂从善如流，任由她拉着："不用怕，这里有这么多人，他们不敢。"

"就怕他们使小手段，大家也不可能一直和你待在一起。"林莜才说完，就有人开始拧动门把手，她连忙搂着他一起蹲下。

衣架后面的空间不大，林莜只能贴着霍坂蹲下。她能感觉到他萦绕在身边的气息，她被那气息淹没了，呼吸间全都是他淡淡的味道。

矮个儿男生打开门扫了一眼，没看见人，正准备进来等，外面突然传来一个女声："同学，你在这里干什么？"

许念从隔壁房间出来，看见矮个儿男生流里流气的，觉得他有问题，声音瞬间严厉起来。

"随便看看不行吗？这里又不是你们开的！"矮个儿男生收回手插进兜里，往外走去。

看着他离开的背影，许念皱了一下眉，进了房间，想看看有没有丢东西。

林苑正打算出去，霍坂却拉住了她的手，靠近她的耳朵，低笑着说："我们这样被人看到不好。"

林苑白嫩的耳朵被他的气息烫得缩了一下，视线不经意地瞥见了他微乱的衬衣。他们俩蹲在角落里，衣冠不整，要是被人看见，就是有无数张嘴也说不清……

许念扫了一眼，发现霍坂不在，外套和校服都放在椅子上，也不知道他有没有丢失什么东西。她重新带上门，转身出去找他，毕竟只有他知道自己的东西有没有少。

林苑见她关上了门，连忙钻了出去。

霍坂起身推开成排的衣架，走到门边，伸手把门锁上了。

林苑有些没反应过来："你怎么把门锁了？"人都已经走了……

霍坂转身走过来："我先换衣服。"

林苑看见他松散的衬衣，视线都不知道该往哪里放，只能垂着眼看地，有些不自在："要不……我先出去？"

霍坂走到椅子旁，看着她一笑："你要是现在出去，碰到人就说不清楚了，还是等我先穿好衣服再出去吧。"

他拿起椅子上的校服，随手搭在椅子扶手上："姐姐先坐一下，我很快就换好了。"

林苑沉默一会儿，在他腾出来的椅子上坐下来，有些尴尬地闭上眼睛。

一时间，更衣间里只有衣服的窸窣声，安静得有些暧昧。下一刻，她的耳畔吹来一阵风，有什么东西突然被扔到了她这里，带着清新干净的皂香和一点体温。林苑用指尖轻轻一碰，发现好像……好像是霍坂的衬衣。

"霍……霍……"林苑没有细想就叫出了声，声音有些微弱。

衬衣很快被拿了下来，衣服顺着她的脑袋滑下来，微微弄乱了她的头发。

她的耳旁传来霍坂的低声轻笑："不好意思，姐姐，我扔偏了。"

林苑有些无所适从，下意识想要睁眼。

"姐姐，不要偷看哦。"

林苑睫毛轻轻一颤，就听到皮带"咔嗒"一声脆响，让人忍不住浮想联翩。她整个人都蒙了，连忙伸手紧紧捂住耳朵，不敢乱听，也不敢乱动。

霍坂换衣服的动作其实不慢，林苑却觉得度秒如年。她等了很久才听到霍坂说："我好了。"

　　林莜慢慢睁开眼，眼睛有点畏光，重新闭上再睁开。霍圾已经走到镜子前，他换上了白色T恤和校裤，校服外套还搭在她身旁的椅子扶手上。

　　林莜一眼看去，对上了他镜子里的脸。灯光落在他的眉眼上，浅色的眼眸里有点点亮光，头发撩起，露出白皙的额头，薄薄的眼皮微微垂下，有一种凉薄的味道。

　　霍圾没看她，正用湿巾擦头发。因为要上台，他的黑发上有星星点点的细碎亮片，在灯光的反射下会透出一点点幽深的蓝，仿佛头发染了色一样。现在，随着他慢慢擦掉亮片，他的头发恢复了原先极浓的黑色。可无论是哪种颜色，都好看得让人心惊，干净清爽的学生打扮都掩盖不住那种惊艳。

　　霍圾擦完了前面的头发，忽然眼帘微抬，透过镜子看向她。可能因为他没有笑，所以他的眼神显得很有穿透力，危险感十足。

　　林莜的心被他看得莫名紧了一下，不知道该做何反应。

　　霍圾看着镜子，对她一笑，随手拿起台子上的湿巾盒："姐姐帮我擦一下后面好吗？我看不见。"

　　"好。"林莜应声，上前接过他手里的湿巾盒。

　　霍圾随手拉过一旁的椅子坐下，这样的高度正好，不会让她太吃力。她打开湿巾盒盖，抽出一张湿巾，开始替他擦头发。

　　他的头发很黑，发质很坚硬，刚才用湿巾擦过的头发还有些湿，有些亮片混到了湿发里，很难擦掉。林莜用细白粉嫩的指尖捏起一小缕湿发，认真地垂眼挑亮片。霍圾看着镜子里的她，没说话。

　　林莜挑完一缕头发，不经意抬眼，对上了他的视线，有些疑惑："怎么了？"

　　霍圾看着她，轻轻慢慢地笑起来："姐姐的唇形很好看。"

　　林莜透过镜子看向自己的嘴唇，有些疑惑。她从来没有注意过自己的唇形，不明白他为什么会说这个。

　　霍圾的视线扫过她微乱的细软额发、洁白的额头、脸上的细小绒毛，以及柔软的唇瓣，唇角轻轻勾了一下，有点坏坏的。

　　林莜没留意，擦好后检查了一遍，发现基本上没有亮片了。她重新抽了一张湿巾擦手："好了，已经擦干净了。"

　　霍圾一笑："谢谢姐姐。"

　　"不客气。"林莜擦着手上的星星点点，看向霍圾，"你一会儿要怎么出去？那些人肯定在外面等你。"

门那边突然传来门把手拧动的声音，紧接着，一个男生在门外疑惑道："咦，怎么锁了？"

许念在外面问道："霍圾，你在里面吗？"

林莜的心一慌，看向霍圾，不知道该怎么办。

霍圾镇定自若地回了一句："我在换衣服。"

外面的许念顿了一下，回道："你先换，我们等你一块儿去吃饭。你顺便看一下有没有丢什么东西，刚才有个不认识的人进你房间了，鬼鬼祟祟的。"

"嗯。"霍圾应了一声，起身拿过椅子扶手上的校服外套，慢条斯理地穿上。

林莜抬头小声说："你出门小心，不要走正门。"

霍圾低头看向她："吃了吗？"

林莜一顿，老实回答："没有。"

"一起吃吧。"霍圾理好校服，走到门边准备开门。

"别开！"林莜急忙伸手阻止，"我们一起出去会不会不太好……"

"没关系。"霍圾笑着打开了门。

林莜的心都被拧紧了，还好门口除了空气什么都没有，他们已经走了。她这才松了一口气。她真的被霍圾吓坏了，心想，他明明看着温温柔柔的，怎么做事总让人提着一口气，时不时就让人心慌一下，就像钓鱼的人，一下下收放着鱼饵，逗着鱼玩似的。

"走吧。"霍圾似乎早就料到外面没人了，侧过身让她先走。

林莜想到许念，走出门转身看他："你去吧，我还要回学校写作业。"

霍圾靠着门看向她，轻轻笑起来，话里有点若有似无的暧昧："可是我不放心姐姐一个人回去……"

❀　🐾　❀

林莜愣神的工夫，前面有几个人往这边走来，都已经换上了自己的衣服。

"霍圾，好了吗？"许念看见站在门口的林莜，脸上的笑瞬间凝固，脸色不是很好看。

跟在许念后面的鸭舌帽男生不认识林莜，看她和霍圾认识，开口招呼道："走，我们去吃饭。同学，你也一起来吧，人多热闹。"

"对啊，赶紧走，饿死了。"另一个人道。

霍圾伸手带上门："走吧。"

　　林苡盛情难却，跟着他们一起出了大礼堂。好在他们走的是后门，正好避开了九中的人。

　　这个时间点，街上很热闹，饭店里人多，不过许念有预约，不用等。一大桌子人坐下，他们大多是高二的，林苡一个都不认识，只认识霍坂。大家和林苡也不是很熟，客气地招呼她想吃什么点什么，就各自闲聊起来。

　　许念坐在霍坂旁边，拿着菜单看向霍坂："这个冰激凌碗当饭后甜点还不错，是这家店的招牌，我之前查过，排行第一。"

　　霍坂对吃的并不在意："都可以，点你们喜欢的吧。"

　　桌上大多是男生，吃什么都随便，点菜的只有许念，那不就是让她点自己喜欢的吗？许念笑着点头，起身和一旁的店员去前台点菜。

　　林苡安静地坐着，虽然此时是初夏，但中午还是有些热。菜很快就上了桌，林苡热得有些犯困，没有什么食欲，不过还是认真吃完了碗里的饭。

　　霍坂靠着椅背，视线一移，看到旁边的小姑娘似乎热得有些蔫了，一向爱吃的她难得没了食欲。他微微一笑，也没在意，起身先去结账。

　　大家都吃得差不多了，店员很快就上了冰激凌碗。冰激凌碗看上去卖相很好，这么热的天气里，只是看一眼都觉得清凉解渴，几个男生纷纷尝了起来："嗯，还不错。"

　　"当然了，许念选的店，味道当然不错。"

　　许念闻言笑起来："你们觉得好吃就行。"

　　店员给每人端了一份，连霍坂空着的位子前都放了一份，到了林苡这里却没了。

　　戴鸭舌帽的男生注意到林苡没有冰激凌，问了一声："咦，你怎么没有？"

　　许念看了一眼林苡，似乎也有些奇怪，抬头问店员："我明明点了十二份，怎么没送齐？"

　　店员看了一眼林苡："不好意思，这个冰激凌碗我们卖完了。"

　　几个男生端着冰激凌，有些不好意思。小姑娘没有，他们几个男生倒先吃上了。不过，他们都吃过了，也不好让给人家。

　　店员看向林苡，介绍道："您好，我们还有巧克力冰激凌，就是价格有点贵，要一百二十元一份，您需要吗？"

　　一百二十元一份冰激凌……林苡摇了摇头："谢谢，我不要了。"

　　许念突然开口道："来一份吧，你肯定也想吃，我请你吃。这么热的天气，你吃了也舒服一点。"

林莜看向她，微微皱了一下眉。她没有办法像她一样表现得若无其事。"谢谢，不用。"

"你不用因为之前的事情这么强硬，你觉得贵，我会替你付钱。难道请你吃好吃的，还让你心情不愉快了吗？"许念话说得直白，气氛瞬间安静下来。

店员看向林莜，有些许不耐烦："既然你同学都说请你吃了，你就不要客气了，我现在就去给你下单？"

"不用。"林莜坚定道，看向许念，"如果请我吃的人是你，确实会让我心情不好。"

许念没想到她这么直白，也有点生气，只是没有表现出来。

几个男生一头雾水，现在才看出来她们俩似乎有些不对付。

霍圾回来看见一桌人都沉默了，问道："怎么了？"

店员看见他，语气缓和了很多："不好意思，是这样的，我们的招牌冰激凌碗正好缺了一份，这个小姑娘没有，现在只有价格贵一些的巧克力冰激凌，只是她有些担心价格，还没决定。"

林莜看向店员，觉得有些奇怪，她明明拒绝了，为什么她好像没听懂一样？

霍圾看了一眼店员，微微一笑："这么巧吗？你们的招牌都不多准备一些？"

店员顿了一下，支支吾吾道："不好意思，刚才有个客人都买走了。"

这可不是个好答案，这个时间点，饭店才刚刚开始营业，什么客人能买走一个店所有的招牌？更何况是这种一次只能吃一份的大冰激凌。这里面好像有点猫腻，几个男生终于觉得有些奇怪了。

许念起身看向霍圾，笑得有些难看："价格贵得不多，我请她吃，她不愿意，可能是觉得太贵了吧！"

霍圾看了许念一眼，又看向林莜："想吃巧克力冰激凌吗？"

林莜心情不太好，垂着眼摇了摇头。

霍圾一笑，端起他位置上的冰激凌碗递过去："那你就吃我这份吧。"

林莜看着递来的冰激凌碗，心里微微一暖，伸手接过："谢谢。"

霍圾拿起椅背上的校服："走吧，我送你回学校。"

大家都愣住了，看向许念。

许念看了霍圾很久，才开口问道："你不去玩了吗？有一个活动，大家约好了一起去。"

"我有些累，就不去了。账已经结了，我们先走了，你们玩得愉快。"霍圾笑着回道，拿着校服往外走去。

林莜端着冰激凌碗，跟着他一起出去。

许念看着霍圾离开的背影，站在原地，一动不动。

大家看着林莜和霍圾离开，都觉得有些奇怪，不是都说霍圾快和许念在一起了吗？许念刚才的热情大家都看在眼里，现在霍圾却送自己班里的女同学回去，是不是说明他们俩没戏了？

林莜跟着霍圾走了一小段路，手里的冰激凌也吃得差不多了。她拿勺子搅了搅碗里的冰激凌，知道这个年纪的男生都是很爱玩的，于是说道："其实我可以自己回去，你要是想玩的话，就跟他们一起去吧。"

"不了，今天有点累，我想要回宿舍休息。"霍圾说得很坦诚。

林莜没了负担，和他一路往前走。她想起刚才的许念，她使暗刀子使得很厉害，比陈诗楠那种明着来的女生可怕百倍。

林莜有些闹不明白，这个弟弟怎么净招段位高的女生喜欢？是他太单纯了吗？她忧心忡忡地看了一眼霍圾，他还是一副很温柔的样子，要是和许念谈恋爱，估计会被欺负得很惨……

林莜突然觉得冰激凌并没有消热，反而让她有点热得烦了。

霍圾察觉到她的视线，揶揄道："这样看我干什么？"

林莜被问得语塞，想了想，还是开口问道："你喜欢许念吗？"

她的小脸白生生的，眼里满是好奇，还有小心翼翼的试探和担心，这样的眼神他在很多女生身上都看见过。他看了她一眼，似乎对这种问题兴趣缺缺，漫不经心地回道："为什么这样问？"

林莜不知道该怎么回答，她吃了一口冰激凌："我只是想和你说，要是你真的想交女朋友的话，还是得先了解清楚。你被家里保护得很好，不知道世界上有很多奇奇怪怪的人。有时候，并不是所有人都像你这样乖巧。"

霍圾忍不住笑了出来："你觉得我乖巧？"

林莜点点头，认真说道："听人家说，一个人心里想什么，眼睛都会透露出来，你的眼睛很干净，一看就没见过太坏的东西。"

霍圾扑哧一声笑出来，他摇了摇头，看着她，半真半假道："不对，眼睛是最能骗人的东西，你要是只看眼睛，会被骗哭的。"

林苡微微一顿，还没来得及细想，肚子突然传来一阵疼痛，隐隐约约有下坠的感觉。这痛来得太突然了，她的脸瞬间白了。

霍圾伸手虚扶了她一下："怎么了？"

"我肚……肚子疼。"林苡捂着肚子，说话都有些艰难。她四处看了一眼，发现前面有个商场。

"我去一下卫生间。"林苡连忙转身，艰难地往商场走去。

霍圾看她疼得弓腰缩背的，正要跟上，视线不经意看见了她裤子上的一点痕迹。他脚步微微一顿，道："等一下。"

林苡疼得小脸都扭曲了，转头看向他："怎么啦？"

霍圾脱下自己的校服外套，几步走过来，将校服外套系在她的腰上，压低声音说道："你的裤子上沾了血。"

林苡疼得冷汗直冒，闻言眼睛微微睁大，窘迫得都不知道该说什么。她的生理期一直很准，这次却提前了整整一个星期，她身上也没带卫生巾……她现在这个样子，怎么去买呀？

林苡看向霍圾，疼得意识模糊："我没有带面包……"

霍圾疑惑道："面包？"

"就是……卫生巾，女孩子用的，你听过吗？"

霍圾顿了一下，笑道："你先去吧，我帮你买。"

林苡连忙点头往商场走。她急急忙忙地进了卫生间才回过神来……她刚才是让霍圾去替她买卫生巾了吗？一个男生真的会买吗？而且男生买这个会不会很尴尬？

林苡坐在马桶上，有些窘迫。她在心里咆哮道，为什么她的生理期偏偏挑这时候来了，而且身旁还没有一个女孩子！

❖ ❖ ❖

便利店里，两个女生正在交头接耳。

"你看见刚才进来的那个男生没有？长得好帅啊，温柔体贴型的。"

"你怎么知道是温柔体贴型的？"

"男生买卫生巾肯定是给他女朋友用的，而且他还在挑种类，肯定是经常买。我男朋友从来不帮我买这些。"

女孩子用的东西种类很多，花里胡哨的，霍圾站在货架前看了一会儿，伸手拿起一个粉色的小盒子，漫不经心地看了一眼上面的字："百分百纯棉表层，55 mm，超薄护垫……"

霍圾感觉这个应该不是，他又拿起一个粉红色的包装袋，上面有一个卡通小女孩。

"棉柔表层，中凸锁水，柔软双翼，可爱印花，透气超薄日用，240 mm……"

霍圾微微挑眉，站在原地半天没动。一中的文理"学霸"终于遇到了人生中的一大难题。

等肚子的疼痛稍微缓和了，林莜准备起身去外面等霍圾。这时，隔间门外传来了一个女声："林莜在吗？"

林莜连忙应声："我在！"

女生走到林莜所在的隔间门口，蹲下身将卫生巾从门缝递给她："你男朋友让我把这个给你。"

林莜有些窘迫，拿过她递进来的卫生巾，低声说了一句"谢谢"。

"不客气。"外面的女生话里带着笑意，显然知道为什么会出现这个意外。

林莜快速放好卫生巾，拿过霍圾的校服，打开检查了一眼，发现干净的校服上有一点鲜艳的红痕……

林莜犹豫了一下，只能重新系上，出了卫生间，四处张望了一眼，就看到霍圾正坐在不远处的座位上，白色T恤加校裤干净清爽，双腿修长。他垂着眼安静地等着，引得路过的女生频频偷看。

几个女生一边偷瞄，一边往林莜这边走："哇，这个男生好绝！"

"要不要去要个手机号码？"

"他有女朋友吧，我看见他旁边的袋子里全都是女孩子用的东西。"

"对哦，好可惜。"

林莜看着霍圾，想起刚才递卫生巾的女生说的"男朋友"三个字，还有些窘。她走过去，小声道："我好了。"

霍圾倒没有她这么尴尬，递过来一盒牛奶："我给你买了热牛奶，你先喝了暖一下。肚子还痛吗？"

林莜摇头，非常乖巧地接过热牛奶："好多了，谢谢你。"她喝了一口，瞄了眼座位上的大袋子，微微透明的袋子里装着各种盒子，有点像……

林莜心想，不会吧？她看向他，惊讶道："你买了什么，这么多……"

霍圾提起袋子，打开给她看了一眼，果然是她想的那种东西，各式各样的都有。

"你们女孩子用的东西种类很多，日用的、夜用的，厚的、薄的，我不知道你常用的是哪一种，就都给你买了。"

林苡心想，他居然买了这么多……为什么不是她想象的那样随便拿一盒就走？他还知道日用的、夜用的，不会还站在那里研究了一会儿吧……她不知道该说什么，喝了一口牛奶压压惊。

刚才给林苡递卫生巾的女生看见他们，笑着调侃道："你男朋友给你买了好多，他本来还打算让我全部带进去给你，我都要笑死了，只帮你挑了一样。"

林苡有些不好意思："他是我弟弟。不好意思，刚才麻烦你了。"

女生有些意外，看了一眼霍圾："我还以为你们是情侣呢！刚才我说'女朋友'的时候，他也没说是姐姐，不好意思，我弄错啦。"

女生走后，林苡也不知道该说什么，毕竟无论是不是姐弟，让一个男生替自己买这种东西都挺尴尬的。

霍圾却不在意，看向她道："要坐下来休息一会儿吗？"

林苡微微摇头："我现在好多了，我们还是回学校吧。"躺在被窝里可比坐在外面舒服多了。

"好。"

出了商场，霍家的车已经停在外面。林苡看见眼熟的车身，愣了一下。

霍圾上前打开车门，将手里的一大袋东西放进去："你不舒服，所以我叫坤叔来接我们回去。"

"谢谢你。"林苡有些拘束地跟着他上了车，然后发现对面座位上放着一个猫包，圆乎乎的小汤圆正在里面瞅着她，看起来特别乖。

林苡感觉心都化了："小汤圆怎么会在这儿？"

"它很久没看见你了，经常去你房间里玩，所以我让坤叔带来看看你。"霍圾打开猫包，将里面的小东西抓了出来。

"喵呜！"小汤圆有些不舒服地扭动着小身板，林苡连忙伸手接过。小家伙又长大不少，分量越来越重，可见平时没饿着。

小汤圆到了她手上就乖得不行，圆乎乎的，对她很亲昵，一个劲儿往她怀里蹭，还喵喵直叫，似乎很有安全感。

林苡有些意外，这么点大的小猫咪应该是不记人的，没想到小汤圆已经记住她了。

"撸猫"的时间总是过得特别快，一眨眼他们就到了学校门口。林苡依依不舍地看着霍圾把小汤圆抓回了猫包，小汤圆喵喵直叫，大眼睛瞧着有些可怜。

霍圾拉上猫包的拉链，看着依依不舍的林苡："以后你没事可以回家看看它，小猫长得很快，再过几个星期你就认不出它来了。"

"好。"林苡点了点头，没有和他提孟诚。虽然她舍不得小汤圆，但是孟诚还是得避开。

学校里很安静，大合唱结束后，立刻回校的学生寥寥无几，大都跑去疯玩了，他们一路过来也没遇上几个人。

林苡到了宿舍楼下，看向送她过来的霍圾："我先上去了，你也回去休息吧，今天谢谢你。"

霍圾点头，把手里的袋子递给她："姐姐，我的校服。"

林苡接过袋子的手微微一顿，抓住系在腰上的校服："我帮你洗干净再还给你吧。"

"沾上了？"霍圾温柔地问道。

林苡心口一紧，不知道该怎么回答。

霍圾一笑，似乎觉得这不是什么难以启齿的事情："没关系，我自己洗吧，你回去好好休息。"

"不行！"林苡见他走过来，立即摇头拒绝，"还是我洗好再还给你吧，你先穿另一件外套。"

"可是姐姐，我只有这一件了，另一件洗了还没干。"霍圾坦诚地说道。

林苡一阵无言，心想，她就知道他衣服这么干净，肯定是天天换洗。她想了一下道："我洗好了，晚上送到你宿舍吧！你给我个号码，我送过去的时候和你说一声。"

"你把衣服送到我宿舍，不怕被人看到？"

林苡微微一顿，她差点忘记这茬了，一个女生替男生洗校服还送到宿舍，别人想不误会都不行。

"送到小树林给我吧。"霍圾笑了一下，说了自己的手机号码。

林苡听完，就像风吹过耳朵一样，没有记住。她反应过来后，连忙放下大袋子，把手伸进兜里拿出一支笔，用手当纸准备记："你再报一遍，我记下来。"

霍坂一笑，上前拿过她手里的笔，伸手握住她摊开的手，低头在她的掌心写上数字。笔尖在手心轻轻滑动，很痒，林苃忍不住缩了一下手。

霍坂握紧她的手："别动。"

林苃只能忍着，感觉他掌心的温热慢慢传了过来，有些烫。

霍坂垂着眼，写得认真，长长的睫毛垂下来，露出薄薄的眼皮，不笑的时候神情淡淡的，却莫名勾得人心口发紧。

他很快写完一串数字，看着她轻轻一笑："姐姐，我们小树林见。"

林苃回到宿舍，放下袋子，把霍坂的校服解下来，才发现他的校服比自己的大很多，那袖子那么长，她穿着都可以唱戏了。

林苃把衣服前前后后仔细检查了一遍，还好只沾了一点点血。她单独拿了个盆放他的校服，换好衣服后，就开始洗校服了。霍坂的校服很干净，无论是袖口还是领口都是白色的，根本不需要她费劲去搓。

等把洗好的校服挂在阳台上，她才钻进被窝里躺着，看着阳台上被风轻轻吹着的宽大校服出神。她想，今天真是多亏了霍坂，如果是她一个人的话，真的要一路丢脸到学校了。

林苃想着想着就睡着了，等再醒来的时候，天已经黑了。她连忙掀开被子下床，发现已经是晚上八点了！这时，门外传来陆依依的笑声。她们回来了？！林苃心里一慌，连忙跑到阳台上收了霍坂的校服。她刚把校服拿下来，宿舍门就开了，三个人累得路都走不动了，一进来就想往床上躺。

林苃有些心虚，尽量装作轻松地问道："你们回来啦，玩得好吗？"

陆依依扯过枕头："别提了，那个许念也去了，也不知道她到底是去干吗的，黑着个脸，也不放开玩，弄得我们大家都很拘束，反正玩得不怎么开心。"

一说起许念就没完了，陆依依和唐文璇开始疯狂吐槽。

"唉！她往那里一坐，装得跟个淑女似的，男生哪里还看得见我们？"

"就是！"唐文璇整个人扑到被窝里，有气无力的。

顾语真倒不在意，她就是单纯去放松的，玩得还挺尽兴。她也不好发表言论，就笑着拿起衣服进了卫生间，准备洗漱休息。

林苃飞快地叠好霍坂的校服，因为紧张，都没怎么留意这个话题。她看向旁边的陆依依："依依，可以帮我发一条短信吗？"

"可以啊，给你。"陆依依从床上爬起来，把手机递给林苃。

林莜摇了摇头，有些不好意思："你帮我发吧，我不太熟练。"

陆依依看向乖乖站在旁边等的林莜，眼睛一弯："好，号码报给我。你要发什么？"

"就发'我出发了'四个字。"林莜报了号码，把衣服放进纸袋里，准备提下楼。

陆依依发完短信，手机很快就传来"叮"的一声。

"好，姐姐。"

陆依依看了一眼，心道，这人居然"秒回"呀。"回你了。"她把手机递给林莜看，"你弟弟吗？"

林莜抱着纸袋，支吾道："嗯，比我小半岁。我下楼一趟，很快就回来。"

"好。"陆依依一边玩手机，一边应声。

林莜提着纸袋，往学校的小树林走去。

一中环境很好，尤其是绿化，看得出来是花了一番功夫的。林莜一路走过，看到树木茂盛，草坪碧绿，也不时听到几声虫鸣。当然了，树林弄得太漂亮太茂密，到了晚上就很适合小情侣约会。一中早恋的现象屡禁不止，尤其是在操场旁小树林这样昏暗的地方。

林莜有些紧张，到了小树林里，没有看见霍圾。这个时间点，操场附近没有人，林莜没有再往里走。

"姐姐。"有人叫了她一声。林莜顺着声音看过去。

霍圾早已经到了，就站在远处的树下等她。他站的地方很偏僻，所以她过来的时候没有看见他。

林莜往他那边走去，到了他面前，将手里的袋子递给他："已经洗干净了，就是还没有彻底晾干，你回去后再晾一会儿，明天就可以穿了。"

霍圾接过袋子："谢谢，辛苦你了。肚子舒服一些了吗？"

"好多了。"林莜笑着回了一句，打算回去了。也不知道是不是因为他们人在小树林里，她总感觉这个时间点，他们两个人站在这里说话有点暧昧。

正想着，她隐约听见了一些声音，距离不近，可是现在周围这么安静，还是能听得非常清楚。好像是有人在拥吻，还挺忘乎所以的……

林莜整个人都蒙了，一抬眼，好像对上了霍圾的视线。太暗了，她没有看清，只是感觉他的视线落在了她的脸上，让她有些紧张。

霍圾看了她片刻，伸手用指腹在她的脸颊上轻轻滑了一下，有种让人脸红心跳的暧昧感。

林苡顿了一下，微微侧脸："怎么了？"

霍圾没说话，感觉她脸颊旁的发丝轻轻拂过手指，有些痒。他的唇角漫不经心地弯了一下，慢条斯理地收回了手，看着她的脸，脸不红心不跳地说道："有只虫子飞到姐姐脸上了。"

林苡摸了下自己的脸，没感觉到，又四处看了看，也没看到，她想，应该是很小的虫子吧。

"你手别乱摸……"不远处传来女孩的娇嗔，虽然声音压得很低，但还是能听出来其中的害羞。

林苡僵住了，刚才霍圾一打岔，她都忘了还有人在接吻，不过，他们是怎么做到旁若无人的……

林苡脸上一阵阵发烫，她从来没有遇到过这样的情况，只好垂眼看向脚："我先回去了。"

"好。"霍圾轻应了一声，顺着她的视线看向她的脚。夏天的夜晚有些温热，她穿了睡裙和拖鞋出来，一个个圆润的脚趾白嫩嫩的。

霍圾还是第一次看见一个女生穿得这么随便就出来见他。他看着她的脚趾，唇角微微弯起，若有似无地调侃道："姐姐的脚趾真可爱。"

林苡一愣，看向他，只见他的样子好像只是单纯地夸她脚趾好看，虽然夸的地方有些奇怪，奇怪到暧昧。

她还没来得及细想，远处突然传来一阵吵闹声，好像是老师拿着手电筒在抓人："别跑，我已经看见你们了，明天全部都要叫家长！"

小树林里有人吓得慌慌张张地跑来跑去，场面一时间特别混乱。

林苡完全愣住了，她是不是也应该跑，这样的情况下被抓到，她跳进黄河也洗不清吧？！

霍圾伸手拉着她，藏进树丛后面。

林苡反应不及，脚下的拖鞋又滑，直接一头栽进他怀里，手下意识去抓他的衣摆，就像刻意投怀送抱一样。夏天的衣服薄，她穿的又是睡裙，都能在薄薄的衣服上感觉到他的体温。

林苡心口一慌，霍圾已经低头看过来。从树丛外面透进来的隐隐约约的光落在他的眉眼上，有种让人猝不及防的惊艳，看一眼就让人恍了神。

刚才四处逃窜的小情侣们已经被抓得差不多了，政教处显然是有备而来，来了很多人。

林苃有些急了，靠近霍圾小声问道："怎么办？"

霍圾一点都不怕，话里还有几分揶揄："你害怕了？"

chapter 6

早恋

"好学生也会撒谎，难道老师只用成绩来说明一切吗？"

他们旁边已经鸡飞狗跳的了，好几对藏着的情侣都被抓了出来，没想到小树林里竟然藏了这么多人。

老师的手电筒照来照去，很快就要搜到林苡他们这里了，虽然他们所在的位置比较偏，但是被发现也只是时间问题。

林苡背后靠着树，霍圾站在她前面，前后都有东西挡着，她有了点安全感。"我穿着拖鞋跑不快。"

霍圾拿出纸袋里的校服盖在她头上，靠过来低声说："不会，他们追不上你。等一下你往七点钟方向跑，那个方向没人守着。"

他靠得近，林苡的鼻尖都能碰到他的衣服，他的衣服带着体温和皂香，气息干净清新。

一道白光突然照到了他们这里，教导主任严厉的声音响起："谁在那里？哪个班级的？马上出来！"

林苡的心高高提起，脸都吓白了。

教导主任快步走近，只见树后面走出来一个人，手电筒的白光非常清楚地照在他身上，一眼就能看出他是谁。

教导主任猛地顿在原地，似乎不敢相信自己的眼睛，又拿手电筒往他脸上照了照。

霍圾伸手挡了一下光，面上带着无所谓的笑："老师，不用照了，我是高一二班的霍圾。"

教导主任看着他，震惊得连话都说不出来了。

在场的小情侣们都愣住了，抓早恋竟然抓到了高一的霍圾，他可是学校出了名的"学霸"啊。

林苡看霍圾走出去了，连忙拔腿就跑。

教导主任这才反应过来，这可不是晨会表扬现场，这是抓早恋，肯定有个女娃娃跟他在一起！

"站住，我已经看见你了，跑也没用！"教导主任急着想追上去，却被面前的男生伸手拦住。

霍圾一笑，笑容里带着点散漫："老师，别吓小姑娘了，她是被我骗过来谈恋爱的。"

林苃跑得飞快，生怕被逮到，脚下的拖鞋都差点蹭飞了，一路直接冲回了女生宿舍。等回了寝室，关上门，她还是气喘吁吁的，寝室里另外两个人看向她，一头雾水。

离门最近的顾语真正在擦头发，看见她这样，有些疑惑："苃苃，你怎么啦？"

林苃呼吸平稳后，连忙把盖在头上的校服快速一卷，抱进怀里："我……我刚才看到教导主任在操场附近抓人，被他们吓到了。"

"真的呀，又在抓早恋吗？！"陆依依立刻从床上坐起来，"有人被抓吗？"

林苃想起霍圾，有些担心，声音不自觉地放轻："有，好多人被抓了……"

唐文璇对这些特别感兴趣，本来在卫生间里洗脸的她赶紧跑出来加入讨论："被教导主任抓住肯定瞒不住，明天估计就能看到名单了，一定很热闹。"

林苃抱着校服在床边坐下，忧心忡忡。霍圾不会要被叫家长了吧？

小树林那边的动静完全没传到这里，宿舍里依旧非常平静，唐文璇在看视频，顾语真在和妈妈通电话。

林苃不知道霍圾那边的情况，坐立不安了半天，终于看向床头的陆依依："依依，可以把手机借给我打个电话吗？"

男生宿舍里，李涉跷着二郎腿，和宿舍里另外一个男生一起打游戏。队友不知道说了一句什么，他开了语音："我怎么就送人头了，你哪只眼睛看到的？我会故意送吗？人家是凭本事杀的我，能理解吗？"

靠在床上看书的宋复行看了一眼耍人玩的李涉，微微挑眉。

桌上的黑色手机一下接一下地振动着，李涉扭头看了一眼，是一串陌生号码，不知道是谁。

他冲卫生间喊："霍圾，你的手机一直在响！"

卫生间里的水声没停，霍圾显然还没洗好。

宋复行翻过一页，一心二用道："帮他接一下，说不定有要紧事。"

李涉这局游戏百分之百会输，他也不想再打，伸手拿过手机，按了接听键："谁啊？我是他室友，霍圾还在洗澡，有什么要紧事吗？"

林苪站在寝室外的走廊上，听见霍圾都回去洗漱了，松了一口气："他没事吧？"

听到打电话的是个女生，李涉愣了一下。他感觉声音有点熟悉，就开始瞎扯："他能有什么事，不都说祸害遗千年吗？王八有事，他都不会有事。小妹妹，你这么担心这王八，是他的谁啊，小甜甜吗？"

林苪顿了一下，装作听不懂："什么小甜甜？"

霍圾穿好衣服出来，看见李涉拿着他的手机都能聊起天来，一点都不意外。他拿毛巾擦着头发，走到床边坐下："是谁？"

"鬼知道是谁，声音甜甜的小妹妹，问你有没有事，估计想约你吃夜宵。"李涉贱兮兮地把手机递给霍圾。

霍圾伸手接过手机，另一只手继续擦头发，漫不经心道："说？"

听到李涉的调侃，林苪有些尴尬，等霍圾的声音传来，她又有些耳热。

"霍圾，教导主任有没有骂你？"

霍圾听到林苪的声音，都能想象到她现在小心翼翼又害怕的样子，唇角微弯道："没有，记了名字就让我回来了。"

林苪很担心："那你会不会被叫家长？"

霍圾一笑，故意揶揄道："会吧，毕竟被记了名字。"

"那怎么办？叔叔阿姨会不会责备你？"林苪眉头都皱起来了，早恋对于高中生来说太严重……

"不会，你藏好一点就没事了。"

李涉听到这语气，有些稀奇，到底是谁打的电话啊，霍圾怎么这么有耐心？他坐到霍圾身旁凑过去听，霍圾没理会他。

林苪不知道该说什么了，这样弄得好像他们真的在早恋，生怕老师和家长发现似的。她思绪有些乱，别人的手机也不好用太久，只能挑重要的事情说："你的校服还在我这里，我明天早点去教室里给你吧，只是我现在没有办法帮你晾干了。你的另一件校服还没干吗？"

手机里传来依旧温柔的声音："我忘记晾起来了。没关系，就穿你洗的吧，白天穿在身上很快就干了。"

也只能这样了……林苪点点头："那我先进寝室了，你也早点睡吧。"

"好，姐姐。"

霍圾挂了电话，随手把手机放在桌上，继续擦头发。

"哎哟，还'姐姐'？！哪个姐姐，你什么时候还找了个姐姐？"李涉说话的音调都变了，想了一下，"那个学生会会长？"

宋复行看了一眼他们，显然对这种事没什么兴趣。

霍圾笑着摇头，没有说话。

李涉好奇得不行："到底是谁啊？校服还在她那里，怎么回事，你们刚才出去干了什么见不得人的事？"

霍圾微微一笑，看向李涉："姐姐帮弟弟洗校服，不懂？"

"还'姐姐'长'姐姐'短的，你真是骚得没边了，玩什么情趣呢？还帮你洗校服，你校服买了一柜子，用得着别人帮你洗啊？"李涉越说越愤愤不平，"我怎么就没遇到一个帮我洗校服的姐姐呢？那些妹妹天天要买这买那的，就没想过帮我洗洗衣服？"

霍圾继续擦着头发，提了个非常合理的建议："你可以花钱请她们帮你洗。"

"呸，那能一样吗？"李涉感觉霍圾就是在说风凉话，"这个女生配你这种没心没肺的败类，真是暴殄天物，你还是介绍给我吧，至少我会疼人。"

霍圾一笑，显得完全不在乎，起身搭了搭他的肩："好啊，以后介绍给你好了。"

李涉心道，就知道这个狗东西没认真，白瞎了那个洗校服的姑娘。"呸，人家辛辛苦苦给你洗衣服，你还说介绍给别人就介绍给别人，人渣！"

林苡第二天起了个大早，另外三个人都还没醒。她洗漱好后，悄悄关上门出去。到了教室里，她果然是第一个到的。林苡连书包都来不及放下，抱着校服快步走到霍圾的课桌旁，拉开椅子，把校服塞进他的抽屉里。她刚塞进去，门口就传来了人声。她连忙蹲下身子，差点被人看见站在霍圾的座位旁。

"最后一题写出来了吗？"

"没算出来，验算了几遍都和后面的答案对不上。"

两个男同学推开教室门进来，走到位子上坐下，开始讨论昨天的题。

林苡慢慢往后门挪过去，矮着身子从虚掩的后门出去，正准备小心翼翼地关上门，身后突然有人拍了一下她的肩。

林苡吓了一跳，转头就对上了霍圾的笑。他戴着细框眼镜，白T恤加校裤清爽干净，显得斯斯文文的。他微微俯身看来，轻轻一笑："早。"

林苡被他近在咫尺的笑晃了眼，班级里的两个男生听见声音，转头看来。

"班长，你们也来得这么早？"

霍圾完全没有林莜的紧张，借口信手拈来："嗯，老师让我给林莜辅导功课。"

两个男生也没多想，打过招呼就继续讨论题目。

林莜见他们没看出问题，松了一口气，看向眼前的人，压低声音问："你怎么也来得这么早？"

"我来拿校服。"霍圾也没有打算马上进门，低头和她轻声说，语调带着点宠溺。

林莜伸手指了一下他的抽屉："我把校服放在你的抽屉里了。"

霍圾微微一笑："嗯，看见了。"

校服还没有完全干，霍圾穿在身上，即便是夏天，肯定也冷。

林莜看他穿着湿衣服，心里有些愧疚，第一节课下课后，她就趁课间休息时间跑去了小卖部。

"能帮我把牛奶加热一下吗？"林莜递过一盒牛奶，话还没说完，就被旁边走过的人撞了一下肩膀。

她转头看去，只见陈诗楠嚼着口香糖，一脸挑衅道："欸，这里还有个人啊，我都没看见。"

小卖部里的人纷纷看向她们。

课间休息时间不长，林莜懒得理她，安静地站在一旁等牛奶加热。

陈诗楠一拳打进了棉花里，心里不爽得要命："牛奶是给霍圾买的吧？"

林莜微微一顿，心想，她还真蒙对了。

陈诗楠一眼就看出自己猜对了："你要讨好他，应该买包烟，他可不是喝牛奶的乖学生。"

随着微波炉"叮"的一声，加热好的牛奶被放在了台面上。林莜看了陈诗楠一眼，觉得她有些奇怪，不明白她为什么总是说这样的话。她想了想，没理会她，拿过牛奶就往外走。

陈诗楠看见林莜对霍圾深信不疑，心里不甘却又得意。她巴不得霍圾早点露出真面目，对林莜一样坏！可是现在还不急，等到林莜越陷越深，那时候才有趣！

林莜拿着热牛奶回了教室，霍圾却没在教室里。她不知道他去了哪里，正准备把牛奶放到他的桌上，就听见前面的同学在讨论霍圾。

"班长今天戴了眼镜，太斯文太帅了，击中我的要害了。"

"是啊，很少看到他戴眼镜呢！对了，刚才刘老师叫班长去办公室，脸色好难看，是不是出了什么事情？"

"你们不知道啊？昨天班长在操场旁边的小树林里被抓了，听说是早恋。教导主任还在地上看见了避孕套。校长连夜开车来学校了，人都快要吓死了。"

"我的天！真的假的？！你说班长和人那个？不可能吧！班长怎么可能做那种事？！你说他早恋我都不信，更别说做那种事了！"

"本来确实是不可能的，可是教导主任说，班长拦着他，让那个女生跑了。如果他真的没有做那种事，用得着这样吗？"

林莜手里的牛奶差点没拿稳，整个人都蒙了。

❀ 🐾 ❀

刘友容坐在办公桌前，看了霍圾很久，才开口说道："霍圾，老师相信你没有做那种事，但是你要把那个女生的名字说出来，不然老师也没有办法替你说话。"

这件事情影响太恶劣了，跑掉的女孩子一定要查出来。刘友容是绝对相信霍圾的，而且被抓的有好几对，高二高三的都有，都是出了名的难管教，那个用过的避孕套绝对不可能是霍圾的。

霍圾没有说话，似乎并没有把这件事放在心上。

刘友容越发语重心长："你知道高中三年代表着什么吗？如果你把高中三年的时间用来早恋，那以后就注定会走不一样的路。你成绩好，家里有条件，但是和你早恋的女生就不一定了吧？要是她高中三年的时间都花在谈恋爱上，你能为她的未来负责吗？现在你们或许觉得是真心喜欢对方，为对方好，可是以后有很多事情是你们预料不到的。要是你成绩下降，你家里可以替你安排更好的教育资源，可那个女孩子呢？你们之间的差距只会越来越大。在不合适的年龄做不合适的事，只会毁了你们自己。老师是过来人，知道你怎么想，你觉得不说出来是为了她好，但真的是为她好吗？"

"老师，她胆子小，会被吓到的，我不能说。"霍圾依旧温温柔柔的，摆明了软硬不吃。

刘友容的语气瞬间严厉起来："你知不知道这件事情有多严重？要是你不把那个女生说出来，所有人都会把矛头指向你！到时候叫你父母过来，你也无所谓吗？！"

"叫家长也一样。如果教导主任一定要认为避孕套是我的,我无话可说。"霍圾完全没有避讳地说出了"避孕套"这个词,仿佛这三个字对他来说并不代表什么。

刘友容有些头疼,她早知道霍圾看着温温和和的,其实心里有主意得很,要是真出什么问题,她根本管不了。他不是陈宣冲、李涉这类的问题学生,他是班长,成绩又好,不能当问题学生来对待。只是她什么都问不出来,实在太为难了。

刘友容不知道该说什么,看了他半天,只能先缓和道:"你先回去吧,老师的话你再好好想一想,你应该清楚,这不是小事。"

霍圾离开办公室后,刘友容按了按太阳穴。邻桌的女老师问:"你们班的霍圾怎么会早恋?"

刘友容叹了一口气:"我也没想到,昨天高主任打电话给我的时候,我都吓了一跳。"

女老师听了一笑:"这倒也正常,他成绩好,长得又好看,这样的男生肯定有很多女孩追,小孩子心智不稳,肯定就被带跑了。以后你管严点就行了,你们班霍圾本来就聪明懂事,好带得很。"

"问题是他让那个女生跑了。昨天高主任都气死了,他本来是能抓到她的,霍圾硬生生拦住他,护着人跑了。高主任还在地上发现了避孕套,你说这种东西怎么能出现在学校里,真的太难看了!"

说到这里,刘友容还是很生气。怎么二班偏偏摊上了这种事?如果只是一般的早恋,最多也就是叫叫家长,可是这种事肯定是要查出来当事人,做退学处理的,怎么弄都麻烦。

"反正不可能是你们班的霍圾,这么好的学生做不出这种事。放心,早晚会查清楚。"

林莜站在楼梯口等霍圾,时不时往老师办公室的方向看一眼,心里不安极了。

霍圾从老师办公室里出来,一踏上楼梯就看见小姑娘站在楼梯口,心绪不宁地等着。

他笑着走下楼梯:"怎么等在这里?"

林莜看见他,连忙几步上了台阶,跑到他面前:"怎么样,老师怎么说?"

"没事。"霍圾笑着回道,一副无所谓的样子。

林莜有些急，知道他肯定没说实话："怎么会没事，不是发现了避孕套吗？""避孕套"这个词还是挺敏感的，可林莜就这么直白地说了出来，她显然不明白单独和一个男生谈论这个东西有多暧昧。

霍圾闻言，眼里的情绪意味不明，片刻后才慢条斯理地说道："又不是我们用的，怕什么？"

林莜没发现他这句话说得有些暧昧，只顾着着急："老师会不会怀疑你？毕竟我昨天跑掉了……要不我还是去说清楚吧，告诉他们，我只是去给你送校服……"

霍圾轻笑出声："你觉得老师会信吗？"

林莜顿了一下。她昨天不跑都未必能说清楚，现在就更不要想说清楚了……她垂下头，有些沮丧，第一次不知道该怎么办了。片刻后，她叹了一口气，伸手拉开校服拉链，拿出藏在怀里的热牛奶："你先把牛奶喝了吧，免得着凉了。"

霍圾眼睁睁地看着小姑娘垂头丧气地把怀里的牛奶拿出来给他，有些惊讶。其实刚才他就感觉她怀里揣着什么东西，没想到是给他的。

霍圾怔了怔，伸手接过牛奶，还是热的，他忍不住笑了。热牛奶，她把他当小孩子吗？

林莜看着他，忧心忡忡的样子真的就像在哄小孩："快喝吧。"

她乖乖地站在他面前，忧愁地盯着他，就是想看他喝牛奶。霍圾看着她的表情，笑着摇了摇头，打开牛奶，勉强喝了一口。

"不好喝吗？"林莜感觉他跟喝药似的。

"太甜了。"霍圾皱了一下眉，不太喜欢这个味道。

林莜看他跟个小孩一样任性，也不爱喝牛奶，就道："那下次给你买纯牛奶吧，对身体好。"

霍圾扑哧一声笑出来，薄唇沾了液体，有一种潋滟的好看。他微微俯身与她平视："我不是小孩，不喝这种牛奶的，姐姐。"

他说自己不是小孩，却又叫她姐姐，林莜总觉得哪里怪怪的。她看了他一眼，他正垂着眼睑，戴着眼镜的样子斯斯文文的，真的很好看。就是不知道他在想什么，只是拿着吸管搅着牛奶玩，反正就是不喝，还不是跟小孩一样，有营养的东西都不吃，挑食得很。

他不喝，林莜也拿他没办法，决定下次还是给他准备个暖手袋吧。

教室里闹哄哄的。

顾语真的前排是赵佳幼，赵佳幼个子小小的，有点漂亮，一双眼睛像会说话一样。她看见李涉在旁边，伸手用笔戳了一下他的腰，然后又当作什么事都没发生，低头写字。

顾语真看见了，抬头看向李涉。最近赵佳幼和李涉的关系特别好，赵佳幼总喜欢做些小动作逗李涉玩，两个人经常打打闹闹的。

李涉转头一看，对上顾语真的眼睛，丝毫不怀疑她，伸手敲了一下赵佳幼的头："赵佳幼，以为我看不见呢，逗我玩？"

靠在窗台上晒太阳的王泽豪看他们两个关系还挺好，立即开起了玩笑："厉害啊涉哥，才和四班的班花分手，就和赵佳幼好上了，行情怎么就这么好，净招小姑娘喜欢？"

李涉拿过赵佳幼放在桌上的雨伞，打到王泽豪身上："别给老子瞎说，人家是爱学习的好学生。"

赵佳幼红了脸，也没有争辩，伸手去拿李涉手里的雨伞："李涉，你还给我，别把我的伞打坏了。"

"怎么了，用一下你的伞都不行？大不了赔你一把！"李涉吊儿郎当的，故意把伞举高。

赵佳幼伸手去够，够不着，只能跳起来去拿，一时羞红了脸，伸手去打他："李涉，还给我啦！"

顾语真看了一会儿后，拿着作业本往里面挪了一点，收回心思写作业。可无论她怎么努力都集中不了注意力，就算不看不听，脑子里依旧有他们打闹的场景和笑声。突然，伞把手猛地打到了她的额头，"啪"的一声响，一阵剧痛传来，顾语真疼得皱起了眉。

"啊！"赵佳幼叫了一声，伸手捂嘴，没想到会打到人。

李涉低头看向顾语真的额头："你没事吧？我不小心的。"

顾语真看着李涉靠近的脸，他的表情还是吊儿郎当的。她的情绪突然上来了，眼眶骤然一红，忍不住摔了手里的笔，起身跑了出去。

李涉被她弄得怔了一下。他被一个女生当面摔笔了？！他顿了一下，看向顾语真跑出的背影，瞬间没了好心情，把伞扔回赵佳幼的桌上，就回自己的座位了，拖椅子的声响很大，"砰"的一声，吓了同学们一跳。

赵佳幼吓到了。旁边一个同学很惊讶："语真怎么啦？"

"可能是心情不好吧。而且在教室里打闹确实挺影响学习的,谁爱看他们打情骂俏啊?"

王泽豪也愣了一下,转头进教室对李涉道:"涉哥,你和顾语真还有一段爱恨情仇啊?可以啊!"

"可以你妹,滚开,老子心情不好!小丫头片子,莫名其妙的,白眼狼,脾气还耍到我身上来了!"李涉明显也有了脾气,从抽屉里随便拿了本书甩在桌上,气得没心情说话。

教室里因为这事安静了一阵,见李涉没再说话,又慢慢恢复了吵闹。

等霍圾进教室时,大家的注意力又被他吸引了过去。避孕套肯定不是班长的,但他早恋这件事难免让人惊讶,大家都有些不敢相信。霍圾要是早恋,那早恋的对象一定很优秀,会是谁呢?难道是高二的许念?

❤ ❤ ❤

班级里的人猜想是许念,整个学校里的人当然也会这样猜。不过,对于避孕套,大部分人都不相信是霍圾的。还有一小部分人觉得其中一定有问题,毕竟,如果霍圾真的没有做那种事情,那为什么要拦着教导主任呢?

和大多数人一样,尤宣彤也认为和霍圾早恋的女生是许念。她直接问许念:"学姐,和霍圾谈恋爱的人是不是你?"她对许念一直很崇拜,觉得她哪里都优秀。如果是别人和霍圾在一起了,她心里一定一千一万个不甘心。但如果这个人是许念,那就不一样了。许念可是她的偶像,她愿意牺牲自己的喜欢,去成全自己偶像的幸福。

许念昨天就听说了这件事,她一直不相信霍圾早恋,可是由不得她不相信,今天他们班的班主任都在班级里拿霍圾这件事出来说,可见各个年级各个班的老师对这件事有多震惊。要是霍圾这样的尖子生被早恋给拉垮了成绩,连校长都接受不了。

许念没心思说这些,她收起文件,起身看向尤宣彤:"这里的事就先交给你们了,我还有事,先走了。"

尤宣彤连忙应声:"好的,学姐,全都交给我们就行了。"

许念出了学生会,往楼上走去,正好遇上从楼上下来的霍圾。她脚下一顿:"你有空吗?"

风很大,吹得万里晴空没有一片云,干净得像洗过一样。

许念站在楼梯口被风吹着，看着眼前的人，说不出来自己心里是什么滋味。"你是不是谈恋爱了？"

霍圾垂眼看着她，有些漫不经心："你也听说了？"

"是，我还听说发现了那个东西，不是你的，对不对？"许念有些难以启齿，却还是问了出来，她迫切想要知道答案。

霍圾似乎有些意外："学姐为什么会问这个问题？"

"因为我喜欢你！从你进学生会的那一天起，我就喜欢上你了！我……一直都在注意你！"许念一急就把心里话说了出来，尤其是看见他好像没有把自己放在心上，她更加难受。

周围一片寂静，只有呼呼吹来的风声。

霍圾安静片刻，抬眼看向她，神情似乎并不意外。他的笑容带着点散漫，问道："喜欢我？喜欢我什么呢？"

许念面上泛起红晕："你温柔善良，是一个负责任的好学生。而且你特别聪明，我从来没有见过像你这么好的男生。"

霍圾闻言笑了出来，似乎觉得很有趣。

许念见他温柔地笑着，瞬间开心起来。他是不是心里也有她，只是因为她没有开口，所以才勉强和那个林莜在一起了？她这么一想，索性直接道："霍圾，我是真心实意地喜欢你，你能和我交往吗？"

霍圾对此显然习以为常，完全没有被表白的紧张感，安静地等她说完才笑着开口："学姐，我不能答应你，好学生不能早恋。"

许念听得一愣，见他转身要走，忙开口叫住他："可你不是已经早恋了吗？"

霍圾满不在乎地一笑，既轻佻又散漫地说道："因为我不是好学生。"

吃完饭后，林莜和顾语真一起回宿舍。

林莜还在为霍圾的事情忧心忡忡，转头一看，发现顾语真的额头上有一块红痕，像是被什么东西打了，她的情绪也有些低落。

"语真，你的额头怎么了？"

顾语真沉默了一会儿，忽然开口："莜莜，我觉得我现在像变了一个人，看到那个人对别的女孩笑，和别的女孩打闹亲近，我就好难受。"

林莜愣了一会儿，斟酌道："你喜欢的人吗？"

顾语真的脸瞬间烫了起来，感觉非常不好意思，小声说了一句"没有"，就加快脚步往寝室走了。

寝室里，陆依依和唐文璇两个人围在电脑前："年纪、性别也对上了吗？"

"全对上了，而且这个游戏账号一年前的名字也叫大欣赏家。"

林莜和顾语真听到"大欣赏家"，惊讶道："你们找到大欣赏家了？"

陆依依转头看过来："你回来得正好，我有事要跟你说。我之前拜托一个计算机专业的大学学长帮你查这个大欣赏家，现在已经有点眉目了。"

林莜很惊讶，没想到真的能查出来，毕竟这个人留下的线索很少。

陆依依递过来一张纸，上面全是相关的网页浏览地址。大欣赏家的账号注册了很久，用的头像和一个游戏账号的头像一样。游戏账号的名字曾经叫过"大欣赏家G"，曾经浏览过学校的论坛网页，不过已经有一年多没有登录过了。而这个游戏账号所在的游戏区正好是一中。已知的学校、年龄、性别等信息全都对上了一个男生，字母G和他的姓也对上了。这个男生的名字叫高叙，是高二的学生。

林莜微微顿住："我没听过这个人，有照片吗？"

"有，他上过年级优秀学生报。"陆依依打开学校论坛，很快就找到了高叙的照片。

男生长相普通，看着有些严肃，不爱笑。根据介绍语，他是优秀学生代表，参加过一些竞赛，获得过一些奖。

林莜可以确定自己和这个人没有接触过，她沉默了一会儿，开口问道："他和陈诗楠或陈宣冲有联系吗？"

唐文璇摇头："没有，我可以确定他们绝对不认识。这个高叙成绩很好，家里有背景，为人很清高，有点看不起差生。别说现在是隔了一个年级，就算是在一个班级里，他都未必会跟他们说话。"

陆依依也觉得很奇怪："其实我也觉得不太可能是他，但是对比学长查出来的信息，就是他。"

林莜想了一下："我去问问他。"

陆依依第一个反对："不行，你去问，他肯定不会承认。这个大欣赏家一定很讨厌你，想要让大家都孤立你。"

"也就是说，现在没有直接证据能证明是他？"顾语真看着手里的复印纸，开口问道。

"对，就是这个问题。这只是我们的推论，他很有可能会说这是巧合。要是他咬死不认，我们也没办法证明就是他。"陆依依有些无能为力。

林莜看向她们，笑着说道："没事，接下来我自己想办法就好了。辛苦你们了，这周末我请你们吃好吃的。"

"好呀好呀！"寝室里立即传来几个女孩子兴奋的声音，沉重的气氛一下子就被打散了。

林莜想不出来高叙的动机，也没办法兴师动众地去查他的人际关系，只能一遍一遍地翻看相关信息，等理清楚了，才起身出了教室，准备去找高叙问清楚。

"林莜！"顾语真在教室里叫了她一声，拿着手机跑出来，"依依和许念在食堂里吵起来了，让你快过去！"

许念？林莜怔了一下，突然发现似乎有什么可以联系起来……

食堂二楼围里三层外三层的人，全都是看热闹的学生。

陆依依的声音特别响亮："许念，我真是第一次看见你这么恶心的人，身为学生会会长，你敢做不敢当？！"

许念气愤地看向她："你把话说清楚，别阴阳怪气地乱咬人！"

"你还说我胡说，是吧？"陆依依指了一下教学楼方向，"高叙已经说了，是你指使他在校群里暴露林莜的隐私，让同学都孤立她，然后又装好人，替她募捐！你怎么这么恶心啊？"

许念猛地从椅子上站起来："你说这种话要有证据！"

尤宣彤上前推了一把陆依依："你是不是有病，不觉得你的话很荒谬吗？你是和林莜串通一气来冤枉许念学姐的吧？"

"你推我干吗？许念，人证、物证都有了，你还要这么不要脸地装无辜吗？"陆依依被推了一把，差点摔倒，还好被赶来的顾语真扶住了。

"嘴巴这么脏，冲干净再说话！"尤宣彤端起碗就要泼汤。

林莜眉头一皱，抓过她的手腕，顺着她的力道用力一扯，尤宣彤就连人带碗冲到人群里去了，然后脚下一滑，直接扑倒了。

"哦！"看见林莜这一手，围观的人纷纷叫好，觉得她太帅了，这个软软的年级老大出手还挺潇洒。

陆依依见林莜来了，连忙指着许念道："林莜，是许念指使高叙做的！他们的聊天记录，高叙都给我看了，是许念让他在校群里说你的隐私，她用考虑跟他交往这件事来做交易，就是想在背后整你！"

这样一来就说得通了，为什么许念不停止募捐，甚至不承认和林莜的对话，此刻全部水落石出。

林莜有些不理解，看向许念："你为什么要这么做？"

许念依旧很生气，好像被冤枉了一样："林莜，我真没想到，帮你反而帮出了一身麻烦！你不觉得自己很过分吗？我好心好意帮你募捐，你却往我身上泼脏水！"

林莜看着她，语气凝重："可你已经不是一次两次针对我了。暂且不说募捐的事，就说上次聚餐的冰激凌，你也是故意让店员差我一份。我不明白你究竟为什么针对我，我哪里得罪你了？"

许念看起来似乎很无语："我好心好意请你吃冰激凌，是你自己太敏感了，不愿意吃，还是我的问题了？如果你怀疑这件事有问题，可以去问店员，让她和你说说我有没有故意针对你！"

"有没有故意针对我，你自己心里明白。你明明可以在桌子上点菜，为什么非要去前台，难道不是因为有什么事情要交代吗？你以为自己装得很好，其实根本漏洞百出。你不信可以去问问同行吃饭的人，甚可以去问霍坂。你以为他没看出来吗？他问了店员几个问题，你不会以为他只是在寒暄吧？"

许念怔了一下，下意识看向霍坂的方向，他和李涉他们正坐在远处吃饭，闻言看了一眼这边，表情似乎没有一点惊讶。她心里一慌，有些乱了阵脚："你……你这张嘴真厉害，白的都能说成黑的！"

林莜见许念还是死鸭子嘴硬，抬手把自己手里的证据甩给她："别的事情我可以不管，也不想多说，但是高叙这件事你必须给我一个解释！"

许念被甩到脸上的纸弄蒙了，她还从来没受过这样的待遇，一时难堪到了极点："高叙的事情我根本不知道，你找错人了，如果你不给我道歉，这件事情没完！"

尤宣彤愣住了，她从来没见过许念这么歇斯底里的样子。

林莜道："这件事情确实没完，一个学生会会长既然敢做这种阳奉阴违的事情，就不要怕人知道！"

一沓纸纷纷扬扬地落在地上，周围的人捡起来看，一眼就看明白了。大家纷纷看向许念，都有些疑惑，这事不会是真的吧？

食堂里的事情闹得很大，午休时间还没结束，几个人就全被叫到了政教处。

发生争执的时候,陆依依的手指头撇了,许念毫发无伤,却哭得像个受害人。尤宣彤在一边替许念说话:"从来没有见过这样的人,我们还在吃饭,她突然跑来指责学姐,说学姐居心险恶陷害人,这根本就是没有的事!募捐是许念学姐发起的,怎么可能背地里做那种事情?"

陆依依直接回道:"就你有嘴!别做了不认,高叙都已经承认了!"

"那就等高叙过来,当面和我对峙!"许念红着眼眶,掷地有声,看起来完全不像做了亏心事的人。

她的话音才刚落下,高叙的班主任就带着高叙过来了。

陆依依看到高叙,直接开口问:"高叙,你说,是不是许念指使你在校群里把林莜的隐私公布出来的?"

许念红着眼眶看着高叙,不说话。

高叙看了一眼许念,陷入沉默。

林莜微微皱眉:"高叙学长,希望你能实话实说,这件事情对我很重要,我只是想要好好上学而已。"

教导主任听了半天,这时也开了口:"高叙,你把这件事情从头到尾解释清楚。究竟是怎么一回事?"

高叙又沉默了片刻,开口道:"我不知道这个女生说的话是什么意思,我从来没有做过那样的事情。"

🐾 🐾 🐾

办公室里安静了一瞬,陆依依急了:"你上午不是这样说的,你说许念让你在校群里说那些话,她还答应你,如果你照她说的做了,她就考虑和你交往。但是最近她对你不冷不热的,你也不打算替她瞒着了,所以才告诉了我。"陆依依看向教导主任:"老师,他们还有聊天记录,我都看到了!"

"我今天一直在教室里学习,没有见过这个女生,老师不信可以问我班里的同学。"

陆依依气极:"你把手机拿出来!你们两个都有聊天记录……"她微微一顿,想起来聊天记录可以删掉,她上午太气愤了,根本没有拍下来,现在真是口说无凭!

高叙看向陆依依:"我不明白你在说什么,我根本不认识高一的学生。你说我为了追求许念而去暴露别人的隐私,这太离谱了,你有什么证据吗?还是这只是你们自己的臆想？"

林苡心里咯噔一下，心道，许念和高叙十有八九通气了。她上前一步，看向高叙："为什么大欣赏家的头像和你一年前的游戏账号头像一模一样，而且用的是一样的名字？"

"这种巧合很常见，头像、名字总会有重复，难道你可以保证自己随便取的一个名字不会有重复的概率？"高叙语气强硬，根本不觉得这是什么问题。

"那 IP 地址相同也是巧合吗？同样的名字，同样的头像，同一个学校，有这样的巧合吗？需不需要去警察局核对一下？"林苡神情严肃，面对这样的人难免生气。

高叙听得不以为然，仗着家境优越，话里全是高傲："你以为你是什么人，还想查我的隐私，你有这个权利吗？"

许念接过他的话："林苡，你说这些话是要有证据的。我和你在捐款之前根本就不认识，我有什么动机做这样的事？用募捐来获得老师和同学的夸奖，你觉得我有必要这样做吗？我是学生会会长，早就得到了老师和同学的认可，根本不需要做这种费力不讨好的事。所以，你今天莫名其妙地冤枉人，必须给一个说法！"

林苡看他们两个撇得一干二净，平静道："你的动机当然只有你自己知道。证据都已经摆在眼前了，我的隐私受到了威胁，既然你们不承认，那我只能选择报警。"

许念的班主任觉得林苡是在无理取闹："这位女同学，这件事情没有到报警这么严重的地步，而且截至目前都是你们在空口猜测，你拿网上这些东西出来很难说服大家。"

教导主任看向林苡："你把家长叫过来吧，这件事情跟你们小孩子说不清楚，还是让你的家长来说。"

林苡愣住了："为什么要叫家长？我自己可以处理。"

"你一个小孩子处理什么？还是叫你的家长过来说清楚。"

林苡语气坚定："我不需要叫家长。"

"你怎么回事？先自己冷静一下，态度端正起来！"教导主任很少被这样顶撞，瞬间严厉起来，看林苡已经有点像在看问题学生了。

教导主任没有再理林苡，很快拨通了电话："刘老师，我这边是政教处，你们班有个叫林苡的学生在食堂和别的学生吵架，现在需要叫一下她的家长。"

"老师……"陆依依和顾语真听愣了，教导主任怎么说得好像是林莜一个人的问题似的？

林莜听到教导主任这句话，眉头皱了一下。

教导主任没有理她们，继续和电话里的刘友容沟通："你不知道她家长的号码吗？问题是她现在还有情绪，不肯叫家长……霍坂？哦，霍坂知道是吧？好，你问问他，麻烦了。"

教导主任挂了电话，办公室里很安静，他语气严肃道："你的班主任马上就过来，你先等一下。"

没等多久，刘友容就从楼上下来了，霍坂也被叫来了。

刘友容进来以后马上问道："高主任，主要是因为什么事？"

"你们班这个学生在食堂里硬说高二的许念和高叙暴露了她的个人隐私，可是高叙又说没有做过那种事。所以，我觉得还是请她的家长来一趟，孩子心里有情绪，家长过来沟通一下比较好。"

刘友容听得一知半解的，表示理解。

教导主任看向霍坂，表情依然有些严肃，毕竟他才刚和霍坂打过照面。他拿出笔和纸，语气倒还算和蔼："霍坂，你过来写一下林莜家里的联系方式。"

霍坂扫了一眼办公室里的所有人，伸手接过笔和纸。

高叙看见霍坂，满眼不服，不屑又傲慢地说道："老师，如果今天这个女生不在全校同学面前跟我道歉，我没有办法接受这样的污蔑，就只能和我爸爸说了。"

林莜从来没有见过这样有恃无恐的人，她怒道："你还在说谎！"

"说谎，高叙真的在说谎，老师，我们说的都是真的！"陆依依看向教导主任，急得不行。

许念道："莫名其妙被冤枉了，难道我们要个道歉都不行吗？而且林莜不是第一次招惹是非了，她之前还打过人，校园论坛上都有说。"

顾语真听了，觉得很荒谬："林莜没有打人，是陈宣冲故意找事，她那是正当防卫！"

许念理直气壮道："如果她安分读书，那问题学生为什么会找她的麻烦？明摆着就是她打人惹事了！而且大家都说她是年级老大，比陈宣冲还难管！"

"年级老大是大家叫着玩的，怎么能拿陈宣冲和林莜比？！"陆依依和顾语真都被说急了，感觉真是百口莫辩。

　　林莐越生气就越冷静，面上没了表情："你现在是在灌输受害者有罪论吗？难道我受到威胁，还不能反抗吗？"

　　"好了，你们不要再说话了，先叫家长过来！"教导主任被她们几个吵得头疼，吼了一句，办公室里瞬间没了声音。

　　林莐看向若无其事的许念和高叙，沉默了一会儿，又道："为什么只叫我的家长，不叫他们两个的？难道这件事只是我一个人的问题吗？"

　　"难道不是你的问题？一个学生不想着怎么提高成绩，整天只知道弄这些事情，你还上什么学？"许念的班主任是个雷厉风行的中年女人，对于成绩好和成绩差的学生一直差别对待，了解到林莐的成绩并不是很好，她的偏见更重了。

　　高叙的班主任点头赞同："而且捐款本来就是一件好事。许念我是了解的，她一直是成绩优异的优秀干部。高叙就更不用说了，以后保送都没问题，怎么可能去做那种事？"

　　林莐从来没有像这一刻这么失望过："成绩好并不能代表人品好，好学生也会撒谎，难道老师只用成绩来说明一切吗？"

　　许念的班主任眼睛一瞪："这个学生怎么这样，现在的高一学生都这么难带吗？"

　　刘友容不太明白情况，只好劝道："潘老师，咱们有话好好说，孩子都是有自尊心的。"

　　许念的班主任闻言没再说话，头偏向一边，显然不想看见林莐。

　　林莐的眼眶渐渐红了，牙咬得死紧。

　　办公室里再次陷入一片沉默。霍圾虽然听见了她们的争论，但并没有把这件事放在心上，女孩子之间的事他从来不耐烦管。他随手写下赵碧郡的手机号码，突然看到一滴水珠掉落在桌角。小小的水珠"啪嗒"一声轻轻溅开，霍圾的笔尖顿了一下，眼帘微抬，就看见小姑娘站在桌前，眼眶通红，已经气哭了。

　　教导主任拿过霍圾写下的联系方式，拨了号码，还没接通，一只手突然伸过来挂了电话。

　　教导主任愣了一下，抬头看向霍圾："你干什么？"

　　霍圾温温柔柔地说道："事情还没弄清楚，只叫一方的家长不公平。"

　　林莐慢慢抬眼，看向站在眼前的男生，她才发现，他的个子居然比自己高那么多，她都需要仰头看他。

教导主任被他这么一说，很生气："那你想要什么样的解决方法？"

"查清楚才能服众。"

教导主任用力放下手机："那你查，我看看你能查出什么东西来！"

霍圾没理会他的怒火，拿起桌上的资料扫了一眼："整理出来的东西都在这里了？"

陆依依见霍圾不怕教导主任，胆子也大了起来："对，高叙手机里还有聊天记录，我早上看见了，不知道他有没有删掉。"

许念看了霍圾很久，唇瓣动了一下，难受得说不出话来。

高叙听见霍圾问话，语气很冲："你有什么资格管这些？谁知道你会不会包庇她，帮她说话？"

"会让你心服口服的。"霍圾笑了一下，完全不理会他的挑衅，伸出手礼貌地说道，"麻烦看一眼你的手机。"

高叙可不相信霍圾有那么大的本事，拿出手机猛地拍在桌上："你翻，要是你能翻出来一个字，我就服你；要是没有，我就告你诽谤！"高叙说得直白，摆明了来真的。

许念的班主任道："这样的事情让学生来查，会有结果吗？还是直接叫家长吧。"

霍圾一边低头看手机一边道："老师别急，查聊天记录很快的，用不了几分钟。"

霍圾的态度良好，让人没话说，刚才剑拔弩张的办公室里突然平静了很多。

刘友容适时开口说道："既然高主任都让他们查，那就让他们查一下吧！咱们对网络上的东西也不是很了解，年轻人总比我们厉害一些，您说是吧？"

许念的班主任没有再说话，反正她不相信能查出什么东西来。

陆依依看着霍圾打开聊天软件，里面空空如也，她有些懊恼道："啊，他真的把聊天记录都删了！"

🐾 🐾 🐾

霍圾退出软件界面，输入一个命令，手机随即黑屏，然后显示出一串绿色代码。他扫了一眼，看向高叙："有加校群？"

"我加没加校群，你可以自己查，没有必要问我。"

"给你一个改口的机会。"霍圾笑了一下，看向教导主任："老师，我想借用电脑。"

"用吧。"高主任起身把位置让给他。

霍圾在椅子上坐下，下了软件，用电脑连接上手机，进入终端，输入指令。

高叙看着霍圾熟练的动作，紧抿着唇没说话。

办公室里很安静，大家都认真地看着，却看不懂霍圾在干什么。

霍圾滑过代码页面，在一排代码里加了几行字符，电脑的界面快速跳转，变成了一连串自动下滑刷新的绿色代码。

林莜只能看懂夹杂其间的几个中文字，其他的在她眼里都是乱码，她看不懂。紧接着，手机短暂黑屏，然后出现了一连串信息。

高叙微微咽了一下口水，盯着霍圾，似乎很紧张。

许念比他还要紧张，表情有点绷："霍圾……"

"就是这几条信息！"陆依依指着屏幕，激动地喊道。林莜连忙靠近去看。

"我已经照你说的做了，那个女生以后一定会被所有人孤立。你答应我的事什么时候给我回复？"

"谢谢你，高叙，你对我真的很好，但我心里还放不下他，你能给我一点时间考虑一下和你交往的事吗？"

"好，我等你。"

"嗯。"

所有人都看向许念，陆依依直接质问道："许念，这是你发的信息，对吧？你没有办法狡辩了吧？"

许念看了一眼那几条信息，语气很冷："是我发的又怎么样？高叙确实在追求我，但这能代表什么？我们说的那个女生是我家里的一个远房亲戚，她偷了我家的东西不承认，我只是让高叙帮忙揭穿她的恶行。如果你们不相信的话，可以找我家里人做证，这件事情从头到尾，我家里人都知道。"

许念依旧在强词夺理，明眼人都看得出来的事情，她就是不承认，这样一来，别人又能拿这几条信息怎么样呢？最多也就是早恋的问题……

林莜看向她："许念，你以为你这样说别人就会相信吗？"

高叙咄咄逼人道："许念说的是真的！而且这也是我们的隐私，莫名其妙被拿出来示众，是不是太过分了？"

"不承认？"霍圾轻描淡写地问了一句。

高叙对上他的视线："没有做过的事情我凭什么承认，就凭这四条信息？"

高叙的班主任严肃道："这可不是乱说的！霍坂，高叙可是我们班的好学生！"

霍坂突然笑了出来："大欣赏家的账号在校群里出现的时间是这个月七号中午十二点五分零七秒。"他看向高叙，笑问道，"你猜我怎么知道得这么详细？"

高叙顿了一下，嘴硬道："我怎么知道？"

"因为我看见了。"霍坂笑着伸手按了一个键，电脑界面快速跳动，一连串的绿色代码快速刷新，瞬间跳转到了校群的聊天记录界面。

大欣赏家："你们知道学校新来的转校生吗？她家里好像还挺戏剧化的，爸爸是警察，妈妈是罪犯。"

大欣赏家："具体的不能多说，我只知道她从小是在那种类似福利院的地方长大的。"

大欣赏家："听说是故意伤人，被判了刑。"

只有自己发的消息才会出现在聊天界面的右边，就是不懂行的人也看得明白。

办公室里一阵静默，帮忙说话的老师都没了声音。

高叙站在原地，一个字都说不出来。

霍坂拿起手机，递给高叙："找人删账号、清痕迹，学长做得很谨慎，可惜弄得不够干净，这种伎俩，我小时候就玩烂了。"

高叙看着手机，没有说话，一看就是狡辩不了了。

许念的班主任转头质问许念："你真的做了那样的事？"

"老师，我没有，我也不知道怎么回事……"

这都板上钉钉的事了，许念还在狡辩，她的班主任气得脸都青了："你太让我失望了！"

许念脸上一阵一阵的烫，只觉得丢脸至极："老师，我真的没有……"

教导主任也没想到事情会是这样，只能开口道："既然已经查出来了，那就不用叫家长了。高叙，你马上给林苂道个歉，保证以后不再犯。"

教导主任虽然语气严厉，但本质就是在和稀泥，打算训几句就把这事对付过去，依旧是差别对待。

"私了吧。"高叙看起来根本不打算道歉，他居高临下地看向林苂，表情就像在施舍乞丐，"你要多少钱？我可以给你补偿。"

林苂看着他，只觉得可笑："你爸爸应该不知道你是这种拿着家里的钱仗势欺人的败类吧？"

高叙眼睛一瞪，明显被戳中了痛脚："那是我爸，轮得到你这个罪犯的女儿说吗？！"

林苡还没来得及说什么，霍圾就拿着手机猛地往高叙脸上一砸，下手又狠又准。

林苡站在旁边，被吓得抖了一下，几乎是看着手机砸到高叙的眼睛的。

高叙迎面被砸了个正着，眼睛一阵剧痛，他叫了一声，捂着眼睛往后退："霍圾，你他妈的！"

手机"砰"的一声掉落在地，办公室里安静了一瞬，教导主任惊得一吼："霍圾，你干什么？！"

刘友容也吓了一跳："霍圾！"

高叙的班主任上前一步，气急败坏道："刘老师，赶紧管好你的学生，当着老师的面，这是什么混混行为？！"

刘友容听得很不舒服，她的得意门生哪是别人能羞辱的？"霍圾是我们这届的优秀学生代表，做事一向稳妥懂事，您该问问您的学生，怎么会做出那种偷鸡摸狗的事！"

高叙缓了一下，眼泪直流，感觉视线都有点模糊了，立即冲上去想跟霍圾动手，教导主任连忙拦住："都干什么，不要在这里闹，你们眼里有没有老师？！"

高叙眼睛通红，教导主任都有点拦不住，几个老师见状，连忙上前帮忙拉着。

霍圾连眼风都懒得给高叙，细框眼镜下的眼神淡淡的："别想私了，给她道歉。"

高叙也来了劲："我就不道歉，你能拿我怎么样？"

林苡看向霍圾，他看起来斯斯文文的，却有种乖张的感觉，神情泰然自若，好像刚才砸人的不是他。她的心脏跳动得剧烈，很紧张。

教导主任左右为难，这几个学生都不是普通人家的孩子，如果处理不好，就会给学校带来很多麻烦。

霍圾把手插进裤兜里，眼里带了点散漫，第一次像个盛气凌人的富家子弟："那我也回家找爸爸好了。"

高叙被讽刺得脸都白了，瞪着霍圾，却无力反击。毕竟这是霍圾，霍家的第二个儿子，比他哥哥霍盛风头还盛。他站了很久，才对着空气咬牙切齿地憋出一句："对不起。"

林苡没理会，根本不想接受这样毫无诚意的道歉。

霍圾笑了出来，语气温柔："学长在这里道歉给谁听，不是公开道歉吗？"

高叙把拳头攥得死紧："你有病吗？！又不是说了你的隐私，你用得着上纲上线吗？故意耍我吧？！"

霍圾轻轻慢慢地笑出来："说对了，就是故意耍你，仗势欺人谁不会，学长有本事可以重新投个胎……"

高叙心口一闷，憋屈至极，脸都憋青了！

食堂的事几乎是一下午就传遍了学校，高叙在学校广播里公开向林筱道歉，并为自己的言行做了深刻检讨。虽然没有直接证据证明是许念指使的高叙，但广播里的道歉已经说明了一切。

本来中午的事情，大家各有各的猜测，大多数人都相信许念没有做那样的事，结果没想到竟然是真的。校群、校论坛纷纷开始讨论这件事情。

"高叙是被许念指使的。许念出于虚荣心，特地让他在校群里暴露转校生的隐私，趁着大家都孤立转校生的时候，她出来做好人，美其名曰帮助弱势群体，让大家都夸她。"

"我在食堂里也听到了。既然高叙现在道歉了，那就说明食堂里的事情是真的。"

"真是'活久见'了，我还是第一次见到这种操作，高叙是因为想要追许念，我勉强可以理解，但许念这么做真的不是脑子有问题？"

"说起来挺讽刺的，许念的募捐帖还在上面飘着。"

"我之前还夸过许念，没想到她是这样的人，有点让人作呕。"

"之前还有人说那个转校生不收捐款是白眼狼什么的，说得还挺义正词严的，可是看这架势，人家根本就没想过要大家给她捐款。"

"楼上说的是那个学生会干部尤宣彤，她看着就挺阴阳怪气的，还特意发了一条动态，以为自己有多仗义，还不是为了巴结学生会会长？"

"你这么一说，还真是，现在看她那副嘴脸，真的是太势利了。"

尤宣彤看着骂自己的信息，气得眼泪直掉，马上回道："我哪知道许念是那样人！凭什么这样说我？你们又能好到哪里去，不知道真相的时候，还不是跟着大家一起骂人白眼狼？现在却反过来骂我！"

这番话可谓是一石激起千层浪，大家本来在好好讨论，这下直接就开骂了。

"不好意思，我从头到尾都没有说过人家的闲话。你就别装好人了，两面三刀，想想都可怕！"

"你敢说你没有对学生会会长这个职位有过想法？大姐，你太明显了，明眼人一看就看出来了，你摆明了是在巴结讨好。"

"赶紧把那条状态删了吧，嘴脸真是可笑。"

尤宣彤根本解释不清楚，还因为这事被班里同学排挤，心里越来越怨恨许念，直接又发了条状态，长篇大论地嘲讽许念，直指许念为人虚荣。评论区看戏的人还真不少，热闹得不行，大家都开始哄着她多说一些。尤宣彤一说起来就没完没了了，不用带脏字就可以剥掉许念一层皮。

许念对于这些事一无所知，她被班主任训了一通，红着一双眼回到教室。没人和她说话，甚至班里的同学都用异样的目光看着她。

许念顿了一下，勉强收敛情绪，从抽屉里拿出书来准备上课，却看见黑板上用粉笔写着："许念贱人，你不配待在一班，恶心！"

她看见这些字的一瞬间，面上的血色顿时退了个干净，颤抖着双唇问道："是谁？"

班级里没人回话，几个平时和她要好的人也没有说话。

许念整个人都抖了起来，崩溃地喊道："是谁写的？！"

第三排的纪律委员转头看向她："许念，你到底有没有对高一那个新生做那种事？"

"高叙都承认了，还有什么好说的？亏我这么相信她，别人说她，我还帮忙骂，没想到现在弄得里外不是人！"

"烦死了，丢脸死啦，我不想和这样的人做同班同学！"

许念听在耳里，眼泪瞬间掉出来，情绪终于在这一瞬间彻底崩溃，起身哭着跑出了教室。

高叙公开道歉后，班里的同学纷纷安慰林莜，到了第二天，她周围还充斥着同学们的关心和安慰。她趁着空隙，转头看了一眼霍圾那边，发现他比她还要忙。毕竟霍圾早恋这件事对班里的同学来说挺震惊的，他身边时常有人在问，闲聊的，八卦的，多得不得了。林莜几乎没有机会跟他道谢。

她想了想，拿出笔在本子上写了一行话，趁着课间没人注意，放在了霍圾的课桌上。

上课的时候，霍圾回到位子上，看见课桌正中间端端正正地摆着一个本子，似乎生怕他看不见。他伸手翻开，看见一排小巧圆润的字："霍圾，你有什么喜欢吃的东西吗？"这行字小巧玲珑，透着点小心翼翼，他眉梢微挑，唇角弯了一下，手指轻轻一动，合上本子。

他心想，小姑娘心情好得还挺快，一转眼又想着勾搭他了。

chapter 7

姐姐

一中的校服穿在他身上，显得他格外清俊，
像光透过彩色的琉璃珠。

中午吃饭的时候，林莜转头看了一眼，霍埂的位置空着，他已经去吃饭了，而自己的本子就放在他桌角的一摞书上。她推测，他应该已经看了里面的内容。

林莜趁着教室里没人，起身走到他的课桌旁，翻开自己的本子，上面除了自己的问题，什么都没有。她又翻过第二页、第三页，一个字也没有，空白一片。她顿了一下，才想起自己没有署名，他可能不知道是谁在问他，所以就没理会。

上完厕所的李琪琪在教室外面叫她："林莜，走吧，我们吃饭去。"

"好，我来啦。"林莜慌了，连忙合上本子，拿着自己的饭卡，飞快地跑出教室。

林莜本来想在食堂里找霍埂单独问一下他的喜好，可食堂里的人比教室里还多，她一直没找到机会。好不容易到了午休时间，林莜瞥见霍埂在位置上坐下，伸手拿出本子下的书，就是不看她的本子。她瞄了好几眼，正准备起身悄悄去问他，于辉扬突然拿着习题册转过来："你早上问的那道题我大概解出来了，应该是这样的，我跟你讲一下吧。"

"好。"林莜一顿，瞬间收回迈出去的脚，把注意力集中到题目上，认真听讲。

于辉扬拿着笔正在讲解，一个纸团从后面飞了过来，"啪"的一声落在他们中间的课本上。

林莜看着被丢过来的纸团，愣了一下，转头看去，对上了霍埂的视线。

霍埂一笑，看了一眼她课桌上的纸团，表示是他扔的。

于辉扬对着桌上的纸团，看了一眼霍埂，又看向林莜："是给你的吗？"

"应该是的。"林莜拿过纸团打开，上面是一行漂亮的字，即便纸皱巴巴的，字仍然很好看。

"姐姐为什么问我这个问题？"

林莜猛地把纸捏成一团，生怕于辉扬看见纸上的"姐姐"两个字。

于辉扬看着她的动作，微微愣住："班长说了什么？"

林莜抓着纸团，手搁在腿上，有些紧张："没什么，他安慰我，让我不要把高叙的事情放在心上。"

"哦。"于辉扬点头表示理解，没有一点怀疑，低头继续给她讲题。

林莜有些心虚，偷偷瞄了一眼后面的霍圾。他正低头看书，一副若无其事的样子，好像刚才传纸条的不是他一样。

林莜可没他那个胆子给他传回纸条，她收敛了心思，继续听于辉扬讲题。

过了一会儿，身后好像有人走过来了。于辉扬的声音一顿，林莜也愣了一下，抬头看去。

霍圾拉过李琪琪空着的椅子，在林莜身旁坐了下来，看向她，那眼神似乎在询问什么。林莜心口一慌，不知道该做什么反应。

霍圾笑了一下，看向于辉扬："你刚才讲的步骤可以简化一下，不然就把这个问题想得过于复杂了。"

于辉扬顿了一下："那应该怎么解？"

霍圾拿过林莜的笔，身子微微前倾，开始在草稿纸上写步骤。

他靠得近，林莜没了位置，胳膊碰上了他的胳膊，她微微收回手，探头仔细听他讲题。

他声音温柔，因为离得近，听起来很清楚，长直的睫毛微微垂下，黑发干净利落，下颌线弧度好看，白皙的脖颈没入白净的衣领，每一处都完美得无可挑剔。

于辉扬听得很认真，霍圾讲完以后，他的思路一下就通了："原来还可以这样解！"他连忙拿着笔继续解下去。

霍圾看于辉扬在解题，收回视线，在林莜的草稿本上写下了两个字："姐姐？"这个词配上问号，不知道的人还以为他在挑逗呢！

林莜看到这两个字，都能想象到他的语气，吓得心口一慌，连忙往前一趴，用胳膊挡住了草稿本。

于辉扬被她的动作吓了一跳，小姑娘慌慌张张的，显得特别乖软。他声音柔和地问道："林莜，你怎么了？"

"没……没什么……"林莜是真的慌了，话语都没有组织好，结结巴巴的。

霍圾抬手撑着脸，眉眼一弯，笑得无辜："别着急，题不能想得太复杂。"

于辉扬听了这话，深表赞同："确实不能想得太复杂，太复杂就容易绕弯路。"

于辉扬看霍圾没有离开的打算，连忙请教了另一题："班长，这道题应该怎么解？我的步骤有没有问题？"

林莜见于辉扬没看见，松了一口气，小心翼翼地压着草稿本往后挪，等草稿本掉到腿上，她连忙把它收进抽屉里。

她趁于辉扬还在问题，在草稿纸上写下一排小字，然后飞快地撕下。她看了一眼正在给于辉扬讲题的霍圾，伸出手指，借着桌子的掩护，戳了一下他的腿。

霍圾的声音微微一顿，抬眼看过来。林莜看似一脸认真地看着题，实际上用手指轻轻拉了一下他的衣摆，示意他伸手。

霍圾眼珠微微一转，继续讲题，写解题步骤的笔却换到了左手，右手不着痕迹地收回，放到腿上。

于辉扬见霍圾声音停了，有些奇怪地抬头看过来，还没开口问，就见霍圾换了左手写字，写得和右手相差无几，一时震惊无比，佩服得不行。

林莜有些紧张，没注意到霍圾在用左手写字。她悄悄瞄了一眼他放在腿上的右手，大概确认好位置，做贼似的把纸条往他手里塞。她不小心碰到了他修长的手指，感觉他的手比她的坚硬温热，甚至有些烫人。

霍圾的手指微微一收，拿过纸条的时候不小心抓了一下她的手指。林莜慌了，连忙抽回手，掌心瞬间冒汗。

霍圾讲题的声音没停，只是声音里似乎带了点笑意，听着有些暧昧。

林莜感觉自己紧张得耳朵都有些发烫，手指隐约还有被他轻轻抓住的感觉，她花了好大的功夫才收了心思，听他讲题。

霍圾讲完题，看了一眼身旁的小姑娘。她趴在桌上，耳朵上有一点粉嫩的红，看着题目的表情认真并纠结，显然没听懂，可又不好意思问。他笑了一下，垂眼打开手里的纸条，小巧可爱的字体因为写得太急而歪歪扭扭的："我想请你吃饭，你有什么想吃的吗？"

霍圾看着纸条，唇角一弯，轻轻笑起来，既散漫又有点坏。

林莜给霍圾递了小纸条，可等到放学都没有收到霍圾的回应。难道他没有喜欢吃的东西？还是不愿意和她一起吃饭？她也不好再问。等整理好书包，教室里已经没有几个人了，她背着书包出了教室，往楼下走去。她慢吞吞地走到了一楼，看见霍圾站在楼梯口，似乎在等人。一中的校服穿在他身上，显得他格外清俊，像光透过彩色的琉璃珠，有种干净舒服的少年感。

她微微顿住："你怎么还在这里呀，等人吗？"

霍圾看向她，笑道："在等姐姐请我吃饭。"

林莜听见"姐姐"两个字，看了一眼楼梯上面，好在没有人下来。她背着书包，几步下了楼梯，快步走到他面前："那你有什么想吃的吗？"

"都可以，我不挑食。"

林苡连忙点头："好！你等等，我还要叫几个人。"

霍圾闻言，眉梢微微一扬，看着雀跃的小姑娘，没有说话。他很好奇，她还需要请谁？

"怎么一眨眼就不见了？"李涉靠在窗台上，往楼下看了一眼，发现刚刚还在的人已经不见了。他连忙拿过书包，看向宋复行："走了，一起去看看，那个狗东西肯定跟他那个姐姐约会去了。"

宋复行看了李涉一眼，合上书放进书包里，淡淡地问道："你很闲？"

"你不好奇他早恋的对象是谁吗？他居然瞒着不肯说，真是过分。"

"以后就知道了。"宋复行回道，背上书包往外走。

"可是我现在就想知道！那个狗东西会认真谈恋爱？还叫人姐姐，想想都觉得不可思议。"

宋复行出了教室，扫了李涉一眼，意有所指地点评道："你吃得太饱了。"

"滚！你才吃饱了撑的。"李涉反应过来，对着宋复行离开的背影深表唾弃，心想，这人不去，他就只好自己上了。

李涉站在走廊里，给霍圾打了个电话。

霍圾过了一会儿才接起来："什么事？"

"你去哪里了，不一起吃饭？"

"准备去吃饭。"

李涉贱兮兮一笑："和谁去吃饭，你那个姐姐？"

霍圾还没说话，电话里就传来一个很甜的声音："霍圾，你想吃火锅吗？依依说，附近有一个火锅店，味道特别好。"

李涉摇摇头，心想，这个提议不太行，看来小姑娘之前没有做调查呀，霍圾这个王八蛋有洁癖的，从来不和别人一起吃火锅。然后他就听见霍圾不要脸地说道："姐姐喜欢吃什么，我就吃什么。"

李涉一阵无语，心想，这话听着怎么那么奇怪啊？话里话外都有点莫名的意味……霍圾真是没救了……

❀　❀　❀

霍圾看着面前的小姑娘："你决定就好。"

林苃看霍圾没有意见，心里松了一口气。她本来还担心霍圾吃不惯的，没想到他一下就同意了。

"那我们就吃火锅吧！你等一会儿，她们马上就过来了。"林苃看向女生宿舍的方向，很认真地等人。

"你不是不吃火锅吗？有没有点原则？"李涉在电话里劈头盖脸地问。

霍圾唇角弯了一下，慢条斯理地回道："原则是可以变通的。"

李涉翻了个白眼，好奇得不得了："我也要去，我要看看这个姐姐到底是何方神圣！"

霍圾看着乖乖站在旁边的小姑娘，笑了笑："那你过来吧。"

林苃等霍圾挂了电话，抬眼看向他："是谁要来？"

霍圾微微俯身看过去："你不介意我带一个朋友吧？"

林苃笑着摇头："不介意。"

陆依依、顾语真和唐文璇手挽着手，看见在远处站着的霍圾对着林苃笑，那个笑太温柔了，三个人瞬间停在原地，突然感觉现在过去好像会变成电灯泡。

他们去的火锅店开在学校附近，顾客基本都是学生，这个时间点特别热闹。

陆依依她们因为霍圾在，都不敢放开了大笑，有些拘束。

林苃看向她们："你们想吃什么？"

"你请客你做主，我们什么都爱吃。"

林苃忍不住一笑，她们表现得这么文静，她都有些不认识她们了。她点了她们爱吃的东西，又看向身旁的霍圾："你有什么想吃的？"

"阿圾！"李涉在不远处喊了一声，打断了她的问话，一桌人都往李涉那边看去。

李涉往这边走来，看见在霍圾旁边坐着的林苃，顿了一下，有些疑惑。

林苃早就猜到了打电话的人是李涉，连忙招呼道："快坐下吧，想吃什么只管点，今天我请客。"

"哎哟，小甜甜厉害，都会请客了。"李涉调侃了一句，正要在空位上坐下，就看见了旁边的顾语真。他哼了一声，扭头绕过桌子，走到霍圾身旁坐下。

顾语真没说话，也没看李涉。

李涉坐下后，扫了一眼桌上的几个女生，发现都是小姑娘，哪儿来的姐姐？

他看向霍圾，有些奇怪道："你那个姐姐呢，人还没齐？"

林苡拿着菜单的手抖了一下，有些慌。

对面三个人闻言安静了一下，抬头看向他们这边。

霍圾笑着道："什么姐姐？"

"欸？"李涉看他还在装，靠近他悄悄道，"就是你的早恋对象啊，那天在小树林里和你约会的那个姐姐，桌上哪个是？"

虽然周围很热闹，李涉说的也是悄悄话，但一桌人都听得清清楚楚。

霍圾靠着椅背，有些漫不经心："地下恋怎么能让你看见？"

"你越不说，我越好奇。到底是哪个？跟你谈恋爱还藏着掖着，这小姑娘居然能忍着不炫耀你这样的男朋友？"李涉真是一万个想不通，心想，这小子别是给狐狸精骗了吧？不过，转念一想，他又觉得自己是个傻子，狐狸精就是再会玩，也玩不过霍圾这个混账东西啊！

林苡听李涉越说越多，连忙举起菜单，越过身旁的霍圾递给他："李涉，你有什么想吃的吗？"

霍圾看着凑到身前的小姑娘，发现她白净的小脸上有些慌张，他唇角轻弯，笑得有些玩味。

李涉看了一眼菜单："随意，我吃什么都行。让他们快点上菜吧，我饿了。"

"好，那我们就点鸳鸯锅喽？"林苡看向大家，建议道。

所有人的注意力都转移到了火锅上，陆依依立即开口："好，就吃鸳鸯锅，他们家的鸳鸯锅味道特别好。"

点完菜以后，大家忽然安静下来。林苡成功转移话题后，松了一口气，又想到蘸酱："我去给你们调配料，有一种配料调起来特别好吃。"

几个人纷纷点头。林苡起身往配料台走去，配料台人多，她等了一会儿才等到位子。

配料台旁站着一个有点帅的男生，他刚才打量了林苡好几眼。等她走近，他伸手指了一下她碗里的配料："你这个蘸酱看起来味道很好，我能学一下吗？"

林苡见他问得认真，点了点头，开口教他："你先放酱油，然后放一勺醋……"

男生跟着学，中途突然问道："你和男朋友一起来吃火锅吗？"

林苡摇头，老实回答："不是，我和同学一起来吃。"

"那可以加个微信吗？我也在附近上学，经常来这边吃，以后我们可以约着一起来吃。"

林苡愣了一下，看向他，认真回答道："不好意思，我没有手机。"

男生尴尬地笑了一下："你是不想加吧？现在怎么可能有人没手机？"说着，男生从裤兜里拿出手机，"小姐姐，加一个吧，我玩大冒险输了，你就当帮帮忙。"

"我真的没有，不好意思。"林苡不想多说，端着碗往回走，一转身就撞进了一个人怀里。

林苡差点没站稳，连忙伸手抓住来人的衣袖，是一中的校服，她抬头看去，果然是霍圾。

霍圾伸手扶了她一下，又扫了一眼拿着手机的男生，收回视线，对着她一笑："调好了？"

男生看见霍圾，瞬间就懂了，这个男生长得这么招女孩子喜欢，他周围的女生应该不可能看得上别人。男生自知没戏，心有不甘地端着蘸酱走了。

霍圾看起来完全没把那个男生放在心上，端过林苡手里的蘸酱闻了一下："姐姐调的蘸酱好香。"

林苡听到他的称呼，沉默了一会儿，还是开口说道："霍圾，你以后能叫我的名字吗？"

霍圾抬眼看过来："为什么？"

林苡按了按自己的手心，斟酌着开口道："我们不是亲姐弟，你叫我'姐姐'，万一被人听见，会引起误会的。"

霍圾微微俯身看过来，笑得很明媚，莫名勾得人心痒痒："可我就是喜欢叫你姐姐。"

林苡眨了一下眼，有些恍惚，不知道该怎么回答。

霍圾见她不说话，微微垂眼，似乎有些失望。他慢慢站直身，语气依旧温柔："如果你不喜欢，我以后就不叫了。"

林苡意识到自己的沉默让他伤心了，连忙摇头："不会，你叫吧，我不是不喜欢，就是怕人听见。"

霍圾唇角微微弯起，靠近她的耳朵，轻笑着说："我以后私底下这样叫你，不让别人听见。"

"好。"林苡耳朵微微一热，点了点头，像是无意间和他达成了一个约定。

李涉吃东西如同风卷残云，逼得陆依依、唐文璇彻底放弃矜持，拿着筷子抢肉吃，靠的就是眼疾手快！

顾语真没怎么吃，想起之前的事情，她有些不好意思面对李涉。这时，她一抬眼就看见了不远处的孟诚，还有几个穿着九中校服的男生，他们一看就是到处惹是生非的那种问题学生。

顾语真连忙转头躲了一下，想到林苡还没回来，有些着急。

陆依依吃着肉，问道："语真，你怎么啦？"

顾语真很害怕："我看见之前来找林苡麻烦的那几个不良少年了！"

两个女生闻言都愣住了。顾语真趁着那群人没有注意到这边，连忙看向李涉，还没开口说话，李涉就不咸不淡地说道："道歉就不必了，我不跟你这小丫头一般见识。"

顾语真没时间和他说这些："我没有要道歉。"

李涉被她噎了一下，眼睛都瞪圆了。

顾语真是真的急了："你快打电话给班长，让他带着林苡躲一下，别正面碰上那些不良少年。"

李涉顺着她的视线看见了不远处的孟诚，不在意地道："有霍坂在，那小子不敢怎么样。"

顾语真见他吊儿郎当的，急得不行，连忙拿过他放在桌上的手机递给他："你快打电话，他们人那么多，很危险的！"

李涉懒得跟她解释孟诚怕他哥的那个劲，锅里的肉又快好了，他伸手按了指纹解锁键："你自己说吧，我忙着呢。"说着，他往嘴里塞了一口肉。

顾语真无语了，拿过手机翻开通讯录，一下就找到霍坂的手机号码打了过去。

等电话接通，她着急地说了情况，没想到霍坂的反应和李涉如出一辙。顾语真看着手机，不知道该怎么办。

"怎么样？"陆依依开口问。

顾语真有些愣："班长说没事，让我们不要担心，继续吃。"

自从昨天在办公室里发生的那一幕，陆依依对霍坂已经佩服得五体投地，她想收回之前说霍坂是温室花朵的话，他虽然很温柔，可真的不好惹！她觉得，有他这样的大神在，根本不需要担心任何事！

"那可能是之前已经解决了吧。"陆依依放下筷子，拿出手机凑近顾语真，"快，让我记一下大神的号码。"

唐文璇听了，超级兴奋，立即靠过来："记了号码加微信！"

顾语真看了一眼对面的李涉，他一副见怪不怪的样子，随意得很。他知道，霍圾从小到大一直是招桃花的命，从来就没停过。

"微信我可不敢加，留个手机号码做纪念就好。以后回想起来，好歹我也是有大神手机号码的人！"陆依依拿着手机，一个数字一个数字地输入号码。才输入了四个数，屏幕上就跳出一个号码，和李涉手机上的号码一模一样，而且是有过通话的。

唐文璇疑惑道："你这不是有人家号码了吗？"

陆依依愣了一下："不可能，我没打过啊！而且我的手机一个月都没几个陌生电话，也就之前借笈笈打过电话。如果有别的电话，我肯定记得……"

陆依依说完一顿，看了一眼通话时间，突然想到了什么，手指按进短信里，短信聊天界面果然显示出两行对话："我出发了。""好，姐姐。"

陆依依的眼睛猛地睁大，顾语真和唐文璇也愣住了。

林笈借陆依依的手机联系的是她的弟弟啊，这个弟弟是霍圾？！刚才李涉不是说霍圾的早恋对象是个姐姐吗？那天教导主任抓早恋，林笈吓得跑回来，还知道早恋的情侣都被抓了。如果她不是在小树林里和人约会，用得着这么害怕地跑回来吗？所以，和霍圾谈恋爱的人……是林笈！！！

❀ ❀ ❀

林笈听见孟诚的名字，看了一眼周围。这个火锅店很大，她没看到他的身影。

她看向霍圾，解释道："我之前和孟诚打过架，所以才住到学校里来……"

霍圾收起手机，不在意地笑了一下："他年纪小，还很顽皮，你不用理他。"

林笈看着端着调料碗往前走去的霍圾，忍不住轻叹一声，觉得他并不清楚孟诚的可怕。

不过林笈也没有太担心，毕竟孟诚很怕霍圾，就算他们碰面了，孟诚大概也不敢在霍圾面前闹事。

林笈跟着霍圾走回原来的座位，四个人只剩下李涉还在吃，其他三个人安安静静地坐着，视线落在他们身上，眼神都怪怪的。

林笈有些疑惑："你们都吃饱了？"

顾语真呆呆地点了点头："嗯，吃饱了……"

林笈把一大碗蘸酱分到六个小碗里，正准备递过去，闻言愣住："这么快？那你们还要试蘸酱吗？"

"试！当然要试……"陆依依伸手接过碗，分给两边傻愣着的顾语真和唐文璇。她们看着坐在林苡旁边的霍圾，满脑子都是不可置信。霍圾这样温柔帅气的人居然叫女朋友"姐姐"，也太带感了吧！

　　孟诚和九中的刘哥在位子上坐下，样子一如既往地嚣张。

　　刘哥点了根烟，四周顿时烟雾缭绕："既然霍圾是你哥，那就更方便了。你打个电话把他骗出来，我替你把他教训得服服帖帖。"

　　孟诚一听到霍圾的名字就不爽，猛地干了一口酒："你不知道他是什么样的人！今天你要是叫我帮别的，我二话不说就帮你了，但是霍圾这个人……"孟诚摇头，一个字也不愿多提，"别牵上我。"

　　刘哥听了眉头一皱："你他妈怕个屁，是我打，又不是你打！你把他叫过来，我替你狠狠打他一顿，他过后肯定不敢找你的事了。"

　　孟诚听了都想笑，他见识过霍圾那种人后，刘哥在他眼里就跟小孩子过家家一样，根本就不够看。

　　"你还真以为他像表面上那样斯文？大哥，他十一岁才到霍家的，之前是在混子区长大的，没爸教、没妈管。我他妈小时候差点给他玩死了！你要是玩不起，就别想着教训这种人，他就是破裤子缠腿的性格，没有良心的，真招惹了，你哭都没地方哭去。"

　　刘哥旁边的矮个儿男生好奇地问道："什么情况，他不是霍家亲生的？"

　　"私生子，他妈妈家里的长辈有点名声，怕丢人，就把他送走了，后来才找回去的。"孟诚随口提了一句，没敢细说。之前他就是因为居高临下地骂了一句霍圾的出身，才惹到了他的那根弦，差点把自己的命都玩没了。

　　刘哥不相信："你他妈怎么说得那么玄乎！我还真不信，那小子斯斯文文的，一看就不像混子。你说说，是哪个混子区？这个城市我熟得很，你说个地名，我全都知道。"

　　"城西那块儿听过吧？出了名的贫民窟。"

　　桌上的气氛瞬间静下来，没人出声，安静得有些过分了。

　　刘哥的表情凝固了一下，咬着烟，没说话。他心道，霍圾还真是个刺头，那一块儿可干什么的都有，吸毒、卖淫、斗殴、赌博……那里就是个天然的大染缸，进去了就别想干净地出来，他们所谓的教训和那地方一比真是小打小闹了。他们这些人就是再叛逆，也没那个胆子和那里的人对着干。从那个染缸里出来的人基本上都坏得有恃无恐，命都无所谓的那种。

这一顿饭吃得很平静，林莜没有遇到孟诚，很愉快地请完了客。只是，回了寝室，她总感觉气氛过于安静了。她抬眼看向旁边的陆依依，陆依依马上收回了视线。她又看向唐文璇，唐文璇立即扑进了被窝。只有顾语真反应不及，和她对视了。

林莜有些奇怪："你们怎么了？"

陆依依微微咳了一声，笑得意味深长："霍圾这个人怎么样？"

林莜就知道她们会提到霍圾，笑着夸道："他很好啊，温柔又善良。"

"那你说，他谈恋爱的时候是什么样的？也这么温柔吗？会主动亲亲抱抱吗？"唐文璇从被窝里爬起来，一脸好奇。

林莜有些蒙了，觉得应该是之前的早恋事件让她们以为霍圾在谈恋爱，她顿了一下，干巴巴地回道："我也不知道，应该不会吧，他那么乖——"

"哦——"陆依依、唐文璇立即开始起哄，顾语真也捂着嘴偷笑。

林莜有些不明所以："我说得不对吗？"

陆依依笑得暧昧："对的，他这样的人应该是女孩子主动去亲亲抱抱，而且他的嘴唇那么好看，亲起来应该很有感觉。"

唐文璇开口调侃："他长得那么帅，一定要多亲一亲，亲到就是赚到。"

这句话一出来，寝室里的三人瞬间笑疯了。

林莜看她们笑得前仰后合的，感觉一头雾水。不过，她并不觉得有多诧异，毕竟寝室里也不是没有讨论过这样奔放的话题。

霍圾和李涉送四个女生回了寝室后，天已经黑了。

两个人一路走回宿舍，看见宿舍楼下站着一个女生，她似乎等了很久。

李涉叼着根牙签，冲霍圾抬了抬下巴，含混不清地说："我先上去了。"说着，他一步三摇地上了楼。

许念没穿校服，她一整天都没有来上课，晚上才刚来学校。她的眼睛还有些红肿，人很憔悴，看上去楚楚可怜。

霍圾站在路灯下看着她，和往常一样道："学姐有什么事吗？"

"霍圾，你是不是也很讨厌我？"许念有些脆弱，说话的声音很轻。

霍圾没什么反应，随口问道："学姐为什么这么问？"

"因为你帮了林莜。你也觉得我心机很深，很讨厌我，对不对？"许念的眼眶微微发红。

霍圾微微一笑："我没有这样觉得。"

许念一顿，眼里有些惊喜，可她马上看到，霍圾脸上的笑和平时一样带着礼貌和疏离，没有一点对女孩子的怜惜……

"学姐做什么是学姐的自由，不管对错都跟我没有关系。"

许念心里很难受："如果是这样，你能陪我坐一会儿吗？"她一边哭，一边苦苦哀求，"你不用说话，只是陪我一会儿。我知道这件事情是我做错了，我不应该因为听见你叫她'姐姐'而心生忌妒，可我控制不住自己，我就是喜欢你，真的很喜欢。就算你不能给我一点回应，能不能陪我一会儿，我真的快要撑不下去了，他们都在骂我……"

霍圾对她的眼泪无动于衷："学姐，已经不早了，我还要写作业。"

许念看着转身要走的霍圾，情绪一瞬间失控，言辞激烈："是不是我死了，你也不会在意？！"

霍圾转头看向她，微微一笑，表情有些无辜："你自己寻死，和我有什么关系？"他说话还是很温柔，无论是刚才，还是现在，从始至终都无动于衷。

许念终于知道，为什么她无论如何都无法靠近这个人，因为他根本没把周围的人放在心上。从一开始，他们就是他看见的路人，或许连人都算不上……就像路边的灯、草丛的花。灯是不是熄灭了，花是不是枯萎了，对他来说都无关紧要，他感兴趣的时候可以逗留一下，不感兴趣的话连看都懒得看一眼。

他看起来确实很温柔，可并不代表他本性不凉薄。

第二天，林莜背着书包和顾语真一起上楼。

时间还早，楼梯上学生不多，林莜和顾语真走得慢吞吞的，很多学生都越过她们上楼去了。

楼梯口传来李涉的笑声，她们老远就听到了，也不知道他在笑什么。

林莜回头看去，就见霍圾和李涉他们一起上来了。

李涉从她身边经过，伸手打了个招呼："早啊，小甜甜！"至于林莜旁边的顾语真，他完全当作没看见，扭头大步往楼上走去。

顾语真垂着眼，没有说话，背着书包继续往上走。

林莜速度有些慢，霍圾从她身旁走过，转头看向她，笑着提醒道："鞋带松了。"

林莜闻言低头看去，发现鞋带还真的没系好。她弯腰去系鞋带，书包侧袋里的水杯因为她弯腰的动作掉了出来，"咚"的一声掉在地上，顺着台阶一路乒乒乓乓地滚了下去。

林莜轻轻"啊"了一声，连忙要去捡，霍圾比她快一些，几步下了台阶替她捡起水杯，又重新走上来，把还没有他手掌大的小水杯递过来："水杯好可爱。"

林莜站在台阶上看向他，视线正好对上他的脸，她突然想起昨天陆依依她们说的话，下意识看向他的唇。他的唇确实很好看，弧度优雅，不笑的时候很勾人，笑起来又让人心痒。

林莜的视线太明显了，霍圾一下就察觉到了她的视线落在哪里。他眉梢一挑，眼睛微微眯了一下："姐姐？"

林莜被他叫回了神："嗯？"

霍圾的视线落在她的脸上，扫了一眼她的唇瓣，微微抬眼，似笑非笑道："你的水杯。"

她连忙收回视线，接过水杯："谢谢。"说完，她赶紧拿着水杯往上跑，连鞋带也忘了系。

霍圾看着她往上跑的背影，唇角微不可见地弯了一下，在她身后不紧不慢地走着。

林莜拿着水杯的手有些僵硬。她暗自懊恼，早知道就不听陆依依她们讨论霍圾了，今天下意识就往他的嘴唇上看，还被他发现了，太尴尬了……

林莜快步上楼，进了教室，教室里已经很热闹了。她在位置上坐下，看见霍圾从旁边经过，下意识低头，有些窘迫。

一边的李琪琪靠过来："林莜，你大仇得报了！"

林莜把书包放进抽屉里，有些疑惑："什么仇？"

"许念今天已经退出学生会了，学生会会长现在是高二的萧洋。听说她是被强制赶下台的，太丢脸了！我们学校以前可从来没有过这种事，我要是许念，肯定转校。"李琪琪摸了摸下巴，似乎有些想不通，"你说，许念为什么非要挑你下手呢？你和她又不认识。她这个手法很像对付情敌，似乎想让喜欢的人害怕你、孤立你，有种被爱情冲昏头脑的感觉。"

林莜拿课本的手顿了一下："可能吧……"她想到了什么，转头往右后方看去。

霍圾正拿出书往桌上放，忽然抬眼看过来，对上了她的视线。他笑了一下，看向她的脚。

　　林莜顺着他的视线看向自己的脚，才发现自己还没有系鞋带。她弯下腰去系鞋带，脑海里想着他刚才的笑。他的笑真的给人一种"祸水"的感觉，笑起来让人心口隐隐发痒，许念被这样的人冲昏了头脑也是情有可原的。

　　上早自习的教室里乱糟糟的，两节课后，同学们才收了心。到了第三节课，老师让前后桌四个人一起讨论题目。

　　林莜在本子上记重点，几个人正讨论得热火朝天，教导主任突然走进来，语气严肃地看向后排："霍圾，你马上跟我出来！"

　　因为教导主任这句话，教室里骤然安静下来，同学们都有些惊讶。

　　林莜手上的笔顿了一下，看了一眼教导主任，又看向霍圾，完全愣住了。

　　霍圾没有太在意，平静地起身，走到门口。

　　任课老师也很诧异，看着霍圾被教导主任带出去，才反应过来，跑出去问情况。

　　教室里的讨论声瞬间大了起来。

　　李琪琪旁边的男生嚷嚷着问："什么情况啊，教导主任叫霍圾出去干吗？"

　　"他犯什么事了吧？最近班长去政教处有点勤啊，几天前不还被抓到早恋吗？"

　　陈宣冲笑得很贱："蠢，教导主任这么生气还能是因为什么，肯定是避孕套的事啊。"

　　"不可能，那个和霍圾没关系吧！应该是别的事情。"

　　陈宣冲拍了一下男生的头："怎么不可能，霍圾还不是个男人了？谈个恋爱会没反应？"

　　陈宣冲口无遮拦，只有后排几个男生跟着笑了，大多数同学都觉得有些不好意思，也没人再搭话。

　　林莜有些担心地看向外面，可什么也看不到。

　　没一会儿工夫，任课老师就回来了，花了点时间整顿纪律，才继续上课。

　　后半节课，霍圾没有回来，林莜心里越来越担心，好不容易才挨到下课。她正准备起身去外面看看，前排一个男生突然拿着手机站起来，大声嚷嚷道："避孕套真的是霍圾用的，之前早恋被抓的那几对情侣都供出来了，说亲眼看到霍圾和一个女生那个了！"

　　教室里骤然安静，同学们纷纷看过去。

　　"真的假的？"旁边的男生上前夺他的手机，看了一眼，面露吃惊。

　　"这还有假？教导主任都把霍圾叫走了，肯定是真的。"

大声嚷嚷的男生一脸肯定："我消息灵通得很，人都被叫到校长室了，肯定要闹大喽。"

"你胡说个屁！闭上你的嘴！闲着没事干，是吧？！"李涉刚刚睡醒，听到这话，拿起一本书就砸了过去。

教室里窃窃私语，乱糟糟的，林莜脸都白了。

🐾 🐾 🐾

林莜出了教室，直奔校长室，刚到门口就听到了教导主任的声音："其他人都交代了，这个东西就是霍圾的。"

紧接着是校长的声音："这件事影响太恶劣，传出去对学校的名声不好，你家公子又不肯把女生说出来，你说这样……我也不好办。"

林莜皱了一下眉头，伸手要去推门，里面突然传来霍兴国的声音："你才多大，就敢做那样的事？是不是以前在外面学了不该学的东西？！"

赵碧郡连忙开口："兴国，还是先问清楚，阿圾不可能做那样的事。"

"还问什么？要是他没做，会有这么多人说他做了吗？！"

赵碧郡也急了："阿圾，你把事情说清楚，把那个女生说出来。"

"既然都觉得是我的，那就是我的吧，我无话可说。"霍圾的声音依旧温温柔柔的。

紧接着，桌子被猛地一拍，霍兴国发火道："你再说一遍！"

里面一阵混乱，老师都在劝，林莜急忙推门进去，里面的混乱局面暂停了一瞬。

霍圾神情平静，见她进来，抬眼看来，眼神依旧漫不经心。

林莜礼貌道："叔叔、阿姨。"她微微平缓呼吸，准备开口解释，身后敞开的门突然走进一个人。

来人平静地开口道："不用问了，跑了的人是我。"

校长室里骤然安静下来。林莜快要说出口的话卡在喉头，错愕地看向来人。

教导主任顿住："宋复行，你在说什么？"

宋复行淡淡地回道："小树林里的人是我。"

"怎么可能？！那就是个小姑娘，和你的身高差远了！"教导主任随手比了个高度，那天他虽然没看清，但能肯定那人不是宋复行。

"天那么黑，老师确定看清了吗？我那天是蒙着校服跑的，不是吗？"

教导主任哑口无言。

刘友容看向霍圾："不是女孩子吗？"

霍圾坦然一笑："老师，要是女孩子，我也不用这样藏着掖着了。"

校长室里静了很久，大家看着两个男生，说不出话来。

校长沉默了很久，严肃地开口道："你们两个去小树林干什么？"

"写作业。"宋复行平静地回了三个字。

去小树林写作业……这个理由看似很荒谬，在两个尖子生身上却显得理所当然……

霍兴国很快收敛了脾气，摆出长辈的架势："复行，那个人真的是你？"

"是我，霍叔可以问李涉，他在宿舍打游戏，吵得我们没有办法学习。"宋复行一脸平静，完全不像在说谎，坦荡得让人不得不信。

霍兴国又看向林莜："林莜，你过来是有什么事吗？"

林莜认真地回道："我在班里听到关于霍圾的事情，有些担心，所以过来看看。"

校长没有太在意她，他看了霍圾和宋复行许久，开口说道："高主任，你辛苦一下，再问问那几个学生，看看他们有没有说谎。"

正说着，上课铃声响起。

刘友容看向林莜："林莜，没事了，你先回去上课吧。"

"好的，刘老师。"林莜听话地走出了校长室，但她还是不放心，就走到楼梯拐角处等着。

没过多久，霍圾和宋复行也出来了。两个帅气的男生并排走过来，真是加倍养眼，林莜突然有些理解学校论坛为什么会因为他们俩而崩了。都说年少不该遇见太惊艳的人，学校里却一下出现两个，论坛能不崩吗？

一脸淡漠的男生走近，看见林莜，就看向霍圾道："走了。"

霍圾一笑："谢了，这个情以后还。"

"嗯，早恋小心。"宋复行笑着提了一句。他的笑看似淡漠，实际上莫名多了些人情味。

林莜有些尴尬，因为宋复行好像以为她和霍圾真的在早恋。她低头看向自己的脚尖，不知道该说什么。

宋复行走后，霍圾下了楼梯，走到她的面前，微微低头看向她："在等我吗？"

林莜点点头，抬头看着他："老师会不会不相信你们？"

"不信也得信。"霍圾笑了笑，显得很有把握。

"那些人为什么都说是你？是不是有人真的用了避孕套，不敢承担后果，所以串通其他人把事情推到你身上？"林莜有些疑惑。

"当然用了，你那时候没听到声音吗？"霍圾轻轻地说了一句，声音有些蛊惑人心。

林莜的心被他的声音勾得提了起来："应该……没有吧……"

"谁知道呢？"霍圾无所谓地笑了笑，"爸爸让你周末回家吃饭。"

林莜应了一声，心里还是发愁，担心霍圾在学校会遭人排挤。

但林莜显然多虑了，大多数同学竟然都相信了霍圾的说法。当然，还是有一部分同学觉得幻想破灭了。毕竟，两个男生去小树林里写作业，就算他们是尖子生，也未免太离谱了……所以，他们觉得，他们俩肯定不是去写作业的！

"要是他们两个是去写作业的，我把脑袋拧下来给你们当篮球打！依我看，这两人肯定在一起了！"

"楼主，你讲话要负责任，你知道你会打破多少人的美梦吗？我不听，我不听！我的两个男神竟然在一起了，我活不下去了。"

"我是不相信的。楼主，你说霍圾和宋复行在一起了，那你把李涉放到哪里了？难道他们是三角关系吗？"

"那个跑掉的人肯定是宋复行，不然霍圾干吗瞒着？如果早恋对象是女生，霍圾根本不需要瞒，就是因为是男生，他才不得不瞒！"

"人家都说了，他们是去写作业的，哈哈哈。"

"写个鬼！之前他们说避孕套是霍圾用的，我还骂了造谣的几条街，现在我宁愿相信避孕套是霍圾的，也不愿意相信这个残酷的事实！我本来可以选白玫瑰或红玫瑰，现在红白玫瑰全没了！"

"楼上加我一条命，我不行了，梦彻底碎了。"

"楼上加二，呜呜呜。"

不只是网络上，在现实生活中，学校里到处都在讨论这件事，林莜上厕所的时候都能听到。避孕套的事情倒是无人在意了。她的担心显然是多余的，霍圾的为人大家都看在眼里，根本不是一两句谣言就能诋毁的。

周五放学后，林莜跟着霍圾一起回了霍家。

吃晚饭的时候，霍家人围坐在大圆桌旁，饭菜依旧丰盛。林莜看着一大桌的菜，没有伸手去转桌，只是认认真真地吃着自己面前的菜。

让林苍惊讶的是，这一次，对面的孟诚连看都没有看她，一直安安分分的，完全没有要找她麻烦的意思。

霍兴国问了霍圾一些学校里的事，然后看向林苍，只见小姑娘特别乖，安安静静地低头吃着自己碗里的东西，懂事又听话，一点不让人操心。

"林苍，你在学校里住得还习惯吗？要是不习惯的话，周末就回来住，家里什么都有。"

林苍咽下嘴里的饭："还挺好的，周末有同学和我一起住在宿舍里，大家都特别友好，霍圾也很照顾我。"

"那就好。"霍兴国点头，"功课上有什么不懂的可以问霍圾，让他多给你辅导辅导。听你的班主任说，你偏科很严重。"

林苍咬着筷子应了一声，对着这么多人讨论自己的成绩，她有点不好意思。

赵碧郡看向霍圾："阿圾，你晚上给你姐姐辅导一下功课，别的事情不急，成绩是最重要的。"

"好。"霍圾温和地应道。

吃完饭，赵碧郡带林苍去了客厅，特地泡了花茶，端着兰花茶杯递给她："尝尝看，这个花茶很好喝，小姑娘喝最有好处了。"

林苍接过茶杯喝了一口，茶入口微涩，过后是甘甜的花香，确实很好喝。

赵碧郡温柔地问道："怎么样，好喝吗？"

林苍点头，乖巧一笑："很好喝，谢谢阿姨。"

赵碧郡端起自己的茶杯喝了一口，又温柔地问道："你在班级里和阿圾接触多吗？"

"偶尔会讨论一下题，平时没有太多接触。"林苍如实回答。

"那他有没有喜欢的女孩子，还是说跟男生走得比较近？"

林苍听到这里，明白赵碧郡是在担心霍圾的性取向，顿了一下才道："我不太清楚，霍圾和谁都玩得很好，我不知道他有没有喜欢的人。"

赵碧郡闻言拿起桌上的银行卡，递到她手上："虽然你还在读书，但是女孩子总是要逛街的，这张卡你留着。"

林苍碰到了银行卡，连忙收回手："阿姨，这个我不能要。"

赵碧郡听到这话，笑了起来，显然对她很满意。她把卡塞到她手上道："你只管拿着，以后想买什么尽管买，女孩子不能亏待自己。阿圾平时什么事都放在心里，从来不和我说，你帮我多多留意，阿姨谢谢你。"这话的意思就是不能不收了。

林苡拿着卡回了自己房间，呆坐了一会儿，有人敲了一下虚掩着的门。

"姐姐。"

林苡随手把卡搁在桌上，起身去拉开门。

霍圯站在门外，笑着道："我来给你补习。"

林苡当然是一万个欢迎，连忙让他进来："麻烦你啦。"

霍圯进了房间，没有随处乱看，走到书桌前就看见了桌上的银行卡，他的眼眸微微一动。

林苡转过身，见他看着桌上的卡，想了想，小步走到他身旁，压低声音说："这是阿姨给我的，她让我关注一下你……你的性取向。"

霍圯看着凑过来的白净小脸，她的眼睛里满是乖巧和小心翼翼，似乎怕戳到他的心事，他忍不住扑哧一声笑了出来。

林苡不知道他怎么还笑了，有些疑惑。

霍圯笑完后，声音还带着笑意："你也觉得我的性取向有问题？"

她看向别处，心里其实也不确定，毕竟之前还听他说过喜欢李涉。她不好讨论这种事，只道："我不太清楚。"

霍圯笑着道："那姐姐要多注意观察了。"

他说话的时候，声音里带着笑意，听得林苡一阵心软。她心里莫名慌乱了一下，突然有些愧疚，毕竟阿姨给她的任务说白了就是监视他，他还让她多观察，脾气真的太好了。

❦ ❦ ❦

林苡想着，拉开粉色的椅子，讨好道："你坐着，我给你拿糖吃。"

霍圯从善如流地坐下，笑着回道："一会儿吃吧。时间不早了，我先给你讲题。"

"哦，好吧。"林苡转身去梳妆台那里搬了一张小凳子到他身旁坐下，开始学习。

时钟轻轻摇摆，转眼就过去了一个多小时。林苡靠在桌上认真算题，脑子已经晕晕乎乎的了。

身旁的人靠近她，轻声说道："我去楼下喝水，你想喝什么？"

林苡的心思都在题目上，闻言都没细想就摇了摇头。旁边的人起身出去了。

过了一会儿，她还是没解出题，突然有点想去卫生间。她看了一眼房门，发现霍坂还没有回来，连忙起身进了卫生间。其实她刚才就想去了，只是霍坂在房间里，她有些不好意思提。

林莜飞快地上完厕所，见外面没有动静，又慢悠悠地洗了手，等到打开门，就见霍坂正安静地坐在床边的沙发上，低头看着乖乖趴在脚边的小汤圆。

林莜愣住了，心想，他什么时候回来的？怎么都没有声音……上次上厕所被听到时有第三个人在场，这次却只有他们两个人，真是尴尬。

"你回来啦。"

"嗯，我给你倒了水。"霍坂温柔一笑，伸手去揉小汤圆，似乎没有觉得尴尬。

林莜见他在摸猫，重新在位置上坐下，端起玻璃杯喝了一口水，水温正好。她心里一暖，心想，应该是霍坂特意调好了水温。

"房间里还有老鼠吗？"霍坂突然问。

林莜愣住，想起孟诚，皱了一下眉："没有了，那只是一个意外。"

"嗯。"霍坂应声，过了一会儿，他似乎很好奇，问道，"姐姐不怕老鼠吗？"

"我不怕。"林莜喝着水摇了摇头。她以前住在小院里的时候见过老鼠，比那只还大，早就见怪不怪了。

"姐姐真厉害。那姐姐怕什么东西？"霍坂抱起小汤圆走过来。与其说是抱，还不如说是抓，小汤圆都没有他的手掌大，突然被他抓起来，有些僵硬地窝在他的手心里。

林莜的心思全在小胖猫身上："我没有特别害怕的东西。"

霍坂把小汤圆放在她的腿上："怕黑吗？"

林莜抱起小汤圆："应该怕吧，要是在陌生环境里，我会害怕。"

霍坂看着她，没说话。

林莜伸手揉小胖猫，小汤圆超乖，身上的肉特别软，奶声奶气地叫唤着。

霍坂忽然微微笑起来，笑得坏坏的，声音轻得勾人："原来是怕黑呀。"

清晨的阳光照下来，偶尔有鸟穿过阳光，留下一声鸟鸣。

林莜在柔软的被窝里翻了一个身，慢慢睁开眼睛，迷迷糊糊地掀开被子下床，穿上拖鞋，然后就看见了堆在桌上的试卷。

不得不说，霍坂辅导功课真的非常有效率。昨天他们一共做了三套试卷，每一道题一经他分析，她就有一种豁然开朗的感觉，好像什么题都难不倒她了。

不过，一旦脱离了他的讲解，这种感觉就荡然无存了。

林莜洗漱完，准备出门。今天她还要去做兼职，这附近没有公交站，路很远，她得抓紧时间。

她换好衣服下楼，还特地观察了一眼周围，确认没有孟诚的埋伏。

出了小洋楼，她看到不远处停着坤叔的车。

霍坂正要开门上车，就看见小姑娘左顾右盼地跟出来了。他挑眉道："要出去？"

林莜走过去："嗯，我要去做兼职。"

霍坂拉开车门："我正好要去听音乐会，送你一程。"

从这里出去的路很远，而且拦不到车，走过去不知道要花多长时间。林莜想着，干脆地坐了进去。

随后，霍坂坐了进来。他今天的着装偏正式，但依旧少年感十足，举手投足十分优雅，一看就知道出身不凡。

林莜看向他："昨天教我教得累吗？"

霍坂一笑："不累。"

林莜安心了。车缓缓往前行驶，有了车，她就能早点赶到兼职地点了。

林莜靠着车窗，困意慢慢袭来。昨天睡得晚，今天又起得早，她实在没休息好。她的眼皮耷拉下来，意识慢慢模糊了。

霍坂看着睡着的林莜，随手调了车内模式，车里的隔板升起，隔出了一个小空间。

车里很安静，没有多余的声音，林莜很快就睡熟了。她隐约感觉好像有人靠近，一道视线落在她的脸上，过了片刻，有人轻轻捏住她的鼻子。

林莜透不过气，嘟囔道："别捏……唔……"

"嗯？"那个人的声音就在耳旁，很温柔，很轻，也很宠溺，"别什么？"

林莜皱起眉头，呜咽起来。耳旁传来很低的笑声，那只手松开她的鼻子后又捏了一下，就像在恶作剧。

林莜挣扎了好久，但她睡得太沉了，还是醒不过来。

"林莜。"过了好一会儿，耳旁隐约有人在叫她。

她慢慢睁开眼睛，眼前还是熟悉的车里环境，脑袋上方传来温柔的声音："到了。"

这个声音很近，林莜微微抬头，发现自己正靠着霍坂的肩膀，她连忙坐直身，揉了揉眼睛。

"城东到了，你在哪里做兼职？"

林苡根本不知道自己怎么会靠着他，明明她睡着前是靠着车窗的。她迷迷糊糊的，伸手指向前面的商场："我在那里做兼职。"

霍圾微微靠过来，顺着她指的方向看去："原来是那里啊。我前一阵子去那里玩过，遇到了一只很可爱的小熊，还抱过她。"

林苡顿了一下，瞬间清醒过来，有些不好意思承认，小声道："是吗？"

"你见过那只小熊吗？那是我见过的最可爱的熊。"霍圾说话真的很温柔，语气特别亲近。

林苡讷讷地应了一声："见过。"

霍圾转过头，视线落在她的脸上，薄唇微动，轻声问道："那你能帮我要她的手机号码吗？"

林苡彻底愣住，有些茫然地重复道："要她的手机号码吗？"

霍圾笑了一下，语气有些轻慢，带着若有似无的调笑："是啊，我想和她通电话。"

林苡眨了一下眼睛，不知道该怎么回，伸手去开车门："我……我碰到她再说吧。"

"谢谢姐姐。"霍圾笑着替她推开车门，"你几点结束？我让坤叔来接你，太晚了路上不安全。"

林苡有些不好意思，看向驾驶位，却发现车里升起了隔板。她顿了一下："会不会麻烦到坤叔？"

霍圾一笑："不会，我那边结束后还有一些事情，用不到车，让他来接你就是了。"

林苡收回视线，点点头："我五点半下班。"

"好，那姐姐今天加油，晚上我再给你补习。"

林苡应了一声，等车驶远，才进了商场休息室。

顾语真正拿着玩偶衣服准备换上，见她进来，连忙道："来啦？路上有没有堵车？我过来的时候好堵。"

林苡睡着了，并不知道车开了多久，不过看现在的时间，应该是开了很久。

顾语真拿着林苡的小熊头套走近，看见她的脸，有些疑惑："你的脸怎么这么红？外面很热吗？"

林苡伸手摸向自己的脸，果然很烫，尤其是刚才霍坂说想和小熊通电话的时候，她就觉得车里很热，明明早上的太阳还没有那么毒。

"过来的时候，车里有点闷。"林苡接过顾语真递来的小熊头套，瞅了好几眼。她现在可以确定霍坂的性取向是女孩子了，因为他想要和小熊姐姐通电话。

周六的商场里人来人往，林苡一顿忙活下来，累得够呛，好在一天很快就过去了。

林苡摘下小熊头套，把它抱在怀里，准备回休息室，一拐弯就看见了不远处的霍坂。

他怎么来了，不是说还有事情吗？林苡一慌，连忙转身躲到旁边的大石柱后，再探头看向对面，却没了霍坂的身影。

转身的工夫他就不见了？她探出身子四处看了一眼，仍然没有看到他，有些疑惑地转过身，却直接撞进一个人怀里。

她愣住，连忙后退一步，抱着小熊头套，不知所措。

霍坂斜靠着石柱，神情散漫地看着她笑："原来姐姐就是小熊啊！"

林苡被他的笑弄得慌了神，她本来就热，这下更是突然感觉周围的温度上升了好多："你怎么来了……"

"我来接姐姐。"霍坂低头看过来，轻声道。

"苡苡，我们下班啦。"顾语真从远处走过来，看见霍坂，有些惊讶，又好像没有太惊讶，打了个招呼就进了休息室。

林苡看向霍坂："我先去换衣服。"

"嗯。"

林苡抱着小熊头套，慢吞吞地走进休息室。

顾语真竟然已经换好了衣服："苡苡，我先回去了，我还有事。"

"不一起吃饭吗？"

"下次吧，我还有急事，要先走啦！明天见哦。"顾语真拉开门就出去了，看起来着急得很。

林苡不知道顾语真是不是真的有急事，她慢吞吞地脱着小熊外套，身上已经热出一身汗，头发也很凌乱。她不好让霍坂在外面久等，重新扎了一下头发，就背上小包出去了。

霍坂背靠着栏杆等着，林苡一出来就对上了他的眼睛。感觉到他的视线落在自己身上，她突然有些拘谨。她快步走到他面前："好了，我们走吧。"

"好。"霍圾笑应了一声，忽然伸过手来，把她耳旁的碎发撩到耳后，"怎么都是汗，很热吗？"

林苡顿了一下，虽然他的手指只是拂过头发，没有碰到她，可是这个动作还是太过亲密了，而他似乎没有察觉到，觉得只是替她整理头发而已。

林苡有些不自在，突然想到他之前想喝的饮料，就伸手指向那家饮料店："我去给你买杯饮料，就是你之前问的那家。"

霍圾看着她往远处的店走去，唇角弯了一下，笑得散漫。

林苡去饮料店前排号，前面还有好多人，她只能等着。这家店很年轻化，等着的人大部分都是情侣。

林苡拿着号走回霍圾身旁："再等一会儿就能喝到了。"

"好。"霍圾笑着应道。

林苡和他站在一起，总能感觉到周围的视线。他长得太出众了，时不时有人打量几眼，弄得好像他们是情侣一样。

"阿圾？"

一个穿着黑色朋克外套加长裤、耳朵上戴了三副耳钉、打扮得非常潮的短发女生走过来："霍圾，是不是你？"

霍圾看向她，似乎想起了什么："雁雁？"

短发女生一下子兴奋起来，伸手搭上他的肩："我就说是你嘛！那么久不见了，你还是这么帅！你去哪里啦？自从你家搬走了，我都找不到你了！"说着，短发女生看向林苡，像兄弟一样开着玩笑，"你谈的女朋友？长得好乖呀，不像是你喜欢的类型啊！"

chapter 8

喜欢你才亲你

"他可是个混球，你这种奶糖做的小甜甜驾驭不了的。"

短发女生显然是误会了，林莜正要开口解释，饮料店那边有人叫她："22号，小姑娘，你的饮料好啦。"她连忙去拿饮料，白净的小脸上写满了乖巧。

　　店员对林莜印象很深刻，一般小情侣都是男生主动来等饮料，这对却相反。不过，一看和她一起来的那个男生也能理解，他的气质和长相那么出挑，女生殷勤点也正常。

　　林莜拿了饮料转过来，看见他们正在叙旧，两个人聊得很开心，说的是她听不懂的方言。霍圾的声音很好听，说方言都有一种独特的味道。

　　短发女生比画着自己的身高："小时候我老爱跟着你跑，没想到你已经长这么高了，还好我也没少长，要不然都要仰着头看你了。"

　　霍圾话里带笑："你小时候好烦，我到哪儿你都跟着。"

　　"说什么呢？你那时候特坏，还拿烟头扔我。跟着你跑了两年，我容易吗？"短发女生说着笑起来，"我家还在那边，奶奶常念叨你，还有几个哥们儿，你有空回去看看。"

　　"好。"

　　短发女生要了霍圾的联系方式，看了一眼林莜，用普通话道："那我先走了，下次再叫你出来玩。"

　　短发女生转头追上等在不远处的朋友，几个女生走了没多远，已经讨论起来。

　　"欸，你这个朋友长得还挺帅的。"

　　苏雁一边给霍圾的手机号码加上备注，一边道："那是我小时候住在隔壁的哥们儿，从小玩到大的，后来他搬家了，我们就没了联系。"

　　"他长得这么帅，你以后多叫出来一起玩呀。"

　　苏雁收起手机，大拇指一抬，指了一下他身旁的小姑娘，调侃道："人家有女朋友，没看见？"

　　"女朋友怕什么，这个年纪谈恋爱都是玩玩的，最后是谁还说不准呢。"

　　苏雁转头看了一眼霍圾和站在他旁边的小女生，没再继续这个话题，转而说道："走啦，去打电动。"

林莜见霍圾的朋友走了，垂眼将吸管拆开，插到饮料里，递到他面前："饮料来了，喝吧。"

霍圾看她像照顾小孩一样递过来饮料，微微挑眉，伸手接过喝了一口，瞬间皱了皱眉头。

林莜特别期待地看着他，见他皱了一下眉，有些担心："怎么了，不好喝吗？"

霍圾似乎缓了很久："好甜，姐姐。"

林莜心道，这人又挑食。刚才的不自在瞬间消失了，她开口哄道："饮料都是甜的，喝几口就习惯了。"

"好。"霍圾看了她很久，唇角轻轻弯了一下，却没有再喝手里的饮料。

林莜这个周末过得很充实，做完兼职后还要回霍家补习功课，虽然霍圾的思路她很难跟上，但他很温柔，教得很耐心。她唯一担心的孟诚出乎意料地没有来找她的麻烦，只要霍圾在家，他不是待在房间里，就是出去玩。林莜没有碰着孟诚，整个周末过得很平静。

周一早上，教室里闹哄哄的，总有人在疯狂补作业，偶尔有几本作业飞过好几排课桌被传给另一个人抄。

林莜在鸡飞狗跳的教室里坐下，李琪琪凑过来："你今天怎么和班长一样，都来得这么晚？"

"我昨天睡得太晚，早上起迟了，进校门的时候正好碰到霍圾，就一起进来了。"林莜早就想好了说辞，不然也不敢跟霍圾前后脚进来。

"我还以为你们约好了呢，一起晚到。"李琪琪说着，又"欸"了一声，"你听说了没？政教处已经查出来避孕套是谁的了。"

林莜放下手里的书："是谁的？"

"就是之前被抓早恋的其中一对，听说他们买通了其他几个人，串通起来把事情推给了班长。"

林莜有点意外："为什么推给霍圾？"

李琪琪伸手挡在嘴边，凑近她的耳朵："因为他成绩好、长得帅啊！高二那对情侣中的女生追过我们班长，但是班长没理她，她肯定是因爱生恨。这种事也怕被发现，他们干脆就直接嫁祸给班长，拉他下水，趁机毁掉他。"

林莜正听着悄悄话，身旁有人经过，她用余光一瞥就知道是谁，连忙正襟危坐。

"唉，女人心海底针，一会儿晨会你就知道了，肯定是退学处理。"李琪琪说完看向霍圾，感慨道，"真是'蓝颜祸水'啊，看来，太招姑娘喜欢了也不好。"

林莜看向走到前面收作业的霍圾，他身姿修长，穿着校服也格外好看，长相斯文干净，几乎让人移不开眼。她只看了这么一眼，就已经注意到有好多女生在偷偷看他了。她心想，霍圾确实是"蓝颜祸水"，她才来学校没多久，就感觉有好多女生都栽在了他的身上。

身旁的李琪琪用手肘推她："你要不要测一下运势？我可是很准的。"

林莜有些好奇："怎么测？"

李琪琪嘿嘿一笑，拿出卡牌："先给你测爱情运势。"其实她只测爱情运势，别的一概不感兴趣。

林莜忍不住笑起来。

李琪琪把卡牌一一摆好："来，抽一张你想要的。"

林莜拿了一张中间的牌，翻过来一看，图案是黑色的翅膀。

李琪琪愣住，看着乖软的林莜，立即收回她手里的牌："肯定是我刚才洗牌的方式不对，重新来一遍。"

李琪琪洗好牌，重新摆好，林莜又抽了一张，图案是一个少女被困在用荆棘编织的笼子里。

李琪琪看着卡牌，神情凝重，有些不知道该怎么开口解读："林莜，要是我说实话，你会不会生气？"

林莜好奇地催道："不会，你说吧。"

"你抽的这两张牌寓意都不是很好……"而且她还洗过一次，爱情牌里本来就没几张差牌，林莜却抽了两次都是差牌……

林莜看着手里的卡牌，图案确实不太像好兆头。看到李琪琪一脸担心，林莜伸手拍拍她的肩膀，很认真地安慰道："不好也没关系，我对这些不在意。"

李琪琪看着乖软的林莜，心里还是很担心，毕竟，感情这种东西有时候是没有办法控制的，理智未必有用。

"你要小心身边特别坏的男生，你这个运势招坏男生，而且是特别坏的那种，尤其是流氓、小混混那种类型的。"

林莜正认真听着，突然有人经过，故意踢歪了她的桌子。她抬头看了一眼，没有理会，伸手将桌子重新摆好。

陈宣冲已经挎着书包走到了自己的座位上，李琪琪见状，立即给了林莜一个眼神,意思是拿陈宣冲当个参考。林莜连忙点头。

霍圾拿着作业经过,看见两个小女生一边打量陈宣冲,一边眉来眼去的,一看就是在偷偷讨论男生。他扫了一眼,没放在心上。

体育课自由活动,林莜拿着排球,自己打着玩。

她的前面有几个女生正围在一起说话,其中一个女生说:"我刚才听几个男生说,许念自杀了!"

林莜手里的排球歪了方向,"砰"的一声掉在地上。

另外几个女生吓到了,七嘴八舌地惊呼道:"真的假的?!""人没事吧?"

"他们说,还好发现得早,救回来了。她妈妈来学校大闹了。听说许念割腕前写了遗书,说什么老师和同学都讨厌她,他也不喜欢她,活着没意思,既然他这么不在乎,那她干脆死了,说不定还能在他心里留一道痕迹,让他永远记住她什么的……"

"天哪,她喜欢谁呀?有必要这样吗?"

"她肯定是因为之前的事情,受不了了吧!我听说,她以前就被班里的女同学们讨厌,发生那件事以后,她们肯定更排斥她了,再加上她喜欢的人也讨厌她,她就一时想不开了。"

林莜有些恍惚,看向男生那边,他们正在体测,本来三三两两地做着准备活动,现在却围在一起,显然也在讨论这件事。只有霍圾站在不远处,正拿着表格写成绩。他神情平静,一副无关紧要的样子,看起来好像没有听到议论声。但是,以他在男生中的好人缘,大家怎么可能不说给他听?

林莜虽然奇怪,但还是把心思转到了许念身上。她没想到许念会自杀。她虽然不喜欢许念,可还是遍体生寒,她从没想过在这样如花的年纪跟死亡扯上关系。

体育课结束了,大家仍然在讨论,这件事显然已经传遍了整个学校。

林莜搬了器材回去后,往教学楼走,刚走上楼梯就听到了楼梯口的声音。

"霍圾,许念的事情你都知道了吧?我们找个时间一起去看看她。"

林莜脚下一顿,微微探头往楼上看去。

楼梯口站着两个人,一个是她在阶梯教室门口见过的那个男生,另一个就是霍圾。霍圾斯斯文文地站着,说话依旧温柔:"你们去吧。马上就要开运动会了,我还有很多事情要处理。"

萧洋有些着急，伸手去拉他的衣袖："我们去没用啊！她喜欢的是你，你过去陪她说说话，鼓励她一下，就当是演戏也好，先帮她渡过这个难关。我真的怕她再做傻事。"

霍圾没有改变主意，如果不是他的声音很温柔，真的会让人感觉他过于凉薄："要我说什么话，说喜欢她吗？这样的谎话有意义吗？"

"可……可是你不怕她真的死掉吗？"萧洋本来以为像霍圾这样温柔的人一定会答应，没想到他竟然拒绝了。虽然这个方法确实很耗时间和精力，许念也不知道什么时候才能调整过来，可这样好歹可以救人一命，再说也真的没有别的方法了。

"学姐既然选择了这条路，那就是深思熟虑过了。她自己都不怕，我们这些外人有什么好怕的？"霍圾说得平静。

楼道里一片安静。过了一会儿，萧洋一脸懊恼地下了楼，显然是在为许念的事着急。

林莜在原地站了片刻，缓步上楼，一进教室就看见陈宣冲正搭着霍圾的肩说笑。霍圾似乎听到了什么有趣的，唇角微微扬起，露出一抹笑来。

林莜看着这样的霍圾，突然有一种很强烈的违和感。她不能否认，世上有千万种人，自然也有千万种想法，或许有些人对于生死就是无所谓。可霍圾是一个温柔善良的人，听到和自己关系还不错的学姐自杀的消息，他竟然一点都不震惊吗？他这么聪明，一定知道许念在遗书里提到的人就是他，怎么会不受一点影响？

❀ ❀ ❀

林莜在教室门口站了一会儿才进去。

陈宣冲的视线落在走进来的林莜身上，得意扬扬道："一会儿她铁定吓得嗷嗷叫。"

霍圾看着坐下的林莜，唇角弯了一下："她不怕的。"

"不可能，女孩子都怕。"

霍圾没有再说话，走到座位旁，将手里的书放回桌上。

陈宣冲话音刚落，李琪琪突然一声尖叫，吓得从位子上跳了起来。

林莜看着在书本上爬的几条毛毛虫，没什么大反应。这已经不是第一次了，自从她和陈宣冲结下了梁子，他就想尽办法和她作对：在她的书上乱涂乱画，拿剪刀剪破她的校服，甚至剪她的发尾。林莜没有理会他，她不是没有见过这样的男生，知道他们只会越理越来劲。可她今天心绪很乱，也烦了。就算她不怕毛毛虫，虫子爬过自己的书本也会让她不舒服。

林莜拿着书，起身走到看戏的陈宣冲面前："是你做的吗？"

陈宣冲见没有吓到她，心里很不爽，微微仰头："是我又怎么样？"

林莜伸手拉开他松松垮垮的校服，将书直接塞进他的衣服："还给你。"

陈宣冲一声惊呼，猛地跳起，扯开校服，把书和毛毛虫抖出来。虽然他不怕虫子，可是虫子很恶心，还贴在身上，他的头皮都发麻了！

班级里的同学们听见动静，都看了过来，不知道发生了什么事。

陈宣冲拍落毛毛虫，抬眼看过来，表情很凶："你是女人吗？！"

林莜平静地开口："不要再做这种无聊的事。你一个男生，要是实在不服气，可以找我打一架，输了就不要再来烦我。"

陈宣冲看着她，显然气不过，可是，想到她的花式过肩摔，他只能忍着。他弯腰捡起掉在地上的书，用力丢了出去，书页翻飞，直接越过走廊，掉到了楼下。

林莜看着自己的语文课本被扔出去，也有些气，突然明白了老师在面对这种不讲道理的学生时有多生气！

"捡回来！"

陈宣冲看她发了火，一下子开心了，冲着她笑了出来："我就不捡，你能拿我怎么样？"

林莜没再说话，走到他的课桌前，伸手拽过他放在课桌里的书包。他的书包是斜挎的，包带钩在椅子上，林莜一扯，直接弄倒了椅子，椅子"砰"的一声砸在地上。她没理会，拿过他的书包就甩了出去，然后转头看向陈宣冲："我最后警告你一次，不要再来烦我。"

班里安静了一瞬，同学们都看傻眼了，他们没想到，小姑娘发起火来还挺唬人的。

陈宣冲愣了一下，看了她半晌，咬牙指着她道："林莜，你有种！"说完，他转身出去了，把教室的门摔得震天响。

林莜回到位子上坐下，靠在桌上发呆。

旁边的李琪琪靠过来："林莜，你没事吧？"

林莜摇头："我没事，只是他好烦。"

李琪琪是能理解的，林苡一心只想着学习，哪有时间和陈宣冲这样的问题学生斗？他不用上课，不用写作业，混混日子就行了，可林苡不行啊。

"你别理他，他一直都是这样的，过一阵子就好了。我去帮你把书捡回来。"

林苡伸手拉住她，微微直起身子："没关系，我自己去捡吧。"

教室里的同学们看着林苡去捡课本，心里真是佩服得五体投地。陈宣冲刚才那样子，一般人看见腿都得吓软了，没想到小姑娘竟然敢反击，把他的书包都扔了，真是不一般。

林苡走得不快，慢吞吞地走下楼。她在楼上打量了一眼，感觉书应该掉在了花坛里。她找了一圈，却没有看到带着毛毛虫的书，只能走到花坛里面，四处乱找。天上飘起毛毛细雨，书还没有找到，一会儿被淋湿了，就会变得乱糟糟的。林苡突然有些烦，往后一退，坐在花坛旁边的台阶上。

突然，身旁有人把她的语文书递过来了，拿着书的手白皙修长，衣袖洁白干净。

林苡顿了一下，转头看向身旁的人。

霍垠语气温柔："已经擦干净了。"

林苡接过干净的语文书，上面没有虫子，也没有雨水。是霍垠帮她捡的书，还帮她把书擦干净了。她看着干净的书，没说话。

霍垠见她不开心，顿了一下，微微俯身，看着她道："你害怕毛毛虫？"

林苡听着他的轻声细语，鼻子微微一酸。她想要问家人应该怎么处理这样的事情，可是她没人可以问。她轻轻眨了眨眼，睫毛变得湿漉漉的。

霍垠看着她，声音温柔得不像话："怎么还哭鼻子了？你不是已经反击他了吗？"

林苡抱着语文书道："可是，我不知道他下一次又要干什么。这样下去，我的成绩会越来越差。"

霍垠看着委屈的小姑娘乖乖软软地说着话，轻轻眨了一下眼，伸手擦了擦她的睫毛，抹掉了上面的水珠。小姑娘纤细的睫毛挠得他的指腹有些痒，他下意识碰了碰她的眼皮："别担心，我会去和他说。"

林苡听着他的话，心里突然感觉很温暖，就像想吃糖的时候，有人剥开糖纸把糖递了过来。

一直到放学后，陈宣冲都没回来，他的书包也没人去捡。

顾语真担心林苡不开心，特地叫住她，说是要去学校外面吃顿好的。

　　林苡挽着顾语真一起下楼，走在她们前面的是霍圾和李涉，他们似乎也要去外面吃。

　　林苡下意识跟着他们走，一走出校门，就看见不远处站着一个短发女生，是之前在商场里遇到的那个人。

　　苏雁在学校门口等了很久，看见霍圾出来了，立即招手大声喊："阿圾！"她性格张扬，五官精致，利落的短发显得人很飒，来来往往的学生都看了过去，又看向霍圾。

　　霍圾看见她，往她那个方向走去，两个人说笑了几句，然后一起离开了。

　　顾语真看见霍圾丢下李涉和一个女生一起离开了，有些疑惑："班长怎么跟别的女生一起走了？"

　　林苡看着霍圾和短发女生同行离开，没有开口说话，注意力全在那个女生手里夹着的烟上。

　　顾语真见她正在出神，就往前走了几步，问前面的李涉："那个女生是谁？"

　　"青梅竹马，两小无猜，当然是约会对象呗。"李涉看向外面的大街，显然在琢磨要吃什么。

　　顾语真一听，完全愣住了："班长不是已经在谈恋爱了吗？怎么能和别人约会呢？"

　　李涉道："我开玩笑的嘛。他们是青梅竹马，从小一起长大，交情不一般的。那女生性格开朗，又和霍圾合得来，谁说的谈恋爱了就不能有玩得来的朋友了？"

　　顾语真是真的生气了："可是，他既然谈恋爱了，就应该跟身边的女性朋友保持距离，怎么能两个人单独出去玩？"

　　李涉看向顾语真，微微一顿，心想，小丫头片子还来劲了，跟他急眼了？

　　"谈恋爱怎么就不能有要好的女性朋友了？交朋友是每个人的自由，一起出去玩也是自由。"

　　顾语真被噎得说不出话来，好一会儿才道："那就祝你以后的女朋友有很多'要好的'男性朋友吧！"

　　"那多好啊，有朋友陪她还不好吗？省事儿了。"李涉打了个哈欠，满不在乎地往前走。

　　顾语真从来没见过把歪理说得这么理直气壮的人，偏偏这个人还是她喜欢的人！

顾语真看向林莜，不知道应该说什么话来安慰她，霍圾都已经和那个女生走得老远了，一直没有回头看过她。

林莜不知道顾语真心里的复杂，收回看着霍圾和短发女生的视线，上前挽过她："走吧，我们去买零食。"

顾语真见她没有提，也不好多说，她心里理解林莜现在的感受，只能尽量避开霍圾和别的女生出去的话题。

晚自习的教室里很安静，偶尔有人交头接耳。林莜安静地坐在霍圾身边写试卷，霍圾把握着时间，她一会儿写完还要给他批改，改完再讲解。不过，今天时间有点赶，霍圾晚自习来迟了，回来的时候大家都有些惊讶。因为霍圾从来不迟到，即便是晚自习也经常早到。

林莜离他很近，隐约闻到了淡淡的烟草味，很淡，几乎无法察觉，可她还是闻到了。

他学抽烟了？林莜看了一眼安静地写着作业的霍圾，他衣领干净，眉眼清俊。她想，应该不是……可能是他身边的人抽烟，所以他身上沾染了一些烟味。

林莜的心思有点乱，做题的速度比平时慢了很多。

霍圾看了一眼表，提醒道："时间到了。"他看向她的试卷，她才写到第二页，后面的大题全都没做。

霍圾没有不耐烦，依旧温柔道："再给你二十分钟，尽量写到大题，我们再开始讲。"

"好。"林莜应了一声，为自己的磨蹭感到不好意思，连忙垂眼继续认真写题。

课桌上的黑色手机微微振动，接连弹出几条信息。

"你看看，这件衣服好不好看？

"阿圾？

"哥，你在吗？"

霍圾的视线扫过，拿起手机回复。

林莜看了一眼就收回了视线。手机上的名字是"雁雁"，接连发了三条信息，一看就知道他们的关系很好。

接下来的二十分钟里，信息时不时地跳出来，虽然霍圾给手机调了静音，但她还是被打乱了思绪。她在想，从小一起长大的朋友总要有共同的兴趣才能玩得那么好吧？白色的颜料碰到黑色会变成灰色，甚至被黑色淹没，这个年纪学坏其实也就是一瞬间的事情吧?

❖ ❖ ❖

林莜思绪有些乱,一道大题也没能做出来。

二十分钟过去后,霍圾看她没写完,也没生气,先给她讲了前面的题,后面的大题让她带回去写。他时间把握得很准,讲完题,晚自习就差不多结束了。

林莜收拾好东西,和顾语真一起走出教室。

晚自习结束时,外面已经一片漆黑,只余教学楼的灯光。

同学们陆陆续续地下楼,林莜和顾语真走得慢,前面的同学已经换了一批,是隔壁班的,正在讨论许念。

"听说许念要休学一年,不回来上课。"

"短时间内肯定回不来,说不定会转校。你们说,许念是怎么想的?为了个男的,至于吗?"

一个扎马尾的女生了然道:"那也要看那个男的是谁了,男神级别的就很正常啊。"

"谁啊?"

"那还用说呀?许念不是常常待在学生会吗?你们说学生会里谁最出挑?"

"霍圾。"

"哦!也对,就应该是他。除了他,我想不出别人。他长得帅,性格还温柔,太完美了。"

"霍圾的要求应该很高吧?那么多女生追他,好像没一个成功的。也不知道他以后的女朋友会是什么样子,估计和他一样完美吧!"

林莜走过灯光照着的楼梯口,看见了已经走远的霍圾。他和李涉并肩而行,往男生寝室走去,影子被灯光拉长,又慢慢变短。天边点缀着几颗星星,天际是层层渲染的蔚蓝色,他的身影渐渐隐进夜色里。

林莜拿着试卷,站在原地看了一会儿,才和顾语真一起回寝室。

林莜认真地写完了试卷,第二天准备给霍圾看,他的位置却空着。霍圾居然这个点还没到,她有些奇怪,毕竟李涉都已经到了。

等第一节课上完,霍圾还没来,林莜才意识到他请假离开学校了。林莜看着试卷,不知道怎么回事,心里空落落的,想到昨天闻到的淡淡烟草味,心绪有些乱。她希望不是她猜想的那样,不然速度也太快了,她感觉无法接受。

下午开班会，刘友容安排了关于明天运动会的事项，霍圾不在，她要多交代一些事情，尤其是对以陈宣冲为代表的那几个难管的。于是，班会的一半时间用来安排同学们在哪个地方集合，剩下的一半时间全都用来教育几个问题学生。

林苁没有报名参加运动会，她学习都没跟上，更没有时间训练了，所以运动会她属于重在参与的那类。

林苁坐在体育馆的台阶上看着操场。他们已经走完队列，在观众台上集合完毕了。操场上已经开始比赛了，观众台上的同学都活跃得像在度假。

林苁四处看了看，没有看见霍圾。她找了一圈，看见了坐在观众台最上面的李涉。那边没安排班级就座，周围的位子都空着，他一个人坐在那里，特别醒目。

林苁顺着台阶往上走，走到李涉面前："霍圾今天没来吗？"

李涉双腿交叠，连连打着哈欠，十分懒散："应该不来了吧，陪小青梅总要花个几天时间。"

林苁听得一愣。

李涉看到她的表情，忍不住逗她："你找他干吗？一天不见就想得慌？他可是个混球，你这种奶糖做的小甜甜驾驭不了的，好好学习，别学那些有的没的……"

他才调侃了几句，手机就响了，他拿着手机大声道："啊？！我在观众台最上面，最高的位置。"

林苁的耳朵都快被他吼聋了。其实他根本不用接电话，站在这里吼几声，喇叭都不用，找他的人一定能听到。

林苁掏了掏耳朵，叹了口气，转头往下走。她刚走到班级位置，顾语真就迎了过来："林苁，去不去小卖部？我们去买点零食吃。"

林苁点了点头："好。"

到了小卖部的入口处，林苁看了一圈，正准备挑几样零食，一抬头就看见陈宣冲和隔壁班的几个男生走了进来。她微微皱了皱眉，随手拿了几盒酸奶就去结账了。

陈宣冲只当作没看见她，没有像以前那样找碴儿，显然是霍圾跟他说过了。

没想到陈宣冲真的会听霍圾的话，一个问题学生连老师的话都不听，却听温柔和善的班长的话，林苁感觉有点奇怪。不过，她转念一想，班级里的同学都挺听霍圾的话的，也就不奇怪了。

　　林莜挽着顾语真走进体育馆，操场上正在进行男子一千米赛跑，他们班的参赛选手是王泽豪，全班都在喊加油。林莜和顾语真来不及回到原来的位置，于是站在栏杆旁看着紧张的赛事。

　　她俩旁边是一群女生，她们没有看比赛，而是在小声议论。

　　"你看见二班的霍圾了吗？他刚才带着一个女生过来了。"

　　"看见了，那个女生不是我们学校的，我都没有见过。"

　　"别的学校来玩的吧，身上穿着的校服宽宽大大的，好像是霍圾的。"

　　"不会吧，你这样说，我为什么有一种心痛的感觉？他真的谈恋爱了吗？"

　　"肯定谈了啊，不然为什么带着人家女生来我们学校看运动会啊？运动会哪个高中没有，还非要带过来看，肯定是找机会谈恋爱。"

　　林莜微微一顿，下意识转头往上看去，果然看见了霍圾。他和李涉并排坐在台阶上，栏杆旁靠着一个女生，她穿着宽大的校服，三个人有说有笑。

　　林莜喝着酸奶，看着他们，抿了一下唇。

　　苏雁看着台下，转身走到霍圾身边坐下，指向场上的一个男生："你们班的吗？跑得好快，要拿第一了！"

　　霍圾微微抬眼，看向操场上正在跑步的几个男生："倒数那个是我们班的。"

　　他话音刚落，身旁的李涉突然像打了鸡血一样，猛地站起来，伸手往上一顶："王泽豪，你给我冲起来！跑步还倒数第二，你可以去死了！"

　　顾语真吓了一跳，转头看去，视线落到李涉身上，然后看见霍圾旁边坐着一个女生。她看向林莜，发现她果然黯然神伤。

　　整整一个上午，霍圾都没有回班级的区域。同学们知道他带了一个女生来运动会，都纷纷猜测那是不是他的女朋友，注意力被引去了不少。

　　中午吃饭时，林莜和顾语真等观众台上的同学少了，才起身往出口走去。霍圾他们也是这样，等人少了才从上面下来。

　　顾语真越看越生气，班长带了女生来看运动会，一上午连个解释都没有，甚至没有下来跟林莜说一句话，再这样下去，班长早晚要被抢走！

　　顾语真想着，鼓起勇气冲着前面的人叫道："班长。"

　　苏雁还在说话，闻言停了下来，三个人转头看过来。

林莜本来正喝着酸奶，听到顾语真叫人，整个人都愣住了。

顾语真有些紧张，挽着林莜走过去："班长，我们不知道应该去哪里吃饭，能不能跟你们一起？"

李涉手插裤兜，看见顾语真反常的举动也不惊讶，反而饶有兴致地看向林莜，似乎觉得是林莜让顾语真叫住霍坂的。

霍坂对顾语真笑道："那就一起吧。"

"谢谢班长！"顾语真听到这话，立即拉着林莜跟上。

几个人走在一起，突然安静了很多，没人说话。

林莜看着走在前面的霍坂，突然有一种生疏感，或许是因为她一天没有见到他了，也或许是因为他有朋友在，他们没有说话。她突然觉得，她以为他们很熟，实际上好像并没有那么熟，至少她不能像苏雁那样和他玩得这么好。她心里有些闷，咬着吸管，刺溜一声，一口气喝完了酸奶。虽然声音不大，但在安静的气氛里显得格外明显，几个人纷纷看向她。

霍坂抬眼看过来，林莜才意识到自己的声音有点响。

一旁的苏雁主动开口打招呼："你好啊，我们上次见过，你还记得吗？"

林莜点点头："记得，你好。"

苏雁打过招呼，转头又跟霍坂他们聊上了。看样子，她还是跟男孩玩得来一些。

顾语真听得着急，林莜竟然还好声好气地和她打招呼，难道不应该直接上前挽住班长的胳膊，宣示主权吗？

顾语真看看和霍坂说笑的苏雁，又看向转头找垃圾桶扔酸奶盒的林莜，突然有一种"皇上不急太监急"的感觉。

几个人对吃的都不挑，就随便找了家餐厅。

林莜一进去就知道这家餐厅不便宜，一顿吃下来也不知道要花多少钱，她的生活费肯定又要大减。她本来想走，可顾语真死活拽着她不放，一副必须吃的架势，她只能坐着了。点菜的时候，她瞅着菜单上的数字发呆，一样也没点。

苏雁看了一眼菜单，似乎没什么兴趣点菜："阿坂，我和你一样好了。"

"好。"霍坂抬眼看过来，"你们要吃什么？"

林莜从菜单里抬起头看向他，想说一句"我不吃了"，可是她说不出口，就像回答不出来他提的数学问题一样。她只好说："你们点吧……"反正横竖都是一刀，别人下手也痛快点。

李涉三下五除二地点了一大堆，霍坂点了一些女孩子爱吃的东西，还点了三瓶手工酸奶。林莜看见，他点的手工酸奶竟然比一道菜还要贵两倍。她忍不住瞥了一眼霍坂，很想问问他，菜单前面有那么多名字取得特别好听的饮料，他怎么就偏偏看到了最后一排的酸奶呢？难道是看它价格贵，所以觉得肯定很好喝？

苏雁很会活跃气氛，基本上都是她在说话，逗霍坂笑，李涉和她也很合得来。其间，苏雁出去接了个电话，桌上才安静下来。

李涉看苏雁出去了，靠在桌上打量霍坂："你昨天请假和这个小青梅去哪儿玩了？今天才回来。"

顾语真呆住了。

林莜正认真地喝着玻璃瓶里的酸奶，闻言顿住，微微抬眼看过去。

霍坂笑了笑，没说话。

李涉立马猜道："是不是现在又比较喜欢小青梅了？唉，可怜那个替你洗校服的姐姐，一转眼就被抛诸脑后了。人渣，我就知道你，当初叫姐姐叫得那么欢，泡到手了就没新鲜感了。"

霍坂似笑非笑道："没到手。"

"咳咳咳！"林莜呛到了。

❀　❀　❀

顾语真伸手抚林莜的背："没事吧？"

林莜被果粒呛到，还没来得及缓一缓，李涉又问道："真没泡到手？"

苏雁接完电话进来了，听到这一句，问道："什么没泡到手？"

李涉饶有兴趣地说："他在学校里的早恋对象，他'姐姐、姐姐'地叫人家，被教导主任抓到了早恋，还特地找兄弟帮忙瞒过学校，结果折腾半天，他说还没泡到。"

苏雁看了一眼林莜，似乎有些意外："什么姐姐？阿坂原来喜欢姐姐类型的，以前怎么没有听你说过？"

"何止是喜欢，他藏着掖着，就是不肯让人见一面！"李涉说着，看向霍坂，"人家不是都给你洗校服了吗？你怎么会没追到手？"

林莜好不容易缓了一下，听到这话，又是一阵心慌。

霍坂轻轻一笑:"又没追到,说这些多没意思。"

"哪里没意思?一想到你没追到,我就觉得太有意思了!到底是谁?"

霍坂看了一眼林苡,慢条斯理地回道:"你可以猜呀,要是猜对了,我就应一声。"

林苡的心被提得老高,好在李涉根本就没有想到她身上去,全猜的是高年级的漂亮女生,没一个中的。

李涉伸手撑住脸,连饭都没有心思吃了:"不会呀,比你大的姐姐,声音又甜甜的,这样的人明明没几个啊。"

林苡喝着酸奶,一声不吭,努力降低存在感。顾语真埋头苦吃,完全是带着真相在吃饭,差点要噎死了。

苏雁的兴趣点已经不在这个话题上了,她玩了一阵手机,看向霍坂:"你们运动会结束后要不要去唱歌?几个哥儿们都跟我约好了,我再叫几个姐妹,一起热闹热闹。"她说着又看向李涉:"李涉,一起来吧,人多热闹。"

李涉爽快地应了:"玩,当然要玩,好不容易开运动会了,我可不想这么早回学校。"

苏雁得到了肯定的回答,笑着看向林苡和顾语真,客气道:"你们要玩也可以来。"

李涉伸手夹菜,直接回道:"她们是好学生,还是乖乖回学校做作业吧,别玩了。"

作业是没有的,不过林苡想到自己的成绩,正准备开口回绝,顾语真突然在桌下拉她的裤子,她稍作犹豫,看向顾语真。

顾语真已经开口了:"今天开运动会,老师没有布置作业。正好我们也想放松一下,就过去凑个人头吧。"

李涉看了她一眼,有些稀奇:"想找男朋友了?"

顾语真被噎到,突然紧张起来:"没有这回事,我们只是想去玩而已。"

"难得有时间,一起去吧。"霍坂温柔地开口。

林苡看向霍坂,他似乎完全没把刚才的话题放在心上。他说话永远带笑,不知道究竟是在开玩笑,还是说真的。

林苡打量着他,他忽然抬眼看过来,她心里一慌,冲他笑了一下才收回视线,继续吃东西。

　　下午的运动会和上午一样过得很快，他们班在学习成绩上很要强，在运动会上也一样，一天下来拿了好几个第一。等颁完奖，运动会就落下帷幕了。

　　李涉跑去叫宋复行一起去唱歌，结果宋复行完全没兴趣，不肯去，他就转头来找林苈她们了："走吧。"

　　顾语真看就他一个人，于是问道："班长和那个女生呢？"

　　"他们去接朋友了，我带你们先过去。"李涉说着走下台阶，准备去外面拦车。

　　林苈刚才没看见霍圾，心里就有数了，应声下楼。

　　顾语真突然感觉那个女生真的不好打发，尤其是林苈这么乖，根本不是对手。她心里突然感觉有点悬，开始担心林苈会被迫分手。

　　到了KTV，霍圾他们还没有到，李涉拿着话筒自顾自地唱起来，带动气氛。

　　林苈对话筒敬而远之，只打算陪顾语真放松一下，打打酱油。

　　李涉一个人唱没劲，拿起话筒递给顾语真："唱歌啊，别光坐着。小甜甜唱得难听，你也不会唱？"

　　林苈觉得有些冤枉："其实你跟我唱得差不多。"

　　李涉对着话筒，声音大了几倍："怎么可能？我就是原唱！"

　　林苈靠近显示屏，播放原唱的声音，除了歌词和李涉唱的一样，听起来完全是另一首歌。林苈一脸认真地看向他。

　　被狠狠打脸的李涉呆立当场，心道，他怎么就忘了这个小甜甜是一颗沾了毒的奶糖呢？上次考试，他已经被坑得差点没命了，现在居然还以为她单纯好骗……

　　顾语真忍不住笑出来，她迟疑了一会儿，拿过话筒站起身："我和你一起唱吧，我唱女声，你唱男声。"

　　"可以，来来来！"

　　顾语真唱歌很好听，听得出来带了感情，当然，要是能撇开李涉的鬼哭狼嚎就更好了。

　　林苈听了一会儿，包厢的门从外面被打开，霍圾进来了。他把校服外套脱了挂在手臂上，穿着黑色T恤衫。他几步走进来，步子仿佛带了风。他的后面跟着几个人，有男有女，打扮得都很潮，看起来比他们大几岁。

　　"来，坐下玩。"李涉停下唱歌，开口招呼。顾语真也放下话筒，回到位置上坐下。

那几个人都是自来熟，包厢里一下子热闹起来。

霍圾走过来，在林苝旁边坐下。林苝莫名有一丝紧张，他坐得很近，她都能感觉到他身上的温度。外面可能很热，他随手一放的校服都带着热气。

霍圾坐下来后，几个男生的视线都落在了林苝身上。他们只看了一眼，没有多想，都认为这种乖乖妹也就是一开始的时候新鲜，久了无趣得很，摆明了不是霍圾喜欢的类型。

林苝见这么多人看过来，只好笑了笑，以示友好。

苏雁在对面坐下："点几箱酒？"

"难得看到阿圾，起码三箱打底，喝完去酒吧接着玩。"一个戴着耳钉的男生道，他笑起来有点痞痞的。

对面一个女生随手点了一根烟，然后瞥了一眼林苝，红唇微动："注意点影响好吗？没看见有小妹妹在？"

戴着耳钉的男生伸手拍了拍她穿着丝袜的腿，声音还挺脆："你想注意影响就别抽烟，熏到人家妹妹怎么办？"

抽烟的女生鄙夷地一笑："抽烟怎么了？人家妹妹说不定还想尝试呢！"她说着把烟盒递过来，"抽吗？"

林苝看着烟盒，摇了摇头，认真地回答："我还未成年，不可以抽烟。"

耳钉男点上烟，痞里痞气的，话里带了些恶意："那么，小妹妹，等你长大了，哥哥再教你抽烟。"

林苝斟酌了一下，一板一眼地委婉拒绝："抽烟有害身体健康，我还是不学了，谢谢你的好意。"

"噗！哈哈哈哈哈！"整个包厢的人爆笑。

霍圾眉眼一弯，也忍不住笑了。

林苝不知道他们在笑什么，看了一眼霍圾，发现他也在笑。

耳钉男笑得不行了："阿圾，可以啊，你这个妹妹很有意思啊，太好玩了。"

抽烟女把烟盒一转，递到霍圾面前："你呢，来一根不？"

霍圾笑着摇头，连手都没抬。

一旁的苏雁替他道："他不抽烟，你自己抽吧，这种事怎么还想拉着人一起？"

抽烟女一笑，随手扔了几根烟给周围的人，打火机的声音响起，包厢里瞬间烟雾缭绕。

顾语真感觉要升仙了，看着旁边正在点烟的李涉："你也会抽烟？"

李涉抽了一口就皱起眉头，觉得这烟的味道真苦。他一脸深沉："哥抽的不是烟，是寂寞。"

顾语真彻底无语，突然不是很想理他。

过了一会儿，酒来了。林莜看着整齐地摆在桌上的酒，周围烟雾缭绕，耳旁是震耳欲聋的音乐，突然有一种恍惚感。她不是很熟悉这种感觉，她从小到大只知道学习，在学校里按时作息，没有接触过酒，也没有接触过烟。

"玩游戏吧，谁输了谁喝酒。"苏雁拿起一瓶酒倒进一排杯子里，动作熟练。

"玩，必须玩，光唱歌多没意思，玩点刺激的！"李涉最会玩了，他放下话筒，腾出桌子，拿了根筷子放在中间，"筷子的两端指到的两个人要完成我们提出的一个任务，谁要是做不到，就自罚三杯，后面的成倍叠加！"

林莜可不会喝酒，更不要说一次三杯了，正要伸手退出，霍圾抓住她的手，靠近她低声说道："别怕，不会让你喝酒。"

他的声音很低，林莜的思绪乱了一下，游戏已经开始了。

筷子飞快地转动，最终指向耳钉男和他对面的一个男生。

周围几个人起哄，让他们去大冒险。两个人结伴去隔壁包厢各唱了一首歌，还被敬了酒，包厢里的人都笑弯了腰。

"接下来我吧。"苏雁伸手转了一下桌上的筷子。筷子微微旋转了两圈，指向霍圾和苏雁自己。

苏雁摊手："运气好衰，才玩一盘就轮到自己了。"

苏雁旁边的女生笑着道："难得轮到了一男一女，肯定要刺激点，打个啵呗。"

"哦——！！"

"法式热吻来一个，计时十秒！"

苏雁笑起来："人家有女朋友的。"

几个女生是苏雁带来的，上次就见过林莜，当然知道所谓的"女朋友"是谁。不过，她们知道也当作不知道，毕竟，只要男生想玩，女朋友哪里管得住？而且，看这个女生之前那讨好霍圾的样子，估计霍圾只是和她随便玩玩的，压根儿没认真。

"有女朋友怎么了？输了就要玩游戏啊，又不是真的，玩个热闹嘛。"

林莜已经愣住了，完全没有想到他们玩得这么开。

"算了，我自罚三杯吧。"苏雁立即干了两杯酒，最后一杯喝了一口，似乎喝不下了，端着酒杯直接递给霍圾，"阿圾，我不行了，你帮我干掉吧。"

霍圾笑着说道："我不喝酒。"

"哦，那就是要打啵了！"几个男生瞬间兴奋起来，"就应该这样玩嘛！这样才刺激。女朋友是个什么东西啊，都出来玩了，还管女朋友干什么？"

周围的人开始起哄："接吻！接吻！接吻！"

几个女生互相看了一眼，了然地笑了。她们得意地想，就知道霍圾的这个女朋友可有可无，不然他也不可能和别的女生接吻。

苏雁放下酒，特别豪爽地说道："那你来吧。"

霍圾身子前倾，苏雁本来就紧张的心突然颤了一下，可他只是伸手拿起了水果盘里的叉子。"苏雁喝过酒了，再罚她不合适，那杯酒加进来，时长翻倍，重新挑个人。"

苏雁难得顿住的工夫，霍圾已经放下叉子，修长的手指微微一拨弄，做工精细的叉子快速旋转起来。

这个玩法太刺激了，也不知道下一个人是男是女，时长还翻倍了。包厢里瞬间安静下来，几个女生死死地盯着叉子，要说心里没有一点期盼，那是假的。她们纷纷幻想起来，要是叉子停在自己面前，那就是自己和霍圾接吻了。妈的，和霍圾这么帅的男生接吻，光想想就腿软了。

林莜看着快速旋转的叉子，也有些紧张，不过完全是被气氛带动的。她不怕转到她，因为霍圾刚刚说过，不会轮到她喝酒。

可是，叉子旋转的速度一点点变慢，最后慢悠悠地指向了她……

林莜的心跟着一停，彻底愣住。身旁的霍圾慢条斯理地说："计时了，二十秒。"

林莜还没反应过来，霍圾就伸手搂住了她。林莜被他一拉，直接扑进他怀里。她用手撑着他的腿，想要起身，霍圾揽过她的腰，直接把她压进沙发里，低头亲了过来。

林莜看着他突然靠近的脸，心骤然一紧，脑子蒙了，耳旁传来的是顾语真惊讶的声音"班长……林……"，还有李涉带着脏话的一句惊呼。

霍圾压着她，不让她动，揽在她腰间的手慢慢往上，抚上她的脸颊，指腹轻轻摩挲着她鬓角的细软碎发，唇瓣微微地转换着角度。如果不是他的手指正抵在她的唇上，她都以为他们真的在接吻。

他亲在自己的手指上，和她的唇隔了一线距离。但是，他们靠得这么近，连呼吸都交缠起来。他炙热的气息触碰到了她，她甚至能感觉到他唇瓣的温软，磨得她心痒难耐。

林莜紧张得连呼吸都止住了，紧紧抓着他的衣摆，不知所措。

包厢里沉默了几秒，然后是震耳欲聋的起哄声，倒计时的声音在吵闹的环境中格外清晰："十、九、八、七……三、二……"

林莜着急地等着"一"，却怎么都等不到。她很急，紧紧攥着他的衣摆，手心都冒汗了。

霍圾微微垂着的眼帘轻掀，对上她的视线，突然冲她眨了一下眼，眼里带着若有似无的坏笑，唇瓣微微转动角度，温软的唇瓣碰上了她的。

林莜的脑子"轰"的一声变得一片空白。

🐾 🐾 🐾

林莜感觉他亲上来了，唇齿间的清冽气息渐渐透过来，灼热得有些烫人，薄唇的温软传到了她的唇上，她甚至听到了轻微的碰撞声。

"一！"

耳旁同时传来最后一声倒计时，声音很大，她的脑子像炸开了一样，耳朵里嗡嗡直响。

霍圾亲了一下，从她身上起来。

李涉压着顾语真的脑袋，匪夷所思道："你个禽兽，连奶糖都不放过？"

顾语真被压歪了头，忍无可忍道："李涉，你看够了没？起开啦！"

林莜看着霍圾，手还下意识攥着他的衣摆，完全蒙了。

霍圾坐起身，垂眼看向她的手，笑了。

"厉害呀，二十秒少了，应该亲个几分钟才对。"

"小妹妹感觉怎么样啊？满意吗？"

"那还用说，你们看她把人家抓得紧紧的，我们在这儿碍事了。"

"哈哈哈！"包厢里一阵大笑。

林莜连忙松开手，发现身上盖着还带有他体温的校服——因为刚才的动作，校服跑到她这里来了，他没拿走，就放在她的腿上。林莜感觉自己的呼吸都不顺畅了，她很紧张，第一次紧张得连话都说不出来。

这个游戏显然带起了气氛，几个男生兴奋得不行。

"下一个，快快快！轮到谁了？"

苏雁没有声音，她旁边的女生上前转筷子。

后来，大家都放开了玩，亲吻、拥抱到最后全成了喝酒，话都不用说就几杯酒干下去。

KTV里的酒很快就喝得差不多了，几个人一起出了包厢。

耳钉男搭上霍圾的肩膀："走，去酒吧玩个通宵！"

"你们去玩吧，我们明天还要上课，先回去了。"

耳钉男知道霍圾的性格，他说不去就不会去。他也不勉强，道："那下次再约，记得把这个小妹妹也带过来。就亲了二十秒，她跑到了现在，太可爱了。"

林苡还在走神，猝不及防被点名，看向霍圾，他还在和人说笑。

霍圾笑道："走了，你们玩得愉快。"

"好好好！"

苏雁上前开口："拜拜，下次再叫你们出来玩！"

霍圾应声。

关志已经开车过来了。李涉喝了很多酒，他不光要喝自己的，还要喝顾语真的，已经有些醉了，昏昏沉沉地先坐进了副驾驶位。

顾语真坐进后座，林苡跟着迈进车里，突然想到如果她坐在中间，那霍圾肯定会坐在她旁边。她收回脚，往后一退，准备换另一边，却撞到了身后的人，她不用想也知道是谁。

"怎么了？"

听到他的声音，林苡慌了神："没什么……"她连忙坐进去。霍圾等她坐好，迈腿坐了进来。关上车门后，空间瞬间变得狭小。哪怕旁边坐着顾语真，她和他的距离也很近。

一群人站在原地，看着车开远。

一个手臂上文着文身的男生点了根烟，看着开远的车："阿圾玩真的？这小姑娘看起来并不符合他的口味啊。"

苏雁反驳道："不会啊，以他的性格，他本来就不会玩真的。"

"既然这样，你干吗喜欢他？"文身男抽了口烟，一语道破她的心思。

苏雁被噎了一下："这个女生只是他随便谈谈的，他在学校里还有一个想追的姐姐，没追到手而已。"

耳钉男走回来道："雁雁，阿圾要真对你有意思，刚才都不用你喝酒，就直接亲你了，怎么可能非要找旁边的小姑娘呢？"

一个穿着短裙的女生开口回击道："那可不一定，你怎么知道他一定是中意那个小姑娘？霍圾要是真喜欢她，会一字不提她是他的女朋友吗？再说了，那把叉子指到谁都有可能，他只是尊重游戏规则而已。"

几个男生听了，全都笑起来。

耳钉男开口解释道："你知道他的手有多精准吗？我们小时候玩的很多游戏都是考验精准度的，这种找角度的游戏对他来说简直是小菜一碟。"

苏雁没说话，显然也知道。

短裙女生没话说了。霍圾要真是故意的，那可真是花心思了。他兜了个圈，就为了和那个女生接个吻？

短裙女生抽了口烟，突然觉得很不甘心。她看了一眼身上的超短裙，第一次有了想走清纯风格的念头。

文身男看苏雁不说话，开口劝道："阿圾现在和以前不一样，出来和我们玩是情分。我们几个和他差距太大，没办法做朋友的。你看见他的那个朋友没有？他这个年纪戴的表就值市中心的一套房了，完全是个富家少爷。这样的人和他才是一个圈子的，我们早就不属于他的圈子了。"

苏雁沉默了很久，嘴硬道："我和他从小一起长大的，不是一个圈子的怎么了？他还记得我奶奶，昨天还跟我去看奶奶了，又给她买衣服，又陪她说了一天的话，还说以后会经常去看她。我不信我在他心里没有一点地位。"

文身男年纪大他们很多，看得很明白："苏雁，人家那是记着你奶奶以前请他吃过几顿饱饭，不是因为你，别弄混了！再说了，你有这份情在又怎么样？他就是喜欢那个小姑娘，还千方百计地想办法去亲她。要是他眼里真能看到你，这手段就用到你身上了！雁雁，你听哥的话，还是和他做兄弟吧，这样以后见面好说话，别把情分给作没了。"

苏雁没话说了，心里很清楚，霍圾刚才确实在勾引那个女生，亲完以后还心猿意马的，根本不是她想象的女生倒贴他。

林苡正襟危坐，只有李涉时不时地和关志搭话，后座一片安静，顾语真低头玩着手机，没人开口说话。安静的车里即便有另外三个人，还是打破不了暧昧的气氛。

霍圾的长腿无处安放，时不时会碰到她，林苡僵硬地收回一点，可车子一个拐弯，他的腿直接撞上了她的。她心里紧了一下。他好像并没有察觉，只是安静地坐在她旁边，既没有玩手机，也没有开口说话。她抿着唇瓣，有很多话想问，却问不出口。

车好不容易开到了学校门口，霍坂先下车，替他们开车门。

李涉艰难地下了车，饶有兴致地看向他们，他即便喝醉了也有一颗八卦的心。

林莜下了车："我们……我们先回去了。"

霍坂唇角一弯，路灯下的他薄唇隐显水泽，笑容潋滟。"晚安。"

林莜眨了一下眼，完全不敢和他对视，挽过顾语真的胳膊，往学校里走。她拉着顾语真逃也似的走，越走越急，好不容易到了宿舍楼下，才停下来喘气。

顾语真喘得比她厉害多了，她没想到林莜能跑得这么快。到了这里，她憋了一晚上的话终于能说出口了："莜莜，班长刚才把你拽过去的时候，我都惊呆了！"

林莜根本说不出话，因为她也惊呆了。他竟然真的亲了过来……

顾语真一笑，忍不住八卦道："班长私底下这么霸道吗？"

林莜思绪混乱："我不知道他为什么亲我。"

"肯定是喜欢你才亲你呀！"

顾语真的话让林莜一个晚上翻来覆去都没睡着。因为喜欢，所以亲吻？

林莜撑着下巴靠在课桌上，头顶的电风扇慢悠悠地转动着，耳旁是老师的讲课声。可她听不进去，视线落在空中发呆。

"这两道题，我请两个同学分别上来写一下。左边这道题，46号上来写一下。"

班里本来有四十五个人，最后进来的是林莜，46号自然就是她了。

大家全都看了过来，林莜感觉教室里安静了一瞬，这才意识到老师是在叫她。

"46号上来把题写一下。"

林莜恍惚地站起身，走到讲台上，拿了粉笔。

"这道题就1号来写吧。"数学老师随口叫道。

林莜的动作顿了一下，拿着粉笔不敢回头，因为1号是霍坂。她走到黑板的左边，霍坂已经走上来了，她能用余光瞥见他伸手去拿粉笔。

林莜抿了抿唇，抬眼认真读了一遍题目。题目有一大段字，她只读懂了中文，别的完全无法过脑……

霍坂已经在答题了，他的速度很快，应该马上就能写完下去了，到时候就只剩她一个人被大家围观做题。她心里很急，拿着粉笔在黑板上停了好久，却答不出来。

身旁的霍圾突然低声开口说着解题步骤，林莜一愣，立即反应过来，竖起耳朵认真听写。

霍圾一边写自己的一边报林莜的答案，两边都不耽误。他写得慢条斯理的，好像在刻意等她。

林莜和霍圾几乎同时写完题，数学老师似乎有些疑惑，叫住霍圾，低声问了他什么。

林莜回到位子上，听见周围的同学都在讨论。

"这道题对班长来说不是秒答题吗？"

"对啊，我还看了好几遍题目，是不是这道题有什么玄机？"

"不知道啊，老师都疑惑了。"

林莜微微一顿，看向前面的霍圾，他刚和老师说完话，走过她身旁的时候带起了轻微的风。她微微眯眼，隐约闻到了他身上的清冽气息，带着淡淡的皂香扑面而来，她的心跳渐渐失序。

下了课，林莜的脑子里还在嗡嗡响，一直看着桌上的语文书。

"林莜，去不去厕所？"

耳旁突然有声音叫她，林莜回过神来，转头看向李琪琪："你叫我？"

"叫了你好几声啦，你都没有听见！你盯着语文书看什么呢？你文科都可以考状元了，还要盯着语文书看？"

李琪琪的声音很大，教室里的人零零散散的，虽然有些吵，但大家都能听到。

林莜慌忙合上语文书："我先不去了。"

"哦。"李琪琪应了一声，起身蹦跶着出去了。

林莜下意识转头看向右后方。霍圾抬眼看过来，显然听到了李琪琪刚才的话。

林莜有些心慌，立即收回视线。这是她第二次紧张得不知所措，距离第一次不过一天时间……

林莜拿起语文书，想要往书包里塞，身后突然有人走近："中午要问题吗？"

林莜瞥见来人的校服，手一抖，语文书没能装进书包，封面明晃晃地露在外面。

霍圾垂眼看向她手里的语文书。

林莜莫名有种心事暴露的感觉，连忙把书收进书包里，下意识躲他的视线："我试卷还没有写完。"

霍圾笑了起来："那你写好了再来问我。"

林苡连忙点头，霍圾转身离开。她微微松了一口气，可她还没缓过来，霍圾又回来了，这下她彻底没了防备，完全愣住了。

霍圾一笑，伸手递过来一颗棉花糖："我前天在店里看见的，和你很像。"

棉花糖的图案是一个小姑娘，扎着辫子，乖乖软软的，很可爱。

林苡眨了眨眼，连呼吸都忘了。

chapter 9

棉花糖

即使霍坂再坏，依旧有让人飞蛾扑火的吸引力。

sweet

林莜正看着棉花糖没反应过来，前面一个女生突然转了过来，林莜连忙抢过他手里的棉花糖藏了起来。

　　女生转过来将笔还给后桌的人，然后就转了回去，显然没看见什么不寻常的。

　　林莜虚惊一场，做贼似的看向霍坂，发现他似乎一点都不怕。虽然教室里人不多，但不是没有人，他这样光明正大地给她棉花糖，就不怕被人看见吗？

　　李琪琪从后门走进来，看见他们两个不说话，奇怪地看了一眼。

　　林莜有些心虚，把棉花糖藏进校服兜兜里，转头看向桌上的书，连话都不好意思和霍坂说。霍坂没说什么，转身回到位置上。

　　等李琪琪坐到位置上，也没发现什么，林莜才平静了一点，从书包里拿出下节课要用的英语书，然后用余光看向霍坂的方向。他已经坐回位置上了，神情平静，就好像刚才递给她的不是糖，而是作业本。

　　"糖掉了。"突然有人开口道。

　　林莜看向不知道从哪里冒出来的陈宣冲，又低头看了一眼地上，刚才她随手塞进校服兜兜里的糖果然在地上。

　　林莜伸手捡起棉花糖，有些意外陈宣冲竟然没有去踩。毕竟，以他的性格，别说是她掉了棉花糖，就算是她人摔倒在他面前，他都有踩过去的可能。

　　看到林莜惊讶地看着自己，陈宣冲冷呵了一声："多大的人了，还吃糖。"他走到位置上，拖出椅子坐下来，一想起大前天霍坂跟他说的话，就意外得说不出话来。没想到几条毛毛虫就把她吓哭了，他还以为她多厉害呢，还不是怕虫子。他看着林莜的背影，不屑地撇了撇嘴，心想，爱哭的女生真是没用。

　　林莜捡起糖，又看了一眼霍坂。他并没有注意她这边，还是和平常一样，昨天的事情在他那里就好像没有发生过。

　　林莜抿了一下唇，收回视线，将糖放进裤兜里。她不知道该怎么办，他好像没事人一样，她想问问他，又问不出口。

　　中午吃饭的时候，她和顾语真一起去食堂。她们不着急，慢慢地走过去，到了食堂，里面已经排起了长队。

林莜一上楼就看见了前面的霍圾，他真的很显眼，食堂里这么多人，她一眼就能看见他。

李涉伸手揉着额头，还有些晕晕沉沉的："我早上没去上课，老师没说什么吧？"

"你来不来都一样，老师会说什么？"霍圾慢条斯理地回道，微微抬眼看向林莜的方向，似乎察觉到了她的视线。

林莜脚下微微一顿，挽着顾语真走到另一个队伍末尾。

顾语真笑着悄声问："莜莜，你是不是紧张啊？"

林莜被她问得慌了一下："那个队伍太长了，所以才排到这里。"

顾语真忍不住捂嘴笑起来："我又没有说你紧张是因为班长。"

林莜下意识看向不远处的霍圾，他面上带笑，显然听见了。她的脸上瞬间烫了起来，紧张得说不出话。

"你个人渣……"李涉反应慢了好几拍，伸手指他，又看了看站在旁边队伍末尾的林莜，"你昨天亲小甜甜是怎么回事？你那个姐姐都还没搞清楚，现在又占人家奶糖便宜？"

霍圾弯唇笑了笑，没有说话。

李涉现在是宿醉的头晕，脑子里一团乱，完全理不清霍圾的感情线。一个小青梅，一个追不到的姐姐，现在还要加上一颗小奶糖，霍圾真是说不谈恋爱就不谈，一谈起来三宫六院，比他还狂。

"你到底怎么想的？这小姑娘可挺喜欢你的，之前运动会的时候你不在，她还来问我，你去哪里了。那忧心忡忡的样子哟，真是关心你。"

"嗯。"

李涉蒙了："'嗯'是什么意思？你要是随便玩玩的，就别逗人家了。这还是颗奶糖呢，你还想把人家的奶粉给扬了？咱们同学一场，抬头不见低头见的，闹崩了多尴尬。"

霍圾没有回答，已经轮到他点菜了。

林莜认认真真地点了几个菜，刷了饭卡以后，端着菜往栏杆外面走去，正好看见走出来的霍圾。

林莜端着盘子的手紧了一下。明明他排队比较早，应该早就点好走了，怎么还正好和她碰上了？她的视线下意识看向地上。霍圾没说话，很快就走了。林莜等他走远，才端着菜去找空位。

李涉端着菜，吊儿郎当地走在霍圾后面，有些奇怪霍圾今天点个菜怎么费了这么长时间。霍圾平时可快了，扫一眼就做好决定了。不过，这也有可能是他宿醉后产生的幻觉。他看了一眼前面的小奶糖和已经走远的霍圾，两个人看起来压根儿没什么交集。他心想，奇了怪了，难道他们已经闹掰了？

李涉走着走着，突然有人递过来一盒解酒丸，他转头一看，是顾语真。

"昨天谢谢你。"

李涉心道，小丫头片子还算有点良心，不枉他喝酒喝到翻白眼。"不用这么客气，都是应该的。昨天哥是不是很帅？"

"你……你以后还是少喝点吧，我昨天看你好像快喝昏厥了。"顾语真说话有些不自然，说完就快步跑了。

昏厥……李涉气得翻了个白眼："顾语真，你下次说完'谢谢'，后面的话就不用说了，免得我们维持不了友好的同学情！"

吃完饭后，林莜和顾语真回了宿舍。林莜在床上坐了一会儿，忍不住躺了下去。

"莜莜，你怎么啦，不去教室午休吗？"顾语真抱起自己的书，看见林莜躺了下来，有些疑惑。

林莜伸手拿过被子，盖在自己身上："昨天太累了，我有点困，想躺一躺，你先去吧。"

顾语真闻言明白了："那你好好休息，我先过去啦。你记得上课的时候要起来哦。"

林莜窝在床上点了点头，等顾语真带上了门，她才放开抓紧的被子，看着某一点微微发怔。过了半晌，她伸手到裤兜里拿出了那颗棉花糖。她之前没有仔细看过这颗棉花糖，现在才发现它挺好看的，棉花糖做的小姑娘在吃糖，嘴角带笑。

林莜看着棉花糖，突然想到霍圾昨天晚上亲她的感觉，瞬间手一软，棉花糖"啪"的一声砸在了她的脸上，声音有点脆。她立即捂着脸，把棉花糖塞进枕头下面，闭上眼睛。这个中午，她是真的没办法平静地坐在教室里和他一起学习。

　　林莜闭目养神，没想到还真的睡过去了，等快要上课了才醒过来。她连忙起身拿过桌上的书，匆忙往教学楼跑去。

　　林莜进了教室，上课铃声还没打响，教室里闹哄哄的。本来从后门进教室要近一些，可是她今天是特地从前门进的。她迎面走过去，看见霍圾在和别人说笑。看来，她一个中午没出现，他没有多想，也并不在意。林莜松了一口气，快步走到座位旁放下书。

　　李琪琪本来在打游戏，看见她出现，连忙过来问道："你中午去哪儿啦？我找了你半天！"

　　林莜在位置上坐下，从笔袋里拿出笔："我中午有些困，就回寝室睡觉了。"

　　"哦，难怪不见你人呢。"李琪琪有些兴奋，"下午放学后我们一起去看篮球赛不？好几个班比赛，很多人去，很热闹的！"

　　林莜看向前面的黑板："可是今天是我值日。"

　　"看完篮球赛再回来值日呗，来得及。那边可热闹了，班里的同学都要去呢，一起去看嘛！"

　　"好吧。"林莜点了点头，她确实需要分散一下注意力。

　　下午的时间过去得很快，最后一节课下课后，林莜和李琪琪一起去了篮球场。

　　篮球场边已经有很多人了，周围几排椅子上坐满了人，女生居多，边上还站了很多人。林莜花了很大的劲，才跟着李琪琪挤进人群。

　　篮球场上还没有开始比赛，就已经有女生在旁边喊加油了。林莜听到有人喊霍圾的名字，微微一顿，看向前面，果然看见了霍圾。

　　"霍圾也在？"

　　李琪琪理所应当地道："当然了，班长篮球打得很好的，扣篮那叫一个'快、准、狠'。"

　　"狠？"林莜实在想象不出霍圾这样斯斯文文的男生狠起来的样子。可是，比赛开始后，她算是见识到了，原来这种反差放在一个人身上并不矛盾。霍圾和队友配合得很好，但也改变不了他是焦点的事实，他在篮球场上的举手投足引得一群女生连连尖叫。霍圾他们的对手是高二的几个男生，高叙也在。高叙篮球一直打得很好，高一的时候还参加过比赛。他显然还记着之前的仇，专攻霍圾，背地里使了不少阴招。

男生打球真的很猛，大家都敛声屏气，场上全是拍球声和鞋在地上摩擦的尖锐声，时不时有人跟着尖叫一下，观众都忍不住吊起了心。

高叙拿过球，左右手换着运球，一个假动作，手肘暗地里攻向身后的霍圾。霍圾轻松避开，伸手运球。

"啊啊啊，投投投！！！"场边的声音震耳欲聋，场面沸腾起来。

霍圾上篮，高叙抢篮板的时候看准了他的站位，准备下脚。

林莜看得胆战心惊，在一片吵闹中喊了一声"小心"，却被周围的声音淹没了。

下一刻，球轻松地进了筐，大家都欢呼起来。

"赢了赢了！三比零，对方输得太惨了！"

"高叙以前不是篮球队的吗？怎么输得那么难看？"

"太急了吧，他守霍圾显然不行，霍圾把他的招全摸清了，他根本守不住！"

高叙咬牙切齿地看着霍圾。霍圾根本没理他，他抬手随意擦了汗，衣摆微微上移，隐约露出力量感满满的腰线，汗顺着淌下，整个人像从水里出来的一样。

周围的女生一阵尖叫，非常亢奋："快看快看，福利来了，啊啊啊！"

"他干吗不拉高点？这样要露不露的，我看得要死了！"

"能看到就不错了，想想他平时把校服拉链拉得高高的，一点点都不肯给人看！"

林莜下意识看过去，发现霍圾忽然抬眼看了过来。她的心紧了一下，还没来得及收回视线，他忽然笑起来，冲她轻轻眨了一下眼。

林莜的心跳漏了一拍，完全无法躲开他的眼神。

她的周围安静了一瞬，紧接着发出震耳欲聋的惊呼声："哇，他刚才冲我们眨眼了吗？"

"妈的，他刚才绝对是在放电，我的妈，受不了了，他是在撩我们！"

"你做梦呢？是我们声音太大，他听见了！"

"不可能，他是在撩女朋友吧？是不是我们这里谁是他的女朋友啊？！"

林莜的心跳越来越快，几乎盖过了周围的声音，震得她有点发抖。

❀ ❀ ❀

林莜僵硬地站着，突然，一个女生冲上篮球场，快步跑到霍圾面前，弯腰递上一封信。

"哦——！"篮球场上一片起哄声。

林莜前面的女生惊叹道："是情书吧？"

"少见多怪，当然是情书了，不然是检讨书吗？"

"这个女生是哪个班的？她也太大胆了，在这么多人面前递情书。"

"胆子大才有机会，没看见霍坂收了情书吗？"

林莜看到霍坂收下了情书，似乎还礼貌地说了一句"谢谢"，那个女生红着脸跑了下去。

霍坂拿着粉红色的信，看了一眼林莜这边。瞬间有人觉得他的女朋友一定在这里，都顺着霍坂的视线看过来，在林莜附近搜寻。李琪琪也看出来了，往林莜后面看。

林莜突然不敢再待下去了："琪琪，我先回去做值日了，太晚的话就赶不上去食堂吃饭了。"

李琪琪连忙点头："哦，好的，你去吧。"

林莜没回头看篮球场上，飞快地挤出人群，回到教室。篮球赛刚刚结束，教室里空着，做值日的人还没回来。林莜走到自己的位子上坐下，撑着下巴发呆，过了许久才慢慢平稳了心绪，起身去拿扫把扫地。

过了一会儿，教室外面传来声响，有人回来了。

"高叙刚才是不是使阴招了？我看见他手肘的位置不对。"

"对，我之前和他打过篮球，他不是这样打的，今天摆明了是故意的。"

林莜没有注意外面的讨论声，等人进来才发现。走进来的是霍坂，后面还有两个男同学。

林莜在扫第一大组和第二大组的过道，不可避免地遇上了迎面走来的霍坂。他拿着校服外套和矿泉水，手里还有一封粉红色的情书。她视线一顿，往左让，霍坂正好往左走，她连忙往右，他也往右。她抬眼，撞上了他看过来的视线，他黑发汗湿，一看就特别热，连视线都让人觉得热。

林莜握紧扫把，站在原地没动，让他先走。霍坂从她身边经过，她隐约感觉到了他走过引起的热风。他走到位子上，把手上的东西随手放在桌上。

两个男同学都是回来打扫卫生的，动作特别快，一个一进来就拿了拖把，直接去外面的走廊上拖地，另一个拿抹布去擦外面的瓷砖。他们一边闲聊，一边干着自己的活儿。

教室里很安静，只有林莜和霍坂两个人，怕是很轻微的声音也无法忽略。

她扫地，不可避免地会经过他的位置，有些不自在。他拿着本子扇了一会儿风，伸手拿过粉红色的信封拆开，安静地看了起来。

林莜收回视线，快速扫完地，走回卫生角将扫把放回原位，又拿过拖把准备拖地。

"糖吃了吗？"霍圾突然开口。

林莜转头看过去，霍圾从信里抬头看过来，显然是在问她。

林莜想起放在兜里的棉花糖，她本来是塞在枕头底下的，最后还是拿了出来，想着要还给他。现在正是好时机，她呼吸微乱，伸手拿出兜里的棉花糖，走到他的课桌旁，将棉花糖递过去："糖还是还给你吧，我不能收。"

"为什么？"霍圾似乎并不意外，只是轻轻地问了一句。

林莜说不出来，她觉得要了这颗糖，思绪就更乱了，乱得连她自己都理不清楚。她需要冷静一点。

霍圾伸手拿过糖，随手撕开包装，重新递过来，温柔一笑："我不爱吃甜的，要是你还我，我就只能扔了。"

林莜心想，那多可惜，这么好看的糖。她抿了一下唇，没法儿浪费粮食，还是伸手拿过糖，咬了一口。糖好看也好吃，一口咬下去软绵绵的，入口即化，真的像在咬棉花。

霍圾看她吃了，唇角微微一弯，起身走到垃圾桶旁，把糖果包装扔进去："试卷写好了吗？"

林莜吃着糖点头："写了。"

"拿来给我看看，有问题晚自习再教你。"

林莜应声，转身去位子上拿出试卷递给他。

霍圾拿过试卷，看向后面的大题。

林莜的眼睛下意识看向他放在桌上的情书，情书上的字很秀气，一看就写得很用心。她没多看，收回视线，咬了一大口棉花糖，准备快点解决掉糖，然后赶紧做完值日任务。

"好吃吗？"

林莜愣了一下，嚼着糖："好吃。"

霍圾忽然从试卷里抬眼看过来，笑了一下："真的？"

林莜被他的笑恍了神的工夫，他已经伸手拿过她手里的棉花糖："我尝尝看。"他一口吃掉剩余的棉花糖，尝了尝味道，"好甜。"

林莜看着他手里光秃秃的棒子，又看向他的唇，完全愣住了。

霍圾吃着糖，抬眼看过来，微微挑眉："怎么了，我吃一口都不行？"

"我咬过的……"

"有什么关系，我们都亲过了。"霍圾笑着说。

林莜的心跳漏了一拍，完全做不到他这么坦然。她现在都没法儿把他当弟弟了，甚至不敢和他对视。

教室里没有别的人，只有外面的说话声。

林莜认真开口道："你为什么亲我？"

霍圾轻笑出声："因为撑不住了呀！姐姐，我不小心撞上你的。"他的语气很轻松，像是说真的。

林莜愣了一下，有些茫然："真的是不小心吗？"可他那时候还冲她笑，像是故意的……

霍圾扑哧一声笑出来："这样的话你也信？"

林莜的心慌了一下。

霍圾看过来，声音像小钩子一样轻轻扫过她的心口，让她觉得有些痒："我是看姐姐可爱，才忍不住亲了一下。我们又不是亲姐弟，弟弟亲一下姐姐有什么关系？"

他说得理所应当，就好像只是很平常的表达喜爱。可是，就算不是亲姐弟，也不能随便亲吻吧？林莜的脑子有些乱，她总感觉哪里不对，可霍圾说得理所应当，就像那只是很平常的事情一样，她心想，或许是她少见多怪了。她的心绪忽然平缓下来，没那么紧张了。

霍圾却看着她，奇怪地笑了一下。

林莜握紧手里的拖把："怎么了？"

霍圾的额发还没干透，眉眼因为汗水显得越发深邃。他抬手撩起头发，修长的手指穿过黑发，眼睛深深地看向她："姐姐问我这样的问题，是喜欢我吗？"

林莜看着他，心慌了一下："没有……"

"那就对了。"他靠向椅背，"被喜欢的人亲才会有感觉，姐姐不喜欢我，就不会有感觉。既然没感觉，那亲一下有什么关系？"

林莜一时语塞，咬了一下唇瓣，不知道该怎么说，好像怎么说都不太对……

"阿圾。"教室外面有人叫了一声。

来人是苏雁，手里提着袋子。她看见教室里只有他们两个人，脚顿了一下才笑着走进来："阿坂，你的校服我洗好了，拿来还你。你放心，我洗了三遍，绝对干净。"

林苡对苏雁笑了一下，拿着拖把往厕所走去。

霍坂伸手接过苏雁递过来的袋子："谢谢，辛苦了，其实你不用这么麻烦的。"

见他接过袋子，苏雁才放下心。他之前说过校服不用还，可她没有别的借口再来找他了，只能把校服洗了送过来，也是为了再争取一把。

苏雁看林苡出去了，笑着问霍坂："晚饭要不要一起吃？我还没吃，饿死了。"

"下次吧，我刚打完篮球，想回去洗澡。"霍坂找了个借口拒绝了，没有让她太难堪。

林苡远离了教室，没有听到后面的话。她去厕所洗完拖把，再回来的时候，苏雁已经走了，霍坂还在位子上看她写的试卷。两个男同学已经做完卫生走了。林苡不知道该说什么，索性加快速度拖地。她做完卫生，回到位子上整理好书包，看向霍坂，唇瓣动了动才开口道："我先去食堂吃饭了。"

"嗯。"霍坂点头应声。

林苡背着书包，往楼下走去，走得比平时快很多。她怕和霍坂撞上一起下楼，因为她根本不知道该用怎样的表情面对他。

到了食堂，她准备点菜，摸遍了书包也没有看见饭卡，中午吃午饭的时候她明明放进兜里了。她想，不会掉在教室里了吧？她看着面前热腾腾的菜，只能转身回去。好在回到教室后，里面已经没人了，霍坂的位置空了，应该是已经走了。

她在教室里四处找了一圈，没发现自己的饭卡，又一路找到厕所附近，也没有看见饭卡的痕迹。她叹了一口气，一低头，看见了垃圾桶里的袋子，干净的袋子里露出一截衣服，和她身上的校服是同一个颜色。垃圾桶里还有一封粉红色的信。信是递给霍坂的情书，袋子是苏雁提过来的，里面装着霍坂的校服。现在这个时间点，垃圾很快就会被人收走，如果不是她丢了饭卡回来找，根本没机会看见袋子和信。扔掉情书她可以理解，毕竟感情是不能勉强的，可是，人家洗过三次的校服，霍坂转眼就扔到了垃圾桶里？她顿在原地，突然觉得霍坂有些陌生。这实在不像是他能做出来的事情，或者说，不是他这样性格温柔的人做得出来的举动……他刚才明明是笑着接过校服袋子的……

林苡感觉到的违和感前所未有地强烈，她看着垃圾桶里的校服，怔了很久。她突然想起李琪琪曾经说过，霍坂是一个很完美的人，他没有一丝缺点，完美到让人不敢相信真的存在这样的人……

❀ ❀ ❀

　　林苡站在原地发怔，旁边有人经过，是隔壁班的女同学，林苡在食堂遇见过，她们经常一起吃饭。

　　"林苡，你在这里干吗？"

　　林苡收回视线："我的饭卡丢了，我在找饭卡。"

　　女同学有些疑惑她为什么会在厕所附近找，不过还是道："那你再找找吧。饭卡丢了还挺难找的，实在找不到，你就去弄个失物招领，说不定会有人捡到。"

　　林苡闻言点头："好，谢谢你。"

　　女同学走了，林苡又四处看了一眼，没有发现饭卡，她也没有心思再找，转身往楼下走去。才走到楼梯口，她正好听见了陈诗楠的声音，陈诗楠和几个小姐妹正结伴往楼下走去。林苡放慢脚步，站在楼梯口，打算等她们走了再下去。

　　陈诗楠她们往下走得慢，讨论的声音却不小。

　　"刚才在篮球场上，有个女的给霍圾递情书，他居然收下了。"

　　陈诗楠有点酸："收下就收下呗，关我什么事？"

　　几个姐妹见陈诗楠心情不好，开口道："霍圾可能就喜欢含蓄点的，早知道当初你也给他写情书好了，说不准你们还真能成。你看他今天就收下情书了。"

　　"你们说，他这种坏坏的男生怎么会喜欢乖乖女？不应该是玩得开的更吸引他吗？"

　　"霍圾可能比较喜欢软软的妹子，那个林苡不就很会装吗？她明明打人那么凶，却整天一副很乖的样子。霍圾可能就喜欢玩那样的女生。"

　　陈诗楠嚼着口香糖，越听越不爽："谁他妈知道他喜欢什么类型的，他就两个字——难搞！"

　　旁边的女生忍不住笑了："别看你现在这样咬牙切齿的，要是他一会儿出现，说要和你交往，你百分之百又愿意。"

　　陈诗楠光是想想就心动了。她没有接话，心里知道，一旦有这种可能，她一定愿意，即使霍圾再坏，依旧有让人飞蛾扑火的吸引力。

　　林苡站着等了一会儿，楼下没了声音，她们走了。她慢吞吞地下了楼梯，走到小卖部买了泡面。等泡面泡好的时间，她的脑子里全是陈诗楠她们说的话。她们私底下依旧说霍圾坏，要是旁边有别人也就算了，可是周围只有她们，用得着说谎吗？林苡突然不想再往下深想了，掀开已经好了的泡面，开始吃起来。

　　李涉和几个男生走进小卖部，看见林苡，他立即走到她对面坐下，又转身冲后面的男生说道："帮我拿桶泡面、两个荷包蛋，再加两根香肠。"

"猪啊。"跟他一起来的男生忍不住吐槽了一句，不过还是替他去拿了。

李涉转回来，手撑在桌子上，满眼八卦地看着林苡："小甜甜一个人来吃泡面？霍圾那个王八蛋呢？球赛刚刚打完他就走了，不是来陪你的？"

林苡眨了一下眼睛，没有提霍圾，捞起面吹了吹："我的饭卡丢了，所以只能吃泡面。"

"饭卡丢了找霍圾呀，他就是你的饭卡。"

林苡没有说话，认真吃面。

李涉越想越好奇："你和霍圾是什么时候好上的？"

林苡顿了一下："我们没有在一起。"

"哟，小看你了，奶糖还学会骗人了？你们要不是在一块儿了,他干吗亲你？"

林苡拿着叉子搅着面，泡面的热气慢慢升起来："他说我可爱，就亲了一下，就像对小孩子的那种亲。"

"咳……咳咳！"李涉差点被自己的口水给呛到。他心想，霍圾是真的牛，这种鬼话也编得出口？

"你听他的鬼话！他就是想吃你这颗奶糖，懂不？那个混球洁癖很严重的，他连小孩都嫌弃，还'对小孩子的亲'……哈哈哈，骗鬼呢！"

林苡闻言顿住，微微张着嘴，反应不过来。

"李涉，你泡面还吃不吃了？都给你泡起来了，祖宗啊。"

"吃吃吃！"李涉冲男生说了一句，又转过来看了林苡一眼，摇头叹气，"真是涉世未深啊，奶粉都要被人家端走了，还不知道……"

林苡一阵无语。

李涉来得晚，泡面却吃得快，三两下就吃完了，风风火火地回到寝室。一进寝室，他就看见霍圾刚洗完澡，正擦着头发走出来。

李涉忍不住摇头："啧啧，小奶糖真可怜，初吻莫名其妙被骗走了，还云里雾里的。"

霍圾笑了一下，也不反驳，擦着头发走到书桌前坐下："看见她了？"

"在小卖部看见的，小姑娘饭卡丢了，坐在那里吃泡面，看着怪可怜的。"李涉完全忽略了自己也是去吃泡面的，虽然是豪华加装版，但也改变不了是泡面的事实。他说完，贱兮兮一笑，非常致力于给霍圾添堵："我可提醒那颗小奶糖了，注意你这个人渣，看你以后怎么办！"

霍圾轻描淡写地说道："没什么问题。"

"啧，瞧你狂得，早晚栽跟头。"李涉虽然这样说，但也知道没什么用。霍圾这混球从小到大一直招女孩喜欢，他喜欢谁，根本不用追，也就是勾勾手指头的事情。

林苉吃完泡面，起身回到宿舍。顾语真、陆依依她们都在宿舍里，正兴致勃勃地聊着刚才的篮球赛。

林苉走到床边坐了一会儿，决定什么也不想了。她往床上一躺，大脑刚开始放空，正昏昏欲睡的时候，顾语真的手机响了起来。

林苉翻了个身，抱过枕头，准备眯一会儿，顾语真拿着手机靠近她耳旁，小声说道："林苉，班长找你。"

班长？林苉意识模糊，没有反应过来。下一刻，她突然清醒，立即坐起身，接过顾语真递来的手机，放到耳边轻声问："喂？"

手机里的霍圾轻声问道："在睡觉吗？"

林苉听到他的声音，有些茫然："嗯，怎么了？"

"我要出去吃饭，你要一起吗？"手机里传来关门声，他似乎刚出门。

林苉想起李涉刚才说的吃奶糖论，有些紧张，可一想到霍圾扔掉的校服，她的心情瞬间又变得很复杂。

寝室里的声音莫名小了点，林苉正襟危坐，认真回答："我刚才已经吃了。"

霍圾很温柔地问了一声："零食要吗？"

林苉顿了一下，有些弄不清楚现在的情况："不要了。"

手机里传来声响，似乎是有人从霍圾旁边经过："霍圾，哄女朋友吃饭吗？这么有耐心？"

霍圾轻笑了一声，也不知道他是摇头还是点头了，反正那些男生是笑着走开的。

林苉被他笑得心跳都乱了，解释道："我刚才已经吃过泡面了，很饱。"

"好，以后你要是不知道吃什么，就和我说。"

林苉应道："嗯。"她挂了电话，才反应过来应该是李涉和他说了自己丢饭卡的事情。他刚才既没有说饭卡的事情，也没有像其他男生那样说"泡面没有营养，不要吃泡面"这样的话。

她想，他真的很温柔。

快上晚自习时，林莜提前到了教室里。为了方便问霍圾问题，她每次都会和霍圾的同桌换位子。她现在就坐在他旁边的位子上，一边写作业，一边等他来。

晚自习开始前十分钟，班级里的人零零散散地来了。霍圾也来了，他从后门走进来，拉过椅子，在她旁边坐下。

林莜手里的笔下意识往纸上点，水笔的墨迹点在白纸上，画出一个很清晰的黑点。

霍圾把手伸到抽屉里，拿出她下午给他的试卷："今天来得这么早？"

"我没有什么事，就提前过来写作业了。"林莜说着看向他。他眼里有笑，戴着眼镜的样子看起来斯文干净。她心想，会不会是他随手把袋子放在那里，忘了带走，别人替他扔掉了？

"你现在穿的是苏雁给你的校服吗？她洗衣粉的味道真好闻。"

霍圾看着试卷，随口答道："不是，是我自己的。"

林莜眨了一下眼睛，笔在草稿纸上画了一下，轻声问："不都是你的校服吗？"

霍圾闻言看过来，微微一笑："是我自己洗的，她洗的还在宿舍里。"

林莜微微一顿，垂眼看着面前的题，没有说话，手上的笔在草稿纸上转圈圈，明显心思很乱。

霍圾看见她在草稿本上乱涂乱画，笑问她："怎么想到问这个？"

林莜被他看得有些心虚，她收回笔，小声回道："只是随便问问。"

"林莜。"后门有人叫她。

她转头看过去，是下午在厕所旁边见过的那个女同学，她手里拿着一张饭卡。"这是你丢的饭卡吧？"

林莜有些惊喜，起身拿过她递来的饭卡，往卡的背面看了一眼，上面贴着她的小贴纸："是我的，谢谢你。在哪里找到的？"

"我们班的同学今天在食堂里捡到的。要不是我放学后看到你在找饭卡，还真不知道是谁的呢！你今天还在厕所那边找，找错地方了，就应该去食堂。"

林莜拿着饭卡的手微微一紧，下意识转头向霍圾看去。霍圾一只手撑着头，另一只手轻轻转着笔，似乎若有所思，也不知道有没有听见。

林莜的心提起来了。霍圾忽然眼帘微掀，抬眼看过来。她对上他的视线，心慌了一下。她刚知道真相，一转眼就暴露了……

❖ ❖ ❖

女同学走了以后，林莜沉默了一会儿，才在霍圾的视线里回到位子上坐下。

霍圾微微一笑："饭卡找到了？"

林莜点头："我还以为找不回来了。"

教室里很安静，只有窃窃私语声，她不知道应该说些什么来缓和现在的气氛。

林莜把饭卡放在一边，拿起笔看向他桌上的试卷："我是不是有很多题做错了？"

霍圾没有回答，而是直接问道："看到校服了？"

林莜顿了一下，没想到他会这么直白地问出来，不知道该怎么回答，停顿了几秒才应声："嗯。"

霍圾倾身靠过来，干净的眉眼间透着笑意，一看就是特别美好的人。"原来姐姐也有小心思。刚才是在试探我吗？你不相信校服是我扔的？"

林莜没有说话。

霍圾微笑道："姐姐想知道，其实可以直接问我，校服就是我扔的。"

林莜忍不住眨了眨眼，不知道该用什么样的表情来面对他。她做不到像他这么坦然，难道他不应该尽量避免这种事情被人发现吗？

霍圾收回视线，神情平静："虽然校服洗干净了，可她在校服上喷了香水，我不喜欢衣服上有别人的味道。"

林莜听到这话，怔了片刻才道："原来是这样……"原来并没有她想象的那么复杂。

"至于情书，我一般都是扔掉的。"霍圾似乎有些苦恼，侧头看向她，"这种东西总不能还给人家吧？姐姐也收过情书吧，太多的话就会很占空间。"

林莜还真没有过这种经历，体会不到他的烦恼。他说得很合情合理，她相信了。虽然陈诗楠她们私底下的话让她觉得有些奇怪，不过她还是松了一口气。她心想，还好不是她想的那样，不然她都不知道该怎么面对他了。

安静了片刻，霍圾忽然开口问道："姐姐不会因为这样就不喜欢我了吧？"

林莜连忙摆手："不是，是我想太多了。"

霍圾看向她，轻声问："你想了什么？"

"我以为你不喜欢别人碰你的衣服，可是我之前还弄脏了……"

"怎么会呢？姐姐洗的校服我正穿着。"霍圾笑起来，伸手将洁白的衣袖给她看，"我记得那次我穿了湿衣服，姐姐还给我买热牛奶。现在想想，要是没有那盒牛奶，我可能就感冒了。"

林苃听着他的话，突然想起之前他处处帮自己，尤其是许念和高叙那次。她突然很愧疚，她竟然一开始就从怀疑的角度去揣测他是什么样的人，实在太过分了。陈诗楠本来就和他有仇，她们几个小姐妹私底下说他的坏话很正常，并不能作为参考依据，他毕竟是她们讨厌的人，她们什么话不能说？人还是要相处起来才能知道底细，霍圾可能就是个例外，他就是完美的人。

林苃用力点头："我以后一定不会乱想了。"

霍圾忍不住笑出来，伸手捏了一下她的耳朵："姐姐的小耳朵真可爱。"

林苃感觉他轻轻捏了一下自己的耳垂，面上有些发烫，也不知道他为什么突然捏她的耳朵，是觉得她耳朵软吗？

早上起床后，林苃背了会儿单词，就和顾语真她们一起去食堂吃早饭。刚走到食堂二楼，她就听见了前面的吵闹声。

一个男生站在点菜窗口前："我让你换个菜呢，听不懂？你在那里唠叨个屁！"

食堂阿姨也很生气，拿着菜勺指向他："你自己要想好吃什么菜啊，老是换来换去，哪有这么多时间给你想啊？"

"你再指？你一个打菜的也敢指我！"那个男生猛地端起盘子砸向窗口。"砰"的一声巨响，吓得食堂里的学生们没了声音，都看向那里。

食堂里面的师傅认识那个男生，连忙出来跟他道歉。男生不依不饶，旁边有人去劝，都被骂了。他那种嚣张的气焰不是一般人家养得出来的，周围的同学都看在眼里，再没人敢说话。

"他是谁呀？"林苃有些惊讶，早起的瞌睡虫完全被赶跑了。

陆依依在一旁小声说："一班的柯建聪，'矿二代'，家里很有钱，不过性格特别差。"

林苃心道，这何止是差，简直是令人叹为观止……

柯建聪砸了食堂的玻璃，好不容易消停了，显然也没兴趣吃早饭了，转身走人，那嚣张的气焰还挺吓人。站得离楼梯口很近的一个男生挡了他的路，还没反应过来就被他猛地踹了一脚。他凶道："滚开，没长眼睛的狗！"

被踹的男生脸都憋红了，却不敢回击。

柯建聪下了楼，陆依依看她们都不说话，立即开口说道："你们放心，他是一班的，和我们没有交集。"她看向食堂里的一片狼藉，估计一时半会儿收拾不完，"我们去楼下吃吧，这边应该不开放了。"

林莜那边正商量着，刚走进一楼的霍圾他们正好迎面碰上柯建聪。

柯建聪看见宋复行，冷哼一声，神情不屑地走了出去。

霍圾看见了，依旧语调平和："他最近是不是说你家的事了？"

李涉皱了一下眉，大拇指倒指向柯建聪："他还在找你的麻烦啊？他是不是有病？要不要想办法教育一下？"

宋复行连正眼都没有给柯建聪，神情淡淡的："不用理。"

既然宋复行说没事，那就肯定没事，霍圾他们没有再问。

霍圾点了早餐往回走，一眼就看见从楼上走下来的那个人，忍不住一笑。小姑娘也不知道是不是没睡醒，走得慢吞吞的。

林莜用余光感觉到了熟悉的身影，抬眼看过去，对上了霍圾看过来的视线，她连忙收回视线。不知道从什么时候起，她越来越不敢和他对视了，每次见到他就又欢喜又紧张，既不敢看他又忍不住不看他。

霍圾笑了起来，显然是看出来她不敢看他了。林莜莫名被看穿了心事，更加不好意思看他了。

霍圾端着早餐到空位上坐下，李涉腿一跨，也坐了下来："你搞定小奶糖了，是吧？看来以后你要天天给我们'撒狗粮'了。"

霍圾唇角上扬，笑了笑，没有说话。

宋复行在空位上坐下，闻言难得笑了："恭喜了。"

"别光恭喜啊。"李涉推了一下宋复行，"你呢，有没有中意的？从小到大就没听过你有中意的女生，你是打算出家吗？"

"我对这些没有兴趣。"

李涉听这种话听得耳朵都要起茧子了："还好你长了这张脸，不然就你这种乏味的性格，十有八九找不上对象，适合家族联姻。"

宋复行神情平淡，平静地开口："联姻也不错，反正都差不多。"

"咳咳！"李涉差点被呛到，他甘拜下风，伸手给他竖了个大拇指，"您牛。"

霍圾忍不住笑出来。

林莜还是第一次看到霍圾笑弯了眼，他好像很少这样笑，只有在和他的朋友们在一起的时候才会这样笑，一看就很开心。

林苃正想着，霍圾忽然看过来，她连忙低下头，吃着手里的小馒头，乖得不行。

这一天上午，林苃过得很平静。到了下午，天气有些闷热，好像快要下雨了。大家都有些昏昏欲睡，林苃强撑着写作业。突然，从隔壁的一班传来一阵尖叫声，一班的学生一窝蜂似的跑了出来，跟逃命似的，造成了巨大的恐慌。

一班的任课老师在走廊那边问道："怎么回事，你们都出来干什么？"

"老师，打起来了！"一班的一个女生吓得不轻，大声叫道。

任课老师皱眉，往一班门口走："谁在打架？"

"宋复行和柯建聪，头都打破了，都是血！"

任课老师一愣，连忙冲进一班，看见眼前的一幕，差点没站稳。

林苃所在二班的同学纷纷往外跑，想看看发生了什么事，整个教室里顿时又挤又乱。

林苃起身看了一眼，她离门近，一下就被身后的同学推了出去。她隐约看见了一班教室地上的点点血迹，桌椅也倒了几张。和霍圾很要好的那个男生已经被任课老师拉住了，他一贯整齐的校服被扯乱了，上面沾着点点血迹，他的整只手上都是血，顺着手指一直往下淌，在地上聚成一摊。他好像不觉得痛，神情很淡，冷冷地看着躺在地上的男生。躺在地上的男生被桌子挡了大半，林苃看不见，只是光听他哀号的声音就觉得很吓人。

李涉睡得昏昏沉沉的，听见声音，瞬间清醒，连忙起身往外挤："让开让开，让我先出去！"

赶过来的刘友容一看，也吓了一跳："你们马上回教室！"

李涉没听，刘友容拉着他就往回拽："你干什么？回教室去，听见没有？！"

李涉急了："老师，让我去看一眼！"

刘友容用力扯着他往教室里一推："进去，老师会处理的，你去添什么乱！你们全部回教室，一个都不准出来！"

刘友容发飙大家都怕，没人敢不听，全都回了教室。

过了一会儿，向来淡定的一班班主任几乎是跑着到一班的，他让一班的班长把同学们带到阶梯教室去，然后带走了宋复行。

没过多久，林苃就听见了救护车的声音。柯建聪满脸是血地被人抬了下去，直到这时，大家才意识到事情的严重性。

❀ ❀ ❀

　　李涉在教室里急得跳脚，偏偏刘友容守在门口，不让人出去。教室里的同学们忍不住讨论起来。

　　"宋复行怎么会打人？虽然他性格冷了点，但人一直很绅士，打人不至于吧？"

　　"那是因为他家教好，他的脾气好像并不好，要是真有人惹到了他，应该就是今天这样的下场。我觉得肯定是柯建聪先挑起来的，他一直很贱，之前还背后说人坏话，还议论宋复行的爸爸妈妈，很多人都知道。"

　　"宋复行的爸爸妈妈怎么了？"

　　"听说宋复行很小的时候，他的爸爸妈妈出车祸去世了，他是爷爷带大的。柯建聪不知道从哪里知道了，一直说是宋复行克死了双亲，真恶心。"

　　"难怪呢，要是有人敢这么议论我的家人，我真的会跟他拼命。不过，宋复行好可怜，那么小就没有爸爸妈妈了，难怪整个人都淡淡的。"

　　"别嘴碎了，行不行？！"李涉突然吼了一声，看起来要打人一样，吓得全班同学都噤了声。

　　与此同时，刘友容突然冲着走廊喊道："霍圾，回教室里来！"

　　霍圾才开完学生会的部门会议，从中午到现在都没休息，虽然他没亲眼看见刚才的事情，但是一路过来也听全了。

　　李涉打开窗户，指着隔壁的一班："阿圾，柯建聪打行行了，妈的，地上都是他的血，不知道人有没有事！"

　　全班同学都很无语——大哥，造谣不是这样造的，满脸是血地被抬出去的那个人是柯建聪吧，怎么可能满地都是宋复行的血？

　　刘友容气得不轻，眼睛一瞪："李涉，马上坐回去，不然叫你的家长过来！"

　　相比李涉这样令人头疼的问题学生，霍圾就听话多了，过来的时候只是看了看隔壁教室。他的情绪好像没有什么波动，只是看了一眼就收回视线往自己的教室走，表情一如既往地平静温柔。

　　宋复行被老师带走以后就没有再回来，一班的教室很快就被打扫干净了，一班的同学也回来了。

　　下午第一节课上课前，所有人都在位子上，不能到处走。尤其是林苡所在楼层的班级，每个学生都要由班主任检查一遍手机。刘友容让所有人删掉刚才拍的照片，又一个一个检查手机。检查完以后，她回到讲台上，神情严肃："我最后说一遍，谁也不准把关于这件事的照片发到网上去，如果让学校发现谁在外面说了今天这件事，那么等着他的就是开除处理！"

刘友容说完以后，匆匆离开了。班里的同学们都吓到了。

"管得这么严，是不是出人命了？"

"你别吓我啊！"

"不然搞这么大阵仗干吗？"

然后，霍圾和李涉都请了假，一个下午的课加上晚自习都没有来。大家猜测连连，越猜越害怕，都没有心思学习。

第二天，学校里就流传起了宋复行要转校的消息，而且是当天就转走，根本不留一点缓冲的时间。而柯建聪在住院观察。学校论坛炸锅了，学校里流言四起，就连林莜这种消息不太灵通的人都知道了。

"宋复行什么背景啊，闹得这么大，他转眼就可以走了？柯建聪可是'矿二代'，家里超有钱。"

"应该是私下和解了。"一个男生偷偷看了一眼霍圾，"你也不看看宋复行和谁玩得好，霍圾和李涉这两个人，哪个不是含着金汤匙出生的？和他们从小玩到大的宋复行，他的家底能薄到哪里去？"

"我就说嘛，柯建聪头都被打破了，应该不可能轻易揭过不提的。"

"宋复行家可能就是比较低调，也不知道霍圾和宋复行哪个比较有钱。"

林莜转头看向霍圾，他还是很平静，看起来根本没有听见这些话。

放学以后，林莜整理好书包，和霍圾一起下楼。今天是周五，她得回霍家。

赵碧郡很关心霍圾在学校里的感情生活，所以要她每周都回去，说一下霍圾的情况。

坐在车上，霍圾没有说话，只是安安静静地看着窗外，依旧是平静闲适的样子。

林莜想了很久，看向他："你的朋友没事吧？"

霍圾收回视线看过来，微微一笑，看起来并不担心："没事，只是他家里不愿意再让他在一中上学了。"

林莜见他还能笑着说这些，心情应该不算太差，放心了一些："柯建聪好像伤得挺严重，他家里人不会找麻烦吧？"

"不会，宋爷爷已经压下去了。"

压下去了？林莜下意识觉得，柯建聪那样的性格明显是长期被家人纵容才形成的，他家里真的会善罢甘休吗？但她没有多问，不想让霍圾烦恼。只是，她一时也不知道该说什么了。

到了霍家，快要下车的时候，霍圾忽然开口问道："这周末你要做兼职吗？"

林莜摇头："这周不用去。"

"好，如果你有不会的题，可以随时来问我。"

林莜应了一声。其实她不好意思去找他问，因为这一趟回来，她还要跟赵碧郡报备他在学校里的事。虽然霍圾知道这件事，可她还是觉得自己像个小间谍。不过，数学题……她是真的写不出来……

林莜起了个大早，坐在书桌前琢磨了很久，还是卡在了数学大题上。她想得头都疼了，只能拿着试卷去找霍圾。

到了霍圾的房间门口，她抬手轻轻敲门，门是虚掩着的，里面没有声音。

林莜正要往里面看，又意识到这样不好，收回视线，轻声叫道："霍圾？"

"进来吧。"霍圾似乎才听到，声音远远地传来。

林莜推门进去，发现霍圾坐在阳台的沙发上，一旁的桌上放着一杯水，还有一台笔记本电脑，旁边是书和白纸。

林莜走过去，突然有些拘谨。

霍圾抬头看过来，笑问："有题不会？"

"嗯。你现在是不是在忙？我需不需要晚点再来问你？"

"不用，我没有要紧事，你坐吧。"霍圾拿过她手里的试卷，起身坐到一旁的木凳上，把软沙发让给她。

林莜在沙发上坐下。阳台的视野很开阔，阳光照着挺舒服的，不会太热，和煦的暖风微微拂来，她舒服到想要睡觉。霍圾怎么会找一个这么舒服的地方学习，不怕睡着吗？林莜想着，看了一眼霍圾，他正在看她写的题，她无端开始紧张。

果然，片刻后，霍圾就圈出了好几道不对的题，不过他没有不耐烦，开始耐心地给她讲解。

林莜听他一讲就明白了解题思路，也不好意思再打扰他，毕竟是难得的周六。她收回试卷："那我回去继续写题了。"

"要不要玩会儿游戏？"

林莜顿了一下。

霍圾已经伸手把旁边的笔记本电脑拿过来了："适当玩游戏放松一下吧，

不然你会很累。"

林莜看着电脑，她对这些电子产品比较生疏："可是我不会玩。"

"没关系，我教你。"

霍圾的电脑里没安装游戏，他随意下载了一个。随着音乐响起，游戏里的人物跳了出来。林莜看着花里胡哨的界面，觉得有些新奇。

霍圾见小姑娘一直盯着屏幕看，忍不住一笑："你是左边，我是右边，我们看谁先挖出迷宫。"

霍圾先给她示范了一下，找了一条通道，还挖出了小小的钻石，界面显示钻石有一克拉。游戏里的小人得意扬扬的，林莜看得入神。

桌上传来一阵振动，霍圾放在旁边的手机响了起来，她下意识看过去，手机屏幕上显示的是李涉。

"你先玩，我接个电话。"霍圾伸手拿过手机，起身出去接电话。

林莜点头，按照霍圾的操作，指挥小人挖通道，挖到了一个百宝箱，小人打开箱子以后，电脑里传来提示音："你的宝箱被人捷足先登了。"怎么霍圾一下就挖到了，她却挖不到？她正准备继续，身后突然传来细微的动静。

林莜转头看过去，是小汤圆，它正在霍圾的书桌下咬东西玩，小屁股扭得特别厉害。

林莜忍不住弯了弯眼睛，走过去揉它："原来你在房间里啊，我都没看见你，你之前是不是窝在哪里睡觉呢？"

小汤圆没空搭理她，一直在咬霍圾的笔，笔杆上面已经有了牙印。

林莜看了一眼半开的抽屉，然后抱起小汤圆，伸手捡起笔放进抽屉里。霍圾的抽屉里很干净，东西放得整整齐齐的，上面还有一把锁。她没有多看，随手关上抽屉，然后就抱着特别乖的小汤圆回到沙发上坐下。

她不信邪，又操作了一下小人。这时，电脑上的聊天软件正好传来信息，聊天界面自动弹了出来，空白一片的聊天界面上显示出一条消息，备注的名字是苏雁："阿圾，今天要不要来我家玩？奶奶自从上次见了你，一直在念叨你。"

林莜没有再碰电脑，等霍圾打完电话回来，她转头看过去："你有聊天消息，我刚才玩游戏的时候不小心点开了。"

"嗯。"霍圾没在意，随手放下手机，倾身过来回复消息。

他忽然靠近，双手撑在她身侧，虽然隔着一点距离，但林莜就像坐在他怀里一样，甚至能感觉到他的衣服拂过她的头顶，清新干净的皂香气息袭来。她有些紧张，进退两难。

霍坂似乎没有察觉，修长的手在键盘上敲出一行字："最近我有事情，去不了。我让人给奶奶买了点东西，你收一下。"

霍坂打完字，低头看向怀里抱着小汤圆正襟危坐的小姑娘，唇角微微上扬。

林莜看着他打完字，屏住呼吸等他直起身，可是半天都没有等到。她有些疑惑，微微抬头看向他，正好对上了他看过来的视线。

他一笑："怎么了？"

她慌忙收回视线，抱着趴在腿上的小汤圆："没什么……"

这时候，她突然反应过来，明明是他一直在盯着她看，他怎么还先质问起来了？

chapter 10

恶作剧

他轻轻地亲了她一下，像亲可爱的洋娃娃，
又像是故意的恶作剧。

林芟意识到，她看他会紧张，不看他更紧张，听见他的轻笑声都不知道该做什么好。本来在她腿上喵喵直叫的小汤圆看见霍圾过来了，瞬间乖乖地趴着，特别自觉。

霍圾直起身，回到凳子上坐下，稀松平常地问道："挖到了什么？"

林芟的心跳声有些大，差点盖过了他的声音："什么都没挖到。"

"给你机会了，你没抓住，一会儿输了可要接受惩罚。"

惩罚？林芟忽然想到 KTV 里的游戏，心莫名一慌："什么惩罚？"

霍圾伸过手来，大拇指和食指微屈，轻轻弹了一下她的额头，笑道："弹一下额头吧。"

林芟被他弹了额头，虽然不痛，眼睛却下意识眨了一下。她过了许久才想到说话："可我还没输，你就弹了。"

霍圾轻笑出声，伸手撩起头发靠近她，声音轻轻的："姐姐可以弹回来。"

林芟看着他突然靠近的好看的脸，心脏突突一跳。她突然想，他这样美好的人长大以后有了女朋友，是不是也会这么温柔地陪她玩游戏？

有了这个想法，林芟突然愣住，连忙摇头甩开杂念，不敢再看他。

宋复行转校，柯建聪住院，随着时间的推移，这件事很快就过去了，大家也只是偶尔提起。

晚自习快要开始了，林芟和顾语真一起去教室，林芟突然想起忘了带练习册，只能别过顾语真回寝室拿。

拿了练习册后，在一个人往教室走的路上，林芟隐约间好像看到了走在前面的霍圾的身影，于是走慢了一些。

经过她旁边的几个同学兴致勃勃地说道："一班的柯建聪回来了，还说要废掉宋复行一只手。真的很无语，他头都被人家打破了，还这么不知收敛。"

"他横惯了，当然不怕。还好宋复行家底厚，要是普通人摊上这种事，绝对会被欺负死。"

"柯建聪早上还找过二班班长，估计是想问宋复行的去向。他不会真的闹出什么事来吧？"

"宋复行转到哪个学校去了？他可千万别被找到。柯建聪绝对不会善罢甘休，他家里管不了他的，要真出了什么事就晚了。"

"霍圾斯斯文文的，又和气，说不定真的会被柯建聪吓得说出什么来。到时候，宋复行家里的保密工作做得再厉害也没用。"

林莜听着，脚下一顿。今天早上，她看见过柯建聪，他头上还包着白纱布，就急着回学校，可见报复心有多重。宋复行已经转校了，柯建聪找上霍圾，就是看准了霍圾好说话吧！要是他问不出来，难免不会把怒气发泄到霍圾身上。林莜有些担心，四处寻找霍圾的身影。可是，才一个转身的工夫，霍圾已经不见了……林莜找了一圈也没找到。晚自习快要开始了，路上已经没有几个人了，她只能先回教室。

她坐下没多久，同学们陆陆续续地到齐，霍圾也到了。他把手里的饮料递给李涉，李涉接过："谢啦！你自己没买水？"

"我不渴。"霍圾在位子上坐下，神色温和。

原来他替李涉买饮料去了，难怪一眨眼就不见了。林莜见霍圾没事，就没有多想，转头开始认真写作业。

这些日子有霍圾给她辅导，她基本上已经能自主解题了，虽然速度并不是很快，但好歹都能解出来。

她越来越不好意思去问他题了，因为她听到他温柔的声音会走神，甚至有时候心跳声都会盖过他的声音。这样一来，她就静不下心来学习了……

林莜没有去问霍圾数学题，自己琢磨了一晚上，勉强能写出大概的解题步骤来。她正欣喜自己的进步，第二天早自习时却出了大事。刘友容刚到教室里就被叫走了，所有班主任开紧急会议，早自习完全没人管，教室里闹哄哄的。

"柯建聪出事了。"一个男同学去隔壁一班打听了事情的经过，回来后脸都吓白了，"柯建聪昨天没回寝室，他的室友以为他又出去玩了，就没在意。结果，今天早上，他在器材室里被发现了。"

林莜听到这话，觉得很诡异，这种表述方式……无端让人觉得毛骨悚然……

"器材室里……死了？！"

"没有！是被关在里面一晚上，吓坏了。"

"你吓死我了！"一个男生伸手抚胸口。

打听消息的男生脸色有些不好看："我觉得也差不多了，柯建聪出来的时候腿都站不稳，脸色青白。老师问他情况，他都不敢说话，就一个劲儿地说自己怕死什么的，神神道道的，好像脑子出问题了。"

"被打了吧？"

"没有，一点伤都没有，全身上下都好好的！"

"那应该是被吓到了，被关在器材室里一晚上确实吓人。那附近晚上都没人去，他是怎么跑到那里面去的？"

"是人为的啊，器材室的门从外面锁上了，不知道是谁把他关进去的。篮球架上还放了一个小音响，放了一晚上鬼故事。"

"这恶作剧也太恐怖了，要是我真的要吓死。"

林苃总感觉不对，这已经不是单纯的恶作剧了，如果再稍微狠一点点，那就是刑事案件了。

林苃有些心不在焉，中午回了寝室，几个室友也在讨论这件事。

"你们说，柯建聪真的是被鬼故事吓到的吗？"唐文璇有点不信，"我觉得，女孩子被关在器材室里听鬼故事有可能会被吓到，但是男孩子应该不至于吧。而且，他要是不敢听，完全可以堵住耳朵啊！"

"不是，他的手脚都被绑着，不听都不行。"陆依依压低声音说道，似乎有些害怕，"而且，今天早上他出来的时候真的是脸色苍白的，我的一个同班同学看见了，他看起来是被吓得不轻。"

唐文璇和顾语真听着都有些害怕，这件事往深处一想，真的有些可怕。

陆依依突然想到了什么："你们知不知道以前有人用听觉逼疯过人？那个受害人每天睡觉时都会听到楼上的弹珠声，他去问住在楼上的邻居，没人承认，但一到晚上声音就出现了。那个人听久了，产生幻觉，自己把自己吓疯了。后来，有人发现是另一个人故意在同一个时间点玩弹珠，为的就是逼疯他，我觉得这件事和那个人的做法还挺像的。柯建聪到底得罪了谁？宋复行都已经转校了，谁会这样整他？"

"柯建聪平时那么嚣张，得罪的人多了去了，学校里有那么多学生，根本查不出来的。这就是自作孽不可活吧？"

林苃听着听着，突然站了起来。另外三个人停下了闲聊。

顾语真问道："芨芨，你怎么啦？"

林芨心不在焉道："我突然想起来热水瓶还放在楼下，我下去拿。"

"好。"

林芨开门出了寝室，下了宿舍楼，却忍不住往操场走去。此时还没到午休时间，操场上有很多学生，有打篮球的，有聊天的，也有散步的，特别热闹。

一班昨天最后一节课是体育课，放学以后，器材室就不会再有人去，柯建聪上体育课时还在，放学后就不见了。全校学生自由活动到晚习，如果没人缺席晚习，那么他被关的时间范围就在放学后到晚习这两个小时内。

林芨走到器材室附近，器材室的门已经锁住了，没办法进去。她微微踮起脚，透过门的缝隙往里面看。里面没有她想象的那么乱，只是满都是灰尘。只有一块地比较干净，应该是柯建聪躺过的。

她仔细观察里面的布局，发现靠墙的篮球架很高，器材室里没有任何可以垫脚的东西，这个高度女生肯定够不到。地上有一个空的矿泉水瓶，端正地放着，还有一沓纸巾被扔在角落里。

林芨心想，这个人平时一定很注重整洁，在那种随时都可能被人发现的情况下，他还能把瓶子端正地放下，这样的心理素质有点可怕。

林芨的心沉了一下，仔细打量了好久。她想不通的是，为什么那沓纸巾叠得那么整齐？一般人用纸巾都会把纸巾揉皱，然后随手扔掉，可是那沓纸巾叠得整整齐齐的，看起来还沾过水，她总感觉它不是用来擦手的……

下午开班会的时候，柯建聪的事全校早就传遍了。柯建聪每次出事都是大事，几乎让全校的学生都记住了他的名字。

刘友容把锁器材室的锁头和小音响的照片放在了投影仪上，所有学生都要辨认一遍。那个搞恶作剧的人很聪明，完全避开了摄像头，对学校的布局既清楚又会利用。摄像头根本没拍到任何可疑的人，这样一来，要揪出那个始作俑者实在太难了。

"如果谁见过这把锁或这个音响，请务必告诉老师。另外，如果始作俑者在我们班里，我希望他能够自己主动承认错误，不然，等学校查出来就晚了。柯建聪同学已经严重到需要接受心理治疗了，这种行为实在太恶劣，开玩笑也要有个度！"

班级里的气氛很压抑，大家都察觉到了事情的严重性，毕竟，柯建聪都要接受心理治疗了，鬼知道他在器材室里经历了什么。现在大家都还不知道是谁干的，那就相当于周围的每一个人都有可能是这场恶作剧的始作俑者，这太可怕了，一时间闹得人心惶惶。

林莜看着投影仪上的锁，脑子完全是蒙的。她见过一模一样的锁，在霍圾的房间里……她看向霍圾，他的眉眼看上去很干净，一点害怕和心虚的神情都没有。

林莜忍不住皱了一下眉。她觉得一把一样的锁不能证明什么，可是他的反应很不对劲。他太平静了，情绪没有任何波澜，照片上的锁和他抽屉的锁这么像，他为什么一点都不惊讶？

🐾 🐾 🐾

林莜越看心悬得越高，她又想到，昨天晚自习前，她看到他身影的地方离操场很近。她还没来得及细想，霍圾忽然抬眼看过来。她连忙收回视线，余光却瞥见他的视线似乎一直没有收回去，于是心里更乱了。

放学后，同学们陆陆续续离开，嘴上都在讨论这件事。林莜心里有些乱，慢吞吞地整理着书包。霍圾还没有走，似乎在等李涉。她只能起身去拿了黑板擦，开始擦黑板，打算等霍圾走了再走。

林莜心不在焉地擦着黑板，高的地方擦不到，只能踮起脚尽量去擦。身后突然有人伸手来拿她手里的黑板擦，清新的皂香味弥漫过来，是很熟悉的气息。林莜一回头，对上了霍圾的视线，她下意识觉得心慌。

霍圾道："我帮你。"

林莜收回手，站在黑板前一动不动的，就像在面壁。

霍圾看了她一眼，唇角微微一弯，笑得有点玩味。他抬手去擦黑板，轻易就把她够不到的地方全都擦干净了。

以他的高度，完全可以轻松够到器材室里的篮球架……林莜脑子里很乱，突然觉得他微微抬高的手好像在提醒她，他就是……

"谢谢。"林莜的心越来越沉，转身回到位子上，拿过书包拉上拉链。

李琪琪把整理好的卡牌放进书包里，又拿出镜子看了一下脸："今天脸好干，回去要敷一下面膜了，补下水。"

林莜拉书包拉链的手猛地一顿，突然想到了纸巾可能的用途。重叠的纸巾湿透以后有良好的韧性和密封性，如果盖在脸上……

林皎很不舒服，觉得一定是自己想多了！她抬头看过去，霍圾已经擦完黑板了，正往她这边走来。看见她惊讶的表情，他微微侧头笑了笑，一脸无所谓。

林皎一怔，又想起陈诗楠说过好几次，霍圾就是很坏的男生。恐慌感突然从心底漫过，她抓起书包就往教室外面跑。

李涉看见林皎一阵风似的跑了出去，愣了一下："干吗呢？"

李琪琪还没来得及收好镜子，旁边的位子已经空了，她连忙喊道："林皎，等我一下，一起走啊！"

林皎根本听不见，她慌乱地跑出了后门，往走廊上跑。感觉到后面有人追上来，她呼吸急促，连忙加快脚步，却还是轻易被追上了。来人伸手拦了过来，林皎反应不及，撞上他的胳膊，连忙往后退，可霍圾拉着她的书包带，让她退无可退。

跟在后面出来的李琪琪看见这一幕，伸手捂住了嘴巴，满眼八卦。

林皎抬头对上霍圾的眼睛，完全不知所措。她回想着他刚才的那个笑，那个笑就好像在说"哦，你知道了"，没有一点心虚和慌张。

霍圾看着她，依旧如往常一般温柔："明天一起回家。"

林皎想也不想就开始找借口："我这周末有兼职……"

"这周末不应该轮到你休息了吗？"

林皎一阵语塞："我……临时有事……"

霍圾笑了起来："可是爸爸说过，要你回家吃饭。"

他显然打定了主意要她一起回霍家。走廊上有很多路过的学生，他们纷纷看了过来。她有些不知所措，匆忙点了一下头："我知道了。"

听到肯定的答案，霍圾才收回手，和走过来的李涉一起离开。

李涉被搞蒙了，看了霍圾一眼："你刚才做了什么，把小奶糖吓得拔腿就跑？"

霍圾笑了笑，随口说道："我说喜欢她。"

李涉听得一头雾水，小奶糖刚才那样子可不像是听到了表白，相比起来，马上要上刀山下火海还差不多。

李琪琪见他们走了，连忙跑到林皎身边："哇，刚才班长是在'壁咚'你吗？你们什么情况啊？"

她走近一看，却见林皎一脸苍白。她本来还以为他们之间有什么猫腻，这下瞬间否定了自己的猜想："林皎，你怎么啦，是和班长有什么不愉快吗？"

林皎呼吸紊乱，摇了摇头，轻声说："他问我作业写完了没有，写完了要给他检查。"

李琪琪闻言笑出来："你胆子也太小了吧！班长又不是班主任，他又不会骂人，你这么害怕干什么？"

林莜咬了一下唇，心神不宁。她心想，她肯定是看错了，他本来就爱笑，其实应该和平时没有两样吧，是她自己过度解读了……

第二天，学校里没有人主动承认，也没有见过那个音响或那把锁的学生。学校开始排查监控录像，管得越来越严。柯建聪虽然情绪稳定了一些，但依旧不敢说是谁把他关起来的。这件事变得更难解决了，学校里人心惶惶，论坛上更是猜测连连。

李涉猛地把双臂搭在两个正在讨论这件事的男生肩上："柯建聪就是活该，如果他不是出了这事，老子也要收拾他。谁让他莫名其妙地把宋复行弄转校了，果然，人贱自有天收！"

"哥，话虽如此，可这个恶作剧太玄乎了。而且，柯建聪明明知道是谁干的，就是不敢。你说，万一这事落到我们头上，那多可怕啊？"

"怕个屁，不做亏心事，不怕鬼敲门！你好端端的，人家会找你的麻烦？柯建聪那是自找的！"

周五最后一节课的下课铃声响起，林莜却坐在位置上不敢挪动，她不敢和霍圾坐一辆车回家。

身旁有人走过来，俯身靠近她："姐姐，回家吧。"

林莜一个激灵，条件反射地躲了一下，然后就看见了霍圾微微疑惑的眼神，他看起来一副什么都不知道的样子。平时回霍家，她都是和他分开下楼的，今天却不同往常。她强装镇定，背起书包，跟着霍圾一起出了教室，往校门口走。

霍圾不管走到哪里都是人群的焦点，林莜和他走在一起，很明显地感觉到了同学们投过来的视线。

他们走得不快，可还是转眼就走到了车前。

霍圾伸手拉开车门，看向她："姐姐先上。"

林莜顾不得别人的目光，乖乖背着书包坐进去。

霍圾随后坐进来，哪怕他年纪比她小，她也一眼就能看出他们力量悬殊。

车里的空间并不小，可林莜坐在霍圾对面还是感觉到了压抑，哪怕他什么也没说，甚至没有看她。

车里很安静，车顶是星空顶，人在车里就像坐在星空下。林莜看向车顶，强行转移注意力，却很明显能感觉到对面的视线落在自己身上。她的心跳漏了一拍，视线慢慢下移，果然，他正漫不经心地看着她。

林莜的呼吸都下意识停住了。前座的坤叔一点声音都没有，像一台没有思想的机器。车里好像只剩下他们两个人。

林莜对上霍圾的视线，整个人紧绷着。突然一个急刹车，她猛地往前一扑，直接扑进了霍圾怀里。她还来不及反应，坤叔就已经开门下车去看情况了。

林莜心跳如雷，微微抬头对上霍圾的视线，想问却不敢问，第一次紧张得有些冒虚汗。

霍圾把手放在身侧没动，既没扶她起来，也没开口说话，就像是她投怀送抱一样。车里真的只剩下他们两个人了，安静得过分。他身上若有似无的温度传过来，他的腿很长，也很坚硬，让她觉得硌得慌。

她有些腿软，一时起不来，对着他露出了一抹僵硬的笑，表情里还有那么一点乖巧的意思。

霍圾看了她很久，久到她都快笑僵了，他的唇角才微微弯起，露出一抹笑来。

到了霍家，林莜急匆匆地下了车，回到自己的房间。霍圾没有问什么，林莜松了一口气的同时，心情也更加复杂了。她冷静下来后，越想越觉得矛盾。她总会无意识想起陈诗楠的话，想起霍圾和陈宣冲说笑，想起霍圾身上曾经有过的淡淡的烟味，想起无法无天的孟诚那样怕他……

她找了一晚上的理由，早上起来时还是无法说服自己。那把锁有些年头了，现在很难买到一样的，又怎么可能那么巧，同时出现两把一模一样的呢？

林莜突然有些心烦意乱，听见外面有小猫的叫唤声，她起身打开房门，看见小汤圆想往她的房间里钻。她看见小家伙，心里一软，俯身抱起它："你怎么来这里啦？是找我玩吗？"

小胖猫"喵"了一声，窝在她怀里，可乖了。林莜抱着它往楼下走去，刚下楼梯就看见了霍圾。

落地窗旁边的桌上摆着书，还放着一杯白水，霍圾坐在阳光下看书，见她下来了，笑着打了一声招呼："昨晚睡得好吗？"

"还好。"林莜心事重重，抱着小汤圆往外走了几步，终于还是忍不住转头看向他，"我看见你锁抽屉的锁了。"

霍坂似乎一点都不意外，连头都没有抬，轻描淡写地回了一个字："哦。"

林莜愣住了，整个大脑都是空白的。她心想，他这是什么意思？是承认了吗？甚至连辩解都没有？他真的是那个把柯建聪吓得要看心理医生的人？！

林莜呼吸有些不畅，转身走到他面前，强压着自己心里的复杂情绪："那个人真的是你？"

霍坂抬头看过来，笑着说："姐姐都猜出来了，为什么还要问？"

林莜难以置信："你认为这只是恶作剧那么简单吗？"

"难道不是吗？"霍坂随手合上书，"如果我不只是单纯地整了整他，他能那么轻松地出来吗？"

轻松？都被吓得要看心理医生了，还轻松？林莜越听越害怕。对于别人受到的伤害，他根本就无所谓，那以后万一犯法了呢？是不是也无所谓？！

小汤圆似乎感觉到了他们之间的气氛不对，连忙从她怀里跳了下去，飞快地跑了。

林莜看着这样无所谓的他，胸腔难掩起伏，语气强硬："我周一会告诉老师，你自己做好心理准备。"

霍坂扑哧一下笑出来，伸手拿起手机："可以啊，不用等到周一了，我现在就帮你打电话。"

林莜看着他满不在乎的样子，有些激动："你不用虚张声势，你以为我不敢说吗？"

"你说啊。"霍坂把手机屏幕对着她，依旧笑着轻声说，"通了。"

手机屏幕显示"正在通话中"，传来一声"喂"，是刘友容的声音！

林莜瞳孔猛地放大，既震惊又慌乱——他真的打给班主任了，他疯了！

❤ 🐾 ❤

林莜没有伸手接手机，手机里又传来声音："喂，霍坂，你找老师有什么事吗？"

霍坂见她不动，笑着对手机说道："老师，林莜有话要和你说。"他说着把手机递近了一点，就像在问她，她不是要和老师说吗？怎么不接电话？

林莜没想到他会这样肆无忌惮，她的呼吸越发不稳，慢慢伸手去接手机，动作却还有些犹豫。

霍坂突然抓住她的手腕，拉她坐下，把手机递到她耳旁，靠近她轻声说道：

"说你想说的。"

林莜被他的动作吓了一跳，思绪有些凌乱，下意识去接他递到耳旁的手机。

霍坂收回了手，她拿着他的手机，觉得它格外重，甚至有些拿不住："刘老师……"

手机里传来刘友容的声音："林莜，你有什么事情要跟老师说吗？"

林莜听着刘友容的声音，看着眼前一脸无所谓的霍坂，心里的天平左右摇摆了很久，用力咬了一下唇才缓慢地开口："老师，我想问一下，我们是不是要把A卷和B卷都写了？"

霍坂忽然笑了起来，倾身靠过来，亲上她的唇，温软的唇瓣贴上来，带着烫人的清冽气息。他轻轻地亲了她一下，像亲可爱的洋娃娃，又像是故意的恶作剧。

刘友容重新说了一下作业内容，听到动静有些疑惑："林莜，你在干什么？"

林莜慌了神，连忙往后退，霍坂却按着她的后脑勺，靠近她的另一只耳朵轻声说："姐姐好可爱。"

林莜的手微微一抖，她的唇瓣上还残留着他的湿润气息，完全不知道该怎么办……

手机里传来刘友容疑惑的声音："林莜，你在听吗？"

"我……我在听……"林莜的大脑一片空白，下意识回道。

刘友容又说了什么，林莜完全没听进去，也根本接不上话。等挂了电话，她已经拿不稳手机了，无端冒了一身汗，紧张得差点虚脱。

霍坂收回手，忍不住一笑。

孙嫂抱着小汤圆急匆匆地走进来："汤圆都会开猫粮机了，刚才我看见它又在偷吃。它早上刚吃过，现在又饿了。"

霍坂伸手接过小汤圆，将它毛茸茸的小脑袋对着自己："难怪体重减不下来。"脑袋卡在他的食指和中指之间的小汤圆轻轻"喵"了一声。

霍坂揉乱了小汤圆的毛，笑得宠溺。林莜看着他的样子，感觉思绪有些错乱，起身想要上楼，霍坂却抓住她的手腕，笑问："老师说的话你都听清楚了吗？"

林莜有些脱力："我知道了，我上去写作业。"

"在这里写吧，有不懂的可以直接问我。"霍坂随手拿过桌上的本子，翻开摆在她面前。是他的作业本，上面的字迹很好看，干净清俊，没有写错的地方，很完美，现在却显得这么矛盾。

孙嫂看他们在讨论学习，就没有打扰，转身出去了。

霍圾伸手拿过笔放在她手里："先写我的吧，先把思路弄清楚。"

林莜放下笔，感觉有些无力。他根本就不怕别人知道，从头到尾，受到惊吓的人只有她，他还有心思教她写题……

霍圾看她放下了笔，伸手搂过她，轻声道："姐姐喜欢我，对不对？"

林莜整个人都在轻轻地颤抖，说不出话来。

"你第一次看我的时候，眼睛就直勾勾的，真的有把我当弟弟吗？"霍圾的视线落在她的脸上，说得认真，"哪有姐姐盯着弟弟看的，还和弟弟接吻？"

"我没有……"林莜下意识抓自己的衣摆，却抓到了他的。

"不是你和我接吻的吗？嘴对嘴。"霍圾很温柔地说着，他靠得近，说话的时候唇齿间的清冽气息都轻轻喷在她的脸上，让她觉得有些痒，"你不会真的觉得我亲你不算接吻吧？那是不是我上你，也不算上？"

林莜僵住了，抬头看向他。他的眉眼干干净净的，说的话却这么……这么……她慌忙推开他，往后躲。这样的话竟然从他嘴里说出来了，恶劣得可怕。她不敢相信："你说……说什么？"

霍圾被她推得往后一仰，忍不住笑出来，语气依旧漫不经心："听不懂吗？你以为这个年纪真的有单纯的男生？还一直把我当好弟弟，知道我装得有多辛苦吗？"

她根本不敢往下听，慌忙起身往楼上跑去。跑上楼梯拐角的时候，她还能看见霍圾坐在原地，神情平静地去逗小汤圆。如果不是刚才亲耳听到了他的话，她根本不知道他骨子里这么恶劣。

林莜关上房门，手脚无力地坐在地上，第一次感到非常迷茫，心里的温度一点点降下去，像被一盆冷水浇凉了。

她待在房间里，整整一天都没有出去。到了晚饭时间，房门外传来声音："小莜，先生和太太要你去吃晚饭。"

林莜有气无力地起身打开门："孙嫂，我身体不舒服，就不去了。"

"哪里不舒服？"孙嫂摸向她的额头，"也不烫啊！你中午就没吃，晚饭再不吃，不饿吗？"

"我没事，就是有些乏力。"林莜垂着眼睛看地面。

"要不要给你叫医生？"

林莜连忙摇头，哪敢这样麻烦别人："不用，我躺一会儿就好。"

孙嫂听了连连点头："好，那我去和先生、太太说一声。你要是有什么需要的就和我说。"

林莜连忙点头。晚饭其实她应该去吃的,可是她实在不知道该怎么面对霍坂。

过了一会儿,房门外传来敲门声,林莜以为孙嫂去而复返,起身去开门,门口站着的却是霍坂,他戴着细框眼镜,不笑的时候看起来很斯文。

"下去吃饭。"

林莜慌了神,连忙要关门,霍坂伸手抵住门,笑了起来:"跟小孩子一样,一生气就不吃饭?"

林莜完全做不到像他那样若无其事:"我不饿。"

"妈妈让我端了一些饭菜过来,要是你不吃,那我就端回去了,一会儿让她自己端过来。"霍坂也不勉强,收回手,转身往楼下走去。

林莜咬了一下唇,只能走出房门,跟着他往楼下走去,一走下楼梯就闻到了一阵菜香。他真的把吃的端来客厅了,菜的种类很多,就放在桌上。

林莜拿着筷子,却毫无食欲。小汤圆一直围着霍坂叫唤,特别急切地想要上桌。霍坂忍不住一笑,一手把它抓起来放在桌上,揉乱了它的毛发:"叫什么叫,姐姐在吃饭。"

林莜伸手夹菜,听到他叫"姐姐",眼睛微微一眨,然后垂着头闷不吭声地嚼着口里的菜。

小汤圆一看到桌上的饭菜,小胖爪就忍不住想要往前伸,霍坂把它的爪子扳了回去,但它马上又往前跑。他忍不住一笑,拿起筷子,夹了点肉末喂它:"最后一口。"

林莜看着耐心地喂小汤圆吃东西的霍坂,他看起来那样无害、温柔又宠溺,却偏偏做出了那样的事,说出了那样的话。她想,他真是坏得离谱。

器材室的恶作剧一直没有找到罪魁祸首,柯建聪却一反常态,决定息事宁人,不但没有追究,还直接转校了。柯家不再追究,学校就没有了压力,况且根本查不到任何蛛丝马迹,这件事到最后也就不了了之了。

"我听一班的人说,柯建聪和家里人说了是谁整他的,但他们家估计惹不起,所以他直接转校了。"

"你这么一说,我更好奇是谁了。不会是李涉吧?他之前不是一直说要给柯建聪好看吗?"

围成一圈的几个同学看了一眼正在抢女同学的镜子、准备整理发型的李涉,瞬间摇头否定。李涉一看就没有啥心机，显然没有实力把柯建聪吓得需要看心理医生。

有人说道："我听说柯建聪之前找过霍圾……"

大家又看向后排斯斯文文的班长，他一直很有礼貌，家教又好，连句脏话都没说过，更加不可能了。大家根本不怀疑他。

"应该和宋复行的事没联系吧！柯建聪在学校里那么嚣张，肯定得罪了不少人。这个毒瘤走了也好。"

林莜听得背脊发凉，越来越觉得霍圾简直是有恃无恐。他那么明目张胆地让柯建聪看见了自己的脸，是不是拿准了柯建聪家里根本不敢找他家的麻烦？更有甚者，他根本就不怕被人知道……

林莜不敢待在教室里，只要一下课，她就会避开霍圾，午休时间也躲进了图书馆。中午的图书馆里人不多，只有两个学生坐在位子上看书。林莜认真地写着作业，遇到不会的只能空着。

突然，她隐约听到不远处有人在说话："就是她在和霍圾谈恋爱吧？"

"是啊，之前她上了霍圾家里的车。"

林莜听到这话，思绪瞬间乱了。就在这时，有人走近，双手撑着桌子看向她："躲我？"

林莜手里写字的笔一顿，在作业本上画下一横，霍圾看见了，眉梢微微一挑。

霍圾一到这里，那两个女生就没了声音，不过显然在看他们。

林莜合上笔盖，把笔放回笔袋，合上作业本准备走。霍圾却拿过她的本子，随手翻开，看到好多题都空着："躲了我这么久，还没缓过来？"他低笑着调侃道，"就那么喜欢表面伪善的男生？"

"还给我。"

林莜伸手拿本子，霍圾却没有松手，俯身靠过来道："想好了吗？要不要和我交往？"

🐾 🐾 🐾

在安静的图书馆里，他的话一出口，林莜都怀疑自己听错了。她怔了很久才道："你说什么？"

霍圾看着她道："姐姐不是喜欢我吗？昨天还包庇我。"

林莜下意识看了一眼不远处的那两个女生，她们低着头没看这边，应该没听见。林莜把头转回来，一下子对上了霍圾的视线，有些慌乱："我没有……"

霍坂眉眼带笑，松开她的作业本："那你为什么不和老师说？"

林苃说不出话，拿回作业本放在自己的书上。

霍坂轻描淡写又自信地道："因为你喜欢我，才会这样包庇我。你明明知道是错的，还要帮我骗老师……"

林苃皱了皱眉，心情很复杂："霍坂……你别说了。"

"那姐姐要和我交往吗？我也喜欢姐姐，我们可以试试。"

林苃眨了一下眼睛看向他，只见他神情平静，仿佛在问她吃冰激凌还是巧克力。她握紧手里的书："我们不合适。"

霍坂毫不意外，轻轻笑起来："哪里不合适？你不喜欢我说得太直白，只喜欢我背地里那样？"

林苃听得云里雾里，她完全不知道该怎么面对这样的他，他说的每句话都充满了调戏，肆无忌惮。

"霍坂，走啦。"萧洋在门外叫了一声，手里捧着一堆资料。

原来霍坂是和朋友一起过来拿资料，不是特意来堵她的，林苃突然松了一口气。霍坂伸手揉了揉她的头："和我谈恋爱吧，我会让姐姐开心的。姐姐好好考虑，晚上我们一起吃饭。"

林苃的手有些发抖，与此同时，霍坂已经往外走去。

萧洋见霍坂走出来了，调侃道："真谈恋爱了？"他说着看了一眼垂着头不理人的林苃，下意识以为她是一个黏着霍坂不放的小姑娘，"学生会太耽误谈恋爱了，小姑娘特意来图书馆找你，还被你打发了。她是不是生你的气了？"

霍坂转头看过去，小姑娘慌忙收回视线，直挺挺地坐着，看起来乖得不行。他微微一笑："没关系，晚上陪她吃饭就好了。"

萧洋也笑了，不过，他马上想起一件事，脸上的笑瞬间没了。其实他也不好意思说起那件事，再说了，霍坂现在都有女朋友了，再说那样的话也不太好。可他终究受人之托，只能帮着提一句："我上周去见许念了，她状态好了很多，只是……"萧洋说到这里就顿住了，不知道该怎么开口。

霍坂拿过资料和他一起走："学长想说什么就直说吧。"

"之前是我想岔了，你确实没有义务去看她。现在她好了很多，想事情也没那么偏激了。"萧洋有些不好意思，"只是，她拜托我和你说一句，她想请你吃饭，为之前的事情和你道歉。她说她之前说话太冲动了。"

霍坂闻言笑了一下："学姐没有需要道歉的地方，麻烦学长和她说一句，祝她早日康复。"

萧洋闻言，脚步顿了一下。霍圾也没在意，继续往前走。

萧洋想，霍圾的意思其实已经很明白了，许念真的应该死心了，看来，霍圾对她真的没有那个意思。

霍圾走了以后，林莜在图书馆里也待不下去了，那两个女生时不时地打量她，让她根本集中不了注意力，只能抱着书本回教室。

不同于平时午休时间的安静，教室里闹哄哄的。她刚进去就听见王泽豪大声嚷嚷道："赵佳幼喜欢李涉，哦——！"

林莜不知道这是在闹哪一出，走到座位上坐下。周围的同学都在看热闹，班里一片起哄声："在一起！在一起！"

李涉闻言看向赵佳幼，赵佳幼通红着一张脸去打大声嚷嚷的王泽豪："你乱说什么呢，王泽豪？"

李涉伸手拍了一掌王泽豪："听见没？别瞎说了，人家可不喜欢我这种类型。"

这话一出口，懂的人都懂了，李涉肯定没有那个意思，不然刚才班里可就多了一对情侣了。

赵佳幼闻言顿了一下，然后瞬间大笑起来："对啊，你这么花心的人，谁会喜欢呀？"

"我帮你说话，你怎么反过来骂我？没良心的小丫头片子！"

"我说的是实话，你就是花花肠子太多，谁要喜欢你？"赵佳幼没有再打闹，大大方方地坐回了自己的位子。

李涉吊儿郎当的，转眼又开始打上游戏了，压根儿没把这件事放在心上。

顾语真却听出了赵佳幼话里的心酸，因为她也是这样想的。可是，哪怕嘴上把话说得再冷硬，心里也没办法真的这样想。隐约间，她听到了赵佳幼吸鼻子的声音，心里突然有了同病相怜的感觉，心想，或许她也应该放弃了，她和赵佳幼一样，她们和李涉完全是不同世界的人……

教室里安静了一会儿，午休结束，铃声响起，同学们又开始吵吵嚷嚷起来。林莜打开自己的作业本，继续写作业，想趁着最后一点时间多做几道练习题。

盛夏时节，教室里开着空调，林莜坐在后排，感觉有些冷。她从抽屉里拿出校服外套准备穿上，一抬眼就看见霍圾从前门进来了。她穿衣服的动作微微一顿，垂头继续拉校服拉链。

霍圾从她的身边走过。李涉见他进来了，叫住他："晚上要不要出去玩？我约了几个朋友。"

"不去，我还有事情。"霍圾回了一句，看了一眼林苃。

林苃一阵紧张，连忙拿起笔，安分地趴在桌上继续写作业。

霍圾回到位子上，李涉忍不住吐槽："你们学生会事怎么这么多？一天到晚忙个没完。"他说着，游戏里又传来被杀的声音，他气得差点吐血。

李琪琪悄悄靠近林苃，偷偷摸摸地问："林苃，你是不是在和班长谈恋爱？"

林苃惊讶地抬起头，连忙否认："没有，你怎么会这么问？"

李琪琪神秘一笑："女人的第六感。我的直觉可是很敏锐的，你们两个之间肯定有点什么。"

林苃垂着眼，握着笔在草稿纸上画圈圈，闷着声音说道："那你的直觉不太准。"

听到她这么沮丧的语气，李琪琪也开始自我怀疑了。她的眼睛一向很尖，班里有几对情侣，她就能猜出几对来，从来没有猜错过。可她现在一看，好像又有点不对。难道，林苃喜欢霍圾，霍圾不喜欢她？李琪琪看了一眼霍圾，摸了摸下巴，觉得真相应该是这样的。班长这样的男生是有点难追，自开学以来，那么多莺莺燕燕围着他转，就没有一个能成功的。他的眼光显而易见地高，想想也知道追到他有多难。

李琪琪伸手搭上林苃的肩，安慰她道："没事的，林苃，那么多人都失败了，不是只有你一个，你不要太伤心了。"

林苃不知道李琪琪在说什么，想起霍圾说的一起吃晚饭，把草稿纸画得更乱了。

课间休息时间，林苃跟着几个女同学一起去走廊上晒太阳。大家排排站，和另一边的男生泾渭分明。这样当然可以避免霍圾和她说话，不过，他在教室里和人说笑，好像并没有找她的打算。

到了放学的时候，林苃和李琪琪一起去了趟厕所，特意磨磨蹭蹭地等霍圾先走。等她慢吞吞地回来时，霍圾的位子果然已经空了。林苃松了一口气，背起书包和顾语真、李琪琪她们一起下楼。

李琪琪一脸激动："今天我要吃两个红烧狮子头，太饿了。"

顾语真也想好了自己要吃的："我要点小鸡腿吃。"

林苃有些馋："我也要点。"她说着，前面的几个女同学突然停了下来。她还在疑惑她们怎么不走了，一抬眼就看见了在不远处等着的霍圾。他安静地等着，既没有玩手机，也没有走神，夕阳洒在他身上，让他有一种说不出的好看，充满干净的少年感。

他看见她，温声道："林苡，走吧。"

林苡站在原地，走也不是，不走也不是，被弄得措手不及。

前面的那几个女同学顺着霍圾的视线转头看过来，满眼惊讶。

李琪琪张大了嘴："林苡，你这是……搞到手了？"

林苡没想到霍圾会在这里等她，思绪完全乱了，还没来得及说话，顾语真就拉上李琪琪，直接把她拖走："走啦走啦，别当电灯泡。"那几个女同学也推来推去，满眼八卦地笑着跑了。

林苡对上霍圾的视线，连忙快走几步，要往食堂去。

霍圾走近一步，拦在她面前："跑什么？"

林苡差点撞到他身上，连忙往后退，慌得声音都有些颤抖："我还要写作业，就不去了。"

"作业本空了那么多题，还能写什么？"他的声音很温柔，这样轻声说话莫名暧昧。

林苡有些语塞："晚上会慢慢写出来的，我先走了。"

林苡绕过他想往前走，霍圾轻笑出声："姐姐是说，我们一起去食堂吃饭吗？"

林苡听得一愣，转头看向他，有些错愕。

霍圾已经走过来，拉起她的手往食堂走："走吧。我本来想带你去吃好吃的，只能下次了。"

林苡看他这么光明正大地牵她的手，真的吓到了。她用余光瞥见有人过来了，见他不放手，连忙拉着他躲了起来："你别这样，会被人看见。"

霍圾从善如流地跟着她，不但没放手，还看着她，笑得散漫："我们都要一起去食堂吃饭了，还怕别人看见？"

林苡被吓得不轻："我不去食堂了，你快松手……"

霍圾扑哧一声笑出来，在别人走过来前松开了她的手，笑得很坏："吃顿饭跟偷情似的。"

林苡没防备他会说这样的话，瞬间面红耳赤，整张脸都涨红了。

chapter 11

她的糖

"霍垠，我们真的不合适。"

放学以后，学校门口很热闹，来来往往的大多是学生。霍坂没有去很远的地方，就近找了一家安静的店。林苡跟在他后面慢吞吞地走着，不知不觉和他拉开了距离。大多数女孩子的视线都落在霍坂身上，根本没有注意到他们是一块儿的。

霍坂走到饭店门口，转头看向林苡。林苡脚下顿住，站在原地看着他。霍坂看到她止步不前的样子，忍不住一笑，没有勉强她一起走进去，转身先进了店。林苡后面有几个女生一边推搡一边窃窃私语，看起来很兴奋，林苡让她们先走，自己在后面慢慢走着。先进去的霍坂转头看了过来，几个女生瞬间鸦雀无声，快步往里面走去。

霍坂就近找了一个位置，坐下来看向她。林苡走过去，害怕他又说出什么乱七八糟的话，先问道："吃这个吗？"

"嗯。"霍坂笑着说，"这家店的饭菜口味偏甜，你应该会喜欢。"

这家店人不多，价格应该很贵，每一桌都被隔开了，既不会显得太空，也不会显得太拥挤。这样的环境很安静，上菜前的那段时间更是漫长，她现在没办法平静地和他面对面坐在一起，也不知道应该说些什么。

林苡看了一眼霍坂，放下书包："我去一趟卫生间。"

霍坂拿起桌上的菜单，翻开一页，闻言抬眼看过来，眼里带着笑意："好。"

林苡总感觉他这一眼好像看透了她的想法一样。她咬了一下下唇，快步走进卫生间，在里面待了很久，做好心理准备后才出去。她一出去就看见刚才碰到的那几个女生正坐在不远处，还能听到她们兴奋的讨论声。

"那是一中的，超帅啊。"

"这么久都没看见别人，他应该是一个人过来的。你们谁有胆子去要个手机号码？"

"宁宁去吧。宁宁这么漂亮，他肯定会给。"

一个长得漂亮白净的女生偷偷看了一眼霍坂，有些不好意思："一起去吧，我一个人不敢。"

"我陪你过去。"两个女生说着就从位子上站起来,往霍圾那边走去。

林莜顺着她们的视线看向不远处的霍圾,他安静地坐在位子上,普通的校服穿在他身上都显得格外好看。这样看确实看不出他骨子里的恶劣。

林莜收回视线,打算等她们要完手机号码再过去。

两个女生手挽着手走到霍圾面前,林莜隐约间还能听见她们的声音:"你好,你一个人来吃饭吗?刚才我们在路上看见你了,没想到在这里又碰到了。可以留个手机号码吗?"

霍圾抬眼看向她们,然后转头往林莜这边看来。林莜没想到他这么精准,一眼就往她这个方向看过来了,她连避开都没时间。

他看着她,笑了一下,小声说了一句话。两个女生闻言都往林莜这边看来,神情很惊讶。然后,她们说了一句"抱歉"就连忙离开了,其间还打量了林莜好几眼。

林莜回到位子上坐下,霍圾没有问她为什么站在那边不过来,伸手把打开的菜单递给她:"还有什么想要吃的?"

林莜看着菜单上的价格,果然都很贵,她摇了摇头:"不用了,随便吃点就好了。"

霍圾也没有勉强,随手合上菜单放在一边,往后一靠,就这样看着她。

林莜想了很多可能出现的场面,唯独没有料到会是这样。他的视线如有实质,让她越发不自在,气氛太过安静,显得他们俩之间越发暧昧。她强撑了一会儿,只能主动开口说话:"你刚才和那两个女生说了什么?她们一直在看我们。"

霍圾微微一笑,身子前倾,用手撑着脸靠在桌上:"我还以为这一顿饭的时间你都不打算说话了。"

林莜顿了一下,没有接话。斜对面那桌的几个女生时不时地往他们这边看,似乎很惊奇。霍圾顺着她的视线看了一眼她们,那个叫宁宁的漂亮女生瞬间红了脸,连忙转过头。

霍圾重新看向林莜,云淡风轻地道:"我和她们说,我和姐姐难得出来偷情一次,希望她们不要打断。"

林莜眼睛微微一瞪,惊讶过后,立即反应过来:"你骗人。"

霍圾没有反驳,反而轻轻慢慢地笑起来。可是,他越不反驳,就越让人觉得他说的是真话。而且,她们的视线真的有些奇怪,林莜一时如坐针毡,有些后悔刚才没有早点过来。

好不容易上菜了，林莜嘴巴就没停过，想要快点吃完回学校。

她自我感觉处境艰难，在别人眼里却完全不是这么一回事。隔壁桌的一个女生看了一眼他们，忍不住跟旁边的朋友说："现在的男生好会宠人啊！看见那个帅哥了没？他吃饭的时候眼睛就没离开过对面的小姑娘，还一直帮她剥虾。"

"这个帅哥长大了肯定会超级抢手，他笑起来让人心痒痒的，太招人了。不过，那个小姑娘好像不怎么搭理他，眼里只有吃的，真是暴殄天物。"

"她年纪小，估计还不懂呢……"第一个女生意味深长地说了一句。

两个人瞬间笑起来。

林莜吃得很专注，不知道别人在议论他们。等她吃得差不多了，霍圾看着她道："写完作业再回去吧。晚自习不去了，我给你讲你中午空着的题。"

林莜听到他的话，下意识伸手去拿书，过了一会儿才恍惚想起此刻的霍圾早已不是她以为的霍圾。

"我想回学校写。"

霍圾剥了虾放在她面前，然后用湿巾擦了擦手："为什么？"

林莜看着满碗的虾，她一口都没吃，他却一直在剥。她垂着眼，沉默了一阵，轻声道："霍圾，谢谢你之前教我功课，以后我会自己写的。"

"你空了这么多题，不就是因为不会写吗？你现在不好好学习，万一成绩下降了，爸爸会怪我的。"霍圾笑得无辜，仿佛真的在担心这件事一样。

林莜听他提到霍兴国，心里越发没底，抓了一下衣摆才伸手拿出书包里的作业本，开始认真地写作业。

空着的题当然有空着的原因，林莜琢磨了半天才写好一道题，还非常肯定步骤有问题。这样写，要写到什么时候……

霍圾慢条斯理地吃完饭，也拿出作业开始写。

外面的天已经黑了，桌上已经换上了饮料和甜点，都是霍圾给她点的，他旁边只摆着一杯水。

霍圾写作业的速度比她快多了，完全是后来者居上。林莜看着他写，忍不住瞄了一眼答案，他的步骤太过精简，她看了也看不懂。她写不出来，又不好问他，要是在班级里还能问问别的同学，现在却只有他……她越发苦恼，霍圾叫她出来吃饭到底要干吗？难道就是为了逼她写作业吗？

"哪道题写不出来？"霍圾看林莜半天没有动静，抬眼看过来。小姑娘的心思很散，隔一会儿就看看他，题没写几道，作业本上和她的脸一样干干净净的，什么都没有。

霍圾笑着起身走到她旁边，俯身看向她的作业本。她的第一道题写是写了，不过步骤错了，答案也不对。

林莜见他走到自己的身旁，压力瞬间来了。他脑子转得很快，只要他开始讲题，她就不能转移注意力，一旦漏听了一段，就很难再跟上他。

林莜抠着手里的笔，他看她的作业本看了很久，她莫名有点紧张，觉得要被批评了。但霍圾没说什么，他在她身旁坐下，拿过她的草稿本，开始给她讲题。

一切看起来和以前一样，实际上又大有不同。

林莜看着他正在写字的手，集中不了注意力。他的手很好看，白皙修长，握着笔，衬得笔都好看了几分，写的字也很漂亮。那他是不是……也是用这只手一层一层地叠好了湿透的纸巾？

林莜的心里就像堵了一根刺，她忽略不了，半晌才发现霍圾没声音了。她抬头看去，霍圾正看着她，没说话。她心里微微一紧，下意识开始害怕。

霍圾看了她片刻，低声问："听不进去？"

林莜垂下眼，默认了。

霍圾轻轻笑起来："我也没心思讲。你就坐在旁边，我却还要给你讲题，真的很难熬呢，姐姐。"

林莜被他的一声"姐姐"带得心口微微一紧，他总是把"姐姐"两个字含在唇齿里，实在太过暧昧。

霍圾的视线落在林莜的脸上，注意到了她微微颤动的睫毛，小姑娘的脸白生生的，显然很紧张。他看了她一会儿，微微侧头靠近。林莜慌忙躲开，他的薄唇离得很近，差点就碰到她的了。

霍圾停在原地，他没亲到她，却撞上了些许清甜的温热气息，勾得他心痒。

霍圾伸手摸上她的后脑勺，轻声哄道："别怕，这里没有我们学校的学生。"他的声音很轻，周围的气氛越发暧昧。

"别——"林莜还没说完，霍圾已经微微用力，按着她的脑袋亲了过来。她连忙侧头，避开了他的吻，嘴角却擦过他的唇，碰到了他的脸，她的心跳得越发厉害。

霍圾眼睛微微一眯，舌头用力抵了一下牙齿，呼吸微重："姐姐在钓我吗？"

他的声音低沉，含有一种莫名的意味，林莜被吓得不轻，也顾不了那么多了，认真道："霍坂，我们真的不合适。"

❤ ❤ ❤

周围安静了一瞬。

霍坂看着她，一只手抚上她的脸颊，用指腹轻轻摩挲她的脸："你没有试过，怎么知道我们不合适？"

"就是不合适。"林莜微微侧头避开了他的手，抿了一下唇，眼里满是认真，"我只想好好学习，考一所好大学，不想早恋。"

霍坂看着她，没有说话。他不笑的时候，眼神显得有些凉薄，即便戴着眼镜也掩饰不了。她以前见过这种眼神，她本来以为那是自己的错觉，可现在看来，这才是真正的他。她开始不安，觉得自己应该委婉一些，毕竟他没有她以为的那样温柔。如果他生气了，她应该就没有地方可去了吧？

霍坂看了她一会儿："你不是喜欢我吗？就因为我不像表面那样温柔，你就不愿意和我在一起了？"

林莜微微摇头："我只是不能认同你的某些做法，归根结底，我无权干涉你的行为。只不过，我们的思维方式和行为习惯都不一样，注定不适合在一起。"她顿了一下，更直白地说道，"如果你想谈恋爱，有那么多人喜欢你，你不一定非要和我谈。"

霍坂看了她半晌，收回手，最后问了一次："你考虑清楚了吗？我不会再问你第二遍。"

"我已经想得很清楚了，我要好好学习。"

霍坂似乎觉得很扫兴，淡淡地说道："那就算了。"他起身坐到对面，看起来一脸无所谓。

林莜微微松了一口气，心想，虽然他和她想象的不太一样，但他终究是个骄傲的人，不至于非要勉强她。

虽然林莜心里放松了很多，但气氛似乎一下子凝固了。她沉默了一会儿，伸手合上作业本，将笔收起来："我先回去了，谢谢你请我吃饭。"

霍坂看着她，没有说话。

林莜对上他的视线，心里说不出是什么滋味。外面的天空是很深的蔚蓝色，让人莫名感觉情绪有些低落。她没有再开口说什么，背起书包乖乖地出门往学校走去，在玻璃窗外慢慢走远，变成一个模糊的小点。

霍圾拿着笔看着窗外，似乎在想什么。片刻后，他浅色的眼眸微微一动，随手把笔扔在了一旁。笔落在桌上，滚了几下，"啪嗒"一声砸落在地，衬得周围更安静了。

林莜回到教室时，晚自习早就开始了。教室里有人说悄悄话，还有人弓着身子偷偷玩游戏，但大多数人都在写作业。

林莜从前门走进去时，她的几个朋友都看了过来，尤其是李琪琪，她满脸都写着"你竟然骗我"几个大字。

林莜坐下来，刚放好书包，李琪琪就挽过她的手，凑到她耳旁说悄悄话："你骗我！你和班长什么时候好上的？还约会到上晚自习的时候才回来！"

林莜看到她一脸"我竟然不是第一个知道的"的委屈表情，忍不住笑出来："资助我上学的人是霍叔叔，就是霍圾的爸爸。我和霍圾没有谈恋爱，他刚才叫我，只是要和我说一下霍叔叔交代的事情。"

李琪琪听得一愣，恍然大悟："原来如此，难怪周五那天你上了他家的车，原来就是他家资助你的。"她反应过来，才发现自己声音有点大，连忙捂住嘴小声说，"这个是不是要保密？"

林莜摇头："没关系，反正大家都知道我家里的情况，也没有必要瞒着了，说出来总比大家以为我在和霍圾谈恋爱好。要是流言传到叔叔阿姨的耳朵里，他们肯定会生气。"

李琪琪也明白林莜处境艰难，像班长那样的人，他以后的对象肯定是门当户对的，要是林莜真的和霍圾谈恋爱，霍圾的父母肯定不会同意。到时候，估计她连被资助的资格都没有了。

"那你对他有没有感觉？"李琪琪还是忍不住问道。

林莜拿书的手微微一顿，沉默了一阵，轻轻摇头。

李琪琪翻开桌上的作业本，一边写一边嘀咕："唉，我真是空欢喜一场，没想到我也有看走眼的时候，这眼神还得练。"

林莜看了一眼外面的天空，夜色深沉，只有教室的灯光照出去，给黑夜抹上一片模糊的白光。

这一晚，霍圾一直没有回教室。林莜有些心不在焉，数学题读了两三遍仍然读不通。她拿出语文练习册，做了几篇阅读理解，这才勉强收敛了心思，静下心来认真学习。

第二天，林莜到教室时，霍圾已经在了，他正在和李涉说笑，看起来完全没有把昨天的事情放在心上。林莜安心了，走到位子上坐下，开始一天的学习。

接下来的日子，林莜尽量避开霍圾，没有必要一般不回霍圾。上次她坐了霍圾家的车，很多人都看见了，都在猜测宋复行转走后，霍圾和她谈上恋爱了。大家得知是霍家在资助她以后，谈恋爱的说法也就慢慢淡去了。

林莜每天上课、写作业，周末再去做兼职，日子过得既充实又快。暑假一过，她就升高二了。到了高二，学习的压力越来越大，林莜每天早起背单词，背完单词再去上课，时间安排得很满。

这天中午，学校里有讲座，高二的学生全都要去听。林莜吃完饭，去图书馆借了学习资料，然后就直接往阶梯教室走。

林莜还没走到教学楼，天上就飘起了雨丝。她抱着书，快步跑进旁边的楼下大厅躲雨。她的旁边有几个女生正坐在石凳上闲聊。

"现在的高一女生胆子都好大，尤其是那个追高二学长的女生，追得好紧。"

"你说的高二学长是学生会会长霍圾吧？这么含蓄干什么，叫他的名字害羞啊？"

林莜擦着书上的雨点，骤然听到霍圾的名字，恍惚了一下。

时间过得很快，眨眼之间高一就好像隔了很久一样，有些遥远。分班的时候，她选了文科，霍圾选理科。她和他虽然并没有争吵，但也已经没有了说话的必要。他们几乎没有交集，整整一个暑假，她都在做兼职，不然就是待在房间里学习，几乎不出房门，也就没见霍圾几次，分班以后更是如此，疏远是理所应当的。

她正恍惚着，就看见前面走来一个人。她目光微顿，慢慢收回视线。

霍圾从远处走近，长腿跨上台阶，从她身边经过。林莜隐约间闻到了他身上的清新皂香，她抱着资料，微微眨了一下眼，难免有些不自在。

霍圾进了教学楼，缓步走远了，整个过程就像完全不认识林莜一样。

旁边的女生看见霍圾走远了才又开口道："放心啦，那个女生肯定追不到霍圾。你们忘记陈诗楠了？高一的时候追霍圾追得最猛的就是她了，现在还不是没有结果？"

"可这个女生和陈诗楠不一样啊，她长得挺乖的，很清纯，大家都说她是'初恋脸'。而且她说话特别软，很会撒娇，很多男生喜欢她。她还进了学生会，每天围着他转，我觉得可能会成。"

"要是追到了也没办法，谁叫人家招人喜欢？不过，别人也就算了，要是霍坂谈恋爱了，我真的会心痛。他可是咱们一中的男神啊！我的心在下雨，就像这个雨天，冷冷的冰雨在脸上胡乱地拍。"

林苂垂眼听着，没有反应。时间不多了，她要早点去阶梯教室。她看了一眼外面飘着的雨丝，将书收进校服外套里，迈出台阶，往阶梯教室的方向跑去。

隔着一根石柱站着的一个女生探出头看了一眼闲聊的那几个女生："你们是不是不认识高二的林苂啊？"

"林苂？知道啊，听过名字，大佬啊，文科成绩超牛的，上次语文考试好像只扣了一分，连作文都是满分呢！作文能拿满分的就没几个，老师都说她绝对有把握拿文科状元。"

那个女生下巴一抬，指向走远的林苂："刚才站在这里躲雨的那个女生就是林苂，高一的时候和霍坂是一个班的。"

几个女生鸦雀无声，看着走远的小姑娘，觉得她长得也太嫩了点，她们还以为她是高一的小妹妹……

其中一个女生有些郁闷："那刚才的话……她不是都听到了？会不会告诉霍坂？"

"我们刚才也没说什么，就是猜猜霍坂会不会和高一的女生谈恋爱而已，应该没关系的。不过，他们既然认识，为什么连招呼都不打？我还以为他们是陌生人呢！"

提醒她们的那个女生悄悄凑过来："他们两个绝对谈过，只是不知道为什么分了，可能是霍坂喜欢别的女生了吧！他追求者那么多，选择难免就多了。不过，林苂好像也有对象了，和她班里一个男生挺好的，经常一起去图书馆学习。"她说得兴致勃勃，另外几个女生突然正襟危坐，用力咳嗽了几下，使劲使眼色。女生往后一看，霍坂不知道什么时候回来了，手里拿着一沓资料，正往她们这边缓步走来。不过，他的脚步没有停留，很快就离开了。

女生看他没在意，松了一口气，心想，还好最后几句话不是在说他的八卦。

❀　🐾　🐾　🐾

讲座快要开始了，阶梯教室里坐了很多人，只有零零散散的几个空位。林苂进去以后四处找顾语真，于辉扬看见她，伸手打招呼："林苂，在这里。"

林苡看见他，往他那个方向走去。于辉扬应该来得很早，他选的位置很好，不会太远，也不会太近。

林苡翻下沙发椅坐上去："语真呢？"

"她忘记带笔记本，回去拿了，我给她留了位子。"

林苡点头。分班以后，她和顾语真、于辉扬同班，由于高一的时候比较熟悉，他们经常一起学习。所以，现在她和他坐在一起，并没有觉得奇怪。但周围都是女生和女生坐，男生和男生坐，他们两个独自坐在一起，旁边的位置还是空的，这就有点惹人注意了。

林苡不知道别人的想法，坐下以后把资料放在桌上。没一会儿，后面传来一阵喧闹声，后排女生开始窃窃私语。林苡转头看过去，是霍圾进来了。他的校服依旧干净洁白，模样已经介于少年和男人之间，再戴上细框眼镜，有一种说不出来的味道。他就是安静地站在那里，也会让人莫名心痒，难怪他会引起女生的讨论。

林苡看了一眼，收回视线，等着讲座开始。

前排有个女生扎着高高的马尾，鬓角有细碎的软发，整个人看起来很柔软白净。她听到动静，转头看过去，看见霍圾在看她的方向，似乎看了有一会儿了，她心中一喜，立即伸手招呼道："学长，这边有空位！"

阶梯教室里安静了一阵，大家纷纷看向那个女生，刚才进来的人只有霍圾，她显然是在叫他。

林苡微微一顿，看向女生旁边的空位，就在她前面。她正看着发呆，霍圾已经走到她前面，伸手放下沙发椅。他离得这么近，林苡也不好再往前看，垂下眼，视线落在资料上。

"学长，这个位子好吧？我特地早来占到的。"女生的声音带着少女的灵动感，听在耳里有一种撒娇的意味，莫名软糯。

霍圾坐下，开口问："你怎么在这里？"

林苡听到他的声音，有些愣神，她很久没听见他说话了，现在骤然听见，感觉有点恍若隔世。

"我替你占位子呀！你去学生会拿资料，肯定要浪费一点时间的。"赵映琦说完又突然一笑，有些俏皮，"其实我也是闲着无聊，想要过来听一下这个讲座，反正早点听也没坏处。"

"嗯。"霍圾应了一声，清越的声音里带着温柔。

他们两个人坐在一起，看起来很登对，阶梯教室里不时有人打量他们。

赵映琦有点兴奋，突然伸手拿出一颗糖，递到霍圾面前："学长，吃糖吗？"

林莜听到女生说的话，突然想起她曾经也在这里给过霍圾糖，但是他不喜欢吃甜的，所以没有要。

霍圾看了一眼赵映琦手里的糖，伸手拿过，微微抬起手，侧头问道："什么糖？"

从这个角度，林莜正好可以看见他拿着糖果的白皙修长的手指，还能看见他完美的侧脸轮廓。

赵映琦见他看着自己说话，有些紧张："夹心糖，是草莓味的，我最喜欢的口味。"

霍圾慢条斯理地剥着糖果纸，微微一笑："看着还不错。"

"你喜欢就好。"赵映琦笑得开心。

他们离得很近，林莜很容易就能听见他们的说话声，也听出了他话里少有的耐心。他不爱吃糖，却因为是她给的，所以吃了。林莜心下释然，收回视线，翻开资料开始看。

讲座还没开始，赵映琦东看西看，指向前面斜角处的钢琴："学长，听说你会弹钢琴？"

"嗯。"

"那下次能教教我吗？"

霍圾看向钢琴，漫不经心地回道："好啊。"

赵映琦见他答应了，心里别提有多激动了，继续和他闲聊。

明眼人都看出来了，霍圾肯定喜欢这个学妹，否则怎么可能有耐心陪她聊天呢？一看就是怕人家无聊。

林莜看资料看得入神，完全没有注意这些。坐在旁边的于辉扬见林莜没有在意前面的霍圾，心里松了一口气。他从林莜刚转学来的时候就注意到她了，本来他暗恋许念，可许念追求者众多，家世又那么好，根本不会看上他。所以他就越发偏向于选择林莜，她性格很乖软，完全没有漂亮女孩的坏脾气。他主动教她做题，就是想要多和她接触。只是后来，霍圾也开始教她功课了。霍圾教了，他就没办法再教，霍圾比他厉害太多了，根本没有他插手的余地。他一直以为林莜会和霍圾在一起，没想到他们两个人突然越来越疏离，分班以后更是没了交集，他心里别提有多庆幸了。现在，霍圾有新的对象了，而林莜也不喜欢他了，那么他强有力的竞争对手就没了。虽然林莜家庭情况很差，但他不介意，觉得只要她性格乖就好了。他盘算着，注意到林莜的男生越来越多了，他要早点把她追到手，免得被别人抢了。

于辉扬想着，主动开口问："你借了什么资料？"

"一些历史文献。"林莜轻声回答道。

于辉扬伸手翻了一下她桌上厚厚的一沓资料，语气很要好地开口笑话她："你是不是太夸张了？考试不可能考得这么偏的。我还说你中午跑去干什么了，原来是去借这些东西了。"

不知道为什么，前面正在说话的霍坂忽然安静下来。

林莜没有注意到，看着资料书回道："就当是课外读物吧！老师不是要我们尽量拓宽知识面吗？"

于辉扬顺从道："好，你说得很有道理。你看完了，我也看看吧。"

没过多久，顾语真就从外面进来了，走到林莜旁边的空位坐下。她和李涉一起过来的，李涉刚刚睡醒，昏昏沉沉地走在后面，跟着顾语真在旁边坐下。

顾语真坐下以后，看见李涉也坐下了，就说道："李涉，不要坐在我旁边，要是你打瞌睡，我也会困。"

李涉被嫌弃了，瞬间不困了："顾语真，我发现你很针对我啊！我们好歹也是快两年的同学了，上次我想借你的作业抄抄，你死拽着不放，今天连位子都不让我坐了。"

"那是因为来不及了，没时间给你抄。谁让你选文科的？选理科就没这么多事了。"

"我要是选理科，那成绩能看吗？家里几个叔叔还不得把我的腿打断了！"

"不管选什么都一样，你现在的成绩也没多好。"顾语真忍不住嘀咕。

"怎么一样了？汉字我看得懂，多少能蒙对几题吧……"李涉本来还要往下说，看见坐在前面的霍坂，身子往前一倾："阿坂，下午放学了去打篮球不？"

"不去。"霍坂淡淡地回了两个字，似乎没什么心情。

"一天天的干吗呢？叫你干啥都不肯，跟吃了枪药似的。"李涉一头雾水。

讲座终于开始了，林莜合上资料，专心听讲，认认真真地记下重要的点，等合上笔记本时，前面的讲座也结束了。同学们陆陆续续地起身离开，林莜也起身和顾语真从于辉扬那边出去，因为李涉根本叫不醒……

顾语真有些懊恼，李涉简直就是一只瞌睡虫，让她也忍不住连连打哈欠："讲座好枯燥，我都没听进去，你听了吗？"

林莜转头和她说道："嗯，我都听了，重要的都记下来了，等会儿回去给你看。"

"有林莜我们就放心了，她听讲座注意力都这么集中，我们比不了。"于辉扬一边往前走，一边回头夸。

林莜笑了，被夸得有些不好意思。

出了阶梯教室，顾语真挽上林莜的胳膊，在她耳旁轻声问："班长和他旁边那个女生谈恋爱了？"

林莜想到刚才的情形，微微点头："应该是的。"

"那你……"顾语真斟酌了一下，"你会不会不开心？"班长和那个女生单独坐在一起，看起来很亲密，还正好坐在林莜前面，不要说林莜了，她这个旁观者都感觉很不爽，也不知道林莜会不会难过。

林莜没有在意，坦然道："不会，他们看起来很般配。"

顾语真这才放了心，觉得林莜应该是真的放下了。可她呢……真是上辈子欠那个冤家的，高二被分到了一个班也就算了，还成了同桌……顾语真头疼得不行，想起明天，又问林莜："你明天还去商场做兼职吗？"她从这周开始不能去了，高二学习压力大了，她家里不让她再做兼职了。

"我还去。"

"那你帮我和老板说一声吧，我以后就不过去了。"

林莜点头："好，我到时候和他说。"

第二天，林莜起了个大早去商场。没想到，她过去的时候晴空万里，下午兼职结束的时候就下起暴雨。铺天盖地的雨砸在地上，模糊了她的视线。她和一起做兼职的两个女生都没有带伞，而且雨这么大，打伞也没用，只能被困在商场门口。

"你们怎么回去？"其中一个女生开口问。

"我打车回去吧。"挽着林莜的女生回答。

林莜想了一下，要是她打车回霍家，车费就远远超出今天赚的钱了。她摇了摇头："我等雨小一点再走。"

第一个女生看了一眼林莜，得意一笑，炫耀似的说："算了，一会儿我男朋友要开他的车来接我，顺道带你们回去吧。"

林莜不好麻烦人家，刚想开口拒绝，一辆黑色的车缓缓开来。它明明在往这边行驶，却看不出车轮在转动，轻盈得像是自动滑行而来的。斗大的雨珠落在车上，车身闪亮，即使是外行人也能一眼看出价值不菲。

黑车停在不远处，车门打开，一个男生迈出长腿，撑着伞下车，往林莜这边走来。庞大的雨幕模糊了几个女生的视线，她们看不清男生的样子，却还是能看出他很有气质，很吸引人。

林莜旁边的女生很吃惊，看向另一个女生："这是你的男朋友？！"

那个女生有些尴尬，支吾道："不是，我男朋友还没来呢。再等等吧。"

她们正说着，霍圾已经撑着伞走过来了，他隔着雨帘看向林莜："爸爸让我来接你。"

林莜看着他，有些愣怔，没有想到他会来接她。

❤ 🐾 🐾 🐾

雨很大，他的声音朦朦胧胧地传过来，显得很温柔。两个女生看向林莜，一脸讶然。

霍圾看向她们，微微一笑："雨这么大，你们一起上车吧，先送你们回去。"

挽着林莜的女生有些紧张，心想，这个男生也太好看了，看过来的时候都让人不好意思说话了。

林莜反应过来，微微点头："好。"她看向那个等男朋友来接的女生，打了个招呼："玲玲，我们先走了。"

玲玲看了一眼霍圾，支支吾吾的，还没应声，手机却响了起来。她接起电话，语气有点不耐烦："你到哪里了？"电话那头不知道说了什么，玲玲瞬间就生气了，"下这么大的雨，你不能早点出来吗？非要我在门口吹冷风等你吗？"她男朋友似乎在解释，玲玲越听越恼火，"那你不用来了，什么破车，还要半个小时！不用你接了！"她说完啪的一声挂了电话，似乎还在生气，场面一时有些尴尬。

挽着林莜的女生问道："玲玲，你男朋友过不来吗？"

玲玲气得不轻："他出来晚了，还要半小时！"

玲玲和她的男朋友闹了别扭，他们这时候走有些不合适，可又不能直接送她回去，毕竟她男朋友在来的路上了。林莜有些为难，她等没关系，让霍圾等就不太好了。他能过来接她已经很好了，她还耽误他的时间，可能会惹他烦。

"先上车吧，让你男朋友发个位置过来，我们送你到你男朋友那里。"霍圾开口提议。

玲玲还是第一次见到这么温柔的男生，和他说话时声音都不自觉地轻了一些："那真是麻烦你们了。"

霍圾撑着伞，先把两个女生送了过去，最后才过来接林莜上车。两个女生坐在对面，林莜只能跟着霍圾坐在了另一边。关志开车往前驶去，车穿过雨幕，平行而去，推背感瞬间传来。

玲玲四处打量了一番："这车真好，很贵吧？"

"还好。"霍圾礼貌地回应了一句，没有多说。

玲玲看了一眼霍圾，又看向林莜，摸着车座的手收了回来，微微挺直背，想尽量坐得优雅一点。

车安静地开了一段路，另一个女生的家离得很近，没几分钟就到了。霍圾伸手拿过伞递给她，女生不好意思拿："这伞我拿了，你们怎么办？"

"没关系，家里会有人出来接。"

女生瞬间明白了，人家开得起这样的豪车，家里肯定有用人。于是她接过伞，和他们打了个招呼就离开了。

玲玲看向林莜，忍不住问："你们是情侣吗，这么小就见家长啦？"

林莜正准备解释，霍圾已经替她开口了，似乎不想被误会："不是，她是我姐姐。"

玲玲有些不敢置信，看了一眼林莜，又打量了一眼霍圾："原来是弟弟啊。"她刚说完，手机又开始响，玲玲挂了几次电话，她男朋友还是锲而不舍地打过来。她越发不耐烦了，开始发信息回复他。

到了目的地，玲玲的男朋友从车上下来，看见霍圾的车也愣了一下，撑着伞过来敲了敲车门。车门打开，他看见坐在里面的玲玲心情不太爽，再看向霍圾，脸色就有点不好看了。

霍圾礼貌一笑，点头示意。

男人也笑了一下，看向玲玲："快点下来，别耽误人家时间了。"

"那我先走了，下次有机会一起吃饭。"玲玲对着他们一笑，其实主要是对着霍圾。

林莜应了一声，玲玲心不甘情不愿地下了车，大雨瞬间打湿了她的裤子。

玲玲坐上男朋友的车，又转头看了一眼霍圾的车，心里的落差感越来越大，忍不住埋怨道:"下次你要是不愿意,就不用来接了。"

男人收起伞扔到后排座位上,也来了脾气:"你等我一会儿怎么了?怎么还坐上人家的车了?"

"不然还要等你吗?拖拖拉拉的。人家弟弟都知道提前过来接,你呢?这么大的雨,你觉得我不冷吗?"

男人没好气地回道:"说是弟弟你就相信是弟弟啊?要是她家有那么多钱,她用得着去做兼职吗?人富家子弟玩玩游戏而已,你还想着和人吃饭!"

玲玲有点心虚,声音也大了起来:"你上次不还觉得林莜长得好看吗?我就是客气一句而已!人家好心好意地送我过来,你还冷嘲热讽的,有病吗?"

男人看着霍圾的车越过他的缓缓开走:"弟弟个屁,这种富家子弟最会玩了,一看就是豺狼虎豹一样的角色,心机深得很,十个你都玩不过人家一个!还'弟弟',说出来好听一点而已。"

被他这么一说,玲玲还真觉得有点古怪,刚才在车里,两个人之间的氛围根本就不像姐弟,连句话都不说,气氛古怪又暧昧。

雨越下越大,倾盆大雨哗啦啦地砸落在地,让人几乎看不清前面的路,关志开得很小心。嘈杂的雨声被隔在车外,车里很安静。林莜有些尴尬,刚才有外人在还好,现在只有他们两个人坐在一起,就安静得有些过分了。

霍圾坐在一旁,显然没有开口说话的打算。他微微拉了拉湿透的衣服,似乎有些不舒服。刚才接她们上车的时候,他的衣服被雨水打湿了不少,一时半会儿也干不了。离霍家还有老远的路,他身上穿着湿漉漉的衣服,既不舒服,又容易着凉。林莜看了一眼,伸手打开自己的小包,拿出方巾递给他:"你先擦一下吧。"

霍圾看了她一眼,伸手接过,连"谢谢"这样的客套话都省了,抬手擦拭衣服。他的白色T恤衫湿了大半,贴在身上,精瘦的身材若隐若现,线条和轮廓格外明显。林莜看向窗外,微微眨眼,有些不自在。

霍圾低头擦着衣服,说道:"到了前面停一下。"

关志应声。没过多久,车停了下来。林莜看着外面的高楼,有些疑惑,这还没到霍家呢,车怎么就停了?

"我上去换身衣服,你在这里等一下。"霍圾说完打开车门,一步跨进雨幕里,往高楼里走。

林苡有些惊讶，靠到窗口看了一眼，心想，他什么时候一个人出来住了？

关志见她往外看，解释道："阿圾自己买了房子，偶尔会来住一下。"

"他自己买的？"林苡惊讶地问道。

"是啊，不只是这里呢，还有别的地方。夫人家里是音乐世家，阿圾很有天赋，他一场演出的出场费很高，比夫人小时候厉害了不知道多少呢！他外公现在应该挺后悔的，当初一时气愤，把他送——"关志一时嘴快，差点就说多了，连忙住口。

林苡没细听，还在震惊于霍圾买了房子的事。她心想，果然，人和人之间的差距是难以想象的……她在心里感叹了一句，看向窗外的大雨，估计雨还要下好久，有些发愁。

车里安静了一会儿后，关志的手机响了起来。打电话的人似乎有急事，他连忙应声，然后转头看过来："林苡，我得赶紧去机场接一个客人，你先上楼等一会儿，我忙完就回来接你们。"

林苡愣了一下，关志又打电话给霍圾，急匆匆地说了情况，霍圾似乎同意了。

关志挂了电话："你上去吧！我已经和阿圾说了，他给你按了电梯。你上去等，我马上就回来。"

林苡不敢耽误他的时间，起身打开车门，雨水立马往车里飘。她伸手挡在头顶，快步冲进大楼。虽然只有几步远，但她没有雨伞，还是被淋湿了。

林苡走到电梯门口，电梯正好开了门，她犹豫了一下，走进电梯，门自动关上，电梯上行。很快，随着"叮"的一声，电梯到楼层了，电梯门重新打开。林苡从电梯里走出来，衣服湿了，一阵风吹过来，她感觉有些冷，忍不住打了个哆嗦。

前面的门大开着，这层楼只有一户，应该就是这儿。林苡没有看到人，在门口叫道："霍圾。"里面没有人应声，她只听见了喵喵的叫声，小汤圆跑了过来，冲着她直叫。

"小汤圆！"看到小汤圆，林苡更确信自己没走错。她往里面走去，然后就看见了客厅里的霍圾。他回头看了一眼，没有说话，继续穿衣服。林苡一不小心看见了他的宽背，顺着腰线往下是修长的双腿，线条硬朗，有一种蓬勃的力量感。她感到一阵心慌，心想，他还没穿好衣服，怎么都不说一声……

霍圾随意穿好衣服，转身向林苡走来，林苡下意识往后退了一步。霍圾伸手关上了她身后的门："进来吧，想喝什么？"

他的声音依旧温柔，可林苡没听出他有多欢迎她。她站在原地，有些拘谨：

"不用了，我不渴。"

霍圾闻言，低头看了过来，视线在她身上微微一扫。林苡被他看得有些不自在。他忽然开口道："你要去冲一下吗？"

林苡愣住，看了一眼自己的裤子和鞋，都湿透了。虽然她刚才跑得很快，但还是淋湿了，原本宽松的衣服贴在身上，很不舒服。不过，在他这里洗澡更奇怪，她微微摇头："不用了，我回去再洗吧。"

霍圾轻笑一声，转头去拿了毛巾擦头发，姿态闲适。

林苡微微放松了一点，也不打算进客厅，就乖乖地坐在门口的凳子上等着。

房间里安静了一会儿，只有窗外的雨声，衬得里面更安静了。

霍圾随意地坐在沙发扶手上，垂着眼擦头发。他长直的睫毛垂下，遮掩了他的眼神，林苡不知道他在想什么。忽然，他开口说道："姐姐，内衣带子都透出来了呢。"

林苡被他说得心口一紧，慌忙低头看向自己的衣服，果然如他所说，虽然湿得不多，可内衣还是透出来了。她连忙伸手一挡，脸上一阵阵发烫，完全不知所措。

霍圾看向她，笑了一下，低声说道："卧室在那里，自己找件衣服换。"

林苡窘得说不出话来，顺着他指的方向飞快地跑进卧室。她打开衣柜，看到里面全都是他的衣服，根本没有女孩子的……难道只能穿他的了？

chapter 12

耐心

"和我交往吧，姐姐，别把我最后的耐心磨没了。"

林苡看了一会儿，一件衣服也没有拿，觉得直接穿他的衣服不太好。她捂着胸口站了很久，终于还是冲外面问道："有别的衣服吗？"

霍圿没说话，起身往卧室走来，林苡听见他的脚步声，连忙拿了件衣服挡在身前。霍圿进来后，视线都没往她身上扫，随手拿了件白色T恤衫："没有新的，你将就着穿吧，回去以后直接扔掉就行了。"

林苡接过他手里的衣服："可以再给我一条裤子吗？"

霍圿看过来，表情有点玩味："你拿的不是裤子吗？"

林苡低头一看，挡在胸前的确实是裤子，她微微点头："好，谢谢。"

霍圿出去以后，林苡抱着衣服进卫生间换。他的衣服给她穿太大了，长得都可以当裙子了；裤子又大又长，刚提上去就掉了下来。可能一不小心，她就会当着霍圿的面表演一个掉裤子。林苡提着裤子，又去衣柜里找了一条皮带系上，再把裤脚高高地挽起来，虽然有点不伦不类，但总比穿湿衣服好。

林苡抱着自己的衣服往外走，一开门就看见小汤圆正蹲在门外瞅她。她伸手摸了摸它："汤圆乖……"

她摸了一会儿小汤圆，起身往外走。霍圿在厨房里，林苡没好意思打扰他，放下手里的衣服，在客厅的沙发上坐下。她这才发现房子很大，他应该是把整层楼的两户都买下来并打通了。虽然房子里的颜色比较单调，但是特别有味道。客厅里有一面很大的落地窗，光线和视野很好，能看到一大片天空。外面正下着倾盆大雨，她从客厅望出去，发现窗外的景致别有一番风味。她静静地听着雨声，觉得特别舒服。这样的房子可不是一般人能买得起的，林苡心想，虽然她和霍圿同样是高中生，但她和他之间的差距之大，她都有些无法想象了。小汤圆跟了过来，趴在她的脚边，她忍不住一笑，伸手去抚摸它。

霍圿从厨房里出来时，天已经差不多黑了，外面的雨还是没有停。他端着两碗面，递了一碗过来："吃点东西吧。"

林苡起身接过面，霍圿转身去了餐厅。她顿了一下，跟着他走到餐桌旁。

他煮的面卖相很好,配料特别丰盛,看起来很可口。她吃了一口,竟然还挺好吃的,她忍不住惊讶地看了一眼霍坂。

霍坂拿过桌上的遥控器,打开餐厅的电视,一边看着用英文播报的新闻,一边吃面,看起来并没有和她说话的打算。林苡自在了很多,低头认真地吃面条。

小汤圆见他们在吃东西,立即跑来蹭她的脚,"喵呜"直叫。林苡感觉到它软软的肚皮,忍不住一笑,吃一口面就瞅瞅它,玩得不亦乐乎。

等吃完面,天已经彻底黑下来,时钟的指针指向了七点半。林苡干坐了半个小时,忍不住开口问:"要不要打电话问问关志哥哥什么时候过来?"

霍坂靠在沙发里,姿势闲适,完全没有拿起手机打电话的打算:"他接完人总会过来的。"

他语气淡淡的,林苡也不好再开口。她看着电视节目,又等了半个小时,关志还是没有来。已经八点半了,太晚了,林苡正准备起身,案几上的手机突然响了起来。霍坂接了电话,听对方说了几句话,应了一声,然后挂电话看向她:"飞机晚点了,关志还在机场,晚上过不来了。你就在这里睡吧。"

林苡顿了一下,抱着衣服站起身:"我还是打车回学校吧,明天再回去。"

霍坂微微挑眉笑了一下:"这里离学校很远,打车回去应该要花不少钱。你一天才赚多少钱,都用来打车?"

林苡肉疼了一下,她知道,从这里打车回学校可能会花掉她做两天兼职赚的钱。

霍坂靠回沙发上,漫不经心道:"很晚了,姐姐还是不要折腾了。"

林苡咬了咬牙:"我还是回去吧。"

霍坂闻言,微微抬眼打量了她一眼,轻轻慢慢地说:"你不会是在防我吧?"

林苡微微抱紧怀里的衣服。

霍坂收回视线看向电视:"我有女朋友的。姐姐,你是不是想太多了,还以为我想上你?"

他说得很轻佻,林苡脸上火辣辣的。她眨了一下眼睛,认真回道:"我没有那个意思,只是觉得这样不太好。"

"你平时不都住在我家吗?"霍坂说着站起身,微微垂首看着她,"姐姐心里有鬼吗?你真的把我当弟弟看吗?"

林苡回答得很果断:"当然。"

"那不就行了?姐姐和弟弟住在一起有什么关系?这么晚了,我可懒得折腾。要是你路上出了什么事，爸爸会责怪我的。"

林莜没话说了。

霍圾把卧室让给了林莜，林莜走进卧室，锁好门，准备上床睡觉。小汤圆跟着她进来了，趴在自己的小窝里，也准备睡觉。

确认了霍圾在谈恋爱，林莜整个人放松了很多。根据之前他和那个女生的互动，她想，他应该蛮喜欢那个女生的。她没了顾虑，做了一天兼职本来就累，躺在床上很快就有了睡意。

朦朦胧胧间，她仿佛听到了什么声音，好像是女人的咳嗽声，很轻，不细听根本听不见。她睁开眼，房间里没人，她以为自己幻听了，可是刚闭上眼就又听见了，不知道是从哪里发出来的。她睡意全无，起身到处找，整个房间上上下下全找了一遍，没有看见任何可疑的东西。隐约间，她好像又听见了……她整个人都有些僵硬，连忙抱起正在打盹的小汤圆出了卧室。

"霍圾！"

客厅里安安静静的，没有开灯，特别黑，她这么一叫，显得周围格外安静，就好像只有她一个人待在一间空房子里一样。

"霍圾！"林莜慌忙又叫了一声。她不知道他去了哪里，开始四处摸索，找灯的开关。

片刻后，霍圾打开书房的门，书房里的光照了出来。他看着她，有些疑惑："怎么了？"

林莜看见他，瞬间有了安全感，抱着被弄醒的小汤圆快步跑到他身边，声音都在颤抖："有女人咳嗽的声音，不知道是从哪里发出来的。"

"你听错了吧？"

"我听见好几次了。"

霍圾微微一挑眉，显然不信。他往卧室走去，林莜不敢一个人待着，紧紧跟在他后面。

霍圾进了卧室，安静地等了一会儿，没有响起任何声音。

"你应该是做噩梦了。没事了，睡吧。"霍圾转身回书房。林莜连忙跟在他身后，她不敢一个人待在卧室里，本能地依赖着他。

霍圾进了书房，见她抱着小汤圆跟过来了，有些疏离地问道："姐姐不睡吗？"

林莜摇头，生怕他赶自己去卧室："我不敢一个人待着，我就坐在旁边看书，绝对不会打扰你。"

霍圾没有再说什么，回到位子上，继续画图。林苃看见他的书桌上铺着纸，是一些构造图，画得很细，她看不懂。

霍圾的书房很大，书特别多。林苃其实也没有什么心思看书，她随手拿了一本书，抱着小汤圆坐在沙发上。安静了一会儿，她又觉得有哪里不太对劲。她看了一眼霍圾，他戴着眼镜，看起来斯文无害，连看都懒得看她一眼，完全拿她当透明人。如果是他在恶作剧，对他来说好像没有任何意义啊，难道她刚才真的在做梦？

大半个小时过去了，霍圾依旧在画画，林苃彻底放弃了自己的猜测。怀里的小汤圆早就睡着了，她也哈欠连连，忍不住闭上眼。霍圾就在旁边，她有了安全感，很快就睡熟了。

林苃的呼吸渐渐平稳，在书桌旁画画的霍圾抬头看她一眼，只见小姑娘抱着小汤圆，睡得特别熟。他放下笔，远远地坐着，盯着她看，似乎在想什么。这时候，小汤圆醒了，抬头看见霍圾，正准备喵喵叫，霍圾竖起食指，轻轻"嘘"了一声。片刻后，他的唇角微微上扬，露出一抹轻笑，看起来特别坏。

林苃一觉睡到天亮，感觉身边有个抱枕，她下意识以为是自己寝室里的抱枕，于是伸手抱紧，脑袋往上面蹭。可是，这个"抱枕"一点都不软，反而硬邦邦的，而且是热的，隐约间还有清新的皂香……

"抱枕"感觉到她的动作，也微微伸手把她往怀里抱。

抱枕有手？林苃充满疑惑地慢慢睁开眼，入眼的却是陌生的环境，旁边是霍圾的脸，近在咫尺，长长的睫毛垂下，睡颜既好看又无辜。

林苃猛地坐起身，发现自己躺在卧室的床上，而不是书房的沙发上！

霍圾被她吵醒了，微微皱起皱眉，睁开眼看向她，眼里还有些许睡意。他这样躺在床上，衣衫微乱，显得格外秀色可餐。

林苃看了一眼自己身上的衣服，发现没变化，他的衣服也好好地穿着，这才微微松了一口气，问道："你为什么在这里？"

霍圾慢慢坐起身，无所谓地说道："当然是睡觉，我总不可能一晚上不睡觉。"

林苃看见他无所谓的样子，有些急了："我是说，我们为什么会睡在一张床上？"

"你不是害怕一个人睡吗？"

他说得太理所应当了，林莜根本找不到反驳的点。回想起刚才紧紧抱着他的感觉，她感到无所适从："那也不能睡在一张床上！"

霍圾似乎不明白她在纠结什么："和弟弟睡一张床怎么了？又没有做爱。"

林莜的心瞬间一紧，受不住他这样说话。她本来还能勉强保持冷静，他这么一说，她脑子里彻底乱了，慌不择路地爬下床："我……我要回学校了……"

霍圾看着她，扑哧一声笑出来。林莜被他笑得心口狠狠一缩，连忙转身跑出卧室，几乎是落荒而逃。

❀ ❀ ❀

林莜匆忙坐着公交车回到了学校，这才想起来还要做兼职，不过，她已经没有那个心思了，只能请假。

顾语真见她昨天没回来，身上的衣服还换了一套，看起来好像是男生的，她有点担心："你昨天去哪里了，没事吧？"

"昨天霍家来接我，让我回去吃饭，雨下得太大，我就没回来。"

顾语真点头："我就猜到你是回霍家了。"

林莜心神不定地坐下。顾语真见她半晌都不说话，还是有些担心："怎么啦，没出什么事吧？"

林莜顿了一下，微微摇头："没有，我就是有些累了，所以今天回来休息。"

"那你快好好睡一觉。"

除了心神不定，林莜看起来并没有别的问题，顾语真放心了一些。不过，看着她身上的衣服，她还是忍不住提醒道："林莜，你和男生接触不多，心思又单纯，可千万要小心。现在的男生都很坏的，一个不注意你可能就被他们的花言巧语给骗了。"

花言巧语……霍圾好像不属于这类人，他每次说话都特别没有底线，特别肆无忌惮，就好像往海里扔炸弹，弄得海面波涛汹涌……林莜觉得很难解释清楚，只能点头："我知道，你放心，我没事。"

顾语真点点头，继续背单词。

林莜站起身，这才发现她没把自己的衣服拿回来，身上还穿着霍圾的。她连忙起身去卫生间换上睡衣。拿着他的衣服和裤子，她有些茫然，想起早上霍圾说的话，脸上一阵发烫，连忙把他的衣物随便卷了卷，塞进垃圾桶里。

她回到床上躺下，伸手抱过枕头准备再睡一会儿，突然又想到早上那一幕，连忙丢开抱枕。她心想，一定要改掉抱着东西睡觉的坏习惯！

周一早上，学校例行开晨会，林莜站在队伍里，听着主席台上通报批评高一的几个问题学生。这一届的高一学生也很难管，不过比起林莜那一届已经好多了。毕竟，林莜那一届高一的时候实在出了太多乱子，先不说陈宣冲、陈诗楠这两个专爱惹是生非的问题学生，就是关于柯建聪的那两件事都让人大开眼界，被传得越来越玄乎，以至于新一届高一学生都扼腕叹息没有早一年上学，错过了那么多精彩的事。好在一中的双男神虽然走了宋复行，但还有霍坂在，完全能饱大家的眼福。只是霍坂自身的条件太优越，追求者也太多了，大多数人都不敢去争取。

听着主席台上枯燥的话，大家昏昏欲睡。不一会儿，好多人的视线都不约而同地落在了离主席台不远的赵映琦身上。赵映琦才高一，名字就已经传遍了全校，她长得清纯可爱，性格活泼开朗，连女生都不讨厌她。她就站在霍坂旁边，看上去和霍坂很般配。她偶尔会和霍坂说一两句话，显然跟他很熟。阶梯教室里的事全校早就传遍了，大家纷纷猜测，照这个情形来看，他们的男神肯定已经被赵映琦拿下了。

晨会结束后，林莜跟着队伍往前走，看见前面的霍坂，想起昨天的事，感觉一阵不自在。不过，霍坂显然不在意那些，他眼里只有站在他对面的赵映琦，对她笑得格外温柔，完全不像跟林莜在一起的时候那么坏，让她无力招架。林莜看了一眼，连忙快步往前走，好避开他。

走在林莜后面的陈诗楠看见这一幕，心里别提有多爽了，忍不住冷嘲热讽："被甩这么久了还念念不忘呢？没看见别人有新欢了吗？"

林莜转头看了一眼陈诗楠。陈诗楠总是喜欢针对林莜，她看起来都已经不恨霍坂了，却一直对林莜耿耿于怀。林莜有些不明白她为什么要这样。

"给人甩了就早点死心吧，要求不要太高了！要是没有资源，我给你介绍，一次出价很高的。你应该不是处女了吧？那价格肯定谈不上去了。"陈诗楠嚼着口香糖凑到林莜耳边说，说完又退了回去，上下打量了她一眼。她可不信霍坂那样的坏男生能忍着不和林莜做那种事。陈诗楠一想到那种可能性就特别不爽，把手伸到裤兜里拿出一张卡片："想清楚了来找我。只要你有了钱，以后想买什么就能买什么，再也不用去做什么破兼职了，多累啊。"

林莜微微皱眉，拿过她手里的卡片，上面只有一个联系方式。她语气凝重：

"你是自己弄的，还是有组织？"

陈诗楠嚼着口香糖吹了个泡泡，一副懒得说废话的样子："你别管这么多，想清楚了来找我就好了，这事好商量。"

升了高二，陈诗楠的着装打扮越来越出格了，头发一个月染一次，每次都搞得五颜六色的。老师根本管不了她，只能要求她不要穿一中的校服，免得影响一中的形象。

林莜拿着手里的卡片，感觉有些烦，看了她一眼，微微咬牙，勉强转移话题道："这次的屎黄色很好看，和你很配。"

"你什么品位？！土妹就是土！这是现在最流行的金橘色！"陈诗楠气得破口大骂，引得周围的学生都看过来。

林莜没有再理会她，把卡片塞进兜里，转身往楼上走去。

一中的陈诗楠是出了名的，一中的林莜又何尝不有名？林莜看着乖软清纯，实际上打人的视频还在学校论坛上飘着。大家都知道，她是一进学校就打过一中男女校霸的人，是个轻易不出手，一出手就是大事的大佬。大佬就是大佬，连不良少女的头发都敢嘲讽。只能说高二的大人物实在太多了，高一今天这几个被通报批评的在他们面前根本就不够看。

林莜往楼上走去，迎面突然跑过来一个女生，她声音柔弱地说："林莜学姐，你能帮我一个忙吗？"

林莜一愣，看着她低下的头，确定自己不认识她："什么忙？"

女生拿出藏在怀里的情书："不好意思，学姐，我知道不该麻烦你，可我实在是不敢自己给霍垅学长……能不能麻烦你帮我把这封情书给他？我不想让自己心里有遗憾。"

林莜看着她递过来的情书，想起被霍垅扔掉的那些，她很想告诉女生，还是有点遗憾比较好，要是她知道霍垅的性格有多恶劣，恐怕就不是遗憾这么简单了。她沉默了一阵，没有接过她手里的情书："对不起，我不能帮你。"

女生看着有些失望，眼里都是恳求："学姐，拜托你了，帮帮我吧！"

林莜看着她眼里的泪花，还是忍不住说了一句："他不是认真的男生，不要喜欢他。"

林莜刚说完，女生看着她的后面，瞬间变了脸。林莜顺着她的视线转头看过去，果然看见霍垅正走过来，看样子明显听到了她刚才说的话。

林莜微微一顿，气氛莫名尴尬。

赵映琦显然也听见了，她打量了一眼林莜，然后不在意地看向霍圾："学长，下午放学后我们一起去吃冰激凌吧！有一家冰激凌店口味特别好，就是有点远。"

霍圾脚下没停，完全当林莜和那个女生是透明人。他和赵映琦一起往楼上走去："好啊，放学以后你来找我。"两个人一路有说有笑地上了楼，不时还能听见赵映琦清脆悦耳的笑声。

送情书的女生显然看出了端倪，她低着头不说话，"啪嗒"一声，眼泪落下，滴在了粉色情书上，慢慢晕染开来。

林莜不知道该怎么安慰她，伸手拿出兜里的碎花小手帕，轻轻塞到她手里："别哭了，换一个人喜欢吧。"

周一早上永远是乱糟糟的，时间匆匆忙忙地过去，转眼就到了午休时间。顾语真在教李涉功课，没时间和林莜一起写作业。林莜拿着陈诗楠给的卡片，若有所思。特意坐到她旁边讨论题的于辉扬见她盯着卡片看了好久，靠近她问："你在看什么？"

"没什么。"林莜回神，把卡片放进裤兜里，神情有些凝重。

于辉扬发现她的鬓角有几缕柔软的碎发，忍不住多看了几眼。她很白，看上去乖乖软软的，他怎么看都看不腻。周围的男生早就蠢蠢欲动了，老是来问她题，对她示好的不在少数，他觉得再拖下去不是办法。

"林莜……"于辉扬专注地看着她，鬼使神差地叫了一声。

他的声音很轻，林莜没听到。就在这时，教室后面传来一阵喧闹声。林莜转头看去，看见霍圾正和几个男生站在教室的后门口。他戴着细框眼镜，垂着眼，神情有些淡，虽然看起来斯斯文文的，可莫名让人感觉不好接近。他手里拿着文件夹，随手拿了一张通知单递给他们班的班长。校服穿在他身上，没有一丝褶皱，衬得他的腿格外修长。

林莜旁边的女生有些兴奋："喂喂喂，快看，是霍圾！他怎么突然来我们班了？"

"早上开晨会时校长说要检查各个班级的基本情况，评选优秀班集体。"

"学生会会长要抽查啊，难怪他会到我们班里来。"

霍圾认真地交代着他们班班长需要注意的地方，连一个眼神都懒得往林莜这边看，看起来完全没把早上的事情当一回事，觉得不自在的人好像只有林莜自己。林莜看了他一眼，转过头拿起笔，翻开作业本继续写题，勉强压制着自己心里的不自在。她心想，如果她早上没有说那种话，就不会这么尴尬了。现在她根本无法正视他，就好像她真的做了什么见不得人的事一样。

于辉扬没找到机会表白，回头一看却对上了霍圾的眼睛。他莫名有些心虚，总感觉霍圾的眼神有种说不出的凉意。

🐾　🐾　🐾

第二天上课，林莜有些心不在焉，兜里卡片的存在感太强了，她根本无法忽略。放学后，她坐在图书馆里，伸手撑着下巴，若有所思。

"莜莜，你要不要水？"一旁的顾语真作业写到一半，拿了水杯起身要去倒水。

林莜回过神："我杯子里还有。"

顾语真应了一声，离开位子。林莜拿起笔，准备开始写作业。有人走近，她没有在意。

于辉扬看见来人，轻声叫道："班长。"

霍圾笑着跟他打招呼："好久不见。"

"是啊，分班以后就见得少了。"于辉扬客气地说道，视线落在林莜身上，似乎有些担心。

林莜见霍圾站在桌旁不动，眼睛微微一眨，抬头看向他："有什么事吗？"

霍圾看了她半晌，把手里的纸袋放在桌上："帮你洗过了。"

林莜有些疑惑，拿过纸袋打开一看，是她的衣服。她立即合上纸袋，担心他说什么，连忙开口道："谢谢你。"

霍圾笑了一下，伸手插兜，俯身靠近她的耳朵："你拿了我的皮带？"

林莜微微一顿，连忙小声回："嗯，我不是故意拿的，因为裤子会掉……"

见他们举动如此亲密，于辉扬停下笔看了过来。

"那条皮带对我很重要，什么时候还给我？"霍圾说得漫不经心。

林莜想起自己把他的衣服塞进垃圾桶的举动，心想，都过了一天了，现在肯定找不到了……

霍圾微微站直身，轻轻问道："扔了？"

林莜有些尴尬："对不起，我重新买一条赔给你，可以吗？"

霍圾的视线落在她的脸上，微微扫过她的眼睛："可是，那是女朋友送给我的礼物，她昨天晚上还问我为什么没有系上……"

林苡听得愣了一下。不是她想歪了，而是他说得太过暧昧。她没想到霍圾和他女朋友发展得那么快，他都还没有成年……

林苡震惊归震惊，却没有多问，她思索片刻："如果你女朋友不相信你，我会去跟她解释。"

霍圾看了她半晌，淡淡道："解释什么？"

"解释清楚我们是姐弟关系，她应该能理解。"

霍圾的笑容有点讽刺："你算我哪门子的姐姐？"

林苡被嘲讽了一下，有些理亏，说不出话来。看来，那条皮带对他真的很重要，她彻底得罪他了……她也没想到，怎么就这么巧，偏偏拿了他女朋友送他的皮带，现在连重新买都不行。

霍圾神情淡淡地看了她一眼，没了耐心，转身往外走。

于辉扬还是第一次见霍圾这样："林苡，你和班长怎么了？你弄丢了什么东西？"

林苡有些不安，皮带这种东西很暧昧，也不好说太多，于是她说道："没什么，别担心，继续写作业吧。"

"哦哦，好。"

霍圾脚步微顿，然后头也不回地离开了图书馆的自习室。

图书馆外的长道上，两旁的树荫遮住了阳光，人走在长道上却还是会觉得热。

趁着午休时间，李涉想偷偷去打篮球，他老远就看见霍圾走过来了："阿圾，走，打篮球去！"

霍圾热得没有心情："不去，太热。"

李涉见状，越发怀疑霍圾有问题。他让同行的几个人先过去，拍着篮球走向霍圾："你最近很反常啊，是不是有什么事不顺心？"

"没什么。"霍圾在一旁的凉凳上坐下，伸手要拿烟，却发现自己根本没带出来，突然有些烦躁。

李涉听见他说没事，也就安了心，估计他只是因为天气太热而觉得不耐烦，不然他还真想不到有什么事能让这个混账不爽。

李涉来回换腿过球，想到宋复行刚才的电话，忍不住笑出来："宋复行刚才打电话问我怎么和女生表白，哈哈哈，早知道我就录音了。他还说没兴趣找对象，联姻也不错，这下打脸了吧？"

霍圾一心二用，随口问道："哪个女生？"

"就是和他同班的那个女生，隔三岔五给他写情书，还翻墙去买橘子，追他追得可认真了。我想了想，还真没有哪个女生这样追过我。宋复行那张脸真是没白长。"李涉说着，一阵感慨，"自己中意的小姑娘跟在自己后面狂追自己，那感觉真是别提有多爽了，估计吃了蜜糖一样甜吧……"

霍圾突然站起身，往宿舍方向走。

李涉拍着篮球跟上："去哪儿啊，真不打篮球？"

"拿烟。"

李涉篮球拍歪了，终于意识到了问题所在："你是不是也有喜欢的对象了？哪个？高一那个赵映琦吗？和她不顺利？"

霍圾转头看了他一眼："于辉扬在谈恋爱？"

"于辉扬？"李涉顿了一下，被问得一头雾水，不明白他提八竿子打不着的人干吗，"我没太关注，这人每天都在学习，我们没什么来往。他和小奶糖倒是蛮好的，每天一起写作业，晚自习讨论题什么的。小奶糖和别的男生没有那么多接触，就和他蛮好的，可能是在谈恋爱吧。他们好学生谈恋爱都这样，把一起学习当乐趣……"李涉说完顿了一下，看向神情淡淡的霍圾，有些疑惑，"你不会是还惦记那颗奶糖吧？现在都高二了，你可别乱来，万一弄不好，把人家高考给弄黄了，怎么办？"

"你觉得我犯贱吗？"霍圾淡淡地说了一句，转身走了。

李涉看着他走远。他知道，霍圾这个混球虽然混了点，但肯定不会勉强男朋友的女生，别人不愿意就拉倒，毕竟他多的是选择。

霍圾回寝室拿了烟点了几根，心里也就差不多想清楚了。他并不是一个特别有执念的人，爱吃糖的女生很多，不是只有她一个人嘴巴软软甜甜的。她不愿意，他也不可能缠着她不放，毕竟，他又不是非她不可。

霍圾夹着烟沉默了一阵，然后垂眼随手灭了烟，换了身校服去教室上课。他刚走到教室的后门口，就有同学指着前门告诉他："班长，外面有人找你。"

霍圾往外看了一眼。于辉扬站在外面的走廊上，显然等了有一会儿了，见他看过去，他立马一副严阵以待的样子。

霍圾神情有些散漫地走过去："找我？"

见霍圾的身高和气势完全压了他一头，于辉扬微微挺直脊背："林苡弄丢了你什么东西，我来替她赔。你不要针对她，我可以十倍赔偿。"

霍坂看了他半晌，轻蔑地一笑："你觉得我缺钱吗？"

于辉扬被噎了一下，他还是第一次见霍坂露出富家子弟的做派，他是如此盛气凌人，让他几乎没有了底气。

霍坂上下打量了他一眼，眼眸微垂："她让你过来的？"

于辉扬顿了一下，强撑着道："对，我是她的男朋友。你以后别再找她了，她也希望和你保持距离。她性格文静，不太会处理这种事，你有什么事直接找我就好了。"

"呵。"霍坂冷笑出声，也不知道被哪句话刺激了，表情冷得出奇，"你知道她拿了我什么东西吗，就替她做主？"

于辉扬说不出来，他只知道是他女朋友送他的礼物。

霍坂见他不说话，微微靠近他，轻声说道："她拿了我的皮带，你觉得她在什么情况下才能拿到我的皮带？"

于辉扬眼睛一瞪，看着他，几乎说不出话来："你……你什么意思？"

霍坂笑起来，眼里却没多少笑意："你自己去问她吧。你不是她的男朋友吗？怎么不问清楚就来找我？"

于辉扬呼吸急促，完全不相信，他转身快步跑下了楼，俨然要去兴师问罪。

霍坂看着他离开，面上没有表情。进了教室，他随手把厚厚一摞书往桌上一扔。"砰"的一声，一摞书砸在了桌上，还有几本掉在了地上，吓了前面的同学一跳，连帮忙捡都有些不敢。班里本来闹哄哄的，这下瞬间安静下来，大家都有些不知所措。

霍坂不管不顾地在位置上坐下，神情阴沉得可怕。

下午第一节课是体育课，林莜和顾语真并肩往楼下走去，走到一半，她扎头发的皮筋突然断了。林莜伸手抓起头发："语真，你有带皮筋？"

顾语真摸了摸裤兜："没有，只有头上的。"

林莜只能转身往楼上走："我回教室去拿，你先下去吧。"

"那你快点，快要上课了。"

"好。"

林莜快步往楼上跑去，跑到楼上，见教室近在咫尺，还来得及，她的脚步就慢了下来，喘着气往前走。然后，她远远地就看见霍坂向她走来了。他的教室明明不在这层，她怎么会在这里碰上他？她还没想好要怎么和他赔礼道歉，有点不敢面对他。她脚下微微一顿，垂着头往前走去，正准备抬起头跟他道歉，霍圾突然伸手抓过她，同时用另一只手推开旁边楼梯间的门，把她往里面一拽。

林莰吓了一跳，立即后退一步，抓着头发的手也松开了："你干什么？"

霍圾居高临下地看着她。这个楼梯间位置比较偏，除了林莰他们班的人，基本上不会有别的学生经过，而他们大多数都下去上体育课了。被推开的门缓缓地自动关上，隔开了外面的吵闹声。

林莰见霍圾一直盯着自己，有些不明所以："霍圾？"

霍圾轻飘飘地问道："谈恋爱了？"

林莰闻言一怔："什么？"

"你的男朋友亲你了吗？"他微微俯身看着她，"你是喜欢你男朋友亲你，还是喜欢我亲你？"

林莰不喜欢他这样说话，她转身去握门把手："我还要上课，先走了。"

霍圾微微站直身，看着她的眼神莫名有些委屈："和我谈吧，我会认真的。"

林莰拉门的手微微一顿，转头看向他，神情怔然："你不是已经有女朋友了吗？"

"有女朋友怎么了，不让她知道不就好了？"霍圾满不在乎地说道。

林莰突然心里一阵冒火，无言地看着他，心想，他简直比她想象的还要过分一百倍！她勉强压着情绪说道："我记得高一的时候我已经说清楚了。"

霍圾微微侧头，似乎很不解："反正都是谈恋爱，你为什么不愿意跟我谈？"

"因为我们不合适。"林莰没有情绪起伏地回答。

"怎么不合适？"

林莰认真地看着他回道："因为不喜欢，所以不合适。"

"原来是不喜欢？"霍圾靠近一步，逼得她往后一退，后背抵上了门，"如果你不喜欢我，为什么要偷偷摸摸地看我？为什么我亲你的时候，你反应那么大？"

林莰呼吸微顿，抿了抿唇。她暗暗告诉自己，那都是以前的事了，曾经发生的事情无法改变，而以后的事还有余地。

突然，门把手微微转动，林莰身后的门被人从外面往里推。她吓得心口一慌，要是让人看见她和霍圾单独在这里，随便想想就知道会在学校里传成什么样子。她连人带门被推开了一点，整个人完全不知所措，连躲都不知道往哪里躲。

霍圾突然靠近，伸手按住她身后的门，刚推开一点的门又被关上，门外的人奇怪地"咦"了一声。

林莜暗暗松了一口气，看向门把手的工夫，霍圾突然低头吻了上来。林莜被他吻了个正着，连忙往下躲，却被他死死地按在门上。

"奇怪了，里面有人吗？"外面的人很疑惑，拧动门把手，继续用力把门往里推。

林莜感觉门又被推开了，一时间都能听见外面的喧闹声，吓得心都要跳出来了，连忙用力往后抵，同时伸手去拧霍圾的背，一点声音也不敢发出来。

霍圾却没有理会，伸手抱住她，越发用力地压上来，抵抗着外面的人推门的力道，直接撬开了她的唇瓣，探了进去。

"唔！"林莜慌得发出了声音，连忙把声音咽进喉咙里。她从来没有承受过这么来势汹汹的吻，而且随时可能会被人发现。她冒了一身汗，吓得心跳都要停了。

外面的人好像听见了声音，动作一顿。就在这时，上课铃声正好响起，开门的动静瞬间停了，外面没了声音，那人应该是去上课了。

林莜精神高度紧张，一放松下来，整个人都差点虚脱了，有些站不住脚。

霍圾抱着她，轻轻笑起来，声音轻哑地调侃道："反应这么大啊？"

他们靠得这么近，他的呼吸都喷在她的脸上。林莜被折腾得脱了力，有气无力地说："放手。"

霍圾不听，对着她的耳朵低声说："和我交往吧，姐姐，别把我最后的耐心磨没了。"

林莜气得咬牙，猛地用力推开了他，然后力气很大地拉开了门。

突然传来"砰"的一声响，有什么东西掉落在地上了。林莜顺着声音看过去，于辉扬不知道什么时候来的，就站在楼梯的拐角处，一脸震惊地看着他们两个。

林莜瞬间蒙了。

上架建议：畅销·小说

ISBN 978-7-5596-6238-5

9 787559 662385 >

定价：69.80元（全2册）

读创
creadion

新浪微博@联合读创
阅读创造生活

绿宝石

绿 宝 石

Fall into your light

丹青手

著

是福躲不过

下册

北京联合出版公司
Beijing United Publishing Co.,Ltd.

他既像是恩赐，又像是劫，不能抗拒，无法避开。

　　这是她唯一的放纵，哪怕她害怕，哪怕她清醒着，现在也什么都不想管，只想喜欢他。

目录

chapter 13

猖狂

"女朋友，我会对你很好的。"

霍圾完全没有被发现的心虚，他挑衅地冲于辉扬笑了笑，薄唇激滟，明眼人完全可以想象出刚才的亲吻有多激烈。

于辉扬无法接受，退后一步，才看见自己的手机掉到了地上，他连忙捡起屏幕碎了的手机，转身快步往楼下走去。

林苡有些站不住，不知道于辉扬刚才看见了多少，也不知道他会不会说出去……

"他就这样跑了，姐姐不去追吗？"霍圾扶着楼梯栏杆，看了一眼楼下，看见于辉扬都跑没影儿了，他忍不住笑起来，"他跑得真快，都不问问我们为什么这么亲热吗？"

林苡唇瓣一阵发麻，她微微咬牙："你为什么要这样？"

"我刚才亲你，你不是有反应吗？怎么还问我？"霍圾抬眼看过来，笑得纯良，嘴上却毫不留情地捅破了窗户纸，"要是换一个人这样亲你，你早就动手了吧？姐姐，你怕什么呢？你明明就喜欢我，喜欢和我接吻，别嘴硬了。"

林苡说不出话来，她觉得他说得有问题，可是她反驳不了。他就像一个一步步引诱猎物走入陷阱的猎人，可他的脸看起来又那么无害。

"我真的不喜欢你，也不可能和你在一起，你还是去找你的女朋友吧。"林苡说着，转身要走。

霍圾没有阻止她，只是问道："姐姐要和我翻脸吗？"

林苡动作一顿，转头看向他，突然有些不安。她忘了，他是霍圾啊，是霍叔叔最中意的儿子。如果得罪了他，她是不是可以直接收拾收拾，准备辍学了？

"如果你现在和我交往，等一两个月我也就差不多腻了。但是，如果你非要吊着我，那就不能怪我没耐心了。姐姐，是你先骗我的，你说你要学习，可转头就和别人谈起了恋爱，你在玩我吗？"

"我没有谈恋爱，我一直都在好好学习。"林苡第一次认真解释起来，像在跟家长交代。

霍圾听了没反应，也不知道信不信。他微微俯身，神情有些冷淡："那正好，反正你每天都要和男生一起写作业，一起吃饭，一起去图书馆，证明你是有时间谈恋爱的，把这个男生换成我就好了。"

林莜微微抓紧门把手。霍圾伸手用指腹轻轻摸了摸她的脸颊："我给你时间和那个傻×说清楚。下午放学后，来阶梯教室等我，我带你去吃饭。"他说完就收回了手，转身下楼，哄人都是态度强硬的。

林莜在原地站了很久，心绪都没有平静。她也没心思去上体育课了，慢吞吞地往教室走。

于辉扬正一个人坐在教室里，应该是从另一边的楼梯上来的。他正愣愣地看着碎掉的手机屏幕，不知道在想什么。听到动静，他抬头看了她一眼，又飞快地收回了视线。

林莜沉默了一阵，走到他面前，轻声说道："可以不要告诉别人吗？"

"嗯。"于辉扬应了一声，眼睛左顾右盼。一想到他们是情侣，他就有一种无地自容的感觉，他堂而皇之地跑去找霍圾，简直就是在自取其辱。"我……我先去上课了，你好好休息。"

林莜看着于辉扬跑出去，走到位子上坐下，呆坐了好久，才打开书包的小夹层，拿出皮筋扎头发。她的嘴巴到现在还是麻麻的，不舒服。她随手拿出镜子看了一眼，看见红通通的唇，眼睛一瞪，立即把镜子盖在桌上。她一想到霍圾刚才过分的吻就有些心惊肉跳，难怪于辉扬看她的眼神那么奇怪，这嘴巴真是红得太过了！

放学后，林莜磨磨蹭蹭地做了很久的值日，等到快一个小时了，才背起书包往阶梯教室走去。

之前她被弄乱了阵脚，完全不知道该说什么，现在冷静下来，她多少能跟霍圾讲点道理。她觉得，以他的性格，如果她好好说，他应该会听。

林莜到了阶梯教室门口，发现里面很热闹，学生会的会议已经结束了，大家都在放松地闲聊。

赵映琦走到霍圾身边，微微歪头看向他："学长，你昨天欠我的冰激凌可要找机会还了哦。"

霍圾正在看资料，闻言开口应了："可以，今天你随便点，等一下大家所有的费用我包了。"

大家听到这话，瞬间欢呼起来。赵映琦有些不好意思，跟着一笑。

林茇站在门口，安安静静地等着。刚来学校的时候，她在这里等过霍垓一次，没想到第二次来等他，心境竟然这么不同。

萧洋从远处走来，看见小姑娘又在门口等着，看起来和高一的时候没什么变化，还是喜欢黏着霍垓。他上前打招呼："进去吧，他们应该结束了，要准备去玩了。"

林茇双手握着书包带，看起来很乖："没关系，我没什么事，就在这里等他出来吧。"

萧洋真是被她乖乖软软的样子给迷住了，心想，难怪霍垓从高一到高二都没换过女朋友。

萧洋冲她点点头，然后大步走进教室："我来了，开完会了吗？活动带上我。"

"学长，你都高三了，还想着玩？"

"高三也要放松啊，明天好不容易放假，我当然要玩得开心。"萧洋几步走下台阶，对着霍垓伸出手，指了一下外面，"门口有人在等你。"

林茇站在门口往里面瞄，猝不及防对上了霍垓的视线。他看见她，眼中了然，笑着叫她："姐姐。"

林茇只能背着书包走进去。

赵映琦打量了林茇一眼，她对林茇的印象还是挺深刻的，毕竟她们俩很相似。

林茇看见赵映琦看过来，下意识回避她的视线，一想到下午的事情就一阵心虚。她从小到大都没有过这样的感觉，不舒服极了。

大家本来都在兴致勃勃地讨论，见一个不属于学生会的人进来了，纷纷看过来，看见是林茇，又觉得并不意外。

林茇走到霍垓面前："我有话想和你说。"

霍垓拿着资料的手微微放下，垂在身旁，长腿微屈，靠向后面的桌子，看着她轻轻一笑："说吧。"

周围的人看出来他们之间的气氛不太对，瞬间安静了。

林茇一看他这个笑，就知道他是故意的。这么多人在，她怎么说得出口？"能不能抽出几分钟时间？"

"那就晚点再说吧，我们先去吃饭。"

"那我先回——"

霍垓随手把人员名单放在桌上，没给她拒绝的机会，看向大家："准备出发吧，我多带一个人，先去目的地。"

周围瞬间又热闹起来，大家都有些兴奋，林苃的声音直接被淹没了。

林苃正要再开口，霍圾微微一挑眉，伸过手来，似乎要拉她的手。林苃吓了一跳，连忙往后跳了几步，把手揣到校服兜里，一个字都不敢说了。霍圾扑了个空，却没有在意，笑了笑，没说话。

赵映琦偷偷问旁边的一个男生："学长还有姐姐？"

"嗯，不是亲的，是霍家资助上学的，应该是霍叔叔朋友的女儿。"男生见她来问自己，非常认真地回答道。

赵映琦恍然大悟，难怪她总觉得他们很熟悉。

出了校门，大家在路口等车。

霍圾就没有空闲的时候，就算周围没有同学和他说话，萧洋也一直站在他旁边，林苃不好在这种时候说什么。

赵映琦上前挽住林苃的手："学姐，你皮肤好白，比我都要白。"

林苃看向她，觉得很心虚："谢谢……你也很白。"

"真的吗？谢谢学姐！你好可爱啊，等会儿我们坐一辆车吧。"

林苃含糊地应了一声，有些不自在。

几辆车开过来停在路边，霍圾让其他人先上车，等到只剩最后一辆的时候才转过头来看林苃。见她和赵映琦挽着手，他微微一挑眉，神情有些玩味："你们感情还不错？"

林苃听出他话里有话，眼睛微微眨了眨，想起他中午的强吻和说的混话，浑身都僵硬起来。

赵映琦笑着回道："那当然了，学姐长得这么可爱，我很喜欢她。"

林苃越听，心里的愧疚越深。霍圾偏偏还笑了，笑里似乎有别的意思："上车吧。"他看起来一脸坦然，林苃实在没想到他竟然能如此平静地面对自己的女朋友，难道他早就习惯了吗？她心里越发沉重，别过头去，根本不想理他。

目的地是个大型的室内娱乐场所，可以玩的项目很多，唱歌、台球、电子游戏，应有尽有，还有很多吃的喝的。大家一进去就撒开了玩起来，热闹得不行。

林苃在沙发上坐下来，根本没有心思玩，就等着霍圾有空的时候和他好好谈谈。

赵映琦跟林苃旁边的女孩了换了个位置，坐到她身边："学姐，你和学长是从小一起长大的吗？"

林苼微微垂首："不是，我高一才认识他的。"

赵映琦看着她："哦，原来是这样。"

她俩旁边的几个女生听到这话，瞬间来了兴趣，纷纷加入她俩的聊天。

其实赵映琦并不在意林苼。林苼太过安静，不爱说话，一看就不是学长的菜，而且她还是霍家的资助对象，他们俩本身就已经不对等了。所以，她并没有把林苼放在心上。相比之下，她反而对之前的许念挺感兴趣的。要是许念那样出身的女生输在她手上，那她真是别提多爽了。她随便聊了几句就没了兴趣，视线落在霍圾身上。她蛮喜欢霍圾的，他性格温柔，长得帅，能力又强，撩来做男朋友还是很不错的。

霍圾正在和萧洋说话，萧洋说受不了高三的煎熬，学习压力太大了。霍圾笑着拍了拍他的肩，安慰了几句。然后，他看向桌上的甜点，随手拿了一盒小蛋糕，尝了一口。

赵映琦立即坐直，隔着几个人娇俏地问霍圾："学长，我的冰激凌呢？"

霍圾闻言看了她一眼，顺手拿起一盒冰激凌蛋糕向她走去。

赵映琦突然有些不好意思，她看了一眼旁边，没有空位给他，正准备起身，霍圾已经把完好的冰激凌蛋糕递过来了："赔你的冰激凌。"

赵映琦笑着接过蛋糕："好吧，勉强接受了。"

几个女生看向霍圾和赵映琦，眼神都有些八卦，毕竟，只要俊男美女站在一起，大家都会觉得他们应该是一对。

林苼正相反，她越发觉得无地自容。这时，她的眼前有人递过来一块吃过一口的蛋糕。拿着蛋糕的手指白皙修长，校服袖子干净得像崭新的。她微微一顿，抬头看向霍圾，震惊得几乎说不出话来。

"我尝过了，很甜。"

赵映琦咬着勺子，看了一眼他们俩。几个女生虽然有些疑惑，不过转念一想，姐弟俩同吃一块蛋糕好像也正常。

霍圾见林苼不接，拿起插在蛋糕上的勺子，舀了一小块递到她面前，轻声哄道："姐姐乖，不生气了，张嘴。"

咔嚓一声，赵映琦一不小心把勺子咬断了。

周围的几个女生愣住了，都觉得很诧异，这……这完全就是情侣的相处模式啊。

🐾　🐾　🐾

林莜往后一退，避开他递过来的蛋糕，看着他，说不出话来。他竟然在他的女朋友面前也这样！她忍不住转头看了一眼旁边的赵映琦，只见她神情惊讶，整个人都呆住了。

"不吃东西不饿吗？"霍圾又把勺子往林莜的嘴边送，那样子就和担心小汤圆饿了一样。

林莜把头转到另一边，霍圾忍不住笑出来，勺子也跟到另一边，就是想要她吃。

赵映琦呆了一会儿，把咬坏的勺子放在蛋糕旁，安静地坐在一边。周围的几个女生也都不敢发出声音，她们很好奇，又不好意思盯着看。

林莜微微抿唇："我有话要和你说。"

"吃了再说。"霍圾轻描淡写地说。

"霍圾，快来帮一下我。"萧洋玩游戏玩到了紧要关头，着急地叫了霍圾一声。他这一喊，所有人都向他看了过去。

林莜生怕霍圾做出更没下限的事情，趁没人注意，赶紧接过他手里的蛋糕吃了一大口。

霍圾一笑，伸手用大拇指擦掉她嘴角的奶油："慢点吃，我一会儿过来听你说。"他说着薄唇微张，吃掉了指腹上的奶油，起身离开。

林莜的呼吸都顿住了，感觉周围的女生都无声地看了过来。她彻底坐不住了，放下蛋糕，起身去了后面的休息室。

几个女生有些同情地看了一眼赵映琦，毕竟这阵子是个人都能看出来她对霍圾有意思。赵映琦反应过来，强装镇定，僵硬地冲她们一笑，换了把勺子继续吃蛋糕。

女生们见她不在意，开始低声讨论起来。坐在赵映琦旁边的女生和霍圾是一个班的，她突然想到什么："下午上第一节课的时候，会长迟到了，上课都好久了才到教室里，嘴唇还有些泛红。那时候我们就在猜是不是和女朋友接吻弄的。有个女同学还说我思想不纯洁，现在看吧，我说得根本没错。"

"你是说，会长因为和林莜学姐接吻，上课都迟到了……"

"对啊，你们是没看见他的样子，校服都皱了，一看就知道有多激烈。"

"你这么一说，林莜学姐的嘴唇也挺红，我还以为她抹了唇膏呢！现在想想，她的嘴还有点肿！"

"没想到学长平时那么温柔，私底下这么激烈。"说完，几个人意味不明地笑起来。

赵映琦用勺子有一下没一下地刮着手里的蛋糕，回想起霍垅的嘴唇确实挺红的，有一种激滟感，不同于以往。一想到这是两个人私底下接吻的证据，她就忍不住咬着勺子，有些不爽。然后，她又回想起他刚才吃奶油的举动，斯文中带着性感。她心想，要是和他接吻的人是自己……她的心跳忽然加速，拿着蛋糕的手微微颤抖。

林苃在休息室里呆坐着，心里很乱，不知道应该怎么面对别人的目光，尤其是赵映琦。她突然有些烦躁，想立刻走人，却又怕和霍垅彻底闹翻了。可等了一晚上，霍垅都没给她单独说话的时间。等到活动结束时，大家还会时不时地看她一眼。

霍垅叫的车停在外面，林苃站在一旁看着他。他和萧洋说了几句话，然后随手拉起她的手，和他们打招呼："我们先回去了。"林苃想挣开，霍垅不放，他俩的动作就有点大，大家纷纷看过来。这还是他们第一次看见一个女孩子对霍垅这么不情不愿。

林苃突然没了力气，她已经被磨得彻底没了脾气，有一种破罐子破摔的想法。

"好，路上慢点。"萧洋摆摆手，完全没觉得意外。

赵映琦一晚上都没说话，到了这时突然开口跟霍垅说了一句"学长再见"。

大家闻言，纷纷跟他们道别，看到他们牵着手，已经一点都不意外了。

霍垅拉开车门，让林苃先进去。林苃一坐进车里就把双手往衣服口袋里塞，一点都没露出来。霍垅由着她，没有理会她有些幼稚的举动。

林苃沉默了一阵，回想起赵映琦刚才平静道别的样子，觉得难以置信。她很疑惑，难道赵映琦不生气吗？霍垅为什么没有一点顾忌？难道他和赵映琦只是私底下随便谈谈恋爱，所以他想要结束就结束了？

她微微皱眉，突然开口道："你这样做太过分了。"

"姐姐为什么这样说？你来找我，不就是同意和我交往了吗？还是说，你还没有想好？"

林苃控制不住地大声道："我只是想和你说清楚，我不想和你交往！"

霍垅没有在意她的语气："我再给你一点时间，你要是没有想好怎么给出我想要的答案，那就重新想。"

林苃气得偏过头看向窗外。等车开到了霍家，她头也不回地下了车，径直往自己的房间跑去。既然和他说不通，那她就只能置之不理了。她不打算再和他多说一个字，觉得时间一长，他自然会打消这个念头。

正赶上难得的节假日，霍兴国也在家，赵碧郡亲自下厨做了很多菜，还特地叫了林苃。林苃不能推辞，准时到了餐厅。霍坂已经到了，安静地坐在位子上。

这次吃饭和她以往在霍家吃饭不太一样，以往都是一大家子人一起吃，弄得跟晚宴一样；今天只有叔叔阿姨，还有霍坂……或许是他们觉得三个人吃饭太冷清了，就把她也叫了过来。四个人吃饭，霍兴国和赵碧郡自然坐在一起，只有霍坂旁边有一个空位，显然是给她留的。

林苃微微垂眼，慢吞吞地走到霍坂身旁坐下，没有和他说话的打算。霍坂也没说话，连视线都没有给她。

霍兴国显然没有察觉到他们两个人之间的不合，开口问了一下林苃的学习情况，听见她进步这么大，夸了她几句，然后就转头和赵碧郡说起了别的。

林苃见没有人跟她说什么了，就开始安静地吃东西。她正要咬一口肉丸子，突然有人把手伸过来，轻轻地握上了她放在桌下的手。她还没咬到肉丸子，夹肉丸子的筷子瞬间一抖，肉丸子掉回碗里，还弹了几下。

她猛地看向霍坂，他正用另一只手认真地吃饭，神情平静，就好像桌下的举动跟他毫无关系一样。她紧张得直眨眼，看了一眼霍兴国和赵碧郡，急着想要挣开他的手，却又不敢太用力，害怕被发现。霍坂却唯恐天下不乱，还故意捏了捏她细软的手指头，像在把玩。

霍兴国突然停止说话，看了过来。林苃猛地握紧手里的筷子，心都快从嗓子眼儿里蹦出来了。

霍兴国看着霍坂道："你现在已经高二了，以后有什么打算？你外公和我说了很多次，想要你往音乐家的方向发展。他很看好你，你怎么想的？"

这个话题很严肃，餐厅里的气氛莫名安静下来。霍坂却一点都不在意，一只手还在慢条斯理地玩林苃的手指："我还没考虑好。等考虑好了，我会告诉外公。"

"尽早考虑好。你要是有这个打算，就跟你外公好好学；要是没有，你就早点回绝他，省得他隔三岔五就来和我说这件事。"

霍坂的表情看不出来半点端倪，手却微微张开，想要和林苃十指相扣。林莜整个人都变得僵硬起来，紧张得心脏怦怦直跳，她想要收紧手，却敌不过他的力气，被他牢牢地扣住了。他温软的掌心贴着她的，让她冒了一身虚汗，整个人高度紧张。她怕极了，生怕被叔叔阿姨发现，简直就快要哭出来了。

赵碧郡在一旁温柔地开口道："孩子还小，哪有这么早就决定好的，等他高考结束以后再决定也不迟。"

"不早了，还是早点考虑清楚。林莜也是，以后选什么专业，也要考虑好，不要临到关头才做决定。"

赵碧郡闻言看向他们俩，笑着说："好了，不说这个了，弄得林莜都紧张了。"说着，她夹了一筷子菜到林莜碗里，"你怎么一脑门儿的汗？是不是太热了，要不要给你开空调？"

林莜急忙说："不用开，没有那么热，谢谢阿姨。"

赵碧郡一笑，又给她夹了点菜。

林莜低头吃饭，紧张得嘴巴都快不会嚼了。霍坂倒是吃得慢条斯理的，一点没见慌张。

一顿饭吃完，林莜冒了一身虚汗。她急匆匆地回到自己的房间，忍不住想发脾气，一转身就看见霍坂正站在门口，手里端着甜点："你走那么急干什么，甜点都不吃？"

林莜生气道："你到底想要干什么？"

霍坂走进房间，将手里的甜点放在她的桌上，神情散漫："亲都亲过了，拉一下手怎么了？"

林莜勉强压着脾气，神情严肃："我不想和你玩这种游戏，你找别人玩，好不好？"

霍坂突然伸手推了她一下，林莜被推得猛地往后一倒，直接摔到了床上。她连忙要起身，霍坂已经抓住她的手腕，长腿一跨，直接坐到了她的身上。林莜用力一挣，却挣不开，他的力气大得吓人，难道他练过吗？她真的有点慌了，吓得心跳都快要停了："你要干什么？！"

霍坂禁锢着她的手，居高临下地看着她，说话的语气依旧温柔："姐姐和我谈恋爱吧！不然，我真怕有一天会克制不住，在爸爸妈妈面前亲你呢。"他垂着眼，神情淡漠地说着这些话，听起来很荒谬，可林莜相信，他百分之百做得出来。被父母发现对他来说并不会有什么损失，最多就是挨几句训斥；而她就不一样了，她只会被当成狐狸精，叔叔阿姨绝对不会原谅她。而他这样肆无忌惮，被发现只是早晚的事。

林苡紧张得说不出话来，她呼吸急促，胸口一下下起伏。看着坐在身上的霍坂，她又惊又怕，不合适的动作、不合适的地点都让她觉得惊慌失措。

"姐姐，我在等你的决定呢，你想好了吗？"霍坂垂眼看着她，手上的力道一点都没松。

林苡像砧板上的鱼一样，已经无力挣扎："我……我答应你，你先起来，好不好？"

霍坂静静地看了她一眼，也不怕她耍什么花招，笑着松开了她。林苡连忙爬起来，坐着往后退了几步，离他远远的。

霍坂并不在意，看着她，微微一笑："那我们从现在开始就是在谈恋爱了吧？"

林苡眨了一下眼睛，很轻地说："不要让叔叔阿姨知道。"

"好，你过来和我亲一下。"霍坂伸手点了一下自己的唇，低声说，"亲这里。"

林苡沉默了很久，微微起身，身子前倾，在他的薄唇上飞快地亲了一下。霍坂直接伸手，一把将香香软软的她抱进怀里。

霍坂抱得很紧，离得这么近，林苡都能感觉到他热热的体温。她有些不舒服地动了动，他轻轻一笑，似乎很开心："女朋友，我会对你很好的。"

林苡听着，竟然觉得有些好笑。她心想，"女朋友"这个称呼真是刺耳。

❀　❀　❀

霍坂答应林苡，在家里会尽量和她保持距离。他本身就很忙，她也有兼职，见面的机会不多，整个假期风平浪静地过去了。

一大早，林苡和顾语真往教室走，还没有进去，李琪琪就从隔壁班出来拉住她："许念复学了，还要转到你们班上。听说她今天就要过来上课。"

林苡愣了一下，听到许念这个名字，感觉很久远。旁边的顾语真一脸错愕："她回来一中，还要和林苡一个班？"

"她文科好，所以进重点班。估计她根本没觉得自己有错吧？我也搞不清楚她怎么想的，之前闹成那样，竟然不转学。"李琪琪说着，突然没了声音，冲她们做了一个看后面的眼神，然后一本正经地说道，"你们作业写完了吗？假期我玩得太疯，作业都没写完。"

林苡顺着李琪琪的眼神偷偷往后看了一眼，果然是许念。她穿着新校服，背着新书包，还换了一个发型，看起来恢复得很好，和高二的时候没什么变化。

林莜看了一眼就收回了视线，与此同时，许念已经从她们旁边走过去了，连眼风都没给她们。

李琪琪忍不住白了一眼："做错事也没有个认错的态度。"

顾语真看着许念进了她们班的教室，有些担忧："许念和你一个班，可怎么办啊？"

"没事，反正我们也没有说话的必要。"林莜平静地说道。霍坂已经够让她无力招架的了，她实在没有力气去管别的事。

林莜进了教室，看见后排的于辉扬正在和许念打招呼。见她进来了，他看了她一眼就收回了视线，低头继续看书。

其实林莜也挺尴尬的，尤其是她并不知道他看到了哪一幕，要是他看见了霍坂和她接吻……林莜一想到这种可能性，连和他说话都有些不好意思。好在于辉扬并没有把这件事说出来。

林莜走到位子上坐下。班主任很快过来了，给许念安排了位置。大家都是高一升上来的，当然知道之前的事，纷纷偷偷地打量起林莜。林莜和往常一样，该干什么就干什么，看起来根本没在意这件事。大家又看向许念，觉得有些佩服她，她之前都要自杀了，现在竟然还回一中上学。想到自杀的事，大家都不怎么敢跟她说话，更何况本来就和她不熟。许念倒是不在意，下课了就一个人坐在位子上学习，也没找人说话。

下午上课时，前排空了一个位置，是冯茗。林莜问了一下别的同学才知道冯茗请假了，而且是跟陈诗楠一起走的。她突然注意到，冯茗已经请假很多次了。她心里咯噔一下，想起放在书包里的卡片。冯茗在班里一直很安静，经常低着头不说话。她家庭条件不好，性格有些孤僻，平时很少和人来往，从来没有做过出格的事，和陈诗楠更是八竿子打不着的人。她们两个人怎么会一起出去呢？

整个下午，林莜一直在勉强自己专心上课，可是注意力实在难以集中，因为冯茗一直没有回来。林莜心里越来越乱，放学后，她走到冯茗的位置，问她的同桌："冯茗这次没交语文作业，是不是身体不舒服？她最近好像经常请假啊。"

冯茗的同桌收拾着东西，她也就知道个大概："好像是她家里人生病了，她请假回去照顾。"

林莜问完以后，沉默了一阵，转身回位子上，就见霍坂正靠着后门等她。见她看过去，他微微一笑。

正在扫地的许念看见霍圾，还没来得及说话，就见他对着林莜笑。她扫地的动作停了下来，站在原地没声。

林莜连忙趁着别人没注意，飞快地收拾好书包，背着书包跟着他走出去。

霍圾伸手来拉她的手，林莜连忙避开："以后在同学面前能不能保持距离？"

霍圾歪头道："在家里要保持距离，在学校里也要保持距离，那我们还谈什么恋爱？"

林莜被噎了一下，心想，差点被他看穿了，她确实希望他在哪里都能跟她保持距离，可这显然不现实："我怕被老师和同学知道。"

"知道有什么关系？我们不承认就好了。"霍圾无所谓地说。

林莜彻底没话说了，心想，真是没看出来，他脸皮这么厚。

霍圾带着她去商场买手机："你喜欢什么样的？我送给你。"

林莜看着面前款式多样的手机，直接回绝："不用，我用不到手机。"

"谈恋爱怎么能不用手机？你不和我打电话？"霍圾拉着她的手，看向玻璃专柜里，"黑色的喜欢吗？"

霍圾声音温柔，长得又好看，拉着小姑娘轻声细语地说话，看起来特别有耐心。手机店的店员纷纷忍不住偷看他们，在心里感慨，现在的学生真是了不得，谈恋爱就算了，竟然还开始给对象买手机了。

林莜忍不住说道："你是不是换一个女朋友就送一部手机？"

霍圾见她白净的小脸上满是不开心，忍不住一笑："吃醋了？"

林莜不想理他，抽回自己的手，转身往外走去。

霍圾看着她背书包慢慢走出去的背影，觉得她连生气都好乖。他忍不住一笑，回头对店员道："就这部吧。"

店员有些意外，这男生居然给女朋友买这么贵的手机？她忍不住看了一眼出去的小姑娘。和这么帅又大方的男生谈恋爱，换了别的女生，不知道会有多黏人呢！可是这个小姑娘竟然不情不愿的，没个笑脸就算了，还抛下男生自己跑了，看起来根本不在意自己的男朋友，真是稀奇。

林莜走到商场门口，才勉强把过分强硬的一些话咽了下去。她心想，这段时间她得顺着他，等他的新鲜劲过去了再说。到时候，说不定哪天他就会带个女生到她面前亲昵一下，单方面宣布结束，就像和赵映琦那样。

林莜抬起脚轻轻踢地砖，一抬头就看见了马路对面陈诗楠的身影。陈诗楠染的头发太醒目了，大老远就能看见。她穿着包臀短裙和高跟鞋，正和几个打扮时髦的女生一起往前走。她的手里提着大包小包，显然是刚刚结束购物。

林莜并没有看见冯茗的身影。她们俩明明是一起离开学校的，为什么现在只有陈诗楠一个人？林莜微微皱眉，心情沉重。她很希望不是她想的那样，如果是，那就太可怕了。她觉得，陈诗楠一个人肯定不敢这么明目张胆地做那种事，肯定是有组织的。她不知道这个组织发展到什么程度了，一旦它像蛛网一样展开，不知道会祸害多少人。

林莜的心情说不出有多复杂，她很清楚这不是她能力范围内的事，如果她多管闲事，很有可能会被报复。

霍圾出来了，顺着林莜的视线看向马路对面。看见陈诗楠，他不以为意地收回视线，把新手机递给林莜："喜欢吗？"

林莜被打断了思绪，看向他递过来的手机，没说话。她觉得有点后悔，不应该就这么走出来的，早知道就挑一款便宜的手机了。他拿的这款跟他自己的一模一样，是刚出的新款机，她听班里的同学说过，这款手机很贵……林莜突然有些头疼，心想，他一时兴起给她买了手机，她要做多少兼职才能把钱还清啊？

霍圾见她不接，也没勉强，伸手拉起她的手，找了家餐厅坐下。他拿过服务员递来的菜单："想吃什么？"

林莜瞄了一眼菜单上的价格，头更疼了。她突然无比想念学校的食堂，虽然一中的食堂物价高了一点，但是总比这里好吧？

她沉默了半晌，道："你吃吧，我不饿。"

霍圾也不知道有没有听进去，点了好多菜，大多数的口味都偏甜。

林莜本来不想管，可是，手机加上这么多吃的，这开销也太大了。一个高中生一天花这么多钱，不可能不引起注意。她对霍圾说道："不要乱花钱，会被叔叔阿姨知道的。"

霍圾正在看菜单，随手又点了一杯手工酸奶。小姑娘忍不住在旁边碎碎念，要他少花钱，操心的事还挺多，但他觉得很受用。他突然笑起来："我养女朋友，用的是自己赚的钱。"

他说话的气息喷到她的耳朵上，很烫，她抿了一下唇，微微侧头避开。

霍圾点好菜，拿起桌上的新手机："过来试试。"

林莜心不在焉的，跟一具躯壳没什么两样。霍圾也不在意，用新手机拨通了一个号码，他放在桌上的自己的手机振动起来。霍圾把新手机递给她："你存一下，这是我的号码，以后你可以给我打电话。"

林莜接过手机，屏幕上只有一个陌生的号码。她不知道该怎么存，有点无从下手。

"不会？"霍坂伸手把她揽进怀里，用修长的手握住她的手指点屏幕，"点这里，把我的号码存进去，备注名字。"

干净的皂香气息瞬间把林莜包围了，她连忙往外退："不要这样。"

霍坂却没有放手，突然低头在她软嫩的耳朵上咬了一下，语气埋怨地说："还'不要这样'，一直对我爱搭不理的，有这样对男朋友的吗？"

林莜缩了一下身子，差点没拿稳手机。虽然他们在半开放式的包厢里，但她还是担心被人看到。她在他怀里一个劲地往下滑，拼命往外钻，就像一只不愿意被人抱着的小猫："穿着校服被人看见了影响不好！"

霍坂勉强松开了她，认真道："下次订包厢。"

林莜好不容易挣脱了他的怀抱，赶紧坐远了一些，不搭理他，粉嫩的指尖在屏幕上生疏地打字。

霍坂看着她慢吞吞又小心翼翼的样子，忍不住一笑。等看见她打出来的两个字，他伸手捏住她的下巴，不满意地问道："你就备注个名字？"

林莜一脸乖巧地看着他："你不是说备注名字吗？"

霍坂看着她，被她噎得一时说不出话来。半晌，他突然低头亲上来，还用力地"啵"了一下，声音特别大，引得周围的人都看了过来。林莜被他亲蒙了，等反应过来，恨不得钻到桌子底下去，脸上红一阵白一阵的，头都抬不起来。

"随你吧。"霍坂亲了她一下，心情瞬间好了，无所谓地拿过自己的手机，把她的号码存起来，修长的手指只输入了两个字——"姐姐"。

林莜看着他安静无害的样子，脸上又是一阵火辣辣的。她心想，他干吗要备注"姐姐"，他那么肆无忌惮，根本就没有把她当姐姐！

🐾　🐾　🐾

林莜和霍坂吃完饭，顺带把作业也写了。第二天早上，林莜背着书包上楼，看见走廊里围满了人，一个女人拉着他们班的班主任，哭得撕心裂肺。

班主任一脸为难，把女人往办公室拉："冯茗妈妈，你先进去，我们好好说。"

林莜听到"冯茗"两个字，心里咯噔一下，仔细一听，周围的同学果然都在讨论冯茗。

"冯茗发生什么事了？"

"冯茗昨天请假去跟男人开房，收钱的那种……"

"不会吧？"

"她妈妈发现的，说最近家里多了很多昂贵的包和裙子，觉得很奇怪。昨天，阿姨特地跟踪冯茗，竟然发现她去了酒店。现在阿姨正在质问学校怎么没发现。"

"天哪，冯茗怎么会想到去做那种事？！她怎么认识的啊？"

"不知道，她妈妈问不出来，打了她一顿，她也不肯说。冯茗好像不想上学了，说要跟那个男人去外地工作。她妈妈没办法了，才来学校讨说法。"

"冯茗是不是疯了，这种出来嫖的男人也信？"

"一时昏头了吧！她妈妈挺可怜的，好像是一个人养两个孩子。她家里还有个弟弟，阿姨平时忙着赚钱供他们上学，没有时间多管她，没想到她会走上这条路。"

"冯茗家里条件太差了，她好像一直过得挺拮据的。再加上我们学校的同学条件基本上都挺好的，她难免会有些羡慕。我记得，我们班的那个钱思思经常在冯茗面前炫耀名牌包、定制裙什么的，搞得冯茗低人一等似的……"

"唉，不知道她怎么想的，可能是认识了什么坏人，被教唆的吧！我看她以前挺朴实的，现在被带坏了，她妈妈都恨不得去死，真可怜。"

林茇听着听着，牙根咬得死紧。她觉得很后悔，真的不应该对这种事犹豫再三！冯茗只是其中一个，谁知道还会有多少个冯茗？

中午放学后，林茇特地一个人出了趟校门，找了一部公用电话："你好，我在学校捡到了一张卡片，打过去以后发现对方是卖淫组织。我要举报有人在学校里教唆学生卖淫。"

冯茗的事情瞒不住，才一个上午的时间，学校里的人就几乎都知道了。大家都在讨论冯茗出去卖淫的事，等警察来查时，才发现这种事竟然有人组织。是一个在校大学生组织的，他在各个学校都有牵头人，害了不少涉世未深的学生，听起来让人心惊胆战。这件事影响很恶劣，警察查了很多天，揪出了好多参与者。

林茇坐在教室里画树形图。枝叶连着枝叶的参天大树，底下如果没有扎实的根，不可能发展得那么壮大。一个普通的大学生有可能做支撑大树的根吗？

林茇看着图，若有所思。许念走过她的桌旁，突然停下脚步看向她："林茇，你好勇敢，我真佩服你的勇气。"

林苡一时没反应过来："什么？"

许念充满欣赏地说："敢和黑暗势力做斗争啊！这事是你举报的吧？"

"不是我，你想多了。"林苡低下头，不想理会她。

"我没有乱猜，是辉扬和我说的。他看见你拿过那种卡片，就是警察在冯茗那里发现的那种。"

林苡轻眨了一下眼睛，看向于辉扬。

于辉扬见状，有些抱歉地笑了一下："不好意思，林苡，我之前看见你的那张卡片，还以为你和冯茗一样，后来想想又觉得不太可能，毕竟你和班长在谈——"他顿了一下，补充道，"我向你道歉，我之前不应该那样想你的，你是警察的女儿，举报这种事情做得太对了！"

林苡的脑子有一瞬间的空白："不是我，我也是刚知道这件事，你们弄错了。"

许念闻言一笑，没有再说话，转身回到了自己的位子上。

林苡看着于辉扬，无比认真道："辉扬，我之前并不知道是什么情况，这件事和我没有关系。冯茗出了这样的事，她妈妈肯定会报警，警察也一定会查，并不是我举报的。"

于辉扬闻言，连忙点头，尴尬地笑着挠头。他转头看了一眼许念，小声道："那是我弄错了……"

林苡中午去食堂吃饭，陈诗楠后脚就来了。她最近连妆都不化了，面色苍白，看起来害怕得不行。警察查得越来越深，好多参与者都被挖出来了，如果她也被查出来，那就完了。因为她老是惹事，她的爸妈已经停了她所有的卡，要是这事再被爆出来，她真的不敢保证爸妈不会打死她。

陈诗楠神经紧绷，看到林苡，突然想起她之前问过自己有没有组织。一个警察的女儿看见这种事怎么可能不管？

"是你，对不对？！"

林苡正吃着饭，一抬头就见陈诗楠正瞪着眼睛质问她。她的呼吸有一瞬间的停滞。她告诉自己，要尽量保持冷静，然后若无其事地继续吃饭："你说什么？"

"肯定是你！本来一直没事的，我和你说了以后事情就暴露了，哪有这么巧的事？"陈诗楠伸手指着她。虽然她把声音压得很低，但她的脸色明显不好，动作也很不友善，周围的人都看了过来。不远处的霍坂也看了一眼林苡这边。

林莜神色平静："不是我。如果是我，你还能站在这里吗？"

陈诗楠听了，也反应过来，如果是林莜举报的，那第一个被查的人就是她了。她看了林莜很久，没有再说什么，连饭都不吃了，直接连盆带菜扔到了旁边的剩菜桶里。

食堂阿姨看见了，气得大骂："同学，你怎么回事？盘子怎么也扔进去了？"

陈诗楠头也不回地往楼下跑，似乎已经有点神经质了。

"陈诗楠什么意思？"顾语真完全听不懂陈诗楠在说什么。

"没事。"林莜摇头，下意识咬了咬唇。

霍圾走过来问道："怎么了？"

林莜下意识避开霍圾的视线，舀了一口饭："没事。"

看着她一口一口地吃饭，霍圾温柔地问："中午一起去图书馆写作业吗？"

旁边的顾语真差点呛到，她看了一眼林莜和霍圾，根本不好意思多听。

林莜见别人都在好奇地看着霍圾，连忙含混不清地应道："嗯。"

霍圾笑了一下，转身离开。

陈诗楠的这一闹就像一个预兆，她下午就被警察带走了，摆明了和冯茗的事情有关。校长差点气晕过去，他没想到真有牵头人在他们学校里，还是他朋友的女儿。林莜有些心神不宁，为了保证不出事，她连兼职都不去做了，甚至基本不出校门。

这天放学后，顾语真突然肚子痛，林莜去校门口给她买红糖，过路口的时候，迎面突然开来一辆面包车，直接拦在她前面。从车上下来两个打扮得流里流气的男人，他们戴着大金链子，手臂上满是文身，二话不说就把她往车上拽。林莜脸一白，连忙一脚踹中其中一个人的要害，想要往学校跑，却被另外一个人死死地抓着往车上拖。

旁边的几个学生吓了一跳，连连后退，不敢上前帮林莜。

"妈的，有点东西啊！"

"抓紧点！"

林莜力气没他们大，咬着牙正准备拿头撞人，突然被人拉着衣领往后一扯，整个人被拽开了。

"你们大白天的拉我们学校的学生干什么？"陈宣冲一把拽回林莜，眼睛一瞪，冲那两个男人凶道。

带头的男人穿着橙色花纹衬衫，一步走近："你小子别多管闲事！"说着就要伸手来拉林莜。

陈宣冲把林莜往身后一推，大拇指往后指了一下，语气嚣张："你看清楚是你人多，还是我人多！"

男人看了一眼他身后，一帮问题学生勾肩搭背的，正一脸不善地看着他们。

"还不滚？"陈宣冲眼睛一瞪，突然喊了一声。

男人不想把事情闹大，伸手指了指陈宣冲："你小子等着！"

面包车扬长而去，林莜精神紧张，但还是赶紧记下了车牌号。

陈宣冲见人走了，转头打量了林莜一眼："你胆子不小啊，那事真是你告发的？不怕被报复？"

林莜微微握紧手："不是我。"

"不是你，那这两个人找你干吗？"陈宣冲摆明了不信。

林莜面色苍白，垂着眼没说话，身子还在发抖。她没想到他们竟然这么猖狂，白天在校门口就敢拉人走。

林莜转身往外走，陈宣冲拉住她的衣领，语气烦得不行："你还要干吗去啊？回学校啊！"

"我要去报警。"

陈宣冲愣住，心想，这小姑娘还挺理智的，遇到这种事还知道要报警。她眼里有泪花，应该是被吓得不轻，他见状松开了手，故作大方道："算了，老子勉强带你去一趟。"

陈宣冲陪林莜去了一趟警察局，做了笔录，警察马上调了监控，确定目标以后，让林莜安心回去上课。他们从警察局出来的时候，天已经沉下来。

陈宣冲和林莜一起回到学校，一路上特别引人注目。到了高二，陈宣冲依旧有名，是老师和同学们心里黑名单的第一人选。他和林莜这样的好学生走在一起，别提多让人好奇了。

"滚上去吧。"陈宣冲把林莜送到女生宿舍楼下，转身要走。林莜顿了一下，小声道："谢谢。"她没有想到陈宣冲会冲出来帮她，如果刚才不是他出现了，她都不敢想象会有什么后果。

陈宣冲有些意外，吊儿郎当地一笑："哎哟，你还会说谢谢？我还以为你只会过肩摔。"

林莜被说得有些不好意思，毕竟他们俩当初的过节还挺深的，没想到现在可以这么心平气和地说话。

陈宣冲也想到了自己高一时的幼稚行为，瞬间也有些不好意思。他摆了摆手："上去吧，以后别一个人出去了。"

林苂看着他穿着裤脚大开的校裤慢慢走远，突然觉得这人好像没有她想象的那么坏。她看了一会儿，转身准备上楼，就见霍坂正站在不远处。他戴着细框眼镜，安静地看着她。她刚才走过来的时候脑子很乱，没有注意到他。她不知道他是什么时候来的，也不知道他站了多久。

霍坂缓步走近，声音依旧温柔："怎么不接电话？"

林苂很乖地回答："手机放在宿舍里了。"

"怎么不带在身上？"

"被同学看到不太好，我没钱买这么贵的手机。"

霍坂轻描淡写地回道："你就说是男朋友送的，有什么关系？"

林苂没接话，不知道该说什么。

霍坂没有在意，径直说道："最近我们都没有约会，这周你可以抽出时间吗？我带你出去玩。"

虽然他在征求她的意见，但林苂知道最好不要拒绝，因为拒绝得狠了，很有可能会被反噬，她之前就已经深刻地体会过了。他最近很忙，学生会的事很多，还要去音乐会演奏，她在学校里都没怎么见到过他。虽然她不知道他到底准备什么时候结束，但是，现在的男生都喜欢刺激和新鲜，她一直态度淡淡的，他应该迟早会觉得她很无趣。她想，她应该很快就要熬出头了。

林苂想着，点了点头："好。我先上去了，语真不舒服，我要照顾她。"

"嗯。"霍坂看着她转身进了宿舍楼，又转头看向陈宣冲离开的方向，眼眸微垂，看不出在想什么。

chapter 14

举报

太阳和霍坂，她哪个都招架不住。

林苡进了寝室，顾语真还在床上躺着，见她天快黑了才回来，有些担心："苡苡，你怎么去了这么久？"

"路上出了点事，耽搁了。我先给你泡红糖。"林苡拿出包装袋被揉得皱巴巴的红糖，剪开包装袋往顾语真的杯子里倒。

顾语真继续道："刚才班长打我的电话说找你，我说你去买红糖了，还没回来。"

林苡拿起墙边的热水瓶，往杯子里倒热水："嗯，我刚才在楼下见到他了。"

"啊？"顾语真愣了一下，"班长一个多小时前打的电话，那时候好像就在楼下了，不会一直在等你吧？"

林苡闻言，手微微一顿："等了这么久吗？"

顾语真思考了一下："应该是吧，不然你们怎么会碰到呢？"

林苡心里突然有些愧疚，把泡好的红糖水递给顾语真，然后走到桌子旁拉开抽屉，将里面的手机拿出来。手机里果然有几个他的未接电话。林苡默默地盯着看了一会儿，还是决定打消给他打电话的念头，重新把手机放进抽屉。

李涉打篮球打得满头是汗，瘫在椅子上不想动。霍圾回到宿舍时，李涉一边擦汗一边问："你去哪儿了，不是说要带女朋友过来吗？"

霍圾在桌前坐下，摘下眼镜，按了按鼻梁，声音有些疲惫："她出去了。"

"去哪儿了，不会打电话和你说一声？"

霍圾没有说话。

李涉看他表情不是很对，拿着毛巾抹了把脸，笑得贱兮兮的："你等了这么久，她不会是抛下你，跟别的男生出去了吧？"

霍圾抬头看了他一眼。

李涉震惊了，自然而然地想到了赵映琦。他觉得，以赵映琦那种交际花的性格，还真不一定耐得住寂寞。"真的和男生出去了，单独出去的？那你这不行，谈恋爱不是应该一天二十四小时黏在一起吗？你这一天天的都看不见人。"

霍圾拿出手机看了一眼。他从来没有接到过林玫的电话，也没有收到过她的一条信息，给她打过去也是偶尔才接。他随手将手机放在桌上，心想，他们最近是见得少了，都让她忘记他们在谈恋爱了。

阳光微微透过稀薄的云，早晨的空气很清新，让人感觉舒适。林玫是被枕头旁的手机叫醒的，昨天晚上，她和霍圾通着电话睡着了。她迷迷糊糊地拿过手机接起来，哑着声音道："喂？"

"起来了吗？"手机里传来温柔的男声。

林玫反应过来，微微睁开眼睛，看了一眼时间，竟然已经十点多了。她睡过头了，他们约的可是九点。她马上坐起来，伸手揉眼："还没。"

霍圾听到她软绵绵的声音，都能想象到她迷迷糊糊又乖软的样子。他忍不住一笑："那你再睡一会儿，我们晚点出发。"

"不用了，我已经起来了，十分钟就好了。""早点去了，早点回来"，林玫心里这么想着，没说出来。

霍圾微微顿了一下，笑着问："这么快？"

林玫起身去穿拖鞋："嗯，我洗把脸就下楼。"

霍圾笑了出来："那我十分钟后到楼下等你。"

"好。"林玫挂了电话，进洗手间洗漱，然后随便拿了一身衣服穿上，就准备换鞋下楼了。

陆依依看着她，有些疑惑："你不是去约会吗？就这样去？"

林玫拿小包的手顿住，低头看了一眼自己："还缺什么吗？"

"缺的东西多了。"陆依依拉过她，让她在自己的桌前坐下，"你去见的是霍圾啊，不好好打扮一下，怎么压得住他的长相？"

顾语真在被窝里深表赞同："玫玫，好歹打扮一下，以示尊重。"

林玫没有太多想法："可是我和他说了，十分钟就下去，来不及了。"

"十分钟绰绰有余。你给我一点时间，我老早就想给你化妆了，你就化一个嘛！"陆依依很馋林玫的这张脸，跟剥了壳的鸡蛋一样滑滑嫩嫩的，要是化起妆来，不知道得有多好看。

林玫看着陆依依跃跃欲试的样子，忍不住一笑，心想，反正也花不了多少时间，她想化就化吧。可她没想到，陆依依说的十分钟和她说的十分钟完全不是一个概念。时间一眨眼就过去了二十多分钟，陆依依和顾语真还没有弄好。

霍圾虽然没有催，可是，以他提前到的习惯，应该已经在楼下等了很久了。太阳那么大，他肯定要等得不耐烦了。林莜从来没有迟到过这么久，有些着急，看着忙碌的两人，小声问道："好了吗？"

顾语真正在给她卷头发，闻言慌忙道："快了快了，弄好头发就可以了。班长已经到了吗？怎么没打电话？"

"时间怎么过得这么快啊？"陆依依看了一眼时间，手有些抖。一中男神正等在楼下，她的压力不是一般大。

林莜乖乖坐着，瞄了一眼手机，霍圾没打电话，也没发短信问。他可能还没过来？虽然这个可能性很小，但林莜还是很侥幸地这么想着。

陆依依化好最后一步，非常满意地打量了林莜一眼，把镜子往她脸上一照："好了，你快看看！"

顾语真也卷好头发了，低头看了一眼："哇，美呆了！"

林莜皮肤好，陆依依连粉底都没上，只给她扫了一下腮红，认真描了眉。这个妆容很清新，几乎看不出痕迹。顾语真给她梳了个高高的马尾辫，发尾微卷，还给她搭配了一个水晶小发夹，显得她白白软软的，像个小仙女。即便她只穿着样式最简单的衣服，看起来也很惊艳。

林莜看得微微入神，心想，会不会太隆重了……她还没有想明白，陆依依和顾语真已经一把架起她："先下去，人家已经在楼下等很久了！"原来她们还知道霍圾等了很久。

林莜直接被架了出去，也没有回头路了，背着小包乖乖往楼下走去。

霍圾果然在楼下等着。周末这个时间点，学校里没人，他坐在不远处的大石头上，一条长腿微屈，姿势闲适，正低头用手机浏览新闻。他穿着黑色T恤衫，黑发往后梳，露出干净的额头和清俊的眉眼，整个人看起来简单清爽，静静地坐在那里就是一道风景线，让人移不开视线。

霍圾察觉到动静，抬头看过来，视线毫不收敛，直勾勾地落在她身上，半天都没有移开。

林莜有些不自在，见他盯着自己不说话，只能走过去道："等很久了吗？"

霍圾看到，小姑娘显然很重视这次约会，打扮得很用心，微微卷起的发尾在身后左右晃动，头上的水晶发夹一路闪着光。他唇角微微弯起，眼里带笑："也没有等很久。"他伸手拉过她的手，"走吧。我最近有些忙，都没有时间陪你出去玩，你别生气，以后我多陪你。"

林莜有些苦恼，小声嘀咕："其实也没事，这样挺好的。"

霍圾好像没听见，看着她轻声说："姐姐好漂亮。"

林莜的脸莫名有些烫，微微低下头："谢谢。"

霍圾忽然低头亲了一下她的脸颊，林莜吓得连忙看了看周围："别在学校里亲我！"

"现在又没人，亲一下也不行吗？都好几天没亲你了。"霍圾一点都不觉得羞耻。

林莜脸上一阵火辣辣的，连忙收回手，快步往树荫下走。太阳和霍圾，她哪个都招架不住。

他们出来约会，当然不可能让关志接送，来回的路上难免要多花点时间，一天玩下来，很快就到晚上了。霍圾带林莜去了超市，打算买点菜自己做饭。林莜没有反对，这样最好，他选的餐厅真的太贵了，她根本吃不安心。

买完东西出来后，林莜才想起进去的时候把包放在存取柜了。她追上前面的霍圾道："我的包还在里面，我先去拿。"

霍圾看着她慌张的样子，微微一笑："我去给你拿吧，你在这里等我。"他把手里的一大袋东西放在旁边的座椅上。

林莜认真地点头，看着霍圾进了超市。

旁边突然有人靠近，林莜刚一转头，那人就猛地拉过她的胳膊往外拽，嘴上很凶地说道："爸爸找了你这么久，你却和男生在外面鬼混！"

林莜吓了一跳，发现他就是那天在学校门口非要拉她上车的其中一个男人。他换了一身朴素的衣服，没有戴金链子，穿着长袖，把手臂上的文身也盖住了。

林莜看见这个男人，立刻慌了神，猛地后退，大声喝道："你放开！"

"跟爸爸回家！爸爸之前不应该打你，你听话一点，别在外面和小流氓鬼混！"男人边说边拽着她走。他的手臂是她的三倍粗，她的手腕跟他的相比细得跟筷子一样，好像轻易就能折断。她的力气根本敌不过他的，所有的挣扎都是徒劳。

周围的人纷纷停下来看热闹，全都以为是家长在管教孩子。

林莜连忙转身，从他的手臂下钻出去。她一脚踢过去，却跟踢在铁上似的，一点动静都没有，手还被他捏得死紧，疼得她龇牙咧嘴。男人死拽着她不放，她怎么也甩不脱。

林苡彻底慌了，看向离得最近的一个大叔，大声求救道："我真的不认识他，我和同学一起来买东西的，我根本不认识他！"

大叔听见了，有些疑惑。

"你这个孩子是不是疯了？为了一个坏男人，连爸爸都不认了！"男人气得火冒三丈，那样子就像真的在训斥叛逆的女儿一样。

这下子，大叔也有些摸不清楚情况了。周围的人一直看着他们俩，却没有产生警惕，觉得有哪里不对。

林苡被男人一步步地拉离人群，吓得魂飞魄散，赶紧冲超市门口大喊："霍坂，霍坂！"

男人猛地甩了她一巴掌："丢人现眼！你想让大家都知道你天天跟外面的男生鬼混吗？你还要不要脸了？你妈在家天天哭，你能不能为我们想一想？"

林苡心里又慌又怕，死命扑腾，如果不是她有点巧劲，早就被拉走了。她的声音都变得有些嘶哑："我不认识他，帮帮我，求求你们！"

男人又打了她一巴掌，林苡一阵眼冒金星，意识都有些模糊了。男人伸手要扛起她，这时，周围的人感觉到不对，纷纷停下来，不远处的那个大叔也忍不住走近一步。

一个大婶主动走来问道："她真是你的女儿吗？你们认识吗？"

"我女儿我怎么不认识？她在一中读高二，叫林苡，不信你去查！"

林苡看到了救命稻草，反应极快地反驳道："他说的都是假的，我不认识他，他是人贩子！！！"

"苡苡！"

"你放手！"大婶一听，立即上前拉过林苡就走，"闺女，你先跟我走。"

男人看周围的人都围了过来，没有再去拉林苡，眼睁睁地看着她被拉走。见旁边的人都在看他，他转身就走了。

林苡精疲力竭，眼前一片模糊，顺从地跟着大婶走。

"别怕别怕，有婶子在，坏人不会抓你。你先跟着我躲一躲，免得那人跟过来。"

跟大婶走着走着，林苡突然发现她们离人群越来越远，大婶走的路还特别偏僻。她瞬间停下脚步，心里莫名一阵发寒："婶子，我同学在超市里，很快就出来了，我去找他。麻烦你了。"

大婶拽着她的手，一脸焦急："你同学都不知道去哪里了，你还要去找他，太危险了! 万一被人贩子拉走, 你就完了!"

林莜看着她紧紧拽着自己的手, 心里越发凉飕飕的, 连忙往后退: "谢谢婶子, 我男朋友就在外面, 我不怕。"

大婶看她不听话, 又见周围没人, 猛地一拧她的手, 用尽全力把她往回拖, 一边拖一边吼道: "小金, 过来帮忙!"

女人力气很大, 林莜刚才消耗了所有的体力, 现在完全扛不住, 被硬生生地拖了过去。她看到拐角处的面包车, 整个人都抖了起来, 满心绝望。

"干什么?"身后突然传来声音。霍圾看见一个女人拉扯着林莜, 微微皱眉, 快步走近。

林莜抬头一看是霍圾, 瞬间松了一口气: "霍圾, 报警……"她的喉咙都是哑的, 几乎发不出声音。

女人看见霍圾, 有些惊讶, 手上不自觉地卸了力气。林莜连忙甩开女人的手, 跑到霍圾身旁, 抱着他的胳膊, 吓得连话都说不出来。

霍圾扫了一眼女人: "你拉她干吗?"

女人没说话, 手脚利索地和下车跑过来的一个小混混一起钻进面包车里。

霍圾立即向面包车走去。林莜被吓得不轻, 害怕地抓住他的手: "他们还有人。"

"没事, 不怕。"霍圾的声音很平静, 用手回握了她一下, 以示安抚。

林莜勉强平复了一些, 不知道为什么, 她突然觉得有了主心骨, 一点都不怕了。

霍圾走到面包车旁, 只见女人坐在后面, 小混混坐在驾驶室里, 也不打算开车走, 看起来非常嚣张, 根本就不怕。

霍圾看着坐在里面的他们, 平静地说道: "下来, 我有话要问你们。"

女人没有理会, 连看都没有看他们一眼, 就好像刚才没有强行拉人走一样。

霍圾突然一脚踹向车门, 猛地喝道: "下来!"

林莜站在他旁边, 被吓了一跳, 头皮都绷了起来。里面的女人也惊得抖了一下。

"他妈的!"小混混被他吓到, 看见车门都被踹凹进去了, 立马拿过驾驶台上的钢管, 开门下车就要教训他。霍圾一脚踹向他的腿, 然后直接抓过他的头猛地撞向车窗玻璃。随着"砰"的一声巨响, 玻璃直接被撞碎了。

女人尖叫出声: "啊! 妈呀!"小混混一声哀号, 满脸是血。霍圾面无表情地拿过小混混手里的钢管, 拽着他的头发往车后面拖去。

看着一地的玻璃碴儿和血, 林莜没站稳, 靠着背后的墙滑坐在地, 腿都软了。

❀ ❀ ❀

车上的女人吓得慌忙打开另一边的车门，连滚带爬地跑了，根本不敢多看一眼。

霍圾刚把小混混拖到后面，前面有人狠狠吐了一口痰，老远就传来声音："他妈的，真晦气，抓个女的还这么费劲！"

林莜的眼睛瞬间睁大——是刚才在超市门口要拉她走的那个男人！她的心提到了嗓子眼儿，连忙爬到车后面提醒霍圾："刚才那个拉我的男人来了，我们快跑！"

霍圾伸出食指，做了一个"嘘"的动作。地上的小混混还在轻声哀号，似乎想要开口叫人，他猛地一脚踹向小混混的嘴。小混混闷哼一声，满嘴是血，彻底疼晕过去。

林莜离得近，感觉这个小混混的牙被踢碎了，她整个人都没力气站起来。

"小金，学生妹抓到没？他妈的，这么费劲，先玩几把！"男人一路骂，一路往这边走来。看见地上一片狼藉，他顿了一下，立即抽出插在腰后的刀，放轻脚步。

前面突然没了动静，林莜躲在霍圾身旁，心跳如雷，紧张到了极点。霍圾拿着钢管，低头看了一眼车底，快速走到她旁边，用手挡在她身旁，让她往车底钻。

林莜隐约看到墙上有什么东西在反光，应该是刀。她整个人都僵硬了，紧紧咬着牙，生怕发出一点声音。

男人试探着走近，走到车屁股的位置，低头看向车底。与此同时，霍圾直接抡着钢管，抬手就砸了上去。林莜只听到钢管刮起了呼呼的风声。"砰"的一声，男人应声倒地，大骂道："你妈的！"

林莜连忙钻出去，看到霍圾没事，她才意识到自己惊出了一身冷汗。

霍圾一脚踢开男人手边的刀，然后猛地抬起钢管。男人的脸都白了，用手护着头去挡："别！别别别……"

霍圾连眼睛都没眨，抬起的钢管瞬间落下，狠狠砸在肉体上，发出一声闷响。下一秒，哀号声传来。从林莜的角度，只能看见那个男人倒在地上抽动的腿。

男人挨了一顿管子，彻底没了还手的力气，一脑门儿血流下来，声音都提不起来："别……别打了，求你……"

霍圾拿着钢管，一把抓起男人的头发："你们抓她干什么？"

男人含混不清地说道："她砸了我们的饭碗……我想给她点教训……"

霍圾手上用力："什么饭碗？"

男人疼得龇牙："我们……我们赚点小钱而已，她给举报了……"

"你哪儿来的，叫什么？"

男人看他面无表情，一脸讨好地老实回答："城西区，他们都……都叫我马哥，我一直在那一带活动。小兄弟，你混哪儿的……"

霍圾眼眸微垂，静静地听着，半晌才开口："你打的她？"

男人咽了一下口里的血，生硬地挤出了一个笑脸："不是我……"

"不是你？"霍圾语气平静，松开了他的头发，站起身。

男人松了一口气，以为他信了。

霍圾猛地一脚往他头上踢去："不是你，那他妈闹鬼啊！"

男人被踢得一阵眼冒金星，一口气差点没上来。

霍圾连踹了好几脚，男人这下连话都说不出来了，只能发出一声声微弱的哀号，听得人胆战心惊。

林苃瘫坐在地上，彻底爬不起来了，声音里带着哭腔，害怕地喊道："霍圾……"

霍圾听见了，最后一次猛地踢了男人一脚，伸手抓起他的头，狠狠道："便宜你了。"

男人神情惊恐，满嘴都是血，根本说不出话来。

霍圾甩开他的头，起身向林苃走去。他手上全是血，也不知道是他的，还是地上躺着的那个男人的。他随手甩掉手上的血，鲜红的血珠洒了一地。他把手往衣服上抹了一下，伸手把她抱到旁边的石墩上坐着，又用手背抹掉她的眼泪，温言哄她："乖，不看那边。"

林苃根本没力气，全靠他撑着才能坐稳。她也没往那边看，拽着他的衣摆不敢动。

霍圾从裤兜里拿出手机，神色平静地拨通电话："我要报警，这里有人贩子……"

警察很快就过来了，并送他们去了医院。

霍圾的手被车玻璃划伤了，流血不止，缝了几针，伤口刚刚处理好，霍兴国和赵碧郡就到了，霍圾的外公也急匆匆地赶了过来。

警察正在做笔录。那条路上没监控，是人贩子故意找的停车点，但通过超市门口的监控，明显能看到女生先是被男人强行拉拽，然后又被假装好心的妇女带走了。这是典型的人口拐卖手法，其实不用问就已经很清楚了。虽然如此，人贩子还是被打得有点狠。两个警察看了一眼靠在病床上的霍圾，他们了解到，他是学校里出了名的三好学生，应该是学过防身术，正巧这次碰上了人贩子，没掌握好度。

赵碧郡一进来就急忙上前查看霍圾的伤势，急得眼睛发红："怎么会发生这种事？阿圾，你没事吧？"

霍兴国走到两个警察面前："这是什么情况，那些人是从哪里来的？"

"贩卖人口的，还参与了组织学生卖淫，我们已经抓起来了，查清楚了会告诉你们结果。"

霍圾的外公听得怒不可遏："警察同志，一定要查清楚，这件事我们不会善罢甘休！这孩子的手要是出了什么问题，以后还怎么发展音乐啊？"

"您放心，我们一定会彻查到底，绝不姑息黑恶势力。"一个警察说着，又看向林莜，"小姑娘，之前你报过案吧？上次也是这几个人。你和他们是不是有什么过节？"

林莜听着就摇头，眼泪直往下掉，看着十分可怜："没有，我从来没有见过那些人，他们拿着刀就冲过来了，太可怕了。"

霍圾看向她，眼里带着一抹笑意，不细看根本看不出来。

两个警察问完了情况，霍兴国和外公跟着他们出去处理后续。

赵碧郡见霍圾没事，情绪稳定了一些，上前替他拉了一下被子："医生怎么说，你的手有没有事，身上还有没有哪里伤到？"

霍圾温和地回道："没有伤到，留院观察几天就好了。"

赵碧郡看他说得轻描淡写的，心里还是担心："莜莜，你先照看一下阿圾，我去问问医生情况。"

"好。"林莜点头。她的眼睛还是肿的，刚才一直哭，表现得非常害怕，现在警察走了，她停止流泪，整个人有些放空。

霍圾伸手轻轻摸了一下她的小脸，她的脸刚才红肿得厉害，现在都还有红印子。"姐姐表现得真好，我还以为你要吓得说不出话来了。"

林莜看着霍圾温柔的样子，实在不敢相信他刚才打人那么狠，她都以为他要把人打死了……

"一会儿找医生给你开点药膏抹抹。还疼吗？"

林莜微微摇头，泛红的脸上还有泪痕，看起来格外可怜。

霍圾伸手把她的头发理到耳后，她头上的小发夹不见了，他微微敛眉："那些人之前就来找过你？"

"嗯。"

"怎么不和我说？"

林苡垂下眼睛，认真道："我报警了，以为没事，没想到他们还敢。"

霍圾看了她半晌，忽然开口问："是不是和陈诗楠的事情有关系？"

林苡抬眼看向他，眼神看起来很无辜："不是我，我怎么敢做那种事，那些人那么可怕！"她说着眼睛微微一眨，抿了一下唇，"霍圾，谢谢你，如果今天没有你在，我都不知道会怎么样。"

霍圾拉过她的手，似笑非笑道："这么客气，不知道的还真以为你是我姐姐呢。"

林苡有些紧张，下意识看向门口，虽然是私人病房，但是门开着，叔叔阿姨随时可能进来，要是他们牵手被看见就完了。她连忙收回手："我去给你倒水。"

霍圾没有阻止她，看着她捧着水杯一溜烟儿似的跑出去，忍不住一笑。他突然想到什么，笑容淡了一些，拿过手机打了个电话。

电话那边的人似乎有些意外："阿圾，怎么了？"

"帮我打听一件事。"

"你说，我帮你打听。"

不一会儿，霍圾就接到了回电。

电话里的男人匪夷所思道："你说的那个叫林苡的小姑娘是不是举报了卖淫组织？这胆子也太大了吧，什么人都敢招惹，那些人可都是亡命之徒啊！"

"谁说的？"

"我认识一个兄弟，听他说，这是那个组织的线人收到的风声，也不知道是不是真的。可能弄错了吧，一个小姑娘有那么大的胆子吗？我光听听都觉得害怕，这种事成年人都不一定敢做。她是不是不知道这样做会被报复？"

霍圾闻言，没说话。他前几天是听到了关于陈诗楠的事，不过他没放在心上，更没想到林苡会有这么大的胆子去举报。一个女孩子就算不懂也应该知道害怕，更何况她爸爸是警察，她不可能不知道被发现的后果有多严重。

霍圾想到她之前盯着陈诗楠不动的样子，以及刚才表示完全不知情的模样，眼睑微垂，没再继续这个话题："帮我找一下他们的对家，无论怎么做，只要能提供证据把他们的根拔了，多少钱都不是问题。"

本来他们出了这种事，他们的对家就会抓住机会把他们往死里整的，现在又有人给钱，那就更不用说了。

"没问题，一定给你办成了。"

❀　❀　❀

林莜倒好水，拿着水杯回到病房。

赵碧郡已经回来了，正坐在霍坂旁边说话："你和莜莜怎么会跑到超市里去，周末不是应该回家吗？"

林莜脚下一顿，下意识想逃跑，但是跑了会显得更心虚，只能硬着头皮往里走。

"我们去同学家玩，顺道一起买零食带过去。"

赵碧郡闻言点头，并没有起疑。

林莜端着水杯走到病床旁，把杯子递给霍坂："给你水。"

"谢谢姐姐。"霍坂一笑，接过水杯，手碰到了她的。

林莜下意识看向赵碧郡，还好她没注意。

赵碧郡见他们相处起来还是和以前一样礼貌，也没有太在意，关心的还是霍坂的手："要不你还是回家里养着，家里有医生，方便照顾你。"

霍坂喝了水，放好水杯："来回太麻烦，我在这里住几天就好了。"

"那你有什么需要就和妈妈说，我让人准备。"

"好。"霍坂点头。

病房里突然安静下来，林莜有些紧张，生怕赵碧郡发现端倪。她看了一眼窗外的天色："阿姨，时间不早了，我先回学校了。"

赵碧郡看了一眼时间，确实也不早了，于是对她点点头："你今天也受到惊吓了，回去好好休息，让关志送你。"她拿过桌上的药膏，"这是医生送来的药膏，你回去记得涂。"

林莜伸手接过药膏："谢谢阿姨。"

霍坂微微抬眼，视线落在她身上："姐姐不一起吃了饭再走吗？"

"我回去吃吧，宿舍里有吃的。"林莜没敢多看霍坂，打了个招呼就快步走了。

到了宿舍，林莜已经筋疲力尽。

陆依依连忙上前问她："怎么样，约会顺利吗？是不是很甜蜜？"

"挺好的。"林莜点头，没有把今天的事情说出来，免得她们担心。

"我就知道肯定甜蜜，我们早上还看见霍坂亲你了，哈哈哈。"陆依依忍不住打趣。

顾语真捂着嘴偷偷笑。

林莜没想到被她们看见了，她微微脸红，心思又回到了霍坂身上，一想到今天发生的事就一阵后怕。她很感激霍坂，可也忘不了今天看见的场面，她从来没有见过有人打架这么狠。

突然，包里的手机响了起来，林莜拿出手机。陆依依和顾语真当然猜得到是谁打过来的，笑着到一边闲聊，没打扰林莜通电话。

林莜看着屏幕上的名字，按了接听键，把手机放到耳旁，轻声"喂"了一下。

"就这么走了，也不知道心疼我？"霍坂在电话那头低声说道。

林莜咬了一下唇，捧着手机认真说："阿姨在，我不好意思坐着。"

"她又不知道。"霍坂在电话里低声说话，和在她耳边说话没什么两样。

林莜耳朵有些烫，隐约听到了他那边的说话声，好像是霍兴国的声音。她的心瞬间提了起来："叔叔在你身边吗？"

霍坂轻笑出声："他在和别人说话，没注意我。"

他这么一说，林莜听得更清楚了，叔叔确实在和别人交谈，可未必没听见他说的话。林莜不敢再跟他多说："我还是先挂了吧。"

"他又看不见你，你还这么害怕？"霍坂笑着揶揄道。

霍坂刚说完，电话那边就传来了赵碧郡的声音："阿坂，鸡汤来了。"

"好。"霍坂坦然地应了一声。

林莜心口发紧，不敢说话，只听见赵碧郡问道："这么晚了，你在和谁讲电话？"

林莜紧张得屏住了呼吸，听见霍坂回道："女朋友。"

"霍坂！"她差点没拿稳手机，急忙小声叫他，慌得不行。

赵碧郡明显停顿了一下，不过似乎松了一口气："交女朋友了？是谁，妈妈见过吗？"

"没见过，以后有机会带她来见你。"霍坂轻笑着，脸不红心不跳地撒谎道。

"好，妈妈等着。"赵碧郡笑着应声。

林莜实在招架不住了，知道他就是故意的，她急忙道："霍坂，我要挂电话了！"

霍坂拿起调羹，舀了一勺鸡汤，听到她又急又委屈的声音，忍不住笑起来，有些心猿意马："你什么时候来看我？"

"明天去看你。"林莜慌忙回了一句。

"好。"

林莜听见霍坂应了，连忙挂掉电话，松了·口气。

霍圾看着快速黑掉的手机屏幕，微微挑眉，然后又忍不住一笑，把手机放回桌上。

林苂一晚上翻来覆去的，睡得不是很好，迷迷糊糊好像回到了小时候。男人抱着她，看着手里的照片，连笑起来都那么悲伤："苂苂，以后不要学你妈妈，也别走爸爸的路……"梦境变换得很快，她转眼就来到了学校的器材室里。她不知道怎么会来到这里，抬眼就看见远处有两个人。矿泉水瓶和慢慢湿透的纸巾，还有挣扎的男生……这个场景充满了无声的压抑，外面的光都透不进来。她隐约间又看到了面包车，有人拽着她，还有满地的血和碎玻璃。

林苂瞬间惊醒了，一看外面，竟然已经早上了，原来她只是做了一个梦。她怔了一会儿，再也睡不着了，起身穿上拖鞋往窗边走去。清晨六点，天早就亮了起来，天空很干净，像剔透的琉璃珠子。时间还早，陆依依和顾语真还睡着，她轻手轻脚地走到桌前，拿出夹在书里的一张照片。

她那时还很小，什么都不懂，吃着糖坐在爸爸的腿上，听不懂爸爸说的话，却记得很牢。她从来没有见过妈妈，只有这张照片。照片里的妈妈长得很好看，穿着白裙子，头发乌黑，正对着镜头笑。站在妈妈旁边的人就是她的爸爸，他们看起来真的很相配，可他们都没能陪伴她多久。她经常想，两个并不合适的人，是不是不相遇会更好。

林苂看了照片很久，然后重新合上了书。

李涉拿着三个橙子往上抛，一边接着玩，一边开口说："还好你没事。我听到消息差点吓死，还以为你把人打死了。"他抛了三个橙子，三个都没接到，橙子接二连三地掉到地上。李涉把橙子捡起来，重新塞进果篮："宋复行应该下飞机了，估计快到了。"

霍圾看着他的动作，微微一笑："果篮一会儿自己带走。"

"干吗呀，我大老远提过来的，不辛苦吗？你将就一下嘛！"李涉把三个橙子重新摆好，如果忽略掉橙子在地上滚过，看起来就没什么问题。

正说着，宋复行推门进来，手里捧着一束花。

"噗！"李涉笑喷了，"你还带花啊？"

"姑姑一大早起来插的花，非要我带过来。早日康复。"宋复行把花放在桌子上。

霍圾笑着道："替我谢谢姑姑，花很漂亮。"

"手没事？"宋复行看了一眼他的手。

"没事，就是划了道口子，过几天就能出院。"

李涉突然有些纳闷儿："你的那个女朋友怎么没来看你？虽说用不着她照顾，但过来陪陪你总有必要吧？"

霍圾道："她晚点来看我。"

"搞这么神秘。"李涉自以为已经猜中了是谁，也懒得多问。

宋复行在沙发上坐下，李涉用手肘推了他一下："不一样啦，还有耐心带着姑姑的花过来，有了女朋友就是不一样哦。"

宋复行的脸上难得有了点笑意："还不是女朋友。她有点害羞，跑了。不过不急，等高考结束了再说。"

李涉闻言是真觉得稀奇了："你们一个两个的，谈起恋爱来怎么都这么开心？为什么我谈的时候一点感觉都没有？"

霍圾闻言摇头一笑，看了一眼手机，显然是在等什么人的消息。宋复行和李涉怎么可能没看出来，相视一眼，也没戳破，继续聊着近况。

放在桌上的手机微微振动，霍圾立刻伸手拿起来，一条信息跳出来："霍圾，今天去看你的人一定很多，我就先不过去了。你好好休息，我明天再去看你。"

林苂发完信息，等了一会儿，手机里很快传来一条信息："好，我等你。"她看着屏幕，发了一会儿呆，然后收回视线继续写题。

周一的课间休息时间，大家都在讨论陈诗楠，她被带走以后就没有再回来。没有一个人知道她去哪里了，只知道她肯定是不能回来上学了，毕竟，她连那种事都做得出来，谁还敢和她做同学？也不知道她诱导了多少女生走歪路，还好被发现了。

林苂听着他们的讨论，看了一眼窗外，天气特别晴朗。她收回视线，收拾好书包，准备出发去医院。她特地请了一节班会课的假，这样来回时间也比较充裕。霍圾在医院里应该很无聊，给她发了好几条信息，大概意思就是问她怎么还不去看他。

到了医院，林苂听见几个护士正在互相打趣。

"看什么呢？人家没按铃，我们不用进去。"

"现在的男生都这么安静吗？怎么就没点事情找我们？他的手不是受伤了

吗？吃饭多不方便啊！"

"你们收敛点，别让人听见了。"

"就想看看嘛，我还是第一次看见长得这么帅又这么温柔的男生。他都还没长大呢，就已经是个万人迷了，真是赏心悦目啊，能多看一眼是一眼。"

林苊一听就猜出她们在说谁了，她往前走了几步，她们就不说话了。她有些尴尬，推门进病房。

霍圾正安静地躺在床上，似乎睡着了。窗户半开，夏日的风轻轻吹进来，拂起白色的窗帘。

林苊见霍圾睡着了，轻轻放下书包，在旁边的凳子上坐下。霍圾睡着的时候很乖，长直的睫毛垂下，在眼下投出两道阴影，看起来干净无害，好看到了极点，确实赏心悦目。林苊看了一会儿，正准备拿过书包到沙发上去看书，霍圾突然笑了出来，睁开眼睛看过来："我生气了。"

林苊的手微微一顿，看向他，有些无措。昨天没过来，她确实有些愧疚，毕竟他是因为自己才受伤的。

霍圾唇角越发弯起，伸手拍了拍旁边的空位，冲她伸出手："过来给我抱一下。"

林苊看了一眼门口："会有人进来的。"

"我和家里说过了，让他们今天不要过来。"

林苊看着他伸出的手，只能把书包放下，在他的床边坐下，俯身去抱他。才抱上去，霍圾已经搂上她的腰，将她揽进怀里，鼻子轻轻抵在她的头发上："姐姐好过分，都不来看我。"

林苊靠在他的怀里，难得乖乖的，没有动弹。

霍圾见她这么安静，轻轻摸了摸她细软的头发："是不是吓到了？"

林苊的鼻间全是他身上淡淡的气息："没有……"

霍圾摸到她软嫩的耳朵，轻轻捏了一下，低头看着她："你刚才看了那么久，都不知道亲我一下？"

林苊看着他的眼睛，脑子有些转不过来。他们靠得太近了，她难免紧张。她不好意思地收回视线，看向别处。

霍圾看了她半晌，忽然说："亲亲我。"

林苊转头看到他好看的唇形，心跳慢慢加速。她勉强稳住心神："不要，会被人看见。"

霍圾伸手拉过被子，直接把她盖了起来，语气温柔得让人心口发软："现在没人能看见了，亲一亲好不好？"

被子一盖上，空间就小了很多，林莜呼吸间全都是他的气息，下意识紧紧地拉住他的衣摆，抬头亲上他的唇。他的唇温软得让人几乎不敢碰，林莜一碰到，他就低头轻轻吻上来。

林莜的呼吸有些乱，霍圾搂着她的肩，越来越用力，压着她亲，唇齿间的炙热让她几乎受不住了。她的心跳越来越快，都快喘不上气来了，忍不住开始躲，他却没给她躲开的机会。

"霍……霍圾，好了吗？"

"嗯？"霍圾的声音嘶哑得不像话，好像根本没听见她说了什么。

"学……学长。"

林莜猛地一怔，赶紧推开他，转头一看，病房里不知道什么时候进来了好多人，全是学生会的。

林莜的脸瞬间红透了，立即缩进被子，不敢见人。

❀ ❀ ❀

一群人站在病房里，都挺尴尬的。大家当然知道这两人在干什么，本来打算悄悄退出去的，没想到赵映琦突然出声，弄得他们走也不是，留也不是。

赵映琦站在最前面，瞧着好像也有些尴尬："学长，我们不是故意的。"

霍圾根本没在意，就像什么都没干一样，坐起身笑着看向他们："没关系，你们过来坐。"

萧洋提着水果篮，勉强控制住表情，上前把篮子放在桌上："身体好些了吗？"他问完以后，场面好像更安静了。这句话是有那么一点多余，他这身体绝对好啊，唇瓣激艳，脸色红润，根本不像受伤住院的人。

林莜躲在被子里，根本不敢出来。可是，就这样躺在霍圾的床上也好窘迫，她总不能一直躺着……伸头是一刀，缩头也是一刀，林莜酝酿了片刻，勉强镇定地掀开被子坐起身，垂着头溜下床。

霍圾低头看过来，眼里带着意味不明的笑意。他靠过来低声说："头发乱了。"

所有人的视线理所当然地落在了林莜身上。林莜窘得都快要冒烟了，霍圾还气定神闲地坐在那里。也不知道是气的还是羞的，反正她从头红到了脚背。她随手理了一下头发，看见旁边的水杯，连忙伸手拿过来："我去倒水喝。"

好不容易离开了病房，林莜也没去倒水，连忙走到窗边吹风，脸上的热这才散了些。水杯里有水，她渴得不行，无意识喝了一口，等喝完才发现这是霍坂的水杯。她的脸上又是一阵火辣辣的。她咬了一下唇，突然有些懊恼，怎么就听了他的鬼话，在病房里接吻了呢？还被这么多人看见了！她忍不住叹了一口气，脚尖往地上蹭，根本不打算再进去。

"学姐。"身后有人叫她，林莜转头看去，看见赵映琦正向她走来。她眼睛微微一眨，心想，她差点忘了，她和赵映琦是知道彼此存在的关系，而导致这种关系的人是霍坂。她这样一想，脸上的红全退了，慌乱的心跳也突然平静了。

赵映琦在她面前站定："林莜学姐，我要和你公平竞争。"

林莜微微一顿，有些不解："什么？"

赵映琦微微抬起下巴，说得理所应当："学姐不会以为自己永远都是学长的女朋友吧？他这样出挑的人，怎么可能一辈子只交一个女朋友？时间一长，他总要换的。"

林莜闻言点头："我知道。"

赵映琦千算万算也没有算到林莜会是这样平和的反应，她们现在好像不是在讨论文学题吧？为什么她还挺认同的？她有些怔住，不过很快就反应过来了。她心想，林莜不按套路出牌没关系，她的话还是要说完，反正从小到大只有她不喜欢别人，没有别人不喜欢她的，霍坂学长她绝对有把握追到手。

"学姐，对不起，我是真的很喜欢学长，所以才和你下战书。其实，如果学姐真的喜欢学长的话，应该会对他很信任，肯定相信他不会被别人抢走的，对吗？"

林莜越听越觉得奇怪："你不是和他交往过吗？"

赵映琦没听明白："什么？"

林莜看见她的表情，瞬间明白了，难怪那天学生会团建的时候赵映琦没有愤怒，原来霍坂根本没和她交往过。

赵映琦是真的有点看不懂林莜了，觉得她段位好高，她都说了要明抢她的男朋友，她却一直波澜不惊，真是高手。她瞬间被激起了好胜心："学姐就不要转移话题了，我要和你竞争。你虽然是他的女朋友，但也没有权利阻止别人喜欢他吧？"

林莜闻言道："我们应该不会交往很久，你不需要这么费劲。"

赵映琦怀疑自己听错了，完全无法理解："学姐，你是什么意思？"

"我们不会在一起太长时间，以后你要做什么是你的事，不用和我说。"林莜说着，拿着水杯安静地离开了。

　　赵映琦还是第一次见到林苂这样的女生，她好像一点也不在乎会和霍圾学长分手，难道她只是玩玩的？可她明明在缠着学长，就像刚才在病房里，学长那样亲她，如果不是她要求的，学长那样温柔的人怎么可能在病房里和人接吻？

　　赵映琦想着，心里一阵不舒服。她心想，凭什么她不行，她们两个明明那么相似，林苂可以的话，她又为什么不可以？

　　林苂下了课，抱着书回寝室，路过篮球场，看见几个男生正在打篮球。她突然想起来霍圾打篮球的样子，脚步顿了一下，在篮球场旁边的台阶上坐下发呆。自从那天被学生会的人撞见，她就再也不敢去医院看他了。虽然大家不会到处乱说，但她还是怕了。

　　她刚坐下，兜里的手机就振动起来，她慢吞吞地摸出手机。这几天她都没有去看他，电话可不能不接了，不然他肯定要生气。

　　林苂接起电话，乖乖应了一声。手机里传来霍圾的声音："下课了？"

　　"嗯。"

　　"今天来不来看我？"

　　"我不去了，我怕碰到叔叔阿姨。"

　　霍圾轻轻说："可我晚上做梦，都梦见你了。"

　　林苂听他说得这样轻，语气还有点坏坏的，根本不敢问他梦见她什么了，只能转移话题："你要出院了吗？"

　　"嗯，后天出院。你来接我好不好？"

　　林苂眨了一下眼，轻声回答道："后天有考试，还有很多练习题要做，我去不了。"

　　篮球场上进球了，男生的欢呼声远远地传过来。

　　霍圾没有说话。林苂觉得，他应该已经开始厌倦了吧，她每天都把学习挂在嘴上，除了学习还是学习，以他的性格，应该会觉得她很无趣了吧？

　　林苂也没有开口说话，只是看着篮球场上欢呼的男生们发呆。

　　过了一会儿，霍圾开口打破了沉默，语气还是很温柔："好，那你好好学习。"

　　"嗯，你好好休息，拜拜。"林苂挂了电话，看了屏幕很久，才把手机揣进口袋里，撑起下巴，看着篮球场上蹦跶的篮球放空。她打算再坐一会儿就回去写作业，她还有很多作业没有写呢，没有时间想别的东西。

　　突然，篮球朝她滚了过来。林苂看着篮球从她面前滚过，然后慢慢滚远。

陈宣冲跑过来捡篮球，见她脑袋跟着篮球转，瞬间嫌弃道："你不会高抬贵脚拦一下吗？"

林莜看了他一眼，又看向滚远的篮球："那你踢回来，我给你拦一下吧。"

"你觉得我吃饱了撑的？"陈宣冲没好气地说，甩着被剪开的裤脚去追篮球，然后还真的抱着篮球又走回来了。他站在林莜面前，似乎有些犹豫地开口道："喂，你明天有没有事，能不能帮我个忙？"

林莜有些意外，抬眼看向他："什么忙？"

"还不是我妈，大老远过来，要看看我在学校里的情况。我的那几个朋友她都知道，她根本不信他们说的话。你帮我跟她说几句好话，不然她在这里待着，我他妈会疯掉！"陈宣冲用手臂夹着篮球，故作潇洒道，"行不？你应了，以后你就是我兄弟，一中里我绝对罩着你！"

林莜也不知道怎么就莫名其妙地成了他的兄弟，不过这事也没什么为难的，何况他还帮过她。她爽快地应了："好，那你妈妈过来的时候，你和我说。"

陈宣冲伸手比了个OK的手势，用他脑子里仅有的英语单词表现了一下："我果然没看错你。OK了，滚回去写作业吧，别在外面瞎他妈晃荡了。"

林莜莫名其妙被催了一顿，催她的人还是平时连课都懒得上的陈宣冲，她有些无语地瞅了他一眼，抱起放在旁边的书，没再搭理他，起身回宿舍去了。

陈宣冲看着她乖乖往宿舍走的背影，突然有了那么一点成就感。他想，原来赶别人去写作业这么有意思，难怪老师们一天到晚对着他作业长作业短的。

另一边，霍坂挂了电话，把手机搁在桌上，一下接一下地转着玩，想着刚才在电话里听到的篮球声，若有所思。既然林莜作业都没时间写了，为什么还有看别人打篮球的时间？

第二天放学后，林莜和陈宣冲一起去了学校外面，陈宣冲的妈妈在一家餐厅里等他们。林莜跟着陈宣冲进了餐厅，他妈妈就坐在不远处，见到他们进来，她优雅地招手道："冲冲。"

陈宣冲随口叫了一声"妈"，下巴冲林莜一抬："这是我的同班同学，叫林莜，三好学生。"

陈宣冲的妈妈看见林莜这种乖乖软软的小姑娘，喜欢得不行，伸手拉过她："这小姑娘长得好乖啊，真可爱，几岁啦？"

陈宣冲有点受不了他妈妈的啰唆，不耐烦地叫道："妈！"

他妈妈瞬间转到正题上："陈宣冲在班级里有没有惹是生非呀？"

林莜闻言摇头："没有，他人挺好的，虽然脾气有些大，但是遇到同学有困难，还是会帮忙的，很乐于助人。"

陈宣冲听着扭过了头，心说她说得跟真的似的，不过面上还是忍不住露出笑意。

陈宣冲的妈妈很高兴，伸手拍了拍林莜的手，感觉她的小手都软软的，真是越看越喜欢："那以后你能多帮忙辅导一下冲冲吗？他的成绩真的不能看。"

"妈，你问得差不多了就让人家走吧，别那么多话行吗？"

"你安静点！要成绩，成绩不行，要性格，性格不行，嘴还不讨喜，一点用都没有。"陈宣冲妈妈数落道，翻开菜单准备点菜。

林莜不好意思再坐着，起身准备回去："阿姨，那我先回学校了。"

陈宣冲妈妈立即拉住她："别呀，吃了再回去。你喜欢吃什么？和阿姨说，阿姨给你点。"

林莜摇头："阿姨，我还是回去吃吧。"

陈宣冲听得很不耐烦，觉得女人就是磨磨叽叽的，吃个饭还要纠结东纠结西："你就坐下吃吧，我家又不是请不起一顿饭，别他妈来回折腾。"

陈宣冲的妈妈一听，瞬间合上菜单，一敲桌子："陈宣冲，你再讲一句脏话，信不信我抽你！"

霍坂提前出院，把包拎回宿舍，看了一眼时间。他在心里盘算着，才放学十分钟，小姑娘动作挺慢的，整理书包老是慢吞吞的，还喜欢写点什么，现在肯定还在教室里。他拿上特地买来的棉花糖，往林莜的教室走，到了门口，却没看见人。

林莜的同桌正在打扫卫生，看见霍坂，愣了一下："你找林莜吗？"

"嗯，她走了吗？"

"她一放学就走了，我也不知道她去哪儿了。"

霍坂闻言，微微挑眉，心想，小姑娘还挺忙，一天到晚不见人。他刚拿出手机，许念就背着书包进来了，看到他，她笑着开口："你是来找林莜的吗？她和陈宣冲一起出去了，你可以找陈宣冲问问。"

霍坂闻言，沉默地看向她。许念也没有多说什么，冲他一笑，到讲台上拿了直尺就出去了。

霍圾看着林莜的桌子，沉默了一会儿，忽然开口问："你们明天有考试吗？"

林莜的同桌愣了一下，摇了摇头，解释道："没有啊，我们上周才刚刚考过，最近都在讲试卷，还蛮轻松的。"

霍圾没再说话，转身出了教室。

林莜同桌并没有觉出气氛不对，她刚才看了他手里的棉花糖好几眼，这种大棉花糖很受欢迎，要排好长时间的队才能买到呢。她突然很羡慕林莜，她能得到霍家的资助，霍圾和她的关系还这么好，特地买糖给她吃。

❀ ❀ ❀ ❀

霍圾几步走下楼梯，拿起手机打电话。走廊的另一边有几个女生正往这边走来，一边走一边闲聊。

"你们刚才看到了吗？林莜和陈宣冲一起出去了。"

"看见了。他们两个为什么会走到一起去？我听说他们高一的时候还是死对头。"

"打出来的感情呗！之前我还在学校门口看到过陈宣冲帮林莜对付流氓。陈宣冲长得帅，又英雄救美，林莜对他产生好感也不奇怪。"

霍圾停下脚步，安静地听着。几个女生看见他，瞬间没了声音，越过他的时候想看又不敢明目张胆地看，等走过去以后，才敢盯着他的背影多看几眼。

她们很好奇，霍圾在这里等谁呢？手里还拿着那么大一根棉花糖，不知道是给谁的。

陈宣冲一不留神原形毕露，接下来的时间一直在接受他妈妈的教导，林莜也被迫听了一耳朵。

吃完饭回来，天都黑了，她一个人往寝室走去，路上下意识拿出手机看了一眼，发现手机今天一整天都没有动静。需不需要打个电话关心一下霍圾呢？毕竟他是因为她才住院的。她点进通讯录，手指在霍圾的名字上停了一下，最后还是把手机重新放回兜里。

她想，他最近打电话过来，她都说要学习，说不了几句就挂了，他应该是觉得没意思了，所以今天没再打电话来。现在更像是回到了以前，她的活动范围只有学校，除了上课就是做作业，不会有其他事情。

她慢慢往前走去，突然看见树下的阴影里站着一个人。她微微一顿，刚觉得熟悉，霍圾已经从树下走出来了："你去哪里了？我等了很久。"

林莜有些意外："我有事出去了。你怎么回来了，不是明天才出院吗？"

霍圾把手里的棉花糖递来，微微一笑："你不来看我，我当然要提前出院，否则你被别的男生骗走了怎么办？"

听了他的话，林莜没什么反应，眼里只有超大的棉花糖，她还从来没有吃过这么大的。她伸手接过："谢谢。"

见她拿着棉花糖却不吃，霍圾问道："不吃吗？"

林莜已经吃得很饱了，她本来想说明天再吃，可是，看到霍圾温柔的眼神，她突然有些说不出口。

霍圾伸手拿过棉花糖，拆了包装袋，然后又递给她："尝尝看。"

林莜看向他好看的唇形，想起之前在医院里的亲吻，有些不敢将视线落在他的薄唇上。她看了一眼周围，伸手拿过棉花糖："我还是回宿舍吃吧，在这里会被人发现。你早点回去休息。"

她正要继续往寝室走，霍圾伸手拉过她的手："我们都多久没见面了，你就想这样走了？"

林莜说不出话来，确实有些愧疚。霍圾拉着她去了学生会办公室，在沙发上坐下："在这里吃吧，不会有人来。"

林莜乖乖地在他身旁坐下，拿起棉花糖咬了一口，入口即化，甜而不腻，特别好吃。她吃得微微眯起眼，心想，还好她有另外一个肚子，可以装零食。

霍圾没有打扰她，就坐在一边看着她吃。

林莜咬了几口，见他看着自己，也不好吃独食，舔了一下嘴巴，有些不舍地把棉花糖递到他面前："你要吃吗？"

霍圾用手撑着头，看着她轻笑道："你喂我啊。"

办公室里没有开灯，只有窗外隐约透进来的月光。霍圾声音好听，说出来的话却有些暧昧。林莜忽然有些紧张，都不敢对上他的眼神，只是伸手将棉花糖递过去。霍圾却没有吃棉花糖，而是靠过来，温软的唇瓣带着一点湿润，轻轻碰上来，吃掉了她嘴角的一点棉花糖。

林莜呼吸微紧，霍圾伸手抱住她，低声说："好甜。"

林莜靠在他的肩膀上，只觉得耳朵一阵阵发烫，忍不住往后缩："我要回去了。"

"吃完再回去。"

林莜微微动了一下身子，他的手收紧了一下。她想到他的伤，瞬间不敢动了，只能靠在他的肩膀上吃糖。她的手环着他的脖颈，像是在抱着他吃东西。

感觉到她的下巴一下一下地动着，一点都不安分，他的眉眼忽然弯了一下："以后不要看别的男生。"

林莜微微愣住，抬头看向他："什么男生？"

霍圾看到她乖乖软软地靠在他的怀里，拿着他给买的糖，眼睛里只有他，心情好了一些。他唇角微弯，答非所问道："因为我很喜欢你，你要是看别的男生，我会很生气的。"

林莜眨了一下眼睛，十分疑惑，连棉花糖都忘记吃了。

霍圾突然笑起来，轻声说："答应我的话，就让你尝试一下新事物。"

林莜好奇道："新事物？"

霍圾笑着不说话，伸手拉过她的手探进自己的衣摆里，按着她的手指轻轻划过。林莜还没来得及反应，手就碰到了他的腹肌，一块一块的。她的眼睛瞬间睁大，手像被烫到了一样，连忙抽回来，脸上、手上一阵火辣辣的烫。

霍圾任由她把手抽走，轻笑着说："别人想看都看不到，现在给你摸你还不要。"

"我要回去了！"林莜连忙从他怀里站起来，拉开门就跑了。

霍圾看着她慌乱跑走的背影，忍不住一笑，往后靠在椅子上，没有去拦她。

林莜跑回寝室里时，还是面红耳赤。她的手指上还有结实坚硬的触感，心里竟然还有空想，难怪他力气那么大。她微微咬了一下唇，走进卫生间刷牙，尽量不去回想刚才的情景，可是牙刷把牙刷得再干净，也还是能尝到甜的味道。她微微咬了一下牙刷，看着镜子里满面通红的自己，有些苦恼，忍不住叹了一口气。她心想，他真的太会利用自己的优势蛊惑人了，根本让人招架不住。

第二天中午，林莜第一个吃完饭回到教室里，打算先眯一会儿。她走到电风扇的开关前，正准备开风扇，陈宣冲从前门进来，浑身透着嫌弃："找你还挺难的，到了教室说你去食堂了，到了食堂说你回教室了。"

林莜打开电风扇开关，有些疑惑："你找我有什么事吗？"

陈宣冲走过来，拿出一个小礼盒："我妈让我给你的，她以为你在给我补习功课，特地给你挑了一件礼物。"

林莜看向他手里的小盒子，一看包装就知道是贵重物品，她摇头道："我不能要，你拿回去还给阿姨吧。"

"那你就给我补习呗。"陈宣冲吊儿郎当地说。

林苑被噎了一下，非常认真地看向他："陈同学，你确定你要学习吗？"

"学个屁。"陈宣冲的嘴显然比脑子快。

林苑就知道，要是他能静下心来学习，也不至于每次考试成绩都是年级倒数。她转身往位子上走："你拿回去吧，我不能收。"

霍圾走到林苑的教室门口，正准备推门进去找她，就听见了陈宣冲的声音。

"我妈是喜欢你才给你买的手链，她眼光很好的，你肯定喜欢。"

霍圾微微一顿，伸出的手缓缓收回，垂着眼睛，面上没什么表情。

"你看，闪闪发光，真他妈好看，你们小女生不就喜欢这些东西吗？快点，手伸过来，我给你戴上就走了。我兄弟还等着我去喝酒呢。"

林苑看着陈宣冲，有些无语。其实她一直感觉，陈宣冲这个人不说脏话好像就没有办法准确地表达自己的意思……

林苑看他费劲地解着手链的扣子，正准备开口拒绝，教室的后门突然被人一脚踢开，咚的一声往墙上撞去，在安静的教室里显得莫名吓人。林苑抬眼看过去，门微微晃动着，霍圾站在门口，静静地看着他们。

林苑微微一怔，陈宣冲也没想到霍圾会出现在这里："你怎么来了，找我？"

霍圾看了林苑一眼，走进来伸手拿过陈宣冲手里的手链，纤细的手链在阳光下泛着细碎的光芒，挂在他的指间，显得格外好看。

霍圾垂着眼睛，看着手链："我和你说过，她是我女朋友吗？"

陈宣冲愣住了。

林苑赶紧开口解释道："陈宣冲不是那个意思，是我之前帮了他一个忙，他妈妈才说要送我礼物。"

霍圾看着陈宣冲，显然很懂他的想法，把手链递还给他："可能是我忘记了，现在提醒你，应该不晚吧？"

陈宣冲看了霍圾很久，伸手拿回手链扔进盒子。他往外走了几步，到了门口又突然停了下来，转身说："你这种人又不会认真谈恋爱，干吗耽误人家？你随便玩玩，她还不能找下家？"

林苑怔住了，完全不明白他为什么这样说。他这样一说，完全是把她的解释推翻了，弄得好像她在说谎一样。她连忙上前道："陈宣冲，你在说什么呀？"

陈宣冲看了她一眼，没再说话，转身出了教室。

林苑感觉莫名其妙，她转头看向霍圾，发现霍圾也正看着她。她突然有些头疼："不是他说的那样。他妈妈昨天来学校，想要了解他的情况，他找我帮忙说些好话，所以他妈妈买——"

"你们又不熟，他为什么偏偏找你？"

林莜语塞，她和陈宣冲的班级隔了十万八千里远，说实话，陈宣冲就算要找，也真的不是非要找她。她本来还想解释，可又想到他们早晚要分开，一直拖着也不好，还不如早点结束，而现在正是个好机会。她微微抿唇："霍圾，我们不要再继续下去了。"

霍圾本来还算平静，听到这话，微微挑眉道："你和他上过了吗？就这么迫不及待地要和我分手？"

林莜听到他这样乱说话，震惊道："你胡说什么？"

霍圾上前一步逼近她："喜欢上他了？"

林莜往后退，靠到桌子上，一鼓作气道："我们性格不合适，早点分开对我们两个都好。"

霍圾听了，很久都没说话。忽然，他笑了出来，笑里有点讽刺："我都忘了，你是我抢过来的女朋友。"

林莜的睫毛微微一颤，心里突然有些闷。

霍圾的眼神变得很冷淡："你想分手也可以，反正和你谈恋爱也没什么稀奇，而且我也腻了。不过，什么时候分手我说了算，我要你看着我慢慢厌烦你。在这期间，要是你敢和陈宣冲在一起，别怪我不客气。"

李涉双手插兜，蹦跶着走进来，一进门就看见了他们俩，脚下一顿："阿圾，你怎么来啦？"

霍圾没有说话，无声地看了林莜一眼，然后头也不回地往外面走去，"砰"的一声带上门。门砸在门框上，来回摇晃。

李涉还是第一次见霍圾发这么大的脾气，他瞪大眼睛往外看去，霍圾都走得没影儿了。他完全一头雾水，走到低着头的小奶糖旁边，正准备开口问怎么回事，就见一滴水"啪嗒"一声掉落在地上。

李涉愣住了，心想，霍圾真是出息了，还把人小姑娘给吓哭了。

chapter 15

高考

不合适的人在一起就像穿着不合适的鞋，一走路就会疼。

霍圾一路下楼回自己的教室，在教室外面的走廊上等着他的赵映琦看见他，连忙迎了上来："学长，你出院啦！我本来打算今天放学后去探望你的，没想到你提前出院了。"

霍圾没有理会她，越过她继续往教室走。

赵映琦微微顿住。她还是第一次见到这样失态的霍圾，手里的礼物都没有机会送出去。她赶紧追上他："学长，你是不是心情不好？是因为林芨学姐吗？难道你们已经分手了？"

霍圾闻言停下脚步，看了她一眼："你听谁说的？"

赵映琦见他停下来了，连忙上前道："本来这事我不应该说的，可是我觉得学长应该知道。之前我和林芨学姐谈心，隐约间透露了我对学长的欣赏……"赵映琦面上有些害羞，伸手撩了撩耳旁的头发，"我以为学姐会生气，连忙道歉，没想到学姐反而表现得很释然。她说，你们很快就要分手了，我不需要在意她，还说让我再等等，反正也没几天了。"

霍圾垂着眼没说话，也不知道有没有在听。

"其实，从那以后，我一直在想，学姐是不是并不喜欢学长，否则她怎么可能一点也不在意别的女生对你示好呢？真正的喜欢应该是想让心里的那个人只属于自己吧？"赵映琦说完，慢慢地递过礼物盒，眼睛里仿佛只有霍圾一个人。

小女生的崇拜和喜欢，这是霍圾在另一个人的眼里从来没有见过的东西。他伸手拿过她的礼物盒："谢谢。"说完，他转身进了教室。

赵映琦心中欣喜，正准备再接再厉，约他晚上一起吃饭，就看见霍圾随手把礼物盒扔进了垃圾桶里。他随意得就好像那只是没用的垃圾一样，甚至不在乎她有没有看见。她愣住了，甚至以为他扔错了，可能是想扔手里的书，结果一不小心扔掉了她送的礼物。她跑进教室，小声道："学长，你是不是……扔错了？那是我刚刚送你的——"

霍圾在位子上坐下，已经很不耐烦了，见她跟了进来，微微敛眉："滚！"

赵映琦直接傻了，看着霍圾，半天都反应不过来。这还是第一次有男生对她这么恶劣。她以前不是没有撩过有女朋友的男生，他们大多数都很好上钩，全都会尽最大的努力在她面前展现出最好的一面，至少也会对她像妹妹那样好，根本没有谁会冲她发脾气。她脸色一白，说不出话来。

霍圾根本不想搭理她，连看都懒得看她一眼，拿出手机发信息。

教室里很安静，赵映琦感觉越发难堪。门口有说话声，她反应过来，见霍圾根本当她不存在，连忙转身跑出教室，第一次难堪到了极点。

另一边的李涉还是一头雾水："这小子发什么邪火？"他说着，又替他解释道，"他以前不这样的，很少这样发脾气，最近可能是因为心情不好，这不是刚从医院出来嘛，估计给憋坏了。"

林茇眼睛通红，一想起霍圾说的话，心里就一阵发闷。兜里的手机振动了一下，她揉了揉眼，伸手掏出手机，发现是霍圾发来的信息。

"放学后在教室里等我，出去吃饭。"

林茇看着这条信息，都要怀疑刚才摔门走了的人不是他了。明明刚刚才发了那么大的脾气，转眼就说着吃饭的事情了，林茇都搞不懂他。

李涉看见手机屏幕上的信息，满脑子问号，觉得有些匪夷所思："这人最近真的是一会儿风，一会儿雨的，看啊看不懂。"他见林茇情绪好了点，就没再说什么了，转身往位子上走，走到一半，突然停下了脚步。他突然发现，这不对劲！霍圾一出院就跑来找林茇干吗？又是发脾气，又是要吃饭的，这不是和女朋友闹别扭的路数吗？

李涉看了一眼在位子上发呆的林茇，瞬间明白了。妈的，他怎么就忘了，霍圾这个狗东西从林茇一进学校就殷勤得不行，以他那个性格，不把人家弄到手，他会甘心才有鬼！

学习的时间过得太快了，到了高三，林茇几乎从早到晚都在学习，桌上的书摞得越来越高。除了各科的知识点，别的东西她根本就没有时间想。

这天，上最后一节自习课时，大家都在认真做题，连悄悄话都没人讲。

"这什么题啊，说个鬼啊？"李涉读了几遍题目，终于忍不住摔了笔，完全看不懂什么意思。他烦躁地抓了抓头发，好像椅子上长了钉子似的，一会儿都坐不住，引得周围的同学纷纷看向他。他啧了一声，开口用中式英语放狠话："See you mother see，believe 不 believe I give you color see see！"（看你妈看，信不信我给你们点颜色看看！）

全班哄堂大笑，本来认真的学习氛围瞬间被打破了。

顾语真的心里说不出有多崩溃，觉得自己这一年来算是白费功夫了："李涉，我求你出去，不要说英语是我给你补的。"

"这不是挺通俗易懂的吗？又不是听不懂。"李涉打了个哈欠，恨不得教室里有一张床，可以就地躺着睡觉。他本来想打会儿游戏，可是家里已经给他下最后通牒了，说是花钱花精力把他弄进了重点班，如果他高考没有考出一个像样的成绩，那他们李家就不要他这个不肖子孙了！一想到这里，他就烦得不行，只能重新拿起笔："顾姐，这道题啥意思啊？你给小的解释一下呗。"

顾语真完全不想搭理他，继续认真写作业。林莈忍不住笑起来。

下课铃声响起，同学们全都像解放了一样，放下笔活动筋骨。

林莈乖乖整理着书包，同时往外面看了一眼，霍圾果然已经来接她了。

李涉打开窗户："阿圾，找一天去马场骑马呗。我天天憋着，无聊死了。"

霍圾闻言应了一声："好。"

林莈加快动作整理好书包，背起书包往外面走去。等她出来了，霍圾直接拉过她的手，两个人一路往楼下走，背影看起来特别般配。教室里的几个同学看见了，忍不住讨论起来。

"霍圾和林莈的感情真好，谈到现在都没有分，天天牵着手上学、放学。"

一个女生停下整理书包的手，低声说："我还挺好奇霍家知不知道他们俩谈恋爱了。要是他们只谈一两个月也就算了，这都谈到高三了，他们就是瞒得再好，霍家也总会有所察觉吧？"

"应该不知道，毕竟林莈是霍家的资助对象，做父母的怎么会同意自己的儿子娶家里的资助对象呢？"

"我觉得你们想太多了，先不说霍家知不知道，就霍圾那样的条件，他和林莈谈恋爱肯定只是一时的，绝对不可能结婚。霍家就算知道了也不会引起重视，反正只是高中谈谈恋爱而已，霍圾成绩这么好，又不怕受影响。"

"也是，现实就是林莈没什么戏，百分之百会被抛弃。霍圾这样的男生，可以选择的对象太多了，早晚会换一个，说不定哪天就遇到真爱了。"

"你这么一说，我突然有点可怜林莈。这摆明了就是一场没有结果的恋爱，如果我是林莈，我绝对不谈，以后分手了指不定得多难受呢，说不准还得看着霍坂娶别的女生，想想都心酸。"

林苉完全不知道自己已经成了同学们眼中的悲情人物，她跟着霍坂走到学校门口，车已经在等着了。霍坂拉开车门，让她先上车。等他也坐进来，车里一片安静。

"作业写完了吗？"霍坂开口问。

林苉轻轻摇头："还有很多没有写。"

"有不会的吗？"

"没有。"林苉继续摇头，就算有，她也不会问他。

霍坂没有再说话。

到了霍家，霍坂一如既往地不避嫌，还是和以前一样，在她的房间里写作业。

林苉不知道霍家的人究竟知不知道她和霍坂的关系，霍兴国整天在外面忙，不清楚并不奇怪，但赵碧郡是能注意到的。霍坂在她的房间里写作业，赵碧郡从来不过问。有一次，赵碧郡来找霍坂，看见晚上十点了霍坂还在她的房间里，也没有一点讶异。

林苉想到这些，也不知道该有什么感想。她拿着笔，垂着眼，继续乖乖写题。

身后忽然有人伸手抱住她的腰，靠了过来。林苉手里的笔微微一顿，霍坂侧头亲了一下她的脸颊："真的没有题要问我？"

林苉努力集中注意力，看着桌上的试卷轻声说："没有。"

霍坂没再说话，抱着她，轻轻蹭她的脸。过了片刻，他的唇慢慢靠了上来，轻轻亲她的耳朵、脸颊，一路流连。林苉呼吸有些乱，完全集中不了注意力，手上微微用力握紧笔。霍坂随手摘下眼镜放在一旁，伸手抬起她的下巴，低头吻了上来，一下一下地亲着她的唇，由浅吻到深吻。林苉的睫毛轻轻颤动，呼吸都有些缓不过来。她的头下意识往后仰，想要躲，他按住她的后脑勺，吻得她几乎喘不上气来才勉强松开。

他和她的唇微微分开，低头看了她很久，忽然低声开口道："好想和姐姐做爱。"

林苉被吓得心瞬间提起，连忙去掰他的手："霍坂！"

霍坂的声音很嘶哑，抱着她的手越来越紧，似乎很压抑："嗯？"

林苉掰不开他的手，感觉他的体温烫得她满面通红："我要去卫生间！"

霍坂没有说话，看了她半响才松开她，让她起来。

　　林苑连忙进了卫生间，伸手打开水龙头，往脸上泼了几把冷水才缓过劲来。

　　霍圾的念头表现得越来越明显了，他现在就是在等他们都成年，就好像谈恋爱已经到了某种程度，就等着做更亲密的事情。她一直在等，等他突然喜欢上别的女生，然后和她分手，没想到这一等就等到了高三。霍圾从来没有提过分手两个字，还是一样温柔热情，偶尔还会很过分地亲她。

　　林苑咬了一下唇瓣，看了镜子里的自己片刻，转身往外走。

　　霍圾正安静地坐着，神情平静地拿着她的手机看。到了高三，他越发长开了，只是静静地坐在那里也会让人移不开眼，举手投足充满味道，性格也越来越沉稳，几乎让人看不透他在想什么。他戴上眼镜，完全就是一个斯斯文文的好学生，除了林苑，根本没人知道他私下会说出多么轻佻、多么过分的话。

　　林苑沉默地站了一会儿，走过去道："这部手机只存了你的号码，没别人打来。"

　　霍圾没说话，垂着眼继续翻手机，显然不信她。

　　林苑没再说话，在位子上坐下，继续写作业。

　　房间里很安静，霍圾看完以后，把手机放回桌上，温声问："想喝什么？"

　　"不用了。"林苑摇头。

　　霍圾转身出了房间，去楼下倒水。

　　林苑看着他出去，心情越发沉重。霍圾现在连她和男生说话都要过问，完全不像他之前说的那样，什么已经腻了，什么要慢慢厌烦她，反而管她管得越来越严了……

❖　❖　❖

　　高三学生的周末眨眼即逝，等回了学校，林苑仍然没有想好要怎么跟霍圾提分开的事情。已经太久了，都高三了，离高考越来越近，他没有提过这件事，她却不能当作没有。

　　林苑下了宿舍楼，一路往外走，准备去图书馆还书。陈宣冲不知道什么时候看见她了，从旁边的操场上蹿出来。

　　"喂！你准备考哪个大学？"

　　"A大。"林苑认真回答，"你问这个干什么？"

　　"随便问问，说不定我也考A大呢！"

　　"你确定？"林苑非常意外，不是不愿意相信他，只是客观事实不允许她相信。

　　"随便说说嘛，我他妈根本就不想上学，要不是我妈逼着，我高中都不想上。"

陈宣冲吊儿郎当的，根本不在意。

"还是认真上学吧，陈宣冲，高中你也快熬出头了。"林苡好心劝道。

陈宣冲看着她笑起来："说的也是。要是我不上学，估计我妈能把我活活念死。"

霍坂和几个同学走过来，一眼就看见了树下笑得开心的两个人。他站在原地看了一会儿，收回视线，换了个方向离开了。

中午午休时，陈宣冲难得没有出去瞎晃，待在教室里和一群男生围在一起看视频。

"这女的漂亮，挺纯的。"一个男生夸道。

陈宣冲戴着耳机看得很认真，听了这话鄙视道："你他妈瞎啊，穿校服就是纯？装的都看不出来。真正纯的你们根本没见过。"

"这么说，冲哥是有过这种女朋友了？"

陈宣冲一愣，一掌打开他的脸："你也配知道？"

有人走过来，一道阴影罩下，陈宣冲抬头一看，是霍坂。

教室里人不多，不像别的班学习气氛那么好，大多数同学都在玩游戏、看剧或闲聊，看见霍坂进来，纷纷抬头看过来。

陈宣冲摘下耳机："你找我？"

霍坂看向他的手机，屏幕上的女人穿着学生制服，扎着马尾辫，白白净净的，给人感觉似曾相识。他扫了一眼，冷淡道："我和你说过，不要再去找林苡。"

"那我已经找了，你想怎么样？"陈宣冲脾气上来了，站起身看向他，"霍坂，林苡是我的同学，我无论什么时候都可以去找她，和你没关系吧？"

"她是我女朋友，你最好换个人喜欢。"霍坂没心情和他多说废话，神情淡淡地警告道。

"我偏偏就喜欢她了，你能怎么样？再说了，她现在是你女朋友，以后就不一定了，说不定哪天就成了我女朋友。"陈宣冲的意思很明显，全在话里了。

霍坂看向他："你再说一遍？"

陈宣冲已经忍了很久，这时也顾不得那么多了："霍坂，别怪我说得不好听，你他妈不就是逼着人家和你在一起的吗？人家喜不喜欢你，你都不问问清楚的吗？他妈的，那么多女的要跟你，你非要盯着这一个玩，你是不是犯贱？"

霍坂抬脚踹了过去，陈宣冲被踹个正着，猛地往后撞翻了桌子。

教室里一片哗然，大家全都看傻了，霍坂打人了？！

霍坂上前拉住陈宣冲的衣领，一把把他拽起来："别给我打她的主意，听懂了没有？"

"你妈的！"陈宣冲反应过来，立即反扑上去。

旁边几个男生没想到霍坂看着斯文，打人竟然这么凶，连忙围上去帮忙。

林莜坐在教室里午睡了一阵，正准备做一篇阅读理解，突然，有个同学冲进来，急匆匆地说："霍坂和陈宣冲那群人在楼上打起来了，我说怎么这么大的动静！"

"霍坂？！你是不是说错人了？"

"就是霍坂，陈宣冲班里的人都看见了，还是霍坂先动手的。"

林莜拿作业本的手微微一顿，愣了一下，然后吓得连忙起身跑出去。

霍坂刚从老师办公室出来，往楼下走去，老远就看见小姑娘正向他跑来，跑得特别快，小脸上全是担心和紧张。他脚下顿住，等着她跑近。

林莜跑得特别快，一会儿工夫就到他面前了。她打量了他一眼，看见他嘴角有瘀青，脸上还有一道划伤，好在之前受过伤的手没有事。她微微松了一口气："你没事吧？"

霍坂唇角微微弯起，眼里有笑意，伸手揉她的头："没事，别担心。"

林莜担心过后，突然想到陈宣冲今天找她说过话。她的眉头瞬间皱得很紧："你为什么和陈宣冲打架？"

霍坂不愿多说："一点小事。"

林莜看着他嘴角的伤，越发觉得刺眼："你看到他来找我了，是不是？"

霍坂没有说话。

林莜沉默了一阵，她不能再等了，也受不了他无处不在的占有欲："霍坂，我们已经高三了，你什么时候给我答复？"

霍坂看了她很久，再次开口说话的时候没有回答她的问题，而是一如既往地盘问道："陈宣冲今天找你说了什么？"

林莜觉得没什么好瞒的，坦白回答："他问我想考哪个大学。"

"你们以后要考一个大学吗？"霍坂平静地问。

"霍坂，我和陈宣冲只是普通同学，他只是问我去哪里读大学，这很正常。"

"那为什么他一找你，你就要跟我提分手？"霍坂看着她，突然笑起来。

林莜都能听出他笑里的讽刺："我很早就想提了，你说过你会慢慢厌烦我，现在已经高三了，你应该开始厌烦了吧？"

霍坂只是看着她，不说话。

林苡垂下眼，认真打算道："高考结束以后，我会自己去外省读大学，以后的学费也会自己挣，不会再麻烦叔叔阿姨。等我工作以后——"

霍坂根本不想听这些，他蛮横道："你以为，得罪了我，你还能上大学吗？"

林苡听得一顿，抬眼看向他，语气也很强硬："如果你非要这样的话，我不上大学也没关系！"

林苡说完这句话，转身要走，霍坂却伸手拉住了她，语气也软和了一些："林苡，我手疼，他刚才打到我的手了，你陪我去医务室，好不好？"

林苡顿了一下，眼眶瞬间一热，有些说不出话。可是，今天要是就这样被他搪塞过去，她以后就更没机会说了。

她咬了咬牙，坚定道："霍坂，我们性格不合适，三观不合适，待人处事的原则一样不合适。不合适的人在一起就像穿着不合适的鞋，一走路就会疼。其实你完全可以试试和别的女生谈，绝对不会这么辛苦，对不对？"

霍坂沉默了很久才道："你从头到尾都没有喜欢过我吗？"

林苡知道他这样问就是同意分开了，以他骄傲的性格，估计以后都不会再和她见面。

林苡微微点头："嗯。"

霍坂看了她的眼睛很久，慢慢松开了她的手："那就分吧，我也不是非你不可。"

第一次月考结束后，学校公布了成绩榜，林苡下楼到公告栏前去看。公告栏前围满了人，林苡花了点力气挤进去，一眼就看见了自己的名字。

她退步了两名。

她心情沉重，忍不住咬唇。和霍坂分手对她还是有影响的，毕竟她的心又不是石头做的。他们分开已经有一段时间了，她走在学校里，还是会恍惚以为听见了他的声音，可是一转头，什么都没有。

林苡想着，又看了一眼理科成绩榜，霍坂的名字还是稳稳地排在第一，分手这件事对他显然没有影响。她微微松了一口气，心想，一切都开始慢慢恢复正常了，她也应该快点调整过来。

许念也在看榜单，一眼就看见了自己的排名，排在林苡后面几位。这个位置很显眼，她们两个人的敌对关系又是众所周知的，难免会被人注意到。

许念转身往回走，不经意听见身后有几个女生正围在一起说悄悄话。

"许念成绩退步了好多，林莜虽然也退步了一点，但还是超出她一大截。"

"许念以前成绩是挺好的，不过现在被死对头林莜压了一头，有点丢脸啊。她人品不好，成绩也不好，真是作茧自缚。"

"嘘，被她听见，她又要闹自杀了。"

"算了算了，少说几句，惹不起。"

许念听得微微握紧拳头，勉强压制着怒火。她一转头就看见了不远处的林莜，发现她正盯着霍圾的排名出神。她心里不屑，等到林莜从身边走过的时候，忍不住恶毒地说道："真遗憾那辆面包车没有把你带走。"

林莜脚下一顿，猛地转头看向许念，瞬间想到了那几个恶人："是你透露给他们的？"

"我有那么傻吗？你不是要做好事吗？我只是让大家都知道你做了好事而已。我和那些人可一点关系都没有。"

原来流言是她传出去的！林莜怒道："你知不知道这样做会有什么后果？这不是小孩子过家家！"

"我当然知道，我要的就是这样的后果！你不知道你有多让人讨厌，如果不是因为你，我会变成这样吗？"许念声音大了起来，周围的同学纷纷看过来。

霍圾从不远处的楼梯上下来，看见林莜，停在原地没走过来。

看见大家对自己指指点点，许念感觉自己快要受不了了。而且，整整一年来，霍圾从来没有正眼看过她。她觉得林莜就是故意的，她每天让霍圾来接，每天在她面前和霍圾卿卿我我，她就是在炫耀！她已经忍了那么久，现在连成绩都不如她了，她根本无法接受。"你装什么？真以为自己有个当警察的爸爸，你就是警察了吗？你妈妈还是罪犯呢，你装什么好人啊？恶不恶心？"

林莜胸口起伏得厉害："如果重来一次，我一样会举报，无论后果会有多严重！你从小到大都被家人保护着，不知道那种事有多恶劣，他们毁掉的是别人的人生，你根本不懂，有些人根本没有重新来过的机会！"

"你说得倒挺冠冕堂皇的，谁不知道你只是想要别人夸你好！你以为我不知道你的虚荣心吗？看着就让人恶心！"

"你可以坐视不管，但别把你的道德标准放在我身上。你想独善其身是你的事，你怎么看待我也和我没有关系。"林莜见许念根本就无法沟通，不再多说，转身走出人群。

许念气得追上去，还想争辩，林苃却根本不理她。

霍圾静静地站着，听人群里的窃窃私语。

"她们说的是什么？"

"你忘记陈诗楠的事了？那个组织不是被查出来涉黑吗？被警察一窝端掉了。之前我就听人说是林苃举报的，没想到真的是她。她胆子真大！"

"林苃做得很对，如果她没有举报，不知道还会有多少女生误入歧途呢！到时候不得后悔一辈子？成年人都难免犯错，更何况我们这些涉世未深的未成年人。许念居然这样诋毁林苃，真的有点自私。"

"她何止是自私，她就是希望所有人都和她一样讨厌林苃。林苃这么有正义感的人衬得她多黑暗啊，她能不跳起来污蔑人家吗？"

"我一开始就喜欢林苃，之前不管别人说她什么坏话，我都不相信。人家堂堂正正的，许念真的比不上。话说回来，许念到底哪来的脸，非要和人家比？"

霍圾听完，没有太大的反应，慢慢走到公告栏前看排名。和他同行的男生见他往旁边的文科成绩榜看，有些疑惑："霍圾，你在看谁的？"

霍圾不慌不忙地收回视线："看错了。"

🐾　🐾　🐾

许念跟了林苃一路，林苃根本不理睬她，她打又打不过，吵又吵不起来，也没办法了，直接扭头回家，连课都不打算上了。

林苃一到教室就被刘友容叫到了教师办公室。刘友容当然知道她和霍圾的事，只是不好点明，而且已经高三了，她不敢说太多，担心会影响他们的成绩。当然，她更担心林苃，因为她的成绩明显已经出现问题，要是继续下滑，那就悬了。

"林苃，你现在正处于很关键的时候，马上就要高考了，你千万不要松懈。"

林苃微微点头："我知道，刘老师，我接下来一定会很认真。"

刘友容是真的喜欢这个乖巧又懂事的小姑娘，知道她没有长辈在身边，语气越发语重心长："你一定要注意，毕竟，这关系到你的将来。老师说句不好听的，大多数男生没那么重感情，你看看这次的考试成绩就能看出差别了，你的成绩落了下来，霍圾反而考得比上次还要好。不要怪老师说得太直白，你不能把心思全都放在另一个人身上，要学会平衡两者之间的关系。能明白老师的意思吗？"

林苃微微垂下头，红了眼眶："老师，我明白了。"

"嗯，压力也不要太大，你想要稳住也是很容易的。回去以后多多注意，下次考试，老师希望能看到你的进步。"

林苡回到教室里，在位子上坐了很久。然后，她拿出早就已经擦干净并装好的手机，起身走到李涉的桌旁："李涉，请帮我把这个还给霍坂。"

李涉下课后回到宿舍，霍坂已经回来了，正静静地坐着看书。李涉把林苡给他的手机放在霍坂的桌上："小奶糖让我给你的，说是还给你。"

霍坂看了一眼桌上的手机，随手拿起来扔进了一旁的垃圾桶。

李涉愣了一下："你们吵架了？"

"分了。"霍坂平静地回道，伸手翻了一页书。

"哦，难怪呢，我说你最近怎么没去接她放学。"李涉看了一眼他一脸平静的样子，又看了一眼垃圾桶里的手机，迟疑了一会儿，上前搭住他的肩，"心情不好？"

霍坂依旧看着书："没有，都结束了。"

李涉见他没有太大的反应，就没有把这件事放在心上："要不要出去玩一玩？你压力也不要太大了，反正怎么样你都是第一名，放松一下也没问题。"

"好啊。"霍坂笑着同意。

见他爽快地答应了，李涉一时竟没反应过来。之前霍坂和小奶糖谈恋爱，天天带着小奶糖去吃好吃的，玩好玩的，要不然就是去图书馆。他还好奇他们天天待在一起会不会腻，果不其然，这就分手了。

李涉打电话约王泽豪那群人去喝酒，到了地方，王泽豪的几个哥们儿还带了女生过来，都是高一、高二的，赵映琦也在其中。

赵映琦和高一的时候没变化，皮肤依旧毫无瑕疵。她是跟着男朋友一起过来玩的，看见霍坂，她并不意外，她就是知道有霍坂才来的。她早就感觉霍坂和林苡分手了，这下正好乘虚而入。虽然她还记得自己送的礼物被他当面扔掉了，但她仍然不甘心，她并不觉得自己有哪里不如林苡，只是出现得比较晚而已，要是她先认识霍坂，那和霍坂在一起的人肯定是她。

赵映琦看了一眼对面的霍坂，霍坂却根本没有注意到她。他自顾自地喝着酒，一瓶酒已经被他喝了大半，周围的热闹仿佛和他没有关系。他的酒量明显很好，这酒很烈，他却没有一点醉意。

过了一会儿，霍坂似乎觉得很吵，起身出了包厢。赵映琦等了片刻，也起身跟了出去。她一眼就看见霍坂正坐在外面的吧台旁，长腿微屈，面前摆着一杯酒，指间夹着一根烟。他长得打眼，周围已经有几个女生注意到他了，时不时偷看他。

赵映琦快步走过去，语气关切地开口道："学长，你怎么一个人出来了？"

霍圾抬眼看向她，好像一眼就把她看透了。他无声地笑了一下："你男朋友还在里面呢，你出来找我干嘛？"

被他这么一讽刺，赵映琦的表情有些僵硬，也不打算隐瞒自己的心思了："这个男朋友只是随便谈谈的，我对他没有那么喜欢。我还是更喜欢学长，不知道我还有没有机会？"

霍圾垂着眼睛，漫不经心道："想和我谈恋爱？"

"对，我喜欢你很久了。"赵映琦说得很直白。她算是知道了，在霍圾面前装只会让他更反感。林莜不就是直来直往的性格吗？

听到这话，霍圾轻笑了一声，语带嘲讽地说道："可以啊，谈吧。"

"真的吗？"赵映琦几乎不敢相信自己的耳朵，兴奋得蹦了起来。想到霍圾之前对林莜管得挺严的，她瞬间自觉道："我现在就跟我男朋友分手，以后绝对不会再和他来往了！"她说着，转身就要往里面走。

"不需要。"霍圾笑得讽刺，"分不分都没关系，随便谈谈而已，说不定哪天就分了。"

赵映琦脚下一顿，转头看向他，只见他神情轻慢，根本无所谓。她怀疑，今天就是随便哪个人说要和他谈恋爱，他都会同意，根本不在乎对象是谁。不过，她就是喜欢这样的，越坏的越有挑战性，立即温顺地回道："好的，我明白了，学长。"

阳光穿过树叶照下来，林莜在学校的小花园里背完英语单词，收好学习资料，往楼上走去。她垂着眼，慢吞吞地上楼，一抬眼就看见霍圾正和一个女生说笑着往楼下走来。

林莜脚下一顿，心想，也不知道他有没有看见自己。见他视线落在女生身上，她连忙抱着资料，转头往楼下走，想避开他。

有几个女生正要上楼，见林莜突然转身下楼，本来有些疑惑，看到楼梯上面的霍圾和另一个女生，瞬间就明白了。

等霍圾走远了，其中一个女生忍不住问："霍圾和林莜是不是分手了？"

"早分了，霍圾都有新女朋友了。"

"真的有了？是那个赵映琦吗？"

"对啊，就是她，到处说霍圾是她男朋友。天哪，她太爱撒娇了，说话都嗲嗲的。"

"你还别说，赵映琦挺有手段的，她之前那个男朋友到现在都还对她死心塌地的，霍坂又被她弄到手了，她真是太会见缝插针了。"

"我就说吧，肯定会是这样的结果，霍坂那样的条件根本不可能缺女生喜欢。你看，人家现在一点影响都没有，学习恋爱两不误。林莜被甩得太干脆了，可能连分手都没收到通知！"

"林莜太可怜了，她这次考试又退步了几名，再这样下去，我觉得她很难考到理想的大学。"

"要我说，她就不应该和霍坂谈恋爱。明明知道不可能有好结果，干吗白费力气？而且男生最不在乎感情问题了，越陷越深的只会是女生。"

林莜靠在楼梯间的墙边，垂着眼睛，一声不吭，等楼上的人慢慢走远，她才重新上楼。

接下来的一个月里，林莜越发用功，每天做题到凌晨两点，早上五点起床，把所有时间和心思都用在学习上，连走路都在背单词、记知识点，真正做到了"两耳不闻窗外事"，就差把"刻苦"两个字刻在脑门儿上了。这次月考结束，她的成绩猛然上升，直逼第一，吓到了所有人。这下任谁都能看出来林莜放下了，既然当事人都放下了，大家自然就没了议论的兴趣。

周一早上，学校例行开晨会，主席台上正在通报批评。陈宣冲又一次带头闹事，在教室里顶撞老师，这会儿正和几个人并排站在台上做检讨。霍坂站在几个老师旁边，等着作为优秀学生代表进行发言。他的校服干净齐整，和陈宣冲那随风纷飞的校服裤脚形成了鲜明的对比。

台下有几个女生忍不住做起了比较。

"我发现，霍坂和陈宣冲真是两个极端，一个每周代表优秀学生上去发言，一个每周上去做深刻检讨。"

"而且他们两个人不对付，之前还打过一架。"

"话说，他们为什么打架？我到现在都不知道原因。"

一个女生压低声音道："会不会是因为林莜？我听说，陈宣冲好像喜欢林莜，而且是霍坂先动手的。"

"不可能，霍坂那么斯文，根本不可能先动手。肯定是陈宣冲惹是生非。再说了，霍坂看着也不是很在意林莜啊。"

林苡虽然在听广播，可是广播里的声音掩盖不了旁边的议论声。她微微抬眼看向台上，霍坂正安静地站着，眉眼清俊，好看得像画出来的。

林苡收回视线，广播里传来陈宣冲懒散的声音："我深刻地认识到了自己的错误，希望在以后的日子里能够加紧改正，也请所有老师和同学帮忙监督……"

陈宣冲每次的检讨几乎都一样，大家都快听睡着了。

"另外，我还有一件事想要和一个人说……"陈宣冲说着说着，内容就不一样了，所有人的注意力都被他吸引了，"我想对林苡同学说，高一的时候是我不懂事，总是欺负你，现在我才意识到自己的错误，我在这里给你道歉。我现在发现我还挺喜欢你的……"

他的声音被广播放大，传遍了学校的每个角落。站在旁边的老师们完全傻眼了，没有想到陈宣冲会说出这样的话。

林苡站在下面，几乎怀疑自己听错了。

一个老师立即冲上去抢过陈宣冲的话筒，大声训斥他。主席台上瞬间变得有些混乱，只有霍坂垂着眼睛，看着手里的发言稿，神情平静。

台下的李涉看到霍坂这副表情，吓得连忙扒开队伍往主席台上跑："完了完了！！！"

陈宣冲懒得理老师的训斥，伸手抢过话筒，大声问："林苡，我想让你做我的女朋友，你愿意吗？"

"哇哦！！！"操场上瞬间发出一片起哄声和尖叫声，把林苡的脑子都叫蒙了。

可是，起哄声、尖叫声还没有结束，主席台上已经彻底乱成了一锅粥。霍坂直接扔了手里的发言稿，上前给了陈宣冲一拳。话筒掉落在地，发出"刺啦"一声巨响，尖厉又刺耳。

操场上传来一片惊呼声，台上的几个老师连忙去拦。霍坂猛地甩开拉他的人，怒不可遏地开口："滚开！"按着陈宣冲又是一拳，下手更狠了。陈宣冲直接被打得鼻子出血，差点晕过去。他猛地还了霍坂一拳，心想，霍坂这个混账东西，按住他就不管不顾地捶，根本不怕疼，看起来连命都不想要了，至于吗？！

老师们反应过来，连忙围上去，抱的抱，拉的拉，这才勉强拉开了两个人。

陈宣冲眼睛都睁不开了，他连挨了几拳，脑子嗡嗡响，根本站不起来。他吐了一口唾沫，满嘴的血，又看了一眼霍坂，这才算知道，上次打架，霍坂还算是手下留情了！

主席台上围满了人，乱糟糟一团，操场上也是闹哄哄一片。周围的同学纷纷看向林苺，一脸震惊，心里都在想，霍圾绝对是为了林苺才打陈宣冲的！

❀ ❀ ❀

林苺看着台上的一片混乱，整个人都是蒙的，恍惚中听到一个老师跑过来，匆忙对她说道："林苺，你跟老师去一趟校长办公室，快！"

林苺被带去校长办公室时，陈宣冲已经被送去医院处理伤口了，他流了那么多血，看着就吓人。

林苺一进校长办公室，就听见校长连声问："霍圾，你眼里有没有老师和同学？！我从来没有见过一个学生当着老师的面打人，真是无法无天！你到底怎么回事？"

霍圾静静地站着，一句话都不说，好像没听见一样。他的脸上有一些瘀青，原本整齐的校服被扯乱了，还沾着点点血迹。他的手上也有血，不知道是陈宣冲的，还是他自己的。

霍圾不说话，林苺一进来就吸引了火力，校长有些严厉地问道："林苺，你和这两个男同学是什么情况？"

林苺第一次面对这样的问题，微微咬了咬牙，有些难堪。

"不关她的事，让她回去。"霍圾突然开口道。

校长猛地一拍桌子："霍圾，你知不知道事情的严重性？你还想不想上学了？！"

"陈宣冲这样的人，我见一次打一次，和别人没关系。"霍圾平静地说道，一副陈宣冲要是在这里他就接着打的样子。

整个办公室里安静了一阵，校长说不出话来。霍圾不是陈宣冲那样的问题学生，做事一向有分寸，他现在这个样子，摆明了什么都听不进去。校长一时也懒得再说什么了，只能先等他的家长过来。

这件事严重就严重在霍圾当着全校老师和同学的面打人。陈宣冲当众表白，大家完全不意外，但霍圾的举动真是让人大跌眼镜。

霍兴国和赵碧郡匆忙赶到学校，陈宣冲的家长则直接去了医院。

校长看见霍兴国和赵碧郡，立马说道："你们也别太着急，霍圾同学可能只是感情用事，一时冲动。可是，陈宣冲同学纵然有再多不对，霍圾也不该打人。而且老师就在旁边，这种事情就应该告诉老师，让老师来管。"

霍兴国听出了端倪，愤怒地冲霍圾吼道："霍圾，你知不知道自己在做什么？！"

赵碧郡连忙劝道："这事不应该先问问苺苺吗？你光说阿圾有什么用？"

霍兴国气得声音大了一倍："问林莜什么？人家每天待在学校里读书，家都不敢回，这还不能说明问题吗？他自己心里在想什么，别以为别人不知道！"

他看向霍圾，语气越发严厉："你当着全校人的面打人，传出去让我们霍家的脸往哪里放！你都读高中了，还把小时候的风气带在身上吗？！"

"兴国，好好说！"赵碧郡也有些急了，上去拉霍兴国的手。

霍兴国甩开她的手，气得口不择言："都是你爸害的，让他养成了现在这样的性格！"

霍圾垂着眼，没有反应，霍兴国说了什么，他也好像没听见。

赵碧郡根本拦不住霍兴国，只能把林莜拉到校长办公室外面："林莜，你和阿圾还在谈恋爱吗？"她说话的声音依旧温柔，可语气很严肃，显然早就知道他们的事了。

林莜摇头："他现在有新的女朋友，我们已经很久不说话了。"

赵碧郡听到这话，安下心来。她知道林莜不会撒谎，心里很满意她并没有生出攀龙附凤的心思。至于霍圾，她是真的管不了。他被接回来的时候年纪已经很大了，跟她没有什么母子感情。虽然他平时很尊敬她，可她知道，她的话在他那里是不管用的，就连他爸爸的话也一样。她不好管太多，心想，男孩子爱玩没关系，只要大方向没问题，她就放心了。她知道，霍圾性格骄傲，任何事情他都不放在眼里，女孩子就更不用说了。从小到大有那么多女生喜欢他，他根本就没有重视过谁，更不可能为了女生打架。这不，林莜说他们早就分手了，他还交了新的女朋友，那就说明他并不是为了林莜才和那个对林莜表白的男生打架的，可能顶多就是男孩子之间争强好胜罢了，过了这一阵就好了。

她心里很放心，嘴上却道："莜莜，我知道你最懂事了。你应该知道，你和霍圾是没有可能的。阿姨希望你以后都能做到像现在这样，时间久了，他自然不会再来找你。"

林莜闻言，没有什么情绪起伏，微微点头回答道："我明白了，阿姨。"

这件事看起来性质严重，其实要解决也很容易，两家人选择了私下和解。然后，陈宣冲要在家里养一个星期，霍圾也回家待了一天。林莜依旧按时上下课，认真学习。

霍圾回学校这天，表现得一直很平静。到了傍晚，顾语直接到了一个电话，有些意外，连忙捂住听筒，看向正坐在床上穿袜子的林莜："班长找你。"

林莜沉默了一阵，摇摇头，轻声说道："说我不在。"

顾语真连忙点头，照林莜说的话回了霍圾，手机里好一会儿都没有声音，也不知道霍圾有没有听见。顾语真有些心虚，良久才听到霍圾说："好。"

顾语真挂了电话，想起前天的事，忍不住小声说道："莜莜，班长好像有话想和你说。"

林莜穿好袜子，下床穿鞋："我和他没有什么要说的。"说着，她打开门下楼提开水，刚走到楼下，就看见霍圾正站在对面。撒的谎还没有一分钟就被揭穿了，她微微一顿，一时不知道该怎么办。

霍圾向她走来，拉起她的手轻轻握着，都不敢用力。他看着她，也不说话，眼神很明显在示好。

他不说话，林莜心里更闷了。她连忙抽回手，转身飞快地跑上楼，开水也不敢去提了，只能托顾语真去。

林莜铁了心要避开霍圾，这也不是很难，她跑得快，一看到他就远远地躲开，根本不给他见面的机会。次数多了，霍圾也就没有再来找她了。

林莜松了一口气，勉强把心思放回学习上。

这天，高三的学生要在阶梯教室里上大课。林莜抱着一堆资料往阶梯教室走去，一上楼就遇到了迎面而来的赵映琦。

赵映琦一副正牌女友的架势，气焰嚣张地说道："学姐，我希望你能自重，不要再缠着别人的男朋友了！"

林莜脚下一顿："这话你应该跟你男朋友说，而不是跟我说。"

赵映琦是憋不住了才来找林莜的，本意是想警告她，因为她根本不敢去管霍圾，没想到，林莜一句话就把她堵得哑口无言。

虽然霍圾同意和她谈恋爱了，可他那个样子哪里像在谈恋爱啊，打电话说不上两句就挂了，根本没有什么耐心。他们交往到现在，连手都没有牵过。有一次，她大着胆子主动牵上去，他却立马抽回了手，冷冷地看过来，吓得她再也不敢主动了。可她不主动，他也永远不会主动。她是见过霍圾亲林莜的，一点都不温柔，反而激烈得让人以为他们下一刻就要去"滚床单"了。可是，到了她这里，他就冷淡得不行，这还谈什么恋爱？她虽然不甘心，可还是舍不得，毕竟，这可是霍圾呀，她好不容易才抓住的，怎么能轻易放手！

赵映琦虽然心里没底气，但是表面上装得气势很足："只要你不去勾引他，他就不会来找你！"

听到这话，周围的学生纷纷看向她们俩。

"麻烦你好好弄清楚情况，再到我面前来胡说八道，别怪我不客气。"林苃上前一步，看起来要动手了。

赵映琦下意识退后一步，差点忘记她会打人。

林苃没有再理会她，绕过她走进阶梯教室，在顾语真旁边坐下，继续看复习资料。

阶梯教室里的人看见林苃，都忍不住看过来。事情才过去了几天，大家不讨论是不可能的，而且，这件事传播范围很广，连别的学校都听说了。

林苃没有理会别人的打量，自顾自地看着复习资料，偶尔转头和顾语真说两句话。

阶梯教室里坐满了人，快要开始上课了，大家都安静下来，只有几个人在窃窃私语。前门被推开，霍坂从外面进来，教室里突然一片安静。

林苃抬头看见是霍坂进来了，平静地收回视线，打开笔袋拿出笔，准备上课。突然，一道阴影罩下来，她慢慢抬头看去，霍坂就站在她的桌前。

"我有话和你说。"

林苃握着笔的手微微一紧："快要上课了，有什么话下课再说吧。"

"下课你不跑吗？"霍坂的话里带着一丝嘲讽。

林苃眨了一下眼睛，心想，被他看穿了，她的确准备一下课就来个百米冲刺……

霍坂明显看出来了，突然道："别分手。"

林苃微微一顿，连忙开口："霍坂，该上课了。"

霍坂看了她很久："你可以和陈宣冲谈，但我们不要分手。"

教室里瞬间鸦雀无声。

林苃抬头看着他，脑子里一片空白："什么意思？"

霍坂直白地说道："你可以同时交往两个男朋友，我不管你，只要我们不分手就行。"

周围的同学瞬间都瞪大了眼睛，满眼震惊，完全没想到霍坂会说出这样的话。

林苃的心里突然冒起了一团火："霍坂，你已经有女朋友了，不是吗？"

霍坂微微一顿，仿佛才想起这件事："我可以马上分手。"

林苃闻言，觉得心里很不舒服。想起赵映琦，她的情绪瞬间上来了，语气有些失控："你都已经有女朋友了，还要玩这种把戏吗？你觉得感情是可以随便玩玩的吗？霍圾，我说了很多次，我们不合适，你现在应该明白哪里不合适了吧？你是可以随便玩玩的人，我不是！"

说着，她红了眼眶，任谁看都看得出来她有多委屈。

霍圾在原地站了很久，十分罕见地不知道该说什么："我不是随便玩玩——"

林莜冷静下来："那女朋友不是你自己交的？人家逼你了吗？刚才不是你说可以马上分手吗？"

霍圾再也说不出话来了。

老师从门口进来，看见霍圾呆呆地站在那里，有些奇怪地看过来。

林莜勉强收敛情绪，抬头看着霍圾，认真道："拜托你不要再来扰乱我的心情，我只想好好学习，求求你。"

霍圾看着她微微湿润的眼睛，慢慢垂下眼，没有再说什么，转身出了教室。老师叫他，他也没有理会。一时间，教室里更安静了。

以霍圾的成绩，本来就不需要上课了，于是老师也没再管他。这一堂课，阶梯教室里没几个同学静下心来听课，有的在桌子底下传纸条，有的用手机互发信息，只有林莜知道有多煎熬。

霍圾回了寝室，默不作声地在椅子上坐了很久，想到林莜仰着小脸委屈地和他说话的样子，心里一顿发闷，又想到她说的"女朋友"，他突然啧了一声，狠狠皱眉，往后一靠，烦躁至极。

❀ ❀ ❀

大课结束以后，林莜抱着书直接回了宿舍，不给别人多问的机会。

霍圾说的话转眼就传遍了学校，所有人都沉浸在震惊之中。一中的男神加学霸竟然说出了那样的话，那他是要做大还是做小？！他们本来以为是林莜被赵映琦挖了墙角，现在看来，原来是霍圾被陈宣冲挖了墙角？！

一中的学生讨论了一个晚上，得出了一个结论，那就是林莜才是最厉害的那个。霍圾这样的人竟然说出了那种话，那之前的恋爱摆明了是他陷得比较深，和他们猜测的完全相反。

第二天，林莜和顾语真一起到教室里。教室里本来闹哄哄的，等她进去的时候，突然安静了。林莜一点都不意外地在位子上坐下，没有理会别人的目光。过了片刻，教室里才重新响起吵闹声。

林苑隔壁组的一个女生时不时地看看她，终于忍不住靠过来问道："林苑，你能不能教教我，你是怎么谈恋爱的？我正好有一个喜欢的人，不知道应该怎么追到他。"

前面一个女生也转了过来："也帮帮我吧！马上就要高考了，我想高考之后跟喜欢的人表白，可是怕被拒绝。"

"霍圾这么喜欢你，你是不是有什么技巧？虽然我现在没有喜欢的人，但以后应该能用得上。"

林苑微微一顿，有些哭笑不得："他不是喜欢我，只是觉得好玩。"

"不会吧，他都为你打架了。"隔壁组的那个女生不是很相信，毕竟霍圾都说出她可以同时交往两个男朋友的话来了，姿态那么卑微，怎么听都不像是玩玩而已。

林苑很冷静，伸手拿起笔，翻开练习卷："如果没有陈宣冲这件事，我们早就已经形同陌路了。"

几个女生沉默了，心想，林苑这话说得也对，他们本来早就各走各的路了，霍圾也交了新的女朋友。说到底，霍圾还是没有多在乎林苑吧？他之所以和陈宣冲打架，或许只是因为以前的好兄弟追自己的前女友，他觉得面上不好看。再加上陈宣冲是当众表白的，那更没面子了。

一天过得很快，林苑解释了以后，大家觉得她说得有道理，议论的焦点瞬间转移到了霍圾和陈宣冲的恩怨上，和林苑已经没有多大关系了。

下午一放学，林苑就被陈宣冲堵在了教学楼下。他是下午回来的，觉得自己从来没有这么热爱过学校，医生让他休养一个星期，时间还没到呢，他就匆匆往学校赶，家里人都拿他没辙。

陈宣冲睁着肿得老高的眼睛，开口问："你怎么想的，愿意做我的女朋友吗？"虽然他被家里人狠狠训了一顿，还惹得陈家和霍家关系紧张，但他还是急着想要听到林苑的回答。因为，以他对霍圾的了解，霍圾摆明了不打算放手，还提出交两个男朋友的建议，要是林苑真同意交两个男朋友，以霍圾那个性格，以后不背地里阴他才有鬼。他得赶紧让林苑同意只做他的女朋友，否则给霍圾抓住机会成为其中一个，他分分钟就能成为被冷落的正房摆设。

林苑看着他鼻青脸肿的样子，不知道该说什么。其实她到现在都不明白，陈宣冲为什么会突然当众跟她表白。

"你放心，你不用担心霍圾，你和我交往以后，以他那个性格，绝对不会再来找你。"

林苡倒不担心霍坂来找，毕竟今天她已经说明白了。她踢了踢脚尖，斟酌了一下语句，抬头看向他："陈宣冲，以后你会遇到更喜欢的女生。"

陈宣冲没想到，小姑娘拒绝人还挺有一套。瞧她这话说得，他都不知道从哪儿问起，要是她说不喜欢，他还能问问她不喜欢他哪里，现在他连问的角度都没有。他站在原地，尴尬了一会儿。乖乖站在台阶上的小姑娘说出拒绝的话以后还难为情起来，似乎生怕伤到了他。看到她这个样子，陈宣冲心里莫名觉得很柔软，突然有点明白为什么霍坂和她谈了那么久都没有腻了。这样一个乖乖软软的小姑娘，看着就让人想抱进怀里哄，谁舍得和她分手？

他想到霍坂，突然有些忌妒他，那混账不知道抱了她多少回呢！霍坂也就是运气好，林苡正好是他家资助的，如果林苡是陈家资助的，霍坂一根手指头都别想碰到她！

陈宣冲想到霍坂那张脸，忍不住开口道："你不会真的喜欢霍坂吧？他不行的，你别看他表面温柔，其实他性格挺凉薄的。你要是真的喜欢他，以后要吃苦头了。这个人挺让人琢磨不透的，说不定哪天就会看上别人，到时候你要哭鼻子的。"

听着他语重心长的劝导，林苡忍不住笑出来。听他的语气，应该是平时从劝导他遵守纪律、好好学习的老师那里学来的吧。

陈宣冲见她笑了，也觉得自己有点啰唆。他伸手挠了挠头，掩饰自己的不自在："你不愿意也没关系，喜欢我的人多的是。我们做不成男女朋友，可以做兄弟啊！以后我罩你，谁敢欺负你，你和我说一声！"

林苡心里暖暖的，笑着说："谢谢你，陈宣冲。"

"也谢谢你，林苡，我永远不会忘记，你是第一个说我人很好的小姑娘。"陈宣冲伸手摸了一下她的脑袋，眼睛微红，"你要好好高考哦，祝你考上A大。"

林苡看着他微微泛红的眼睛，愣了一下。

陈宣冲已经转身跑了，声音远远地传来："我有事先走了，下次一起吃饭！"

林苡看了他的背影很久才收回视线，一转头就看见了站在远处的霍坂。他似乎站在那里很久了，对上她的视线，他没有动，也没有说话，只是一直看着她，眼神里带着期盼，像一个要糖吃的小孩。

林苡看到他提在手里的蛋糕，心里突然有些闷。她微微垂眼，收回视线，往宿舍楼走去。

　　看到林莜转身离开，连一点犹豫都没有，霍圾自嘲似的笑了一下，将手里的蛋糕扔进了垃圾桶。

　　李涉正在宿舍里绞尽脑汁地背单词，见霍圾回来了，有些意外："这么快就送完蛋糕了？"

　　霍圾在床边坐下，没说话。

　　见霍圾是空手回来的，李涉觉得蛋糕肯定是送到了。他放下单词本，有点惊讶："这么说，小奶糖同意了？她真相信你说的话？"

　　霍圾身子往后一靠，闭上眼睛，似乎很累。

　　李涉有些意外："这个点你竟然要睡觉，饭不吃了？晚自习不上了？"

　　霍圾闭着眼睛，表情很平静，似乎已经睡着了。

　　李涉没再打扰他，毕竟以后他还有的忙，为了谈个恋爱，还得想方设法挤走另一个追求者，真是麻烦……

　　午休时间，夏风轻轻从窗外吹进来。

　　顾语真正在做题，头上的电风扇飞快地转动着，旁边的李涉已经睡着了。她忍不住看向他。就要毕业了，以后他们都不会再见面了，高中的短暂交集就像是送给她的一份礼物，却没办法由她打开。她知道，毕业以后，他肯定又会有新的女朋友，而她从来不是他喜欢的类型。他一直喜欢身材很好、长相明艳的那种女生，而她在这样的女生面前只会自惭形秽。即便表白了也是一场空，可她忍不住了，如果不说出来，她一定会有遗憾。

　　顾语真缓缓合上书，在确认李涉已经睡着了以后，对着他很轻地说道："我喜欢你，李涉。"

　　顾语真说着，眼眶突然温热，连忙起身想要出去，一转身就看见了林莜。

　　顾语真有些不知所措，连忙道："我去趟厕所。"

　　林莜看着她跑出去，才反应过来自己听到了什么。她知道顾语真不好意思了，也不好去打扰，一转头，就见李涉正看着后门，若有所思。

　　她微微一顿，心想：他是醒着的？那语真刚才说的话他也听到了？

　　李涉收回视线，看向林莜，伸手做了一个嘘的手势："不要告诉她我醒着，免得影响她高考。"

　　听到这话，林莜为顾语真高兴的心瞬间落了下来。李涉这样说，显然是没那个意思，他不喜欢顾语真……

"嗯。"林苡微微点头，有些失落。

有些秘密，就应该留在这个夏天，年少的喜欢总是不会那么轻易地开花结果，或许是因为不在意，也或许是因为假装不在意。

那次过后，霍圾没有再出现在林苡的视线里，明明他们在一个学校里，却再也没有遇见过，都不需要林苡刻意去躲。

林苡觉得，这样其实很好，对彼此都好。

高考转眼间到来，林苡发挥得还不错。等最后一天考完，她刚出考场就碰上了李琪琪。自从文理分班，她们就很少再见到。

她走上前，正要打招呼，李琪琪已经一把抓住她的胳膊，不敢置信道："林苡，你听说霍圾的事了吗？"

林苡听到霍圾的名字，恍惚了一下："什么事？"

"和他同考场的人说，他提前交白卷了！"

"怎么可能？"林苡有些反应不过来，"他会不会是已经写完了？"

"应该不会，我听人说，数学考试刚开始没几分钟，他就不顾监考老师的阻拦，提前交卷了！监考老师非常震惊，跟他说话，他理都不理，直接头也不回地走了。"

旁边一个男生说："我也听说了，监考老师还以为他是问题学生，后来知道他是一中的霍圾，吓了一跳。"

另一个女生闻言，难以置信道："你们说的是真的还是假的？这可是高考啊，霍圾怎么可能那么不知轻重，拿自己的前途开玩笑？这种行为也太恶劣了，我觉得他那样的人根本不可能做得出来！"

李琪琪摇头道："我也不确定，和霍圾同考场的没有我们学校的学生，这事是从别的学校传出来的，得等成绩出来以后才能知道是不是真的。"

旁边那个男生迟疑了一下才道："可能是真的，他这段时间经常旷课。而且，我在校门口看见过他和校外的一群混混一起走了。"

"什么？！所以说，霍圾学坏了？那也不能不把高考当回事啊！"

林苡手一松，书包瞬间掉在地上。她脑子里一片混乱，全都是嘈杂声，根本听不清他们在说什么。

chapter 16

我要你记一辈子

绝对不会再有人像他一样这么强烈、坚定地喜欢她。

林苡回了霍家，没有看见霍圾，她没有手机，只能用房间里的座机给他打电话，可是他没有接。

林苡越来越害怕，她开始祈祷那些流言是假的。

霍圾考完以后一直没有回家，霍家很安静，也没人提这事。不过，林苡总有一种暴风雨来临前的平静感。果然，成绩公布的那一天，出事了。

霍圾的数学成绩是零分，从考场传出来的流言是真的。

霍圾未到规定时间就强行交卷，无视监考老师要求擅自离开考场，态度恶劣，以作弊论处，各科成绩无效，取消第二年考试资格，记入个人诚信档案。

林苡的手都抖起来了，几乎不敢相信，她快步跑向主楼，远远地就听到了霍叔叔的声音。

"你真是无法无天了，这样的事情你都做得出来，你是不是疯了？！"

林苡快步跑进去，地上已经摔碎了很多东西。

霍兴国站在霍圾面前，怒火冲天。赵碧郡淌着眼泪和霍葵一起坐在沙发上，气得说不出话来。他们完全没有想到，霍圾会在关键的时候出这么大的岔子。但凡他高中三年有一次成绩掉出过前十，他们现在也没什么好说的了，可他明明有实力，偏偏交了白卷，还非要强行提前交，现在以作弊论处，这不是要把人活活气死吗？

霍圾一脸无所谓："都已经这样了，现在说这个有什么意思？"

霍兴国直接抬手给了他一巴掌："畜生！"

"哥！"霍葵吓了一跳。

"兴国！"赵碧郡虽然也很生气，可是见儿子挨打了又心疼。

霍兴国指向门口，气得涨红了脸："滚！你给我滚，我没有你这样的儿子！"

霍圾挨了一巴掌，也没什么反应，转身往门口走，从林苡身旁走过，头也不回地出去了。他连一眼都没有看她，就好像当她不存在。

林苡完全不知道应该怎么办。她已经很久没有看见过他了，他的模样没有变，依旧斯文干净，可是无论怎么样，她都想象不出他交白卷的样子。

"阿圾！"赵碧郡起身去追，可霍圾已经走得没影儿了。

霍兴国见霍圾头也不回地走了，气得拿起烟灰缸往茶几上砸。随着"砰"的一声巨响，茶几裂了个口子。"让他走！多硬气，高考交白卷还有理！"说着，他打了个电话，一边说话一边暴跳如雷地往楼上走，"你们学校到底怎么回事？我儿子高考前心态出现那么大的问题，你们为什么没有发现？我给你们学校花了那么多钱，又是盖楼，又是捐款，为的是什么？不就是为了让你们好好培养我儿子？到头来他居然高考交白卷，还闹得以作弊论处，让我霍家的脸往哪里放！"

赵碧郡叫不回霍圾，哭着坐回沙发上，看见林莜，她连忙冲她招手："林莜，你过来，我有话问你。"

林莜呼吸微微一顿，睫毛微颤，向赵碧郡走去。

赵碧郡拉过她的手："你跟阿姨说，阿圾在学校里究竟发生了什么事，怎么会变成这个样子？"

林莜说不出话来。距离他们的事情已经过去了好几个月，她不知道他是不是因为自己。他当时的眼神真的很失望，她现在回想起来都觉得心口发闷……

霍葵在旁边急道："快说啊，你怎么一点用都没有！你和阿圾一个学校，都不知道他天天在干什么吗？"

林莜微微一顿，摇了摇头："对不起，阿姨，我真的不知道。"

霍葵越发埋汰她，直说她没用。

赵碧郡哪里还管得了这么多，流着眼泪打电话给霍圾的表妹："媛媛，是姨妈，你还记得吧？"她调整了语气，勉强克制道，"姨妈想问一下，你表哥最近在学校里有遇到什么事情吗？"

媛媛也是刚知道霍圾这件事，家里也在讨论，都没想到霍圾会在这么大的事上叛逆。她想了一下，似乎想起了什么："最近没什么事，不过他之前交往的女朋友劈腿了。"

"哪一个？"赵碧郡急忙问。

"就是我们班的赵映琦，长得挺漂亮的，好多男生都喜欢她。表哥好像就是和她分手后，心思才越来越散的。赵映琦跟表哥在一起之前就谈了很多男生，跟表哥交往的时候，她同时还有一个男朋友，我们班的人都知道。他们可能就是因为这个才分手的。听说，表哥分手后，很长一段时间都没怎么开口说话。我也不知道他交白卷是不是因为这个。"

赵碧郡一挂了电话就直揉太阳穴。她看着乖乖站在面前、看起来单纯听话的林莜，一时后悔到了极点。她心想，早知道就应该让林莜和霍圾先谈着，好歹和她谈的时候，霍圾没受什么影响，成绩不但没有下降，还一直有所上升。现在倒好，一个不知道从哪里冒出来的小狐狸精把她好好的儿子弄得这么叛逆，连高考都敢乱来！

霍家乱糟糟的，林莜的心也越发沉重。霍圾一直没有回来，她用房间里的座机继续给他打电话，他还是没有接。

返校填志愿那天，霍圾依旧没有回家。

林莜忧心忡忡地坐上车，看向驾驶位上的关志："关志哥哥，你知道霍圾在哪里吗？"

关志转过头来："我不知道他在哪儿，不过他的电话可以打通，你要找他？"

"我有话想和他说，可是我给他打电话他都不接。"

关志直接拨通霍圾的号码，把手机递给她。

林莜接过手机，电话响了一阵就接通了，不像她之前那样，无论打多久都没有人接。手机里的声音很嘈杂，她突然有些紧张，已经太久没有和他说过话了，感觉都变得陌生了。

"什么事？"霍圾的声音穿透嘈杂声传过来，依旧干净好听，温柔里带着些许沙哑，好像没休息好。

林莜犹豫了一会儿，开口叫了他的名字："霍圾，你什么时候回家？"

手机里没了声音，林莜将手机凑近耳朵仔细听。过了片刻，手机里有个男声传来："阿圾，跟谁打电话呢？又不讲话。快出牌，是不是输不起？"

霍圾闻言笑出声，林莜隔着电话都能想象出他散漫的样子："怎么可能输不起？"

林莜正准备开口说话，霍圾已经挂了电话。她微微一顿，看着黑掉的屏幕，心情越发糟糕。

她犹豫了一下，细白的手指轻轻一点，又打了过去。这回，霍圾没有接，直接挂断了。

林莜看着被挂断的电话，默不作声。

关志看向低头看着手机屏幕的小姑娘："怎么样，他说什么了？"

"没什么。"林莜把手机递过去。

关志无奈地接过手机，叹了一口气："我先送你去学校吧。这事你管不了，你看霍坂哪个人能管他？"

林莜垂着眼没说话，眉头皱得紧紧的。

林莜高考考得很好，到了学校，老师和同学纷纷恭喜她。可话题到了霍坂身上就不一样了。霍坂没有来填志愿，连陈宣冲都安安分分地来了，他这个优秀学生代表却没有来。老师和同学都在讨论这件事，不是扼腕就是讶异。

"我刚才去问过他们班的人了，霍坂今天真的没有来。"

"校长肯定崩溃了，本来学校里有两个学霸，他吹了多久的牛啊，连走路都有风，结果宋复行转学了，霍坂还出了这种事。我都要怀疑我们学校是不是风水不好了。"

"我也觉得我们这届真是邪乎，只要一出事就是大事。"

"因为都是大鱼啊，翻个身就波涛汹涌的，小鱼小虾的谁管啊？你就说霍坂，平时安安静静的，看起来多省心啊，关键时候直接把校长气吐血了。"

"你们说，会不会和林莜有关？"一个男生指了一下坐在位子上不说话的林莜。

"还真有可能，霍坂说不定就是折她手里了。"

"百分之百啊，不然他怎么可能没心思高考，数学题他闭着眼睛都会写吧？"

林莜本来想问问李涉知不知道霍坂在哪里，可李涉的位子是空的。她转头问顾语真："李涉今天怎么没有来？"

顾语真看了一眼李涉的位子："他早上被家里人带过来填了志愿，又挨着骂回去了，估计是要被禁足了。"

顾语真很无语，高考前几个月，李涉明明学得挺认真的，但高考成绩竟然比他平时随便考的还要差，弄得他家里暴跳如雷，觉得这个败家子态度极其敷衍，差点打断了他的腿。

林莜闻言，心里更愁了。除了李涉，还有谁可能知道霍坂在哪里呢？

志愿填好以后，全班同学约着一起去放松，他们订了个KTV包厢，准备玩个通宵。林莜本来不想去，但顾语真好说歹说，硬是把她拉过去了。

一群人刚到KTV门口，旁边就有一个同学指向前面，大声道："你们快看，是霍坂。"

林莜脚下一顿，顺着她指的方向看过去，果然看见霍坂和一群人站在不远处。他靠着墙，正和人说话，指间夹着一根没有点燃的烟，用手指把玩着。听见声音，他往这边看了一眼，然后就像什么都没看见一样，转身进了KTV。和他同行的一群人，林莜只见过几个——苏雁、手臂上有文身的男生，还有戴耳钉的男生。他们虽然打扮得很潮，但是掩盖不了身上的痞气和叛逆，和在校学生完全格格不入。

同学们不敢在外面说什么，由着服务员领进包厢后，才一下炸开了锅。

"什么情况？我刚才有没有眼花？那个人是我们学校的霍圾吧，他会抽烟！"

一个女生压低声音道："你别说，他是真的帅，看起来坏坏的，勾得人心痒痒啊！我都不敢和他对视！不过，他被带坏的速度也太快了，我刚才差点以为他本来就是这样的人。"

"难怪他高考交白卷呢！和这样一群人混在一起，哪还有心思学习呀？你们看见了没有，刚才那几个女生的衣领低得前面都快掉出来了。"

林莜坐了一会儿，忍不住起身往外面走，打开一个个包厢找了过去。她找了一大圈，又一次打开一个包厢的门时，猝不及防地看见了正坐在里面喝酒的许念。她和许念对上视线，两个人都微微一愣。

林莜差点没反应过来，许念刚才还在他们班的包厢里，怎么一转眼就到这里来了？

靠近门的一个男生看见门开了，吹了一声口哨："又来一个？阿圾，不会又是找你的吧？"

耳钉男看见林莜，随意地说道："小妹妹很眼熟啊！阿圾，这是你上次那个小女友？"

霍圾坐在沙发边玩牌，闻言抬头看了一眼，漫不经心道："人家有男朋友了。"

靠近门的男生微微挑眉："哟，那小妹妹要找谁呀？你男朋友可不在我们这儿。"

"要是想现场找一个也没问题，你随便挑，反正我们都是单身。"一个拿着牌的男生吊儿郎当地说。

林莜看向霍圾："霍圾，你能出来一下吗？"

说话的两个男生相视一眼，一脸"我就知道"的表情。

霍圾没有理她，照旧打着牌。

周围安静了一阵，只有吵闹的音乐声充斥着林莜的耳朵。她沉默了一会儿，顺着黑漆漆的墙往里面走。旁边一个男生突然伸脚绊了她一下，她一个没防备，直接往前扑去，整个人扑到了霍圾的腿上。

包厢里的一群男生瞬间起哄："哇哦，妹妹好心急啊，都扑上去啦！"

"真会挑，一眼就挑中了最抢手的。"

林莜扑到霍圾怀里，双手隐约碰到了他腰上的皮带。她连忙收回手，抬头看去，只见他低头看过来，眼里有些漫不经心的坏。

🐾　🐾　🐾

耳旁都是起哄声，林莜还没反应过来，霍圾就伸手把她抱了起来，让她坐在自己的腿上："今天选我做男朋友？"他说这话时也不笑，有种坏坏的感觉。林莜心想，她的同学刚才说得很对，他的样子确实勾得人心痒痒。

林莜莫名有些紧张。她也不是没有坐过他的腿，只是他们太久没有见面了，她的心口莫名发紧。

旁边的一个男生看见霍圾的动作，吹了声口哨。

林莜正看向吹口哨的男生，霍圾已经把牌递到她面前："会不会打牌？"

林莜看着眼前的扑克牌，视线不自觉地落在他的手上。他的手指白皙修长，骨节分明，很好看。

她顿了一下的工夫，他夹着烟的手已经伸过来拿牌了。他指间的烟已经燃了很长一段，他抬起手的时候，烟灰顺着他的指间落下来，轻轻掉在她的裤子上。他吹落指间的烟灰，又随手替她拂去她裤子上的，抽出几张牌，扔在桌上："打比他们大的牌，输了算我的，赢了算你的。"

林莜看着他手里的烟，微微皱眉，站起来拿过牌丢在桌上："你能先别玩了吗？"她的声音还是很温和，可她丢牌的动作让整个包厢里的人都愣住了。

苏雁伸手关掉了音乐："他出来玩，你管这么多干什么，你是他妈吗？"

这句嘲讽的话一出，全场笑疯了。

门边的男生饶有兴致地看着林莜："阿圾，你这个女朋友还挺爱管你的，估计是不喜欢你跟我们这些人混在一起吧？"

一个女生阴阳怪气道："人家是好学生，哪里愿意跟我们这些书都没怎么读过的人一起玩！"

"谁说的？这个姐姐也是好学生，她就很看得起我们，还来找我们喝酒！"一个化着浓妆的女生伸手搭上许念的肩膀。就这么一会儿工夫，两个人好像已经好得跟一个人似的。

耳钉男听到这里，连忙开口打哈哈："人家女朋友说什么，还碍着你们了？

都瞎掺和什么，少说几句。"

苏雁勉强压着火坐下来："阿坂不是说你已经有男朋友了吗？"

林苡没管别人，看向坐在沙发上的霍坂，直接问道："你为什么交白卷？"

霍坂抬头看过来，表情一如既往地散漫。他看了她一会儿，突然笑起来："你不会以为我交白卷是因为你吧？你觉得可能吗？"

林苡说不出话来了。当着这么多人的面，以他的这种态度，她实在没有办法好好和他沟通。

霍坂看了她很久，抬手咬住烟，把她扔到桌上的牌重新拿起来，慢条斯理地理牌。他把头发全撩上去了，露出了饱满的额头，眉眼在微微腾起的烟雾里显得格外让人惊艳："想玩就留下，不想玩就走。"

林苡站在原地看了他半晌，没有再说话，转身离开了包厢。

等门再次关上，包厢里显得有些安静，苏雁正准备打开音乐，霍坂突然把手里的牌扔了，往后一靠，显然没心思再打牌了。气氛一下子冷了下去，大家都不知道该说什么。

耳钉男见状，伸手招呼道："继续继续，把气氛搞起来，干坐着干什么？"

于是苏雁打开了音乐，包厢里勉强热闹起来。霍坂没什么心思说话，抬手按灭了烟，一个人喝闷酒。

霍坂的酒量显然很好，几种酒掺着喝竟然都没有醉意，看上去和没事人一样。许念看他这副样子，心想，他既会抽烟，也会喝酒，完全不是老师和同学们以为的乖学生。她现在总算明白了，为什么当初她表白的时候，他会那样笑，或许是在笑她喜欢的只是表面的他吧。

许念想着，端起酒杯，走到霍坂身旁坐下来："霍坂，她走了就算了，你值得更好的。"她拿起酒杯轻轻撞了一下他的杯子，一脸体贴，"我陪你喝。"

霍坂端着酒杯，突然嘲讽一笑："我需要人陪我喝酒吗？你把自己当什么，'三陪'啊？"

包厢里的一群人全部笑了出来，尤其是几个女生，差点没笑疯，神情特别鄙夷。

霍坂明显已经不耐烦到了极点，了解他的人——比如苏雁——都静静地坐在旁边，根本不会在这个时候去和他说话。许念偏偏不知道，还上赶着撞枪口。

许念被说得脸都白了，难堪到了极点："你……你怎么能这样？"

霍坂无所谓地笑起来："我就是这样的人，你现在明白了？"

旁边的人都勉强克制着笑容，明显在看许念的笑话。许念说不出话来，看着霍坂的脸，完全没想到他的性格竟然这么恶劣。她慢慢站起身，眼眶微微泛红："难怪林莜要和你分手，你这样的性格，她那样的人绝对不可能喜欢你。"

霍坂抬起眼看着她，没有说话。

见他看过来，许念说得更直白了："你别忘了，她可是连黑社会都敢举报！她会喜欢你这种骨子里就是流氓的人吗？"说着说着，她的情绪越发激动，"难怪人家跟你谈了那么久的恋爱，还是说分就能分！你因为她，高考都没能好好考，可人家在乎吗？还不是扭头就走了？要是她真的有一点点在乎你，怎么可能这么大的事都不多问一句？"

霍坂还是默不作声，也不知道有没有在听。

许念说完，最后看了他一眼，红着眼睛跑了出去。

包厢里的气氛彻底冷掉了，根本没几个人敢说话，连音乐声都被关小了一些。

到了凌晨五点，霍坂已经喝了很多酒，难得有了醉意，被文身男扶着往外走。一行人都醉醺醺的，连路都走不稳。

明明是凌晨，KTV外面却更热闹了，这附近全是酒吧、夜场，来来往往很多人。大家一出来就看见不远处的路灯下蹲着一个人，身影看着特别小，似乎已经蹲了很久。几个人还没看清是谁，那人已经看见他们了，起身向他们跑来。

林莜蹲了好久，终于等到霍坂出来了，莫名有一种收获果实的喜悦感："霍坂，可以跟我回家了吗？"

霍坂看着林莜跑到自己面前，眼眸微微一动，眼睛一直愣愣地看着她，看起来醉得不轻。

耳钉男看到林莜，大吃一惊道："你不会是在这里等到了现在吧？"

林莜微微点头，脸上困意明显。昨晚，她出了包厢，和顾语真打了个招呼，然后就坐在大厅里等着，想着等他什么时候出来了，她再找他好好谈谈。她没想到会等那么久，时针一点点地转动，到了凌晨两点，他们班的同学已经撑不住了，陆陆续续地往外走。她坐在大厅里，难免会被看到，只能出去等，等到五点才终于看见他们出来，可以说很有恒心了。

出租车开到他们身旁，苏雁上前扶过霍坂，完全无视了林莜，和身后的众人打招呼道："我送他回去了。"

林莜伸手拉着霍坂："他得回家了，他这么久没回去，家里人都很担心。"

苏雁微微皱眉，语气有些凶："你别在这里烦人了，真想当他的妈啊？"

几个女生七嘴八舌道："小妹妹快走吧，别待在这里打扰人家好事了。"

"就是，三更半夜的还守在这里，死皮赖脸。"

霍圾垂着眼睛，没说话。他喝了很多，显然已经有些受不住了。他微微往后靠在出租车上，一直看着林苡。

林苡坚持道："我要送他回家。"

"你听不懂人话吗？我送他回家，没你的事！"苏雁伸手拉开车门，准备扶霍圾进去，几个女生立即上前拦住林苡。

眼看霍圾要被苏雁推进车里了，林苡直接推开拦路的几个女生，一把拉住苏雁的手，把她往外一推："他今天只能跟我走！"

"阿圾！"苏雁气得说不出话来，看向霍圾，显然是在等他发话。

几个男生当然也站在苏雁那边，其中一个男生见状，醉醺醺地走近："有话好好说，怎么还动手打我们雁雁了？"

"是啊。阿圾，你女朋友有点过分了。就算她看我们不顺眼，也不用这么不给面子吧？"

"说实话，她这种女的一抓一大把，啰里啰唆烦得很。阿圾，直接分手算了，以后多的是女人。"

霍圾听到这里，似乎有些听进去了，他突然站直身，走近林苡。

众人见状，都准备看林苡的笑话，还没反应过来，霍圾已经抱了上去，看起来既醉又很清醒："别分手。"

众人瞬间哑口无言。

林苡被霍圾从后面一把抱住，差点没站稳。他太重了，这么高的个子直接压过来，她好不容易营造的气势全被他压了个干净。

苏雁看着霍圾，眼眶瞬间红了。

文身男显然早知道会是这样的结果，伸手拉着苏雁往另一边走："走吧。我早就说了，不该你想的别想。"

一行人见状，只好跟着走了。出租车司机见他们不打算坐车了，就开着车走了。

文身男那话明明是对苏雁说的，霍圾却听进去了，他沉默了很久，低声道："我就是想了……"

林苡微微一顿，拉开他的手，转身看向他，很艰难地问道："霍圾，你告诉我，你为什么交白卷？"

霍圾看着她，不说话。

他不说话，林莜的心就越发沉重，她完全不知所措，甚至开始自我怀疑："不可能的，你都交新的女朋友了，肯定都过去了。"

霍圾笑了一下："我也想喜欢别人，可我连敷衍自己都做不到，我满脑子想的都是上你。"

林莜整个人都愣住了，根本不知道该怎么回应。看来，他喝没喝醉都一样，说的话永远让人招架不住。

霍圾再次抱住她，轻轻吻她，声音嘶哑道："姐姐，别分手，好不好？我是真的喜欢你，不是随便玩玩。"

林莜微微侧头，避开他的吻，心口一阵发闷。她想，结果是一样的，再挣扎也是一样。

霍圾的动作停了下来，看了她很久，慢慢松开手："姐姐真的一点都不喜欢我呢。"

林莜的睫毛颤了一下："霍圾，你应该好好高考的——"

"我考不进去，一道题都写不了！"霍圾突然打断了她的话，"你以为我真是天才，真的不会被影响？"

林莜完全愣住了，看着他，说不出话来。

霍圾眼眶微微泛红："林莜，我是因为你才交白卷的，我就是要你记一辈子，记住我曾经那么喜欢你！以后我再也不会这样喜欢你了。"

霍圾看了她半晌，最后说道："以后别再让我看见你。"然后，他转身头也不回地走了。

林莜看着他离开的背影，终于忍不住了，眼眶一下子变得湿润，眼泪一滴接一滴地掉下来。她完全控制不住自己了，忍了那么久，她终于在这一刻全部释放出来了。

她知道她完了，她这辈子都不可能忘记这个人，绝对不会再有人像他一样这么强烈、坚定地喜欢她，哪怕他自己也明白他们不合适。

🐾　🐾　🐾

那一天，林莜哭了很久，天色慢慢变亮，她的视线里还是一片模糊。路上的人由多到少，又从少变多，一切看起来都没有太大的变化，按部就班地运转着。

那个暑假，林苃没有再见过霍坂。她住在霍家，每天都出去做兼职。去上大学前，她把赵碧郡的卡还了回去，里面的钱，她一分都没有动。

读大学的时候，林苃没有回过霍家，寒暑假都在做兼职，霍家也没人在意她回不回去。整整四年，她都没有再见过他。霍坂这个人就像黑夜里的一束烟花，在她这里转瞬即逝，明明很危险，却还是成为她记忆里最深刻的一道痕迹。

林苃看着面前的打印机快速吐出纸张。站在旁边的女人是她的上司，名叫Eva，正趁着工作间隙喝咖啡提神，她最近一直连轴转，难免会感到疲惫。

Eva见林苃盯着打印机，很满意她的认真，不过，她哭笑不得地想，打印的时候，真的没必要目不转睛地盯着啊。她叫了一声林苃，问她："你来公司都快大半年了，每天加班加点的，男朋友没有生气吧？"

林苃不好意思地一笑："我没有男朋友。"

Eva惊讶道："你大学没交男朋友？你这样的小姑娘上大学的时候肯定有很多男生追。"

林苃微微摇头："没有，我大学学习比较忙，还要做兼职，没有多余的时间和精力。"

在A大读书并不轻松，她大学四年还是挺忙的，每天都忙碌在学业和兼职之间，和学校里的男生并没有太多接触。当然，她也刻意避开了，即便有人追她，最终也会被她的疏离劝退。

Eva听到这里，瞬间很有经验地说道："那一定是你高中就有喜欢的人了。"

林苃微微一顿，四年多了，她已经很少想起高中的事。虽然已经过去了很久，但是比起平淡的大学时光，高中好像更让她印象深刻。

Eva见她突然出神，伸手拍了一下她的肩："放心，我们公司这么大，精英太多了，你的终身大事一定没有问题。另外，只要你努力工作，发展前景一定不会小。"

林苃认真点头："谢谢Eva姐，我会努力的。"

旁边有人叫Eva，她放下咖啡，匆匆跑过去："还真是没有停下来的时候。"

林苃闻言一笑，等文件打印完毕后，她仔细地把文件检查了一遍，然后装订起来。

林苃所在的这家公司是工业设计风格的，楼上楼下都是开放式的。林苃拿着文件往楼上走去，口袋里的手机响了，她一边走一边拿出手机接电话。

"苃苃，周末要不要去逛街，看看鞋子？"顾语真的声音从手机里传出来，她那边的环境听起来很嘈杂。

林莜看了一眼脚上的高跟鞋："好啊，不过只能周日了，我周六还要加班。"

"你们公司比我们公司还没有人性。"林莜的加班强度让顾语真觉得可怕。

"这个季度比较忙，过一阵子就好了。"

顾语真伸手去绑衣服的系带，想到昨天看见的，还是决定说一声："莜莜，你知不知道班长要回国了？"

林莜的脚步顿了一下，把文件换到另一只手上，继续往楼上走："我不太清楚，我已经很久没有回过霍家了。"

顾语真系好带子，摄影师已经在叫她了，她应了一声，冲手机里说道："我昨天在班级群里看见别人问班长了，他应该是要回来了。我先去工作了，周末我们再慢慢聊。"

林莜应了一声，挂了电话，上楼将文件送到了女同事手里。

女同事接过文件："林莜，你先坐下等等。你之前要的资料我已经准备好了，我去给你拿。"

"好。"

林莜看着女同事往里面走去，在原地站了一会儿，才拿出手机，打开了高一的班级群。她手机买得晚，大四的时候因为工作需要才买的，所以进群也很晚。顾语真拉她进群的时候，群里早没人说话了，最近才开始热闹起来，因为他们正打算组织一次小聚。

群里的同学聊着聊着就聊到了霍坂，不过完全避开了他高考失利的事。霍坂也在群里出现过，虽然说的话不多，但是有问必答，一副温柔和善的样子。林莜感觉他的性格好像沉稳了很多，不再像高三毕业那一年，浑身上下都是刺了。

林莜去读大学之后，霍坂也被送出国去读书了。她听到他消息的机会并不多，只有关志来学校看她的时候会说到他。不过，她工作以后，关志就很少来找她了。

今天是工作日，班级群里已经安静下来，没人聊天。林莜顺着聊天界面往上滑，看到昨晚八点多，高一时的副班长问霍坂："准备回国了吗？"

"要回来了。"

大家聊了好几天，已经聊熟悉了，突然有人问道："班长，你有女朋友了吗？"

群里好一会儿都没人发消息，显然都不想打断这个话题。

"有了。"过了一会儿，霍坂回复道。

林莜看着这两个字，突然觉得看出了其中的温柔和甜蜜。她想，或许就是因为交了这个女朋友，他现在才变得这样平和吧。

林苡突然想到高考后的那个凌晨，再想到现在似乎很温柔的他，心绪有些复杂。她沉默了很久，淡淡一笑，心想，时间总会抹平一切，有些事情早晚会过去，他现在遇到了喜欢的人，或许还会后悔当初把太多心思放在她身上了……

她把手机放回口袋，去拿资料的女同事和另一个人说着话走了出来："我听说，安总这次请的合作方超厉害，而且长得很帅。"

"你管人家帅不帅，人都还没见到呢，你就打上主意了？"

"我可不敢打主意。我听说，他以前挺叛逆的，还因为初恋，高考出了岔子。你说，能出这么大的事，那他肯定是很喜欢那个初恋了。一个人的初恋本来就很难忘，他更是说不准要记一辈子，曾经沧海难为水，这样的男人挑战性太大了，我可不想自讨苦吃。"

"你想得未免也太多了。"

林苡微微一顿，抬眼看过去，突然觉得这个世界还挺小的，居然还有人有相似的经历。

女同事笑着把资料递过来，林苡接过资料，点头一笑，往楼下走去。

旁边打趣的人看了一眼林苡："林苡不是一中的文科状元吗？和我们的合作方是一个高中的，他们会不会认识啊？"

女同事有些意外："有这么巧吗？"

林苡抱着资料往楼下走，高跟鞋踩在楼梯上，已经可以尽量不发出声音。楼梯上来来回回有很多人，林苡一垂眼就看见了其中最特别的那一个。

虽然已经四年多没见了，但她还是一眼就认出了他。他戴着细框眼镜，依旧斯文好看，气质越发沉稳。他手上没有拿任何东西，好像只是过来随便看看的。同行的还有公司的安总，安总平时不来公司，林苡这回是第二次看见他。他们俩后面跟着会议主管。

上楼下楼的同事纷纷往她这边避来，并且开口问好："安总。"

林苡拿着资料的手下意识一紧，微微垂眼。被一群人挡在后面，她勉强有了一些安全感。

霍坂脚下一顿，视线微垂，没有说话。

安总冲他们点了一下头，转头问霍坂："你女朋友没和你一起回国？"

霍坂根本没往林苡这边看过，闻言一笑，笑里带着宠溺："回来了，就是贪玩，想要到处看看。"

安斐一笑:"小姑娘嘛,都爱玩。中国人?"

"嗯。"

他们一路往上走,林竑垂着眼,余光看到了霍圾的皮鞋,再往上是笔直的西裤。她停了一阵,眨了一下眼,慢慢往楼下走去。

安斐打开办公室的门,让霍圾先进去。一坐下,霍圾就没有再说话,看着外面,若有所思。

"看什么?一进来就在出神,是不是我这里的整体环境不合你的心意?"

霍圾一笑:"还好。"

秘书按照安斐的喜好泡了两杯咖啡端进来,安斐见状,正要出声让秘书给霍圾换成纯净水,霍圾已经夹起方糖,想要放进咖啡里了。

安斐惊讶道:"你不是不喜欢甜的吗?"

霍圾垂着眼,夹着糖慢条斯理地放进咖啡里:"偶尔尝尝。"

他随手放下方糖夹,看着没入咖啡里的方糖,微微抬眼:"你们楼下都有什么部门?"

林竑在位子上坐下,收拾好不该出现的情绪,认真整理起桌上的文件,准备继续工作。她拿起水杯往一边放去,Eva突然快步走到她面前:"林竑,你上去一趟,安总有事找你。"

林竑拿着水杯的手偏了角度,水杯顺着桌沿一下掉落在地,无声地砸落在厚地毯上,洒了一地的水。

"小心!"Eva眼睁睁地看着她放偏了角度,知道她心里紧张,忍不住一笑,"放心吧,虽然我不知道有什么事,但是安总人很好的,不会问你太难的问题,不要紧张。"

林竑微微咬了一下唇,弯腰捡起水杯,声音低得只有她自己能听见:"好。"

❤ ❤ ❤

林竑收起水杯,起身往楼上走去。总的来说,她手上并没有什么工作是需要和安总直接对接的,按常理来说,安总不可能会叫到她。

林竑慢吞吞的,短短一段路走了好久,等到了安总的办公室外面,她正准备敲门,下一刻,门从里面打开了。

林玫心口一紧，才发现出来的是安总的秘书，她手里端着两杯喝过的咖啡。

林玫看了一眼杯子，既然咖啡被端出来了，那很有可能里面已经没人了。于是她问道："安总和客人离开了吗？"

秘书看到林玫，才想起安总叫了她："霍先生临时有事，安总特地去送他离开了。安总回来还有事的话，我再通知你。"

林玫听到这话，松了一口气："好，谢谢。"

她下了楼，心里有些忐忑，不知道霍珏有没有听到她的名字，说不准他就是因为听到了才走的，毕竟他已经有了女朋友，避嫌总是要的。如果真是这样，那是最好，本来他们就没有必要见面。

林玫的忐忑一直持续到下班，安总没有回来，自然也没有叫她上去的事。她彻底放松，拿了包和同事一起下楼。

同一楼层的章简拿着车钥匙进了电梯，看见林玫，他开口问："需要我送你们吗？正好顺路。"

林玫身旁的薛贝闻言，直接开口回答："好啊。"

林玫婉拒道："谢谢，还是不用了，我家离公司很近，走回去很快。"

薛贝上前一步，伸手搂上她的胳膊："走路多累啊，反正也不远，就让章简送我们呗。"

林玫不好一直拒绝，只好和薛贝一起去一楼等。很快，章简的车就从地下一楼开了上来。

薛贝一上车就夸道："你又换新车了，这车不便宜吧？"

"之前那辆太小，换一辆大的，以后交了女朋友，也方便上下班接送。"

薛贝惊讶道："之前的女朋友不在一起了？"

"早不在一起了，还想找你给我介绍介绍呢。"章简转头看过来，笑起来有点帅。

薛贝立即拉过林玫的手："林玫不就单身吗？她来公司也有大半年了，今天可说了没男朋友的。"

林玫微微一顿，摇头笑道："我不打算找男朋友。"

"你傻了呀，干吗不找男朋友？"薛贝说着直接开夸，"章简很早就一个人出来打拼了，这么年轻就做到了这个职位，能力很强。你看，他现在就买得起这么贵的车，前途肯定无可限量。你考虑考虑呗，机不可失，时不再来，公司美女又多，章简在我们公司可是很抢手的。"

章简看向薛贝，笑着开起玩笑："哪有你这么当着面说的，我本来还想慢慢来的，你这样一说，我明天就得开始追了。"

薛贝笑道："我这不是替你着急吗？"

林苡有些尴尬，不过好在她很快就到家了。

安斐把霍圾送到他家楼下，奇怪他为什么要大老远回家喂猫："你刚回来就养了猫？"

"一起带回来的。"霍圾睁开眼睛，看了一眼楼上。

安斐伸手摸了摸下巴，觉得有些匪夷所思："你看着不像是有耐心养猫的人。"

"养着玩的，女朋友喜欢。"

"我说你怎么这么重视呢，还要亲自回来喂，原来是女朋友喜欢。"安斐也看了一眼楼上，有些好奇，"你女朋友和你住在一起？"

霍圾一笑，没有回答，打开车门道："先上去了。"

"半山你可一定要帮我费费心，我家老爷子就盯着我这个活儿呢，能不能做起来全看你的了。"安斐靠着方向盘，见他要走了，又说了一遍。他可是费了老大的劲才请到霍圾，毕竟霍圾不缺这点钱，和霍家的家底相比，这最多只算是消遣。就算如此，他也花了老大的功夫才争取到这次机会。

"没问题。"霍圾笑着回道，关上车门，往楼上走去。

到了门口，汤圆听见密码锁的声音，立即往门这边跑来。霍圾开门进去，见它蹲在门口，俯身摸了摸它的头，扫了一眼猫粮机，里面还有大半没吃完的猫粮，显然是它自己动了猫粮机。

他揉了揉它的头："少吃点，这么胖。"

汤圆闻言乖乖趴在旁边，它身上的肉肉都是它努力的果实，它看起来可一点都不嫌弃。

霍圾打开冰箱倒了杯冰水，端着水往客厅走去。他回国已经有一段时间了，屋子里还是很干净，唯一一点凌乱也是小汤圆弄出来的。

他在沙发上坐下，点了一根烟，看着摆在案几上的各种棉花糖，没有反应。他垂眸半晌才抽了一口烟，慢条斯理地吐出烟圈。

他看着烟雾往上升腾，慢慢消失在眼前，眼里没有一点笑意，看上去有些过于冷淡。

汤圆趴了一会儿，起身叼着自己的玩具玩。

霍圾听到动静，回过神来，看了一眼汤圆，身子前倾，随手按灭了烟，喝了一口冰水，起身进了书房。

早上的阳光微微透进来，林莜起了个大早。她住的这个房子位置很好，离公司不远，离王奶奶那里也近，她有空的时候可以回去看看。唯一的缺点就是房租太贵，不过好在她现在的工资能够承担得起。

林莜收拾好，浇了花，正准备去公司，就接到了Eva的电话："林莜，你还没有去公司吗？"

"还没有，我正准备出门。"

"那你直接到公司楼下等吧，你和章简、薛贝一起去一趟半山度假村。这个机会很好，你记得多学多看。"

林莜闻言有些意外。半山度假村是公司目前最看重的项目，光是地皮公司就花了大功夫，一般来说，她这种刚进公司大半年的新人是没有机会接触这个项目的。不过，Eva很厉害，看起来是特意安排了她跟着去看看。

林莜到了公司楼下，章简和薛贝已经到了，还有一个女同事刘文，加上她正好四个人。

林莜安静地坐在车上，没有说话。

车开了一会儿，薛贝突然想起什么："听说这次的建筑师特别厉害，而且很年轻，是安总的朋友？"

刘文有过了解："是的，据说建筑设计只是他的兴趣爱好，如果他不是安总的朋友，估计不会来帮这个忙。你可别看人年轻，这个建筑师在国外上学的时候不知道设计过多少获奖的名建筑，一回国，大家都抢着和他合作。"

"既然他是安总的朋友，那一定也是富二代吧，要不然怎么能认识安总？"

刘文摇头："应该是安总怎么能认识他才对。一会儿我们说话一定要客气点，千万不要得罪人。虽说人家脾气好，但说到底还是和我们不一样的。"

薛贝都有些紧张了："我可不敢说话了，万一得罪了他，安总还不得把我灭了？"

章简听着，不以为然："不需要有压力，我们照实说就好了。建筑师有实力最好，要是没有那个实力，我们也没必要捧着人家。半山这个项目公司很重视的，我们要慎重。"他说着看了过来，"林莜，你也不用紧张，跟着多看看就好了。"

林莜突然被点名，微微一顿，点了一下头："好。"

到了半山，工人正在施工，薛贝打了个电话："我们已经到了，您在哪里？"

接电话的人一开口说话，薛贝的眼睛就微微一亮，声音也不自觉地放轻："好，我知道在哪里了，我们马上过去。"

薛贝挂了电话，忍不住惊讶道："声音好好听，超温柔！"

章简没兴趣听这些，刘文听着一笑，也有了几分好奇。

四个人一路往前走，很快就看见前面围着几个人，正在讨论着什么。

林莜看着前面那个鹤立鸡群的人，脚下硬生生地顿住，有一种马上转身避开的冲动。这个想法刚刚冒出来，薛贝已经往前走去："霍先生，你好。"

霍坂转头看过来，轻轻一笑："你们好，一路过来辛苦了吧？"

"不辛苦，都是我们应该的。"薛贝笑得很灿烂，"公司让我们过来就是辅助您的，您有什么需要都可以问我们。"

章简和刘文立即上前寒暄，只有林莜站在后面没动。

"先看一下现场吧，确实有几个地方要和你们说清楚。"霍坂拿过图纸往前走。见到林莜，他好像并不意外，也没有特意看向她。

林莜实在做不到若无其事地跟着他工作，她把刘文拉到一边，低声说道："我有些不舒服，想先回去了。"

刘文闻言有些惊讶："这是半山啊，你又没有车，怎么下去？"

林莜微微一顿，心道自己脑子都糊涂了，开车上来都要这么久，要是徒步下去，可能要走到晚上。

"要不等一下让章简开车送你下去？"

林莜想到昨天的事，觉得单独坐章简的车实在太尴尬，但凡换一个人，她就硬着头皮麻烦别人了。

她微微抿唇："不用了，还是正事要紧。"

章简见她们没有跟上，回头看过来："怎么了？"

刘文很为难："林莜身体有些不舒服。"

章简闻言走过来："哪里不舒服，是不是刚才上来晕车了？"

霍坂抬眼，视线落在林莜身上，没有说话。

林莜见霍坂看过来，整个人越发僵硬："没关系，我再坚持一下。"

"你可以先去休息室，人不舒服不用跟着，我们时间不多。"霍坂淡淡地说了一句，收回视线，看向旁边介绍情况的工头。

他说话的语气还是很温柔，但是这么一句话说出来，大家也都明白了，他要求肯定是很严格的，工作上应该容不了一点错。

"你们先去吧，我扶林莜去休息室。"刘文扶着林莜往远处的休息室走。

休息室里很宽敞，书桌、床、沙发，该有的都有。桌上摆着一沓图纸，还有一杯水。

林莜看到这个干净的环境，莫名觉得有些熟悉。

刘文急着回去，扶着她在沙发上坐下，拿了旁边的毯子给她盖上："你先躺着睡一觉，睡醒了说不定我们这边也结束了。"

林莜只能躺下来，装作很难受："好，麻烦你们了。"

"没事，睡吧。"

刘文出去后，林莜才平静下来。她拿出手机准备打车，可是等了很久都没有车愿意来，手机信号还时断时续……

她靠在沙发上，莫名有些头疼。

🐾 🐾 🐾

林莜靠着沙发等车。她坐了太久的车，多少有些疲惫，不知不觉就睡着了，等到隐约听到纸张翻动的声音才微微转醒。

她睁开眼睛一看，霍圾正坐在桌前翻看图纸。

房间里很安静，没有其他人，门也是关着的。

林莜瞬间清醒，连忙坐起来。她早就感觉到有问题了，从他刚回国就来到了她所在的公司，到她今天被安排来度假村工作，这一切都太巧了，巧到让她觉得霍圾是故意的，毕竟，他已经不止一次这样了。

她真的不想再和他纠缠，高中那一次分开已经让她伤筋动骨，再来一次她真的受不了。

霍圾见她突然坐起来，抬眼看过来，没有说话。

林莜拿起手机看了一眼，车还是没叫到，她连忙掀开毯子，站起身。

"现在舒服了？"

"嗯，我出去找同事。"

霍圾收回视线，继续看图纸："现场还有些事情，他们在沟通，你可以再躺一会儿。"

"不用，谢谢，我感觉好了很多。"林莜表现得很客气，将毯子叠好放在扶手上，准备转身出去。

霍圾突然笑起来，抬头看着她："你这样会让我以为你还想和我有什么。"

林莜脚下一顿，看向他，说不出话来。

"都过去那么久了，我也已经有了喜欢的人，你还要这样避着我？"霍圾起身向她走来。

林莜下意识往后一退，没想到，霍圾只是伸手打开了她身后的饮水机。他从柜子里取出玻璃杯，倒了一杯温水递给她："喝点水吧。以前是我年纪轻，不懂事，如果我有什么地方做得不对，你不要放在心上。以后我们就当真正的姐弟吧。"

林莜看着他递过来的水杯，有些迟疑。与此同时，霍圾放在桌上的手机响了，林莜看了一眼屏幕，上面显示的是"童童"，显然是个女生的名字。

霍圾转头看向手机，将水杯往她面前一递："我接一下电话。"

林莜只好伸手接过水杯。

霍圾接起电话，不知道打电话的人一连串地说了些什么，他微微笑起来，靠在桌上认真听。

等手机那边的人讲完了，他才开口，声音里满是说不出的温柔："想要吃什么？哥哥下班以后给你带过去。"

林莜闻言，当然明白他这是在和女朋友通电话。他以前也是这样和她打电话的，只是那时他叫她姐姐。

霍圾过了一会儿才挂断电话，抬眸看了她一眼，走回桌前拿起图纸往外走："你在这里等一会儿，他们去的是南门方向，开车来回都要很久。"

这一回，林莜没有再说什么。等他带上门出去了，她才在沙发上坐下，端着水杯发怔。

林莜等了大半天，章简他们才回来。时间已经接近傍晚，外面飘起雨来，地面不一会儿就湿了。

几个人进来以后，都有些苦恼。"这要怎么下去？好像起雾了，车是不是开不了？"

"不下去不行，这里荒郊野岭的，也没有我们可以住的地方。现在就走吧，我小心些开车，应该没事。"章简直接做了决定。

霍圾从外面进来，他没有带伞，黑发上沾了雨珠，衣服也微微沾湿，却还是赏心悦目，看上去更有味道了。

霍圾看了一眼外面的天色，伸手拿过桌上的钥匙："我带你们去半山腰，那边有家温泉酒店，你们今天可以在那里休息。"

章简听了，觉得可行，看向霍圾，有些质疑道："开车还是我来吧，安全一点。"

"好。"霍圾闻言一笑，把车钥匙递给他，依旧温柔有礼。

薛贝和刘文当然也比较相信章简，毕竟相处了这么久，她们对他的开车技术还是放心的。

等看见霍圾的车，他们难掩惊讶。这么好的车开来工地，实在奢侈。不过，想想人家是富家子弟，也就不奇怪了。

林苡跟着他们坐上车。路况确实不好，天色又慢慢沉下来，他们必须在天黑之前赶到酒店，所以也不能开得太慢。章简还是有些紧张的，而且开的还是这么贵的车，多少有些束手束脚。

山路沾了雨水，难免湿滑，章简对路况不是很熟悉，前面又看不清路，开得不是很稳，看起来实在有些吓人。车上的人都很紧张，只有霍圾坐在副驾驶位上，神情平静，根本没有怕意。

薛贝受不了了："行不行啊？我好怕，好想快点到酒店。"

她这句话刚说完，章简突然拐了一个大弯滑了出去，碰上了悬崖边的护栏。

"啊！"车里一阵尖叫。

"踩刹车！"霍圾伸手按住方向盘，冷静地说了一句，手上快速一转，把车拐了回去，车头直接撞上旁边的山壁，发出"砰"的一声巨响。

林苡回头看了一眼，外面的护栏被撞出了一个口子，他们差点飞出去，车毁人亡。

车里一片寂静，大家都吓得够呛。薛贝直接哭了："章简，你怎么乱开车？！我们差点就完了！"

章简脸都白了："你别鬼吼鬼叫行不行，现在车被撞了，你知道要赔多少吗？！"

霍圾闻言一笑，依旧温和地说道："没关系，不用赔。我们先走，等雾再大就走不了了。你辛苦了，下一段路我来开吧。"

和霍圾一对比，章简突然显得哪儿哪儿都不对劲，毫无风度可言。

章简意识到这一点，看了一眼坐在后面的林苡，发现她根本就没看自己，一时脸色不是很好看。

薛贝已经吓坏了，她现在明显能看出来霍圾比较靠谱，声音大了一倍："让霍先生来吧！章简，你快跟他换位子，你别开了！"

章简觉得有些没面子，不过还是让出了驾驶位。

霍圾坐进驾驶位，带上车门，视线微抬，通过后视镜看了一眼后面的林苡，眼里有些漫不经心的笑意。

车重新启动，感觉明显稳了很多，霍坂对路很熟悉，连拐弯的角度都找得精准无疑，一路安全地开到了温泉酒店。

霍坂去停车，他们四个人先进了酒店。薛贝缓过来，有些激动，拉着两个女生直嚷嚷："太有安全感了，他刚才一开车，我整个心都安定下来了，一点都不怕。真不愧是留学回来的，干什么都这么优秀，要不是他小我两岁，我就追他了。"

林苃没心思听，透过玻璃窗看了一眼外面，很担心。这么大的雾，酒店的人都不敢帮忙停车，说明停车场位置很偏，且有些危险。

刘文摇头道："我劝你不要想着姐弟恋，男人都是年轻的时候喜欢姐姐，长大以后可就只喜欢妹妹了。"

薛贝没说话，显然不乐意听。

林苃闻言，眼睛微微一眨。

章简见三个女生的心思全都在霍坂身上，心里有些不舒服："国外回来的怎么了？现在留学的水分这么大，很多都是在国内读不下去才去国外的。"

薛贝不相信："霍先生这么优秀，绝对不可能，好吗？"

章简不以为然："是吗？我可听说了，他高考时作弊，都被记入诚信档案了。"

林苃听到这话，微微皱起眉，心口突然有些闷。她突然想到，霍坂那样骄傲的人，会不会每次都被人拿这件事来说事？

霍坂回来了，几步走过来，在章简身旁坐下。见他们没有点菜，他微微一笑："你们想吃什么？"

这样的男人，真的不是三言两语就能让人打消好感的。

章简拿过菜单："我请客吧，今天撞了霍先生的车，不能再让你破费了。"

霍坂没有开口拒绝。薛贝伸手撑着脸看向霍坂："你开车好厉害，是不是经常开车？"

"读书的时候经常开车到处转，有些路比这里难开多了。"霍坂见服务员过来，先点了果酒，"果酒还不错，酒精含量少，你们女孩子喝正好，喝了暖一下身子。"

章简插话道："她们女生喝果酒，我们男人就喝白酒，霍先生应该能喝吧？"

"我不喝酒。"霍坂拿起服务员上的果酒，微微一笑，替她们一一斟上。

章简一笑，觉得可算找到自己的优势了，他直接点了白酒："喝点吧，今天难得认识了霍先生，我敬你。"

　　林苡看了一眼霍圾，她没见过他喝醉，唯一一次就是高三毕业后那天。她想到这里，微微垂下眼，尽量减少自己的存在感。霍圾倒也没有找她说话。

　　林苡自己喝着果酒，虽然不清楚霍圾的酒量究竟怎么样，但也没想到竟然这么差，才一壶就醉了……

　　白酒的后劲很大，章简喝得也很猛，霍圾喝一杯，他喝三杯，这会儿说话已经有些大舌头，起来走路都晃荡。刘文离得近，伸手扶了他一把。

　　温泉自然是泡不了了，薛贝看向林苡，催促道："他们喝得也太多了，你和刘文先送章简回房间吧。"

　　林苡看向薛贝，低声提醒道："霍先生有女朋友了。"

　　"有女朋友怎么了？我又不会干什么。"薛贝白了林苡一眼，声音却放得很轻，明显心虚。她上前扶起霍圾就往前走，根本不看她。

　　林苡看着醉得不轻的霍圾，微微皱眉，快步上前扶着霍圾的另一只手臂："我和你一起送吧。"

　　薛贝心中暗恼，只觉得林苡多管闲事，真不要脸，明明霍圾一句话都没和她说过，她还没脸没皮地追过来！但她面上也不好说什么，只能和林苡一起扶着霍圾往房间里走。

　　走着走着，林苡就感觉霍圾的重量都到了她身上，压得她快要走不动路了。到了床边，林苡扶他坐下，正要松手，霍圾直接抱着她往床上一倒。

　　"啊！"薛贝眼睛猛地一瞪，捂着嘴叫了一声。

　　林苡一阵天旋地转，被他抱着翻到了床的另一边，双手被他压在了身下。

　　她完全愣住，看着近在咫尺的霍圾，他闭着眼睛，已经醉得认不清人了。他靠过来，唇色潋滟，面容赏心悦目，她都能感受到他薄唇的温软，从他的唇齿间吐出的酒香气息喷在她的面颊上，很烫。

　　这样近距离欲亲不亲的，林苡的心口猛然一紧，连忙挣扎着想要起身，他却越抱越紧。

　　"霍圾！"林苡连忙推他，把他的衬衣都扯开了。她猛地抽出手，还不小心碰到了他的腰际。她脑子一乱，莫名想到"性感"两个字。她连忙挣出他的怀抱，整个人都烧红了。

　　霍圾依旧闭着眼睛，被她强行挣开，也没有太大的反应，看起来意识模糊。如果林苡不是亲眼看见他喝酒了，还真以为他是在故意耍流氓呢！

chapter 17

偷吃

他的头像是雍在阳光下晒太阳的小汤圆。

林茨挣扎着起来，薛贝看她的眼神都不一样了，好像刚才她特意扑上去似的。

霍圾的手慢慢收回，她扫了一眼，立即收回视线，跑出房间。

回到开好的房间，她关上门，脑子里全是刚才的场景——他伸手去抱她，微微蜷缩身子的样子莫名可怜，甚至有些孤独。明明这些东西不应该出现在他身上的……

林茨沉默了一阵，微微甩了一下混乱的头，才慢慢走去洗漱。

没一会儿，薛贝就回来了，一进来就开口问："你和霍先生认识吗？"

林茨刷着牙，吐了嘴里的泡沫："不认识。"

薛贝有些疑惑，总感觉他们两个人很熟悉，而且林茨刚才情急之下脱口而出的是霍先生的名字。

薛贝打量了一眼林茨，想了想又觉得不可能，林茨显然不可能有机会认识霍圾这样的人。

刘文回来后，三个人各自洗漱好就睡下了。等到早上醒来，漫山的雾已经退了，阳光穿过云层微微透出来，丝丝缕缕的，看着很美。

林茨拉开窗帘，看见这样的景致，忍不住赞叹，果然是要做度假村的地方，这半山腰的风景和仙境一样，有一种说不出的意境美。

薛贝给章简打了个电话，好在章简的酒已经醒了，很快就整理好，出了房间等她们。

他们一起走到门口，看见霍圾站在前台，似乎正在办理退房。他身姿修长，举手投足都赏心悦目，这样的男人实在是太吸引人的目光了。

前台有一个女人看了霍圾好几眼，突然道："你是林茨的弟弟吧？好巧啊，我们又见面了！你还记得我吗？"

霍圾抬眸看了她一眼，显然没什么印象。

玲玲伸手指向自己："我们六年前见过的，我是玲玲，之前和林茨一起在商场里做兼职。你忘记了吗？那天下了好大的雨，你来接她，还特地送我到我前男友那边。"

霍坂显然想起来了，微微一笑："你好。"

玲玲一见到他就想起了以前，他这样的人，她真是一辈子都忘不了。六年过去了，他还是那么耀眼。她犹豫了一下，开口试探道："你和林莜还在一起吗？"

林莜和薛贝他们一走近就听到了这么一句话。

林莜看向玲玲，瞬间认出她来，还没来得及开口说话，玲玲就看见了她，又看向霍坂，一脸惊讶："你们还在一起啊，真没想到你们能谈这么久。我那个前男友还说你们只是玩玩的呢，没想到我们都已经分开了，你们还在一起。"

气氛瞬间凝滞。林莜旁边的三个人脚下一顿，神情惊讶地看向她，明显把玲玲的话听得清清楚楚。

林莜有些尴尬："你误会了，我们只是同学。"

玲玲看见他们生疏的样子，瞬间就明白了："你们这是分开了吧？"

薛贝看向林莜："原来你和霍先生谈过啊，那你怎么不说出来？"

林莜整个人都愣住了，完全不知道该怎么开口。

霍坂转头看了她一眼，笑着摇摇头，拿笔签字。他显然不在意这些，签好字后就往他们这边走来："我送你们下去吧。"

章简站在旁边，多少有些难堪。他心想，难怪林莜对条件这么好的他都没有一点表示，原来是喜欢更高的枝头。他脸色不是很好看，没再说话，径直走了出去。

薛贝和刘文应了一声，看了一眼林莜，才往外走去。

林莜突然有些头疼，这一回，她恐怕是跳进黄河也洗不清了。

果然，回到公司第二天，流言就已经满天飞了。因为她和霍坂曾经谈过恋爱，安总特地找她上去谈心，言辞极为诚恳，摆明了半山的项目她必须要跟，哪怕是每天去当摆设也没关系。

林莜委婉地拒绝，想要避嫌，竟然都没有得到同意。她想来想去，只能打电话给霍坂，希望他能和安总说明一下情况。

林莜细白的手指在屏幕上犹豫了很久，抱着试试看的心态拨出了一串号码。她还记得他以前的号码，也不知道他有没有换。

电话拨出去以后，等了一会儿，竟然通了。那边过了一会儿才接起来，却没有声音。

林苑突然有些紧张："是霍圾吗……我是林苑。"

那边安静了一阵，才响起霍圾的声音："嗯，什么事？"

他的声音有些沙哑，似乎刚刚睡醒。

林苑斟酌了一下言辞："我有件事想和你说，是关于度假村的工作……"

他突然低咳起来，似乎很难受，咳了一阵才再次开口，语气还是很温柔："不好意思，我有些不舒服，刚才没仔细听，你说了什么？"

他应该是生病了，声音听上去很虚弱。林苑沉默了一阵，察觉到自己打扰到他了，也不好再讲工作上的事："我等你舒服一点再说吧，你先好好休息。"

"好。"霍圾轻轻应声，又轻咳了一下，似乎越来越难受了，"林苑……"

林苑睫毛微微一颤，没有说话。

霍圾听上去实在没办法了，向她求助道："你能给我送一些药吗？我不舒服，不想让家里知道。"

林苑握着手机的手慢慢一紧，咬了一下唇："对不起，我在上班，没有办法过去。你还是叫你的女朋友吧。"

霍圾咳嗽了几声，笑了一下："她不要我了。"

林苑完全傻了："昨天打电话的时候，你们不是还好好的吗？"

"我也不知道为什么，本来还好好的，我还给她买糖吃……"霍圾沉默了一阵，又轻轻说，"是不是我的性格真的不行，所以才没有人喜欢我？"

林苑的心突然像被人狠狠捏了一下："不是这样的，霍圾……"

"那她为什么不喜欢我？我对她那么好，天天想着她，她转头就跟我说分手……"霍圾说得很轻，语气莫名伤感。

林苑想起他昨天的样子，一时有些坐不住了："我现在去给你送药吧，你把地址发给我。"

霍圾闻言，礼貌地应了一声，情绪还是很低落："好，麻烦你了。"

林苑挂了电话就去找Eva请假，Eva也早听到公司里的传闻了，笑着看了她一眼，没有问什么就同意了。毕竟，林苑到公司大半年了，从来没有请过一次假，这次前男友刚刚回国就请假，这两者之间要是没有直接联系，打死她也不信。

Eva笑着给她签了请假条，伸手做了个加油的手势："小姑娘，加油哦！"

林苑一头雾水，匆忙点点头就出了公司。

林苑去药店买了医药箱和比较常用的感冒药，她也不知霍圾具体是什么症状，只能都准备起来。

等急急忙忙地赶到霍坂的住处，他按了电梯让她上去，林苚才松了一口气。

他刚才那样的语气，还真让她有些怕他想不开，虽然"想不开"这三个字和他挂不上钩……

林苚到了门口，霍坂已经给她开了门。他确实生病了，看上去苍白虚弱。他的脚边蹲着小汤圆，小家伙看见她，还冲她"喵"了一声，也不知道有没有认出她。

林苚收回视线走进去："你发烧了吗？"

"我不知道，就是很难受。"霍坂站在她身旁轻声说。

他这么高的个子站在旁边，她都能感觉到他身上的热气。

林苚有些拘束，把医药箱放在吧台上，拿出温度计递给他："你先去躺着吧，我给你拿药。"

"好。"霍坂接过温度计，很听话地回了房间，汤圆也跟着进去了。

林苚看了一眼客厅，这套房子和她之前去住过的那套房子很像，装修和摆设一模一样，连户型都一样。一时间，她有些恍惚，如果不是地址不同，她真的会以为是之前那套。

林苚倒了温开水，拿了退烧药，往卧室走去。

霍坂躺在床上，靠着枕头。他在家里穿得很休闲，灰色上衣，黑色裤子，修长的腿横在外面，姿势随意，连被子都没有盖。

林苚把水和药放在旁边，拿过他量好的温度计一看，果然是发烧了："你应该是昨天淋了雨才会发烧，吃了退烧药，睡一觉就好了。"

霍坂摇头："不是淋雨，昨天我喝醉了，不知道是谁把我的衣摆撩了上去，就这样睡了一夜。"他说着随手拉起自己的衣摆，露出了里面的腹肌。衣摆上撩，裤子皮带扣得严实，半露不露的，看起来反而更勾人了。

林苚猝不及防，尽收眼底，脑子"嗡"的一声，整个人有些蒙，心想，她刚才都看见了什么？

❀　❀　❀

"也不知道是谁拉开的……"霍坂白皙修长的手指滑过腹部，若有所思，似乎是无意识的。

林苚飞快地收回视线，脑子里却都是刚才看见的画面，一时间，她眼睛都不知道往哪里看了。她突然想起高中的时候，曾经被他拉着手摸过他的腹肌，现在指尖都好像还有那种触感。

她已经长大了，尤其是经过大学室友的疯狂科普，已经懂了很多东西……她们说过，这样的男人一上来，都是那种会让人招架不住的存在。

林莜的思绪完全不受控制，莫名其妙一下子奔出老远，脸也突然涨红了。

她反应过来，惭愧得说不出话来，有些坐立不安，连忙站起身："你把药吃下，睡一觉就好了，我先回去上班了。"

霍圾微微坐起身去端水吃药，闻言慢慢抬眼看向她："好，辛苦你大老远送药过来了。今天我没什么胃口，下次有空再请你吃饭。"

林莜闻言，微微一顿："你还没有吃饭吗？"

"没有时间吃饭。我本来还要工作的，实在不舒服就回来了。"他靠在床上，伸手按着太阳穴，看起来很难受。

林莜看他这样，也不好现在就走，她有些犹豫："那我去给你熬点粥吧？"

"其实我也没有胃口，不吃也没事。"霍圾无所谓道。

林莜听了，微微皱眉："还是吃一些吧，总不能饿着。"

霍圾似乎担心会麻烦到她，礼貌地问道："不会耽误你吧，你不是还要上班吗？"

林莜把身上的包放下，转身往外走去，一下子就把实话全交代出来了："没事，我已经请假了。"

霍圾看着她的背影，端着水杯慢条斯理地喝了一口，才慢慢放回桌上，神情似笑非笑。

林莜打开冰箱，里面没有什么东西，最多的竟然是矿泉水，她的冰箱可是塞得满满的。

林莜只能拿出仅有的食材，好在还有米，不然真的什么都做不了。

林莜淘了米，开火煮粥，又把仅有的蔬菜切了放进去，勉强有了些点缀。她弄好后，走出厨房，小汤圆正蹲在厨房外看着她。

林莜上前抱起它："小汤圆，还没减肥成功？"

小汤圆可乖了，"喵"了一声，趴在她怀里，软绵绵地瘫着。

林莜忍不住一笑，抱着它往卧室走去。

霍圾躺在床上，似乎睡着了，应该是药起了作用。

林莜站在门口看了一眼，重新回到客厅，坐着等。

　　等粥熬好了，霍圾也醒了，林莜端着粥进入卧室："你好些了吗？"

　　霍圾微微点头："好一些了。"

　　话虽这样说，可他面色苍白，看上去还是很虚弱。林莜怀疑他可能连碗都端不住。她看了一眼周围，没有可以放在床上的饭桌，以他的习惯，估计也不会有这种东西。她只能把托盘放在桌上，端起粥走过去，打算当一个人形支架。

　　她在床边坐下，瞬间感觉到被子下面有个坚硬的东西。她微微一顿，站起身往被子上看了一眼。

　　霍圾伸手拉开被子，是他腰上的皮带，他解开了，却没完全拿下来。

　　林莜愣神的工夫，霍圾已经抬腰把皮带从裤子上抽了出来，随手扔在一边，温柔地说道："睡觉不舒服就解了，坐吧。"

　　林莜眨了一下眼睛，手里的粥差点没端住。她有些不自在，意识到这样坐着也不太好，就站在床边，把粥递过去："你先吃。"

　　霍圾见状，也没勉强她，坐起身微微靠近，伸手拿过勺子舀粥。

　　林莜看着他喝粥的动作，忍不住问道："你冰箱里怎么什么都没有？"

　　霍圾似乎才想起来："平时忙，随便吃点应付过去就好了。女朋友在的话，能吃得好一些，现在她也走了。"霍圾垂下眼，神情有些落寞。

　　林莜愣了一下，真的不知道该怎么安慰失恋的人，而且这个人还是霍圾。她只能干巴巴地劝道："以后一定会有合适的人出现。"

　　"不喜欢。"霍圾拿着勺子在粥里面轻搅，显然没有胃口。

　　可是，这种情况还真没有办法强人所难，人家姑娘不愿意，总不能逼着她和他谈恋爱。林莜不知道具体情况，只能开口往别的方向劝："其实也不一定非要交女朋友，一个人也可以过得很好，你不是还有很多朋友吗？"

　　霍圾抬眼看过来："可我就是想要女朋友。"

　　林莜无言。

　　霍圾放下勺子。"算了，不用吃了，反正也没人在乎。"说着，他冲她抱歉一笑，声音有些虚弱，"辛苦你了，早点回去休息吧，不用管我。"

　　林莜端着粥，心里有些复杂，也不知道该说什么。她还从来没有见过他这样，看来他这次是真的受伤很深。

　　林莜这几天都没有时间加班，霍圾现在这样的情况，她没办法让他一个人待着，不管不顾。他不吃不喝，对自己的身体一副无所谓的样子，林莜只能每天晚上去看他，给他烧一顿晚饭，再看看他白天有没有按时吃饭。

　　到了点，林莜收拾东西准备下班。

　　安总不知道什么时候走到她的桌旁，笑着问了一句："阿圾最近好些了吗？"

　　林莜动作微微一顿，见周围的同事都看过来，只能反问："安总，你说的是霍先生吗？"

　　这下轮到安总疑惑了，她怎么叫"霍先生"？这么疏离吗？她按时下班，不就是为了去见男朋友吗？

　　"你和霍圾没有复合？"

　　林莜立即摇头："没有，我们的事早就过去了，我只是帮他送了一趟药。"

　　林莜刚一本正经地说完，桌上的手机就响了，她看了一眼屏幕上的那串号码，心虚至极。

　　安总下意识看过去，显然没看出那是谁的号码："你接吧。"

　　他说着，转身往外走去，心里忍不住骂了李涉一通，这小子果然不靠谱，情报完全不准啊！

　　林莜松了一口气，还好她没有给霍圾的号码备注，不然安总肯定要误会。

　　她接起电话，手机里传来霍圾温柔的声音："下班了吗？"

　　林莜听到他这么温柔的声音，突然有些心虚，她微微咬唇，觉得不应该再去了："还没有，我今天可能要加班，就不过去了。"

　　霍圾那边没了声音，只有电流音传过来，显得格外落寞。

　　他现在生病加失恋，已经很难受了，还是不能太急，林莜想到这里，连忙又道："现在没事了，我马上就过去。"

　　霍圾这才像是心情好了一些："好，你有什么想吃的？我去买。"

　　"我路过超市的时候买了带上去吧，你不用出去了，身体都还没好。"林莜拿起包，手里提着东西不方便，只能连了耳机和他打电话。

　　她走到电梯门口，章简正好迎面过来。看见她，他脚下一顿："林莜，你要下班了？要不要我送你？"

　　林莜礼貌一笑："不用了，谢谢你，我坐公交车回去很方便。"

　　林莜说着，电梯门开了，她走进电梯，章简也跟着进来了。她按了一层的按钮，电梯里只有他们两个人，还是挺尴尬的。

　　章简突然开口："你最近好像有点忙，交男朋友了吗？"

　　林莜闻言一怔，突然想到刚才安总都来问她了，公司里的风言风语肯定比她想象的还要夸张。

她顿了一下，看向他："没有，你听谁说的？"

章简这才笑起来，微微摇头道："没谁说，我想多了，还以为你和前男友复合了。"他顿了一下，"我之前那个女朋友也长得很漂亮，追她的男生很多，里面不乏富家子弟。其实我们两个从高中就开始交往了，本来以为会结婚的，没想到她还是选择了富二代。最近，那个富二代把她甩了，她又想着回头来找我。"

林莜看向他，有些不解他怎么突然说起这些。

章简看起来有些无奈："虽然我和她早就淡了，但被这么一弄，我挺挫败的。以前我年纪轻，什么都不懂，现在多少明白了一些，两个人在一起，还是合适最重要。"他说着看过来，"我其实很欣赏你，你做事特别认真，看得出来，是会对感情负责的人。我觉得我们两个挺合适的，如果你现在走出来了，其实可以考虑一下我。你放心，我不会搞那些乱七八糟的东西，虽然赚的钱没有富家子弟多，但也算得上中上水平了，踏踏实实过日子绰绰有余。"

章简说完，电梯正好到了二层，外面有同事进来，章简直接迈出电梯，转头看向林莜："你可以考虑一下，再答复我。"

电梯的门缓缓关上，旁边的同事看了林莜一眼，因为不熟，倒也没问什么。

林莜被章简这么一顿表白，脑子有点乱。当耳机里传来小汤圆的声音，她才想起还在和霍坂通电话："喂，你还在吗？"

霍坂笑起来："有人在追你呀，是我见过的章先生吗？"

林莜有些尴尬："不用管他，我先去看你。"

"好，路上小心。"霍坂很温柔地应了。

林莜挂了电话，突然有些苦恼，章简这样表白了，他们以后还怎么做同事啊？

霍坂看着手机屏幕黑掉，面上的笑完全没了，垂着眼，若有所思。小汤圆瘫在他的腿上，看起来可乖了，一动不动。

过了半晌，霍坂随手把手机丢在一边，慢条斯理地摸着小汤圆的脑袋，也不知道在想什么。

😺 🐾 🐾

林莜顺道去超市买了菜，到了霍坂家门口，他已经给她开了门。

时间已经不早了，林莜直接进了厨房。霍坂走进来："路上堵车了？"

林莜低头拿菜："嗯，有些堵。你等一下，很快就做好了。"

"好，我和你一起。"

汤圆围在霍坂脚边转悠，想要吃东西，他微微低头，温声责备道："不行，你刚才吃过一顿了。"

林莜听着他的声音，眼睛轻轻眨了一下，抬头看向他，发现他的气色明显好了很多："今天舒服一点了吗？"

"嗯，好多了。"

霍坂似乎要过来帮忙，林莜有些不自在，忙说："不用帮忙，没什么大菜，很快就能做好，你出去休息吧。"

霍坂闻言，也没有勉强，依旧很礼貌地说："那麻烦你了。"

"没事。"林莜低声回答，忙着低头切菜。

她做的都是清淡的小菜，不需要太多时间，很快就做好了。

霍坂来厨房和她一起端菜："这么晚了，要不要留下来一起吃？"

"我回家吃，家里还有菜，你先吃吧。"

霍坂点点头，在位子上坐下来，慢条斯理地吃饭。

林莜伸手解下围裙，去看了一眼冰箱，白天的菜他已经吃了，她总算放了心。

她拿起包背上，见他好得差不多了，还是将之前没说的话说了出来："你已经好了，我明天就不过来了。最近公司比较忙，晚上都需要加班，我不能再请假了。"

霍坂闻言，微微抬眼看过来，表情依旧温柔："好。"

"那我先回去了。"林莜走到门口穿鞋，想起今天安总说的话，斟酌了一下，又开口道，"度假村的工作能麻烦你跟安总说一声吗？他要我跟这个项目，我觉得这样不太好。"

霍坂起身来送她，闻言似乎有些受伤："你不想跟我一起工作吗？"

林莜动作微微一顿，她知道他现在把她当家人看待，但是一起工作，她实在接受不了。

林莜看向围着她的脚转悠的小汤圆："不是这个原因，我只是没有接触过这么大的项目，如果强行跟，一定会耽误进度。所以，还是要麻烦你和安总说一声。"

霍坂听了，也没有坚持，温和地说道："好，我会和他说的。"

林莜点头："你去吃饭吧。"她说着替他带上了门，转身往电梯走去。

她肚子已经饿得咕噜咕噜叫了，按了电梯键，低头从包里掏出一块糖，先吃着压压饿意。她心想，做烧饭阿姨真是不容易，还得忍着不吃。

林莜嚼着糖，乖乖等电梯，隐约感觉有一道视线落在身上，她转头看了一眼门，根本没有猫眼。

她微微摇头，觉得自己想多了。

霍圾手里夹着的烟已经蓄了很长的烟灰，放在一旁的烟灰缸里全都是烟头，很显然，他之前也在这里站了很久。他站在门旁的显示器前，看着门外的林莜等电梯，并没有打算出去追。等她进了电梯，他才随手摁灭了手里的烟，眼里若有所思。

第二天上班，林莜忙到中午，想到霍圾，还有些不放心。

手机响了一下，林莜打开一看，是霍圾发来的照片，他给小汤圆量了一下肚皮，尺寸明显比之前小了一点点。

"瘦了一点。"

确实是"一点"，要是不量一下，还真看不出来。

林莜看着小汤圆委屈巴巴的眼神，忍不住想笑。既然他还有心情给小汤圆量尺寸，那就说明没事了，林莜彻底放下心，一头扎进工作里。

章简从对面过来，把一张邀请函放在她的桌上："度假村的合作方邀请我们公司去参加宴会，安总让我们一起过去。"

林莜微微一顿，拿过邀请函看了一眼。邀请函设计得既简单又精致，没有多余的花纹，显得贵气十足，一看就不是普通的宴会。她不太想去，可又不好再推，毕竟已经拜托霍圾推掉了度假村的工作，再推辞去宴会，工作都未必保得住。

章简本来要走，见周围没人，又转过来："林莜，你考虑好了吗？我们可以在一起试试。"

林莜有些尴尬，抬头看向他，认真回道："章简，谢谢你的好意，我并没有这方面的打算。"

章简完全没想到："为什么？你这么年轻，你爸妈同意吗？"

林莜沉默了一阵才道："他们会明白我的。"

章简实在不懂林莜的想法，她明明这么好看，却如此冷淡。不过，她越冷淡，他越觉得满意，因为这就说明她和他的前女友不一样。他本来就对她挺有好感的，毕竟她长得好看，又这么乖，现在看来，他的选择果然是对的。

"没关系，以后的事情谁说得准呢？"

章简非常自信地认为，以他的条件，追女孩完全没问题，最多就是多花些时间而已。

去宴会，礼服是一个很大的问题，穿得不合适就会很失礼。林苡没去过那样的宴会，不过好在周末要和顾语真一起逛街，可以顺便选件礼服。

顾语真大学的时候凑巧兼职做了模特，毕业后直接签了公司，和以前相比完全是脱胎换骨，在选礼服上绝对没有问题。她给林苡选了一件雾霾蓝的小礼服，林苡本来皮肤就白，穿上以后显得更白净了。她纤细的脖颈上配了一条细链，虽然样式简单，可是看上去和她很相衬，像光透过水晶一样剔透，有一种令人舒服的美。

薛贝做了很久的造型，等看见林苡这一身，她忍不住问："你这是在哪家做的造型，花了不少钱吧？"

林苡笑着回答："没花多少，我同学帮我弄的，她在这方面很厉害。"

薛贝没说话，摆明了不信，觉得她明明就是挖空了心思想往上爬。

等她们到了宴会厅，时间已经有些晚了。

宴会厅很大，巨大的圆顶描画了宴会的觥筹交错，水晶灯流光溢彩，对应着下面盛装出席的众人，显得格外相称。

刘文早就到了，看见她们两个，端着酒过来道："你们怎么才到？我刚才在楼上看见霍先生了，一会儿我们一起去打个招呼。"

林苡并不意外，合作方邀请了他们，不可能不邀别的合作方，更何况霍埈是他们千辛万苦请来的，说不定这次宴会就是为了他办的。

她一抬头，远远地就看见了霍埈。从她这个角度只能看见他的背影、修长的腿和随意搁在栏杆上的手，光是背影就已经赏心悦目。

章简还是第一次来到这么大的场合，一般来说，公司里只有安总这种级别的人才会到这样的地方来应酬。现在轮到他了，还能认识这么多有头有脸的人，他心里说不出地激动，心想，早晚有一天，他也会这样出人头地。

有几个老板知道宴会方把霍家的二公子请来了，都想和霍埈结识一下，听说章简和霍埈打过交道，就想让他引见一下。

这样有面子的事，章简自然是愿意做的，就带着这些老总去了。

没想到，霍圾看着章简，没说话。

几个人都看向章简："章先生，能给我们引见一下吗？"

章简微微挺直背，伸出手冲霍圾礼貌一笑："霍先生。"

霍圾看着他的手，笑了一下，伸出手越过他，握向旁边的人。

周围哪个人不是人精，瞬间就感觉到不对，纷纷看向章简。

章简脸上有些挂不住，手又往前递了一下："霍先生不记得我了吗？之前去度假村的时候，我是负责方。"

"哦，原来是你。"霍圾端着酒杯，手腕轻转，晃了晃杯子里的酒，"我还以为是哪个不长眼的，非要往我面前撞。"

章简闻言看向霍圾，眼睛微微一瞪，说不出话来。

旁边的人也不敢说什么，看霍圾不喜欢章简，完全不愿意触霉头，立即离他远了一些，想撇清关系。

章简被一群人无视了，脸上一阵青又一阵白，干巴巴地站在旁边，还要强颜欢笑。

等那些人打完招呼离开了，他忍不住上前道："霍先生，你这是什么意思？我记得我没有得罪过你啊！"他说着突然想起林莜，瞬间明白了，"你和林莜不是已经分手了吗？我合理追求也不行？"

霍圾看向他，笑了一下，神情轻慢："你这种货色还想拿我姐姐当'备胎'，赚的那点钱够她买糖吃吗？"

霍圾这话真是在往章简身上扎刀子，他最敏感的就是别人说他穷，最讨厌的就是霍圾这种富家子弟，觉得他们没有一点能力，却霸占着高位和财富。

章简瞬间变脸："你有什么可横的？不就是出身比我好吗？要不是含着金汤匙出生，你还不是个窝囊废？高考作弊的废物！"

霍圾微微抬眸看了一眼他的身后，瞬间收敛了一脸的散漫和轻视，微微垂下眼，看起来似乎很受伤。

章简看得都想笑了，心想，果然是温室里长大的花朵，被说了几句就怕了！

"看你现在衣冠楚楚的，要是大家知道你高考作弊被记入了诚信档案，是不是要笑掉大牙？"

"章简！"一个软软的女声打断了他的话。

章简转头看去，就见林莜站在台阶下，正冷着脸看着他。

林莜听到章简说霍圾高考的事，就像被一根刺扎进了心里，她疾步上前："你太过分了，你根本不清楚情况，为什么要胡说？！"

章简见她拦在霍圾面前，瞬间想起了自己的前女友，她也是这样为别人说话，她们一个两个都是为了钱在说话！

"我说的不是实话吗？他高考没有作弊，没有被取消第二年考试资格吗？摆明就是在国内混不下去了，才被送到国外去镀金，水分不知道有多大！"

他的声音太大了，周围的人都纷纷看过来。

林圾端起酒杯泼了过去："跟他道歉！"

周围一片哗然，薛贝和刘文完全傻了。

章简被泼了一脸红酒，神情错愕地看向林圾。

站在林圾后面的霍圾冲他笑了一下，神情轻慢，完全没有刚才的脆弱劲儿。

章简肺都要气炸了，俨然是把对前女友的恨也转移了过来："林圾，我真没有想到你和我前女友竟然一模一样，我还以为你很单纯，没想到你竟然也这么物质！今天如果我是他这样的身份，你还敢这样和我说话吗？！"

林圾不想和他废话，显然气得不轻："我不只要这样和你说话，还可能要动手。你要是不道歉，就不要想离开这里。"

"没关系，确实是我的问题，我不介意。"霍圾笑着拉过她，看向章简，似乎有些疑惑，"我只是觉得，章先生没有能力给自己的女朋友想要的生活，就到处说人家物质，这样会不会太失风度？"

和霍圾这样温柔有礼的人一对比，章简真是显得太过心胸狭窄。不对比还好，这一对比，周围的人少不了对他指指点点。

章简瞬间青了脸，冲上来就想打人，安斐看见了，连忙上来拉人。最后还是保全按住了章简，一行人跟着看热闹，眼睁睁看着他被人拖了出去。

整个宴会厅里热闹得不行。

林圾看向霍圾，他垂着眼睛，没有说话。高考显然是他心里过不去的坎儿，他这样骄傲的人被人这样笑话，怎么可能不难受？她心里的愧疚越发明显。虽然时间已经过去了那么久，但有些东西还是注定不可能忘记，比如她对他的愧疚。

林圾想了很久也不知道该怎么说，只能干巴巴地劝道："你别把他的话放在心上，大家都知道你有多厉害。"

霍圾抬眼看过来，伸手抚上她的脸，亲了上来，温软的薄唇贴上她的，轻轻叫她："姐姐。"

林圾呼吸一顿，还没有反应过来，霍圾已经加深了亲吻。

林苡瞬间顿住,手里的空酒杯一下掉落在地,摔碎在脚边。她吓得连忙推他,生怕被人看见。

霍圾已经在别人看过来之前离开了她的唇瓣。旁边的人走过来和霍圾说话,没有看见刚才那一幕。林苡却慌得不行, 低着头, 哪里都不敢看, 唇齿间仍然有着刚才的温热触感, 烫得她有些恍惚。

她看向霍圾温柔笑着的样子,甚至感觉刚才是错觉。

🐾 🐾 🐾

林苡的心跳一直没有平稳下来,感到恍惚之余,根本不敢停留,没打一声招呼就找机会跑了。等回到家,她脑子里还是乱糟糟的。

她刚放下手机,手机就响了。她心口微紧,以为是霍圾打来的,一看手机屏幕,是刘文,她伸手接起。

刘文忙把手机递给安斐:"安总,通了。"

"林苡,我是安总。阿圾没生气吧?你帮我向他道个歉。"

林苡咬了一下唇:"安总,我已经回家了。"

"他没和你一起?"

林苡微微摇头:"没有,他应该还在宴会上。"

安斐那边传来一阵嘈杂声,显然是在外面:"那我去找找他。你要是可以,也帮我说句话。高考这件事对霍家就不能提,一提他们就会翻脸。这次要是不处理好,别说合作了,我们世家的交情都要没了。"

林苡放下手机,一想到高考的事就一阵心烦意乱。以前别人提到霍圾,都会夸奖他是三好学生,现在提到他,就只会想到高考作弊的事。

她心里一阵愧疚,拿着手机犹豫了半响,想要打个电话给他,可是,一想到刚才的那个吻,她脑子里又是一片混乱。

她想了半天,还是放下了手机。

第二天,公司里还是一片和气。没人知道宴会上的事,安总特地交代过,薛贝和刘文什么也不敢说,甚至不好问林苡具体情况。

章简调整了一个晚上,若无其事地来上班,只是看见林苡就跟看见仇人似的,掉头就走。

林苡倒是不在乎,只是每次看见他都会想到霍圾,想到他因为高考的事被别人误解。

林莜看了一眼手机，霍坂没有打来过电话，一切平静得就像那个吻真的是她的错觉。

"你那个弟弟又来找你了？"

林莜心口一惊，抬头看去，才发现是旁边两个女同事正在讨论私事。

其中一个女同事看着手机，显然是在等谁的消息："和别人分手了才想起来找我，前天还追得紧，现在又玩失踪！"

"他年纪轻，爱玩吧，估计是拿你排解失恋的痛苦。"

"无所谓，我对他早没感觉了，就是馋他的身子，顺道摸摸腹肌，各取所需……"

"咳咳……"林莜喝水差点呛到，忍不住咳起来。

两个女同事看了林莜一眼，见她咳得整张脸通红，瞬间一笑，话题转移到她身上："林莜应该有很多男生追吧，谈过男朋友吗？"

林莜微微点头，红着一张脸老实回答："高中的时候谈过。"

"那个过吗？"

林莜从头到脚红成了番茄，以前她可能听不懂，现在……

女同事一眼就看出来答案了："高中生谈恋爱都是小孩子过家家，除了亲还能干吗？"

"有些高中生玩得很开的，林莜之前交往的估计是禁欲系的，没往那方面想，不然小丫头肯定会被吃得连渣都不剩。"

怎么可能没想？霍坂高二的时候就已经蠢蠢欲动了，一直对她说等成年什么的。林莜想到霍坂，整张脸又是一阵红上加红。与此同时，两个女同事已经更加深入地讨论起来，什么那样的感觉、这样的感觉，让她找机会试试……林莜被迫听了一耳朵，完全没办法集中注意力上班。

"上次那个超帅的建筑师今天要来公司开会，你们谁要去做会议记录？"

林莜咬着水杯的吸管，连呼吸都忘记了。

旁边的女同事立即举手："我！我要去！"

"还是我去吧，我速度快！"

"就怕你沉迷帅哥，漏记会议重点。"一群人嬉笑起来。

"来了来了！"有人低声提醒了一句，所有人都安静下来，假装认真办公。

林莜放下水杯，她背对着外面，也看不见，只能微微抬眼，通过桌子上的镜子看过去。安斐正和霍坂往楼上走，两个人有说有笑，昨天的不愉快就像没发生过。

林莜的镜子小，很快就看不见人了，她连忙拿起镜子，微微抬起，想仔细看看霍坂的神情。可能是她的动作太过明显，霍坂微微转头，看了一眼她这里。

林莜在镜子里对上他的视线，慌忙放下镜子，心里说不出地慌乱。

Eva从自己的办公室里出来，拿着文件往楼上走去："林莜，你跟我一起上去开会。"

林莜拿着镜子，忍不住咬了一下唇，磨蹭了一阵才拿起笔记本电脑往楼上跑去。要是迟到了再进去，只会更尴尬。

林莜抱着笔记本电脑进了会议室，后排的位子都坐满了，她只能往前走去。Eva给她留了个位子，斜对面就是霍坂。

他见她走近，抬眼看过来，微微点头一笑，和之前一样有礼貌。如果不是林莜很真实地感受过他的那个吻，还真的会以为她昨天是在做梦。

在座的同事几乎都听过这个帅气的建筑师是林莜前男友的八卦，不过，两个人都表现得很疏离，应该早没戏了，他们也就没有过多关注。

林莜有些心不在焉地在位子上坐下。

会议开始，大多数时候都是霍坂开口讲，大家认真听。

林莜一直在走神，视线下意识往他身上看。他穿着黑色衬衣，西裤笔直，身姿修长，举手投足说不出地好看，在前面说话的时候，几乎没有人能把注意力转移到别的地方。

林莜的视线不经意落在他的薄唇上，想起昨天的深吻，唇齿间似乎还有和他交缠的紧张感。她心口猛地一颤，连忙垂下眼，心神乱得一塌糊涂。

会议结束以后，霍坂没有马上走，想要和大家互相熟悉一下。他再说话就没有那么正式、严肃了，大家都和他闲聊起来。

其中一个男同事被旁边的女同事推着站起来，笑着开口问："霍先生有女朋友了吗？"

林莜合上笔记本电脑的手微微一顿。

霍坂闻言抬起头，微微一笑："没有，刚分手。"

林莜抬眼，见他看着别人笑，神情微怔。

男同事立即笑着看向周围的女同事们："看来你们有机会了，快上去要联系方式。"

这么明显的调侃，谁敢上去要？大家顿时一阵打趣。

霍坂笑了笑，看了林莜一眼。林莜心口莫名一紧，连忙起身出了会议室。

会议室里还在闲谈，隐约还能听到同事们和霍坂的说笑声。

林莜刚回到办公桌前，就被Eva叫到了办公室里。

Eva开门见山道："度假村的项目，章简不能再负责了。昨天发生了那样的事，安总花了很多功夫才没得罪人。你已经很熟悉半山项目了，就不要再推辞了。"

林莜微微皱眉："可是我——"

Eva伸手搭了一下她的肩："我知道你有苦衷，可是昨天章简真的是犯人忌讳了，那种不能提的事情，他偏偏提了。霍坂看着脾气好，可万一不接项目了呢？我们怎么办？他这个富家少爷不在乎，我们公司可拖不起啊。林莜，你就当帮公司一个忙。"

林莜想到高考的事，满心愧疚，可是，要和霍坂一起工作，她又实在纠结。毕竟，她现在都搞不清楚他在想什么了。

Eva已经一锤定音道："就这样定了，我去和安总说。"

一直到下班后，林莜都在纠结要不要打个电话问问霍坂一起工作的事。可现在这样的情况，她实在无法坦然地打过去。他就真的没有一点联系她的意思？昨天的事，难道他不应该解释一下吗？

顾语真吃了一口冰激凌就克制地停下了："昨天怎么样，那一身还行吗？"

林莜有些出神，闻言微微点头，又看了一眼手机，还是没有任何动静。

顾语真看了一眼她的手机，有些疑惑："你怎么了，在等谁的电话？"

林莜闻言一怔，瞬间收回视线，吃起冰激凌来："没有，只是想看看有没有工作上的事。"

顾语真伸手拿起自己的手机，笑着说："我还以为你碰到了喜欢的人呢！跟被勾了魂似的，魂不守舍的。"

林莜莫名一阵心虚，才意识到自己的举动真的很像她说的那样。

"欸？一中要办校友会？我们一起去吧！"顾语真看着手机里的消息，有些惊讶。

林莜用勺子轻轻刮下一层冰激凌："校友会？"

"对啊，群里有发，我们这一届的。"顾语真看着手机，"要是同一届的，我们就可以见到很多人了，好多同学都好久没见了。"她说着，心绪莫名起伏。

尤其是那个人，太久了，久到她都不敢说他的名字。

林莜打开手机，看见了通知，群里有挺多人都表示要去。

林莜突然想到了霍坂，她手指轻轻一点，点进了霍坂的朋友圈。

林莜现在的社交账号还是霍坂高中的时候帮她注册的，第一个加的好友就是他。他的头像是瘫在阳光下晒太阳的小汤圆，小猫咪半大不小的样子特别可爱。其实她也没想到他会用小汤圆做头像，因为感觉和他本人的性格完全不搭。

林莜看向他的最新一条动态，是小汤圆在偷吃猫粮的照片，竟然是昨天晚上更新的，看发布时间，应该是他从宴会上回到家里之后。他给这张照片配了两个字——"偷吃"，通过这两个字，林莜感觉出了他心里的平静，一点也不像背着人和她亲吻过的样子。

她昨天回去后，思绪完全乱糟糟的，根本睡不着，甚至担心他会像高中时那样。然而，现在看来，他根本就像什么事都没发生过一样平静。而她已经方寸大乱，从昨天到今天，满脑子都是他。

❀ ❀ 🐾

林莜意识到这个问题，努力让自己稳定心绪，好在她并没有在度假村的项目中见到霍坂。整整一周的时间，他都在国外和他的教授一起做项目，即便有什么问题，和他沟通的也是薛贝，根本不需要她出面。

林莜叠好衣服放进行李箱里，她明天要跟公司的同事一起去别的度假村考察，忙得根本没有时间想东想西。她整理好东西，又放了一包酒心糖果进去，才回到床上睡觉。

第二天，到了公司楼下，林莜远远地就看见了大巴车。她刚走近就看见了在咖啡厅外坐着的霍坂，他对面还有一个头发烫成大波浪、涂着红唇的女人。

那是方晴友，公司里出了名的漂亮女人，擅长交际，和她相处过的人都对她赞不绝口。

林莜脚步一顿，视线下移，看到霍坂身旁的行李箱，下意识一怔。难道他也要去吗？她怎么都没接到通知？

刘文看见她，打开车窗招呼道："林莜，这边。"

刘文这一提醒，坐在咖啡厅外的两个人也看了过来。

方晴友起身拉过旁边的行李箱，看向霍坂，指向桌上的咖啡，似乎在谢谢他请自己喝咖啡。

霍圾一笑，起身去结账。

方晴友看了他的背影许久，才转身拉着行李箱，身姿婀娜地往林莜这边走来。

林莜有些心慌意乱，她将行李箱放好，上了大巴车。刘文和薛贝坐在一起，别人她不熟，就去了后面的空位坐下。

没一会儿，方晴友也上来了，她和前面的同事说笑了几句，然后找了个空位坐下，她旁边的位置应该是给霍圾留的。

林莜转头看向正往大巴车走来的霍圾，他还真是要和他们一起去，那接下来这几天，他们岂不是要天天见到……

林莜又看向过道对面的方晴友，心想，霍圾和她一起坐的话，那就在她旁边了，哪怕隔着一个过道，她也觉得很不自在。

林莜想着，起身换了后排的空位。方晴友看了她一眼，没有在意，拿出包里的镜子打量了一眼妆容，确定没有问题才把镜子放回包里。

霍圾上了车，车上的同事纷纷和他打招呼。霍圾一边礼貌地回应，一边往后排走来。

方晴友见他走近，笑容越发明媚："刚才还没有问你的名字，不知道你——"

方晴友话还没说完，霍圾已经越过她，在林莜身旁坐下。

方晴友声音一顿，林莜也蒙了，看着坐在旁边的霍圾，下意识紧张起来。

霍圾抬眼看向方晴友："霍圾。"

方晴友脸上的笑只顿了一下，就笑得更加灿烂："霍先生和我们公司的新人认识？"

"以前是同班同学。"

"原来如此。"方晴友微微侧头看了一眼坐在窗边的林莜，笑着收回视线，显然不打算再说话。她对男人很有把握，尤其是霍圾这种男人，肯定有很多女人喜欢，绝对不能追得太紧，不然只会泯灭在众人之中。她心想，她现在要做的就是突出自己的优势，不能太过主动。

主管看人都到齐了，就让司机开车，大巴车缓缓往前开动。

林莜看着车慢慢远离公司，这几天才平静下来的心绪又乱了起来。

霍圾坐在她旁边，没有说话，存在感却很强。他这样坐着，腿不时会碰到她，无声无息的暧昧感让她的心思越来越乱。她要往里面缩着腿才能不碰到他，坐得非常不舒服。她勉强坐了大半个小时，一直没有改变坐姿。

霍圾看起来毫不受影响，低头玩着手机，只有她心绪紊乱。

林苡转头看向他的腿，视线慢慢往上，入目的是清俊的侧脸，坐在旁边的她根本无法忽视。她实在做不到若无其事，要是不说清楚，她根本没有办法做事。

"霍坂。"

霍坂轻轻应了一声，手上继续滑动着新闻界面，甚至没有抬头，看起来没什么心思和她说话。

林苡看了他很久，压低声音问："你那天为什么要那样？你不是喜欢你的前女友吗？"

霍坂这才抬头看过来，似乎不太明白："哪样？"

林苡看了一眼前面的同事，大家都在闲聊，并没有注意到他们这边。她咬了一下唇："那天在宴会上，你为什么亲我？之前不是说过要当姐弟吗？"

霍坂闻言，似乎才想起来："哦，原来是这件事？"他似乎有些惊讶，视线落在她的脸上，缓缓下移，又落在她的唇瓣上，轻轻笑起来，"你不会是这些天一直在想我亲你的事吧？"

林苡眨了一下眼，下意识往回缩。

霍坂看了她半晌，突然笑出声，俯身靠过来："姐姐这四年都没有谈过男朋友吗？不知道男人喝了酒会冲动？"

林苡回答不出来，她确实没有交往过男朋友，也不知道这种情况。

"原来是真的没有再谈，难怪还是这么青涩。"霍坂说得很慢，像是故意的，"不会是对我的亲吻还有感觉吧？"

林苡的心下意识一紧："没有。"

霍坂重新靠回椅背，无所谓道："那就行了，又不是没有亲过，没必要纠结。"

林苡被绕了一个大圈子，回过神来才发现好像并没有问出什么来，可她也不敢再和他说话，生怕他说得更离谱。

她靠着窗户闭目养神，心里想着把他当普通同事看待，时间一久，还真的睡着了。

等她一觉睡醒，也到地方了。

这个度假村很有名，也是顶级的，经营模式和内容都很值得学习，一般来说不可能让他们这么多人一起过来考察，这次是很难得的机会。

房间早已经安排好，刘文和薛贝一个房间，而林苡的部门只有她一个人过来，所以就和也是单独过来的方晴友住一起。

林苡进了房间，打开行李箱。

方晴友随后进来，看见林苡蹲在地上整理行李，向她伸出手："你好，我是市场部的方晴友，这几天我们就要住在一个房间里了。"

林苡手里拿着糖，不是很方便，又把糖放回行李箱，伸出手和她握了一下："你好，我叫林苡。"

方晴友一笑："我知道你，你刚进公司的时候可引起了不小的轰动，我这种天天在外面跑的人都听说过你，我们部门的男同事可天天讨论你呢。"

林苡不好意思地一笑，伸手去拿糖："要吃糖吗？"

方晴友笑着摇头："谢谢，我不吃，甜食可是女人的天敌。"她说着提起行李箱放在桌上，伸手打开，似乎又想到了什么，"你和霍坂先生是大学同学？"

林苡听到霍坂的名字，剥糖纸的手微微一顿："是高中同学。"

"不知道霍先生高中时期是什么样子的，不过，我可以想象，他这样的人，应该有很多女生追。"

林苡想起以前的腥风血雨，微微点头："嗯，是有些多。"

方晴友扶着行李箱的盖子，微微侧头看过来，像在开玩笑："你追过他吗？"

林苡一想起刚才的情景就一阵尴尬，剥开酒心糖果吃掉，轻轻摇头，没再继续这个话题。

方晴友一看就觉得林苡是没追到。她心想，霍坂那样的男人见的女人多了，肯定不中意林苡这种乖乖女，要不然高中就下手了，怎么可能等到现在？他刚才特意坐在林苡旁边，应该是为了吸引她的注意力。不得不说，他做得很好，至少已经完全勾起了她的兴趣。

方晴友满意地一笑，没再开口问什么，觉得林苡这种乖乖女在她面前根本不够看。

度假村的考察工作很繁忙，林苡每天的时间都被安排得满满当当。而且，她没有接手过这么大的项目，很多地方都不是很了解，所以要学习的东西很多。每次出去一趟，她都会记下满满好几页要点，晚上回房间还要理解、记忆，一通忙活下来，和霍坂一起工作的不自在好像也没那么明显了。

他们几乎不说话，也没有太多接触，就和别的同事一样，最多只是见面点一下头。

林苡看完今天记下的要点，准备出房门吃些东西，填饱肚子。度假村的负责人特地划了一大块区域给他们公司的人，可以说是特别款待了。

　　林莰刚走到休息室里，就看见霍圾正坐在沙发上，他指间夹着的烟已经燃了一大截，显然已经坐了很久。他好像刚从比较正式的场合回来，一身深色西装，戴着金丝框眼镜，黑发梳起，露出令人惊艳的眉眼，只是静静地坐在那里就莫名撩人。

　　她走到一半，进也不是，退也不是，有些僵硬。

　　霍圾微微抬眼看过来，片刻后，身子前倾，伸手将烟按灭在烟灰缸里。

　　方晴友从外面进来，凹凸有致的身材加上吊带裙，几乎叫人移不开眼，看着就像是来度假的。她不知道从哪里拿来了两瓶红酒，一进来看见他们，瞬间笑起来："你们也在啊！正好，一起品酒吧，顺道玩个游戏，放松放松，这几天太累了。"

　　霍圾闻言，没有说话。

　　林莰去柜子里拿了一包薯片，笑着推辞："我还有一些东西没有记，先回去了。"

　　方晴友放下酒，立即上前拉住她："就两个人怎么玩游戏，人多才好玩！今天你被我看见了，不玩可就是不给我面子。来吧，就玩一会儿，放松一下。"

　　林莰硬生生被她拉着坐到霍圾对面，她抱着零食，多少有些尴尬。

　　方晴友去取了酒杯，又拿来一副扑克牌。她在旁边的小沙发上坐下，抽出三张扑克牌，摆在桌上："红桃六是我，方块七是你，黑桃六就算是霍先生吧。"

　　林莰看着自己的牌，只能认真地听起规则。

　　方晴友用纤纤玉指交换着三张牌的位置："游戏规则很简单，我们轮流洗牌，轮流翻牌，被别人翻到自己牌的人就要喝酒，自己翻到自己的不用。"她说着，似乎又想到了什么，看向霍圾，"光是喝酒好像没什么意思，不然再加一些惩罚吧！谁要是被翻到牌，就脱下身上一件东西，无论是什么都可以，怎么样？"

　　林莰愣住了，她出来的时候就披了一件外套，里面是睡裙，身上几乎什么装饰品都没有，最多就是脚下的拖鞋了，要怎么玩……

　　霍圾闻言，慢慢笑起来，莫名有点坏意："好啊。"

chapter 18

城府

"我已经给了你四年多的时间，你还没玩够吗？"

林苑微微一顿："我还是不玩了，我今天不太适合玩游戏。"

方晴友伸手拉住她，笑着看过来："你一看就没怎么玩过酒桌上的游戏，这种游戏就是要有惩罚才刺激。何况你也未必会输，我会帮你的。你看我手上的手环，就够我们撑好久了。该紧张的是霍先生。"她说着，伸手摇了一下自己手上连串的手环，看向霍圾，笑了出来，"我先来吧。"

林苑看着她翻牌，莫名紧张。等牌翻过来后，是黑桃六，正好是霍圾。

林苑微微松了一口气。

方晴友用手指夹着黑桃六，看向霍圾："霍先生，这一开头就轮到你了，不知道你要摘什么东西。"

霍圾一笑，似乎一点也不意外，端起酒杯喝了酒，抬手脱下腕表，随手放在桌上。

方晴友看了一眼他解下来的腕表，眼睛微微一亮："那继续吧，下一个谁来？"

霍圾慢条斯理地洗了牌，笑着朝林苑看过来，有礼有节道："女士优先。"

林苑犹豫片刻，伸手翻开最左边的那张牌。她刚才看得很认真，他们又是随便洗洗的，她很轻易便记住了牌的位置。

她用细白的手指翻过牌，果然是方块七。她瞬间觉得庆幸，又有点心虚，抬头非常无辜地看向他们。

方晴友看了一眼，完全没意外，笑着靠向沙发扶手："好幸运，免死金牌。现在轮到霍先生了。"

林苑伸手替他洗了牌，还是把自己的牌摆在最左边。刚才她翻过这个位置，按常理来说，下一个人有百分之六十的概率不会再翻相同的位置。

霍圾看着她慢吞吞地洗牌，神情有些玩味。他把手伸过去，修长的手指滑过三张牌，停留在最左边，似乎在想翻哪一张。

林苑看着他的手停留在最左边，下意识紧张起来，紧紧盯着他的手。

霍圾忽然轻笑一声，抬手翻开最右边的牌，是红桃六。

方晴友看见他翻到了自己的牌，会心一笑，喝过酒后，微微扬起精致的下巴，摘下一只耳环放在桌上，每个动作都透着风情万种。

方晴友继续翻牌，又是黑桃六。

霍圾也不意外，伸手解开西装扣子，直接把西装脱下来，扔到了一边。

这样的男人玩这种游戏，冲击力实在太强，尤其是还玩得这么刺激。

不一会儿，方晴友身上的饰品就脱得差不多了，只剩下吊带裙。她喝得似醉非醉，视线落在霍圾身上，意思已经很明显，都是成年人，也看得出来。

林竑看着两个人来回翻牌，也大概看出意思了。虽然她已经喝得有些晕乎，但其实翻到她的次数一只手都数得过来。

他们应该都是会玩的，所以只是偶尔翻一下她的牌，让她有些参与感。大多数时候都是两个人互相翻牌斗酒，她充其量只是一个凑数的，根本不需要紧张。

方晴友正准备翻牌，这大概也是最后一轮了，桌上的手机突然有电话进来。

方晴友抱歉地一笑，接起电话，往外面走去："不好意思，我先接个电话。"

林竑看了一眼霍圾，微微闭了一下眼，有些犯困。她想回房间了，他们过后要干什么都不关她的事。"我有些困，先回房间睡觉了。"

霍圾闻言看过来。他的领带早解了，身上的白衬衣解了最上面的两颗扣子，即便穿得简单随意，气质还是十分出众，再加上细框眼镜，整个人看起来就像一个斯文败类，散漫之中透着诱惑，莫名让人心动。

他伸手拿过牌，轻描淡写道："耍了这么久的赖皮，说不玩就不玩，要我吗？"

"我没有耍赖。"林竑昏昏沉沉的，干巴巴地反驳了一句，眼睛盯着他洗牌。

霍圾却将牌背到身后，随手洗了一下，重新放在桌上，似笑非笑地看过来："翻吧。"

林竑微微皱眉，看了桌上的三张牌很久，已经完全分不清楚哪张是自己的了，只能习惯性地翻刚才翻过的位置，是黑桃六，霍圾的牌。

霍圾看着她，随手拉出衬衣下摆，开始慢条斯理地解衣扣。

林竑连忙收回视线："衣服就算了。"

霍圾手上的动作微微一顿，散漫一笑，抬手摘下眼镜放在一旁，拿起旁边的红酒倒进她的酒杯里："轮到你洗牌了。"

林竑看着他摘眼镜的动作，心口莫名一紧。以前，每次要特别激烈地亲她时，他都会先摘眼镜，虽然她现在有些迟钝，但还是能条件反射地想起那些画面。

她有些紧张，也拿过牌背到身后，仔细洗了牌，摆在桌上以后，连她都不知道哪张是哪张了。

霍圾几乎是随手抽了一张牌，就是她的。

林苡觉得太巧了，肯定有猫腻！"你作弊！"她不知道他做了什么手脚，急得脱口而出。

"作弊，哪里？"霍圾漫不经心地问，"高考吗？"

林苡瞬间愣住，完全说不出话来。

他虽然说得轻描淡写，可明显是在意的。高考是他们之间太过敏感的话题，他猝不及防这么一提起，气氛瞬间凝固了。

林苡无声地伸手拿过他手上的牌，她有点醉了，动作有些大。她仔仔细细地摸着牌上面有没有记号，可是头有些晕，检查得很慢。

霍圾也没催她，端起酒杯轻轻晃了晃，眼睛看着她，慢条斯理地喝了一口。

林苡看了两个来回，完全看不出来牌有什么问题。她只能放下牌，一声不吭地喝完了杯子里的酒，然后机械性地伸手洗牌。

霍圾突然伸手按住了她的手："衣服呢？"他的语气轻描淡写，话里的意思却那么露骨。

林苡被他掌心的温度烫到，连忙抽回了手，抓着衣服，不知道该说什么。

方晴友接完电话，一进来就察觉到他们之间气氛暧昧。

她看了一眼林苡，笑着在位子上坐下，分寸拿捏得合宜，既撩拨了人，又没有显得低俗："今天就到这里吧，不然我可没东西输给霍先生了。"

她看着霍圾笑，却没有起身。

霍圾无声地笑了笑，看向她，没说话。

林苡心里很明白这是成年人之间的暗示，于是站起身离开休息室。

有些东西终究是不一样的，他这样的人注定和她不合适。她很明白，也感觉自己很清醒，可心里就是闷得慌，连走路都有些不稳，就像在清醒地看着自己醉倒。

她摇摇晃晃地走在厚地毯上，隐约感觉后面有人，转头一看，是霍圾。

他手臂上搭着脱下的西装和领带，衬衣松散地半敞开着，慢慢在她后面走着。

林苡心想，他一直跟着自己吗？

霍圾见她转过头，低声道："你还没接受惩罚呢！"

林苡看着他，脑子有些转不过来。

霍圾看了她半晌，向她走来。

林苡看着他靠近自己，脚下意识往后面退。

霍圾走近："姐姐输了就要赖，是在欺负弟弟吗？"

林苡脑子里一片混乱，轻轻摇头："我没有。"

"那你的衣服呢？"霍圾俯身看着她，"愿赌服输，你玩了游戏，就得遵守规则。"

林苡微微退后，后背抵在了墙上，退无可退。

"不脱也可以，你可以用别的东西替代这个惩罚。"

"什么东西？"林苡真的已经有些恍惚了，酒精已经一点点地麻痹了她的神经，让她无法思考。

霍圾将自己的衣服递过来，连带腕表也放在了她手里："帮我拿一下。"

林苡下意识接过，刚刚拿稳，霍圾已经靠过来，伸手搂过她的腰，薄唇贴上了她的，轻轻吻她。

林苡呼吸都有些顿住了，唇齿间都是酒香，手完全没力气拿住他的衣服，全掉在了地上，只有腕表还勉强抓得稳稳的，上面还隐约有他的体温。

"你喜欢的，对不对？"霍圾亲了一下，"要是不喜欢，怎么愿意让我亲你？"

林苡睫毛轻轻一颤，有些心慌。

霍圾微微靠近，低声说："重新和我在一起吧，反正你也不打算找男朋友，那为什么不和我在一起？"

林苡看着他，脑子里一片空白。

霍圾越发靠过来："好不好，嗯？"

林苡有些迷迷瞪瞪。

霍圾抱着她轻声催促："姐姐，快回答我啊。"

他这么温柔的缠磨，林苡真的有些招架不住，感觉陷在了温柔乡里一样，忍不住轻轻"嗯"了一声。

霍圾听了，微微一顿，似乎有些意外。他身子微微前倾，压着她靠在墙上，声音莫名低沉："你自己同意的，别反悔。"

林苡看向他，眼里已经开始迷糊，还来不及反应，霍圾舌头抵了一下牙齿，低头吻了上来。

感觉到他温软的唇瓣正在磨她，像软糖一样，她忍不住回应了一下。

霍圾的呼吸越来越重，双手把她抱得越来越紧。

林莜忍不住呜咽出声，想要推开他，霍圾却在她耳旁哑着声音问："去我的房间吗？"

林莜被他唇齿间的气息烫得不行，反应有些迟钝："去干什么？"

走廊上突然传来一声惊呼，林莜微微抬眼看过去，好像是她的同事。

不远处的几个人瞪大眼睛，看着衣冠不整的两个人，地上还有脱下的西装和领带，完全傻眼了。

这也太激烈了吧……

❀ ❀ ❀

林莜看见他们，反应有些迟钝，她靠在霍圾怀里，和薛贝对上了视线。

几个同事连忙收回震惊的视线，捂上眼睛："路过路过，你们继续，继续继续。"

林莜听到"继续"两个字，抬眼看向霍圾，这才有些回过神来，吓得连忙推开他，摇摇晃晃地往自己的房间跑去。

几个同事见人跑了，有些不好意思："霍先生，打扰到你们了。"

霍圾看着林莜跑远，闻言笑了一下，一副已经习惯了的样子："没关系，她脸皮一直这么薄。"

一直……几人心想，这么说，他们还真是一对。

霍圾俯身捡起衣服，冲他们笑着点了点头，转身离开。

薛贝惊呆了，心想，原来这样温柔的男人，亲吻的时候也会这么激烈用力，一点都不给走神的机会。

林莜昏昏沉沉地跑回房间，方晴友已经在房间里了。看见林莜进来，她也没说话，想起刚才霍圾起身离开的冷淡样子，都不敢相信。她这样的身材和样貌，难道在他眼里还不够好吗？

她视线一转，扫到林莜唇瓣红肿，唇色潋滟，眉眼含春，一下子就知道她刚才干什么去了。她烦躁地拿了衣服，走进卫生间洗澡。

林莜虽然有些喝醉了，但多少也察觉到了冷掉的气氛。她按了按昏沉的脑袋，刚在床边坐下，包里的手机就响了。

林莜慢吞吞地拿出手机，机械性地按了接听键，乖乖拿到耳朵旁："喂？"

霍圾听到她软软的声音，轻轻笑出来，声音仍然有些低哑："我的腕表还

··· 124 ···

在你那里。"

　　林苡听得耳朵有些发烫，她把手机微微拿开了一些，低头看了一眼，还真的在她手里。

　　她思考了一阵才道："我明天还给你。"

　　"不行，现在给我。"霍坂轻声拒绝，"我有用。"

　　一只腕表能有什么急用？他就是想要骗她过去。她现在已经稍微冷静下来，多少也察觉到他刚才要她去他的房间，想要干什么了。

　　"我不去你的房间。"林苡用穿着拖鞋的脚轻轻地磨蹭厚厚的地毯，很乖地回答道。

　　霍坂顿了一下，轻笑出声，声音低沉道："为什么不来我的房间，嗯？"

　　林苡听着他的声音，回答得很认真，带了点指责："你就是满脑子想做坏事，高二的时候就这样了。"潜台词就是，现在长大了，他肯定也好不到哪里去！

　　霍坂似乎不太明白："姐姐，你说的是做爱吗？"

　　林苡忍不住缩了一下脚趾："霍坂！"她的脸一阵阵发烫，也不敢再和他多说，生怕他再说出什么惊世骇俗的话来，"我要挂电话了！"

　　霍坂轻笑出声："我就在你房间门口，你开门把腕表递给我就好了。"他说着，又轻声道，"姐姐，我真的有用，不骗你。"

　　林苡听见他这样说，勉强放松了警惕，稍微思考了一下，起身去给他送腕表。

　　她打开房门，却没有看见霍坂的身影："你在哪里？"

　　"就在门口。"

　　她有些疑惑，走出房门，看了一眼外面的走廊："我没有看到你，你是不是走错地方——"

　　她话还没说完，就被身后的人拉住手腕，一把拽进了怀里。

　　林苡来不及反应，一头撞进来人怀里，抬头一看，果然看见了霍坂带着笑的眼睛。

　　他靠着墙，姿态闲适。

　　林苡反应有些迟缓，微微一怔，将手里的腕表递给他："给你，我要回去睡觉了。"

　　"先抱一会儿。"霍坂没接，抱着她低声说。

　　林苡靠在他怀里，没有说话，下意识看了一眼周围，跟以前在学校里和他谈恋爱时一样紧张。

不过，相比之下，她现在更加紧张，因为霍圾衣冠不整的，衬衣下摆还开了一颗扣子，隐约能透过缝隙看见里面的腹肌。

林苑视线有些停滞，伸出细白的手指，帮他把衬衣的缝隙合上。

霍圾感觉到她的动作，低头看过去，见她盯着自己的腹部看，低笑着拉开衣摆："要摸吗？"

林苑看着他把衣摆拉开，心里微微一惊。衬衣里面的线条很好看，肌肉坚硬结实，西裤系着皮带，下面是修长的腿。他长腿微屈，靠着墙，笔直的西裤一点褶皱都没有。

林苑几乎是半靠在他的腿上，完全处于主导位置。她突然想起公司女同事说的话，她们说手感很好……她曾经碰过一次，不过，因为太紧张，她根本没记住真实感觉，现在多少有些好奇……

霍圾见她认真地看着，唇角弯起，低声催道："快一点，不然要被人看见了。"

林苑本来还在犹豫，听到这话，有些紧张，做贼似的看了一眼四周，伸出细白的小手轻轻摸了上去。

窗外的风轻轻吹进来，拂起白纱帘，午间的阳光透进来，折射出明亮的光芒。

林苑睡得很沉，这时候才微微转醒。她躺在床上翻了一个身，只觉得头痛。旁边那张床上已经没了人，也不知道方晴友去了哪里。

等等，方晴友？

林苑慢慢坐起来，最后的记忆还停留在玩游戏上，她好像输给了霍圾，他要她把衣服脱了……

床边的手机"叮"了一声，进来了一条消息。

林苑昏昏沉沉地拿起手机一看，是霍圾发来的。

"醒了吗？起来吃饭。"

林苑看着手机里的信息，微微一顿，隐约想起了昨天的某些片段。她的头突然更痛了。难怪会有酒后乱性这个词，她现在算是深刻地体会到了，喝了酒以后会有多冲动。

门铃响起，林苑起身穿上拖鞋，慢慢走过去，打开了门。

霍圾站在门口，手里提着粥，看着她微微一笑："吃完再睡。"

林苑反应过来："谢谢你，我自己会过去吃。"

霍圾走近一步："不要告诉我，你忘记昨天答应我什么了。"

林苑被说了个正着，她意识还有些模糊，脑子昏昏沉沉的，是宿醉的后遗症。

霍圾提着粥走进来，打开保温盖，看了她一眼："你昨天答应和我在一起了。"

林苑隐约想起来了，不过觉得还是不要承认为好。她微微一顿，跟上去道："怎么可能，我们不是在玩游戏吗？"

"真不记得了？"霍圾也不意外，在她的床边坐下，伸手拿出手机，看向她一笑，"没事，我们可以回忆一下。"他手指微微一动，按下音频播放键。

手机里传来了他的声音："喜欢吗？"然后半晌都没有声音，不知道在干什么，过了很久才听见林苑似乎有点害羞地小声回答："喜欢。"

霍圾声音低沉，莫名放轻："姐姐，你这样摸了以后，答应做我女朋友的事就不能反悔了。"

"好。"

然后就是很暧昧的亲吻声，听着还挺激烈的。

林苑的整张脸一下涨红，他竟然录下来了……她瞬间想起了昨天的所有事情，她好像真的摸了他的腹肌，还是在走廊这样的公开场合……

林苑羞愧得无地自容："我……我昨天喝醉了，不太清醒，说的话不能算数。"

"不是酒后吐真言吗？"霍圾看着她，反驳道。

林苑直接不说话了，干巴巴地站着，打算咬死不认。

霍圾微微挑眉："那再听一遍，想想你昨天有多热情。"

听一遍都羞愤欲死了，再听一遍还得了！林苑想说的话都卡在了喉头，连忙冲过去，想要抢手机。

霍圾顺势往后一倒，林苑直接扑到他身上去了。他拿着手机，低笑着看向她："这么主动？"

林苑趴在他身上，感觉到了他坚硬修长的身体，和女生的完全不一样。她像是被烫到了一样，连忙爬起来，看着他手里的手机，脸上一片火辣辣的："霍圾，喝醉了是不一样的。"

"那你摸了吗？"

林苑被堵得哑口无言。

霍圾慢慢坐起身："我是因为你愿意做我的女朋友才给你摸的，你现在占了便宜，不想负责任？"

林苑无声地低下头，像一个被谴责的负心汉。

霍圾也不打算多说，站起身往外走："看来你是不打算认了，那我只能找人来评一下理。"

"不要！不要让别人听！"林苡彻底慌了，连忙上去拉住他，小声说，"霍圾，我以前不是也摸过吗？"

"以前你是我女朋友，可以随便摸，现在又不是。我不可能白给你摸，你昨天还想解我的皮带，打算白玩我吗？"霍圾慢条斯理、半真半假地说。

林苡羞得说不出话来，不知道他说的是真的还是假的。解皮带这种事，她应该不可能做得出来吧？不过，她唯一可以确定的是，霍圾绝对做得出来找别人评理这种事。这段录音要是让别人听见了，她真的不用见人了。

"看来是不认了。"霍圾看她不说话，转身往外走。

林苡连忙拉住他："不是！你等等，让我再想想。"

霍圾低头看过来，声音温柔了很多："好，你肯负责任就行了，我就是想要个女朋友。"他说着，伸手抱住她，"我昨天忍得很辛苦，姐姐应该也很想要男朋友了，你的手不是很安分，一直摸到别的地方，我让你停一下，你都不愿意，差一点就被人看见了。"

听到这话，林苡的整个脑子都变得乱哄哄的，已经羞耻得不知道该怎么面对他了。

🐾 🐾 🐾 🐾

从度假村回来，正好碰上周末，林苡可以顺便休息一下。

霍圾答应给她考虑的时间，并没有催促她，这件事是她做错了，但她一时也不知道应该怎么处理。

周末的校友会，顾语真要拉她一起去，林苡正好去散散心，顺道看看好久没见的同学。

校友会就定在一中举办，周末学校学生不多，只有高三在上课。

顾语真拍摄推迟，不知道要晚多久，让林苡先进学校。林苡一走进去，熟悉的感觉瞬间扑面而来，时间好像回到了那三年。

林苡到大教室集合，人已经很多了，虽然他们没穿校服，但是那种熟悉的感觉没有变，还是闹哄哄的。

"林苡，快过来！"李琪琪看见她，站起来招手，"怎么这么晚？我还以为你不来了呢！"

林苡笑着走过去，在她身旁坐下："语真有事，等了她一会儿。"

太久没见，李琪琪有点兴奋："你谈对象了没有？"

林莜摇了摇头："没有。"

李琪琪还想着之前给她测的爱情运势："我带了牌，一会儿重新给你测一下，说不定你的运势变了。"

林莜见她还在玩以前的游戏，忍不住想笑，一抬头就看见了不远处的许念，她正盯着她看。这么久过去了，许念没什么变化，还是很漂亮，只是她看林莜的眼神有些奇怪。

"小奶糖。"

林莜转头看过去，看见李涉手插着兜，还是吊儿郎当的。他往林莜这边走来，压低声音问："霍圾回来找你了没？"

林莜轻轻点头："他是我们公司请来的合作方。"

李涉立即爆炸了："这个混账王八蛋，我就知道，找到你肯定就能找到他！"

林莜微微一愣，想起霍圾，莫名面热，那个录音还没删呢……

"我开了家酒吧，改天叫他把他带去我的酒吧玩。"李涉风风火火的，转头看见王泽豪，就又晃荡过去，拍了一下他。他正准备开口说话，一阵香风传来，有人在他旁边坐下。

李涉看了一眼，不认识，可又感觉很熟悉。他动作微微一顿，转头看过去："你是？"

"顾语真。"顾语真无奈一笑，没想到他都已经忘记她了。快五年了，这段回忆好像也应该停止了。

李涉的眼珠子差点瞪出来了，王泽豪更夸张，直接叫道："顾语真？你这是脱胎换骨啊，变化也太大了！"

顾语真大方地一笑："谢谢夸奖，你也不赖。"

李涉完全凌乱了，第一次被惊得说不出话来，他本来还在想那个总是低着头的小丫头现在怎么样了，没想到她已经出落得亭亭玉立。

林莜看了一眼许念，她没再看这边，而是在和于辉扬说笑。

林莜想起她刚才的眼神，心里有些不舒服，总感觉不对劲。她收回视线，又对上了陈宣冲的视线。他的变化很大，头发没有再留得很长，剃成了寸头，也不再穿着那裤角飞扬的校裤，整个人看上去清爽挺直了不少。

他见她看过去，微微一顿，冲她点了一下头，像和小弟打招呼一样，马上就收回了视线，没再看她。

　　林苑看见了，忍不住一笑，心想，其实他还是老样子，和以前也没有太大差别。

　　不远处的一个同学看人几乎都到齐了，有些惊讶："我们这届来的人还挺多的，我看别的校友会都不会到这么多人。"

　　"你也不想想我们那一届有多闹腾，我敢打保票，一中建校以来，没有哪一届有我们这届这么热闹。我们从高一到高三出的事太多了，就没太平过。"

　　这么一提，大家自然就想到了霍坂，再加上看见了陈宣冲，就有人问："霍坂今天会来吗？陈宣冲都来了。"

　　"他肯定不来啊，他之前成绩那么好，高三那年却弄成那样，高考还……唉，我家现在只要有人高考就和他们说这件事，完全拿来当警示。"

　　"今天其他几届也有个别人过来，我感觉，起码有一半的人是想看霍坂笑话。"

　　"我们这届最可惜的就是他，他完全是自毁前途，要不是家里有钱，送他出国镀金，估计他早就淹没在人群里了。"

　　林苑心口一滞，莫名难受，难怪霍坂从来没有提过校友会的事，应该是料到这一出了吧？

　　教室里贫嘴的依旧贫嘴，八卦的依旧八卦，说说笑笑的，很热闹。

　　林苑突然很愧疚，高三的时候，她一直在学习，他过得怎么样，她关心过吗？其实他对她挺好的，除去闹得不怎么好看的开始和结尾，别的都无可挑剔。她早就知道，真的不会再有一个人像他这么喜欢她了。所以，她是不是也应该勇敢一些，而不是一开始就对他们的未来带着偏见？

　　校友会也没有什么，就是大家互相闲聊，做一下互动游戏，晚点还要转场。

　　林苑没心思闲聊和做游戏，一个人出了教室，打算在学校里走走，思考着要不要给霍坂打个电话。

　　"林苑学姐？"

　　林苑转头看去，是一个圆脸女生。

　　圆脸女生见她看过去，瞬间一笑："学姐，你好，我叫媛媛，是霍坂的表妹，就比你们低一届。听说你们今天举办校友会，我和同学顺道一起来玩玩。"

　　林苑笑着回应："你好。"

　　媛媛仔细地看了林苑一眼，发现她的眼神很干净，即使出了社会，也剔透得像水晶一样，没有杂质，看一眼就让人很喜欢。

她忍不住说道："我觉得你比我们班赵映琦漂亮多了，也不知道霍圾表哥后来为什么要跟她交往。"

林莜听到赵映琦的名字，觉得有些恍惚和陌生，毕竟时间过去太久了，不过，她还记得她。

媛媛有些不吐不快："赵映琦和霍圾表哥谈恋爱的时候脚踩两只船，和班里的男同学搞暧昧。我就看不惯她这样的女生，本来以为霍圾表哥没有把她放在心上，没想到因为她，表哥高考居然出了岔子，都怪赵映琦。"

林莜听得一怔："你说霍圾喜欢赵映琦？"

"本来我也不觉得，我一直以为他喜欢的是你，毕竟他和赵映琦太疏离了，比陌生人还不如。可是，高考前几天，表哥还来问我赵映琦过得怎么样，特地关心了她几句。"

林莜思绪一乱，隐隐约约察觉到了不对："他高考前几天找你问过赵映琦的事？"

"是啊，知道她脚踩两只船之后，他似乎挺难过的，然后就出了高考的事，唉。"

林莜感觉有些凌乱，霍圾不是说因为她才没有心思高考吗？怎么又变成了赵映琦？

她太了解霍圾了，以他的性格，要是他真的喜欢赵映琦，根本不可能再来找她说那些话，也不可能去找别人问赵映琦的情况，他会直接去找赵映琦。就像他找她一样，他要把所有的主动权都牢牢地掌握在自己手里。那他为什么要在高考前几天去找媛媛呢？

媛媛说着，有些庆幸："不过，多亏霍圾表哥来问了一句，不然我真的会以为他是因为你才高考失利的。姨妈后来问我的时候，我差点就说成你了。还好你没有替赵映琦背黑锅，不然你当时的处境应该会很艰难吧。"

林莜思绪一滞，突然想到了什么，可她不愿意相信那个年纪的他就有这么深的城府。她面色有些苍白，过了很久才轻轻问："你有赵映琦的联系方式吗？"

媛媛没有赵映琦的联系方式，不过，看到林莜神情恍惚的样子，她特地帮她向别的同学要了赵映琦的手机号码。

林莜再三谢过，马上打了过去。

电话响了多久，她的心就忐忑了多久，直到赵映琦接起来，她才听到自己的声音："你好，是赵映琦吗？我是和你一个高中的林莜，还记得吗？"

赵映琦顿了一下，明显记得她："你怎么会打电话给我？"

林苪的声音很轻："不好意思，我想请问一下，你和霍坂谈恋爱的时候感情好吗？"

赵映琦只停顿了两秒就说道："当然好，比你们两个在一起的时候好太多了，他对我言听计从，说一不二。"

不是的，以他那个性格，谈恋爱的时候绝对不可能言听计从，即便再温柔，也很有主见，甚至可以说很霸道。林苪的脑子一片混乱，她知道赵映琦说的是假的，可她不想相信："我想知道你同时和别人交往的时候，他有没有什么反应。还是说，是你自己不愿意和他在一起的吗？"

赵映琦被踩到痛脚，大声道："你故意的吧？霍坂和你说了，对不对？你们想要羞辱我是吧？我就挂个名也有罪了？这么久过去了，还要打个电话来炫耀一下，是不是有病！"说到这里，她气不打一处来，"别再打电话来了，我已经有男朋友了，不会惦记你的人！"

赵映琦气冲冲地挂了电话。林苪看着黑掉的屏幕，一个人在操场上坐了很久，然后给霍坂打电话。

霍坂没一会儿就接了，他的声音依旧温柔："校友会结束了？"

"你能过来一趟吗？我有话想问你。"林苪很轻地说，整个人有气无力。

她等霍坂应了，起身去了校门口，坐在零食店前的小板凳上，安静地等他。

过了没一会儿，一辆黑色的轿车缓缓从远处开来，他应该就在附近，才会来得这么快。

林苪看着车停在面前，沉默了一阵，打开车门坐进去。

霍坂俯身过来，替她系上安全带："想吃什么？"

林苪看着他，直接开口道："我想问问你，你高考的数学题真是因为我才写不出来的吗？"

霍坂闻言，微微抬眼看过来，没有说话。

林苪看着他温柔儒雅的样子，几乎是一字一句地说："你是真的写不出来，还是故意不写？"

❀ ❀ ❀

霍坂微微一笑，没有丝毫心虚："为什么这样问？"

"我碰到你的表妹了，她说你高考前几天找她问过赵映琦的事。你是怕阿姨怪到我身上，会破坏你的计划吗？不然这么巧，你能预料到高考会出事，所以提前安排好了？"

霍圾看着她，依旧没有说话。

林莜等着他的回答，包里的手机却响了。她拿出手机，顾语真那边的声音很嘈杂："莜莜，你去哪里了？我们要换地方了。"

"我有事得先走了，你们好好玩。"

顾语真还没说话，林莜就听见了陈宣冲的声音："这么快就走了，她有什么事这么急？"

车里很安静，手机里的声音都能听得清清楚楚，霍圾慢慢靠回椅背，还是没有说话。

林莜和顾语真说完话，挂了电话，正想要继续开口，霍圾已经启动车子，顺道打开了车里的音乐，温和地说道："这里不能停车，先换个地方再说。"

林莜拿着手机，没说话，安静的音乐有舒缓情绪的作用，她却平复不了心绪。

霍圾开车回家，到了私人车库，解开安全带，开门下车，仍旧没有开口解释。

林莜有些等不住了，下车后直接开口问："霍圾，现在可以说了吗？"

霍圾伸手按了电梯，电梯旁有人，听见这话，纷纷看过来。

霍圾看向她，声音莫名低落、受伤："你要当着这么多人的面讲这件事吗？"

林莜闻言，话到喉头，却说不出口。

旁边的人一看是情侣吵架，又看见霍圾这么温和，都纷纷站在他那边。

"小姑娘，有什么话好好说。你们心平气和地坐下来，把问题说清楚，只要不是原则性问题，都没有关系。"

林莜没说话。电梯的门打开，霍圾对旁边的人微微点头，道了一句谢，拉着她往电梯里走："等一下和你说。"

电梯里一直有人，林莜就没说话。到了楼层，霍圾开门进去，伸手关上了门："想喝什么？"

"我不想喝东西，我就想知道你是不是故意的。"

霍圾笑了一下："故意和不故意有区别吗？不都是因为你？"

"所以，你一直在算计我，从高三的时候就开始了？"林莜的心慢慢沉下去，甚至开始发凉，"高考这么大的事你都可以用来当作算计人的工具……你装得太好了，我不知道你还有哪句话是真的。"

霍圾闻言，没说话。

林莜越想越难受，这么久以来，每次有人提起高考，她就心疼他多一分，甚至有时候会怀疑自己的决定是不是对的，没想到这只是他一时兴起设的局而已。

他所谓的喜欢根本就是假的。他在国外舒舒服服地念书，开开心心地谈恋爱，完全没有想过他的这个谎言她记得有多深！

她果然还是太认真了，别人随便说说的话，她还真打算记一辈子。

林莜眼眶微微泛红，连忙转身往外走。

霍垅没有阻止，他没说一句话，往客厅里走去，看起来并不在乎她是走还是留。

林莜红着眼睛按了开关，伸手推门，却推不开。她又按了几下，却怎么也推不开门。门好像被锁住了。她微微一顿，心里莫名紧绷，转身快步往客厅里走去。

霍垅已经脱了外套，若无其事地在厨房里做饭。

林莜看了他的背影半响，勉强平稳心绪，问道："霍垅，你什么意思？"

霍垅打开冰箱拿食材，好像知道她会回来一样："想吃什么？我给你做。"

看见冰箱里满满当当的，似乎准备得很充分，林莜呼吸有些乱："我要回家。"

霍垅抬头看了她一眼："住在这里不是一样吗？高中的时候和我住在一起那么久，还分得这么清？"

林莜不想和他多说，从包里拿出手机，却发现手机信号被干扰，无法连接。她瞬间眼眸微眯，看向霍垅。

霍垅果然没什么反应，拿出蔬菜道："想吃什么，糖醋排骨要吃吗？我做得很好吃。"

林莜完全没想到他会这么做，她连忙上前拉住他的衬衣把他往外扯："你把门打开，不然我出去就报警！"

霍垅笑出了声，显然不怕。他站在原地，握住她的手轻轻捏了捏："我已经给了你四年多的时间，你还没玩够吗？"

林莜听得直皱眉，猛地抽回了手，转身去门口，想自己找办法。

可是，楼层很高，一整层又都是他的，她叫天天不应，叫地地不灵，除了那扇门，没有别的方法可以出去。

林莜忙活了半天，霍垅连饭都已经做好了，她还是一筹莫展。

小汤圆什么都不知道，围在霍垅的脚边要东西吃。

"吃完去找姐姐玩。"霍垅喂了它一点吃的，神情温柔宠溺，看上去好像什么都没发生过一样。他摆明就是提前做好了准备，所以任由她在房子里团团转。

林苈不知道该怎么办，精疲力竭地坐在沙发上。

霍圾喂了小汤圆，将菜端出来。

林苈看着他把菜一一摆在桌上："你这样困着我也没用，我总要去上班的。"

霍圾拿起筷子夹了菜放进碗里，端着碗朝她走来："我替你请假了，过几天再上班。"

她话都有些说不出来了："你到底想干什么？"

霍圾微微一笑："我就是想让姐姐好好想一下之前答应我的事。"

林苈见他还在笑，胸口一阵起伏："不用想了，既然高考的事是你故意的，我们还有什么必要在一起？你要是真的喜欢我，就不会这样算计我！"

霍圾盯着她看了一阵，笑容淡淡的："还不是因为你不喜欢我，要是你喜欢我，我需要这么麻烦吗？"

"你终于承认了，什么温柔礼貌，根本都是表面功夫，你一直都是装的，你的性格本身就是很恶劣的！"

"对啊。"霍圾轻轻笑了一下，"不过，你了解得还不够多。其实，你转学到班级里来的那天，我就想要上你了。"

林苈听得一怔，整个人都有点傻了。她记得那天，他替她搬椅子，不小心磕了她的脚，还温和有礼地和她道歉。结果，他脑子里想的却是……

"你房间里的老鼠也是我放的，我就想看看你哭起来是什么样子，没想到你不怕老鼠。"霍圾说着，似乎又想起了什么，看了一眼四周，"你还记得之前那个房子吗？你听到的那个女声其实是我故意放出来吓你的。本来那天想和你上床的，可是姐姐太乖了，我舍不得，怕把你弄哭了。"

林苈整个人都僵住了，猛地抬起手打了他一巴掌："你太过分了！"

霍圾被打偏了头，居然还能笑出来，慢慢抬眼看过来："姐姐，想和我做爱吗？我一定不把你弄哭。"

林苈猛地推了他一把，气得手都在发抖："你走开！"

霍圾被推开了一些，开口却还是很温柔："不是和你说过吗？男人都这样。你找谁都一样，没有这种想法的，那是自己不行。"

林苈伸手捂住耳朵，气得眼泪在眼眶里打转，根本不想看他。

霍圾看了她一阵，勉强收敛了一些，俯身轻轻摸了一下她的脸，语气宠溺："先吃饭吧，小汤圆都知道自己吃饭，你却不吃。"

林莜看着他那张无可挑剔的脸，说不出话来。就算是以前和她谈恋爱的时候，他也从来没有表现出这样阴暗恶劣的一面，可是现在，他完全不加掩饰了。

林莜在房子里待了两天，霍坂真的没有让她走的意思，还拿走了她的手机，完全断开了她和外界的联系。

他大多数时间都在书房里工作，无论她怎么闹，他都不在意，随便她砸东西。每一次，他从书房里出来看到一片狼藉，都不会说什么，而是默默地去整理。林莜弄乱一次，他就整理一次，不知道比以前耐心了多少倍，摆明了要跟她耗着。

林莜没怎么吃东西，身体有些吃不消了。她那点防身术在他面前根本不够看，再怎么闹也没有用。

霍坂还是一样，把烧好的饭菜端上桌："先吃饭吧，吃完了才有力气和我吵。"

林莜看了他半天："我答应你了，行了吗？我想上班了。"

霍坂在饭桌前坐下，抬眸看了她一眼："你要说话算话，之前已经耍过一次赖了。"

林莜沉默了一阵，走到桌旁，拿起碗筷，尽量做出妥协的姿态："我会说话算话的。"

霍坂微微一笑，给她夹菜："多吃点，你这两天都没有好好吃东西。"

林莜喝着粥吃着菜，吃得特别认真，一看就是听话了。

霍坂没有怀疑她，看着她吃了一会儿，慢条斯理地说："明天跟我回一趟家，爸爸说很久没看见你了，想要问问你的近况。"

"好。"林莜嚼着嘴里的肉，扫了一眼他的手机，乖乖地应了一声，心思却不知道在哪里。

霍坂没有再说话。他放在桌上的手机进来了电话，手机在短暂的振动以后传来了声音。

"喜欢吗？"

"喜欢。"

"姐姐，你这样摸了以后，答应做我女朋友的事就不能反悔了。"

林莜看向他的手机，完全怔住了，她都忘记这个录音了："你怎么……怎么把这个录音设成了铃声？"

"只不过是偶尔提醒一下姐姐，不要再出尔反尔。"

林莜咬了一下筷子，看着他，说不出话来。手机铃声开始循环，林莜面上一阵阵发烫。

霍圾拿过手机接起来，好像是工作上的事，可惜他和对方交谈说的是她听不懂的外语。她一阵失望，心想，也不知道对方会不会说英文……

她的这个念头才刚起来，霍圾就抬眼看了过来，眼里似笑非笑，明显看出她的想法了。

林苡一阵心虚，收回视线，继续吃东西。

等他挂了电话，她才看向他的手机，暗自咬牙："我不会反悔的，你把这个铃声换掉吧！要是明天响起来，被叔叔阿姨听见了怎么办？"

"不会的，你在旁边看着，它就没机会响。"霍圾伸手推了一下眼镜，看向她，说得漫不经心，唇角却莫名带笑，明显是故意的。

林苡忍不住又咬了一下筷子，看着斯斯文文坐在对面的霍圾，越来越觉得自己了解的只是他的冰山一角。他长大了，比以前更坏了，坏得让人无法招架。

🐾　🐾　🐾

林苡放松下来，难得睡了一个好觉。早上隐隐约约听到声响，她慢慢睁开眼睛，就看见霍圾站在衣柜前。她猛地清醒过来，连忙抱着被子坐起身。

见她突然坐起来，霍圾看了她一眼，随手脱了上衣扔在床上，根本不顾忌她在房间里。

遮光的窗帘微微开了一条缝，一丝光线照进来，显得房间里特别暧昧。

林苡慢慢地把脚往回收了一点，垂下眼睛，余光却还能扫到他的裤脚，一时间，眼睛都不知道该往哪里看。

霍圾似笑非笑地拿过衣柜里的衬衣换上，慢条斯理地扣上扣子："准备一下，要出门了。"

林苡连忙起身，洗漱完毕后跟着他一起下楼，关志已经在楼下等着了。

坐上车后，他们一路无话地到了霍家。

她已经好几年没有回过霍家了，这里和以前一样，熟悉感扑面而来，让她突然想起第一次坐车到霍家的场景，而这一次，她身边坐着的是霍圾，是王奶奶提醒过她不要靠近的那类人。

林苡突然有一种恍惚感，不知道怎么就变成了这样。

霍家的家宴已经准备得差不多了，霍家人围坐在大圆桌前，还是和以前一样，人很多。

孟诚也长大了，不过还是和以前一样怕霍圾。高中那会儿，他知道霍圾和她很亲密，就不敢再来找她的麻烦了，从某种程度来说，霍圾确实替她挡去了很多麻烦。

林莜看了一眼旁边的霍圾，心情有些复杂，不过注意力还是回到了他的手机上。他的性格那样肆无忌惮，她真的没有把握他会换掉铃声。要是铃声真的在这样的场合响起来，她是没脸见人了。

林莜提心吊胆的，一直用余光留意着霍圾裤兜里的手机，根本没把心思放在饭桌上。

霍兴国问了一下她的近况，就没再多问了。

赵碧郡的视线落在他们身上，微微停留了一刻："阿圾，你要是交了女朋友，就带回来给妈妈看看，妈妈帮你把把关。"

林莜手里的筷子一顿，连忙低头认真吃饭。

霍兴国对这种事并不上心，看向霍圾："一会儿你来我书房，帮我看看最近投资的几个项目有没有留的必要。"

"好。"霍圾微微点头，依旧是一副温柔礼貌的样子。

霍兴国对霍圾的能力是没话说的，尤其是投资能力，霍圾眼光特别毒辣，几乎都能收获高回报。高考那件事在霍兴国那里自然早就过去了。他看向霍盛："你好好跟弟弟学学，成天就知道四处乱晃，用得着你跑去世界各地救助吗？什么都不管，以后离开了霍家，我看你怎么活下去！"

赵碧郡开口调解道："有话还是去书房说吧，当着这么多人的面说多不好。"

林莜看向坐在不远处吃饭的那个男人，他看上去比霍圾大很多。这还是她第一次见到霍盛，以前都只听过他的名字。

霍盛闻言，并不说话，就像没听见一样。霍兴国也不想再说了，反正父子俩从来不和。

被这么一闹，饭桌上的气氛低沉了不少，大家都没说话，只有碗筷碰撞的声音。

林莜安静地吃着饭，隐约听到了细微的振动声，然后就传来了"喜欢吗？"的声音。她的心猛地一颤，他真的没有换掉电话铃声！

林莜吓得连忙扔了筷子，把手伸进霍圾的裤兜，拿出他的手机，在自己的声音响起之前，按掉电话，调了静音，冒了一身虚汗。

饭桌上所有人都看了过来，林莜拿着霍圾的手机，完全不知道该说什么。

霍坂突然笑了出来，伸手过来拿手机："我看看是谁打来的。"

林莜慢吞吞地把手机递给了他。

霍坂拿过手机低头看，也没打算解释一句。

这一连串的举动太亲密了，过来人一眼就看出端倪了。

霍兴国看向他们，没说什么。最主要的是，他也管不了霍坂。他知道，霍坂看着温和，其实谁的话都不听。尤其是高考之后，他就没怎么再管他，因为根本管不住。

他看了一眼，微微皱眉："什么奇奇怪怪的铃声？"

赵碧郡当然也看出来了，不过她对林莜还是满意的，小姑娘听话又懂事，以后也好打发，反正只要不是外面那些小狐狸精就行。

惊讶的只有霍葵，她没想到林莜能勾搭上霍坂。她看了林莜好几眼，才勉强忍住，没指出来，心想，大家都装不知道，这小狐狸精也就没办法进霍家。

林莜坐在椅子上，心虚之余，更多的是后怕。她心想，还好她跟过来了，不然就真的被叔叔阿姨听见了。

她忍不住咬了咬唇，有些苦恼，霍坂真是会乱来，完全不管不顾的，让她根本没有办法。

吃完饭，回到房间，林莜还是放不下心，虽然她调了静音，但还是难保万一。她在房间里转悠了很久，觉得还是得在逃跑之前把录音的事给解决了。

她来到霍坂的房门口，正准备敲门，却发现门是虚掩着的。她收回手，轻轻推开门进去。房间里没有人，霍坂应该还在书房里和霍兴国说事情。她有些失望，正准备往回走，一转身就看见了霍坂放在床头柜上的手机。

她呼吸一顿，连忙跑过去拿起手机。好在他的手机从来不设密码，省去了试密码的时间。

她连忙抓紧时间，点进文件，找出录音，正准备删除，身后突然传来一声轻笑。

林莜身子一僵，还没来得及转头，霍坂已经从身后抱了上来："难得姐姐主动来找我。"

林莜动作一顿，没时间把手机放回去。

霍坂看见了，也没有觉得意外，下巴靠在她的肩膀上："不喜欢自己的声音？"

林莜拿着手机，忍不住微微偏头，他说话的气息喷到她的脸上，痒痒的，还有些烫。她说："被人听见了不好。"

"有什么不好的？这不是你说的话吗？"霍圾声音低沉，侧头亲了一下她的脸颊，似乎是感觉很软，又靠过来，用唇瓣轻轻摩挲。

林苡忍不住微微躲闪。

霍圾也没有太过强硬，伸手握着她的手指点了"删除"，按了"确定"。录音文件显示"已删除"。

林苡眼睛微微一瞪，有些意外。

霍圾看着她惊讶的表情，忍不住一笑："你不会以为我没有备份吧？"

林苡惊讶的表情瞬间收敛起来，她就知道没有这么容易。

手机里传来一条信息，是李涉发到一个群里的："这个姿势也可以？真长见识了！"

然后，李涉调侃道："发错了，不应该发这个群，群里的某两个人太惨了，看得到吃不到，哈哈哈。"

安斐发信息问道："谁，哪两位大神啊？"

然后就是李涉的哈哈大笑。

林苡刚才被霍圾抓了个现行，现在只好乖乖地坐在他怀里看着他玩手机。霍圾随手点了一下李涉发的视频，一点进去，就听见了一些不雅的声音。林苡来不及防备，看到了不该看的画面，她连忙抽回手，猛地闭上眼睛。

霍圾却没有关掉视频，平静地看着。

林苡闭上眼睛，耳朵却还能听到，连忙挣扎着想起来。但霍圾搂着她不放："不看吗？"

林苡紧紧闭着眼睛，不敢睁开："我不看，我想回房间了，你自己看吧。"

霍圾扑哧一声笑出来，笑得很坏："姐姐都多大了，还没有看过这些东西？"

林苡窘迫得说不出话来。她上大学的时候，她的室友看过，她不敢看，经常被她们揶揄。

霍圾靠近她的耳朵，低声道："以后我们也要尝试的，你睁开眼睛学习一下。"

林苡整张脸都红透了，霍圾的脸轻轻摩挲着她的脸颊，声音低沉得过分："要是你认真看完，我就把录音备份删掉。"

林苡闻言，睫毛颤了一下，犹豫了一会儿，还是问了出来："你说真的吗？"

霍圾笑了出来："骗你干什么？你好好学习，当然有奖励。"

林苡听得一阵羞耻，纠结了好一会儿才道："你说话要算话。"

"嗯。"霍圾轻轻应了。

林苺慢慢睁开眼睛，微微低头看向屏幕。屏幕上白花花一片，根本不堪入目。

林苺咬着牙认真看，听着暧昧不清的声音，霍圾还在她身旁，她整张脸红得都要滴血了。

霍圾看了她半晌，轻轻咬了一下她的耳朵，突然很用力地开始亲她，炙热的气息一路流连而下。

林苺心口发紧，一阵心慌，忍不住躲："霍圾，别在这里亲……"

"咳。"门外传来一声轻咳。

林苺吓得连忙从霍圾怀里往下一滑，躲在床边。听到手机里还有声音，她慌乱地抓过手机关掉，像被抓奸了一样。

霍圾看起来很平静，其实也难得有些羞赧。他起身出了房间，带上门，表情没有太大变化："有事？"

霍盛应了一声，转身往楼下走去："我过几天要出国，这次是九年，帮我安排一下。我不想让霍兴国知道我的路线，也不想见到他。"

霍圾安静了一瞬才道："可以，但是你必须和我保持联系。"

霍盛一笑，伸手搭了一下霍圾的肩膀："放心，小地方，很安全的。"其实霍盛也觉得奇怪，他明明很讨厌赵碧郡，却莫名欣赏同父异母的霍圾，或许是因为霍圾第一次来家里时对霍兴国的那种冷视，让他有了一种找到知音的感觉。他们都不喜欢做霍家的儿子，可惜很多东西不能选择。

他说完，看向楼上房间："你和这个小姑娘是认真的？我听说，这小姑娘高中的时候就敢惹涉黑组织，胆子挺大的。"

霍圾的眼里透出笑意来："嗯，是挺大的，我都没想到。"

霍盛也觉得他们俩不是很合适："她爸爸救过人命，是英雄，你不要随便欺负人家的女儿，不是认真的就算了。"

霍圾闻言，没有说话。

霍盛没再多说，拍了一下他的肩就转身离开了。

chapter 19

我有多喜欢他

"姐姐不爱我，为什么对我笑？"

林苡蹲在床边，耳根都红透了，等霍圾出去了很久才缓过劲来。她看了一眼房门，连忙起身往外走去，刚走到门口，霍圾就推门进来了。

她的视线和他撞了个正着，连忙看向别处："刚才是不是被看见了？"

"没有，他以为我一个人在看。"霍圾笑着说。

林苡的脸又红了一度，她把手机递给他，支支吾吾地开口讨价还价："我刚才看的还算吗？"

霍圾忍不住笑出声，俯身看着她："当然不算，你又没有全部看完。"

林苡听出他的揶揄，吓得连忙越过他往外跑。她可不敢再看了，刚才没看完他就有那个念头了……要是看完还得了？

她跑回房间，坐在床上，还是能回想起刚才的画面和声音，满脑子都乱糟糟的。她连忙摇摇头，想要甩掉脑子里的画面，可是越这样，脑子里反而越乱。

她这一趟不但没有删掉录音，还看了一些乱七八糟的东西，她忍不住咬唇，心里又羞又臊。

她在床上坐了半晌，起身拿着换洗的衣服进了浴室，刚才她吓得出了一身汗，身上黏糊糊的。

她刚进了浴室，霍圾就拿着她的手机推门进来了。听到浴室里传来的水声，他微微一挑眉，没有说话，把她的手机放在桌子上，在旁边的小沙发上安静地坐下，随意拿了一本放在桌上的书，漫不经心地看起来。

桌上的手机忽然微微振动起来，他抬眼看去，视线落在那串号码上片刻，伸手拿过手机接起来。

手机里果然传来了陈宣冲的声音："林苡，你怎么都不接电话？"

"她在洗澡。"霍圾慢条斯理地回了一句。

陈宣冲被噎了一下，停顿了很久才继续开口："那你让她一会儿回我个电话。"

霍圾眼睑微垂，语气散漫："你听不懂我的意思吗？还想挨打？"

陈宣冲完全不怕，反问道："你在担心什么，怕我把她抢走吗？怕得连个电话都不让她打？你高三的时候变得那么冲动，完全不像你了，那时候我就看出来了，你就是怕了，因为你知道她根本不喜欢你。"

霍坂闻言，没有说话，伸手拿出烟，打火机盖轻轻一弹，明亮的火光一晃而过。

他咬着烟，垂着眼静静地听他说。

"霍坂，你不用防备我，你们早晚还是要分开的，高中不就分开过一次吗？"

霍坂的笑容淡淡的："陈宣冲，我们要结婚了，你说这样的话不合适。"

陈宣冲完全不信，很自信地说道："说不定最后和她结婚的是我呢！"

陈宣冲笑着挂了电话。

霍坂看着黑掉的屏幕半晌，心想，比起温柔的男生，陈宣冲那种性格热烈的男生好像更受女孩子欢迎，尤其对乖乖软软的小姑娘来说。他默不作声地抽了一会儿烟，随手按灭，将手机直接扔进了旁边的玻璃花瓶里。

花瓶里的水正好，不多不少，瞬间淹没了手机。

林苁从浴室里出来，看见霍坂坐在沙发上，吓了一跳，还没反应过来，就看见了花瓶里的手机。

"你干什么？"她连忙上前，从花瓶里捞出自己的手机，已经湿透了，屏幕黑掉，根本开不了机。

林苁看向霍坂，有些不敢相信："你说会把手机还给我，就是这样还的？"

霍坂看着她高中时在书上做的笔记，她的字小巧可爱，看起来软软的，和她特别像。他漫不经心地说道："换个号码，我重新给你买一部手机。别想着跑，我有的是办法找你。"

林苁终于忍不住了，语气也有些控制不住："你到底想怎么样，难道还要像以前一样？"

霍坂把书随手一放，抬头看过来，斯文地轻笑道："你自己凑上来的。"

林苁微微愣怔。

他起身走过来，她下意识往后退，却被他抱了个正着："姐姐不爱我，为什么对我笑？故意勾引弟弟吗？"他微微一顿，"还是说，你只是想骗我给你当靠山？"

林苁说不出话来。

霍坂也没在意，微微低头看着她："刚才学会了吗，要不要和我尝试一下？"

林苁任由他抱着："你现在打算强迫我吗？那是不是做了那种事之后，你就可以不再出现在我面前？"

霍坂愣住了，垂着眼睛，没说话。

房间里很安静，气氛太过压抑，让人几乎透不过气来。门边传来了一声猫叫，小汤圆从门外挤了进来，围着他们转悠，明显是饿了。

霍坂慢慢松开她，往外走去，顺道带上了门："早点休息。"

林苡看着在脚边转悠的小汤圆，眼眶微红，忍不住觉得委屈。

酒吧里的音乐声很轻缓，灯光特效做到了极致，还没到晚上的营业时间，人不多不少，坐着很清静。

李涉品了一口酒，看着不说话的霍坂，一下就想到了原因："小奶糖不答应跟你？"

霍坂没说话，手上的烟燃了很长一段。

李涉一看就知道他不想提，换了个话题："宋复行下周要回来了，估计是被我刺激到了，不知道是不是要去找人家。"

霍坂笑了一下："他等很久了，不会有什么问题。"

李涉想着，伸脚靠在沙发上："你也挺久了，其实真没这个必要。初恋是会记得深一点，但你也不用记这么久吧？我都不明白你和宋复行为什么要这么执着，我的初恋我早就不记得长什么样子了。"

霍坂垂眼看着桌上的酒。

"其实你和小奶糖都没有问题，只是不合适而已。人家为什么没答应你？因为她知道她和我们是不一样的人。你吧，从小学习大提琴，认真学了那么久，我以为你真的喜欢，可你转头就去建筑系了。你的大提琴呢，想想应该是学来玩的，以后呢，说不定又要厌烦建筑。"

李涉一只腿叠在另一只腿上，难得认真道："阿坂，你别怪我说得不好听，你本来就是个不定性的，现在认真无可厚非，以后呢？你能保证一辈子喜欢人家吗？最主要的是，小奶糖性格太认真了，规规矩矩的，还有那么强的正义感。你这方面偏弱啊，不对，你是几乎没有……你可以肆无忌惮，人家可未必，还不如好聚好散。我们这种人就不适合找玩不起的姑娘，别害了人家。还是算了吧，多看看别人。你看，在这个酒吧里，哪个女人的眼神没往你身上瞄过？找个女朋友还不容易？"

霍坂仍然垂着眼睛，没有说话。

李涉以为他听进去了，正准备继续劝，却发现一滴水落在了桌上。

他微微一怔，猛地抬头往上看，心想，这不会是空调水吧！他砸了那么多钱装修的酒吧，要是滴空调水还得了！

好在他什么异常情况都没看见，他反应过来，又震惊地低头看向霍圾——小奶糖不跟他，他还哭了？！他不是在做梦吧？他看了看一连排的空酒杯："阿圾，你醉了，是吧？"

霍圾的声音很轻："我早就知道不合适，可还是喜欢。"

李涉微微一顿，说不出话来，如果霍圾一开始就知道不合适，还是一头栽了进去，那就真的不好说了。

这玩不起的，指不定是谁呢。

自从那次和霍圾分开，他们整整两个月都没有再见过，林苃知道，他应该是不会再出现了。她本来打算辞掉工作，离开一段时间，现在看来也不需要了。

林苃提着菜到了家门口，放下菜篮拿出钥匙开了门，正准备提着菜篮进门，却发现门旁边画了一个小圆圈，位置不是很明显，如果不是因为她要提菜，根本不会注意到。她很清楚地记得之前没有这个圆圈，心里微微疑惑，但也没有多想。

她心想，可能只是某个小朋友随手画了一笔，这个高度正好是小朋友可以够到的。

"小林回来啦，好久没看见你了，工作很忙吧？"隔壁的张阿姨刚从楼下散完步回来，看见林苃，笑着打招呼。

林苃笑着说："公司有点忙，一直在出差。"

"真辛苦，女孩子还是不要太累了。"张阿姨一边说，一边开门，"我儿子刚从国外回来，下次有机会介绍你们认识。他也是学霸，在学校里考试可都是第一名。"

林苃听到"第一名"，瞬间想到了霍圾。她思绪微乱，礼貌地笑着回应了几句就进了家门。

做饭、洗碗、洗漱，林苃一通忙活下来，时间很快就到了晚上，外面下起了雨。

林苃安排好了工作上的事，早早就爬上了床。

门外突然有人敲门，敲得很大声，吓了林苃一跳。

她起身下床，往门边走去，通过猫眼看见外面站着一个戴帽子的人，一直在敲门。

林莜没有开门，隔着门问："有什么事吗？"

那个人听见声音，停止敲门："不好意思，我是楼上刚搬进来的，有东西落在你家窗台上了，你可不可以帮我拿一下？"

林莜转头看了一眼窗台，果然有一件衣服挂在那里。

她正准备开门，突然想到门旁的圆圈，心里莫名毛毛的，想了一下道："现在太晚了，我明天给你拿吧。"

外面的人停顿了很久才开口说道："好，麻烦你了。"

林莜从猫眼里看着那个人往楼上走去，心里微微松了一口气。

她回去继续睡觉，听着外面淅淅沥沥的雨声，却怎么也睡不着了。她一个翻身，看了一眼时钟，都半夜了。隐约听到门那边有声响，好像是轻轻撬动门锁的声音，她心里一惊，连忙起身下床，正准备找个称手的东西，却听到了轻轻的敲门声："林莜……"

那个声音低沉得好听，透过雨声传来，莫名让人心安。林莜高高提起的心瞬间放下，快步走过去开了门。

霍圾就站在门口，淋雨过来的，黑发都被雨水打湿了，整个人莫名落寞。

❀ 🐾 🐾 🐾

林莜看见他，一点也不意外，毕竟，他想知道她住在哪里，应该是一件很容易的事情吧？

林莜两个月没有见过他了，突然见到，感觉有些生疏："你怎么来了？"

霍圾明显有些醉了，看了她很久才开口道："我有话和你说。"

林莜想了想，微微侧身让他进来，然后去披了一件外套，又去厨房给他倒了杯热水。

霍圾就站在客厅里，也不打算坐下。

林莜把水递给他："你坐吧。"

霍圾没有接水杯："我说几句话就走。"

林莜把水杯放在桌上，安静地听着。

霍圾看了她很久，低声说道："我放弃了。高考的事情已经发生了，我也改变不了。"

林莜的睫毛微微一颤，没有说话。

"高考我是故意的，我想让你不要太快忘记我，写不出来也是真的，那时候，只要一想到你以后会和别人在一起，我就很难受，我根本没有心思学习。

"你不喜欢我，我确实不该勉强你。今天是我最后一次来找你，以后你一定要找一个比我还喜欢你的人，这样我才甘心。"

林莜垂着头，杯子里的热气慢慢腾上来，让她的眼睛有了一些湿意。

这明明是她想要的结果，她却不希望是这样的，她宁愿他说他厌倦、讨厌她了，甚至是喜欢上别人了，都比现在这样好。

霍圾不打算久留，转身往外走去。看见柜子上的防狼喷雾，他忍不住轻笑出声："也不需要这样防备吧，你觉得我会那样对你？"

林莜看着柜子上的喷雾，微微收敛了情绪，摇了摇头："我听见你碰到门锁的声音，以为有人撬门，一着急，顺手拿的。因为白天在门旁边看到了一个圆圈记号，我下意识以为是坏人。"

霍圾往外走的脚步顿了一下，转头看向她："我没有碰到门锁。"

他这句话一说出来，屋子里顿时安静了。林莜愣住了。

霍圾微微敛眉，快步走到门口，打开门看了一眼外面，楼道里空荡荡的，没人；再看向门锁，果然有被撬动的痕迹。

他出去看了一眼，圆圈记号就在门的下方，别的人家门口没有。

他走进屋里，重新关上门，一一检查了几扇窗户，果然找到了被利器慢慢锯过的痕迹。霍圾伸手拽了一下，心想，还好没有被锯开，或许是怕声音太大，也或许是速度太慢。

霍圾难得出了一身冷汗，还好他今天过来了，不然……他都不敢想后果。

林莜遍体生寒："我去报警。"

"报警动静太大，万一把人吓跑了，以后防不胜防。先不要打草惊蛇。"霍圾一下子就清醒了，拿出手机，打了个电话："关志，你带保镖过来……"

霍圾还在讲电话，林莜想到窗台上那件衣服，连忙搬了凳子，把衣服弄下来看了一眼，确实是男人的衣服，很大。

霍圾挂了电话，她拿着衣服走过去："刚才楼上有个男人下来要拿掉落的衣服，时间不早了，我就没有开门，也不知道是不是凑巧。"

霍圾拿过衣服看了一眼："你最近得罪过什么人吗？"

"没有。"林莜摇了摇头。最近特别平静，她每天朝九晚五，正常上下班。

霍圾去厨房拿了刀，撩起衣服下摆，把刀塞到后腰处："我上去看看情况。"

林苡很担心他，连忙拉住他道："你喝了酒，还是我和你一起上去吧，万一……"

霍坂微微一顿："没事，我有分寸。我去看看，很快就下来。你在这里等着，除了我，谁敲门都不要开。"

霍坂开门出去，直接带上了门，根本不给她跟上的机会。

林苡整个人都胆战心惊的，守在门边听着外面的声音，精神紧张到了极点。外面的雨越下越大，有些声音是听不见的。

霍坂才离开一分钟，林苡就担心得不行，打算开门上去找他。她的手刚握上门把手，门外就传来了霍坂的声音，林苡马上开了门。

霍坂安然无恙地进来了，林苡悬着的心瞬间放了下来，差点要哭出来。她刚才太害怕了，生怕他会出事。

她勉强冷静下来："怎么样？"

"楼上没有住户。"

林苡突然感觉一阵毛骨悚然，完全说不出话来。既然如此，那刚才上去的人呢？

霍坂看她很害怕，安抚道："别怕，楼下有人守着，我们先把人抓出来。"

林苡想起以前面包车的事，有些担心会连累他："这样会不会太危险？要不你还是先回去吧，我出去躲躲。"

"不行，你现在被人盯上了，不把人抓出来，以后更危险。"霍坂锁好窗户，伸手关了灯，"去睡吧，我看着，今天晚上人应该不会再过来了。"

林苡哪里好意思让他一个人帮她守着。

外面的雨慢慢变小，淅淅沥沥地下着。屋里关了灯，显得更静，也更冷了。

适应了黑暗之后，林苡起身去卧室里换下睡裙。霍坂坐在客厅里，头发湿漉漉的，身上的衣服也是湿的，再这样下去，明天肯定会生病。她从衣柜里找出一件最大的卫衣，觉得他应该能穿下，毕竟她穿起来，整个人都被包裹起来了，给他穿应该正好。

"你要不要先去冲个热水澡、换身衣服？那个人今晚应该不会再过来了。"

霍坂闻言，看了过来。林苡抱着衣服，有些尴尬，如果不是发生了这样的事，他们两个也不用这样干坐在一个房间里。

林苡又从衣柜里拿了一条新毛巾递过去，霍坂伸手接过毛巾进了卫生间，用冷水冲了一下脸就出来了。

"你不冲个热水澡吗？"

"不用，我清醒一下就行。"霍圾拿着毛巾擦了把脸，直接脱了上衣。林莜连忙看向旁边，手上的衣服被他拿走了。

片刻后，他穿好衣服，林莜这才敢转过来。衣服他穿着很合身，她从来没有见过他穿白色卫衣，他淋湿的黑发垂下来，像个邻家弟弟一样温和无害。

霍圾拿着毛巾，坐在旁边擦头发，看起来有些难受。

林莜没有解酒的东西，想起柠檬，连忙转身去给他泡了一杯柠檬水："喝完了去躺一下吧。"

霍圾扫了一眼四周，又看了她一眼，低声问道："躺在哪里？"

林莜四下看了看，客厅里除了地板，没有可以躺的地方了，沙发也小得可怜，只能坐着。于是她说："你去卧室里躺着吧，我不困。"

霍圾随意擦了擦头发，把毛巾递给她，接过她手里的柠檬水："不用，床给你。"

林莜拿着毛巾，不知道该说什么。他突然这么温和有礼，都让她有些不习惯了。

夜很深了，林莜有些睁不开眼睛。也不知道是不是霍圾在的缘故，她莫名觉得安心，在这么紧张的情况下还能有困意。

她都已经这么困了，他喝醉了，应该更困。林莜裹着被子抬头往外看了一眼，坐在沙发上的霍圾一直在按太阳穴，她心里瞬间很愧疚："你还是来躺一下吧。"

霍圾的手顿了一下，抬头看向她："你不介意吗？"

黑夜里，他的声音很温柔。

林莜看了看旁边一大半的空位："没事的，过来吧，别硬撑了。"

霍圾起身往卧室走来，片刻后，床微微凹陷下去，他在她身旁躺下。

卧室里很安静，霍圾躺在旁边，虽然床中间空着，但她还是没了困意，多少有些不自在，也不敢翻身。

林莜等了一会儿，发现他闭着眼睛，没有动静，应该是睡着了。她慢慢起身，准备去沙发上将就一晚，刚刚坐起来，霍圾就开口说道："你实在介意的话，我还是去坐着吧。"他说着慢慢坐起身。

林莜连忙躺下："没有，我只是想给你盖被子，你要被子吗？"

霍圾应该很困了，声音都有些模糊："你盖着吧。"

林苂轻轻应了一声，窝在被子里，乖乖的，一动不动。

霍圾突然开口问："如果我没有用高考的事算计过你，你是不是会喜欢我一点？"

林苂回道："如果没有高考这件事，你应该早就喜欢上别人了，我们也不会再有交集。"

霍圾沉默了很久，忽然笑了一下，很轻地说："也对，都是我一厢情愿。"

林苂的睫毛猛地一颤，眼角隐约有泪意，心里莫名一紧。她安安静静地躺着，没有再开口。

一整夜平静地过去，那个人没有再出现。

林苂翻来覆去都没有睡着，天刚蒙蒙亮，她有些躺不住了，悄悄坐起来，刚下床就看见霍圾睁眼睛看过来。他的眼里毫无睡意，应该也是一整夜没睡。

林苂微微一顿，突然不知道该说些什么。

她垂着眼道："那个人应该不会过来了。"

霍圾慢慢坐起身，头因为宿醉而一阵疼痛。他缓了一下，站起身："你先不要去上班，回霍家待几天，那里没有陌生人能进去。我让关志跟着你，他是保镖出身，很有经验。"

"那你呢？"

"我找人调监控。"

林苂整理好东西，和霍圾一起往楼下走去。

楼下已经有人早起跑步了，比昨天雨夜吓人的空空荡荡要好许多。

关志在楼下等着，林苂正准备上车，又转头看了霍圾一眼，不知道为什么，心里有些慌慌的。

"别担心，那个人找的是你，我不会有事。"霍圾开口安慰道。

林苂微微点头，看着他转身往回走。

旁边突然有人大喊："小心上面！"

霍圾察觉到了，往旁边一避，落下的花盆一下砸到他的脚边。他还没来得及抬头，身后已经有人露出衣袖里的铁榔头，猛地往他头上砸了过去！

林苂心口猛地一震，连忙冲过去："霍圾！"

关志打开车门，连忙冲上去抓人。

旁边车里的保镖们光顾着盯林苡，完全没想到有人会对霍圾下手，立即冲上去追。

霍圾摸着后脑勺，完全站不住，林苡扶不住他，被他带着摔倒在地，手颤巍巍地撑着他的头，满手湿漉漉的，全都是血！

🐾　🐾　🐾

周围一阵嘈杂声，关志眨眼就抓住了凶手，把他交给了保镖。有保镖叫了救护车，另有几个保镖往楼上跑去。

林苡已经吓得注意不到周围的动静了，连声喊道："霍圾！霍圾！"

霍圾已经说不出话来，眼睛一直看着她。

林苡手上的血越来越多，她方寸大乱，心里一直在想，砸到头了！那可是后脑勺，会死人的！

旁边有人过来扶霍圾上救护车，林苡连忙跟着，眼泪拼命往下掉，整个人都害怕得发抖，到了急救室前都没缓过来。

她完全听不清楚周围的声音，满脑子都是霍圾刚才看着她的眼神，心里像被拧着一样难受。她靠着墙坐在地上，害怕得直哭。

赵碧郡接到电话，直接晕了过去。霍兴国和霍家的另外几个人匆匆赶来，守在急救室外等着。

过了很久，霍圾总算脱离了危险。还好他反应快，及时避开，那个人砸偏了，要是真的砸中了后脑勺，死亡也就是一会儿工夫的事。只是不知道他什么时候能醒。

林苡不知道过了多久，只知道时间漫长得让她觉得每一秒都即将迈进绝望。她后怕到了极点，整个人都差点虚脱了，守在霍圾床边，不敢离开一步。

赵碧郡一直在哭，被吓得不轻。

坤叔从外面进来，神情很凝重。

霍兴国一宿没睡，看见坤叔，立马问道："查出来了吗？"

"查出来了，凶手是一个卖淫组织头目的兄弟，还叫了儿子一起过来……"坤叔说到这里，看了一眼林苡，"林小姐之前举报过那个组织。阿圾那次把那个组织的人打成了重伤，还找人把他们的组织清了。后来，也不知道他们是怎么知道林小姐的，他们本来要报复林小姐，昨天看到阿圾，就临时改变了报复的目标。"

林莜听得一阵恍惚，几乎有些站不住。难怪那件事后来不了了之，原来是他背地里帮了她……

赵碧郡听到这话，反应过来，立即翻脸道："我说阿圾怎么会惹上这些人，原来是你干的好事！你去举报那些人干什么？和你有什么关系？你以为你是警察吗？想学你爸爸，也别忘了你妈妈是杀人犯！是变态！"

林莜的唇瓣抖了一下，脸上瞬间失了血色。

旁边的霍葵听得一惊："哥，这是真的？她是杀人犯的孩子？！"

"别说了。"霍兴国头痛得很，没有否认，随口说道。

"我有说错吗？我要是不查一下，还真不知道你把这么可怕的人领进家来了！"赵碧郡有些歇斯底里。

霍葵看着林莜，就像在看洪水猛兽一样，控制不住地后怕："哥！这不是开玩笑的，你把一个杀人犯的女儿接回家干什么？基因是会遗传的，这种人心理肯定有问题，会害死人的！难怪她小小年纪就把我们诚诚打成了那样！那次要是没人在怎么办？大哥，你也太糊涂了！"

霍兴国沉着脸没说话，显然也觉得这个决定错了。

赵碧郡直接上前拽着林莜往外走，硬生生把她拽了出去："你马上走，以后不要再过来见阿圾，当我们霍家谢谢你！"

林莜被赶出病房，转头看了一眼霍圾，视线一下子变得模糊，心想，明明昨天他还和她说没事的。

赵碧郡见她还不走，伸手就打了她一巴掌："还不走，你没脸没皮吗？"

坤叔连忙上前带着林莜离开医院。

林莜被赶了出来，一路漫无目地走着，衣服上还有霍圾的血迹，引得路人纷纷看过来。有人上前询问，她也听不见，走了半天，才发现自己走回了四合院。

王奶奶坐在院子里，正在织毛衣，看见林莜的样子，瞬间慌了神："莜莜，怎么啦？谁欺负你了？怎么哭成这样？快过来让奶奶看看！"

林莜走过去，两只眼睛肿得像核桃，鼻子哭得通红，声音都哑了："没人欺负我。"

王奶奶牵起她的手，像以前一样哄她："乖，别哭，奶奶这里有糖，吃了就不怕了。"

王奶奶从兜里拿出来一颗糖，林莜用细白的手指轻轻捏着，眼泪大颗大颗地往下掉："奶奶，我好怕给我买糖吃的那个人再也醒不过来了。他总是给我买糖吃，总是接我上下学，还因为我而高考失利。他这么聪明的人，考第一名那么简单，却没有办法顺利完成高考……他这么优秀，老师和同学都夸他，后来却弄得每个人都想看他的笑话……全都是因为我……他都不知道我有多喜欢他，喜欢到害怕失去，害怕结果会像他们一样……"

王奶奶拍她背的手一顿："你知道了？"

林莜的声音很虚弱："我很早就知道她为什么从来不来看我了。我记得她的名字，查到了关于她的新闻，我知道……她早就不在了，所以爸爸才会这么难过，总是看她的照片。"

王奶奶听着，忍不住叹气，觉得真是造孽。

林莜的父亲林斌是从小在他们院里长大的，聪明又懂事，各方面都很优秀，后来做了警察，十分光荣。没承想，后来，他碰到了林莜的妈妈，一切就改变了。

那个姑娘刚来院里的时候干干净净的，穿着一条白裙子，笑起来特别好看。他们本来以为两个年轻人会和和美美的，没想到那姑娘问题这么大。她是孤儿，小时候没碰上好人家，受了不少的苦，弄得心理扭曲了，后来把以前害过她的人折磨死了。林斌正好在查这个陈年旧案，这个小姑娘为此特地找上了他。这一开始是错的，后面当然都是错的。

他们几个老的呀，愣是一个字都不敢跟林莜说，把这个案子也瞒得严实，没想到这孩子硬是自己查出来了。

林莜哭得上气不接下气："奶奶，我做错了，对不对？我不应该不告诉他……"

"你知道你爸爸说过什么吗？"王奶奶眼眶湿润，伸手去擦她的眼泪，"你爸爸说不后悔，即便知道了你妈妈做的事，他也不后悔。他唯一难过的是没有早点遇到你妈妈，在她受那些苦之前保护好她。

"莜莜，不是所有事情都需要衡量利弊，毕竟，谁都不知道以后的人生究竟会怎么样。有时候，一个很小的决定确实会改变一生，但你不应该害怕，你只需要保证自己不会后悔就行了。不要因为你妈妈的事而有心结，不是所有人都会像你爸爸妈妈那样，你应该相信他，也应该相信自己。勇敢一点，奶奶等你带他来见我。"

霍坂受伤的消息压得很死，除了霍家的人，没有外人知道，避免别人打扰他休息，也避免了不安全的问题。

坤叔替霍圾摇下床。病房门口都是保镖，一步都不敢离开。关志这次警惕性太差，不能再跟着霍圾了。虽然霍圾根本用不到他，但是，霍兴国认为，在这么关键的时刻，他没有派上用场，那就是没用。

坤叔看了一眼霍圾，他恢复得不错，就是不怎么说话，也不知道是不是在等林小姐。虽然外面有保镖，林小姐进不来，不过，她一句话都不过问，也确实伤人。

坤叔心里暗叹着，替霍圾拉了拉被子："阿圾，早点休息。"

霍圾微微抬眼："坤叔，晚上换关志过来吧，你年纪大了，别太辛苦。"

"可是关志这次——"

"和他没关系，那样的情况谁也没办法防备。"

坤叔听到这话，抹了把眼泪："还好您没事……"

坤叔不敢多打扰他，出了病房。

到了半夜，护士查房，进来替霍圾轻轻拉了拉被子，又看了看他的伤口，还在旁边坐下看着他，看那熟练的架势，显然不是一次两次了。

霍圾瞬间觉得很烦躁，正准备伸手按铃，就听见坐在旁边的小姑娘小声叹气道："头发都剃了。"

霍圾慢慢睁开眼睛，就看见小姑娘身上穿着护士服，乖乖坐在旁边守着。

林苡看着他的脑袋，本来还在心疼，见他睁开眼睛，怔了一下："你醒了？"她连忙凑过去看他，"有没有哪里不舒服？要叫医生吗？"

霍圾也不说话，视线落在她身上，停顿了一下。

林苡有些不好意思，拉了一下身上的护士服："外面有人守着，我进不来，关志哥哥帮我想的办法。"

霍兴国管得太严了，如果不是关志帮她和外面的人打了个招呼，她连深夜混来的机会都不会有。

林苡见他现在好好的，忍不住眼睛发红。

霍圾看了她半晌才说道："别怕，我没事。"他有些虚弱，说话的声音很轻。

林苡握上他的手，也轻轻说道："嗯，我不怕。"

霍圾看着她抓着自己的小手，若有所思。

林苡见他盯着自己看，有些不好意思，不过还是认真说道："等你好了，我能带你去见王奶奶他们吗？"

这话霍圾一听就明白了，他看着她的小脸，半天才慢条斯理地开口道："你没有必要因为出了这件事就说这样的话。"

林苡不知道该怎么解释，她确实是因为这件事才改变主意的，可能在他看来，她只是因为愧疚。

她有些不好意思，慢慢凑近他认真道："我喜欢你。"

霍圾听了以后，没什么反应，声音也有些冷淡："你不需要勉强自己，你要是真的喜欢我，根本不会在发生这件事以后才说。"

林苡微微一怔："不是的，我真的喜欢你，高一的时候就喜欢你了，只是害怕……"

"你觉得我们以后会和你爸爸妈妈一样？"

林苡一顿，感到很意外，没想到他竟然知道她爸爸妈妈的事。

霍圾抽回了手："你的喜欢我都看不见，说不定还是因为愧疚才喜欢的。要是你以后遇到别人，又闹着和我分手，那现在在一起有什么意思？"他说着，慢慢抬眼看过来，语气有些冷，"反正我也说要放弃了，你没必要因为愧疚这么辛苦。"

林苡没想到他不相信，一时愣住了。与此同时，霍圾叫外面的人把她带了出去。

林苡被拎出去的时候还有些蒙，心想，没了头发的他好凶，带回去好像没那么容易……

❤ ❤ ❤

林苡在病房门口徘徊了好一阵，见房门紧闭，只能穿着护士服离开了。

关志安排了司机送林苡回去，然后一脸疑惑地进了病房，不明白霍圾怎么把小姑娘赶回去了。

霍圾起身下了病床，往卫生间走去，看了一眼镜子里的自己，微微敛眉："谁剃的？"

"陈医生啊，说是顺便帮你换个发型。"

霍圾的头剃了快一个月了，现在是寸头，看起来真是完全不一样，特别有攻击性。

关志看着他，倒不觉得陌生。霍圾不是没留过寸头，小时候在城西区就是这个样子，一看就不好惹，让人忍不住退避三舍。

霍圾呵笑一声，漫不经心地嘲讽道："会的东西还真多。"

关志有些疑惑："怎么了，伤口缝得不好吗？不可能啊，陈医生的缝合技术可是一流的，应该不会留下多少痕迹。"

霍圾垂着眼，没说话，显然不是这个问题。他打开水龙头，用冷水洗了一把脸，缓解了一下身上的燥热，然后拿毛巾擦着脸走出来："几个人？"

关志的心思瞬间回到了正事上："就两个，都抓住了。以前的组织早清理干净了，这两个人是因为没了摇钱树，越想越恨，才想着报复林小姐。"

霍圾把毛巾随手一扔："怎么找到她的住址去的？"

"还在查。"

"挖清楚一点，一个都别放过。"

"好。"关志听了，转身往外走，准备马上着手去办，将功补过。

"等一下。"霍圾忽然开口叫住他。

关志停下脚步，转头看过去："怎么了，哪里不舒服吗？"

霍圾看了他一眼，慢条斯理地问："护士服是你给她找的？"

关志瞬间笑起来："对啊，这小姑娘非要在旁边守着你，穿着护士服还挺合适的，多可爱啊！"

关志看见霍圾眉梢微微一挑，莫名不敢说下去了，连忙打开门往外走去："我先去办事了！"

关志离开后，过了好一阵，霍圾的手机才振动了一下，一条消息传进来。

"我到家了，你好好休息。"

霍圾拿着手机看了很久，才回了一条消息过去。

林莜靠在床上，好半天才收到霍圾的回复"好，谢谢关心"，语气既疏离又客套。

林莜看了一会儿，无奈地把手机放在枕头旁，转身躺进被窝里。

她正住在木质老房子里，闻着有一种潮木头的气息，让人很安心。原来的房子暂时不能回去了，她只能搬回四合院。街坊四邻每家每户都养了狗，只要有人进来，就会响起各种狗叫，动静想小都没法儿小，安全问题不用担心。

只是，霍圾好像被她伤到了……林莜躺在被窝里，抿了抿唇，有些自责。

接下来的整整一个星期，林莜都没找到机会去探望霍圾，那边管得太严了，关志也没有办法帮她。她只能时不时地发消息给他，关心他身体怎么样，有没有好一些。他每条消息都会回，只是一直很礼貌，语气没有再像以前那样过分亲昵。

公司依旧很忙碌，一大早就要开会，林苃拿着文件一路往楼上的会议室走去，一推开门就看见霍坂坐在里面。

林苃顿在了原地。他就坐在不远处，垂着眼睛，安安静静地等他们聚齐开会。

会议室里莫名安静。霍坂换了个发型，十分清爽利落。本来他垂着眼睛就显得有些凉薄，现在看起来简直有种生人勿近的感觉。

大家都没看出来他受了很严重的伤，只以为他不小心磕到了脑袋。

林苃在位置上坐下，见他这么早就出院了，有些担心。

薛贝从后面过来，轻轻拍了一下她的肩，拿过她面前的笔记本电脑："今天的内容比较多，都是专业性比较强的，需要经验，你可能会赶不上，会议纪要还是由我来写吧。"

林苃闻言点头："好。"

薛贝拿过电脑，人也差不多到齐了。跟度假村项目的同事全都在，项目耽搁了一段时间，因为即便有图纸，实际施工还是会遇到比较棘手的问题，都需要问霍坂。

整个会议紧张忙碌，林苃几乎没有分神的时间。她习惯在本子上记下会议重点，所以，即便薛贝说了由她来记，她也把重点一一认真记录下来。

等到中场休息时，霍坂坐在会议桌前休息，抬手按了按太阳穴。

林苃见他不舒服，忍不住靠过去问："你怎么这么早就出院了，伤口真的没关系了吗？"

"没关系，姐姐不用担心。"霍坂按着太阳穴，闭着眼睛慢条斯理地说。

林苃看他这样客套，都不知道应该说什么了，只能拿笔在纸上划拉。

方晴友摇曳生姿地走过来，靠在桌子旁，递给霍坂一杯咖啡，另一只手还端着一杯："顺便替你泡了一杯，你换的新发型好帅。"

林苃看着她递过来的咖啡："他现在不能喝——"

霍坂却伸手接过："谢谢。"

林苃看着他接过咖啡，心里说不出什么滋味。

方晴友对这一幕一点都不意外，她刚才就看出来了，他们两个人很疏离。谈恋爱嘛，分分合合很正常，尤其是霍坂这样的男人，哪有那么容易抓住，既然他们以前分开过，再分开也很正常。

她顺势开口问："晚上有空吗，要不要和我们一起去聚餐？"

霍坂抬眼看向她，笑了一下："好啊，我请你们。"

林苑听到这话，微微咬了一下唇，心里闷闷的。

下半场会议，她有些心不在焉，重点也记得很模糊，等回到办公桌前，脑子里还是他对别人笑的样子。

部门的一个女同事有些激动："我刚才坐在他旁边，心都要跳出来了。果然，寸头是检验帅哥的标准，我今天算是相信了。他刚才看过来的时候，我都不好意思和他对视。"

"听说他以后会经常来，安总把自己的办公室都给他了。"

"安总的办公室？"一个男同事有些不屑，"不会吧，度假村的项目是很重要，可也不用这样吧，安总的心也太大了。"

"人家是安总的朋友，家底厚得很，哪能随随便便给安排个办公室啊！而且人家要不是帮忙，估计还不乐意坐这个办公室呢！反正安总一个月也来不了几次，还不如给霍先生。"

"你就是见色起意。之前安总来不了几次，你还说伤心，现在转移目标了。"

林苑听到他们这样说，心里更担心了，他明显是提前出院的，都没有好好休养，怎么直接来工作了？

"林苑。"

林苑转头看去，是安总的秘书。

"霍先生要刚才的会议纪要。"

"问我要吗？"

"对，霍先生说向你要就可以了。"

林苑微微一顿，看向远处的薛贝，她也正看向这边。林苑对赵秘书道："刚才临时换人记录了，我去问一下。"

"好。"赵秘书笑着点头。

林苑起身往薛贝那边走去，到了薛贝的办公桌前，看向她的电脑："薛贝，会议纪要好了吗？"

薛贝有些为难，也显得很慌："我刚才没保存，少了一大半……"

林苑低头看向文档，还没有她手写的多。

林苑有些蒙了，她后半场根本没听进去。

"怎么办？我还要把这个发给你吗？"薛贝一开口就打算推卸责任，就好像是特地帮她，只是没帮好一样。

林苑抿了一下唇："不用了，我自己整理吧。"

她只能让赵秘书先回去，抓紧时间回忆刚才的会议，后半段会议的内容，她完全是凭记忆东拼西凑的，心里根本没底。

果然，会议纪要送上去没多久，赵秘书就叫她上去了。

林莜进了办公室，霍坂就坐在办公桌前看图，听见她进来了，也没有抬头。

他现在不笑的时候有一种生人勿近的味道，虽然开口说话的时候很温柔，可那种坏坏的感觉更明显了，让人有些不敢靠近。

林莜站到办公桌前，霍坂才微微抬头看了她一眼，又看向桌上的本子："你做的会议纪要？"

林莜有些紧张，难得像交作业一样忐忑："是我记的。"

霍坂拿起桌上颜色粉嫩的记事本打开看，说得慢条斯理："工作这么不认真吗？"

林莜看着他手里的本子，后半部分是急急忙忙补上去的，字迹有些潦草，弄得一团乱，看起来确实很糟糕。

"对不起，这次会议比较重要，同事担心我经验不足，来不及记录，所以临时换了她。可整理的时候，她不小心删掉了一部分……"

"有这么多借口吗？"霍坂眼帘微掀，抬眼看过来，"你不是我的助手吗？为什么要换别人记录会议？"

林莜瞬间说不出话来。

霍坂合上她的笔记本，不打算再看："别人想要换，你就让她换了，那别人说喜欢我，你是不是也会马上把我让给别人？你喜欢的从来都不去争取吗？还说喜欢我，我看你连一天都坚持不了。"

林莜微微一震："我没有不坚持。"

霍坂的声音莫名低落，自嘲似的笑了一下："学习倒是努力，喜欢我却一点都不努力。"

林莜的睫毛微微一颤，咬了一下唇，声音轻得连自己都听不见："不是这样的……"

霍坂没有再说这个话题，身子微微前倾，把笔记本递给她："重新整理一遍再给我，顺序不要乱，内容不能缺。我不管你用什么方法，就是一个个问，也要问清楚。"

林莜接过笔记本，整整一个下午都在到处问，东拼西凑，才勉勉强强把会议的重点内容还原了。

方晴友在统计几个部门聚餐的人数。

林苃刚回来，旁边的女同事就问道："林苃，你要不要去？"

林苃想起霍坂上午说的话，微微点头："要去。"

方晴友却开口说："不对，怪我没记清楚，人数都超了。不行了，这次就这么多人吧，剩下的下次再安排。"

林苃抬头看向她，友好一笑，坚持道："加我一个吧，我还从来没有参加过同事聚餐。"

方晴友脚下一顿，看向她，有些意外。她一副很为难的样子，说道："可是人数已经满了。"

"那把我的位置让给林苃吧，小姑娘就是要多参加集体活动，熟悉熟悉同事。"Eva从自己的办公室里走出来，笑着说道。

方晴友停顿了一会儿，看了一眼林苃，冷着脸应了："好吧。"

林苃没有在意，礼貌一笑，转身继续认真工作。

方晴友趁着没人看见，白了林苃一眼，踩着高跟鞋摇摇曳生姿地离开了。

🐾 🐾 🐾

下班后，林苃和部门同事一起到了吃饭的地方，刚进电梯就看见霍坂和方晴友一起进来了，显然是一道过来的。

林苃看见他们，心里莫名闷闷的，尤其是霍坂还对着方晴友笑。

他们进来后，几个同事打了招呼，纷纷往后退，让出位置。

霍坂一进来，电梯里就安静了很多。方晴友的话题依旧很多，和霍坂好像很聊得来，谈天说地，就没有停过。她风情万种又有趣，只要是男人都很喜欢这样的女人。

出了电梯，林苃四处一看，人都到得差不多了。这次算是小型聚会，各个部门的人都有，主要是为了互相认识一下。

大家一坐下来就有人主动活跃气氛，场面很快热闹起来，不过，话题大多数都围绕着霍坂。

林苃看着霍坂面前的酒杯，心里有些担心。虽然他喝得并不多，只是偶尔浅酌一下，但他酒量应该不好，她之前在度假村的时候就看出来了。

大家都听说过霍坂和林苃谈过恋爱，不过没人敢问。他们看现在的情况，觉得两人应该是没关系了，反而霍坂跟方晴友好像有点苗头。这种事大家都见惯了，也不奇怪。

一个男同事突然把话题扯到了林苡身上："我听说，之前章简还追过你，对不对？"

这话一出，桌上马上安静了。

林苡看了霍坂一眼，发现他垂着眼睛，默不作声。她收回视线，微微摇头："没有这回事。"

"不会吧，我之前见他下班的时候总是绕远路路过你们部门。"

"肯定有，是人家小姑娘给他面子，特地说没有的，这都不懂！"斜对面的男同事喝高了，说着指了一圈桌上的人，又指向自己，笑着问，"林苡，你说，这里谁是你的理想型？"

桌上的几个男同事瞬间笑开，跃跃欲试地等她选择，觉得只要霍坂不算在内，那他们其实都可以比一比。

这么直白的询问很容易让人尴尬，尤其是女孩子，说没有等于驳了在场所有男同事的面子，可要是顺着他们的意思指一个，那接下来就是无穷无尽的起哄，弄得人左右为难。

林苡的心思没在这上面，笑着礼貌回应："你们都很优秀。"

霍坂微微抬眼看过来，仍旧没有说话。

林苡长得乖乖软软的，说什么大家都不忍心为难，心里还因为这个回答乐呵呵的，嘴上互相调侃，气氛还是很融洽。

但提问的男同事有些不乐意了，本来林苡没和霍坂这样的"高富帅"在一起，他对她还挺有好感的，现在看她也不知道给他面子，他瞬间冷了脸，端起酒杯敬方晴友："还是和晴友说话有意思，来，我们干一杯。"

虽然他面上笑呵呵的，但这话可就太过了，周围的同事都没想到，场面瞬间有点冷。

林苡没在意，反正和他也不熟。

霍坂端起酒杯浅酌了一口，像是没听见。

方晴友笑着端起红酒杯："你问人家的理想型，怎么不说说自己的理想型？"

那个男同事语气特别夸张，好像在场的所有女同事都比不上方晴友一样："当然是你啊，你可是我们部门的红玫瑰，多受欢迎啊！你忘了？我当初进公司的时候还追过你！"

"也对，我都忘了，看来我也算是个理想型。"方晴友笑着说道，用手撑着脸看向霍圾，"不知道我算不算霍先生的理想型？"

霍圾闻言，微微一笑，说得慢条斯理，似乎有些醉意："方小姐是绝大部分男人的理想型。"

"那你呢？"方晴友继续追问，明显就是准备进攻。

林莜微微抿唇，握着筷子，默不作声。

众目睽睽之下调情都这么自然，大家都有些佩服方晴友。

霍圾唇角微弯，笑得有些散漫。

方晴友看到他这样笑，根本按捺不住心动的感觉，这个男人真是让人心痒痒。她想着，立即笑起来："你不说话，我可就当你默认了。"

旁边的男同事听了，瞬间起哄，起身给他们倒酒："喝酒！喝酒！"

方晴友直接干了两杯："他刚做了手术，不方便喝这么多，我替他喝，可以吧？"

"不喝酒也可以，那总要来个大冒险吧？"

"对对对，大冒险！"

霍圾看着林莜，慢条斯理地开口问："什么冒险？"

林莜听得微微一愣，心口越发闷堵。

"大家说呢？火爆点怎么样？"

大家一阵起哄，以示赞同。

林莜突然站起身，背起小包，拿过桌上的手机，看这架势，摆明是要被气走了。

周围瞬间安静下来，气氛有些凝滞。

霍圾好像没察觉到一样，垂着眼继续问："想好了吗？"

林莜越听越恼，放好手机，快步走出自己的位子，绕过同事走到霍圾旁边，伸手拉起他的手："霍圾，时间不早了，我送你回去休息。"

大家看着两人，瞬间察觉到了什么。之前提问的男同事看着林莜的动作，有些不屑。

霍圾微微一顿，抬眼看去，只见小姑娘就站在旁边，小手抓着他，一脸认真地看着他。他的心微微一颤，面上若无其事道："为什么要这么早回去？大家都在玩呢。"

林莜听见他这样说，心里泛酸："你打算找新的女朋友了吗？"

霍圾的声音莫名放得很轻："姐姐不喜欢我找女朋友吗？"

大家完全愣住了，纷纷心想，还是姐弟恋啊。

方晴友听了，笑了出来："开开玩笑怎么了？又没有弄什么过分的大冒险。你一个同事，管这么多干什么？"

林苃也不打算和她和平相处了，转头看向她："我和他的情况，你真的看不出来吗？还是你在装？"

方晴友没想到她这么直白，有些拉不下脸。

这就是一层窗户纸，不捅破倒还好，一捅破就有问题了。方晴友作为一个人情世故这么练达的女人，怎么可能看不出来他们俩之间的暗流涌动？要是看出来了还这样搞暧昧调戏霍坂，那就有些不对了，甚至可以说人品有问题。

"我们走吧。"林苃把霍坂的手往外拉，准备先把他带走。

霍坂顺着她起身，刚走出一步，又转身看向那个提问的男同事，语气依旧温柔："物流部的管理吴越，对吧？"

吴越微微一愣，点了点头，没想到霍坂记住了自己，还没反应过来，霍坂面上的笑已经淡了下去，扫了他一眼就转身离开了。

吴越突然反应过来，不服气地问道："他问我这个干什么？他一个外来的建筑师，还有权力决定我的去留？"

对面的女同事实在有些看不下去了，开口提醒道："安总把办公室都特地让给他了，你说他的背景能普通吗？安总那样的少爷都要供着他，你说话也太不注意分寸了。他坐在那里，一会儿工夫都不知道看了林苃多少眼，摆明了等着人家主动呢，你还没点眼力见儿？"

吴越瞬间酒醒了，懊恼得不行："你们说，我一会儿给林苃道个歉，她会不会原谅我？"

"没戏，你刚刚真……那啥……真的没法儿说。你看人都叫林苃'姐姐、姐姐'的，一看就是平时把她供着的，刚才他可一字不落地全听见了，估计就算林苃不介意也没用。"

吴越听着，猛地一拍脑门儿："完了，真不该喝酒！"

方晴友越听越不爽，拿起包，头也不回地走了。

同事们瞬间噤声，看笑话似的看着她出去。

林苃开着霍坂的车，把他送到了他家楼下。

霍坂一路都很安静，没有说话，也不知道是不是喝多了头疼，毕竟伤还没好就出了院。

　　林莜解开安全带下了车，乖乖绕过车头，走到另一边，打开车门看了他一眼。

　　霍坂慢慢睁开眼睛看过来，依旧没有说话。

　　她想起刚才的事，也没说话，伸手扶着他往楼上走。

　　霍坂没有拒绝，把重量几乎都压到了她身上，明显是醉了。

　　林莜咬着牙把他扶上楼，进了房间，扶到床上，才缓过劲来。他真的好沉，压得她差点走不动路。

　　霍坂躺下后，拉住了她的手。

　　林莜看向他："是不是头疼了？"

　　霍坂微微摇头："皮带扣着不舒服。"

　　他说话声音有些轻，尾音在唇齿间绕了一下，轻轻吐出来，连带着气息都是勾人的，听在耳里莫名暧昧。

　　房间里静悄悄的，只有他们两个人……

　　林莜看着他安静地躺在床上，心口一紧，却没有动作。

　　霍坂伸手握住她的手，移到自己的腰际："帮我解开。"

　　林莜碰到他冰凉的皮带，勉强屏住呼吸，垂眼去解他的皮带，小心翼翼地不碰到别的地方。

　　可是她不会解男人的皮带，拽也拽不开，只能跪在他旁边研究。

　　这个位置实在太暧昧了，林莜的视线不敢乱移，只感觉面上越来越烫，下意识抬眼看了他一眼，却发现他正看着她。她的手瞬间有些拿不住他的皮带扣。

　　霍坂垂眼看着她，故作惊讶道："姐姐，你脑子里在想什么，脸这么红？"

　　林莜面上一阵阵发烫，说不出话来。

　　他的视线在她的脸上轻轻扫过，有些漫不经心地说："不会是之前和我一起看过的片子吧？"

chapter 20

男朋友

她终于不用再强忍着难过和眼泪，强迫自己坚强。

林苡听到这话，瞬间想起之前看过的那个视频，脸上一阵火辣辣的，想要起身，霍圻却握上她的手，带着她的手指解开了自己的皮带扣："皮带应该这样解……"

林苡的视线下意识移到旁边。

霍圻伸手拉她，林苡顺着他往他怀里靠去。

他这样躺着，她几乎是躺在他身上的，能感觉到他硬邦邦的身体，甚至能透过薄薄的衣服感觉到他的体温，烫得她有些热。

霍圻没有动作，可那眼神就是想让她主动亲他。

林苡犹豫了半晌，微微靠近他的薄唇，轻轻碰上去。他的薄唇很温软，唇齿间都是清冽的酒香。

他的呼吸有点重，薄唇微微张开，垂下的眼睑微掀，看上去安静无害。

林苡莫名心动了一下，像是羽毛轻轻滑过心口，有些痒痒的。

霍圻的眼睛一直看着她，林苡又轻轻亲了他一下，他突然靠上来，薄唇和她的轻轻相碰，呼吸交缠着。

林苡的呼吸有些乱了，身子变得软绵绵的，她都控制不住了。

霍圻轻轻亲她："想和我做爱，你得先同意结婚。"

林苡微微一顿："结婚？"

霍圻抱着她，看着她白皙的小脸、迷离的神情，用唇瓣轻轻缠磨着她："只要你答应和我结婚，我们现在就可以做，我一定会让你喜欢。"

林苡听到他说的话，心口慢慢收紧，莫名想更靠近他，却回答不出来。

霍圻的亲吻停了下来："不结婚，姐姐想白睡我？"

林苡感觉有些凌乱："不是……只是太突然了，而且叔叔阿姨肯定不同意，阿姨也不是很喜欢我。"

霍圻根本不在意："我结婚不需要他们同意，但是，要是你介意，我可以去和他们说一声。"

林苡说不出话来，她都没想到他会直接提结婚……

霍圾看了她一会儿："你不愿意吗？"

林苡咬了一下唇，慢慢坐起身："结婚的事应该慎重，你让我想想……"

"你要是真喜欢我，怎么会没有想和我结婚的念头？难道你只想着睡我，却不愿意负责？"

林苡连忙道："我不是要睡你……"

霍圾坐起身，看着她："那你脸红什么，不是想了不该想的东西吗？"

林苡百口莫辩："我没有想……"

"你想清楚了再告诉我答案，要是不打算和我结婚，我就不在床上耗力气了。反正姐姐也不属于我，我这么卖力有什么用？"霍圾下床解了皮带，放在床头柜上，显然不打算再继续谈话了。

林苡有些招架不住，听明白他话里的意思，连看都不敢看他，慢慢往床下挪："我回去想想，你好好休息。"

霍圾往浴室走去，见她要走，视线在她身上扫了一眼："需要回去想吗？"他说着自嘲似的笑了一下，语气有些哀怨，"还说喜欢我呢，我不给你睡，你就马上要走了？"

林苡听到他的话，只好把挪出去的脚收回来。察觉到他的视线，她才发现身上的衣服不知道什么时候被撩起来了，露出了白皙的皮肤。她连忙拉下衣服，窘迫得想逃，可又担心他再次失望，只能硬着头皮躺下。

霍圾洗完澡，开门出来。林苡闭着眼睛背对着他，不敢动弹。

她看不见他在干吗，只听见他出了房间，去厨房倒水喝，然后又走回来了。

她突然感觉很奇妙，好像有一种已经和他结婚了的感觉，莫名安心，可一想到要和他睡一张床，又紧张得心怦怦直跳。

霍圾走到床边，掀开被子重新躺进去，直接伸手把她抱了过来。

他刚才洗的应该是冷水澡，身上冰凉凉的。林苡被冰得缩了一下，微微往外躲。看见他睡衣扣子都没扣好，这么一躺，露出了大半个上半身，她连忙收回碰到他的手："我也去洗个澡。"

"你洗什么？"霍圾有些漫不经心，手上恣意妄为。

林苡连忙去抓他的手。他被她抓住了手，倒是安静了一阵，一会儿工夫后又开始不安分了："姐姐，我帮你把衣服脱了，你这样睡觉不舒服。"

"不用了，我这样正好。"林苡慌忙摇头，霍圾却已经伸手帮她了。

林苡看着他充耳不闻的样子，莫名有一种被什么东西叼回了窝的感觉。

一大早上，林苡偷偷摸摸地出了门，一回到家就收到了一条消息。

"早点给我答复。要是你不结婚，我连恋爱都不会和你谈。"

通过这句话，林苡都能想象到他淡淡的神情。昨天晚上他要怎么亲怎么抱她都顺着他了，没想到他早上起来就变了一个人。

林苡忍不住咬牙，按了手机的锁屏，往楼上走去。

她一宿没回，也不敢回王奶奶那边，生怕她问起来，只能先回了原来的住处。

房东已经替她更换了门，外面的防盗措施也做得更好了，再加上那两个人都已经被抓了，她不需要担心安全问题。

林苡拿出钥匙，刚打开门，身后就有人叫她："你好。"

林苡转头看去，是一个很好看的男生，他身边放着一个行李箱。

男生拉着行李箱走过来，特别礼貌地说："不好意思，我是你隔壁邻居的儿子，我刚回来，没带钥匙，爸妈都出去了，现在我又有急事得离开，能不能把行李箱先放在你这里，等我妈回来，我让她到你这里来拿，可以吗？"

林苡想起之前张阿姨说的儿子，应该就是他，于是点点头，伸手去提行李箱："可以，给我吧。"

"有些沉，我来。"男生伸手提起行李箱，放进她的屋里，"谢谢姐姐。"

林苡听见"姐姐"两个字，微微一顿，瞬间想起霍坂，他昨天叫姐姐叫得好听，早上起来就翻脸不认人了。

她回过神来，笑道："不客气，张阿姨回来的时候我给她。"

"好。"男生笑了一下，显得格外有魅力。他在学校里应该是很受欢迎的，就像霍坂那样，天天招蜂引蝶。

林苡想着，莫名有些醋意。

等男生走了以后，她进了家门。手机发出一连串的振动，全都是班级群里的消息，顾语真的消息夹杂在其中。林苡先点开了顾语真的。

"李涉大后天要办生日派对，邀请我们班同学都去参加，你去吗？"

林苡转而点进班级群里，扫了一眼，果然有李涉发的邀请，时间和地点全都发了。

她又切回顾语真的聊天界面："你想去吗？"

顾语真沉默了很久，回道："想，我想亲眼看一次他和我的差距究竟有多大，好让自己早点死心。"

林莜看着这句话，有些发愣。她明白她的意思，李涉这个露天派对的举办地寸土寸金，光是包场的价格就不是她们可以想象的。而且，有差距的又怎么可能只有他们两个，她和霍圾也一样……

那天聚餐以后，方晴友退出了度假村的项目，而吴越自从酒后大失风度，林莜就几乎没在公司里看见过他。

霍圾没有私下联系她，只有在公司才会见到，就像普通同事一样，显然是在等她考虑清楚。他不再像以前一样逼着她，她也越来越猜不透他的心思。

李涉的生日派对这天，霍圾没来公司，应该是提前去找李涉了。

林莜下班以后，被顾语真拉着去给李涉挑礼物。

虽然李涉说不需要大家送礼物，也不缺大家那点礼物，但心意还是要到的。

林莜实在不知道送什么，就给他买了一款中规中矩的男士香水，而顾语真给他买了一台最新款的游戏机。

等到了派对场地，已经是大晚上了，外面停了很多豪车，显然不只是他们班的人收到了邀请。

顾语真一下车就有些焉了："莜莜，我这样行不行？"

林莜看她一身淡色连衣裙，戴着精致的耳环，气质脱俗，夸赞道："很好看。"

顾语真笑了出来，转眼就觉得不能露怯，伸手挽过她，一起往里面走去："走吧。"

派对上有一个巨大的方形泳池，场面已经很热闹了，她们一进去就淹没在人群里。李涉人缘很好，只是过个生日就到了这么多人。

顾语真看着被众人包围的李涉，手里的礼物没办法再送过去。她本来想亲手交给他的，可是，看见在桌上堆成山的礼物盒，她就知道没有意义了，光是看那些盒子就能看出里面的东西有多贵重。

她看了一阵，上前把自己送的礼物放在那堆礼物盒上，然后端了一杯酒自顾自地喝，也没有过去和他说话的打算。她已经亲眼看见了，有些差距根本不是喜欢就能跨越的。

林莜看在眼里，很心疼她。她知道顾语真的感受，也知道放弃喜欢一个人有多难，这并不是别人三言两语的劝慰就能让她释怀的，她能做的就是安静地陪着她。

不远处的几个同学已经压制不住兴奋劲儿了:"你们看见霍圾了吗?他也来了!"

"一来就看见他了,他还是和以前一样帅,现在留了寸头,太有男人味了,帅得很有攻击性。"

"估计是以前和那些不良少年在一起玩,不一样了。"

"和不良少年玩对人家没影响的,你看,他现在还不是好好的。"

"你们说,他有女朋友了吗?"

"你觉得他会缺女朋友吗?肯定有了。"

林苡抬眼看向不远处的霍圾,即使他没站在人群的中心,也一眼就能被看到,时不时会有女人端着酒杯过去搭讪,一个个的都很漂亮。

林苡心口一阵发闷,忍不住端起酒杯干了,却压不下心里的情绪。

🐾 🐾 🐾

林苡干了一杯酒,顾语真都看傻眼了,没想到林苡喝得比她还要猛。不过,酒就是要这样喝才过瘾,她想着,也干了杯里的酒。

林苡喝得太快,都没注意到是什么酒,甚至连味道都没有尝到,然后就有些上头。

一道阴影罩下来,她抬头看去,是陈宣冲。他略带调侃道:"喂,你的酒量已经这么好了?"

林苡拿着空酒杯,有些尴尬:"还好。"

陈宣冲在桌子对面站了一会儿,又开口说:"校友会过后,我本来想找你一起吃饭的,可是怎么都联系不到你。"

林苡想起那时候,她和霍圾还闹得不可开交,手机都被他收了,肯定联系不到,于是道:"我那时手机正好出了问题。"

陈宣冲把手插在兜里,沉默了一会才又道:"你们又在一起了?"

林苡也不知道该怎么回答,他们现在的情况,说在一起了吧,又不像。她永远跟不上霍圾的思路,从他想谈恋爱,到现在他想结婚,她一直都差一步,根本反应不及。

陈宣冲看她没说话,瞬间明白了:"我会等你的。"

"别等。"林苡想起他过去几年时常会找她聊天,她拒绝过,他也放弃了,没想到他现在会说要等她。

她放下空酒杯，认真地看向他："你以后一定会遇到喜欢的女生，那个人不是我。"

陈宣冲闻言，沉默了很久才道："我还挺羡慕霍圾的，明明我们差不多同一时间遇见。"他说着，重新笑起来，"以后他要是欺负你，你就和我说，我帮你打他。他之前打过我的事不能就这么算了。"

林苡闻言一笑："谢谢你，陈宣冲。"

两个女人端着红酒杯，并肩走近霍圾，主要是为了互相壮胆。这个男人生人勿近的气场太强，她们完全不敢一个人靠近。

"你好，你也是李涉的朋友吗？"红唇美人友好地一笑，其实早就摸清楚他是谁了，只是现在要正式认识一下。

霍圾端着酒杯，眼帘微抬，视线却落在不远处的林苡和陈宣冲身上，根本不耐烦说话。

红唇美人被忽略了，有些尴尬，却没有退缩，干脆直接伸出手来，自我介绍道："我叫孙旋，不知道先生喜不喜欢看电影，我最近正好有一部电影在上映，不知道你有没有觉得眼熟？"

霍圾根本没理会她，视线一直落在不远处，看得入神，就像在盯梢一样。

两个女人转头看去，才发现他盯着的是个乖软的小姑娘，看起来特别干净清纯。

"你现在应该在医院。"一个穿着白色双排扣西装的男人缓步向霍圾走来。

两个女人扫了一眼走过来的男人，眼神里有说不出的惊艳，连忙顺势下了台阶。

霍圾看了男人一眼，无所谓地端起酒杯浅酌："小伤用不着住院。"

"我是你的医生，你应该听我的，明天到我医院检查，而且……"陈循礼的视线落在他的酒杯上，"你得忌酒忌欲。"

霍圾轻笑出声，看向陈循礼，语气略带嘲讽："陈医生手艺不错，除了做手术，还另外学了谋生技能。"

陈循礼看了一眼他的寸头："这个发型才适合你，一看就是个坏人，免得小姑娘被骗了。"

霍圾淡笑了一声："你哥要是有你一半聪明，也不至于被我打进医院。"

陈循礼看向在舞池里摇摆的陈宣冲，显然没忘记这件事，他重新看向霍圾，神情有点淡。

李涉趁着空当往霍圾这边一看，立即一阵头疼。这两个人站在一块儿还得了？也不知道是不是"同毒相斥"，他们天生就不对付，小时候刚见面就狠狠打过一架，后来只要碰到就互相使绊子，从来没有消停过。

李涉几步走近："今天可是我生日啊，你们俩可千万别给我闹。"

陈循礼看了霍圾半响才慢慢收回视线，端着酒杯朝李涉示意了一下，又看了一眼霍圾，转身离开前淡淡地扔下一句："明天过来检查。"

李涉觉得有些匪夷所思："你们家怎么还敢找陈循礼给你做手术？我都怕这家伙背地里给你下死手！不过还好，还算有点职业操守。"

"你确定？"霍圾一想到现在的发型就很烦躁，小姑娘趁他睡觉的时候偷偷摸摸地爬起来，一边摸他的头一边叹气，平时却不怎么靠近，摆明了有些怕他。

李涉无法确定，他看向不远处的林苡："小奶糖来了，我特地给你创造的机会。你最后再试试吧，好好和人家说说。"李涉说着，有些感慨，"我从来没有遇到过这种明知道不合适也要喜欢的感情。"

霍圾看着不远处的林苡，慢条斯理地喝了一口酒："不会有最后，对我来说永远是开始，没有结束。"

还在开始？这都开始好几年了……李涉看了他一眼，觉得真是服了，这人真是死乞白赖地要扬人家的奶粉，这么来回折腾也不容易啊，宋复行都快得手了，他还在原地踏步，真不知道是什么人间疾苦……

关志在不远处招手，霍圾没再多说，放下酒杯向关志走去。

李涉摇了摇头，对他深表同情。突然，伴奏乐队那边一阵嘈杂，有人上前抢了主唱的话筒。李涉抬头看去，发现是顾语真。

顾语真已经醉了，醉酒壮人胆，看见话筒就冲上去了。她憋了好久，有好多话想说，却又不敢对着他说。这次，她想借此机会一吐为快。

"你们好，抱歉，我有一些话想说，可能会让大家觉得我是在出丑，可我不在意。我已经憋了快八年，也喜欢了那个人八年，我从高一就喜欢他了，他一直都不知道。

"我知道我和他不合适，可我就是喜欢他，就像飞蛾扑火一样。我喜欢他，不管他喜不喜欢我；我喜欢他，不管他和我合不合适。这应该是我最后一次见他，也是最后一次提到他。我不知道我对他的感情什么时候会消失，或许永远不会消失，但我希望他能够幸福，希望他最终喜欢的那个人能像我现在一样那么喜欢他。如果可以，把我的幸福给他，也没有关系。"

周围的人听到最后，都鼓起了掌。八年太长了，她的只言片语之间，包含着的却是一个女生的青春。

暗恋是最美好的事，她自己开始，自己结束，不会干扰到任何一个人。

旁边过来祝李涉生日快乐的人知道她是李涉的同学，随口问道："她喜欢的是谁？居然喜欢了这么久。我可从来没有遇到过一个女生这么喜欢我。"

李涉愣神了很久，半晌才收回视线，笑了一下："谁知道呢？"

林莜听着顾语真的话，心里莫名一震。她为什么要对和霍坂结婚的事犹豫不决呢？除了他，难道她还愿和别人结婚吗？既然她喜欢他，干脆就义无反顾，答应和他结婚好了，好像也没有那么难。因为只要是他，她就愿意。

林莜想着，转头往霍坂的位置看去，却发现他不在。她四处找了一圈，都没有看见他，反而碰到了慢慢走近的许念。

许念依旧很美，眼里却有着散不去的阴霾："找霍坂吗？"

林莜没有理会，越过她往前面走去。

许念又叫住她："好歹我们也做过同学，连招呼都不打一声吗？"

林莜有些看不懂她："我们两个还有打招呼的必要吗？"

"为什么没有？好歹我们也做了这么多年的情敌了。"许念看向她，"我第一眼看到你就不喜欢你，没想到我的直觉没有错，你确实有很大的问题。"

林莜对她说的话没有兴趣，转头继续往前走去。

"你妈妈是杀人犯的话，那你的基因里是不是也会有那么一点不对劲的东西？"

林莜脚下一顿，转头看向她。

许念笑了："你说，霍坂知道吗？知道你妈妈是个变态吗？这里的所有人要是知道，会不会吓到？"

林莜睫毛微微一颤，看着她，没有说话。

许念笑着转身，往话筒方向走。

"他知道，知道得比你还要早很多。"

许念转身看过来，显然不相信："他要是知道了，怎么可能还会喜欢你！"

"你去说吧，我不在意。反正我和霍坂以后会好好的，不需要你挂念。"林莜微微一笑，转身离开。

许念见她这样满不在乎，面目有些扭曲："你真是不要脸又命大，整你两次都没出事！"

　　林苡一顿，突然想到面包车事件以后这么久都没事，校友会之后就有人来报复她了。她微微皱眉，转头看向许念："那两个来报复的人，是你给他们提供的消息？"

　　许念居然还笑了出来，完全不觉得自己有问题："对，我就是想让你们也尝尝什么叫痛苦！凭什么这么久以来只有我一个人难受？要难受应该一起难受！尤其是霍圾，我那么喜欢他，他却这么轻视我，我要让他也尝尝失去的痛苦！"

　　林苡想到霍圾被砸的那一下，心都拧得疼，上前就拉过许念指着自己的手，猛地一个过肩摔，把她往泳池里一砸："你真的应该清醒一下！"

　　她手上一用力，许念根本敌不过她，胳膊直接被拧脱臼了，整个人天旋地转，一头栽进了泳池里，"砰"的一声，发出巨大的水声，

　　旁边的人群一阵哗然，目瞪口呆地看着这一幕，完全傻眼了。

🐾　🐾　🐾

　　全场鸦雀无声，只有许念在泳池里惊呼和挣扎的声音。

　　于辉扬冲上来："林苡，你干什么，疯了吗？"他声音很大，几乎是在吼。

　　林苡正在气头上，根本没有耐心："和你有关系吗？"

　　于辉扬没有想到林苡这么乖软的女生也会生气，怔了一下，声音更大了："好好说话不行吗？为什么要动手？好歹也是同班同学，你会防身术，别人不会，你就欺负人吗？"

　　林苡没心情理他，看向狼狈不堪的许念。

　　许念的胳膊疼得她差点爬不起来。

　　陈宣冲快步走过来，挡在林苡前面："你再鬼吼鬼叫试试？"

　　众目睽睽之下，大家都觉得许念很可怜，纷纷上前准备去扶她上来。

　　"没有教养。"于辉扬看了陈宣冲一眼，蹲下身去拉许念，刚伸出手就被人踹了一脚，猛地撞向泳池里的许念。

　　周围一阵哗然。

　　霍圾站在泳池边上，看着泳池里的于辉扬，面上全是富家子弟的不屑一顾："她想怎么样就怎么样，用得着你教？"

　　这话一出，效果真是立竿见影，霍家谁敢惹啊？本来要去扶许念的人连忙走开，都当作没看见，尽可能地远离霍圾的视线，免得他殃及池鱼。

李涉大老远往这边走来，看到这一幕，心想，得了，也用不着他了，生日派对搞砸就搞砸吧，反正他每年都有生日，无所谓。

关志看见许念，也很震惊，他刚刚才告诉霍圾，是许念背地里给那两个报复的人提供了林苡的信息，这边就已经对峙上了。

许念被于辉扬撞得眼冒金星，出尽了丑，看见霍圾还这样帮助林苡，心里不平衡到了极点："你知道她是什么人吗？她是杀人犯的女儿！"

众人大惊失色。于辉扬从泳池里站起来，听到这话，瞬间面露惊恐，看向林苡："你是说林苡？"

"就是她！她妈妈是杀人犯，是个变态，和她一样是白眼狼，杀了把自己养大的养父！她还自以为正义地去举报黑社会，根本就是贼喊捉贼，当别人不知道她妈妈是什么样的人吗？"

派对上一片哗然，众人纷纷往后退去，下意识远离林苡。

陈宣冲也有些震惊，转头看向林苡，似乎完全没有想到，这么白白净净的小姑娘，她妈妈竟然……

林苡的脸色瞬间变得苍白，她知道"杀人犯"这三个字对于普通人来说有多可怕，可是，当真正面对众人异样的目光时，她还是很难受，那些目光像刀一样划在她身上。

霍圾脱了外套，盖在林苡的头上，挡住了众人的视线："许念，你是什么样的人，林苡是什么样的人，我心里很清楚。你和卖淫组织的人串通起来报复她，我不会就这么算了。"

霍圾淡淡地扫了许念一眼，护着林苡往外走。

陈宣冲过了很久才反应过来，连忙追了出去。

许念看他们走远了，也没有适可而止，努力想要得到认同："她妈妈是杀人犯，我查得一清二楚，以前的新闻上都有！她妈妈就是变态，她有变态的基因，我以前没有说错！"

一个男生忍不住开口道："许念，你高中的时候做了什么事情，大家心里都知道。虽然林苡的妈妈是杀人犯，可她没有做错任何事情，不应该对她有任何歧视和攻击。"

"林苡上学的时候一直很乖，而且不顾自身安危举报了卖淫组织，这种事情放在你身上，你敢吗？你根本不会，你只会想着背地里陷害人，说不定还会在心里鄙视那些误入歧途的女生！"一个女生嘲讽道，"对了，我是不是说得太直白了？等一下你又要寻死觅活了。"

她说着，知情的人瞬间笑了出来。

"心理有问题就去看医生，在人家过生日的场合上闹，不太合适。"

许念看他们都把她当笑话看，瞬间崩溃了，猛地拍打泳池的水："为什么你们每个人都要跟我作对？我做错了什么？！"

泳池边上的人连忙避开，神情嫌弃。

李涉走过去看了一眼，然后吊儿郎当地看向保全："把这个疯子拉出去，太吵了。"

于辉扬也觉得丢尽了脸，转头自己爬上泳池走了，根本不打算拉她。

整个派对上的人都在讨论许念，她以前的事情当然都被人拿出来津津乐道。

林莜被霍圾带到车子旁，霍圾正准备开门让她坐进去，陈宣冲追上来拉住车门："林莜，我没有怕你的意思，我只是没反应过来。"

林莜的脸色还是很苍白，她现在真的没有心情说别的。

霍圾扶着她坐进车里，抬头看向陈宣冲："有必要怕吗？"

陈宣冲微微一顿，接不上话。

霍圾淡淡地看了他一眼，收回视线，上车关门。

陈宣冲一个人站在夜色里，突然发现，从刚才那一刻起，他好像就输了。或许他根本就没有赢过……他虽然混，但从小也是娇生惯养，身边没有发生过这么大的事。对他来说，"杀人"这两个字实在太严重了，他乍然听见，根本缓不过来。

车里一阵安静，霍圾伸手把林莜搂进怀里："别怕，我在。这件事我会处理好，你不用担心。"

林莜安安静静地靠在他怀里，过了很久才喃喃道："我想先回家。"

"好，已经在回家路上了。"霍圾的声音更温柔了，轻轻安抚着她。

关志开得很稳，也很快，不一会儿就到了林莜家楼下。

林莜默默上了楼，霍圾跟着进门，低声说道："我陪着你，好不好？"

林莜一直都很平静，乖乖点头，然后在床上躺下，蜷缩着身子，一动不动。

霍圾坐在旁边看了她半晌，微微靠近，轻声问道："要不要喝水？"

林莜轻轻摇头。

霍圾靠在床上，将她抱在怀里："别多想，你没有做错什么。"

林苂慢慢红了眼眶："我见过她的照片，她明明在笑，我却觉得她在哭。我想，她应该经历过很可怕的事。我无法否认，她做了一个可怕又错误的决定。但我总是在想，如果有人能够力所能及地做点什么，那样的事情是不是就会少一些？是不是就不会再有人重演她的悲剧？"

霍坂轻声说："所以，你明知道会有什么后果，还是举报了那个组织。"

林苂情绪有些低落："我没办法成为警察，但我想，总要有人站出来的。或许结果不一定会好，但是至少有一点希望。"她微微抬头，看向霍坂，"你害怕我吗？像他们一样？"

他刚知道的时候是什么反应？是不是也被吓到了？

霍坂轻轻揉她的头，心疼得不行："怎么会？你太小看我了，我小时候见多了，我还见过有人被当场砍死。"

林苂微微一动，看向他："你小时候……"

霍坂笑了一下，无所谓地说道："我小时候被抛弃过，一个酒鬼收养了我。他住的那个地方太乱了，有太多阴暗面。那里的人或多或少都有利益牵扯，同时也各有自己的私心，所以，他们一边同流合污，一边为了自己的私欲而相互构陷。我几乎没有在那里看过一点光明。

"那时候的我根本想不到，以后会遇到一个胆敢举报黑社会的小姑娘。你爸爸妈妈一定会为你骄傲。他们的那些错误已经在你身上发生改变，你肯定不会重蹈覆辙。不仅如此，你还救了很多人的一生。或许你不能成为警察，但是你具备警察该有的所有品格，你正直、善良、勇敢，这些东西以后也不会改变。"

林苂眼眶瞬间一热，她第一次发现自己居然这么脆弱，尤其是在他面前。她的眼里越来越湿润，眼泪控制不住地流下来："霍坂，谢谢你，从来没有人对我说过这样的话。"

霍坂轻轻一笑，眉眼都弯了起来。他低头亲了一下她的发顶，就像虔诚的信徒，动作很轻，生怕碰碎了她，轻轻拍着她的背哄她。

林苂靠在他怀里，听着他的心跳，觉得特别安心。她终于不用再一个人扛着一切了，也不用再强忍着难过和眼泪，强迫自己坚强。

林苂睡了一个好觉，醒来后发现屋里已经没有了霍坂的身影。

她有些愣怔，想起昨天他轻轻的吻，觉得美好得像梦一样。

她忍不住捂脸害羞，拿过手机，正准备给霍坂发信息，门铃突然响起。

林苡心里一跳，下床照了一下镜子，飞快地整理好头发，连忙跑去开门。

门外站着的却不是霍圾，而是隔壁张阿姨的儿子。

男生笑着说："上次谢谢你，中午我请你去吃饭。"

林苡微微一顿，还没有开口说话，就有人走楼梯上来了。她转头一看，是提着早餐的霍圾。

男生看见霍圾，扫了一眼他手上提着的两人份早餐，眼眸微转，看向林苡："姐姐，这个人你认识吗？"

霍圾听到"姐姐"两个字，看着面前的男生，舌尖抵了一下后槽牙，漫不经心地笑了出来。

❀ 🐾 🐾 🐾

林苡看见霍圾，心里止不住地甜，开口说道："男朋友。"

男生听见，似乎有些意外："原来林苡姐姐有男朋友了……"

霍圾慢条斯理地走过来，看了一眼男生："这是？"

林苡看他走近，莫名心跳加速，不知道是因为他，还是因为自己刚才的那句"男朋友"。她有些抑制不住面上的热意："隔壁张阿姨的儿子，张阿姨之前很照顾我。"

男生伸出手自我介绍："你好，我叫杜承思。"

霍圾虚握了一下他的手，回了两个字："霍圾。"

两个人都和和气气的，林苡丝毫没有感觉到不对劲。

杜承思收回手，看向林苡，笑得暖心："既然姐姐的男朋友也在，那正好，中午我们可以一起吃饭，我地方都选好了。"

林苡连忙摆手："不用这么客气，那天只是举手之劳，而且张阿姨也帮了我很多。"

杜承思很坚持："如果你不让我表达谢意，那我下次真的不敢再向你求助了。"

林苡闻言，有些为难。

霍圾一笑："既然人家要请客，那就去吧，反正我们暂时也没有别的安排。"

杜承思笑起来，唇红齿白的，很好看。他爽快道："那就这么定了。我们什么时候出发？"

霍圾的神情有些玩味："晚一些，她还没吃早饭。"

"好，我等你们。你们吃好了，来隔壁敲我家的门就行。"杜承思最后的话是看着林莜说的。

林莜微微点头。他们三言两语就定好了，感觉就好像杜承思请客的对象是霍坂，她只是个蹭饭的一样。

霍坂走进屋里，随手关上了门。林莜莫名有一种两个人在同居的感觉，她和他……

林莜突然想到，他以前经常想要这样那样，现在竟然不提了，昨天也只是轻轻亲了她的发顶一下，不会是没有那个想法了吧？

林莜想到这里，突然面热，她竟然在琢磨这些！她瞬间有些手足无措，转身往卫生间走去："我先洗漱。"

林莜进了卫生间，认认真真地刷牙。霍坂放下早餐，靠在卫生间门口，笑看着她。

林莜被他看得不好意思，转头看向他，嘟囔道："你先去吃早饭吧，我马上就好。"

霍坂笑得温柔："我想等你一起。"

林莜听了，控制不住地害羞，连忙收回视线，快速刷牙。等她乖乖刷完牙，又转身拿了毛巾，准备洗脸的时候，霍坂从身后抱了上来："你隔壁邻居真好，我都没有这么热情的邻居。"

"他们一家人都很好，平时上下楼会看见。上次出了事，他们还一直担心我有没有事，特别关心我。"

"嗯。"霍坂应了一声，用手轻轻捏她的小肚皮，"你都帮了人家什么忙？如果只是举手之劳，那我们就不能让人太破费。"

林莜感觉到他的手在她软软的小肚子上轻轻揉，脸上微微发烫："没有，我就帮过他一次，也不是什么大忙。有一次，他没有带钥匙，家里又没人，就把行李箱寄放在我这里了。"

霍坂听得微微挑眉，随口说道："这么巧。"

林莜心思没在别的地方，看了他的手一眼，低头把毛巾弄湿。霍坂伸手拿过她手里的毛巾拧干："我帮你擦，闭上眼睛。"

林莜看他拿着毛巾看过来，眼睛轻轻眨了一下，慢慢闭上。

霍坂拿着毛巾，轻轻擦过她的额头、眼睛、鼻子和嘴巴。他一边擦一边想，她的小脸嫩生生的，这样乖乖地站在他面前，看起来那么甜，有很多男人盯上是理所当然的。他刚才就离开了那么一会儿，就有找上门的了。

林苍闭着眼睛，感觉霍圾擦得很仔细，她自己洗脸都没有这么认真。他动作很轻，似乎生怕把她擦疼了一样。过了片刻，她感觉有男子清洌的气息靠近。

林苍睫毛微微一颤，他温软的唇就贴上了她的。她下意识睁开眼，映入眼帘的是霍圾近在咫尺的脸，眉眼好看到令人惊艳。他靠得这么近，她都能感觉到他长直的睫毛轻轻扫到了她的脸，痒痒的，慢慢痒到了心里。

霍圾亲了她一下，微微退开，看着她。

林苍的呼吸有些急促："在洗脸呢……"她声音轻轻软软的，像在撒娇。

"再亲一下。"霍圾又亲了上来，气息烫得她有些受不住。

林苍有些站不稳，下意识靠在他身上。霍圾一把抱起她，让她坐在洗手台上。她很喜欢他轻轻的吻，忍不住拉着他的衣服。

霍圾薄唇微启，正准备深吻的时候，门铃突然响起。林苍被吓了一跳，猛然回过神，脑子一乱，跳下洗手台，连忙往外跑去："我先去开门。"

霍圾看到本来香香软软地靠在自己怀里的小姑娘转眼就跑了，转头看向门口，看起来已经猜到了是谁。

林苍打开门，杜承思有些抱歉地说："我都忘了，这个点过去可以直接吃，你们要是吃了早饭，可能会吃不进去。不如我们现在就出发，反正也就几步路。"

林苍回头看了一眼墙上的钟，都十一点多了，她这一觉竟然睡了这么久，还好今天是休息日。

杜承思见她看向时钟，笑道："其实是我有些饿了，早上太忙，我也还没吃。"

既然这样，也不好让人挨饿。林苍转头看向霍圾："你觉得可以吗？"

霍圾往门口走来，看了一眼杜承思，慢慢笑起来："我都可以。"

林苍见他没问题，就转头进卧室换衣服了。

霍圾倒了一杯水放在桌上："坐。"

"谢谢。"杜承思也没客气，在位置上坐下，自来熟地打听起来，"她在这里住了这么久，我还从来没有见过你。你们是刚认识的吗？"

"她平时去我那里比较多。"霍圾靠在小吧台上，漫不经心地说道。

杜承思顿了一下，半晌，他重新笑起来："这样啊？那你们应该已经谈了很久了吧？"他说着，似乎有些疑惑，"怎么我妈前些日子问的时候，她还说自己是单身？"

有男朋友的女生说自己单身，那这个男朋友基本就等于没有……都是聪明人，霍圾当然一听就懂，微微抬眼看向他。

杜承思冲他一笑，好像完全没有意识到自己的话有什么问题。

林苃换好衣服，拿过钱包放在小包里。她肯定不能让张阿姨的儿子请客，毕竟张阿姨平时都这么帮她了，付钱的事一定得她来。

林苃拿着小包打开卧室门，发现客厅里很安静，明明两个人都在。

她有些蒙："我好了……"

霍圾见她出来了，上前拉过她的手，温柔一笑："走吧。"

林苃点点头，跟着他一路往楼下走。

关志昨天没把车开走，杜承思看见这辆车，也没有太大的反应，显然是见过世面的。

霍圾上前替林苃打开车门，看着她轻轻一笑。林苃见他好像在看自己的唇，视线就落在了他的唇上。他唇色激潋，有一点摩挲出来的红痕。他有，那她应该也有，她连忙捂着唇坐进去。

霍圾看向杜承思："上车吧，告诉我地址。"

"好。"杜承思拉开后座的车门坐进去，坦然地报了地址，"听我妈说，姐姐的口味偏甜，我特地找了好久，问了很多人，他们都说这家餐厅的菜特别好吃，应该会很棒。"

林苃不好意思地一笑："谢谢，其实我吃什么都可以，你可以选你自己喜欢的。"

"不用，请客吃饭，肯定要选客人喜欢的。"杜承思身子微微往后靠，看向霍圾，"只是，不知道哥哥喜欢不喜欢。我只注意到了林苃姐姐的口味，毕竟之前都没有见过哥哥来找林苃姐姐。"

林苃有些惊讶："你之前见过我？"

"见过，我有一次回来，看见你跑上跑下的,连搬家这么辛苦的事都是一个人。"

霍圾抬眼看向车里的后视镜，眼神有些淡。

杜承思对上霍圾镜子里的视线，抱歉地一笑："不好意思，我年纪轻，有什么就说什么了，哥哥不要介意。我只是觉得林苃姐姐这样很辛苦。"

霍圾慢慢笑了起来，笑容有些玩味："没关系，我听说你们一家人都特别照顾我女朋友，这顿饭其实应该我来请。"

"别客气，我爸妈是喜欢林苃姐姐，平时才会多帮着点。而且，做了这么久的邻居了，平时肯定要互相帮忙。"

林菀乖乖地坐在位置上，感觉他们真的很聊得来，她完全插不进去话。

霍圾笑了笑，没再跟杜承思说话，俯身替林菀拉过安全带，温柔地说："安全带又不系。"他的语气责备中带着一点宠溺，说着还低头亲了她一下，然后慢条斯理地替她扣上安全带。

林菀完全被亲蒙了，刚才"啵"的一声，动静有些大，车里本来就安静，听起来更加明显。后座的杜承思明显听见了，很久都没有声音。

🐾 🐾 🐾

杜承思选的地方不远，一会儿工夫就能到，不过车里的安静让这段路程显得格外漫长。

林菀忍不住看了一眼正在开车的霍圾，他显然不觉得刚才的举动有什么问题。

等到了餐厅门口，杜承思先下了车，顺道打开了林菀这边的车门："林菀姐姐也先下车吧，不然走回来会有些晒。"

他考虑得很周到，一般男生可想不到这些，而且他已经替她开了车门，她不下去似乎不太好。

林菀转头看向霍圾，霍圾视线微抬，正看着杜承思，眼神淡淡的，不知道在想什么。见她看过来，他笑了一下："在阴凉的地方等我，我停好车就过来。"

林菀点点头："好。"

林菀下车，杜承思替她关上车门。看着霍圾把车往不远处开去，他笑着夸道："姐姐的男朋友好帅，条件似乎也很好，应该有很多女生追吧？"

确实有很多女生追，从高中到现在都没停过，林菀点了点头，深表赞同。

杜承思有些好奇："不知道你们交往了多久，看起来感情很好呢！"

林菀听着，有些不好意思，心想，肯定是因为霍圾刚才在车里亲了她，他才会有这样的问题。她不太习惯和别人多提他们之间的事，随口道："我们高中就认识了，最近才重新在一起。"

"原来那么早就认识了。这么说，你们中间还分开过，真看不出来，感情太好了。"杜承思有些意外，"你们中间应该有好几年没见吧？那你男朋友真的很好，分开这么久都还想着回来找你，要是别的男生有你男朋友这样的条件，早不知道换了多少女朋友了。"

林菀听到这话，笑容瞬间僵了一下。

　　杜承思看到她的表情变化，面上的笑意越发明显。他看向不远处停好车的霍圾："真羡慕你们可以坚持这么久，我从来没有遇到过像姐姐你这么好的女孩子，要是哪一天遇到了，我也一定会坚持下来。"

　　林苁微微抿唇，看着走过来的霍圾。不过一会儿工夫，旁边就有女人看向他。那么，从上大学到工作的这段时间里，又有多少女生追过他，甚至是和他在一起过……他之前还说很喜欢他的那个女朋友，和她打电话的时候语气那么宠溺，和她分手以后那么难受。那是不是说明，他们之间也那样亲密过，甚至比和她还要亲密？

　　林苁想着，心里像被什么东西狠狠一扎，扎得很深。

　　霍圾走近，看见林苁的脸色不再红润，他微微敛眉，看向杜承思。

　　杜承思的表情一如既往地很友好，什么也没有说。

　　霍圾眼眸一暗，走近林苁，温柔地笑着问："聊了什么，这么开心？"

　　杜承思伸手冲他做了个"不"的手势："我和林苁姐姐的小秘密，男朋友可不能知道。"

　　霍圾抬眼看向他，没有说话。

　　林苁回过神来，勉强整理好情绪："没什么，就随便聊聊，我们进去吧。"

　　霍圾没再追问，把手伸过来："走吧。"

　　林苁看了他白皙修长的手好一会儿。明明已经告诉自己不要多想了，可她控制不住，又瞬间想到，他和别人是不是也这样牵过手。她心里突然堵得难受，半晌才伸手握住他的手，情绪莫名低落。

　　进了餐厅，杜承思在对面坐下，把菜单递给林苁："林苁姐姐，你看看你想吃什么，你先点。"

　　林苁已经完全没有心思吃东西了，她摇着头笑道："你们点吧，我随意。"

　　杜承思正要伸手拿菜单帮她点菜，霍圾已经拿过她面前的菜单，翻开和她一起看："你先看看有没有喜欢的。"

　　杜承思冷眼看向霍圾，收回了手，拿过另一份菜单。

　　霍圾扫了一眼菜单，指着一道菜："要不要吃这个？酸酸甜甜的。"

　　林苁靠在他旁边，看着他的手指愣神。

　　霍圾见小姑娘软软地靠在旁边，也不说话，低头看了她一眼。她的眼睛正看着他的手，睫毛偶尔一眨，看上去特别乖。他心里一软，声音温柔得不像话："是不是饿得没胃口了？早知道应该让你吃点东西垫一下。"

　　林莜看他这样温柔，心里酸酸的，尤其是想到他对另一个女生也这样温柔过，更觉得不是滋味。她知道不应该去想过去的事，而且当初是她要分手的，他在那之后交女朋友很正常，可她就是控制不住自己去深想，忍不住忌妒、难受，好像越喜欢他，这样的情绪就越明显，一下子就蔓延开来。

　　这一顿饭吃下来，林莜有些累，不过她掩饰得很好，没有让他们察觉出自己情绪低落。

　　等别了杜承思，回到家里，林莜才在沙发上坐下，垂着眼发愣。

　　霍坂没回去，在她身旁坐下，从身后抱了过来："怎么不高兴了，是因为我吗？"

　　林莜被他抱在怀里，伸手拿了一颗糖，低头剥着："和你没关系，是我自己的问题。"

　　霍坂靠在她的肩膀上："那你不打算告诉男朋友吗？还是有了新的弟弟，就不要我了？"

　　林莜听得一顿，看向他："怎么可能？承思弟弟只是邻居。"

　　霍坂用力地亲了她一下："我不喜欢他叫你姐姐，姐姐是我一个人叫的，你不能当别人的姐姐。"

　　林莜听到这里，忍不住开口道："我也不喜欢你给别人当哥哥。"

　　霍坂闻言，亲她的动作停了下来，微微挑眉："什么哥哥？"

　　林莜沉默了一阵，没能说出话来，她才发现自己醋意这么大，竟然直接说了出来。

　　霍坂看着她别扭的表情，想了一下杜承思之前说的话。什么事是男朋友不能听的？挑拨离间不能听？霍坂瞬间就明白林莜讲的是什么了。

　　"你说的'别人'是童童？"

　　林莜本来想结束这个话题的，她确实有点想岔了，她知道，她既然喜欢他，就不应该去想以前的事，没想到霍坂现在叫前女友还叫得这么亲密。她的情绪瞬间有些起伏，抽回手，退出他的怀抱。

　　霍坂扑哧一声笑出来，好像完全没觉得哪里有问题，还靠过来笑着问："姐姐吃醋了吗？"

　　林莜看他还在笑，把糖放回桌上，拿起沙发抱枕抱在怀里挡着他。

　　霍坂伸手搭在她身后的沙发背上，故意轻声说："让我想一想，姐姐是在吃我哪个女朋友的醋呢？"

　　哪个？还有几个？他果然交往了很多女朋友，还要到她面前说！林苃心里猛地一酸，扔开抱枕，起身就要离开，却被霍坺伸手一拉，直接扑进他怀里。

　　她连忙挣扎着要起来，可力气敌不过他，反而被他牢牢抱在怀里，一时间，气得连吃奶的劲都使出来了："你放开我！"

　　霍坺忍不住笑了出来："姐姐脾气好大，我都要抓不住了。"

　　林苃也不挣扎了，气得不想说话："霍坺，你让我一个人待一会儿。"

　　霍坺还是没有忍住面上的笑，伸手揽过她："这么生气呀，脸都气红了。"

　　林苃靠在他怀里，眼眶都气红了，她真的没有办法再劝自己大度。

　　霍坺抱着软绵绵的她，有些舍不得逗了，随手拿出手机，找到了童童的手机号码。

　　林苃一愣："你要干什么？"

　　霍坺慢条斯理地说："让她解释一下，免得姐姐又要跟我闹分手。"

　　"不用了。"林苃连忙伸手阻止他。霍坺已经把手机拿远了，不只是打了电话过去，还开了免提。

　　林苃有些急了，连忙坐起身："别打过去打扰人家！我没有要跟你分手，只是生自己的气。要是我再勇敢一点，我们说不定都已经结婚了。我是气我自己，把你让给了别人。"

　　林苃说着，眼睛一酸，她是真的很后悔，现在醋也只能闷着吃。

　　霍坺闻言顿住。下一秒，电话接通了，手机里传来一个小女孩的声音，吐字都还不是很清楚："哥……哥哥！"

　　手机里还有孙嫂的声音："是阿坺打来的？"

　　"嗯，我要和哥哥说话！"

　　林苃听到声音，都傻眼了。

　　霍坺看着她，一直没说话。

　　林苃感觉他的视线都要把她盯穿了，眼眶的红淡了下去，取而代之的是羞恼——她刚才都说了什么！

　　手机里响起小女孩一连串稚嫩的声音："哥哥，你什么时候给我带好吃的？"

　　林苃连忙推霍坺，霍坺这才反应过来，对着手机说道："哥哥现在有事，过一阵子就给你买，你要听孙嫂的话。"

　　他说完就挂了电话，抓过她的手，直接压了上来："把你刚才的话再说一遍。"

　　林苃像被摁在砧板上的鱼，有些无地自容："你什么时候有个妹妹了？"

"我爸在外面生的，刚接回来没多久。"霍坂随口解释道，看着她，笑得有些坏，"姐姐真会骗人，原来早就想和我结婚了？"

林莜有些无力招架，视线移到旁边，转移话题："原来童童不是你前女友啊，是我误会了。"

霍坂看了她很久才低声说："我长这么大，前女友从头到尾就只有一个。"

林莜听得心跳一顿，看向他，喉咙好像失了声，发不出声音。

霍坂看着她，笑着说："我熬了好几年，她才重新成为我的女朋友。"

林莜眼里一阵热意上涌，视线都有些模糊。原来那个前女友是她，贪玩的女朋友也是她……

chapter 21

结完婚去买糖

头纱飘起，在阳光下格外炫目，像赶着去上学似的。

这时，门铃响了，杜承思在外面喊道："林苡姐姐。"

林苡看向门，正准备起身，霍圾却没有让开。她支支吾吾道："我……我去开门。"

霍圾按着她的手没放："不准去。"

门铃还在继续响，林苡听到门铃声，有些不自在："可是……"

"就当我们不在家。"霍圾低声说着。

林苡心口一阵发紧，过了好一会儿，门铃声才终于停了，门口的杜承思离开了。

在这期间，霍圾一直静默地等着，视线盯着她，耐心十足。

林苡感觉他的体温透过衣服传过来，烫得她像在发烧一样，从里到外都很热。

霍圾靠得越发近，低头用唇瓣轻轻摩挲她的面颊。

林苡睫毛猛地一颤，连忙看向旁边，忍不住叫他："霍圾……"

"嗯？"霍圾轻轻亲她，"叫我干什么，叫我快点上你？"

林苡的脸瞬间涨红，还没有反应过来，就被他一下压倒在沙发上。她紧张得不行："你不是说要等结婚以后吗？"

"你刚才不是向我求婚了吗？"霍圾的声音嘶哑得让人一听就耳热。

林苡看着他，有些蒙："我什么时候——"

霍圾已经低头吻了上来。

林苡早上醒来，几乎精疲力竭，连睁开眼睛都费力。桌上的闹钟响个不停，她都没力气抬手去按。还是霍圾伸手替她关了闹钟，然后翻身压住了她。

林苡没被闹钟闹醒，倒是被他吓得睁开眼睛："霍圾！"

霍圾不管不顾地亲她软嫩的耳朵："再睡一会儿，今天跟公司请假吧。"

林苡听得连忙摇头："不行，不能请假。"

霍圾有些意外："你不累？"

听到这句略带兴奋的问话，林莜心里警铃大作，连忙使出吃奶的劲，爬出他的怀抱："不能请假，我得去上班。"

霍圾任由她爬走，撑着头笑看她。

林莜急急忙忙地穿衣服，见霍圾还盯着她看，连忙道："你别看着我。"

霍圾笑了起来："昨天不都看过了？"

林莜想到昨天的荒唐，脑子都是乱的，她可不敢接话。

她衣服才穿到一半，霍圾突然一下抱了上来，直接把她压倒在床上。

林莜心口一紧，拽着没穿好的衣服："你干什么？"

"昨天答应我的，你不要忘记了。"

林莜又困又累，听到这话，没反应过来："什么？"

霍圾微微支起身看向她："姐姐不会是打算不认账了吧？你说了要和我结婚，我才卖力气的，现在睡过了就不认账，是不是还需要我再卖力帮你回忆一下？"

林莜悄悄把衣服往下拉："你别卖力了。"

霍圾笑出来，牵起她的手，亲了一下她的手心，压低声音："婚礼我来准备，你先和我把证领了。"

"嗯。"林莜轻轻应了一声，有些不好意思。

霍圾的手机响了，林莜连忙推他，推了好几下他才伸手拿过手机。

手机里传来一个好听的男声，语气稍显冷淡和严肃："我记得前天说过让你来医院检查。"

林莜听到了，瞬间想起霍圾头上的伤。

霍圾显然没把这件事放在心上："我没空，不去了。"

林莜听见他这样说，连忙伸手拉他，皱着眉头，急得不行："去，要去的！"

电话那头安静了一会儿，显然听到了林莜的声音。

霍圾看着林莜着急的模样，忍不住笑出来："姐姐这么担心我？"

陈循礼听得微微敛眉："别恶心我。马上过来，我没有时间等你。"

霍圾笑了一下，温柔地开口道："对不起，我忘了你没人喜欢。"

陈循礼显然被刺激到了，"啪"的一声挂了电话。

霍圾微微挑眉。林莜见陈循礼挂了电话，急得开口问："你怎么能不去检查？"

"你说我为什么不去？"霍圾慢条斯理地问，笑得意味深长。

林莜被噎住了，片刻后，又认真道："那你今天一定要去。"

"好。"霍圾抱着她，不想放手。

林莜看了一眼时间，上班快要来不及了。她连忙下床，匆匆忙忙洗漱好，准备出门。

她拿上包往外走："我先走了。"

"嗯，路上小心，下班我去接你。"霍圾温柔道。

林莜想，如果昨天他也有这么温柔的话，她也不至于吓得不敢跟他待在一个房间里。她胡乱地应声，连忙往外走，速度却快不起来，就差扶墙出去了。

霍圾看着林莜姿势别扭地出门，忍不住一笑，靠在窗子旁等她下楼。等小姑娘的身影消失在他的眼睛里，他才舍得收回视线。

他慢条斯理地穿好衣服，开门去了隔壁，抬手敲门。

张阿姨打开门，看见一个这么好看的年轻人，愣了一下，以为他走错了："你找谁？"

"阿姨好，我是隔壁林莜的男朋友，我找承思。他昨天请我们吃饭，我特地来谢谢他。"

张阿姨顿了顿："你是莜莜的男朋友？"

霍圾礼貌地一笑："嗯，准备领证了。她以前一个人住，不太方便，听说都是阿姨在照顾她，我心里特别感激。这次没有带见面礼，是我不够周到。"

张阿姨反应过来，连忙笑着说道："你太客气了，都是邻居，互相帮忙没什么的。你进来坐。"她说着转头，正准备叫人，就见杜承思出来了。他明显听到了刚才的对话，一直看着霍圾。

"承思，有人找你。"张阿姨没有打扰他们，转身进了房间。

杜承思笑着走过来："哥哥这么早啊，林莜姐姐呢？"

"她去上班了。你昨天有什么事吗？"

霍圾这样问，意思很明显，就是告诉他当时他们在家。杜承思听了，却没有在意，表情都没有变："没什么，只是我妈炖了汤，让我送给姐姐尝尝。"

"不好意思，昨天……"霍圾说着，刻意顿了一下，似乎没想好应该怎么描述昨天晚上的情况，"我们没有听见，谢谢你们。"

杜承思闻言，看了一眼他脖子上的痕迹，客气的笑容瞬间没了，干巴巴道："不客气……"

霍圾微微一笑，也不打算多说，转身就要离开。

杜承思又叫住了他："下次有机会我再给林苡姐姐送过去，反正我家经常煲汤，要是她饭吃腻了，也可以尝尝别的口味，不是什么大不了的事。"

霍圾微微敛眉，转头看了他半晌。

杜承思笑着开口，依旧话里有话："霍圾哥哥，慢走不送。"

霍圾轻呵了一声："你年纪小，不懂的事太多了。你可以去问一下阿姨，以后家里的汤还会不会多。"

杜承思的笑容顿住，半晌没接话。

霍圾淡淡地扫了他一眼，面无表情地往楼下走去。

杜承思心气不顺，猛地关上门。张阿姨急急忙忙地走出来："林苡这小姑娘什么时候有的男朋友，我怎么不知道？"

杜承思微微敛眉："刚交往的，不算。"

"怎么不算了，不是都说要领证了吗？"张阿姨转念一想，"这都住一块儿了，肯定就是要结婚了，你可别找人家了，听见没有？"

杜承思闻言，心里一阵烦躁，头也不回地进了房间。

❀ ❀ ❀

公司周一特别忙碌，林苡一整天都没有歇口气的机会，再加上昨晚没怎么睡好，现在困得都睁不开眼睛。

旁边的女同事时不时看她一眼，捂嘴偷笑。

林苡连忙捂住打哈欠的嘴，打起精神不让自己犯困。她低头看了一眼手机，霍圾发了几条语音过来，虽然昨天他很过分，但是现在看到他发消息过来，她心里还是甜甜的。

她拿起手机放在耳边听，手机里传来他低沉的声音，很好听。

"我到医院了。

"检查完了，没有问题。

"你想吃什么，我给你买。

"姐姐，我想上来找你了。"

林苡听到最后一句，连忙从位置上起来，到外层的茶水间去打电话。

电话很快就接通了，霍圾那边很安静，林苡有些不好意思："你……你到楼下了？"

霍圾低声笑应道："嗯，等你好久了。"

林莜抱歉道："今天太忙了，我都没时间看手机。"

霍圾轻笑了一下："我知道，你在哪里？"

"你上来了？"林莜连忙看向外面，"你别被人看见，你之前的项目都安排得差不多了。"

霍圾脚下一顿，挑眉一笑："那姐姐要我去哪里？我给你买了蛋糕呢！"

林莜扫了一眼，外面没有人，茶水间里也没人，她想了想，小声说："你到茶水间来吧，我在这里等你。"

"好。"

林莜挂了电话，屏幕重新回到消息界面，她看了一眼他发语音的时间，发现他应该在楼下等了很久。她莫名觉得像吃了糖一样甜，一边想着，一边给他倒了一杯水，刚刚倒好，霍圾就提着蛋糕进来了。

林莜视线一和他对上就连忙移开："你怎么有时间过来，不是还有国外的项目吗？"

"推迟几天没关系。"霍圾随手放下蛋糕，伸手抱了过来，"我在楼下等了好久。"

林莜本来不敢在这里让他抱着，听见他这话，瞬间心软了："我知道，我给你倒了水。"

霍圾接过她的水，笑得眉眼都弯了起来："这么贴心，知道我渴了？"

林莜有些不好意思看他，转眼看见旁边的蛋糕，有些惊讶："这么大？"

"怕你饿，你昨天晚上都没怎么吃。"霍圾伸手打开蛋糕盒，拿出早就让人切好的蛋糕递过来。

林莜忍不住瞄了他一眼，看见这么精致的蛋糕，她已经有些馋了，又确实很饿。她接过蛋糕，拿起勺子吃了一口，入口即化，很好吃。

霍圾就站在她面前，看着她吃。

林莜吃了几口，看向他："你不吃吗？"

霍圾一笑，看着她轻轻说："我尝尝。"说着，他就低头吻了上来。

林莜一阵面热，生怕有人来，连忙用手肘推他。

霍圾勉强退开一点，低声说道："姐姐好甜。"也不知道是尝蛋糕，还是尝她。

林莜抿了一下唇，连忙低头继续吃蛋糕。

霍圾用手臂圈着她："累不累，要不要早点回去休息？"

林莜微微摇头，看起来特别乖："不行呢，我还有工作没有做完。"

霍圾抬手轻轻摸了摸她眼底的青黑，有点心疼："带回家，我帮你做。"

"不用了，我下班前可以弄好的。"

远处有说话声传来，明显是往茶水间这边来的。

林苡听到熟悉的声音，慌忙推霍圾，压低声音说："同事来了，你快走。"

霍圾低头亲了她一下："我在楼下等你。"

"嗯。"这个关头被他亲了一下，林苡觉得既紧张又甜蜜，慌乱地应声。

同事进来之前，霍圾已经从另一边走了，正好是前后脚的工夫。

林苡伸手理了一下头发，勉强平稳呼吸。

两个女同事说着话进来，看见她，打招呼道："你怎么一个人在这儿？"

"我买了蛋糕，刚到，你们要吃吗？"

其中一个女同事正想吃下午茶，闻言上前一看，特别惊喜："这个蛋糕很难买到，你怎么弄到的啊？"

"我也是碰巧买到的。"林苡含糊地回答道，伸手替她们拿蛋糕。

另一个女同事瞬间猜出是谁送过来的，笑眯眯地开口问："昨天晚上是不是很辛苦？"

林苡没听出更深的意思，笑着点头："昨晚我没有睡好。"

端着蛋糕吃的同事直白地接话道："看这样子，估计被折腾得够呛。"

林苡听得眼睛微微一瞪，看她们笑得一脸意味深长，才反应过来："你们……怎么知道？"

"这还能不知道？你走路的姿势别提多别扭了。我是过来人，一眼就看出来了。不过……我可从来没有你这么夸张。"

林苡整个人都恍惚了一下，没想到这样都能被看出来……她们看出来了，那别人不是也有可能看出来吗？林苡想到这里，有些坐立不安。好在快下班了，她把工作处理好以后，时间也差不多了，连忙拿起包，急匆匆地下楼。

霍圾见她匆匆忙忙地跑过来，给她开了车门："怎么了，跑这么急？"

林苡跑得气喘吁吁，一看见他，就忍不住拿包丢他："都是你，她们说我走路姿势奇怪，都看出来了！"

霍圾接住她的小包，瞬间笑了出来："看出来怎么了？"

林苡脸皮薄，平时都架不住他说的话，现在还被人看出来，都有些羞红眼了。

霍圾笑得更过分了，伸手摸她的脸颊："别怕，以后你就不害羞了。"

林苡整张脸通红，根本听不下去："你别说话了。"

霍圾闻言笑了出来，还真的不说话了，就这样直勾勾地看着她。

他这样看着她，还不如说几句话呢！她忍不住去挡他的视线："别看我。"

霍圾被她挡着眼睛，唇角一扬："姐姐，又不让我说话，又不让我看你，我怎么受得了？"

林苡看着他的笑，即便他被挡住了眼睛，也还是好看得让人心跳加速。她声音小得有些无力："你别盯着我看。"

霍圾拿下她的手，在她粉嫩的手心上亲了一下："今天去我那里，我给你做好吃的。"

林苡感觉到他温软的唇瓣，连忙抽回手："我想回家睡觉了。"

霍圾笑道："在我家睡不是一样吗？放心，今天让你好好休息。"

到了霍圾家里，霍圾直接进了厨房。

林苡抱着小汤圆在沙发上躺下，包里的手机响了起来。她拿出手机，发现是一个陌生号码，有些疑惑地接起："喂。"

"林苡姐姐，我是承思。"

林苡疑惑道："承思？有什么事吗？"

杜承思的声音有些低落："你现在有讲电话的时间吗？对不起，我实在想不到别人了。"

林苡愣了一下，慢慢坐起身："有，你怎么了？"

杜承思沮丧道："我和家里人吵架，被赶出来了，在这里又没有朋友，实在想和人说说话。其实我刚回国不久，唯一认识的就是林苡姐姐，也只信任你。"他说着，忽然又想起了什么，"对了，我这样打电话给你是不是不太好？你男朋友会不会介意？要是他介意的话，我还是挂了吧，不能影响你们之间的感情。"

❀ ❀ ❀

林苡闻言，开口缓和他的情绪："他不会介意的，你不用担心。承思，你和阿姨为什么争吵？"

霍圾拿着棉花糖过来，听到杜承思的名字，脚步微微一顿，面上却没有太多表情。他把棉花糖的纸壳剥开，明知故问："是谁？"

林苡捂住手机的听筒，轻声说："是承思，他被张阿姨赶出来了。"

杜承思听到霍圾的声音，在电话那头问："是你男朋友问起来了吗？他是不是介意？如果他介意，那还是算了，我一个人走走也可以。"

林莜听到这话，有些担心，正要开口，霍圾却抢先道："既然你没地方去，那就来我家吧，先吃了饭再说。"

还是他想得周到，林莜闻言连忙点头："你过来和我们一起吃饭吧，正好也到饭点了。"

杜承思似乎有些没想到，沉默了一阵后才应声。

林莜和他说了地址，挂了电话。

霍圾把棉花糖递到她嘴边，完全没有提杜承思："今天刚买的，菜还要好久才能好，你先垫垫肚子。"

林莜拿过棉花糖咬了一口，想起他高中的时候经常给她买糖吃，心里也像吃了糖一样甜："你今天买了好多东西。"

霍圾伸手擦了擦她嘴角的糖渣："都是给姐姐准备的，反正你以后也要住在我这里。"

林莜吃着棉花糖，没说话，心想，这肯定不能松口的，不然肯定吃不消。她突然想到什么，起身走了几步，看向霍圾："我现在走路还奇怪吗？"

霍圾意味深长地一笑："等人来了，你不走路就好。"

林莜忍不住用力咬了一口棉花糖，非常幽怨地看了他一眼。

杜承思到的时候，菜也差不多做好了。霍圾开门让他进来，笑着说："来得正好，进来坐吧。"

"谢谢哥哥。"杜承思也没有太见外，跟着霍圾进了餐厅，看见林莜，他更加自来熟："林莜姐姐。"

林莜冲他招手："你快坐下吧。"

杜承思在餐桌前坐下，看见一桌子丰盛的菜，有些惊喜："这些都是姐姐做的？好厉害。"

林莜听得有些不好意思，看向在旁边坐下的霍圾："都是他做的。"

杜承思闻言，似乎有些意外："原来哥哥也会做饭，我还以为你是从来不进厨房的那种人。"

"对于别人是没有耐心进厨房，但是对喜欢的人就不一样了。"霍圾漫不经心地回道。

林莜咬着筷子，有些面热。

杜承思看了一眼霍圾："其实今天应该我来下厨，我这样什么活儿都不干，都有些不好意思了。"

林苡顺着话题问道："你也会做饭？"

"之前在国外念书的时候，我都是自己做饭的。我烧菜手艺好，同学们都特别喜欢。姐姐喜欢吃什么？我下次可以做给姐姐尝尝。"

霍坂夹了菜到林苡碗里："姐姐，多吃点。"

林苡看他夹了好多，碗都有些装不下了，也没仔细听杜承思在说什么，连忙开口："太多了，吃不了这么多。"

杜承思听到霍坂叫林苡姐姐，顿了一下，看着他，说不出话来。

林苡有些不好意思，连忙岔开话题，斟酌着问出口："张阿姨为什么这么生气？"

杜承思直白地开口道："因为我喜欢的一个女生。我妈觉得女孩子那么多，我可以再选别人，但我就是喜欢她，我不想放弃。"

霍坂抬眼看向他，神情有些冷淡。

林苡不知道该怎么劝，这种事情还真不好说，尤其是女生不喜欢，当然不能勉强。

"那你还是和张阿姨好好沟通吧。她平时经常念叨你，你好不容易回来了，还是不要和她吵架了。一会儿回去，语气缓和一点，好好沟通，应该没有问题。"

杜承思冲她一笑："我知道，不过，这种事从来都是我自己做主，她干涉不了太多。"

林苡闻言，微微点头。

不知道怎么回事，餐桌上莫名安静下来，只有小汤圆在她脚边转悠，不时"喵"一声。

林苡低头去看它，小汤圆叫得更勤了，显然很馋。

霍坂看向她："我刚刚已经喂过了，它找我不管用，又来找你。别理它，你多吃一些，毕竟昨天那么辛苦。"

杜承思拿筷子的手明显一顿。

林苡面色通红，当然听出了霍坂话里的意思，不过好在别人并不知道。

她低头继续认真吃饭，霍坂又慢条斯理地问道："婚礼喜欢什么样子的？"

杜承思没有说话。

林苡有些害羞，更不好意思当着别人的面说这些，她看向他，轻声说："我们晚点说。"

霍圾笑了起来："好。"

一顿饭下来，霍圾对杜承思很友好，一直让他多吃点，只是杜承思好像没什么胃口，吃得并不多。

等到吃完饭，林莜也不敢起身送杜承思，生怕走路姿势不对，被看出来。

霍圾和杜承思一起往外走，边走边对林莜道："我送他，你在家里好好休息，这些东西让我来收拾就好。"

"好。"林莜很乖地应了一声，坐在位置上没有动，"承思，你回去好好和张阿姨说，她会理解的。"

杜承思见林莜不打算送他，也没有强求，依旧笑着说："我要是有不开心的，还可以找姐姐说话吗？我在这里没有朋友，太孤单了。"

林莜闻言连忙点头："没问题，你随时可以找我们。"

杜承思笑了一下，转身跟霍圾出去。出了电梯，他们往外走去，杜承思语气一变，有些生硬道："不用送了，我自己回去。"

"好，记得来参加我们的婚礼。"

杜承思看向霍圾："你和林莜姐姐现在还没有结婚，我还有机会。即便你们结婚了又怎么样？我还是她的邻居弟弟，不会有改变，你也阻止不了我出现在她身边。"

霍圾淡笑一声，好像一点都不在意："我高中就开始叫她姐姐了，你再叫也无济于事，只能让她一直想起我。"

杜承思是聪明人，瞬间想起他之前叫她"姐姐"的时候，她确实愣了一下。

霍圾似乎有些感慨："高中的时候我们就住在一起了，结不结婚其实都一样。如果不是你的出现，我还真不知道她想和我结婚。我是真心想感谢你，喜酒你一定要来喝。"

杜承思面色不太好看，完全说不出话来，表面的友好都维持不了了。

霍圾看向他，笑得温柔："你要是不信，可以和她表白，看她是选你，还是选我。"

杜承思在楼下站了一会儿，抬头看向街上亮着的灯，那是不属于他的。

那时候，他浑浑噩噩的，对周围的事物完全无感，只记得第一次见她的时候是在便利店。她穿着白裙子，看上去很舒服干净，就像刚从学校里出来的学生，看起来比他还小很多。

他没带够钱，正准备放弃购物，旁边就伸出了一只细白的小手，主动把少的钱给他放在了桌上。

她手里拿着糖果盒，整个人都好像有些甜："我借给你。"

说是借，其实就是送。钱不多，他也没有在意，只是不经意地把她的样子记住了。

后来，她搬到了隔壁，房东说她从小就没有家人，要他们家多帮忙照看照看。

一个小姑娘跑上跑下地搬东西，明明这么辛苦，却又那么鲜活。

他进出家门，来回好几趟，她也没有开口要他帮忙，甚至没有看他一眼，自然也没有认出他，就像他只是一个普通的过客。

他那时候很骄傲，也有骄傲的资本，见她没有想起自己来，也就不打算把她放在心上。

后来，他又回来了，她还是他的邻居，一切都没有变。

他看见她往楼上走来，本来打算进家门，可拿出来的钥匙又被他默默收了回去。他拉着行李箱向她走去，和她说了这么久以来的第一句话。

杜承思想着想着，还是拿出手机打给了林莜。

林莜见杜承思打电话来，有些疑惑地接起："怎么了？"

杜承思一阵静默后才开口说话："林莜，你真的打算结婚了吗？"

林莜有些愣住。

"你不打算再看看别人吗？你还这么年轻，不再想一想吗？"

听到这里，林莜才算明白过来，原来他并不是把她当成邻居姐姐。

她斟酌了一下，认真说道："承思，我花了很久的时间，才知道他是我唯一想要结婚的人。"

杜承思沉默下来，眼里有些湿润。然后，他笑着说："我还是迟了，不过，祝你幸福。另外……"他微微抬头，过了很久才说，"不要忘记我。"

林莜听见他哽咽的声音，微微一顿，片刻后，手机里传来了挂断声。

她看着黑掉的屏幕，愣怔良久。这样的话，霍坂也说过，他那时候又是什么样的心情，是不是也这么难受？

❀ ❀ 🐾 🐾

林莜想着，起身往外走去，才推开门就碰见霍坂进来，她没收住，直接一头撞进了他的怀里。

霍坂微微挑眉，笑着问："这么急，是要找哪个弟弟？"

林苡抬头看向他，对上他坏坏的笑，莫名脚软："我就是看看你回来没有……"

霍坂看见她手里的手机，心里了然，进了门，随手把门带上："你的邻居弟弟说要自己回去，不用我送。"

"不是我的……"林苡干巴巴地反驳道。

"那他叫你姐姐，你为什么要应？"霍坂俯身看来。

林苡被他抵在墙角："我没想这么多，我以为承思只是把我当作邻居家的姐姐。"

霍坂一下子压上来，抵着她靠在墙上，声音像钩子一样轻轻地勾人心："以后别再让那些男生叫你姐姐了，你只能是我一个人的姐姐。"

林苡看着他近在咫尺的脸，有些面红耳赤，差点拿不住手机："好，我知道了，以后只让你叫姐姐。"她看着霍坂，忍不住开口问，"霍坂，你在吃醋吗？"

霍坂轻轻道："你说呢？我等了这么久，好不容易才和你在一起，又马上出来一个要抢你的弟弟。"

林苡无奈又甜蜜地笑了一下，解释道："我和承思没什么，我也是刚刚知道他的想法，你不要误会。"

霍坂看着她一脸认真的样子，觉得就像在做梦一样，是他等了很久的一个梦。他伸手搂住她："以前我一直在想，你到底有没有喜欢过我，直到分开的那天，我看见你在那里哭了很久。"

分开的那天？林苡想起来了，是在KTV外面等他那天，她确实难受地哭了很久，几乎是看着天慢慢亮了。然后，她一个人慢慢地往回走，唯一一次感觉到了绝望。

原来那天他没有走？林苡微微一顿，抬头看他。

"后来，大学整整四年，你都没有和别人在一起，你知道我有多高兴吗？我想，你肯定是喜欢我的，可为什么不愿意和我在一起？"霍坂轻声说，似乎在慢慢回想那段时光，"我想了很久，才明白是因为器材室的事，才知道你是害怕了。我那次没有想太多，只是不希望他再找宋复行的麻烦。柯建聪这种人我见得太多了，不见棺材不落泪，普通的警告他根本不会放在心上，只有让他真正害怕，他才不敢乱来。可我那时候不知道，这个方法也吓到了你，让我们分开这么多年。"

　　林莜的心莫名揪了一下："对不起，我早就应该对你有一点信任，也对我们有一点信心。"

　　霍圾抱着她，声音很低，充满后悔："是我不好，如果再来一次，我一定会换别的办法。"

　　林莜听着，心里好像解开了什么结一样，有了无限的安全感。器材室的事确实一直是她的心结，她很长一段时间都不敢深想。可现在想来，她还是把事情看得太简单了。不是所有人都会循规蹈矩，柯建聪那样的人，如果不真正吓到他，他真的很可能会报复宋复行，造成很严重的后果，就像许念一样，错得离谱。

　　霍圾和她一样，都是在帮人，只是方法不一样。

　　她心里酸酸胀胀的，伸手搂住他的腰，眼眶发热，明明有很多话想说，说出口的却只有他的名字："霍圾……"

　　霍圾抱了她好久，心里软绵绵的，又满足又后怕道："还好我回来得早，要是再晚一点，你就和这个弟弟在一起了。"

　　"不会。"林莜很认真地说，"我从来没有想过要和别人在一起，而且你和他不一样。"

　　霍圾一顿，眼眸微亮："怎么不一样，不都是弟弟吗？"

　　林莜看见他的眼里倒映着自己，面上一阵发烫："你叫姐姐的时候，感觉不一样。"

　　霍圾笑了出来，轻轻摩挲她的脸，林莜的心都有些被磨软了。

　　霍圾靠近她的耳朵，低声问："我叫的姐姐和别人叫的姐姐哪里不一样？"

　　林莜有些说不上来，可能因为是他，所以觉得不一样。最主要的是，他叫姐姐的时候，根本就没有把她当姐姐，总有一种莫名的意味在里面。

　　"就是不一样……"

　　霍圾忍不住笑出来，明显知道她为什么说不出来："是不是因为你听出来我叫你姐姐的时候，心里在想什么了？"他说着，声音越发低沉，"什么时候听出来的？"

　　林莜忍不住别过头去，都不好意思看他："你别说话了。"

　　"那就做点别的事情。"他的声音慢慢没进她的唇齿间，屋里的气氛越加暧昧。

清晨，林莜睡得昏昏沉沉的，隐约听到卧室外面有说话声，好像是赵碧郡的声音。

林莜瞬间清醒过来，转头看向旁边，床上已经没了霍圾的身影。

她起身下床，打开门一看，果然是赵碧郡过来了。

赵碧郡手里提着炖品，转头看见林莜，注意到她身上穿着霍圾的睡衣，笑容瞬间淡了下来："你怎么在这里？"

霍圾伸手接过赵碧郡提着的炖品，语气很温柔："我们都要结婚了，她在这里很正常。"

赵碧郡听得一愣："什么结婚？你要和她结婚？你知不知道她妈妈是——"她说着，声音大了起来，"妈妈不答应，你玩玩可以，不要拿终身大事开玩笑！"

霍圾把炖品放在桌上："妈妈在教我怎么找情妇吗？"

赵碧郡被嘲讽了一下，一时说不出话来。

霍圾笑了笑，语气像在开玩笑："或者是在教我，怎么和不是自己妻子的女人生下孩子再随便丢了？"

赵碧郡在他面前完全没有话语权，也没有身为母亲的威严，只能开口劝道："阿圾，你要想清楚，和她结婚是肯定不行的。你娶一个杀人犯的女儿，你知道别人会在背地里怎么笑话我们霍家吗？"

林莜听到这话，睫毛颤了一下，站在原地，没有说话。

霍圾微微敛眉，立即看向林莜，似乎担心她听到了不开心。他走到林莜旁边，笑着对她说："去卧室里继续睡。"

他说着就要关上门，林莜却拉住了他的手："让我和阿姨说几句吧。"

霍圾看着她，没有说话。林莜的眼神里都是坚定："让我和阿姨单独谈一下。"

赵碧郡闻言，看向林莜，心想，和霍圾说还不如和林莜说，至少这小姑娘她还是能拿捏住的。"既然林莜想和我说，那就跟阿姨去楼下咖啡厅坐着聊聊。"她说完就往外走去，显然打算往林莜身上使力。

霍圾看着站在面前的小姑娘，明显很担心。

林莜转身进屋里换衣服："你放心，我会尽力说服阿姨的。"

"我觉得没有这个必要，结婚只是我们两个人的事，而且你答应了我的。"霍圾说着说着，声音越来越轻，似乎生怕她改变主意。

林莜有些心疼，上前抱住他道："我答应你的事情不会改变，只是不想你因为这件事和家里闹得太僵。你等着我，我很快就回来。"

霍圾被她抱着，过了很久才开口："好，我等你。"

林苂跟着赵碧郡去了楼下的咖啡厅。

咖啡厅里人不多，透明的玻璃一尘不染，外面的风景都能看得清清楚楚。清晨的太阳才刚刚出来，就像高中的时候，林苂第一次和霍圾一起去上学时那样。

赵碧郡不爱喝咖啡，杯子里的咖啡都没有动过，一开口就直奔主题："苂苂，阿姨知道之前的事情是错怪了你。阿姨为打了你一巴掌，感到非常抱歉。但你也应该理解我对自己儿子的担心。阿圾从小就和我不亲，但他到底是我的儿子，我不允许他受到任何伤害。我听你叔叔说，是那个许念找来的那两个人，她算是这件事的主谋，已经因为这件事被你叔叔送进去了。而她之所以这样做，是因为和你有纠葛，结果牵连了阿圾。归根结底，还是因为你举报的那件事，对吧？"

林苂没有说话。

赵碧郡说着说着，话里有话："所以说，如果你安安分分的，就没有这么多事了吧？"

林苂听着，微微摇头："阿姨，举报的事情，我并没有做错，我妈妈的事也并不会让我低人一等。阿姨或许不知道，这世上，有些人一直为了别人不落入泥潭而拼命努力。或许在您看来，举报是多管闲事，但对于我来说，它很重要。霍圾也是这样认为的，他从来都没有觉得我举报这件事是错误的。"

赵碧郡听得笑了："可真是养了个白眼狼，当初要是早知道你进门是要勾引我儿子的，我才不会让兴国收养你。"

林苂握住咖啡杯："对不起，阿姨，我一直很感谢您和叔叔，以后我一定会一一报答。"

赵碧郡气得不轻，声音都大了起来："我现在就需要你报答！马上离开阿圾，你要多少钱都没问题。我不管你是因为什么，你只要有一点良心，就不会去勾引你资助者的儿子！你知不知道你这样做有多恶心人？"

林苂睫毛猛地一颤，面色有些苍白。她站起身，对赵碧郡鞠了一躬："阿姨，我是真心喜欢霍圾，绝对不是因为他是霍家的儿子。我不要霍家的一分钱，也不需要任何好处。我很爱他，只要他愿意和我在一起，我就会一直和他在一起。"

赵碧郡不屑一顾，觉得林苂这种人她见多了，摆明是仗着抓住霍圾，就抓住了霍家，还冠冕堂皇地说不要钱！

赵碧郡越想越生气："我真没想到你心机这么重，以前都被你骗了，其实最该防的就是你！"她站起身，"你一个杀人犯的女儿，永远别想进我们霍家，我不会同意你们结婚！"

林莜微微咬唇，她很清楚自己要面对的是什么，以后又会遇到什么样的质疑，可这一次，她不想再退缩，也不想再因为任何事情放弃霍圾。

🐾　🐾　🐾

赵碧郡走了以后，林莜在咖啡厅坐了很久才起身往外走，一推开门就碰上了站在门口的霍圾。

霍圾上前拉过她的手，看她情绪低落，有些担心："你不会改变主意吧？"

林莜摇了摇头，笑着看向他："不会，我和阿姨说了，只要你需要我，我就会一直待在你身边，我不会离开你。"

霍圾听见了，却沉默一会儿，然后认真道："不是因为我需要你，你就存在，是你必须要抓住我。以后无论是谁要来抢我，谁要让你离开我，你都要牢牢抓住我。而不是因为我……不是因为我爱你，你才选择爱我。"

林莜闻言，心里一震。

霍圾也没有逼她现在就做到，见她愣愣地看着自己，他笑了一下，伸手把她揽进怀里："没关系，我可以慢慢等，等一辈子也没有关系。你好好想，想明白了再给我答案。"

林莜睫毛颤了一下，莫名心疼。她还没来得及开口说话，一辆黑色轿车就无声地停在了他们面前。坤叔放下车窗看过来："阿圾，先生要你回家一趟。"

霍圾拉着林莜的手，并不打算照做："我还有事。"

林莜反握住他的手："我们回去吧，我不想你和叔叔阿姨因为这件事闹矛盾。"

霍圾看了她一会儿，笑了起来："好。"

林莜和公司请了假，和霍圾一起回霍家。这条路她走过无数次，这次却异常紧张。

林莜跟着霍圾往客厅里走去，霍兴国和赵碧郡已经坐在沙发上等着了。

霍兴国看见林莜，没说什么，起身往楼上走去："去书房谈。"

霍圾转头看向林莜："我会好好和他们说，放心。"

"嗯。"林莜用力点头。

霍圾和霍兴国上楼之后，赵碧郡也起身跟上去了，直接无视了林莜。

霍兴国进了书房，开门见山地说："你闹着玩可以，但和她结婚不可能。我已经考虑好了几个联姻对象，你可以在里面选。"

霍圾垂着眼在沙发上坐了很久，如果不是因为林莜，他根本没兴趣跟他们说这些。但这是小姑娘希望他做的事，他一定要做到。

"我一定要和她结婚，别的和我没关系，以后家宴我会带她回来和你们一起吃饭。"

"你是不是又来劲了？好好说你不听是不是？！"霍兴国猛地站起身，"门不当户不对，你娶进来干吗？对我们霍家一点用都没有！"

霍圾轻笑出来，他摇了摇头，无所谓地说："那我就不做霍家的儿子了，反正你也不缺儿子。"

霍兴国听得一顿，眼睛马上一瞪。

赵碧郡马上推门进来："阿圾，你说什么呢？这话可不是开玩笑的，不要乱说！"

霍圾连眼帘都没有抬，显然不在乎。这摆明了是不会听的。

赵碧郡是真的开始担心了，比起霍家的财产，林莜进门这件事简直小得不能再小。她想着，脸色很不好看。

霍兴国也是真的指望不上别的儿子，都是扶不起的阿斗，好不容易有个有能力的，又因为能力太强，他根本管不住。霍家旁枝太多，霍圾好歹是他的儿子，要是他撂挑子不管了，家产都落到别人手里，那才是天大的笑话！

霍兴国想到这里，态度勉强软化了一点，觉得问题应该是出在林莜身上，毕竟，男人哪里会怕女人多呢？"你要是真喜欢她，也没关系，让你妈去和小莜说说。小莜也是听话的，你结婚以后还是可以去她那里，我们霍家也不会亏待她。但你要让她安分点，不要生出不该有的心思。我们收养她是为了做善事，谋个好名声，但也是真的在培养她，她应该知恩图报。"

霍圾伸手开门，听到这话，转头看向丝毫不觉得这种提议奇怪的两个人，突然觉得很可笑。他没再说话，转身出去了。

霍兴国拉不下脸追，看向赵碧郡。

赵碧郡连忙追出书房："阿圾，你再好好想想，你爸爸说得不是没有道理。你现在或许只是一时被所谓的爱情冲昏了头脑，等以后你就清楚了，每天对着一个人，再喜欢也会没有了新鲜感。你又怎么知道以后不会遇到更喜欢的？这样的方法，对林莜和你都好。"

霍圾转头看向她："我不是你们，会有人被冲昏头脑整整五年吗？分开这么久，我从来没有停止过喜欢她，在她之前我看不见别人，在她之后也不会有别人。你们唯一让我觉得好的地方，就是让我遇到了她。她是我们关系的枢纽，如果不是因为她，我根本不会过来。婚礼还是希望你们会来，因为她不希望我和你们闹得太僵。"

赵碧郡听着，愣了很久。她不是没有年少过，只是时间太久远了，那种单纯美好的情感经过时间的洗礼，变得越来越复杂，早就已经看不出本来的面貌。没想到，她从来都看不懂的这个儿子，却能在感情的事情上这么纯粹，是因为林莜吗？

林莜在楼下等着，有些忐忑。看见霍圾从楼上下来，她快步迎上去："怎么样？"

"婚礼他们会来的，放心。"没有强烈地反对就是同意，就像以前每一次一样，霍圾对于他们的心理很有把握。事实上，他对谁的心理都能拿得准，只有林莜的是他难以确定的。"关心则乱"这话说得不假，每次到她这里，他所有的理性分析都没有了意义。

直到现在，他依旧担心她会变卦。

"那就好。"林莜松了一口气，瞬间笑出来，她伸手拉过他的手，看着他的眼睛，"我想今天带你去见王奶奶。"

霍圾闻言一笑，低头亲了一下她的发顶："好，现在就跟你去。"

胡同里很热闹，几个老大爷围在一块儿，摇着蒲扇下象棋，墙角的石砖上长着青苔，夏日荫荫。

林莜和霍圾手拉着手走过她长大的地方。进了胡同，她指向前面的杂货铺："我以前经常在这里看铺子赚零花钱，夏天总会不小心睡着。杂货铺的老爷爷总会念叨我没认真给他看铺子，可是每一次，他还是会来叫我替他看，自己溜出去看戏。"

霍圾看了一眼小小的杂货铺，都能想象出小姑娘坐在里面认认真真守着的样子，很乖很乖。

一只大黑狗趴在门口睡懒觉，感觉到有人过来了，抬起头来，见是熟人，又低下头继续睡了。

林莜指着它介绍道："这是大黑，小时候它很凶，老是喜欢吼我。有一次，我吓哭了，揍了它一顿，它现在见到我可老实了。"

霍圾闻言，忍不住笑出来，突然想，要是再早点遇见她该多好，日子一定会像吃了棉花糖一样，每天心里都软绵绵、甜蜜蜜的。

再走几步，就到了院子的前门门口。林莜道："王奶奶就在里面，我们进去吧。"

霍圾脚下一顿："等一下，我这发型看上去会不会不太好相处？"

林莜看了他一眼，寸头确实让他的气质看上去过于凛冽，有些距离感，不过在她看来并没有太大变化，他还是他。

林莜认真摇头："不会，看上去很友好。"

小姑娘说的话不像事实，可语气倒是认真，霍圾勉强相信了，虽然大多数人都觉得他剃了寸头看上去并不是很友善。

霍圾提着一堆东西，看了一眼面前古朴的大门，站在原地不动："这些见面礼合适吗？奶奶会不会不喜欢？"

林莜迈进去的步伐被他的话拉了回来，她觉得有些奇怪，他好像从来不是纠结这些东西的人啊。她看了一眼他提着的礼物，都是老人家需要的，他买的时候了解得别提多认真了，比上学都要认真，现在竟然不确定了？难道他是因为马上要见家长，紧张了？

林莜看着他，有些不敢相信："你是紧张了吗？"

霍圾闻言，难得认真道："嗯。"

林莜忍不住笑出来："原来你也有紧张的时候。"

"莜莜，站在门口干什么，快进来呀！"王奶奶坐在摇椅上，拿着蒲扇，老远就看见林莜了。

林莜拉着霍圾的手走进去："王奶奶，我带他来看你了。"

王奶奶看向霍圾："这就是给你买糖的那个男生？"

林莜有些不好意思，笑着点头应了。

王奶奶摇着蒲扇，连连点头："长得真俊啊，怎么称呼？"

霍圾走过去道："奶奶好，叫我阿圾就好。"他半蹲下身子，把准备好的礼物拿出来，嘴巴别提多甜了，"奶奶，这是给您准备的礼物，不知道您喜不喜欢。"

王奶奶笑得合不拢嘴："喜欢喜欢，真好，这孩子真好，莜莜有福气了！"

院子里的爷爷奶奶们听见动静，都出来了，霍圾向来很讨长辈的喜欢，不一会儿，他们就围着霍圾聊这说那的，热闹得不行。霍圾游刃有余，一个早上过去，竟然完全不需要林皎说话……

林皎坐在旁边看了一会儿，爷爷奶奶们热热闹闹地开始择菜，准备大显身手，做一顿丰盛的午饭。

林皎去水缸旁淘好了米，趁着空闲，转身进了自己的房间，拿出放在柜子里的木盒。她探头看了一眼院子里的霍圾，冲他招手。

霍圾却没有过来，林皎等了半天，他手上也没停下干活儿。

她给他发了一条信息："霍圾，到我房间里来一趟吧。"

远处的霍圾收到信息，拿出手机看了一眼，眼睛都没往林皎这边看，很快就回了她一条信息。

林皎满怀期待地打开一看，他发过来的只有四个字——"现在不行"。以前上学的时候他都没给她发过字数这么少的信息，现在比上学还要忙？

林皎都有些不习惯了，低头又给他发了一条："可是我有很重要的东西要给你看，你快过来。"

她发完信息，安静地等着。果然，过了一会儿，霍圾就过来了，笑问："什么东西，这么神秘？"看他的样子，似乎是打算看一眼就回去。

林皎有些疑惑："你不想看看我小时候的房间吗？"

霍圾当然想看，可是现在时机不允许。他快速地扫了一眼整个房间，然后看到窗户外面是个小花园，白墙绿瓦，看起来很古朴，阳光照下来，显得明亮而美好。难怪小姑娘这样乖巧干净，在这样安静舒服的环境里长大的人，自然会一心向阳。

霍圾看了一眼就打算出去："我先出去了，我过来见你的长辈，还没说几句话，就和你待在一个房间里，会让爷爷奶奶们印象不好。"

林皎看着他严阵以待的样子，忍不住笑出来，她拿着木盒上前："他们既然已经留你吃饭，就是同意我们在一起了。"她说着，把手里的盒子递给他，"你打开看看。"

霍圾接过盒子打开，看到里面是一沓照片，他微微一顿。

这些照片是他们高中时拍的，有穿着校服在校园里的，还有一起出去玩的，大多数都是他拿手机拍的合影，每一次会发一份给她。他就是想要让她明白，他是她的男朋友。

霍圾拿出照片，发现每一张背后都有时间、地点，还写了心得。

第一张："今天他带我去看电影，他故意选了一部恐怖片，不过我不怕，没有去抱他。出来的时候，他还有些不开心。"后面画了一个鬼脸。

第二张："他竟然不会骑自行车，今天还是坐在我后面，我带他出去玩的。他坐在后面的时候也不安分，故意搂我的腰，不过，他的双腿总是会在我快要歪倒的时候撑在地上。"

第三张："午休的时候被他偷偷亲了一下，差点被人看见，吓坏我了。他真的好坏，不过为什么笑起来这么好看？"

第四张、第五张……每一张背面的字迹都写得认认真真。这些照片似乎经常被翻看，边角已经有些磨损。

她认真地看向他："你以为我没有存照片，其实我每次都偷偷存了。我那时候觉得，我们早晚会分开，私心想要留着这些照片做纪念。我小心翼翼地喜欢你，不敢被你发现，不敢被别人发现。你不知道我有多害怕失去你，害怕到把和你的每一次见面当成最后一次。"

霍坂看了这些照片很久，似乎怔住了。

林莜有些不好意思，这些话都是很私密的，她曾经以为会是一辈子的秘密，可现在她觉得应该告诉他。她的脸有些红："霍坂，其实我一直很爱你，不是因为感动，而是因为那个人是你。我曾经以为我一辈子都不会这么喜欢一个人，没想到会遇到你。你这个人太不讲道理了，二话不说就撞进我心里，连反应的时间都不给我。"

霍坂笑了出来，第一次像个吃到糖的孩子一样，笑得那么甜，甜到心里去了。他伸手抱住她，眼里微有湿意。原来他的小姑娘记得这么多东西，原来她也那么爱他。

霍坂想着，把她抱得更紧了："姐姐，我好想看你穿婚纱。"

林莜的嘴角止不住地上扬，幸福得眼眶发热。她轻轻应道："嗯。"

❤ ❤ ❤

婚礼霍坂准备了很久，还请圈内知名设计师、宋复行的太太夏慕替他们设计了钻戒。钻戒很美，林莜看见的时候都移不开眼。她向来对珠宝没感觉，这还是第一次感觉到了其中的美和灵魂。

婚纱是霍坂反复修改了好几稿才从国外运进来的，林莜穿上都有些傻眼了，没想到会这么好看。

霍坂只看过婚纱图纸，还没看过林莜穿上的样子，等过来接她的时候，视线一落在她身上，就没移开过。

旁边的人看到了，都忍不住笑起来。

林苡有些不好意思，冲他使了个眼色，暗示他不要看了，霍坂却好像看不见一样。

他们一起去祭拜了她的父母，然后去婚礼现场。

林苡和霍坂上了车，忍不住嘀咕："你刚才在院子里怎么一直看我？别人都笑我们了。"

霍坂凑近她："我看自己的太太都不行吗？"

霍坂的头发长长了，看起来不再那么有攻击性，他重新戴上了金丝框眼镜，看着温柔有礼。林苡盯着他看了一会儿，渐渐红了脸，暗自庆幸自己化了妆，不会被他发现。

前面的车停了很久，他们看向外面，车已经排起了长龙，看这情况要堵很久，这样耽误下去肯定要迟到。

霍坂拿出手机准备安排直升机，他虽然不信吉时这种东西，但只要是和林苡相关的事，他就特别在意，不希望有一点不顺。

林苡完全不知道霍坂还有这么夸张的备选方案，她看见外面一辆辆前行的自行车，灵光一闪，拉了一下他的衣角："这里离得不远，我骑车带你去吧，不然堵在这里肯定要迟了。"

霍坂微微一顿，难得没反应过来，似乎完全没想到林苡为了和他结婚会这么积极。

林苡看了一眼他手机上的时间，要来不及了！她立即打开车门，拉着他的手下车："走吧，我可以的。"

林苡一下车就拉着霍坂穿过车流走到自行车道上，找一个姑娘借自行车。姑娘一看他们是为了赶去婚礼，二话不说就把自行车让给他们了。

林苡让霍坂先坐好，然后拉起裙摆坐上自行车，转头看向他："我要骑了，你坐稳啦。"

霍坂拉着她的裙摆，看到她一脸着急，忍不住笑起来："好，我坐好了。"

林苡立即用力一踩脚踏，带着霍坂往前骑去。

一路上，一辆辆汽车里的人看见他们，纷纷喝彩，给他们鼓掌加油，热闹得像是参加了婚礼。

李涉在教堂外等着，看见外面一点动静都没有，着急道："怎么还没有过来？客人都到得七七八八了。"

顾语真也急得想出去看看，可一看见外面的李涉，瞬间收回了脚，只能回里面等着。

赵碧郡趁着空隙出来问："怎么还没到？电话也不接，这么多人，难不成都晾着？"

李涉上前安抚她："阿姨不要着急，您先进去坐着，我来联系人。"

赵碧郡没法子，只能先进去和霍兴国稳住场子。

李涉继续打霍圾的电话，宋复行向他走去："不用打了，堵车，他们骑自行车过来，还要一段时间。"

"什么车？"李涉怀疑自己听错了，"你打通电话了，确定是自行车？"

一个穿着淡蓝色连衣裙的女人挺着大肚子走出来，她的五官好看得无可挑剔，眉眼之间还有一丝活泼。她拿着手机笑着说："热搜上看到的，他们在赶来的路上。"

宋复行上前扶着她，一向没有表情的脸上有一丝温柔，说话的语气都温和了不少："怎么出来了？外面太阳晒。"

夏慕笑着摇头："不晒，我想看他们过来。"

"嗯。"宋复行拉着她往阴凉的地方站。

李涉拿着夏慕递过来的手机，看见宋复行的举动，有些看不下去："多晒太阳补钙，知道吗？"

他吊儿郎当地看向手机，果然看到他们挂在热搜上，热搜词条叫"我带你去结婚"。他点开视频，看见了熟悉的两个人，林莜骑自行车载着霍圾，越过排着长队的汽车，头纱飘起，在阳光下格外炫目，像赶着去上学似的。

视频里的声音很嘈杂，全都是起哄声和恭喜声，热闹得不行。遭遇堵车的烦躁一扫而空，路上的所有司机全都沾了喜气。视频下面的评论成排地"吃狗粮"。

"这姑娘太可爱了，骑着自行车赶婚礼，好浪漫！"

"新郎太帅了吧，我要是这个女生，别说是骑自行车，就是让我背着新郎去也愿意。"

"只有我注意到他们是从什么车上下来的吗？还有后面成排的保镖……"

"真正的豪门很低调的，坐得起豪车，也骑得了自行车。"

"有他们结婚的视频吗？想看！"

"又是'柠檬树下你我他'的一天……"

李涉刚看完视频，夏慕就看见了远处的两个人："来了来了！"

李涉抬头看去，果然看见两个人骑着自行车过来了。他惊道："来真的啊？"

林苡把自行车骑到台阶前，停下车，时间刚刚好。

霍圾下了自行车，去扶林苡，脸上的笑就没停过："累不累？"

林苡下了车，后面的保镖连忙过来扶住自行车。她抬手理头发："不累。我头发乱吗？"

"不乱。"霍圾伸手替她理了理头纱，又俯身去理她的裙摆。

时间差不多了，李涉看了一眼教堂里面，催道："赶紧的赶紧的。"

霍圾直起身："准备好了吗，姐姐？"

林苡一路骑过来，本来就很激动，闻言点点头，挽过他的手，兴奋道："准备好了，快点吧。"

"好，结完婚带你去买糖吃。"霍圾笑得眉眼都弯了，带着她一起往台阶上走去。

教堂的大门缓缓打开，教堂顶上的钟被敲响，带起的回音久久不断，就像一颗糖吃进嘴里，甜味回味无穷。

他曾经买过的糖，她都吃了，她习惯用糖来对抗的黑暗和苦涩，全部被他的糖甜化了。

她从一开始就错了，他明明是上天眷顾她而送给她的最好的礼物。

番外

"对你，我早就做好了纠缠一辈子的打算。"

第一颗糖

这是他们交往后第一次吵架，也是他第一次这么凶。

林莜红着眼收起手机，也没心思上课了，等到快放学的时候，才想起今天要值日。她重新拿出手机，聊天界面的最后一条信息是他发过来的："放学后在教室里等我，出去吃饭。"

林莜回了一条信息过去："今天我值日，会很晚。"

霍圾没有回，林莜也不知道他有没有看见。

放学后，教室里的同学都走得差不多了，霍圾才发了条信息过来："我等你。"

林莜正在做值日，收到他的信息，正准备回复，霍圾已经到门口了，就靠在门边等她。

班里剩下的几个同学看到霍圾冷着一张脸，和林莜之间的气氛好像不太对，就没敢打招呼。不过，霍圾这样的人走到哪里都是焦点，他们还是会时不时地偷看他一眼。

林莜也不好叫霍圾收敛一点，毕竟他们两个吵架了，他未必会配合。她把手机放进兜里，继续整理讲台。霍圾没有说话，就站在那里等着。

林莜整理好讲台，拿抹布去擦黑板，高的地方够不着，她正准备转身去拿椅子，就碰上了走过来的霍圾。两个人也不说话，气氛莫名怪怪的。

拖地的同学看了一眼他俩，林莜连忙退后一步。

霍圾拿过她手里的抹布，抬手替她擦黑板。他个子高，她费尽力气都擦不到的地方，他随手就能擦到。

林莜见做值日的同学都看过来了，压低声音说："我自己来吧。"

霍圾没有理会，直接帮她把黑板全擦了："还有哪里？"

"没了，就剩下这一块。"

霍圾放下手里的抹布，好像中午的争吵没发生过一样："那去吃饭吧。"

林莜看了他一眼。她心想，他再这样无所顾忌，同学们早晚会知道他们的关系。不过，之前她去医院看他的时候，就已经被学生会的人撞见了，好像也瞒不了多久了。

林莜没说话，拿过他放在讲台上的抹布去厕所洗，等回到教室里，霍圾已经拿着她的书包，站在门口等她了。

班里的值日生又在偷偷打量他们，林莜连忙把抹布挂在卫生角，和他们打了个招呼："我弄好了，先走了。"

"好，拜拜。"

林莜快步跑出教室，去接霍圾手里的书包。霍圾见她跟上了，就提着她的书包转身往楼下走去，没有给她书包的意思。林莜看着他的背影，顿了一下，默不作声地跟着他下楼。

等他们离开了，拖地的女同学才开口道："他们是在谈恋爱吧，气氛不像资助关系。"

"霍圾帮她做值日、拿书包，还一起去吃饭，他们肯定是在谈恋爱。而且，刚才那个气氛，一看就是吵架闹别扭了。"

"真没想到，他们竟然谈上了……"

林莜跟着霍圾出了校门，好在已经是放学时间了，一路走来没有碰到老师。剩下的时间不多了，霍圾就近找了个吃饭的地方，里面学生很多，而且大多数都是情侣。

等上菜的时候，霍圾低头看着手机，没有说话。林莜的视线一直落在他受伤的手上，想起他中午说的话，眼眶有些酸涩。

一顿饭吃下来，他们连一句话都没有说过。等吃得差不多了，霍圾才开口问道："吃饱了吗？"

林莜闻言，点了一下头。

霍圾起身去结了账，和她一起回学校。

林莜看见前面有同班同学，下意识想避开："你先回学校吧，我还得去买笔。"她说完就转头往文具店跑去。

霍圾看了一眼前面同样穿着一中校服的几个同学，并没有先走，而是慢慢地走到文具店门口等她。门口的桌上摆着五颜六色的记事本，一看就和甜甜的小姑娘很配，他伸手拿了几本好看的。

两个女生从文具店出来，边走边说悄悄话："你看见里面那个女生没有？

刚才吃饭的时候，她男朋友只顾着玩手机，连话都没和她说一句，她还一直盯着男朋友看。这是有多喜欢啊？也太卑微了。"

"对啊，我看她眼睛都有些红了，现在买文具也是一个人来，男朋友摆明了没耐心陪她。可能这就是和帅哥谈恋爱的代价吧！不过，她男朋友这样爱搭不理的，也不知道这恋爱谈起来有什么意思。"

两个人说着，抬头看见了站在外面的霍圾，立即没了声音，快步走远了。

霍圾拿着本子，有些愣怔。

林苃拿了几支黑笔出来，看见霍圾在付钱，愣了一下："你没走？"

霍圾把手里的记事本递给她："给你挑的本子。"

林苃莫名感觉到他的心情好了很多，也没有再冷着脸了。等低头看见他手里的记事本，她愣住了，觉得颜色有些难以接受。她委婉道："不用那么多的，我有本子。"

霍圾眼帘微掀，把一摞颜色粉嫩的本子放到她手上："用我买的，这些颜色好看。"

林苃瞅了一眼手里的本子，没话说了，心想，可能是他自己喜欢粉色的本子吧，想拐个弯子用……

天色慢慢暗了，朦朦胧胧的夜色笼罩下来，让人几乎看不清是谁。操场上还有很多人在打篮球，隔了老远都能听到喧闹声。林苃跟在霍圾身后慢慢走着，路过小树林的时候，前面的霍圾突然转过身，拉起她的手往小树林里走去。

他这么明目张胆，林苃有些慌了。她生怕被人看见，所以也不敢用力挣扎，进了小树林后才压低声音说："我要回宿舍了，一会儿还要上晚自习。"

"你谈恋爱就吃个饭？"霍圾问得轻佻。

林苃回答不出来，只能含糊道："会被老师抓的。"

"这个时间老师不会过来。"霍圾在长椅上坐下，伸手拍了拍自己的腿，"过来给我抱一下。"

林苃看了他半晌，又看了一眼他的腿，才小心地在他的腿上坐下。她一坐上他的腿，霍圾就伸手搂过她的腰，抱着她不说话。

林苃的身体还有些僵硬，全身的重量没有完全放在他身上，大部分是自己撑着的。

霍圾抱了一会儿，忽然开口道："你虚坐着干什么，还怕我撑不住你？"

"嗯。"林苍含糊地应道。其实她只是觉得这样坐在他腿上，接触面太多了……

霍圾看了她一眼，手微微松开，手臂虚圈着她，腿突然往上晃了一下。

林苍没坐稳，身子一歪，吓得连忙搂住他的脖颈。察觉到是他的恶作剧，她忍不住叫他："霍圾！"她都不知道说什么好了，他手上的伤还没好，刚才要是一个不小心，肯定会扯到伤口，他居然还这样闹。

霍圾忍不住轻笑出声："抱紧你的男朋友，不然摔了，我还要带你去医务室。"

林苍听着他的笑声，听到他说"你的男朋友"，竟然有了一种甜蜜的滋味，不是从嘴里，而是从心里甜上来。

霍圾抬头看了她一会儿，轻声问她："中午是不是哭了？"

林苍听到这话，眼眶莫名泛酸，心里还有些别扭。明明他中午那么凶，现在却又这么温柔，她都搞不懂他了。

他抬手轻轻摸了摸她的眼皮："是我说话太重了。"他说着，语气又开始严肃起来，"但是，你以后见陈宣冲了，你是我的女朋友，不能拿别人的礼物。"

想起他中午说了那么过分的话，林苍还是觉得很委屈，慢慢收回抱着他的手。

霍圾有些心疼，抱着她轻声说："我们别吵架了，我刚从医院出来，你再抱抱我，好不好？"

林苍看着他，没说话。霍圾也没说话，也没逼她，就是包扎着的手微微一动，似乎有些不舒服。林苍察觉到了，一阵心疼，伸手搂上他的脖颈抱住他，抱得紧紧的。

霍圾微微一笑，抱着软绵绵的她轻声说："这个周末你来给我煲汤。"

林苍一听就知道他在想什么："孙嫂不是给你煲过汤了吗？"

"你不给我煲汤吗？"霍圾低声问，片刻后又说，"别忘了你是我的女朋友。"

林苍靠在他的肩膀上，没有说话。她当然忘不了自己是他的女朋友，中午他还说她是他抢来的女朋友呢。

第二天，林苍一下课就在偷偷摸摸地记东西，连午休时间也不放过。

霍圾过来的时候，看见小姑娘那么勤奋，打趣道："这么用功，都不午睡了？"

林苍吓了一跳，伸手挡住笔记本："要睡的，我一会儿就睡了。"

霍圾看见她的动作，微微挑了一下眉，拉过她旁边的椅子坐下。

林苍连忙压低声音说："你快回自己的教室吧，今天有好多同学都说我们在谈恋爱。"

霍坂闻言，一脸无所谓，看着她笑得有些坏："接吻都让人看见了，还怕人家说？"

林莜一时语塞。

一个同学走过来，伸手指了一下外面："林莜，老师要你去办公室拿一下作业本。"

林莜点头，把粉嫩的本子合上，若无其事地放在书下面，然后看了一眼霍坂："我去老师的办公室了，你快回教室学习吧。"

霍坂用手撑着头，漫不经心地点了点头。

林莜起身，急匆匆地出了教室。霍坂看着她出去后，伸手拿过她放在书下的本子，翻开一看，写的全都是伤口保养的注意事项和煲汤攻略，记了满满好几页。霍坂一页页翻过，看着本子上一笔一画、认认真真地写出来的字，眼里的笑意全透了出来。

第二颗糖

林莜去老师办公室拿了作业本回来，进教室一看，霍圾果然还在，李涉正翘着椅子，斜靠在后排桌子上和他说话。这样看着，霍圾像是来找李涉的，如果他不是坐在她旁边位置上的话。

林莜一进来，霍圾就看了过来，她连忙收回视线，把手里的作业本一本本地发下去。

顾语真看了一眼李涉的作业本："李涉，你有认真写吗？为什么没有一道题是对的？"

李涉把椅子往回一荡，拿过作业本，不敢相信："怎么可能全错，我昨天写了一个多小时！"

顾语真已经习惯了："重写吧。"

李涉那边鸡飞狗跳的，转移走了很多注意力。

林莜发完作业本，在位子上坐下，凑近霍圾小声说："你怎么没回去？"

霍圾看着小姑娘做贼似的凑过来，忍不住一笑："我来找李涉都不行？"

"谁会相信你是来找李涉的。"

霍圾靠近她，笑着问："我就算是来找你的又有什么关系，弟弟找姐姐还不行？"

林莜说不过他，看了一眼教室里的同学，人虽然不多，可她没有霍圾这么胆大。要是放在以前，她不会这么紧张，可现在他们是那样的关系，她根本没办法不心虚。

霍圾说着，靠在课桌上："我们班里太吵了，都没有办法午睡，还是你这里安静。"他是理科班的，男孩子多，肯定很吵。

他最近应该很累，才从医院出来，都没有好好休息，就要接着上课。林莜想了想，小声开口道："那你睡一会儿吧。"

霍圾闻言，笑了起来，看了她一会儿，才靠在手臂上，闭目养神。

窗外的风轻轻拂进来，照进走廊的阳光慢慢倾斜，一点点往里移，教室外是树叶拂动的声音。

林苂认真看了一会儿书，却没有看进去一个字。风轻轻拂过，隐约带来他身上干净的气息，是清清爽爽的皂香味。她微微侧头看向他，他靠在桌上睡着了，长直的睫毛垂下，眉眼轮廓好看得出挑，薄唇激洇，即便睡着了也有一种惊艳感，怎么看都不会腻。

林苂不知不觉看了很久，才发现他压着受伤的那只手。他的伤口还没有完全好，这样压着肯定不行，于是，她微微靠近："霍圾，你压到手了。"

霍圾没有回应，显然是睡深了。

林苂见他睡得这么熟，也没再叫，伸手轻轻拉着他的手腕，小心地往外挪。

霍圾没有被吵醒。

林苂拉出他的手，忍不住捧着仔细瞅。车窗玻璃划的伤口很深，不知道现在还疼不疼，他都没有提过。她看了几眼，有些犯愁。

霍圾感觉到自己的手被她抓着不放，唇角微微上扬，睁开眼睛看向她："在看什么？"

林苂立即收回手，转头去整理桌上的书，特地把粉色本子和其他书一起收进书包里。

霍圾看着她的小动作，忍不住笑道："你在我给你买的本子里写了什么？"

林苂把本子塞好："就是些课堂笔记。"

"课堂笔记藏得这么好干什么？我还以为你记了什么见不得人的小秘密。"

林苂拉上书包拉链，拿过旁边的课本翻开看，有点心虚。她低头认真看了一会儿，霍圾没有了动静，她微微抬头看向他，正对上了他的视线。

霍圾手撑着头，就这样侧坐着看着她。

林苂有点受不住他的视线："你不睡觉了吗？"

"你在旁边，我好像睡不着。"霍圾说得慢条斯理的，一看就是故意逗她。

林苂生怕同学听到，紧张得不行："霍圾，你这样我没有办法学习了。"

霍圾笑了出来，靠近她道："为什么没有办法学习？我又没打扰你。"

林苂有些回答不出来，心里的答案显而易见。

霍圾伸手拉过她的手："好想快点到周末。姐姐想好给我煲什么汤了吗？"

林苂小心地抽回手，虽然她已经偷偷做了很多准备，但是说出口的话不一样："要是孙嫂没给你煲，我再给你煲吧。"

霍圾笑了出来，微微靠近，在她的脸颊上亲了一下，轻声说："我走了。"

林苡被他亲了一下，心口一跳，转头看向他，正准备说话，霍圾看准时机，又低头亲向她的唇瓣，轻微的唇瓣触碰声吓得她彻底慌了。

她连忙趴在课桌上，把脸藏起来，又微微抬头，偷偷看了一眼前面的同学。好在大家睡觉的睡觉，学习的学习，并没有看他们这里。

霍圾俯身靠近她的耳朵，笑着说："姐姐，拜拜。"

林苡忍不住推了他一把："快走！"

霍圾顺着她往后一退，才笑着起身往外走。

林苡心里慌得很，刚才那个亲吻声，也不知道前排的同学有没有听见。她心里想着，兜里的手机振动了一下。她拿出手机，点开一看，是霍圾发来的消息："放学后一起去吃饭。"

林苡收起手机，决定今天晚上一定不跟霍圾去吃饭，免得又被他拉到小树林里去，而且他这么过分，就不该给他煲汤。

林苡靠在书本上，准备睡个午觉，却怎么也睡不着。她在想，都答应他了，要是他没喝到，会很失望吧？

林苡趴在书本上半天，又慢吞吞地拉开书包拉链，拿出粉红色的记事本，继续学习煲汤小知识。

下午体育课体测，先测顾语真那排，林苡在一旁的树下等着。她中午学了好几个汤，没有午睡，现在都有些困了。

她手托着下巴，强撑着不睡，兜里的手机又振动了一下。她心想，除了他，也没别人了。他上课都不认真，也不知道发了什么。

林苡想拿出手机看看，又怕被人看见，瞄了一眼周围，没人注意她这里。她悄悄把手机拿出来，放在袖子里看了一眼。

"坐在那里想什么呢？"

林苡看到这条消息，愣了一下，抬头看向操场，没有他的身影。他这节课应该不是体育课，林苡想着，又抬头看了一眼楼上，果然看见了霍圾。

霍圾正站在走廊的栏杆边，手靠在栏杆上，还拿着手机。见她看过去，他冲她眨了一下眼。风吹过他的黑发，他笑起来是那么好看。

林苡看到他这么明目张胆，吓得不轻，连忙低下头当作没看见，脸上一阵阵发烫，也不知道是因为他，还是因为怕别人看见。

旁边两个男同学本来在闲聊，看见林苡，其中一个男同学忍不住开口问："林苡，你是在和霍圾谈恋爱吗？"

"啊……"林苡看向他们，有些说不出话来。

另一个男同学伸手拍了一下问问题的男生："你这样问，叫人家女生怎么回答？"

男生有些不好意思地挠了一下头："对不起啊，因为有人在说，我就是有点好奇，你当没听见吧。"

林苡根本解释不了，因为他说的就是事实。她突然有些犯愁，这么多人都知道了，那叔叔阿姨要是知道了怎么办？

两个男同学很快就转移了注意力。

林苡再抬头朝楼上看去，栏杆边已经空空如也，霍圾应该是回去上课了。

林苡刚低下头，袖子里的手机又振动起来，接连不断。

这回是电话！

林苡有些慌了神，手在袖子里随手一按，挂了电话。

趁着周围的同学没注意，她跑到操场边的台阶上，正准备回个消息过去，袖子里就传来了他的声音，带着笑意："跑得这么急呀？"

她看了一眼袖子里的手机，还在通话界面，刚才应该是错按了接听键。

林苡觉得，他就是故意打电话吓她。她有点恼，抬起手臂，用袖子掩护着跟他讲电话："霍圾，我在上课，不能接电话的。"

话是这样说，她却没有挂电话。

霍圾轻笑出声。他应该是站在风口，笑声随着身旁的风，顺着电流传过来，十分悦耳。"别的课就算了，体育课还不能接？你宁愿和别的男同学闲聊，也不愿意跟我打电话？"

"我没有闲聊……"林苡有些语塞，只能转而说起别的，"体育课也是课，被老师发现会挨批的。"

"你到主席台后面来。"

林苡看了一眼主席台，有些惊讶："你下来了？你下来干什么，不上课？"

"你过来，还是我出去？"霍圾笑着问。

"你不要出来，我马上过去。"林苡急得连忙开口，生怕他真的出来！

她放好手机，进了教学楼，过了一个通道，往主席台跑去。

到了主席台后面，霍圾果然就站在台阶上，正斜靠着墙安静地等着她。见她过来了，他微微抬眼看过来。

林苡跑得有点急，气喘吁吁地走近："你怎么逃课了？"

"这节是自习课，我出来看看你。"霍圾伸手递给她一颗酒心糖果，"给你买的。"

林苡有些疑惑："你这么大老远地下来，就是为了给我糖？"

"嗯。"霍圾伸手剥了糖纸递过来，漫不经心地说道，"不然呢？"

林苡看了他一眼，还没吃到糖，却莫名觉得很甜。她心里有些羞涩，乖乖上前去吃他手里的糖："谢谢。"

霍圾突然伸手拉住她，搂过她的腰，直接把她抱上了台阶，低头亲了她一下："真好骗。"

林苡被他亲了个正着，心跳立刻乱了，又怕人撞见，又因为他靠得太近，连忙伸手推他，口里含着糖，含糊不清地说："会被人看见！"

霍圾抱着她没松手："你动作不要太大，就不会被人发现。"说着，他抱着她靠在墙上，低头亲了过来，薄唇磨着她的，轻轻吸吮，然后慢慢用力探入，像是把她当成了一颗糖。

林苡呼吸有些乱，额间冒出了细密的小汗珠，完全没办法分神去观察周围。他刚亲上来，她就已经乱了思绪，不知不觉沉浸其中。

第三颗糖

林苡第一次这样吃完一颗糖，吃得这么火热，糖都化了。

霍坂最后亲了亲她，微微退后一点："姐姐，好吃吗？"

林苡不知不觉已经坐在他的腿上了，他长腿微屈，特地踩在台阶上给她当凳子坐着。刚才接吻全靠他一个人撑着，也不知道他会不会累。

林苡连忙踩上台阶，从他腿上站起来，有些慌乱。她回答不出来，刚才连糖的味道都没有尝出来。

"真甜。"

林苡咬了咬唇："你不是不喜欢吃甜的吗？"

霍坂收回腿，斜靠在墙上看着她笑："我说的是姐姐。"

"我要去上课了。"林苡心里一颤，连忙收回视线下台阶。

霍坂长腿一抬，直接踩在对面的墙上，她软软的小肚子撞上了他的腿，被拦了个正着。

"你干吗？"林苡去推他的腿，"我要上课了，再不去老师会发现的。"

霍坂的腿还是拦着她："姐姐以后只能吃我的糖，别人的糖不能拿，不然别人一颗糖就把你骗走了。"

"以后连你的糖也不会拿。"林苡暗自腹诽，表面上却胡乱点头："我要回去了，要轮到我体测了。"

霍坂这才放下腿，弯腰看向她："姐姐，体测加油。"

林苡听到他的加油，心里一慌，身子一低，从他身旁溜了出去。

等跑到操场上，正好轮到林苡这组体测，她连忙冲过去。大家并没有觉得奇怪，毕竟体测前去上厕所是很正常的。

旁边的一个女同学看了林苡一眼，又下意识看向她的嘴唇："林苡，你的嘴巴怎么这么红？"

她的声音不小，周围几个同学都看了过来。

林莜连忙抿了一下嘴："糖吃多了，有点上火。"

这个谎撒得很符合现实，因为她确实爱吃糖，上火也不是不可能的事，大家也就没有再注意，心思全放到了体测上。

林莜趁着人不注意，伸手捂了一下嘴。他刚才有些过分了，还咬她……她心想，下次再也不吃他的糖了，都不知道是吃他的糖，还是被他当糖吃……

霍坂看着林莜离开主席台，才笑着进了教学楼。

教室里有几个男生正拿着手机闲聊。

"你和你女朋友拍的合照不错，一打开朋友圈就是在'秀恩爱'啊。"

前排的一个男生理了一下头发，有点自恋："她非逼着我拍，没办法，谁让我帅得让她有危机感了。"

"得了吧，要阿坂那样的才有可能让女生有危机感。"

霍坂看了一眼前排那个男生的手机，果然是一张合照，一看就是女朋友缠着拍的。

同桌的男生见他进来，有些疑惑："阿坂，你去哪里啦？老师刚才都来过了。"

霍坂在位子上坐下，拿出抽屉里的书："下楼看一下女朋友。"

"女朋友？！"男生瞬间反应过来，女朋友在楼下，那就是在上体育课呗，"这节课是哪几个班在楼下上体育课来着？"

男生猜不出来，也不好出去看，于是直接问霍坂："有没有照片，是哪个女生？"

"我们很少拍照。"霍坂显然对这个话题不是很感兴趣。

男生不相信："不会吧，合照都没有？居然没有缠着你发朋友圈宣示主权，你这女朋友心有点大啊！"

霍坂翻书的手停了一下。

前排男生随手关了手机："哪有女生跟阿坂在一起没有危机感的，估计是我们班长不喜欢拍，人家拿不住呢。"

霍坂闻言，没有说话，他对拍照是不感兴趣，但是不代表他不喜欢林莜宣示主权。

这几天，霍坂有学生会的事，林莜难得放了一个假，不用被他拉到小树林里担惊受怕。

林莜坐在图书馆里，打开笔盖，准备开始写作业。一想到霍坂对自己的手伤一点都不在意，她又打算先借几本关于手部保养的书来看看。

林莜正准备起身，就听到了身后的讨论声。

"和霍圾学长谈恋爱的人就是她，我听学生会的一个学姐说了，之前看到过他们两个接吻。不知道和霍圾学长这样的人谈恋爱是什么感觉。"

"肯定很甜啊，霍圾学长应该是很温柔的人吧，对女朋友肯定很好。"

"我听说他特别宠，跟女朋友说话的时候和跟别的女生说话的语气是不一样的。"

林莜听到这话，动作一顿，看向身后。三个女生见她看过去，立即低下头继续写作业。

林莜有些坐立不安，没想到高一的学生都知道了，那老师会不会知道？她沉默了一阵，想到她和霍圾现在的情况，心情又沉重了一些。

她叹了一口气，起身走到书架旁，开始一排排地找书。她的心思还有些散，完全没发现刚走到书架对面的霍圾。

霍圾特地跟着她走，边走边想，小姑娘还挺认真的，仰着头一排排地看，就是没发现他。他微微挑眉，也不叫她，就跟着她走，看她什么时候能发现。

林莜找了半天才找到需要的书，她伸手把书拿出来，就看见了站在书架对面的霍圾。他戴着细框眼镜，见她才看到自己，轻笑出来，话里都是宠溺："这么久才看见我？"

她突然有一种惊喜的情绪泛滥上来，她发觉之后，连忙压制住。

霍圾已经绕过书架往这边走来，拿过她手里的书一看，眉眼一弯："姐姐这么担心我？"

"我只是顺手拿的，我想拿的是别的书。"林莜连忙拿过他手里的书放回去，偷偷记住了位置，打算等下次再悄悄过来拿。

霍圾假装看不出她的小心思，面上的笑却藏不住。

林莜见他看着自己笑，忍不住瞪了他一眼："你怎么知道我在这里？"

"我去教室找你了。"霍圾的手指在一排书上轻轻滑过，难得悠闲。

"你找谁问的？"林莜听到了，有些急，再这样下去，老师都要知道了！

霍圾在书上滑过的手指微微停下，转头看过来："这还需要问吗？你不在教室，肯定就在图书馆。"他说着，用手撑着书架，低头看过来，"我们天天接吻，我怎么可能猜不到？"

这和接吻有什么关系？！林莜忍不住面红耳赤。他和她说话的语气确实不一样，就连看她的眼神都不一样，她每次都感觉他会乱来。

林莜不敢对上他的视线，转身往桌子那边走，重新在位置上坐下，准备继续写作业。

过了一会儿，霍坂拿了一本书，在她身旁坐下。

林莜抬头看了一眼周围，干脆破罐子破摔，放弃挣扎了。

霍坂坐在旁边看了一会儿书，突然伸手来握她的手。

"霍坂！"林莜连忙压低声音提醒他。

霍坂一点都不在意，拉着她的手轻轻捏了捏："又不在教室里，怕什么？"

林莜无力反驳，总感觉身后的几个学妹在看他们，有些坐不住。

霍坂突然开口问："你们班里没有女生交男朋友吗？"

林莜愣了一下，当然是有的，比她大胆多了。她低头看向作业本："有的。"

霍坂用手指按着书页，慢条斯理地问："你怎么知道她们有男朋友？"

林莜拿着笔继续写作业："她们自己说的，还有合照，我看过她们发的朋友圈。"

"那你呢，你不拍吗？不想公开？"

林莜抬头看向他，一脸奇怪："不是大多数人都知道我们在谈恋爱了吗？"

霍坂看着她认真的眼神，难得语塞。

林莜不知道他在想什么，见他不说话，收回视线继续写作业。

霍坂看着她写作业道："周末我们出去玩。"

"周末还要给你煲汤。"林莜的嘴巴比脑子还快，等到说出来的时候，才发现露馅儿了。

她转头看去，霍坂正看着她笑，她一阵面热："我……我是说……"

霍坂靠过来："原来姐姐一直想着给我煲汤啊？"

林莜回答不出来，轻轻咬了一下唇。

霍坂看着她，眼里特别亮："那等喝完姐姐给我煲的汤，我们再去约会。"

窗外的风轻轻吹进来，翻动了桌上的书。翻书声轻轻传来，就像什么东西滑过心口，轻轻触碰着心脏。

"好。"林莜看着他的笑容，忍不住应了。

"嗯。"霍坂又应了回来，眼睛里只有她的倒影。

林莜的睫毛颤了一下，收回视线，继续写作业。

霍坂没再打扰她，安静地坐在她旁边看书。偶尔传来的翻书声让她静不下心来，写字的手和心跳一样，有些稳不住。

第四颗糖

周末，林苡换好衣服下楼，一个人出了校门。她怕被老师看见，昨天和霍圾磨了一会儿，才和他约好在校外见面。

到了地方，她才发现很热闹，一条长街直通下去，吃喝玩乐，要什么有什么，学生情侣特别多。

林苡刚到就看见了站在街口等她的霍圾，即便来来往往那么多人，她也能一眼就看见他，连周围路过的人也不时把视线落在他身上。

林苡走过去的时候，那些视线就顺带落到了她身上。她下意识走得慢吞吞的，心想，和他来这里约会，真的有一种青涩早恋的感觉。

霍圾一眼就看见了她，向她走来，拉过她的手："怎么过来的？"

"走过来的。你怎么这么早就到了？"林苡看向他。因为他习惯提前到，她就早到了半小时，没想到还是他比较早。

霍圾看着她笑："因为我想早点和你约会啊。"

"可我要是没有早点到，你不是要等很久吗？"

霍圾眉眼一弯："等你也很开心。"

林苡的睫毛颤了一下，有些说不出话来，感觉周围的嘈杂声都突然消失了，只能听见他的这句话。

霍圾拉着她软绵绵的小手："想先玩什么？"

"不是要去买食材给你煲汤吗？"

"晚上再煲汤。"

林苡心里警铃大作，连忙开口："晚上我要回学校。"

霍圾扑哧一下笑出来，有些意味深长地反问道："不然呢，我还能吃了你？"

林苡脸红了一阵，好像是她想多了。

街上很热闹，能玩的东西特别多，大部分是女孩子喜欢的，特别适合情侣来。

林苡跟着霍圾玩了很多东西，他什么都会，一路玩下来，赢了很多战利品。

等她坐下来，霍圾买了奶茶回来，手里还拿着一个水晶发夹："和你之前戴的是不是很像？"

林苡接过他递来的奶茶，看见他手里的发夹，有些蒙。

"我给你戴上。"霍圾把发夹戴在她之前戴的位置，看了她一眼，笑着摸了摸她的脸。

林苡伸手摸向头上的发夹，还没有喝奶茶，就感觉甜滋滋的。可这个发夹好像不便宜，于是她问："你买的？"

"奶茶店送的。"霍圾喝了一口矿泉水，随口说道。

林苡看向手里的奶茶，有些惊讶，心想，现在买奶茶还送这么好看的发夹，难怪这家店里的人那么多。

邻桌也是一对情侣，女生正拿着手机自拍。

女生自拍了几张，看向旁边的男朋友："你过来和我一起拍。"

男生见周围的人看过来，有些尴尬，可他还是靠近女生，配合起来。

霍圾看着拍照的两个人，又看了一眼坐在旁边喝奶茶的林苡，她正拿着棒棒糖玩。

林苡拿着超大的棒棒糖，心想，这么大，里面要是真糖，估计一年都吃不完。

霍圾用手盖上她手里的棒棒糖，挡住了她直勾勾盯着棒棒糖的视线："不拍照留念吗？"

林苡有些心动，她还真有点想拍，这么大的棒棒糖呢，剥了以后就没这么大了。她点点头，有些不好意思："我不怎么会拍，会浪费一点时间，你不介意吧？"

霍圾还没开口说话，眼里的笑意就已经透出来了："不会，随便拍，我们有的是时间。"

林苡闻言，低头从包包里拿出手机，对着手里的棒棒糖找角度，瞧着可认真了。

霍圾看到她拿手机拍棒棒糖，顿了一下。

林苡拍了一张，感觉还不错，也没费多少时间，就放下手机，拿起奶茶又喝了一口。

霍圾微微挑眉："拍好了？"

林苡抬头看向他，有些茫然："是啊。"

霍圾靠着椅背，慢条斯理地问："没有别的要拍了？"

林苡看向桌上的战利品，太多了，要是都拍一遍，天黑了都拍不完。

她微微摇头："没有了。"

霍圾伸手捏了一下她的脸："我生气了，你眼里没有男朋友吗？"

林莜脸嫩，被他一捏，连忙躲闪："别这样……"

"还'别这样'，你眼里就只有棒棒糖。"

林莜躲开了，揉了揉右脸，明显感觉到周围的人都看过来了，有些不好意思。

霍圾松了手，又俯身靠过来，轻咬了一下她的左脸。

林莜没想到他这么坏，连忙伸手推他："霍圾！"

霍圾被推开，笑了起来。

林莜伸手抹脸，脸颊上还有他轻轻咬过留下的热气，烫得她有些招架不住。

还好霍圾的手机正好响了，才勉强让她有了一点缓和的时间。

林莜揉着脸，看见对面的情侣，才突然意识到什么。

难道他是想要拍合照？

林莜突然有些紧张，和他拍合照，一张只有他们两个人的照片……

她呼吸微微一顿，莫名有些心动。她想要拍的，可是拍了又有什么意义？早晚还是要分开的……

林莜想到这里，刚起来的念头瞬间就被打消了。

挂了李涉的电话，霍圾看过来，笑着问道："还想玩什么？"

林莜咬着吸管，摇了摇头："走不动了。"

霍圾摸了摸她的脸颊，心想，才轻轻碰了一下就红了，太娇嫩了。

霍圾的指腹在她的脸颊上轻轻摩挲，眼里若有所思，半晌才勉强收敛了心思："要不要回学校看篮球比赛？就几个人，老师也不会去。"

林莜闻言点点头："好。"

霍圾起身拿过桌上的袋子，拉上她的手，一起离开。

一个女生看着他们走远，忍不住跟闺密感慨道："好帅。"

"帅就算了，还对女朋友这么好！知道那个水晶发夹多贵吗？人家眼睛都不眨一下就买了。"

"难怪，我刚刚听见还奇怪呢，我买奶茶的时候怎么就没有送水晶发夹，差点就去问了。"

"哄他女朋友的，那小姑娘看着就乖，估计是怕她不敢收才说是送的。店家怎么可能送这么贵的牌子货，卖几百杯奶茶都未必赚得回这么一个发夹。"

"他长得这么帅，我还以为会很花心，没想到这么宠女朋友。"

霍圾拉着林莜一路往外走，抬手准备拦车。

林莜见他隔条街也要打车，连忙挽上他的手："就几步路的距离，我们走着过去就行了。"

霍圾见她主动伸手挽自己，眉眼一弯，温柔地开口道："不是走不动了吗？"

林莜这才想起自己说过的话，她眼珠一转："我们骑自行车回去吧，也要不了多久。"

这条街很长，离学校又近，经常会有人骑着自行车来回，到处都可以租自行车。

霍圾看了一眼街边的自行车："我不会骑。"

竟然有他不会的东西！她有些意外，瞬间信心满满："我会骑，我带你过去。"

霍圾看着她仰着小脸，一副包在她身上的神情，唇角微微一弯："那就辛苦姐姐了。"

等坐上自行车，林莜才明白过来他刚才的笑是什么意思。她低头看向搂着自己腰的手："霍圾，别人看见会觉得奇怪！"

"哪里奇怪？"霍圾搂着她的腰，只感觉她的小肚子特别软，用手指轻轻捏了一下，"姐姐，我要是不抱紧，会摔倒的。"

林莜悄悄把小肚子往里收了一些，有些难为情，她刚才吃得有点多，都被他发现了……她又看了一眼他的手，面上微烫，脚下一踩，骑着自行车努力往前。

只是，霍圾比她想象的沉好多，她骑得有些歪歪扭扭，车头都不太稳。

霍圾看她这么努力，却还是一路蛇形，忍不住笑出来，脚一直在下面撑着。他抱着她，看起来像是怕自己摔了，其实是护着她，怕她摔着。

李涉中场休息，回到位置上喝水。五班的人多，气焰又嚣张，刚才使了几个暗招，他一个没防住，让他们进了球。

王泽豪从后面过来："班长不来吗？"

"在约会。"

"还和林莜吗？"

"除了那颗奶糖还有谁？以前连个人影都见不到，但是现在，只要能找到奶糖，就能找到他。"李涉无力吐槽，心想，这颗小奶糖真是被他牢牢抓着不肯放了，"他也不爱吃甜食啊，天天黏着人家干什么？"

王泽豪看着从远处走来的两个人，不太信："班长应该是喜欢吃甜食的吧。"

李涉顺着他的视线看过去，看见林苡和霍圾正吃着冰激凌往这边走来。

林苡和霍圾在看台上坐下，她本来以为只是几个人打着玩的，没想到有这么多同学。不过，她也不在意了，因为看大家的表现，明显都已经知道他们的事了。

比赛要开始了，李涉几步跑过来："来不来？五班那几个人欠削。"

"可以啊。"霍圾把腿上的外套递给林苡，起身下台阶。

林苡有些担心他的手："你的手没关系吗？"

霍圾笑着看过来："没事，我替他们防一下。"

霍圾下了台阶，和李涉往场中走去，场上的人瞬间喊了起来。

李涉看着霍圾手里的冰激凌："你现在还吃起冰激凌了？"

"她想吃冰的，又不能吃太多。"霍圾说着，咬了一口冰激凌，显然很少吃这么甜的东西。

"所以你吃人家剩下的？"李涉有些不敢相信。

"女朋友的不算剩。"霍圾吃完了冰激凌，漫不经心地笑回了一句。

李涉听不下去了："知道你是人男朋友了。"

林苡抱着霍圾的衣服，还是有些担心他伤到手。

场上的篮球打得很激烈，林苡看不懂，但是能看出霍圾他们快要赢了，而且是胜券在握。

他们这边一阵接一阵地欢呼，五班那边已经完全没有了声音。

五班一个男生突然使了个阴招，故意去撞霍圾的手。

林苡眉头一敛，气得起身喊出来："故意撞他受伤的手干什么？！"

李涉直接上去推了一把那个男生："输不起啊，耍阴招？！"

男生被看出来，没说话，继续去抢球。

场上另一个男生吹了声口哨，对霍圾笑道："哎哟，你这女朋友脾气还挺冲！"

霍圾看见小姑娘怒气冲冲的样子，笑了出来。

篮球被传过来，霍圾上前接过球，三步上篮，直接扣进篮筐里。全场一片欢呼声，霍圾他们以压倒性的优势赢了。

林苡也忍不住激动。霍圾下了场，直接向她跑来，她还没有反应过来，他已经伸手搂过她，低头亲上她的脸颊，同时拿着手机拍下了他们的第一张合照。

全场有一瞬间的静默，然后取而代之的是起哄声，声音传遍了整个篮球场。

霍圾的头发有些汗湿，身上的热气都传到她身上来了。那个吻带着他烫人的温度，让她乱了心神。

"姐姐，我们的第一张照片，记得存起来。"霍坂低声说着。

她看着手机里的合照，发现他笑起来是那么好看。她似乎什么都听不见了，只能听到他的声音，只能感觉到他的存在，炙热而强烈。

他既像是恩赐，又像是劫，不能抗拒，无法避开。

这是她唯一的放纵，哪怕她害怕，哪怕她清醒着，现在也什么都不想管，只想喜欢他。

她不知道的事

上午下课后，教室里空无一人，只有窗外的风不时吹进来，翻动桌上的书页。

霍圾安排好老师布置的任务，回到位子上拿了手机，准备去找林苡吃饭。

手机上早就进来了一条信息："你今日不来吃午饭了吗？"

霍圾看到这条信息，都能想到她坐在教室里等着他，时不时张望一下外面的样子。

他眉眼一弯，正准备打电话过去，手机又收到了一条信息："你怎么没接电话，是不是有事？"

过了一会儿，她显然有些担心："我来找你了，你在教室里吗？"

霍圾看到这条信息，微微挑眉。

每次都是他找她，难得她来一次。他看了一眼外面，难得少年心性发作，把手机重新放进课桌里，在位子上坐下，靠在书上装睡。

没过多久，他就听见外面有人往教室里跑来，脚步声嗒嗒地在走廊上响起，一听就知道是她。

她跑得可快了，听起来可着急了，他的唇角忍不住弯起。

声音由远及近，到了教室里，小姑娘的脚步明显轻了下来。

林苡站在门边看了一会儿，慢慢走近，靠近霍圾身旁，一直没出声。

霍圾没睁开眼睛，就看她什么时候叫自己。

林苡站在他旁边看了很久，忽然轻轻叫了一声："霍圾？"听着似乎在试探他有没有睡着。

霍圾依旧不动，心里却忍不住想笑。

片刻后，一阵甜甜的糖果气息袭来，温软的唇瓣在他的脸颊上轻轻亲了一下。很轻，像不小心碰了一下脸颊，让他几乎以为自己在做梦。

他的呼吸顿住，微微睁开眼睛。这时，门口传来了说话声，小姑娘做贼似的看了一眼外面，趁着人不注意，飞快地跑了出去。

霍圾看着她往外跑去，伸手摸向自己的脸，怔了很久，然后一下笑出来。他心想，她亲男友还这么鬼鬼祟祟的？也太容易害羞了。

他笑着起身往外走，一睁开眼，却在自己的私人飞机里。

又梦到以前了。

他摘下眼镜，按了按太阳穴。分手两年了，都已经这么久了……现在她不是他的女朋友了，也不会那样偷偷亲他了。

关志在车里等着，没过多久，人就到了。

霍圾什么都没有带，完全不像从国外回来的人。

他几步走近，打开车门，上了车。

关志转动方向盘："要不要回家一趟？"

霍圾看了一眼表："不用，直接去 A 大。"

关志一看就感觉霍圾有些疲惫，应该是刚刚跟着教授赶完项目，就往这边赶来了。

关志也不好说什么，转动方向盘，往 A 大开去。

到了 A 大校门口，霍圾安静地等着。学生们进进出出，和以前一样，不知道要等多久才能等到，他却还是一直等着。

关志忍不住开口道："这样也不是办法，你每次来看她，她都不知道，还能记着你吗？小姑娘总会交男朋友的，万一她交了男朋友，你还这样等？"

霍圾看着车窗外，没说话。

关志见他不说话，只能安静下来。

过了很久，霍圾才轻轻说："等她交了男朋友，我就不来了。"

关志是真的不相信，都两年多了，他隔不了多久就来看一眼，只要知道有男生靠近她，保准第二天就在回来的路上，根本坐不住。虽然人小姑娘好像并没有交男朋友的打算，但他觉得，就算林莜想要交男朋友，也指不定会在交男朋友之前被他搅黄。

"这话你自己相信吗？要是她有了男朋友，你能保证自己不用手段？"

霍圾没有说话，他确实不相信。他只是希望她还有那么一点点喜欢他，如果连那么一点点的喜欢都消失了，那他要怎么办？

他不知道……

车里安静了很久，霍圾没有再说话，只是看着校门口。他等了很久，门口才出现熟悉的身影。

她穿着裙子，抱着书往外走，正准备去吃饭，还是跟高中的时候一样，走路的时候也很认真，不会分心四处看。

霍圾坐在车里，看着她走远了，才开门下了车，在她后面慢慢走着。

夏天的风轻轻从她身边拂过，到了他身边，就带着一丝甜甜的味道，好像他们还在一起一样。

霍圾看着她进了一家店，站在外面看着她吃东西。

她吃东西的样子特别乖，细嚼慢咽，不会浪费一粒米饭。她吃了多久，霍圾就站在路边看了多久，好像怎么看都看不腻，好想……抱抱她。

等林莜吃完饭出来，霍圾已经算准时间走开了，顺道去了一趟便利店，提了两大袋零食，回到车上。

关志习以为常地接过两袋零食，准备去给林莜。他还没开车门，一辆车从他们面前开过，停在了进校门的林莜面前，车带起的风轻轻扬起她的裙摆。

霍圾看着那辆车，没说话。

陈宣冲打开车门，从车上下来，递给林莜一束花："送给你。"

林莜低头看着被放到书上的花，有些没反应过来。

陈宣冲见她没说话，又走到车后，伸手打开了后备厢，里面的花瞬间引来周围人的注目。满满一后备厢的花，一看就是花了心思的。

陈宣冲走到林莜面前："林莜，这是我特地自己种的，连花盆一起送给你。"

装花的"花盆"是后备厢，他这样说，明显是打算连花带车全部送给她。

周围的同学全都停下来围观，这还是他们第一次看到一个男生追求女生花这么大的手笔。

"林莜，我等了你两年，你也应该走出来了。他要是真的喜欢你，会整整两年都不来见你一次吗？"

林莜低着头，没有说话，也不知道有没有听进去。

旁边的人已经开始起哄："答应！答应！"

关志转头看向霍圾，他正漫不经心地抽着烟，静静地看着。

关志见他这么平静，突然觉得自己之前多虑了，这应该是要结束了吧，都过去这么久了。

关志垂着眼收回视线，却不经意间发现霍圾夹着烟的手在抖，好像花了很大的力气才能克制着不下车。

关志还从来没有见过他这样，就像在等一个判决，判决他的死，而判决的人就是林苡。

林苡看向陈宣冲，把手里的花还给了他，微微摇头，明显是在拒绝。

关志松了一口气，心想，还好她没答应。

霍圾第一次有了庆幸的情绪，抬起烟的手都有些颤抖。他伸手按灭了烟，声音里有一丝无法克制的紧张："帮我把零食给她。"

"要不要给张卡？我看这小姑娘最近一直在做兼职。"

"她不会要的。"霍圾太了解她了，她不可能会要的，明明是个小姑娘，却正直得像个君子，"你和她做兼职的地方说一声，给她涨工资，她的同事要一起涨。钱由我们开，别让她发现。"

"好，我明白了。"关志应声，连忙提了零食下车去追林苡。

林苡接过零食，有些不好意思地一笑："谢谢关志哥哥，其实你不用每次都这么大老远过来的，吃的我自己会买。"

"先生和夫人让我来看看你，顺便给你买些东西。我也不知道买什么，就给你买些零食带过来了。"

林苡闻言，没有心生疑惑。关志离开以后，她提着零食往回走。

一个路过的同学看见了她，连忙迎上来："林苡，刚才你去吃饭的时候，有个戴着细框眼镜、长得超帅的帅哥一直在看着你，你不认识吗？"

林苡微微一愣，转头看去，道路两边的树郁郁葱葱，阳光在上面反复流转，然后落在地上，风吹过，有一丝凉爽。

没有她熟悉的人。

她知道，肯定不会是他，因为他说过，不会再这么喜欢她了，当然也不会再给她买零食了。

林苡微微摇头："我也不知道。"

"那个男生长得好帅呀，我还以为他想要追你呢，太羡慕了。"

林苡笑了一下，没有在意。

不管是谁，她都没有心思去管，因为不是她心里的那个人。

霍圾看着她提着零食慢慢走远，心里很急，可他知道现在还不行，他还要再等等，还要再收敛自己。

她从小就乖得像只小猫，很讨人喜欢，甚至看不出他的恶劣心思，总是乖乖地靠近他，一点都不知道防备。

他就是有阴暗面的人，看到她被自己的表象骗得团团转，也不会有愧疚感，甚至觉得有趣。

后来，她家里的事在学校传开了，所有人都在怕她，怕她妈妈。他早就知道了，他没在意，也不同情她的遭遇。

直到他看见她没去上晚自习，反而坐在操场上发呆。他本来是没兴趣管的，可看见她一个人坐在操场的台阶上，垂着脑袋，也不说话，他鬼使神差地就停住了脚步，向她走去。

等到走近，他才意识到自己的反常，甚至觉得自己也到了无趣的地步。

他完全可以猜到她的想法，除了埋怨自己生在那样的家庭，因此而难过、绝望，讨厌、怨恨那些人，还能有什么？

他想到这里，有些许不耐烦，他的性格本来就不算特别好，也不喜欢看人掉眼泪。

没想到，她和他是完全不一样的人，他们有类似的出身、类似的可怜之处，却有不一样的想法。她没有因为这些而羞愧、自卑，也没有因为自己的遭遇而去厌倦一切，甚至没有去怨恨别人。她心里好像有光，正直到不会走一点弯路。

她的眼睛太干净了，和她相比，他太过阴暗，阴暗到和她完全不是一路人。

他还是第一次见到这么干净的人，于是收敛了玩弄她的心思，难得有了一丝同情，开始疏远她。

她似乎很难过，不过还是努力靠近他，送给他糖，还对他笑了。

他从来不是好人，已经放过她一次的话，就不会再放过第二次。

她对他真的没有防备，被亲了也不会多想，都不知道他骨子里有多恶劣。

相处得越久，他就越来越不喜欢她只看见自己温柔礼貌的表象，他只想让她看到他最真实的样子。

他还是很喜欢她的，喜欢到逼她和自己在一起，喜欢到越来越担心她会离开。

她从来不说爱他，虽然她有很多在意他的举动，可是她从来不承认对他的喜欢，而且总是想要推开他。

他越来越患得患失，只要有男生靠近她，他就会担心有人抢走她；只要她对别人笑，他就会担心她喜欢上别人。

他知道自己的性格是她不喜欢的，她不喜欢器材室的事，不喜欢他那么冷漠。而且，因为她妈妈，她不敢尝试。

他也清楚地知道，他和那些同年龄的男生相比，心理太过阴暗，他们是阳光的，不像他，心里全是灰暗。

他怕他的小姑娘很轻易就会去追逐阳光，只要一想到这个可能，他就忌妒到绝望。这是他唯一一次尝到甜的滋味，抓得太用力，反而有些抓不住了。

她不敢再在他面前表露一点情绪，他知道，她已经越来越觉得他们不合适了。

等她提分手的时候，他的心完全乱了，毫无办法。

高考他是故意的，也是必然的。他真的很喜欢她，喜欢到学不进去，喜欢到害怕高考以后，她就和陈宣冲在一起。

他们会谈恋爱，做她和他曾经做过的事，只要一想到这些，他就发了疯一样地忌妒和害怕。

他故意用了手段，只是奢求在她心里留下痕迹，让她不要那么残忍地对他。

那天，在KTV门口，他一直没有走。看到她哭得那么难过，他又心疼又庆幸，知道她还是喜欢他的，只是害怕。

只要他好好改掉冷漠的性格，她会愿意的。再等一等，他们一定会在一起。

他不知道的事

肮脏的街道，昏暗闪烁的路灯，到处都是的脏水，难以忍受的腐烂恶臭，从早到晚的嘈杂吵闹声。

霍圾背着书包一路往里走，几个戴着红领巾、悄悄跟在后面的女孩瞬间愣住："他怎么住在这种地方？"

"我听说，他是被收破烂的老爷爷养大的，但是，那个老爷爷好像已经去世了，只留了个儿子。"

"他家里是收破烂的，好丢脸啊，这么穷。"一个女孩瞬间嫌弃起来，看向旁边的另一个女孩，"你要被班里的同学笑死了，喜欢一个家里捡破烂的人，好丢人。"

背着双肩书包、看起来粉雕玉琢的女孩听到这句话，瞬间慌了，生怕别人知道自己喜欢这样的人："我才没有喜欢他！之前和你们说的，你们都不许说出去，不然我就和你们绝交，也不给你们带好吃的了！"

小女孩急了，声音传得老远，整条街都能听见。

霍圾连脚步都没有停顿，完全不在意。

他走进狭窄的楼梯，里面的一大半空间都被乱七八糟的杂物占去了，容人过去的地方不大，稍不留神就有可能绊倒。

一幢幢楼破旧不堪，挨得很近，房间和房间隔着薄墙，打个喷嚏都能听见。

霍圾一路往上走，还没到破旧的门口，就听到屋里传来了女人的呻吟声和男人的喘息声。

他停下脚步，靠在旁边的栏杆上，看着楼下打牌喝酒的人，已经习以为常。

屋里的声音传得老远，周围的人却不在意，因为这一块儿大多数人都会做这种生意，无论男女，给钱就行。

他站在外面等着，明明年纪不大，可他该懂的全都懂，见过的东西太多，都已经麻木了。

这个地方就像是被硬生生隔出来的，是不入流的代名词。

他等了大半天，屋里的动静总算停了。不一会儿，一个陌生男人就光着膀子从屋里出来了。他出来的时候看见霍圾，也没在意，随地吐了口痰，拉着裤子拉链下楼去了。

一个提着酒瓶的男人摇摇晃晃地走上来，看见霍圾，舌头都捋不直："又去上学了？上个屁的学，把你捡来是让你出去赚钱给老子花的，天天去上狗屁的学！"

霍圾没说话，伸手到裤兜里拿出钱扔在旁边的矮墙上。

男人拿过钱，没了话说，过了走廊，一脚踹开门走进去，过了片刻工夫又骂道："妈的，给人白玩啊，才这么点钱！"

女人的声音还没缓过来："给我留点！"

"拿来吧你，我老婆给人睡，钱不得归我？"男人一把抓过钱，两人又开始大吵大闹。

霍圾进了里屋，放下书包，开始学习。

外面的争吵声过了很久才停下。一眨眼的工夫，男人已经拿着钱出去赌了。

女人也就是做做样子，她又不是傻子，早就藏了一部分钱。

她走到里屋门口，身上像没骨头似的，看霍圾的眼神根本不像看孩子："阿圾，想吃什么？我给你做。"

霍圾没理会。

女人不但没有离开，还故意对着他弯下腰扶倒在地上的椅子。她的衣服领子本来就低，胸前白花花一片，这下全都露了出来。"学校里是不是有小女生喜欢你，你喜欢大的还是小的？"女人扶起椅子，准备进屋。

霍圾都没起来，直接一脚把门踹关上了。

女人被门打了个正着，对着门破口大骂："小杂种，给脸不要脸！"

男人不知道什么时候又回来了，一进来就抓住女人的头发："你个婊子，藏钱了是吧？人家说给的不止这个数！"

外面一阵鬼哭狼嚎，都拳打脚踢到门口去了，也没人管，全都在看热闹。

霍圾也不在意，这个灰色地带就是这样，他都习惯了。

其实他在哪里都一样，即便后来回到霍家，也还是一样。

他认为，其实所有人都是这样，肮脏龌龊，不堪细究，到哪里都一样，只不过是藏得深和藏得不深的区别而已。

霍家和他以前住的地方没什么区别，一个肮脏在外面，一个腐烂在里面，他一眼就看透了。

看得太透也没什么意思，他其实不是一个爱笑的人，只是太无趣了，只能装一装，心想，装得久了说不定就成真的了。

他看着车外，雨淅淅沥沥地下个不停。

路上没几个人，他老远就看见一个女生背着书包、穿着白裙子、撑着伞慢慢走着，偶尔遇到一个小水坑，就伸脚轻轻踩一踩，玩得不亦乐乎。

司机开车路过水坑，速度很快，坑里的水直接溅到了女生身上。

女生乖乖站在路边，干净的眼睛瞪得圆乎乎的，穿着白裙子，整个人看上去软绵绵的，可裙子上全是污水，连脸上都沾了一些。

霍圾记忆力很好，一眼就认出这个女生了。他看过她的照片，她是霍家要资助的那个小姑娘。霍兴国现在事业有成，更注重他的社会影响力，为了博个好名声，决定资助逝去旧友的女儿。

霍圾认出来了，却没有理会。他不是什么热情的人，也没兴趣打招呼，收回视线，根本没有抱歉的想法。

司机摇下车窗，从钱包里拿出一沓钱："对不起，小姑娘，我们有事，所以开得比较快。你看你这衣服，我赔你。"

女生后退一步，笑着摇头："没关系，我自己洗一下就好了。"

她的声音很轻很软，和她的外表很相符，她整个人看上去就很乖巧。

霍圾抬眼看向司机拿的钱，对于她来说，那应该不算小数目。

收养她的老奶奶没能力赚钱，她一日三餐都未必吃得饱。在这种情况下，这笔钱对她来说，应该是一个很大的诱惑。

这些钱，拿了，可以给她好长一段时间的好日子；不拿，她就什么都没有，只有一身脏裙子。

聪明人都会拿，只有傻子才会拒绝。

她真的傻透了。

霍圾漫不经心地暗自嘲笑了她一下，转眼就把她抛到脑后，和往常一样做他的好学生、好榜样。

他的日子过得还是很平淡，没有值得高兴的事情，也没有值得不高兴的事情。

很偶然的机会，他在外面看到了一只奶猫。它还没有他的手掌大，蹲在橱窗边上乖乖地看着他，眼睛圆乎乎的，很干净，白色的毛发看上去就软绵绵的。

霍坂看得很仔细，隐约感觉到了一丝眼熟，可他确定没有见过这只猫，他对猫一向不感兴趣。

"它叫汤圆，很乖的。不过，它已经被人订了，不好意思。你要不要看一下别的猫？"店员有些抱歉。

霍坂摇头，抱起小汤圆："我就要这只，你帮我和那个人好好说一声，多少钱都可以。"

李涉喝着饮料走过来，看见霍坂抱着一只小奶猫，惊道："你抱人家的小猫咪干什么？别吓到小猫咪！"

"是我的猫，叫汤圆，现在太瘦了，以后要养胖一点。"霍坂伸手摸了一下汤圆的小脑袋，小家伙乖得不行，窝在他手上打瞌睡。

"汤圆？"李涉退后一步，"你没事吧？是不是中邪了？你和这种萌萌的生物不是很搭啊。快还回去，别给弄死了。"

霍坂低头看向乖乖窝在他手上睡觉的小猫咪，说不出自己为什么非要买。他怕麻烦，也没有什么爱心，对于这种毛茸茸的小动物更没有兴趣，可这只猫他想都没想就买了。

直到有一天，他在琴房里正从琴盒里拿琴，门口走来一个人。

她没有什么变化，眼神依旧干干净净的，还对他笑得很甜。

这是他第二次见到她，她的眼神过于干净，干净到没有阴暗面。

"你叫什么名字？"

他看了她很久，鬼使神差地笑着说："霍坂。"

克制一下

　　林莜早上醒来，感觉自己被什么东西压着，动弹不得。

　　她慢慢睁开眼，就看见了霍埻近在咫尺的睡颜。他搂着她，把她整个人都圈进怀里，就像她抱着抱枕睡一样。

　　林莜在他怀里轻轻转头，看了一眼旁边的位置，抱枕不见了。她微微探头看向床下，抱枕果然又在地上。

　　她轻轻拿开他的手，慢慢挪到床边，伸手把地上的抱枕捞了回来，刚刚抱到怀里准备再睡一会儿，旁边的霍埻已经伸手抱了过来，随手拿过她怀里的抱枕，扔到一旁。

　　林莜被抽走了抱枕，有些委屈："别扔我的抱枕。"

　　霍埻伸手把她的手放到自己腰上，声音里还有一点刚睡醒的沙哑："不抱我，抱枕头？"

　　林莜被迫搂着他的腰，靠在他怀里："枕头软一点，你身上硬邦邦的，抱着不舒服……"

　　霍埻轻笑了一下，低声道："以后把抱枕给汤圆，你抱着我睡就好了。"

　　林莜看了他一眼，总算明白为什么抱枕总是掉到地上了，肯定是被他扔的。

　　她突然想到了什么："你把王奶奶给我的糖放在哪里了？"

　　霍埻抱着她靠在床上，一条腿微微支起，衣冠不整的样子看起来有些性感："亲我一下，我就告诉你。"

　　林莜立即抬头亲了他一下。

　　"这么敷衍？"霍埻显然不满意，笑看着她，就是不说糖藏在哪里。

　　林莜只好支起身子，认真地嘟起嘴在他的薄唇上用力亲了一下。

　　霍埻立即按上她的后脑勺，唇瓣微启，亲了上来，和她缠磨了好一会儿，隐隐约约有接下去的意思。

　　林莜连忙推他，挣扎着爬起来看着他，眼睛亮亮的，唇瓣被他缠磨得鲜红，越显娇嫩："糖放在哪里了？"

霍圾双手枕在头下看着她，有些心猿意马，看了她很久才温柔地开口道："楼下柜子里。"

林莜看他说得漫不经心，好像在想别的事，有些不信："可柜子里我都找过了。"

"你够得到吗？"霍圾笑得坏坏的，故意逗她玩。

林莜瞬间想到在哪里了，忍不住腹诽了一句，起身爬下床，跑出了房门。

下了楼，小汤圆看见她，连忙跟上来看热闹。

"莜莜，你要什么？"孙嫂看见她下来了，一副很急的样子，连忙问道。

"没什么，我拿点糖上去给霍圾吃。"

阿圾什么时候爱吃糖了，肯定是给她自己拿的，孙嫂想着，忍不住一笑，也没拆穿她，转身出去了。

林莜从旁边搬了张凳子，直奔零食柜，在小汤圆的喵喵声中踩上凳子，打开柜子，果然看见了自己的糖果玻璃瓶。

可是……竟然只剩下了三颗糖！

林莜拿起玻璃瓶，左右看了一眼，满脸都是不敢相信的震惊。

这糖是王奶奶给她的，厂家都不生产了，以后很难买到！

林莜连忙下了凳子，一个转身就撞上了站在后面的霍圾。

"我的糖呢？"她穿着吊带睡裙，头发松散，有一点乱，光着脚的样子看上去特别乖。

霍圾俯身把手里的拖鞋放在她的脚下："这不是你的糖吗？"

林莜低头穿上拖鞋，看向他："怎么只有三颗？你把别的弄到哪里去了？"

霍圾直起身，斜靠着门低头看着她："你不能吃糖，要烂牙了。"

林莜抱着玻璃瓶："我没有烂牙。"

霍圾伸手捧起她的脸，低下头来看她的牙："还说没有，之前喊牙疼的是谁？"

林莜无力反驳，抱着只装了三颗糖的玻璃瓶，有些悲愤："这糖已经不生产了，可以放起来收藏，我又不会吃。"

"那你找糖干吗？"霍圾用指腹按了按她的唇瓣，面上了然，笑得宠溺。

林莜有些语塞："我不会吃很多，就吃一两颗。"

"不是给你留了吗？"霍圾说着，看向她手里的玻璃瓶，"别的我送人了。"

林莜听得愣住了，完全无法接受："真的？"

"嗯。"霍圾揉了揉她的头，"早饭想吃什么？"

"我不饿。"她的小情绪瞬间上来了，放下玻璃瓶，转身往楼上走去，进了房间，捡起地上的抱枕扑到床上，有些委屈。

他结婚前总想着给她买糖吃，结婚后糖也不给她吃了，还把她的糖送人。果然婚前婚后是不一样的吗？

他现在好像越来越稳重了，以前都不会这样的，还经常给她买糖吃，现在是用糖把她骗到手了，就要管着她了？

林苡趴在床上思索，床边微微陷下去，霍圾直接压到她身上。

林苡被他压了个正着，连忙挣扎："你不要压着我，好沉。"

霍圾却故意压着她，不让她动弹："姐姐都和我结婚了，还像小孩子一样吃糖？"

林苡抱着抱枕，不理他。

霍圾伸手去拿她的抱枕，林苡拽着不放，就是不给他。

霍圾忍不住笑出来："你因为糖跟我吵架，说出去要被人笑了。"

林苡扭头看他："你都没有和我说一声就把糖送给别人了……"

霍圾笑得停不下来，抱着她翻了个身，让她靠在他身上："你老是偷偷吃，要是真烂牙了怎么办？"

"我没有吃。"林苡翻了个身，看向他，"你给我买的糖不都好好地放着吗？"

霍圾微微挑眉："还说没有，亲你的时候全是水果糖的味道。"

林苡没了话说，她确实偷吃了几颗糖，看见瞒不过他，就不想再在他身上玩叠猫猫了。

她支起身，准备从他身上往下爬，霍圾却故意不放手。

霍圾伸手揉她的耳朵，温柔道："医生说你不能再吃那么多糖了，要克制。"

林苡不乐意听这话，反问道："你把糖送给谁了？"

"都给你放起来了，以后一个星期就吃三颗，不然要牙疼了。"

林苡听得嘴角弯起来，想到了什么，伸手在他面前比了个数字："那我们以后也一个星期三次。"

"不行。"霍圾拒绝得果断，翻身压住她，"我的糖不能断。"

"我不能吃糖，你也不能吃。"

霍圾看着她，说得直白："姐姐不吃糖和我们做爱有什么关系？"

林苡面上一片火辣辣的："可我都要戒糖了，你不是也应该克制一下吗？"

霍坂低头轻啄她的嘴："我已经很克制了。"他说着去亲她的脸颊，"还要赶飞机，我们抓紧一点。"

"不是说要吃饭吗？"林苡有点慌。

"先吃你。"

她还没来得及开口多说，声音瞬间淹没在他的亲吻中。

又是戒他失败的一天。

婚后小甜蜜

林莜整理好桌上的资助名单，全都是偏远地区的孩子，等霍圾回来，他们要一起去探望。

林莜正想到霍圾，他的视频电话就来了。

视频里的玻璃窗和墙上的壁画都是20世纪的风格，每一处都彰显着复古美。

林莜看着视频里的环境："你在走路吗？"

"嗯。"霍圾看着视频里乖乖的她，眼里的笑意就没消失过，"这家酒店还保存着20世纪的风格，楼梯保存得最好，等你来了，我带你到处看看。"

林莜看着视频里的旋转木楼梯，它古旧繁复，在蒙眬的光照下，再加上视频里的这个人，显得更有味道了，像老电影里的场景。他戴着细框眼镜，眉眼如初，从楼梯上往下走，永远有一种吸引力。

林莜见他走路看着手机，有些担心："你先走路吧，晚点我们再说话。"

霍圾通过视频看过来，笑得很温柔："再看一会儿，晚点你就要睡觉了，就看不见了。"

林莜脸上有些红："不是天天都视频吗？"

"可我想抱抱你。"

"很快就能抱到了。"林莜抱着小汤圆小声说，心里也是这样想的。这是他出国的第二个星期了，她也有些想他。

就算他们每天都会视频，可他人不在身边，她感觉还是不一样的，晚上睡觉都不习惯。

她刚放下手机，顾语真就打来电话："莜莜，我碰到依依她们了。今年班长不在，要不要我们过去给你过生日？"

林莜瞬间想到了答应霍圾的事："可我答应霍圾了，要去和他一起过生日。"

顾语真听笑了，陆依依直接抢过手机："你们天天在一起，几天不见面都不行？"

林苡有些不好意思，心想，其实连几天都没有，刚刚才见过。

陆依依冲顾语真眨了一下眼，故意逗林苡："以前我们都是一起过生日的，现在好不容易霍男神不在你身边，这个生日我们可要抢了哦。"

林苡伸手摸着在怀里打呼噜的汤圆，有些左右为难。

她想，要是不去的话，他会不会失望？

安静的大道上只有风吹过道旁两排枫树的声音和随风飘落的满地的叶子。

金发碧眼的老教授一边走，一边开口道："真的不打算留下来？你在结构力学方面太有天赋了，而且年纪轻轻就得了奖，留下来发展会更好。"

霍圾笑着抬了一下手，指间戴着一枚戒指："我的太太在中国。"

"原来如此。"老教授恍然大悟，瞬间叹息道，"一个是你，一个是宋复行，我还是第一次想要谁都留不住。"

霍圾笑着摇了摇头，没有说话。

老教授打量了他一眼，似乎有些不可思议："霍，我觉得你回了中国以后，和以前有些不一样了。你现在温柔了很多，以前总有一种厌世的情绪。"

霍圾摸了一下自己的脸，笑着说："大概是因为我的太太吧，她是一个很温柔的人。"

老教授伸手搭了搭他的肩："真好，希望有机会能见见她，她让我看到了不一样的你。"

"好，过几天，她就过来了，我一定带她来见您。"

后面有几个学生经过，其中一个长发女生看见前面的霍圾，开口问："那就是霍圾，对不对？得了建筑奖的那个大神。"

"对呀，他这次回来就是和教授一起去领奖的，可惜他已经结婚了。"

长发女生问道："你怎么知道他结婚了？"

"你没看见他戴着戒指吗？"

"戴着戒指又怎么样？说不定只是情侣戒。我可不信他这么年轻就结婚了，我去问问。"长发女生二话没说就走过去了。

旁边的女生有些惊讶："都戴着戒指呢，还有什么好问的，肯定是结婚了啊。"

"你觉得她会在意这些吗？已婚的男性她从来不避嫌。"

两个女生撇了撇嘴。

长发女生走到霍圾面前，冲霍圾旁边的几个同学打了个招呼，又看向霍圾：

"大神你好，我也是建筑系的，一直听到你的名字。我可听说，得这个建筑奖的大多都是四十岁往上的，你这么年轻就得了，好厉害。"

霍圾礼貌地笑回："不是我一个人得的，是一个团队。"

"可如果没有你的想法，团队再厉害，也得不到这个奖。"长发女生说着，冲他眨了一下眼，带着小女生的俏皮，"不知道我有没有这个荣幸，向前辈请教一下建筑方面的问题？"

霍圾早就见怪不怪了，礼貌地回道："不好意思，我时间不多，还要去接我太太。"

长发女生愣住："你真的结婚了？还是新婚吗？"

"两年了。"霍圾想起林苃，眉眼弯起，有藏不住的甜蜜。

长发女生有些没想到，她回过神来，开口恭喜。

旁边的几个同学听见了，全都开口恭喜。

霍圾闻言，笑着应了。这时，他拿在手里的手机响了，屏幕一亮，长发女生就看见了屏保的照片。

那是一张亲吻脸颊的照片，在篮球场拍的。照片里的男生亲了女生的脸颊，女生的脸红扑扑的，害羞得不行。长发女生扫了一眼就猜到是霍圾的太太。

霍圾看到林苃打来电话，冲他们点头告辞，接起电话往前走："怎么这么晚不睡觉？"

"霍圾，我有事想和你说。"林苃支支吾吾的，声音软绵绵的，似乎很困，让他听着就想抱抱她。

"什么事？"霍圾的声音莫名温柔。

林苃有些底气不足地道："我可能没办法去和你一起过生日了，语真和依依她们给我准备了生日蛋糕，要给我过生日。"

霍圾脚下一顿，过了很久才开口："你说过生日要和我一起过的。"

"下次好不好？"

林苃很诚恳地道着歉，霍圾心里却已经在拉行程表了，思考他要怎么才能挤出时间回国陪她过生日。

小姑娘不知道他的想法，还在甜甜地问："霍圾，你是不是生气了？"

霍圾微微挑眉，算好了时间，慢条斯理地问："你说呢？我们都两个星期没见面了，你不想我？"

林苃可不敢说下去，怕自己露馅儿，对着手机讲道："想你的，我先挂了。"

霍坂看着被挂掉的电话，眉梢扬起，心想，才两个星期没见，她眼里就没他这个老公了？

林苃躲在树后看着前面的霍坂，差点笑出来。

迎面过来的几个女生正好在讨论霍坂。

"我刚才看见霍坂学长的手机屏保了，那个女生好像就是他的太太。"

长发女生不屑一顾："这么年轻就结婚，估计也就是一时的，很快就没新鲜感了。"

林苃听到她们的讨论声，转头看向她们。

同行的女生看过来，瞬间认出了林苃，连忙和长发女生拉开距离，免得被当成和她一起的。

长发女生有些尴尬，退后一步。

林苃看着她，没有生气，笑着开口道："他十五岁的时候就喜欢我了，你觉得呢？"

长发女生完全愣住，被噎得一句话都说不出口。

此地天气多变，很快飘起了细雨。

霍坂一边往前走，一边打电话，林苃却没有接。

他停下脚步，有些生气，低头给她发信息："姐姐，等我回去了，一定会好好收拾你。"

身后有人追了上来，把一把伞移到他的头顶上。

霍坂根本没耐心搭理，刚要抬脚走人，却感觉到了熟悉的清甜气息，他回头看去，微微顿住。

林苃见他看过来，笑得眉眼弯成了月牙："这位先生，你需要伞吗？"

霍坂感觉像在做梦，难得有些愣住，伸手抱过她，低头亲了过来。

林苃被亲了个正着，红着脸躲开："霍坂，旁边还有人。"

"你现在学坏了，还知道逗我玩。"霍坂捏了一下她的脸，抱着她不肯松手，心里的高兴都快溢出来了，"怎么过来的？"

"我自己过来的。"林苃想要站好，霍坂却不松手，她索性直接靠在他身上。

雨淅淅沥沥地下起来，路上的人来去匆匆。

霍坂撑着伞，牵着林苃的手，一起在雨中慢慢走着。

林苃看着天上落下来的雨，想起刚才那个长发女生的话，突然有些感慨："还记得那天晚上你来找我说要放弃吗？我常常在想，还好我们在一起了，不然我们现在可能就是陌生人了。"她说得很轻，是真的很庆幸。

霍圾拉着她的手一步步往前走，过了很久才开口道："我们不会变成陌生人。"

林芨闻言看向他，有些疑惑。

"我从来没想过放弃。我熬了四年，就是想要到你面前好好表现。没想到，一看见你，我还是方寸大乱，弄得越来越糟。我怕逼得太紧，又把你弄丢了，只能这样说。"他微微一顿，"对你，我早就做好了纠缠一辈子的打算。"

林芨心里一震，明明他说的不是甜言蜜语，却比甜言蜜语还要动听。

她一直以为，如果没有那两个来报复的人，他们就不会再见面了，就像高考后一样。她每次想起都会后怕，怕他们分开，可原来他一直都在，从来没有离开的打算。

她把手穿进他的指间，和他十指相扣，心里像吃了蜜一样甜："霍圾，我要告诉你一件事。"

霍圾反握住她，笑得温柔："什么事？"

"我肚子里有了一个小家伙。"

霍圾的脑子里有一瞬间的空白，有些反应不过来："小家伙？"

"嗯，我们的小家伙。"

霍圾立即扶住她，低头看向她的肚子，伸手轻轻摸了一下，难得有些紧张："是像你一样软软的小家伙吗？"

林芨笑着搂上他的胳膊："也可能像你。"

霍圾看着她的笑，心都要化了："还是像你好，像我的话，我都不知道要怎么教。"

林芨靠着他："其实你只是嘴巴坏坏的。"

霍圾微微挑眉，笑看着她："霍太太，我等你很久了，两个星期的早安吻补一下。"

她的脸微微泛红，踮起脚，亲吻他的唇。他的唇带着早间清甜的露气，是她吃过的最甜的糖。

他的小秘密

天气一天比一天热，拂面的风都带着夏日的热气。

高考越来越近，学生做题，老师讲题，没一节课有人敢分心。

班主任绕过后排，一边讲题，一边不着痕迹地敲了一下课桌。

霍坂这才从游离的思绪里回过神来，看向面前的试卷。

同桌连忙提醒他："已经在讲B卷了。"

霍坂心不在焉将试卷翻过来，至于有没有继续听讲，谁也不知道。

题讲得差不多之后，班主任让大家继续做题，然后叫霍坂去教室外面谈话。

"我听其他老师说，你最近上课总是走神。虽然你基础很扎实，老师讲的都是你会的，但你这个状态不行。高考可不是开玩笑的。"

霍坂闻言，没有说话。

其实，班主任并不担心霍坂，毕竟他高中三年来的成绩一直很稳定："老师知道，你父亲对你的期望很高，想要你冲高考状元。如果你压力太大，可以不上课，部分作业也不需要做，早退也可以。对别人来说，这最后一个月是考前冲刺时间，但对你来说，这一个月最重要的就是要休息好。"

班主任当然知道霍坂在早恋，尤其是之前还闹出了主席台打架这么大的事。她之所以不明说，是怕影响他，但是，她斟酌了一下，觉得好歹也要敲打他一下："霍坂，你要想清楚，这是你自己的前途。虽然说你家里的条件比别的同学好很多，但是，这三年来，你这么认真地读书，又放弃保送资格，应该不是愿意靠家里的人。这是你自己的大事，你要考虑清楚。"

风吹过树叶，发出细微的沙沙声，楼上的教室里有些喧闹，霍坂能隐约听到嬉笑声。

可他听不到她的声音。她从来不会开怀大笑，哪怕真的很高兴，也只是很乖地微微一笑。

霍坂站在走廊里，沉默了很久，然后回到教室里，安静地坐了一会儿，半天才拿起笔看向试卷。

　　周围的同学都不敢打扰他，也不敢多问。毕竟，谁也想不到，平时那么温和友好的霍圾会当着老师的面，把陈宣冲那样的校霸按在主席台上打得起不来。看来，真是应了那句话，不要招惹平时不发脾气的人，因为一旦惹到了，后果无法想象。

　　下课铃声响起。

　　霍圾平静地盖上笔盖，合上写完的试卷，起身出了教室，下意识往楼上走去。

　　他刚踏上几个台阶就顿住了脚，这才意识到他们已经分手了。

　　他每次都会上楼接她，等她下来明明更方便，可他总是等不及。

　　她动作总是慢悠悠的，等她磨磨蹭蹭地下来，他要等多久才能看见人？

　　可是，现在他不是她的男朋友，不能接她放学了。

　　霍圾默默地站了一会儿，转身往下走。

　　很多同学陆陆续续地从楼上下来，没有她的身影。

　　"林莜会和陈宣冲谈吗？"

　　"都高三了，应该不会。不过，高考结束后就不一定了，烈女怕缠郎。"

　　"那霍圾也会追啊。"

　　"他肯定不会再追了。他那么骄傲的人，都被拒绝了，怎么可能还追？陈宣冲肯定会一直追。当着全校师生的面告白可太轰轰烈烈了，要是我，这辈子都不会忘记一个男生曾经为我这么疯狂。"

　　"我觉得，林莜和陈宣冲关系挺好的，也蛮合适的，高考结束后应该会在一起。"

　　几个女生讨论着走下楼，看见霍圾，连忙住了口，有些尴尬。

　　霍圾看了一眼楼上，再没人下来。他立刻就明白了，她为了避开他，走了另外一个楼梯。

　　他转身下楼，径直出了校门。

　　看见霍圾的时候，苏雁有些惊讶，她没想到会再遇到他。他们这群人已经很久没看见他了，毕竟他要高考了，没想到他会在这个时间点来酒吧喝酒。

　　他看见他们，没有太大的反应。他们叫他一起去包厢里玩，他也没反对，就是不搭理人，看起来没兴趣说话。这倒挺符合他以前的性子，他以前就这样，不爱搭理人，大家都习惯了。

他应该已经喝了不少酒，脸上露出了几分醉意。

老孟看不下去了，伸手按住他的酒瓶："你那个小女朋友呢？叫她过来不？你一直喝闷酒算怎么回事？"

霍坂没说话。

老孟拿过他放在桌上的手机，准备直接打给那个小姑娘。他心想，性格这么坏的霍坂和一个那么乖巧的小姑娘谈起了恋爱，肯定是很喜欢她的，她说的话绝对管用。

老孟打开通讯录，结果看见里面一片空白，谁的手机号码都没有。

老孟有些不明白："怎么回事？你那个很乖巧的小女朋友呢？你连她的号码都没有？"

霍坂听到这里，头都没抬，很冷淡地说了一句："分了。"

他只用简单的两个字就交代清楚了，一副不是很在意的样子，大家也就没有多问，以为他是在为别的事情心烦。

霍坂只喝快酒，已经彻底醉了。

苏雁见他喝醉了，那些被压着的心思又起来了。她心想，他现在没有女朋友，是不是就说明她还有机会？

霍坂放下酒瓶，往后一靠，似乎很难受。酒瓶没有放稳，咕噜一声，滚落在地。

苏雁坐到霍坂身边，关心道："阿坂，你是不是不舒服？"

霍坂没有回应，苏雁分不清他究竟有没有喝醉，大着胆子伸手挽住他的胳膊，靠到他身上："阿坂。"

霍坂看起来好像很不喜欢别人这样缠着他，立刻抽出自己的胳膊。他喝醉了，难得露出几分孩子气，喜欢和不喜欢都表现得很明显。

霍坂靠在沙发上，拿着手机把玩。

苏雁见他这样，没有再靠近，而是看向他的手机屏幕，只见他的手指在拨号键盘上按号码，按了一串数字，又一个数字一个数字地删除，然后又继续按。

苏雁看了一会儿，发现他不是乱按的，因为他按了一遍又一遍，都是同一串数字。虽然他已经醉成这样了，但仍然记得很清楚。

苏雁不知道他拨着谁的手机号码玩，一遍又一遍，却不打出去。她突然没了靠近的勇气，直觉这个号码属于那个叫林莜的女生。

她看了半天，忍不住问："阿坂，你想要打给谁？"

她本来以为他不会回答，却听到他很轻地说了一声："打给姐姐。"

苏雁松了一口气，觉得他说的应该是他家的某个人。

"你没有按拨号键，肯定打不出去。"她伸手替他按下拨号键。

霍圾看着那个键被按下，没有阻止她。

电话响了很久，一直没有人接，最后自动挂断了。

霍圾又按了号码，重新打，来来回回重复了好几次。

苏雁感觉他真的醉得不轻，忍不住开口道："可能手机不在她身边。你有没有你家里的电话？"

正说着，响了很久的电话突然接通了。

接电话的是一个男生："阿圾？"

霍圾很平静地开口："把手机给她。"

李涉一下就听出来霍圾喝醉了："霍圾，你他妈又发什么酒疯？一个劲儿地给这个手机打什么电话？这个手机不就在你的抽屉里吗？她还给你了，你忘记了？"

霍圾好像没听见一样，很轻地、带着一点委屈地重复了一句："把手机给她。"

李涉听到这里，知道现在和他讲不通。他忍不住在心里吐槽，霍圾分个手疯了，他也差不多要被逼疯了。

"他妈的，现在是凌晨三点，女生宿舍都关门了，我现在过去叫人接你的电话？我白天问你要不要找林莜，你酒醒了，说不要，晚上又跟我发酒疯！你现在在哪儿？"

霍圾没了声音。

听到林莜的名字，苏雁心里咯噔了一下，随后又不免苦涩地想，她早就应该知道了，除了林莜，还能是谁？

长久的静默之后，李涉才开口道："阿圾，听我一句话，算了。她早晚会跟别人在一起的，你难道要等到那个时候才死心吗？"

霍圾听到"算了"两个字，伸手捂住了眼睛，不知道是头疼，还是困了。

苏雁看他不打算说话了，接过手机，和李涉交代他的情况。

"他没事……就是喝多了，我们晚点会送他回——"她的声音突然卡在了喉咙里。

因为她看见，他挡着眼睛的指间隐约有泪光。

包厢里的音乐声很吵，吵到没有人注意到这里无声的难过。

苏雁突然觉得，她该死心了。

她从来不知道，霍圾这样内心冷漠的人，会这么喜欢一个女孩。

"霍圾哥哥！"一个黑皮肤黑头发的小女孩飞奔过去，抱住来人的腿。

紧接着，好几个黑人小朋友闻声赶到，围住来人。

"霍圾哥哥，你来啦！"

"霍圾哥哥，看我们写的中文字！"

霍盛接过霍圾手里大袋的食物和玩具："不要抢。"

霍圾温柔地笑道："去拿吧，每个小朋友都有。"

"哇，太棒了！"一群孩子又一窝蜂地拥住霍盛。

等到这群小鬼个个得到自己的礼物，霍盛才暂时脱身。

霍盛看向站在不远处看风景的霍圾。距离高考风波，已经过去了三年多。

"最近学业繁忙吗？"

"暂时没有问题，现在是假期，我还有很多时间。"

霍盛道："我真没有想到你会来参加援助计划，我收到你的邮件时，还以为你在说笑。"

霍圾收回视线，笑了起来："现在你相信了。"

霍盛笑着点点头，转头看向身后。简陋的居住环境，绕着食物飞的苍蝇，十分堪忧的医疗卫生条件，这里所有的一切都和贫苦有关。不是真正热心慈善的人，真的吃不了这种苦。

"你怎么会想到来这里？"

霍圾沉默了片刻，道："我想为了一个人，改掉自己冷漠的性格。"

"那有改变吗？"

霍圾没有回答，很显然，这对他来说是个没有答案的问题。

他看见别人的苦难、绝望、悲哀，从来不会感同身受，也不会心生同情。哪怕他认真学，这种事也很难学会。

他想着，看向霍盛："你为什么留在这里？"

霍盛看向远处："每次看到他们因为能够活下去而露出的笑容，我就觉得好像有了存在的意义，心里有了柔软的感觉。阿圾，我知道，你这两年跟着援助队去了很多地方。你有没有想过，你真的帮了一些人之后，你的内心已经改变了？或许你早就已经找到真正能让你内心柔软的东西了，也早就已经变成更好的人了。"

霍圾闻言，没有再说话。

有人找霍盛，他匆匆忙忙地离开了，只留下霍圾一个人。

霍圾站了一会儿，拿出手机对着远处的风景拍了一张照，手指一挪，又点进了相册。

相册里面都是林苂的照片——她笑起来的样子，吃糖的样子，抱着小汤圆的样子，还有小时候的样子。

他的眼神慢慢柔和起来。

"小林是警察，查陈年旧案的时候遇到了苂苂的妈妈，他们结婚后，生了苂苂。后来，小林查那个案子，查出了问题。那姑娘看上去很单纯善良，实际上小时候经历不好，性格有缺陷，把收养她的养父杀了，手段残忍，后来在狱中自杀了。其实，她爸爸本来不用牺牲的，他是真的熬不下去了，才会撞上那一枪。唉，这两个人根本就不应该相遇。苂苂是个苦命的孩子，从小没爹没妈，我第一次看见她的时候，她才一丁点大，受了不少大孩子的欺负。那时，她眼泪汪汪的，却不敢哭出来，我给了糖，她才一边流眼泪一边吃。她才多大的孩子啊，就知道自己成了孤儿，不敢大声哭，也不敢任性。说到底，这一家三口就是一个悲剧。你说，在这样的家庭里长大的孩子，她怎么会不受影响？你别怪她退缩，她从小就生活在悲剧里，肯定害怕的，怕重复她父母的悲剧。"

霍圾看着照片上穿着小裙子的小姑娘，她看上去很乖，看人的眼神怯生生的。

他想起王奶奶的话，心疼坏了。

他不知道她究竟吃了多少苦，性格才会变得这么乖巧懂事，连一点女孩子该有的任性和娇气都没有。

如果可以，他真希望小时候就遇到她，这样就可以照顾她了。他绝对不会让别人欺负她，他会保护她，让她学会任性，学会闹脾气。

霍圾忽然庆幸这个乏味的世界里出现了她，她就像上天对他的恩赐，也忽然庆幸他还有机会。

原来他早就找到了让内心柔软的东西，对这个世界不再厌恶。

阳光慢慢照下来。

他把刚才拍的照片发到朋友圈。

他每到一个地方都会拍一张风景照，或是发一发小汤圆的照片。或许她不会经常看，但偶尔扫一眼，也会想起他吧？

他只要她不忘记他，这样就可以了。

霍圾发完照片，照例打了一排字，依旧是"仅自己可见"。

"林芨，你今天还记得我吗？"

在阳光照下来的那一瞬间，屏幕上显示的满是同一句话，频率几乎是每天。

他的执念无处宣泄，只能无声地记录在此。

他希望上天再可怜他一次，让她千万不要忘记他。

这是他心里唯一的愿望。

他会变得更好，然后再次出现在她面前。

他爱她，很快，他就可以以更好的自己去爱她。

她的小秘密

林莜坐在书房里，有些撑不住眼皮。她伸手端过旁边的热咖啡，准备喝一口提神，却被人伸手拦住。

旁边的人放下手里的书，拿过她的咖啡，温柔道："太晚了，喝了会睡不着。"

林莜看了说话的罪魁祸首一眼，心想，要不是他，她也不用走到要喝咖啡提神的地步。

她有点委屈地说："你说话不算话，说了一会儿就好，结果我说不要，你都不听。"她的声音到现在都还有些哑，显然是被折腾过头了。

想到这里，林莜越发觉得委屈。他平时可温柔了，可只要一碰到那种事，就没有温柔可讲，可坏了。

听到她委屈的声音，霍坂难得有一丝愧疚，可惜他改不了，她越是软绵绵地哭，他就越控制不住。

他放下咖啡抱着她，声音很轻地道："那你教教我，这种时候要怎么说话算话？"

林莜面热得不行，腹诽道，她教不了，而且他根本就不会改！

霍坂看了一眼闹钟，又看向她的电脑："还有多少内容？"

林莜对着一长排数字发愁，项目内容太多了，而且明天就要交，她今晚肯定做不完。

"还有好多呢。"说着，她打了一个哈欠。

看着她在自己怀里打了一个哈欠，霍坂忍不住弯起眼："你去睡吧，我来做。"

林莜看向他，对这个提议有些心动，不过还是道："可是，好多东西你都没有经手……"

霍坂吻上她的额头，温柔道："没关系，我从头看一遍。你先去睡。"

林莜抱着他赖了一会儿，终于抵不住困意，睡着了。

霍坂轻轻地将她抱回卧室，然后回到书房。

查看电脑里的资料时，他不经意看见了一个被命名为"小秘密"的文件夹。

霍圾微微挑了一下眉，心想，小姑娘还藏着小秘密呢，难怪平时用电脑都遮遮掩掩的。

他随手点进文件夹，视线微微顿住。

文件夹里面都是照片，却不是他们高中时期的合影，而是他那四年来发在朋友圈的那些照片，每一张照片都备注了时间和地点。

"他去了非洲，好像瘦了些，应该没有吃好。"

"这森林网上都查不到，不知道他出来没有。"

霍圾就像在看自己的朋友圈，有些地方连他自己都不记得去过。

他一张张看下来，直到最后一张，是他的毕业合影。

这张照片上面只写了一句话："只有上帝知道，我不可能忘记你。"

霍圾看了这行字很久，久到眼眶微微湿润，电脑屏幕变暗，他都没有动。

他不知道她究竟有多害怕失去，才会藏着这些秘密从来不说。

林苡睡了一觉，睁开眼睛，发现自己躺在卧室的床上。

她还迷糊着，卧室的门就开了。

下一刻，有人掀开被子躺进来，伸手过来抱她。

林苡感觉到霍圾熟悉的气息，嘴角不自觉地弯起，伸手回抱他，整个人埋进他怀里。

"你弄好了吗？"她的声音带着刚睡醒的朦胧。

"嗯。"霍圾轻轻应了一声，低头亲吻上来，用唇瓣轻轻摩挲着她的脸颊。

林苡被他轻轻吻着，忍不住闭上眼睛。慢慢地，他的手开始不规矩。她连忙抓住他的手，眼里有些惊慌："你不会还要吧？"

霍圾闻言笑出来，低头看向她："原来姐姐天天偷看我的朋友圈。"

林苡听到这里，本来有些迷糊的眼睛猛然睁开来，惊讶地看向他，小嘴都没来得及闭上。

她太困了，忘记把那个文件夹锁起来了！

她微微抬头对上他炙热的视线，脸瞬间红了："是不小心看见的。"

"不小心看见的，还专门对着地图标注地点，担心我去了哪里？"

林苡藏在最深处的小秘密被他发现了，脸上一片绯红。

不过，她还是鼓足勇气道："那你不是也发了很多一样的话？"

霍圾笑起来，一点都不怕那种近乎狂热的执念被她发现了："怎么发现的？"

林苡有些不好意思，她搂着他的脖颈不看他："有一次去上班，不小心拿了你的手机，就看见了全部内容。"

林苡越说越小声，无法忘记看见他朋友圈里那些一模一样的话时，心中那种说不出的酸涩和心疼。只是那么简单的期盼，他却连续发了几年。

林苡慢慢抬头看向他："霍圾，我从来没有想过要忘记你。和你分开以后，我早就打算记住你一辈子了，以后也不会有别人。"

她说着，霍圾就低头吻了上来。

林苡感觉到他的念头，脸都涨红了，不明白她的表白为什么会让他起念头："你不会……"

霍圾的薄唇靠上来，呼吸喷在她的面上，有些烫。他温柔道："我轻轻的，好不好？"

林苡没扛住，同意了。

结果，她后悔了，心想，早知道就不该同意，他温柔着来更加磨人。

图书在版编目（CIP）数据

是祸躲不过：全2册 / 丹青手著. —北京：北京联合出版
公司，2022.9

ISBN 978-7-5596-6238-5

Ⅰ . ①是… Ⅱ . ①丹… Ⅲ . ①长篇小说－中国－当代
Ⅳ . ①I247.5

中国版本图书馆CIP数据核字（2022）第111638号

是祸躲不过：全2册

作　　者：丹青手　　　　　　出版监制：辛海峰　陈　江
出 品 人：赵红仕　　　　　　责任编辑：管　文
特约监制：穆　晨　　　　　　特约编辑：王周林
产品经理：夏　目　张梦璇　陈隽萱　　内文排版：任尚洁
封面设计：白砚川

北京联合出版公司出版
（北京市西城区德外大街83号楼9层　100088）
北京联合天畅文化传播公司发行
天津中印联印务有限公司印刷　新华书店经销
字数 573千字　880毫米 × 1230毫米　1/32　17.25印张
2022年9月第1版　2022年9月第1次印刷
ISBN 978-7-5596-6238-5
定价：69.80元（全2册）